Les mystères de Jérusalem

DU MÊME AUTEUR

Le Fou et les Rois, Albin Michel, 1976
 – Prix Aujourd'hui 1976
Mais (avec Edgar Morin), Oswald-Néo, 1979
La Vie incertaine de Marco Mahler, Albin Michel, 1979
La Mémoire d'Abraham, Robert Laffont, 1983
 – Prix du Livre Inter 1984
Jérusalem (photos Frédéric Brenner), Denoël, 1986
Les Fils d'Abraham, Robert Laffont, 1989
Jérusalem, la poésie du paradoxe (photos Ralph Lombard), L. & A., 1990
Un homme, un cri, Robert Laffont, 1991
La Mémoire inquiète, Robert Laffont, 1993
Les Fous de la paix (avec Éric Laurent), Plon/Laffont, 1993
La Force du bien, Robert Laffont, 1995
 – Grand Prix du livre de Toulon 1995 pour l'ensemble de l'œuvre
Le Messie, Robert Laffont, 1996
Les Mystères de Jérusalem, Robert Laffont, 1999
 – Prix Océanes 2000
Le judaïsme raconté à mes filleuls, Robert Laffont, 1999 ; J'ai lu, 2014
Le Vent des Khazars, Robert Laffont, 2001
Ève, Robert Laffont, 2017

La Bible au féminin
Sarah, Robert Laffont, 2003
Tsippora, Robert Laffont, 2003
Lilah, Robert Laffont, 2004

Bethsabée ou L'Éloge de l'adultère, Pocket (inédit), 2005
Marie, Robert Laffont, 2006
Je me suis réveillé en colère, Robert Laffont, 2007
La Reine de Saba, Robert Laffont, 2008
 – Prix Femmes de paix 2009
Le Journal de Rutka, Robert Laffont, 2008
Le Kabbaliste de Prague, Robert Laffont, 2010 ; J'ai lu, 2011
L'Inconnue de Birobidjan, Robert Laffont, 2012 ; J'ai lu, 2013
Faites-le !, Éditions Kero, 2013

Les Femmes de l'islam
Khadija, Robert Laffont, 2014 ; J'ai lu, 2015
Fatima, Robert Laffont, 2015 ; J'ai lu, 2016
Aïcha, Robert Laffont, 2015 ; J'ai lu, 2016

Réconciliez-vous, Robert Laffont, 2015

MAREK HALTER

Les mystères de Jérusalem

ROMAN

Prologue

Ils parvinrent à Mizpa bien avant midi. La route leur parut plus courte qu'ils ne s'y attendaient. Le chevalier Godefroy s'était fait accompagner de sept pèlerins et de deux mules avec des bâts pour porter l'or. Ils possédaient assez d'armes pour se défendre d'une embuscade des infidèles, mais la région était apaisée depuis des mois et les sarrasins repoussés au-delà du Jourdain. Dans la face sud de la colline, à une portée d'arbalète d'un village de paysans tout environné de brebis et de dromadaires, ils devinèrent l'entrée de plusieurs grottes.

Depuis une heure, Achar, moine de Normandie perdu dans la brûlure de la Terre sainte, ne cessait de répéter en pensée les mots du très vieil écrit – il n'en avait jamais vu de si ancien ni d'une si étrange matière – que le père Nikitas, le plus sage parmi les croisés, avait miraculeusement sauvé des cendres de la Grande Synagogue de Jérusalem : *Dans la grotte de Bet ha-MRH le Vieux, dans le troisième réduit du fond : soixante-cinq lingots d'or.*

Il se souvenait aussi, mot pour mot, de l'explication que le père en avait donnée : « MRH possède trois sens en langue juive : Mérah, le *rebelle*, Mareh, le *résistant*, ou Marah, l'*affligé, celui qui souffre*. C'est selon l'ensemble du texte. » « Et il est écrit : "Bet ha-MRH *le Vieux*". Si j'applique MRH à Jérémie, tout concorde. Il était le rebelle, car il préféra la volonté de Dieu à celle de Sédécias, qui entraînait la ville dans le viol et la débauche. Il était le résistant, car il tint bon devant les mensonges de Hananya, qui voulait livrer Jérusalem à l'Égypte. Il fut l'affligé, car il pleura la destruction nécessaire de Jérusalem par Nabuchodonosor comme on pleure l'enfant qu'il faut punir... »

Maintenant, ils ne se trouvaient pas devant une seule grotte, mais devant dix, vingt. Achar se demanda s'ils allaient devoir les visiter toutes. Au même instant, le père Nikitas dit :

« Il faut trouver la citerne de la forteresse. La grotte sera celle qui correspond à la base de la citerne... »

Comment le savait-il ?

Le soleil n'était pas haut encore quand l'un des pèlerins trouva la dalle recouvrant la citerne, très vieille et usée, mais munie de ses gonds de bronze et qui nécessitait la force de douze hommes au moins pour être déplacée. Il leur suffit ensuite de descendre la pente pour trouver l'entrée d'une cavité à peine assez haute pour le passage d'un homme.

Le chevalier Godefroy s'y précipita avec une torche, aussitôt suivi par deux croisés. Le père Nikitas fit un signe discret vers Achar.

« Pas encore ! » murmura-t-il.

Le chevalier ressortit bientôt, très excité.

« Il y a là-dedans des salles en enfilade. On ne peut guère y voir sans y porter d'autres brandons, mais c'est la cache parfaite pour y enfouir un trésor. Il faut que vous veniez avec nous, mon père. C'est vous qui possédez les indications...

— J'ai entendu un grognement, fit l'un des croisés qui l'avait accompagné et se montrait moins assuré que son seigneur.

— Le grognement de tes tripes ! ricana Godefroy.

— Je l'ai entendu aussi, protesta l'autre croisé. Il pourrait très bien y avoir une bête qui ait fait là sa tanière.

— C'est juste, fit un troisième.

— Alors entrons tous et avec les armes, déclara le chevalier. Nous aurons ainsi plus de courage pour rugir s'il est besoin ! De toute manière, il nous faudra des mains pour transporter les lingots... »

Le père Nikitas se tourna vers Achar avec son sourire si tendre et, tandis que les autres s'équipaient, le poussa un peu plus loin.

« Reste ici. Demeure hors de cette grotte, mon fils...

— Je ne vais pas vous abandonner, mon père ! Le chevalier n'est pas...

— Tais-toi et écoute-moi attentivement, Achar ! À l'heure qu'il est, les rouleaux que j'ai retirés des cendres de la Grande Synagogue sont eux aussi devenus cendres, comme l'a voulu le nouveau patriarche de Jérusalem... Tu sais où sont nos copies. S'il devait advenir quelque chose de néfaste dans cette aventure...

— Mais, mon père... »

La main du père Nikitas se resserra avec impatience sur le bras d'Achar.

« Paix, mon fils, nous n'avons pas trop de temps. S'il m'arrivait malheur, il serait bon que tu glisses les copies dans le sac de cuir où nous avons trouvé les rouleaux. Il est sous ma table. Je l'ai ciré et huilé soigneusement. Il peut encore affronter quelques siècles.

— Mon père !

— Tais-toi donc, Achar. Glisse les copies dans le sac et va l'enfouir sous les dalles de la synagogue, il en est une, plus sombre que les autres, qui possède en dessous d'elle l'espace juste suffisant...

— Seigneur Dieu !

— Oui, l'Unique de tous les hommes... Puis-je compter sur toi, mon fils ?

— Dans la synagogue, mon père ?

— Les Juifs savent mieux que nous la valeur du temps...

— Mais pourquoi ?

— Parce que la mémoire des hommes est plus importante que tout. Et aussi pour d'autres raisons que je ne peux te dire, et qu'il vaut mieux que tu ne connaisses pas.

— Comment oserai-je ?

— Par amitié pour moi, Achar... N'oublie pas : sur tout ce que tu vois aujourd'hui, sur tout ce que tu verras, tais-toi ! Ton silence sera le gage de ta vie. Et, maintenant, sache que je t'aime. »

Le vieux sage baisa le front du moine subjugué.

Un instant plus tard, ils entraient tous dans la grotte, cortège fumant de flambeaux disparaissant dans la roche et la terre jaune. Achar sentit l'angoisse lui serrer le cou.

Le silence dura.

Puis il y eut un cri, dix cris. L'ouverture de la grotte sembla soudain trembler comme si le sol se mouvait. Mais ce n'était que l'effet d'une lumière intense qui venait de l'intérieur. Les cris redoublèrent, plus proches. Achar vit un pèlerin apparaître, en feu, des chausses aux cheveux. Hurlant de douleur, le pauvre homme bascula devant lui avant de se consumer en silence. Il tenait dans ses mains un lingot d'or qui brillait comme la source même de la flamme.

La lumière à l'intérieur de la grotte devint si intense que le soleil passant sur le rebord de la forteresse en pâlit. Achar sentit son corps se détendre et il se précipita vers la bouche de la grotte. Il eut le temps de voir le feu ruisseler dans le ventre de la terre, des silhouettes s'y contorsionner, puis il y eut un hurlement pareil à celui du vent. L'intense lumière s'éteignit d'un coup. Avec la force d'un bœuf au galop, un souffle monstrueux propulsa Achar, dans une nuée de poussière, jusque sur le terre-plein.

Il retomba à côté des restes carbonisés du pèlerin. Le lingot d'or brillait tout près de son visage. Achar murmura :

« Père Nikitas, père Nikitas ! Qu'avez-vous fait de moi ? »

Première partie

1

Il n'était pas tout à fait une heure du matin. À cette heure-là, Shore Parkway, l'anneau routier qui enlace Brooklyn comme la boucle d'un collet, en avait enfin fini avec ses embouteillages quotidiens. Il avait cessé de pleuvoir, mais il faisait si froid que la brume venue de Lower Bay restait plaquée au macadam rapiécé. À chaque sortie de la voie rapide, les feux de signalisation et les lampadaires gonflaient des bulles de lumières clignotantes et vaporeuses, pareilles à des baudruches que la nuit se refuserait à emporter.

Atteignant la bosse d'où partait l'embranchement pour Coney Island, la vieille Honda d'Aaron se mit, comme chaque fois, à trembler. Il aurait fallu remplacer tant de choses sur cette voiture que ce n'était même plus la peine d'y penser. Aaron préférait ressentir les vibrations de cette pauvre vieille machine comme la marque de satisfaction d'un fidèle animal qui flaire enfin la proximité de l'écurie. Quand on ne peut changer la réalité, on peut toujours la repeindre aux couleurs de son imaginaire. Depuis l'assassinat de son père et de sa sœur, depuis un an et demi qu'il vivait dans un trois pièces minable avec sa mère, Aaron Adjashlivi n'avait pas manqué d'occasions de parfaire cet imaginaire.

Deux voitures, roulant bien au-delà de la vitesse autorisée, le doublèrent à l'instant où il franchissait le pont enjambant le bras de mer. D'un même mouvement, elles le tassèrent sur la droite. Aaron se serra contre la glissière de sécurité d'un brusque coup de volant. Deux secondes durant il s'attendit à tout. Que les voitures s'arrêtent et qu'il doive plonger dans Gravesand Bay ! Mais elles disparurent avant qu'il eût atteint l'extrémité du pont. Aaron émit un petit ricanement involontaire et ses doigts tremblèrent sur le volant. Désormais, il parvenait à se donner la frousse tout seul.

Dans son chaos géométrique de lumières à demi dissoutes par la brume jaune, Little Odessa paraissait détachée de Brooklyn. Une minuscule presqu'île russe dérivant avec hésitation à la lisière de New York. Une goutte de béton et d'asphalte éternellement sur le point de disparaître dans la houle venue de l'est. Exactement comme ses habitants : les deux pieds ici mais pas encore la tête en Amérique. Plus tout à fait russes et cependant rien d'autre encore...

Après douze années de survie dans la réalité américaine, la mère d'Aaron ne connaissait toujours pas deux cents mots d'anglais mais savait faire la différence entre quinze marques de beignets à la confiture. Et, avec l'aide d'un traducteur, elle aurait pu tenir une conférence détaillée à Langley, devant les pontes du FBI, sur les techniques d'extorsions, de menaces, de manipulations, de tortures psychologiques, de soumissions non volontaires et d'assassinats pratiqués par l'*Organizatsiya* sur les quarante milles émigrants entassés le long de Brighton Beach Avenue, le cœur délabré de la « Petite Odessa ».

La Honda tourna à gauche devant le New York Aquarium. Aaron regarda une fois de plus l'heure sur le cadran du tableau de bord. Il était resté trop longtemps à la bibliothèque et encore trop longtemps chez celle qui serait peut-être un jour sa femme. Sa mère allait s'inquiéter et elle aurait raison. Lui non plus n'aimait pas la laisser seule la nuit. Surtout depuis que les articles du journaliste étaient parus.

En vérité, s'ils avaient eu un poil de jugeote, tous les deux, ils seraient déjà à l'autre bout du monde. Sauf que l'autre bout du monde était carrément au-delà de leurs moyens. Même en fauchant pendant un an dans la caisse de la laverie self-service dont sa mère était gérante, ils ne seraient pas allés jusqu'au Mexique ! Une réalité difficile à repeindre d'imaginaire, celle-là !

Aaron appuya sur l'accélérateur pour éviter qu'un feu ne passe au rouge sous son nez. La Honda rebondit sur une plaque d'égout, craqua puis frémit de toute sa carcasse. Au contraire de Shore Parkway, il y avait encore beaucoup de circulation sur Brighton Beach Avenue. Les loueurs de vidéocassettes étaient ouverts, comme les bars et les restaurants aux devantures affichant des menus en cyrillique. Il lui fallut encore presque dix minutes pour atteindre le petit immeuble miteux de trois étages du 208.

Coup de chance, une place était libre juste devant la laverie, sous les fenêtres de l'appartement. Aaron coupa le moteur sans oublier de le remercier mentalement pour cet effort accompli et de lui souhaiter une bonne nuit.

Il attrapa son sac à dos contenant son ordinateur portable et sortit de la voiture. Il semblait faire encore plus froid et plus humide qu'à Manhattan. Il verrouilla la Honda. Quatre voitures plus loin, la portière d'une Lincoln 92 s'ouvrit. L'homme qui en sortit poussa un nuage de buée devant lui.

Aaron portait en lui la mémoire des siècles et des siècles. Il était le fruit de l'errance et du perpétuel danger. Il avait en horreur la défiance qui serpentait dans son sang et son âme, mais il savait que c'était elle qui avait porté la vie jusqu'à lui et avait protégé, parfois, les siens. Dès que le passager de la Lincoln eut mis le pied sur le trottoir, ce fut comme si une onde électrique frappait sa poitrine. Soudain, il fut au-delà de la peur, tous ses sens en alerte.

D'un coup d'œil, Aaron s'aperçut que le type avait la tête couverte d'un bonnet de laine. Il ne fallut qu'une microseconde pour que le bizarre contraste entre la luxueuse limousine et le bonnet de laine se transforme en une certitude. Pourtant, Aaron demeura les pieds soudés au trottoir laqué par la brume. Comme s'il refusait encore de comprendre. Comme s'il s'accordait, en un minuscule instant de paralysie, tout le reste d'une vie qu'il n'accomplirait pas. Ce ne fut que lorsqu'il put distinguer l'épaisseur de la moustache blonde de l'homme au bonnet de laine qu'un cri franchit ses lèvres.

Du bras droit, il plaqua son sac contre son ventre, se pencha en avant, pivota et se remit à hurler au moment de bondir. L'homme au bonnet de laine s'immobilisa en écartant les pans de son blouson. Derrière lui, la Lincoln émit un léger feulement avant de s'éloigner mollement du trottoir.

Aaron courut moins de dix mètres. L'homme au bonnet de laine releva le nez d'un .45 dont le silencieux était d'un acier plus clair que celui de la culasse. Il y eut deux toussotements. Aaron gémit avant de toucher le sol. Son front, en frappant le trottoir, lui fit plus mal que sa poitrine. Il eut le temps d'un sanglot, d'un doute, se demandant s'il se trouverait quelqu'un, désormais, pour entretenir sa mémoire. Puis la nuit devint blanche et le monde silencieux.

L'homme au bonnet de laine laissa retomber le bras en s'approchant de sa victime. Il se pencha pour s'emparer du sac à dos et prit le temps de vérifier qu'il contenait bien l'ordinateur. Au troisième étage, une fenêtre se souleva. La mère d'Aaron inclina la tête. Elle se mit à crier au moment où l'homme disparaissait dans la Lincoln parvenue à sa hauteur.

2

Tom ne savait plus comment se tenir. Toutes les vingt secondes, il changeait de position, s'appuyant tantôt d'une épaule, tantôt de l'autre, contre le chambranle de la porte. Finalement il se redressa, tout droit sur le seuil de la chambre. Suzan s'activait avec les gestes secs d'une marionnette. Par pleines brassées, elle attrapait ses vêtements dans le dressing et revenait les enfourner dans les deux sacs ouverts sur le lit. À chaque aller-retour elle prenait bien soin d'éviter son regard. Quand elle repartait vers le dressing, ses hanches, malgré elle, dansaient sous la tunique qu'ils avaient achetée ensemble dans une boutique de Prince Street. Tom, lui, ne pouvait s'empêcher de scruter les lèvres closes de Suzan. Ces lèvres qu'il avait tant aimé embrasser et qu'un rictus de colère tendait maintenant comme deux lames de glace.

Il se décida enfin à abandonner le seuil de la chambre. Il était six heures du matin et bien trop tard pour éviter le pire. S'il restait à la regarder, il risquait de se mettre à hurler, peut-être même à pleurer. Ce qu'il ne se serait pas pardonné pour le restant de ses jours. La nuit avait été suffisamment stupide et épouvantable pour qu'il puisse maintenant abdiquer. De toute façon, il était épuisé.

Il alla s'affaler sur le canapé du salon, ferma les yeux comme il le faisait quand il était tout gosse à Duluth, Minnesota, et qu'il voulait échapper aux colères de son père. Il imaginait alors que des êtres sans bras ni jambes venaient le chercher dans leur ovni et l'emportaient sur la face cachée de la Lune pour faire des expériences très intéressantes. Mais il y avait vingt ans de ça. Aujourd'hui, il avait presque trente ans et ne croyait plus aux petits êtres sans bras ni jambes. Et il savait que la face cachée de la Lune n'était qu'un enfer de poussières sans vie et congelées à – 180 °C. À peu près la chaleur du regard de Suzan !

Penser à son enfance rappela à Tom son grand-père, l'évangéliste, qui trouvait dans chaque journée vingt fois l'occasion de citer Luc. Une manie qui, alors, exaspérait Tom. Pourtant, pareille à un héritage génétique, cette manie de la citation était devenue la sienne. Avec étonnement, hésitant entre l'agacement et une nostalgie amusée, il avait constaté que, dans les moments de tension, les citations préférées de son grand-père lui revenaient, intactes. Comme inscrites à jamais dans son âme. En un instant comme celui-ci, le grand-père aurait certainement trouvé la citation adéquate. Quelque chose comme : *Malheur quand tous les hommes diront du bien de vous...* Oui, c'était tout à fait ça !

Tout avait commencé ou plutôt s'était déclenché la veille. Pour fêter sa série d'articles sur la mafia russe parue dans le *New York Times*, il avait invité Suzan au restaurant du Righa Royal Hotel, à deux pas du MoMA. Cela avait un petit côté naïf et content de soi : *nous deux sur le toit du monde*. C'était vrai qu'il était plutôt fier de lui, mais il y avait de quoi. Un an de travail, une enquête dangereuse menée en profondeur dans Little Odessa, une source rare dans Brighton Beach et des infos comme personne n'en avait eu sur l'*Organizatsiya*. Pas même les flics qui, il n'y a pas si longtemps encore et par la bouche de

Joe Valiquette, le porte-parole du bureau du FBI de New York, déclaraient que « le critère “russe” pour parler d'une bande mafieuse est un critère ethnique inutilisable ». Un superbe boulot qui avait fait grimper les ventes du journal de 0,25 pour cent. Depuis une semaine, quand il traversait la salle de rédaction, il n'était plus un anonyme parmi quatre cents journalistes anonymes. Même les stagiaires levaient le nez de leurs ordinateurs pour lui dire bonjour. Le grand chef, Sharping, lui avait fait passer une carte. Il avait reçu une vingtaine de coups de fil de félicitations dont trois de la part de types qu'il avait suffisamment admirés il y a dix ans pour avoir envie de devenir comme eux. Même Bernstein, son rédacteur en chef, connu pour préférer se faire trouer l'estomac par un ulcère plutôt que de se fendre d'un compliment, avait hoché la tête avec un petit sourire. Le journaliste Tom Hopkins, désormais, existait. Et il était fier de lui-même, oui. Avec le désir que Suzan le soit aussi.

Donc il l'avait emmenée au Righa, où ils n'étaient encore jamais allés en treize mois de vie commune. La vue sur les lumières de Central Park West et la Cinquième Avenue y était à vous couper le souffle. À la lisière de l'immense rectangle noir de Central Park, le millier d'étoiles lumineuses piquetées dans les immeubles semblait suivre la courbe de la planète elle-même. Bouche bée de satisfaction, un verre de chablis à la main, Tom contemplait cette féerie lorsqu'il entendit Suzan lui annoncer d'une voix sèche :

— J'ai quelque chose à te dire.

Le ton n'annonçait rien de bon. Un frisson lui parcourut la nuque. Il leva quand même son verre en esquissant un sourire pour qu'elle poursuive.

— Il y a trois semaines, Mona Ellison, de NBC, m'a proposé un poste de présentatrice des régionales de minuit, reprit Suzan. À Seattle. J'avais jusqu'à demain pour donner ma réponse...

— À Seattle ?

— Oui... Selon elle, c'est un poste de formation pendant une année, pour voir comment je me débrouille devant la caméra. Ensuite, je pourrai obtenir une heure de meilleure écoute. Ou peut-être même revenir sur la côte est...

— À Seattle ? répéta Tom, regardant son vin comme s'il venait de se transformer en vinaigre de soja.

— Seattle, État de Washington... Tu sais, la grosse ville, là-bas, sur le Pacifique, en face du Japon...

— Je sais où est Seattle, Suzan !

— Tant mieux.

— Et que vas-tu répondre à Ellison ?

— J'ai appelé Mona ce matin. Elle est très contente que j'accepte. Elle va m'aider à trouver un appartement. Je dois être à Seattle après-demain...

— *Jeeesus !* souffla Tom.

Il but d'un trait son verre de vinaigre de soja, regarda les étoiles terrestres d'East Manhattan et demanda :

— Pourquoi tu ne m'en as pas parlé plus tôt ?

— Je cherchais le moment approprié et je ne l'ai pas trouvé.

— Parce que celui-ci l'est particulièrement ?

Suzan se contenta de hausser les épaules. Une serveuse fit mine de s'approcher de la table pour prendre la commande. Tom eut la présence d'esprit de lever la main en agitant la carte. Elle tourna les talons.

Suzan se redressa et regarda Tom bien en face. Il crut qu'elle allait sourire, comme d'une bonne plaisanterie. Ce ne fut qu'une grimace sardonique.

— Tu t'y feras, dit-elle.

— Je ne comprends pas. Si quelque chose n'allait pas...

Ce fut comme si une digue trop longtemps colmatée lâchait.

— Je t'en prie, Tom, je t'en prie ! Surtout, ne fais pas l'autruche ! Épargnons-nous ces hypocrisies et osons affronter la vérité en personnes civilisées, s'il te plaît ! Je te quitte parce que je ne suis pas née pour faire réchauffer les hamburgers du futur grand journaliste Tom Hopkins. Je vais faire comme toi. Je vais m'occuper exclusivement de ma carrière. Franchement, Tom !... Peux-tu me dire ce que j'ai à faire avec cette foutue mafia russe ? Te rends-tu compte que pendant sept mois tu ne t'es pas aperçu que j'existais ? Tu rentrais quand je dormais ou tu partais avant que je sois réveillée. Et moi je devais attendre que le successeur d'Adolph Ochs[1] veuille bien condescendre, toutes les six semaines, à prendre le petit déjeuner avec moi. Ce n'était pas dans notre contrat, Tom. Tu t'es trompé de femme... Et, surtout, ne me dis pas que ça va changer maintenant que tu en as fini avec tes russkofs ! Demain ça recommencera, je le sais. Ce sera n'importe quoi. Un reportage sur les zombis du Groenland ! Et je ferai quoi, pendant ce temps ? Je t'attendrai dans le congélateur ? Moi aussi, je suis journaliste, même si le monsieur du *New York Times*, le champion de la tradition, n'a que mépris pour les pauvres gens de la télé. Moi aussi, j'ai une carrière devant moi !... *Devant*, tu comprends, Tom ? Pas à côté d'un type qui ne sait même plus que parfois on couche dans le même lit !

— Suzan...

— Non, je t'en prie, Tom, non ! Je sais tout ce que tu peux me dire... Ne te fatigue pas. C'est déjà comme si tu l'avais dit !... Je voulais bien d'une vie commune ! J'aurais accepté que tu fasses ton petit chasseur de Pulitzer si, au moins, nous avions eu une vraie vie. Quelque chose qui prenne la forme de l'amour entre une femme et un homme, tu vois ? Mais nous en sommes à des milliards d'années-lumière, mon vieux. Tu fais l'amour avec l'ambition plus souvent qu'avec moi. C'est pas mon genre de me contenter des restes. J'ai su que j'en avais vraiment marre quand j'ai commencé à ne plus m'inquiéter qu'une

1. Fondateur du *New York Times*.

espèce de communiste recyclé te tire dessus. Je me suis dit : ma chère petite Suzan, qu'est-ce que tout ça va te rapporter ? Zéro. Rien. Ou plutôt si. Qu'un jour on vienne me féliciter d'être la femme du héros... Seigneur, quelle aventure exaltante !

Tom resta quelques secondes le souffle coupé par tant de reproches. Puis ce fut plus fort que lui. En grimaçant ce qu'il aurait voulu être un sourire, il soupira :

— *Qui est fidèle en petit est fidèle en grand ; qui est injuste en petit est injuste en grand...*

— Oh, ça va ! explosa Suzan en agitant sa fourchette inutile. J'en ai plus que marre d'entendre tes citations ridicules ! Tu te prends pour qui ?

— Suzan, pourquoi j'ai l'impression que tu me fais une crise de jalousie ?

— Va te faire foutre.

Le repas s'interrompit là, et Tom ne rattrapa Suzan qu'à l'angle de la Septième Avenue, alors qu'elle disparaissait dans un taxi.

Le reste de la nuit se passa en jaillissements de rancœurs et de disputes, avec des phrases et des mots parfois plus meurtriers que des balles de snipers. Maintenant, il était un peu plus de six heures du matin. Tom était cuit. Suzan allait sortir de sa vie et il n'avait plus la force de lever le petit doigt pour protester.

Il y eut des bruits de flacons dans la salle de bains. Tom ouvrit les yeux et se dit qu'il ne devait rien manquer de ce qui allait se passer. Un journaliste doit toujours être le témoin de la réalité, quelle qu'elle soit. Suzan apparut. Elle portait un sac dans chaque main. Ses cheveux blonds disparaissaient sous un béret de cachemire jaune pâle. Son menton acéré comme une lance cheyenne surgissait d'un pull à col roulé rouge, lui-même enfoui sous une cape en laine polaire rose piquetée de pois bleus. Ses bottes de daim enveloppaient ses collants de laine noir et jaune jusqu'aux genoux. Mais Tom ne sut pas ce qu'il y avait dans ses yeux parce qu'elle ne les tourna pas vers lui avant d'atteindre la porte de l'appartement. Il ne bougea pas du divan et elle dut poser l'un de ses sacs pour ôter la chaîne de sécurité et tourner les verrous. Elle ne referma pas derrière elle.

Tom resta un moment sans réagir. Après une minute de silence, il fut surpris de sentir une sorte de soulagement, d'onde chaude et apaisante, lui parcourir tout le corps. Pour la première fois de sa vie il venait de mener une bataille d'amour et l'avait perdue par K.-O. au premier round. Il serait temps plus tard d'évaluer l'étendue des dégâts, mais, pour l'heure, il était bien content que ce soit fini.

Il se leva, quitta le divan, referma la porte de l'appartement, bascula les verrous puis alla chercher une bouteille de yaourt liquide dans le frigo. Tout en buvant le yaourt à petites gorgées, il se fit couler un bain. Il était six heures et quart à sa montre quand il l'ôta pour se plonger dans l'eau presque bouillante. Cinq minutes suffirent pour qu'il s'endorme. Il n'était pas sept heures quand le téléphone sonna, l'eau du bain était tiède.

C'était la voix de Bernstein.

— Vous êtes réveillé ?

— On dirait.

— Parfait. Réveillez-vous encore un peu plus et bougez-vous les fesses. Rejoignez-moi au journal dans une demi-heure.

— Qu'est-ce qu'il se passe ?

— Une pleine brouette d'emmerdements pour vous, mon petit.

Bernstein raccrocha. Le champion olympique de la concision : « Faites court, mon petit. Les gens n'ont plus le temps de rien faire aujourd'hui. Pourquoi voudriez-vous qu'ils le perdent à vous lire ? »

Le ventre noué, Tom revint enfiler un peignoir dans la salle de bains. De toute évidence, quelque chose ne tournait pas rond. Les heures à venir promettaient d'être aussi plaisantes à vivre que celles qui venaient de s'achever. Il n'avait aucune idée de ce que pouvaient être les emmerdements promis par Bernstein, sinon qu'il ne pouvait pas douter de leur réalité.

À cinquante-quatre ans, Ed Bernstein avait tout vu du journalisme et l'essentiel du chaos humain. Il avait commencé au Vietnam où il avait été l'un des trois journalistes couvrant la chute de Saigon, embarquant dans le dernier hélicoptère à la dernière minute. Puis il avait écrit ses papiers depuis le Chili et le Liban pendant trois ans et, là, un éclat d'obus lui avait arraché la moitié d'une oreille pour la mélanger au ciment d'un mur. En 1983, après que le journal eut glané un Pulitzer pour ses reportages sur Beyrouth, Bernstein était resté quatre mois en Iran en se faisant passer pour un Syrien. Deux ans plus tard, Reagan avait, en privé, menacé de le gifler s'il continuait à prétendre que la Maison-Blanche organisait des ventes illégales d'armes aux narcos d'Amérique centrale. Il y avait eu une belle bagarre à l'intérieur du journal pour son soutien, mais Bernstein avait décidé qu'il était temps de devenir sédentaire et rédacteur. Depuis, il compensait son ennui en terrorisant toute une salle de rédaction rien qu'en levant ses petits yeux clairs. S'il affirmait que les ennuis arrivaient, il n'y avait aucun doute possible. Ils arrivaient.

Il ne faisait plus tout à fait nuit et pas encore jour lorsque Tom descendit du taxi à Times Square. Mais il lui avait fallu plus d'une demi-heure pour venir de Greenpoint. Il n'eut pas le temps de refermer la portière du taxi. Un couple de travestis prit sa suite. Ils déboulaient par grappes de la 42e Rue, gloussant, sautillant sur des talons de hauteur sadique et les faux cils décollés des paupières. Depuis trois semaines, le maire était parti en croisade pour moraliser Manhattan, promettant même de fermer les sex-shops. Le monde de la nuit, en réponse, s'offrait une débauche ininterrompue.

L'immeuble du *New York Times* commençait seulement à se remplir de ses quelques milliers d'employés. Tom traversa la salle de rédaction à moitié vide. Le bureau de Bernstein était à une extrémité, cloisonné de verre comme une guérite de surveillance dans un dortoir de pensionnat. Pour l'instant les stores en étaient baissés, signe qu'on allait jouer le drame à huis clos. Tom entendit des voix en approchant. Ses mains étaient gelées. Il aurait aimé être n'importe où dans le monde plutôt qu'ici. Il n'était même pas certain de posséder encore assez de curiosité pour désirer apprendre sous quelle forme le ciel allait lui tomber sur la tête.

Assis derrière son bureau, Bernstein caressait ce qui lui restait d'oreille gauche, signe qu'il était passablement énervé. Ses yeux se plissaient comme s'il cherchait une cible. Mais il lui sourit presque affectueusement. Ou du moins il sembla. Tom se dit aussitôt qu'il s'était trompé, que sa situation n'était pas dramatique mais seulement incertaine. Il est des moments où une ride sur l'eau vous donne l'envie de croire que l'heure de la noyade n'est pas venue.

De l'autre côté du bureau de Bernstein, il y avait deux hommes. L'un et l'autre approchaient la quarantaine : costumes italiens, cravates de soie, poches sous les yeux, sourires goguenards. Nul besoin qu'ils arborent un insigne pour savoir à quoi ils s'occupaient. Chacun d'eux tenait à la main un gobelet de café. Bernstein tendit la main vers eux et fit les présentations de sa voix curieusement haut perchée.

— Tom, voici le lieutenant Bervetti, du NYPD[1], et le sergent Merlent, du FBI. Le sergent Paulaskas,

1. New York Police Department.

du 60e district, devait nous rejoindre, mais, apparemment, il a trouvé mieux à faire...

Tom sentit sa colonne vertébrale se bloquer. Bernstein venait d'agiter un fanion à son attention. Le 60e district, c'était le commissariat de Brighton Beach Avenue. Et donc...

Bervetti comprit en même temps que lui et agrandit son sourire.

— On ne va pas vous faire languir plus longtemps, monsieur Hopkins. Le sergent Paulaskas a ramassé cette nuit un jeune homme sur le trottoir de Brighton Beach Avenue. Mort. Deux balles de .45 dans le dos, tirées à moins de dix mètres, très proprement. Aaron Adjashlivi...

Bervetti laissa passer trois secondes, le temps que son collègue termine son café, et ajouta :

— Ça vous dit quelque chose, ce nom-là ?

Tom sut qu'il devenait livide.

Si ça lui disait quelque chose, Aaron Adjashlivi ? Six mois de complicité, d'amitié, d'affection, de respect devant le courage d'un garçon de vingt-deux ans qui avait choisi l'honnêteté et la loi en prenant tous les risques... Aaron aux yeux presque verts, fou de jazz des années cinquante et de l'histoire des Juifs, rêvant de devenir un grand professeur d'hébreu. Aaron au sérieux de vieillard, fou de colère, rêvant de venger son père et sa sœur et d'offrir une vie de paix à sa mère. Aaron qui lui faisait totalement confiance et grâce à qui il avait pu écrire une pleine page du *New York Times,* et six de plus dans le complément du week-end, les encarts de pub compris ! Aaron avec deux balles dans le dos !

Merlent froissa son gobelet vide et le balança avec précision dans la poubelle de Bernstein en approuvant de la tête.

— Ouais ! On dirait que ça vous dit quelque chose, effectivement. L'inverse nous aurait surpris.

Le sergent sortit de sa poche un sachet de plastique transparent contenant une feuille de papier soigneusement pliée et l'agita comme un hochet.

— Les hommes du 60e ont trouvé ça dans la chambre du garçon : un numéro de téléphone et une adresse e-mail, dans un bouquin écrit en hébreu, je crois. Le numéro est celui d'un portable dont vous avez contracté l'abonnement le 6 juin dernier et avec lequel vous n'avez pratiquement passé aucune communication. On peut penser qu'il servait essentiellement à recevoir des appels, en particulier des connexions pour la boîte aux lettres électronique. Comme on peut le penser, on a essayé et, effectivement, ça marche... Vous voyez, monsieur Hopkins, Aaron Adjashlivi s'est fait descendre à une heure du matin. Il est à peine huit heures, mais nous avons déjà bien travaillé...

Bervetti prit le relais avec un petit rire.

— C'est aussi que les journalistes usent maintenant de techniques tellement modernes ! Fini le stylo et le bloc-notes, on dirait...

Tom commençait à craindre ce qui allait venir. Il n'y avait cependant rien à dire tandis que les deux flics faisaient leur numéro, sinon les écouter. Leur trajectoire était toute tracée.

— Vous savez, reprit Bervetti, au NYPD nous avons lu vos articles avec beaucoup d'intérêt. Pleins d'informations instructives. Surtout ces passages sur la nullité de nos services, notre quasi-incompétence, notre refus pathologique de considérer Little Odessa comme un petit morceau de l'enfer et la défiance que les citoyens de Brooklyn, ainsi que tous les contribuables des États-Unis en général, se devraient d'avoir envers une police aussi débile que la nôtre... C'est le genre de compliments que nous aimons toujours voir publier !

Bernstein gloussa. Il s'amusait vraiment. Ou voulait le faire croire. Merlent interrompit le flot de bile du lieutenant.

— Je suppose qu'on peut considérer Adjashlivi comme votre *seule* source pour tous ces articles, n'est-ce pas ?

Tom jeta un bref coup d'œil vers Bernstein, qui lui fit signe de se taire. Merlent soupira.

— Une source définitivement asséchée...

— Que ce garçon soit mort ou pas, Hopkins n'a pas à vous confier quelles sont ses sources, lança Bernstein. *Ses* sources, je dis bien. Il n'y en a jamais une seule dans un travail de cette importance...

Merlent et Bervetti se regardèrent avec le même étonnement ravi. Tom sut que ce qu'il redoutait le plus, depuis quelques minutes, allait arriver.

— C'est ce qu'on nous dit toujours, rigola Bervetti pendant que le sergent du FBI prenait un dossier dans sa serviette. « Les bons journalistes recoupent », etc. Nous avons aussi trouvé ceci chez Adjashlivi...

Il montrait, dans les mains de Merlent, des feuillets criblés de notes, à l'évidence écrites par deux mains différentes. Les brouillons des articles corrigés par Aaron. Bernstein ouvrit grand ses yeux clairs et accusa le coup. Il venait de comprendre que Bervetti avait raison : *votre seule source...*

— Pas si fréquent que ça, que les journalistes fassent corriger leurs articles par leurs indics, non ? demanda Bervetti, tout sourire.

— Aaron n'était pas un indic, protesta Tom, qui n'en pouvait plus. Il était bien autre...

— Bouclez-la, Hopkins ! gronda Bernstein, livide. Écoutez ce qu'ils ont encore à dire et, pour l'amour du ciel, fermez-la !

Bervetti, toujours souriant, hocha la tête. Il buvait du petit-lait. Merlent se racla la gorge.

— Je ne suis pas de l'avis de votre patron, monsieur Hopkins. Je considère au contraire que vous devriez nous dire un certain nombre de choses. Voilà la situation telle qu'elle se présente ce matin. Il semble donc acquis que M. Adjashlivi fut la source essentielle de vos informations. Tellement unique que les membres de ce que vous appelez la mafia russe l'ont repéré facilement. Et tué aussi facilement. À ce stade, on peut considérer sans exagérer que vous êtes moralement responsable, en partie au moins, de cet assassinat...

— Déconnez pas, gronda encore Bernstein. Il faut être pervers pour lancer des accusations pareilles ! Un homme qui parle en risquant sa vie est seul responsable du risque qu'il prend. Pas celui qui l'écoute ! Ne renversez pas les valeurs, sergent !

— Le problème, poursuivit Merlent sans accorder la moindre attention à Bernstein, c'est qu'Adjashlivi semblait avoir encore d'autres informations que celles dont vous avez fait état dans vos articles. Après l'avoir tué en pleine rue, le tueur a pris le temps de récupérer son ordinateur portable...

— Et comme nous aussi nous avons quelques indics, même à Brighton Beach, intervint le lieutenant Bervetti, nous savons que la mort de ce garçon n'est pas seulement une punition. C'est aussi un acte préventif...

— Savez-vous de quelles informations il s'agit, monsieur Hopkins ? Des informations suffisamment importantes pour valoir la mort d'un homme ? demanda Merlent en baissant la voix. Vous semblez suggérer que ce garçon était presque un ami pour vous... Il a certainement dû vous confier plus de choses que vous ne pouviez en révéler professionnellement...

Il y eut un silence pendant lequel six yeux se braquèrent sur Tom. Un silence qui pesait aussi lourd que la vie perdue d'Aaron. Tom crut que sa voix ne franchirait jamais sa gorge.

— Aaron était un type formidable... Rien de ce que vous imaginez. Mais il ne me confiait pas tout et nous n'avions pas d'autres articles en projet...

— « *Nous* n'avions... » ? attaqua aussitôt Bervetti, d'un air faussement étonné. Vous écriviez vraiment à quatre mains... ?

— Aaron ne vous aurait jamais confié un millième de ce qu'il savait, éclata Tom. Parce qu'il était convaincu qu'il vous faudrait cent dix ans pour vous bouger les fesses ! Vous savez aussi bien que moi dans quelles conditions son père et sa sœur ont été massacrés. Pendus par les pieds et décapités. Il y a presque deux ans, aujourd'hui, et le commissariat du 60e district n'a même pas été capable de mettre deux flics sur l'enquête ! Aaron se vengeait, lieutenant. Il savait ce qu'il faisait. Ces articles, il les voulait. Pour faire ce dont vous êtes incapables : sortir la vérité de son trou et rétablir son honneur !

— En vous faisant confiance. Ce qui lui a réussi, on dirait ! ricana Bervetti.

— Ça suffit, lança Bernstein en levant les mains en direction de Tom.

— Ça ne sert à rien de s'énerver, opina Merlent. Vous n'avez pas tout à fait tort, Tom. Mais ce qui était vrai en 94 ne l'est plus aujourd'hui. Le FBI a sérieusement l'*Organizatsiya* en ligne de mire. Tout ce que nous vous demandons, c'est de collaborer. Pourquoi ont-ils pris l'ordinateur d'Aaron ? Qu'y avait-il de si important dedans ?

Tom, Aaron... Les prénoms après les insultes ! Pour un peu, Merlent allait bientôt le prendre dans ses bras ! Tom soupira.

— J'en sais rien. On ne s'est pas vus ces dernières semaines. Même pas parlé au téléphone... Vous devez le savoir !

Bervetti leva les yeux au ciel. Il n'en croyait pas un mot. Il fit un pas en direction de la salle de rédaction, qui se remplissait. Les éclats de voix sortant du bureau de Bernstein devaient commencer à y faire leur effet.

— De toute façon, grinça le lieutenant du NYPD, vous serez cité comme témoin, Hopkins. Et vous pouvez vous tortiller dans tous les sens pour éviter les éclaboussures, vous aurez quand même la mort de ce garçon sur la conscience pour le restant de vos jours !

3

Tout commence, toujours, par le cœur. Il m'a fallu quelque soixante ans pour le comprendre. Jusque-là, je le tenais pour le lieu où naissent les émotions : une colère le perce, un chagrin le brise, un bonheur l'élève. Et j'aimais imaginer que dans le cœur de chacun ne résident que générosité, bien et justice. Il me restait à apprendre, jusque dans ma chair, que notre cœur est un muscle, que dans sa pulsation il enserre notre destin, le souffle de la vie et la violence de la mort.

C'était une belle journée de mars. L'air de Paris était frais, mais le soleil vous réchauffait le visage et traçait des ombres légères. Comme chaque matin j'étais allé prendre mon petit déjeuner place des Vosges, lisant quelques journaux et humant l'atmosphère du jour. À dix heures j'avais rendez-vous avec mon ami André N. à qui j'avais promis quelques copies de textes anciens pour une conférence qu'il préparait sur les « Écrits de voyageurs du haut Moyen Âge ».

J'étais de retour chez moi un peu avant notre rendez-vous. Dix heures passèrent. Comme à son habitude, André était en retard. La veille au soir j'avais préparé à son intention une pile d'ouvrages. Désœuvré par l'attente, vaguement agacé, je saisis celui du dessus et l'ouvris au hasard d'un signet. Il s'agissait d'un écrit du rabbi Obadia Mi-Bartenora, de Florence, racontant son arrivée à Jérusalem en l'an 1488. De la main gauche, je chaussai machinalement mes lunettes et allai me poster près de la fenêtre pour relire ce passage dans le soleil de ce beau matin.

Nous arrivâmes aux portes de Jérusalem et entrâmes dans la ville le 13 du mois de Nissan 4248 à midi. Enfin, nos pieds se tenaient devant les portes de Jérusalem. C'est là que vint à notre rencontre un rabbin ashkénaze qui avait été élevé en Italie. Il s'appelait R. Jacob di Colombano. Il me conduisit dans sa maison et je séjournai chez lui pendant toute la fête de Pâque. Jérusalem est, dans sa plus grande partie, en ruine et désolée. Il est inutile de dire qu'aucune muraille ne l'entoure. À ce qu'on sait, les habitants de la ville sont au nombre de quatre mille familles, dont soixante-dix sont juives. Toutes sont pauvres et sans ressources. Pratiquement plus personne ne mange de pain. Quiconque est en mesure de se procurer du pain pour une année est considéré comme riche en ce lieu. Les veuves y sont nombreuses, vieilles et abandonnées, ashkénazites, séfaradites et d'autres pays : sept femmes pour un homme...

Le violent coup de klaxon d'un camion de livraison, bloqué sous mes fenêtres, me fit sursauter. Je jetai un coup d'œil dans la rue avec un bref et irraisonné sentiment d'inquiétude, comme si mon cœur se serrait à l'annonce d'on ne sait quelle néfaste nouvelle. Cela n'avait aucun sens. Je voulus chasser le poids qui me pesait sur la poitrine en reprenant ma lecture.

En vérité, du point de vue des Musulmans, les Juifs ne sont pas des étrangers en ces régions. J'ai parcouru ce pays dans sa longueur et dans sa largeur, nul n'ouvre la bouche pour se moquer. Ils ont beaucoup pitié de l'étranger, surtout s'il ne connaît pas la langue. Lorsqu'ils voient des Juifs en grand nombre, dans un même lieu, ils ne leur veulent pas de mal.

Je pense que s'il y avait, à la tête de ce pays, un homme intelligent et sage, il serait le maître et le juge des Juifs aussi bien que des Musulmans. Mais il n'existe pas, parmi les

Juifs de ces régions, un homme sage, expert et intelligent, susceptible d'être en parfait accord avec ses frères. Ce sont tous des gens sauvages qui se haïssent les uns les autres et qui ne pensent qu'à eux-mêmes...

D'un coup, les mots et les lignes, les murs et les meubles de mon bureau se brouillèrent. Tout le visible s'effaça. Une langue de feu me scia la poitrine, me coupa le souffle. Sans m'en rendre compte, je laissai tomber le livre et m'agrippai à la poignée de la fenêtre. Mes genoux pliaient et mes jambes ne me portaient plus. Avant que j'aie pu atteindre un siège, ma poitrine entière était en flammes. Un brasier qui m'ébouillantait de l'intérieur et ne voulait pas franchir ma gorge. Haletant, les yeux clos, j'eus encore la force de me dire que la mort me venait, qu'elle allait m'emporter... Mais pourquoi dans les flammes de mon cœur ?...

Durant une seconde, trois peut-être, la mort dansa pour moi. Moi qui si souvent l'avais évoquée, qui même lui avais voué, dans mon effort de conte et de mémoire, la plus grande partie de mon existence, voilà qu'elle m'invitait à son bal !

Et puis non. Aussi brutalement qu'il avait surgi, le feu s'éteignit. Il se mua en une douleur sourde, en un souffle oppressant. Comme si mon cœur s'était transformé en un marteau enveloppé de chiffons seulement capable de frapper des coups amollis. Maintenant, la peur me glaçait.

Respirant à grosses goulées, je décrochai fébrilement mon téléphone et appelai Patrick, mon ami cardiologue, qui, une année plus tôt, était déjà venu à mon secours. Comme Patrick raccrochait en m'assurant qu'il accourait, André sonna enfin. Il me trouva tremblant et livide, accroché aux accoudoirs de mon fauteuil.

Trois quarts d'heure plus tard, Patrick scrutait la bande de papier griffée par l'aiguille de l'électrocardiogramme. L'oscillation dentelée de la ligne noire contenait mon avenir. Patrick fit la moue, hocha la tête en plongeant ses yeux dans les miens.

— Cette fois, mon vieux, on est dans le sérieux. Je crains qu'on ne s'en tire pas en te soufflant de jolis petits ballons dans les veines...

— Tu crois ?

— Je le crois...

Il me saisit le poignet et le serra en s'efforçant de sourire.

— Ne t'en fais pas, Marek, c'est grave mais pas fatal ! Tu vas t'en sortir comme un chef. À partir de maintenant, tu ne risques plus rien.

Je ne partageais pas son optimisme de commande. La peur rôdait encore dans ma poitrine douloureuse. Je savais trop bien qui venait de me frôler.

— Que dois-je faire ? demandai-je en pressentant la réponse.

— Préparer quelques affaires et te choisir de bonnes lectures.

— Tout de suite ?

— Tout de suite. Je te conduis au centre de cardiologie du Nord dès que tu es prêt.

Il n'était pas midi lorsque nous traversâmes Paris. La journée était toujours aussi belle. De l'ombre au soleil, les gens allaient sur les trottoirs avec toute la conviction que l'on possède lorsqu'il nous faut remplir chaque journée d'une vie. Le boulevard Sébastopol était évidemment encombré. L'embouteillage était à son comble autour de la gare de l'Est. De jolies femmes s'impatientaient derrière leurs volants, des couples de jeunes gens, main dans la main, se souriaient en regardant des vitrines. Des adolescents filaient en patins à roulettes entre les voitures immobiles. La vie vibrait partout, jusqu'au bleu du ciel.

Patrick me lança un coup d'œil aussi amical que professionnel.

— Ça va ? Tu te sens mieux ? Après la gare, ça devrait rouler plus facilement...

J'approuvai d'un hochement de tête. Mon regard s'accrocha à un vieil homme, debout et indécis près d'un banc. Soudain, telle une bulle qui éclate, des souvenirs anciens et sombres m'assaillirent.

Je me rappelai mon arrière-grand-père Meïr Ikhiel. Celui qui était mort d'un arrêt du cœur. Toute sa vie, il avait rêvé d'être enterré au pied de l'une des collines qui bordent Jérusalem – afin, disait-il, d'entrer parmi les premiers dans la Ville le jour de la Résurrection. Ses enfants étaient pourtant bien trop pauvres pour assurer le transport de sa dépouille jusqu'en Terre sainte. On l'inhuma modestement dans le vieux cimetière juif de Varsovie, rue Gesia.

Mon grand-père Abraham, lui aussi, était cardiaque. Hassid du rabbin de Gour et vaguement sioniste, il me parlait souvent de Jérusalem. Mais il est mort avec simplicité au cours de la révolte du ghetto de Varsovie...

Nous atteignions enfin la porte de la Chapelle. Comme l'avait prédit Patrick, la circulation devenait plus fluide. Je me souvins alors, avec une douleur nouvelle, d'une fin de journée d'hiver, froide et ténébreuse. Nous habitions rue Boucry, tout près de là. Lorsque j'arrivai à l'appartement, alerté par ma mère, mon père Salomon ne respirait presque plus.

Il avait découvert sa maladie trop tard, peu après notre venue en France. Son cœur, selon les médecins, était déjà dans un état lamentable. Le médecin, au téléphone, me conseilla de lui appliquer des compresses chaudes et de lui masser la poitrine...

Sous la pression de mes mains, ses os craquaient. Enfin, je sentis son cœur bouger. Un râle sortit de sa gorge, puis un autre. Mon père ouvrit alors les yeux et posa sur ma mère, puis sur moi, un regard muet. Ses lèvres frémirent sans d'abord émettre un son. Puis il articula :

— Qu'y aura-t-il ?

La question me surprit.

— Tu verras, dis-je, tout ira bien.

Je mentais. Je m'étais mépris quant à ses mots. Mon père voulait être rassuré sur son avenir, sur la vie d'après, sur cet effacement tant redouté de l'âme qui, telle une bougie ayant longtemps brûlé, éclairé, grésillé, allait se réduire sous la chaleur de sa propre flamme et se résorber en gouttes de cire. J'avais cru qu'il parlait de ce passage obligé de la vie à la mort, passage en principe indolore. Je m'étais trompé. Il sourit tristement, hocha la tête et cessa de vivre. Depuis cet instant, ce malentendu qui avait oblitéré les dernières secondes de sa vie n'avait cessé, des années durant, de me peser sur la conscience...

Je ne comprenais que trop bien pourquoi je songeais soudain à ces morts. Mais je fus frappé, un court instant, par le fait que toutes, d'une manière ou d'une autre, évoquent Jérusalem. Mon père, très attaché à la mémoire familiale, avait conservé avec lui pendant toute la guerre quantité de documents de nature à prouver ses très anciennes racines alsaciennes ainsi que, depuis Gutenberg, la fidélité exemplaire de sa famille au métier d'imprimeur. Souvent, à Kokand, quand il manquait jusqu'aux trente grammes de pain auxquels nous avions droit, ses amis le taquinaient au sujet de ces documents.

— Tu aurais mieux fait de garder quelques bijoux au lieu de ces vieilles paperasses. Avec les bijoux, tu pourrais au moins acheter un peu de nourriture au marché noir. Avec tes papiers, tu ne pourras te payer ni un enterrement ni même une pierre tombale !

Parmi les fameux papiers, mon père aimait particulièrement un texte vieux de presque neuf cents ans. À son côté, sentant littéralement la mémoire et le passé se transfuser du parchemin à la chair de mes doigts, je l'avais lu et relu. C'était la lettre d'un de nos ancêtres, d'un Halter qui habita un village situé près de Haguenau.

En son temps, à la fin du Xe siècle, il fit un voyage à Jérusalem. Il avait mission de porter à la communauté juive de la Ville sainte les fonds recueillis pour elle auprès des Juifs d'Alsace. Je connaissais par cœur ce court texte. J'y puisais une émotion semblable à celle d'une prière. Les yeux à demi clos, tandis que la voiture de mon ami m'emportait vers l'hôpital et un incertain surcroît de vie, je me le récitai en silence.

Recevez de la Ville éternelle, fidèle à Dieu, les salutations du dirigeant des académies de Sion. Dieu a voulu que les Juifs trouvent grâce aux yeux des dirigeants musulmans. Après avoir envahi la Palestine, les Arabes entrèrent à Jérusalem. Depuis, les Juifs vivent parmi eux, consentant à entretenir le site et à le garder propre en échange du droit de prier à ses portes. Ici la vie est extrêmement dure, la nourriture rare, les possibilités d'emploi très limitées. De plus, les Arabes pressurent les Juifs de lourds impôts et de toutes sortes de taxes. S'ils ne s'en acquittent pas, ils seront privés du droit de se recueillir sur le mont des Oliviers où réside la présence divine conformément à ce qui est écrit dans Ézéchiel XI, 23 : « La gloire de Dieu s'éleva au-dessus du centre de la Ville et se plaça sur la montagne qui est à l'est. » Venez-leur en aide, secourez-les, sauvez-les – dans votre intérêt même, puisqu'ils prient aussi pour votre bien...

Ce lointain ancêtre avait habité la mémoire et les pensées de mon père, puis les miennes. Alors que je lisais une description de quatre siècles plus récente, la mort, tel un grain de poussière, avait tournoyé autour de moi pour s'en retourner, comme le dit la Genèse, à la poussière... Devais-je y voir un signe ? Où étaient-ce seulement la peur de la mort et la douleur de l'attaque qui me bouleversaient, me faisant interpréter une banale coïncidence comme un appel encore incompréhensible du destin ?

— Nous arrivons, dit soudain mon ami.

Il poursuivit en m'expliquant le parcours du combattant cardiaque qui m'attendait. De quoi me tirer définitivement de mes réflexions et me ramener dans un réel très immédiat.

J'oubliai tout à fait Jérusalem.

Les craintes de mon ami cardiologue furent confirmées par les analyses et le diagnostic de ses confrères. Cette fois, il me fallait subir un pontage.

En quelques heures, une chaîne amicale se mit à l'œuvre et fit de moi un malade privilégié. Avant le soir, le professeur, un chirurgien à l'accent iranien, au sourire serein et chaleureux, plein de tact, vint m'ausculter.

— Vous allez m'opérer ? lui demandai-je, comme si j'espérais encore une autre décision.

— Mais oui...

En quelques mots simples, il m'expliqua ce qu'il allait faire : m'ouvrir la poitrine, découper des bouts d'artères ou de veines bouchées et les remplacer par d'autres... Dans sa bouche, tout cela ressemblait à une élémentaire manipulation de plomberie, voire à un petit jeu de déconstruction-reconstruction comme en font les enfants. J'avais beau être sur mes gardes, sa sérénité finit par me décrisper.

— Et après ?

— Après quoi ?

— Lorsque vous aurez remplacé les mauvais bouts d'artères par les bons...

— Eh bien, c'est fini. Nous recousons et vous êtes bon pour vivre la seconde partie de votre vie !

— C'est aussi simple que cela ?

— Bien sûr. En médecine, il n'y a que la simplicité qui paie !

Il rit puis haussa les sourcils.

— Je vais demander aux infirmières de venir vous raser la barbe...

— Me raser la barbe ? Vous n'y pensez pas !

Il rit à nouveau.

— Mais si, monsieur Halter ! C'est une règle. On va vous raser la poitrine et la barbe.

— Comme vous voulez pour la poitrine, mais pour la barbe, pas question !

Il ne riait plus. Sans vraiment savoir pourquoi, j'étais hors de moi, prêt à me redresser, à remettre mes chaussures et à partir, comme si la perte de mon cœur ne pesait rien devant la perte de ma barbe !

— Pas question ! Jamais je ne me suis rasé la barbe. Jamais je ne me suis vu sans barbe...

— Monsieur Halter, je dois vous expliquer quelque chose, déclara le chirurgien avec le calme que l'on prend devant un enfant capricieux. Si, pendant l'opération, le moindre poil – ou même un fragment de poil – de votre barbe se détachait et pénétrait dans la plaie que nous ouvrons, on ne pourrait s'en rendre compte que trop tard. Il provoquerait une infection catastrophique. Il faudrait vous ouvrir à nouveau et...

— D'accord, professeur, l'interrompis-je. Vous avez vos arguments. Moi aussi. Je ne connais pas mon visage sans barbe. Suis-je beau ou hideux ? Suis-je seulement moi-même ? Imaginez un instant ce qu'il va se passer. Vous faites une superbe opération. Tout va pour le mieux. Je me réveille en pleine forme. Et voilà que je découvre mon visage. Ce visage nouveau qui n'est pas le mien, je le prends en horreur ! Qui est ce moi qui est devant moi ? Quel choc ! Que se passe-t-il ? Stress, coup au cœur, spasme cardiaque, pontages qui sautent, annulation de tous vos efforts... Mort !

Le chirurgien resta quelques secondes sans voix, éberlué. Puis il éclata de rire.

— Il y a peut-être une autre solution...

— Il *faut* qu'il y en ait une.

— Nous pourrions vous bander le visage étroitement en ne laissant que le passage d'un tuyau pour la respiration. Ce n'est pas très orthodoxe, mais... Et ce ne sera pas confortable pour vous non plus. En vous endormant, vous allez vous sentir dans la peau d'une momie !

Je retrouvai mon sourire et mon humour.

— Va pour la momie ! Si jamais ça se passe mal, au moins serai-je déjà prêt pour le voyage éternel !

Le lendemain, à l'hôpital de la Pitié-Salpêtrière, avant d'entrer dans le bloc opératoire on me banda donc le visage, enfouissant ma précieuse barbe sous le Velpeau... Le professeur n'avait pas tort. Ce n'était pas confortable. Mais d'un inconfort très relatif comparé à la conscience lancinante que ma vie allait se jouer dans les heures prochaines !

À l'instant même où l'on me fit glisser sur la table d'opération, j'affrontai une sensation inconnue. Involontairement, je cherchais à rester éveillé le plus longtemps possible. Soudain, je compris que j'étais au seuil du néant, qu'il me hélait et m'attirait comme un aimant. Non pour y couler à pic, mais pour y glisser paisiblement, dans une caresse dépourvue de douleur. À ma grande surprise, cette glissade était consolatrice. Je ne ressentais aucune angoisse mais une étrange et libératrice exaltation...

C'est alors, devant moi, dans toute la masse ancienne de ses pierres, que je vis apparaître Jérusalem ! Tel un navire sur une mer infinie, elle voguait en silence. De la houle bleutée des montagnes, ses murs dorés par le soleil et les millions de regards qui les avaient vénérés surgissaient comme s'ils ignoraient la pesanteur. Nef de rêves et de prières, peuplée d'ombres humaines et d'âmes ferventes, la ville entière s'approchait de moi. Pareil à un puissant fanal d'alerte, un reflet du soleil sur la Qubbat al-Sakhra, le Dôme du Rocher, m'éblouit. Je vis son mât, la tour de David et la coque crénelée de ses remparts qui échancrait sa lumière intime...

Dans une splendeur unique et muette, Jérusalem venait à ma rencontre. J'eus encore conscience de mes paupières closes, puis je sus, avant même que l'opacité du sommeil artificiel ne m'engloutît, qu'elle m'enveloppait tout entier et me protégeait.

4

— Bon sang ! hurlait Bernstein. Où vous croyez-vous ? On ne vous a jamais dit que ce foutu journal était le meilleur ? Le plus sérieux du monde ? Qu'avez-vous donc dans la cervelle ?...

Il laissa retomber son poing sur le bureau. Sa blessure à l'oreille virait à l'écarlate. Tom ne doutait pas qu'au-delà du bureau de verre toute la salle de rédaction était à l'écoute.

— Comprenez-moi bien, Hopkins ! Toutes ces âneries sentimentales sur votre copinage avec le Russe, je m'en moque complètement. Quant à cette prétendue dette morale que le lieutenant cherche à vous foutre sur le dos, c'est de la foutaise... Mais imaginez un peu de quoi on aura l'air si nos Laurel et Hardy vont se promener dans tout New York en racontant que vous avez écrit vos articles à quatre mains avec un futur cadavre ? Et sans autre source ! Seigneur tout-puissant ! Je crois à peine à ce que je dis là... Sans autre source, sans recoupage ! Et en me mentant !

Bernstein gémit en levant les yeux au ciel.

— Pourquoi je dis « si » ? Bien sûr qu'ils vont se répandre dans tout Manhattan ! Pourquoi s'en priveraient-ils, après le costume que vous leur avez taillé ?

Il y eut un silence. Un silence qui figea le bureau de Bernstein. Tom se gardait bien d'ouvrir la bouche.

Il devait être vert pomme. Il avait le plus grand mal à empêcher ses mains de trembler. Tout ce qu'il pouvait espérer, c'était que sa propre ombre l'avale. Le silence se prolongea au-delà du supportable. Tom crut qu'il allait étouffer.

— Je suis sincèrement désolé, patron. Je sais que c'était une connerie, mais on ne recoupe...

Le regard de Bernstein lui ferma la bouche.

— Un mot de plus et je vous réduis en bouillie, Hopkins ! Il n'y a pas d'excuse pour ce que vous nous avez fait. Je dis bien à « nous », au journal tout entier !

Le doigt de Bernstein se pointa sur la poitrine de Tom comme un missile près de le transpercer.

— Même si toutes vos informations sont vraies – et il est probable qu'elles le soient –, sur une affaire pareille, vous deviez absolument les recouper. Et donner votre papier à relire à ce gosse ? On croit rêver... Ou plutôt cauchemarder. Vous êtes fou à lier !

Nouveau silence. Tom eut soudain la certitude que Bernstein cherchait une porte de sortie, pour lui autant que pour le journal. Malgré tous ses hurlements, Ed l'aimait bien. Il le lui avait fait sentir à sa manière. Il croyait en lui. Il savait que Tom pouvait devenir un grand journaliste, qu'il en avait le courage et l'intelligence. Et, s'il avait fait délibérément une entorse au règlement avec Aaron, Bernstein devait bien se douter qu'il avait eu une raison, même mauvaise, de prendre tant de risques. Mais il ne voulait surtout pas la connaître.

Finalement, Bernstein soupira et ferma les yeux durant quelques secondes. Quand il les rouvrit, son expression avait changé.

— C'est vrai, ça, votre Aaron ne vous a rien dit de ce qu'il tripatouillait ces derniers temps ?

Sa voix était tombée de quatre octaves.

— On s'est parlé il y a une semaine. Il travaillait sur l'histoire de Jérusalem. Je ne vois pas en quoi ça peut concerner la mafia ou les flics...

— Il n'y a pas grand-chose qui ne les concerne pas. Vous le savez aussi bien que moi... Il pouvait vous cacher quelque chose de plus important.

— Je ne crois pas. Il cherchait des textes sur Jérusalem, des vieux textes... C'était important pour lui, mais c'est tout. Je crois que depuis la mort de son père et de sa sœur il voulait aller vivre en Israël. Nous n'en avons jamais parlé franchement. J'ai eu parfois l'impression qu'il ne tenait pas à ce qu'on en parle.

— S'il vous manipulait, il avait de bonnes raisons pour la boucler... Quand même... Je trouve bizarre qu'ils l'aient exécuté si vite.

— Il ne me manipulait pas, Ed ! Même si j'ai dérogé à la sacro-sainte règle, je sais qu'il ne me manipulait pas. Il se vengeait. J'étais d'accord pour être le moyen de sa vengeance. Nous nous en étions expliqué... Il est mort parce que l'*Organizatsiya* ne permet pas qu'on lui tienne tête.

— Le journalisme n'a rien à voir avec la vengeance, Hopkins. C'était stupide de partir sur cette base-là...

Tom sentait la colère lui redonner la force de se défendre.

— O.K., je le sais. Mais sa vengeance me permettait d'obtenir des infos que personne n'avait. Bon sang, Ed, tout le monde, ici – il pointa la salle de rédaction derrière les baies vitrées –, tout le monde aurait fait comme moi. Vous le savez bien ! C'est vous-même qui me l'avez dit un jour : les motivations de celui qui nous informe, on doit les connaître, pas les juger !

— Je vous ai surtout dit que vous n'aviez pas d'excuse, et n'attendez pas que je vous en trouve. Faites-moi un entrefilet décent sur ce garçon et un autre, de cinquante lignes maximum, sur la brillante manière dont vous avez conduit cette enquête. Si la rumeur de votre exploit remonte à la surface et que l'on se décide à vous virer, ça vous servira d'épitaphe !

Bernstein chaussa ses lunettes et attrapa la pile de feuillets qu'il devait relire. Les jambes en coton,

Tom se dirigea vers la porte. La voix de Bernstein le rattrapa avant qu'il ne la franchisse.

— Comment se fait-il que vous ayez été déjà réveillé, ce matin, quand j'ai appelé ? Vous n'étiez tout de même pas à Brooklyn cette nuit ?

— Mais non !

Tom s'interrompit, se demandant si c'était vraiment le moment. Au point où il en était...

— Je me suis disputé toute la nuit avec Suzan. À six heures du matin elle a décidé qu'il était urgent de mettre le continent entre nous...

Bernstein hésita une fraction de seconde avant d'éclater de rire. Ses épaules secouaient son veston. On aurait dit un vieil oiseau sur le point de s'envoler.

— Eh bien, mon petit, vous êtes gâté par la vie en ce moment ! Il semble qu'elle ait plein de choses à vous apprendre. Profitez-en !

La matinée passa comme un mauvais rêve. Si ses collègues de la salle de rédaction ne connaissaient pas les détails du désastre, en moins de deux heures, ils en surent assez pour déployer à l'égard de Tom toutes les mimiques de la fausse compassion, de la jalousie vengeresse, voire de la dignité journalistique offusquée. En un clin d'œil, il passa du haut du podium au fond de la poubelle, dont certains auraient bien aimé refermer le couvercle.

Dans ces circonstances, écrire l'« entrefilet » sur la mort d'Aaron fut un exercice non seulement cruel mais difficile. Tom avait encore dans les oreilles l'accusation du lieutenant du NYPD : « Vous pouvez vous tortiller dans tous les sens pour éviter les éclaboussures, vous aurez quand même la mort de ce garçon sur la conscience pour le restant de vos jours ! » Bervetti et Merlent n'auraient pas même eu besoin d'insister pour qu'effectivement sa conscience soit douloureuse. Contrairement à l'affirmation de Bernstein, cette dette morale n'était ni irréelle ni une foutaise.

Aaron connaissait mieux que personne les risques qu'il encourait en bravant la loi du silence de Little Odessa. Aaron était courageux et avait déjà beaucoup perdu. Par foi et par dignité, sans doute considérait-il qu'une courte vie d'homme libre valait mieux qu'une existence soumise aux volontés avilissantes d'une bande de criminels sadiques. Mais est-il toujours possible d'avoir une conscience exacte des risques que l'on prend ? Plus le danger est grand, plus on espère sans doute un miracle. Comme disait son grand-père, avec l'aide de Luc : *Si le maître de maison savait à quelle heure vient le voleur, il ne laisserait pas percer sa maison...*

La vérité était que Tom, ne serait-ce que par le projet des articles, avait encouragé Aaron à affronter l'*Organizatsiya*. Aujourd'hui, il était bel et bien en partie responsable de sa mort. Il allait devoir vivre avec ça. Et peut-être bien se trouver un autre job !

Vers midi, il n'était plus bon à rien. Les phrases dansaient, dénuées de sens, sur l'écran de son ordinateur. Il n'avait pas fermé l'œil depuis trente-six heures. Il était temps d'aller dormir d'un sommeil qui, avec un peu de chance, lui porterait conseil.

Il quitta discrètement la salle de rédaction et prit le métro pour rejoindre son petit appartement de Cayler Street, à Greenpoint, au nord de Brooklyn. Jusque-là, la mort d'Aaron lui avait évité de trop penser à Suzan. En refermant la porte, il crut la voir une fois encore traverser la pièce avec son sac, son menton haut levé, venant à lui sans même le remarquer, le transperçant de part en part, tel un fantôme... Épuisé comme il l'était, les nerfs à vif, il pouvait avoir les pires hallucinations !

Il alla prendre une douche. L'eau lui détendit un peu les muscles mais ne put rien pour son âme et son cœur. Quand il revint dans le salon, il eut à nouveau une étrange impression. Chaque chose était à sa place, meubles, livres, objets intimes ou usuels étaient là où il s'attendait à les voir. Pourtant, ils avaient imperceptiblement changé de qualité, de couleur et de volume... Jusqu'aux murs et aux plafonds qui paraissaient différents. Ternes et oppressants.

« Bon sang, marmonna Tom à haute voix. Est-ce que je l'aime à ce point ou est-ce que je deviens dingue ? »

Machinalement, comme pour reprendre contact avec le monde réel, il enclencha la lecture de son répondeur. La voix de Suzan, cinglante, en sortit : « C'est moi. Je passerai demain matin avec une amie récupérer le reste de mes affaires. Tu n'as pas besoin d'être là. Ça serait mieux, d'ailleurs. Je laisserai ma clef dans la boîte aux lettres. »

Tom demeura tétanisé, le temps qu'une autre voix, qu'il n'entendit pas, succédât à celle de Suzan. Comme mot d'adieu, on pouvait faire plus sentimental. D'un doigt furieux, il coupa enfin le répondeur qui égrenait des bips.

Suzan dépassait les bornes ! Elle ne leur laissait vraiment pas l'ombre d'une chance. Elle ne voulait pas seulement une séparation mais un règlement de comptes.

Et lui qui, une minute plus tôt, se ramollissait comme un adolescent dans une glu sentimentale !

Bouillant d'indignation, il alla tirer les stores devant les fenêtres de sa chambre et se coucha. Pendant un quart d'heure encore, il passa en revue les horreurs les plus blessantes qu'il pourrait lancer à la tête de Suzan dès qu'il en aurait l'occasion. Puis, laminé par ce dernier effort, tel un aveugle se jetant dans le vide, il sombra dans un sommeil opaque.

Deux heures plus tard, il se réveilla en sursaut. Il était loin d'avoir récupéré mais il échappa au sommeil avec la violence d'un noyé qui retrouve enfin la surface. Tout lui revint d'un coup. Et d'abord ce qu'il avait à faire : aller voir la mère d'Aaron, lui demander son pardon et lui proposer son aide si jamais il pouvait lui être utile.

Cette fois, Tom prit sa voiture, un monospace Ford Windstar acheté d'occasion au printemps dernier. Le genre d'investissement qu'un garçon de trente ans fait quand il décide que l'heure est venue de fonder un foyer.

En haut de Wythe Avenue, il prit la 278 puis Shore Parkway. Malgré la circulation, il mit moins d'une heure pour atteindre Sheepshead Bay. Il connaissait Little Odessa aussi bien qu'on pouvait la connaître en ne l'habitant pas et en n'y ayant pas échoué après un passage au bureau de l'immigration.

Le ciel était uniformément gris. Il ne pleuvait plus, mais le vent venu de l'Atlantique restait toujours aussi froid. La grisaille morne, du macadam aux nuages, semblait être la teinte aussi naturelle qu'éternelle de la presqu'île. En plein jour, les enfilades d'immeubles ponctués de terrains vagues, de constructions à l'abandon et de bandes de béton ayant l'air d'avoir survécu à un bombardement, semblaient moins sinistres que la nuit à cause de l'activité de fourmilière qui animait cet incroyable ghetto.

À cinquante mètres du 208, Brighton Beach Avenue, il trouva une place devant un pas de porte délabré et transformé en boutique à l'aide de planches et de feuilles de plastique. Une grand-mère, assise dans un fauteuil de camping, y vendait les chaussettes de laine qu'elle tricotait en attendant ses improbables clients. Il fallait se pincer pour croire que l'on était à une douzaine de miles à peine de Wall Street !

Verrouillant le Windstar, Tom croisa le regard de trois adolescents. Il leur sourit mais déclencha ostensiblement l'alarme du monospace, qui émit un feulement de vieux chien. Ce serait peut-être suffisant pour qu'il retrouve sa voiture dans une heure.

Il traversa l'avenue et remonta vers la laverie tenue par la mère d'Aaron. En approchant, il se rendit compte qu'elle était fermée. Il faillit marcher dans une tache sombre qui paraissait encore humide et qu'il ne reconnut que trop tard. Le sang qu'Aaron avait versé en agonisant ! Tom fit un bond de côté et la nausée lui brouilla la vue.

Clignant des yeux, il pressa le pas. Une feuille de papier couverte d'une fine écriture bleue était scotchée sur la vitre dépolie de la laverie. Le message était rédigé en russe, mais Tom en devina le contenu. Il poussa la porte en fer jouxtant la boutique et dont le verrou électrique de sécurité était hors d'usage depuis bien longtemps.

Il connaissait l'immeuble pour être venu deux ou trois fois chez Aaron, au tout début de son enquête et de leur rencontre. Ensuite, ils avaient préféré se retrouver dans des lieux plus discrets. La cage d'escalier était propre, visiblement entretenue, mais glaciale et humide.

Au troisième, il frappa à la porte avec une certaine discrétion. Personne ne répondit. Il frappa plus fort avant de s'apercevoir que l'un des vieux boutons sur la droite, à côté de la mezuzah, correspondait sans doute à une sonnette. Il le pressa. Un carillon en cascade, incongru, retentit. Il ne déclencha aucune réaction dans l'appartement. Tom songea que la mère d'Aaron pouvait être au commissariat ou peut-être à la morgue. Il était peu probable qu'on lui ait déjà rendu le corps de son fils. Il se pouvait aussi que les assassins d'Aaron soient en train de lui faire la leçon. Ils en étaient bien capables. Il s'en voulut de n'être pas venu la voir dès le matin. Il fallait espérer que cette pauvre femme, l'unique survivante d'un véritable massacre familial, trouverait encore la force de résister à tant d'horreurs.

Tom redescendit les escaliers en se demandant ce qu'il devait faire. Compte tenu de ses rapports avec les flics du 60e district, mieux valait éviter le commissariat. En atteignant le trottoir, il conclut qu'il ne lui restait qu'à attendre et espérer que Mme Adjashlivi revienne chez elle pour pleurer en paix. Il retraversa l'avenue pour éviter d'avoir à affronter de nouveau le sang d'Aaron.

En retournant vers le Windstar, il acheta les journaux de l'après-midi dans une boutique où l'on vendait aussi de magnifiques chapkas fabriquées à Omsk ou à Nijni Novgorod. Il y avait peu de chances pour que les taxes d'importation soient parvenues jusqu'aux caisses de l'État de New York.

Il patienta une heure, parcourant d'un œil distrait les nouvelles du jour, avant de se rendre compte qu'il avait une faim de loup. Grâce au festin avorté de la veille, il n'avait rien avalé depuis des siècles. Les fast-foods version Little Odessa ne manquaient pas sur Brighton Beach Avenue. Pour 2,25 dollars, une jeune femme très blonde et très souriante enveloppa une fourchette de plastique dans deux serviettes de papier avant de lui remplir un pot de carton de chou vert braisé et de boulettes de veau au paprika. Il revint manger dans le monospace, glissa un CD dans le lecteur et reprit son attente en écoutant le quatrième quatuor de Beethoven, parfaitement joué par le Budapest String Quartet.

Un peu avant la nuit, une Lincoln 92 noire s'immobilisa devant le 208. Une femme d'une cinquantaine d'années en sortit, un peu ronde, les cheveux courts et bouclés, déjà blancs. La portière se referma derrière elle et la voiture repartit. Sans un regard pour ce qui l'entourait, la femme poussa la porte de fer et entra.

Tom attendit encore un quart d'heure. Quand il fut certain de ne voir personne traîner bizarrement devant le 208, il arrêta le lecteur de CD et quitta le Windstar. Il évita de faire résonner le ridicule carillon et heurta doucement la porte du bout des doigts. Mme Adjashlivi lui ouvrit aussitôt, comme si elle se trouvait derrière la porte. Il remarqua immédiatement ses yeux secs et clairs. Elle semblait n'avoir pas versé une larme, mais son visage était l'expression même de la désolation.

Elle le considéra une brève seconde et, avant même qu'il puisse se présenter, déclara :

— Je sais qui vous êtes. Aaron a dit que vous venir me voir s'il arrivait quelque chose. Il est arrivé quelque chose, n'est-ce pas ?

Son accent mangeait à moitié les mots et sa grammaire était loin d'être sûre. Mais sa voix, un peu rauque, possédait un charme que le chagrin n'effaçait pas totalement. Tom songea qu'elle avait dû être une belle femme quinze ou vingt ans plus tôt. Maintenant, son visage se détruisait. Elle le précéda dans une pièce étroite et encombrée de bibelots, aux murs recouverts d'un très vieux papier qui autrefois avait été clair et piqueté de roses enlacées. Elle s'assit dans un fauteuil de velours vert. Tom hésita à s'asseoir et, finalement, resta debout.

— Je suis véritablement désolé, madame Adjashlivi. J'aimais beaucoup Aaron et je...

Elle l'interrompit comme si elle ne l'avait pas entendu.

— Ils sont venus me chercher avec voiture, la même que celle où l'assassin est reparti. J'ai vu. Là ici, par la fenêtre. Il a tué Aaron et avec la voiture il est parti. Ils m'ont dit que je me taise. Je dis rien à la police et rien à personne. Et ils vont donner de l'argent pour la synagogue et la tombe d'Aaron. Ils aiment qu'on ait honte.

Il y eut un silence que Tom, la gorge nouée, n'osa pas briser. Mme Adjashlivi secoua légèrement la tête et reprit :

— Ils sont fous. Ils croient faire peur. J'ai pas peur. C'est fini la peur. J'avais peur avant. Maintenant, Aaron est mort, c'est fini la peur...

Elle croisa les mains, les serra sur sa poitrine puis regarda Tom.

— C'est vrai. Aaron disait que vous étiez amis. Il avait confiance. Mais il voulait la vengeance, n'est-ce pas ?... À quoi ça sert la vengeance ? À mourir.

— Madame Adjashlivi, Aaron voulait que les gens sachent ce qu'il se passe ici. Mais peut-être aurions-nous pu nous y prendre autrement. Sincèrement, je ne croyais pas qu'ils pourraient le reconnaître si facilement à travers les articles. La vérité...

Tom hésita devant le regard si clair qui le scrutait.

— La vérité, c'est que je me sens responsable de ce qui est arrivé.

— Pas du tout.

Mme Adjashlivi secoua la tête avec une violence inattendue.

— Aaron voulait ce que vous avez fait. Il m'a dit et je savais. Ceux qui ont tué, je connais. Je connais très bien...

Son regard erra sur le vieux papier peint, sur les bibelots, et sa bouche se mit à trembler.

— Monya, ils ont tué. Monya, très jolie Monya, petite fille... Elle voulait pas faire pour la drogue et ils ont tué. Avant de tuer, ils ont...

Sa bouche tremblait si fort qu'elle se tut. Cette fois, les larmes brillèrent dans ses yeux mais ne coulèrent pas. Tom savait ce qu'elle allait dire. Il connaissait tous les détails horribles de l'exécution de la sœur et du père d'Aaron. Il n'avait pas besoin de les entendre une nouvelle fois, cependant Mme Adjashlivi semblait y tenir. Elle fit un effort surhumain et dit :

— Avant de tuer, ils ont violé... Plusieurs hommes. Et Evgei a vu. Je suis sûre qu'il a vu, Evgei. Pendu par les pieds et ensuite le couteau dans la gorge. Comme on fait pour le cochon. L'Éternel, béni soit Son nom, je suis sûre qu'Il a vu aussi. Mais Il voit beaucoup. Il voit encore plus que moi.

Tom eut soudain besoin de parler. Il se précipita sur la première idée venue.

— Si vous voulez partir, madame Adjashlivi, si vous voulez quitter New York, je peux vous aider. Je pourrais même vous emmener maintenant...

— Pour aller où ?

Elle le regarda avec un peu d'étonnement, ses yeux clairs redevenus secs. Avant que Tom réponde, elle leva une main.

— Ils ont pas tué Aaron à cause du journal.

Elle laissa filer un silence puis, soudain, devant Tom déconcerté, se leva de son fauteuil et sortit de la pièce. Il entendit des bruits dans l'une des chambres et enfin elle reparut, une disquette informatique protégée par un étui de plastique transparent au bout des doigts.

— La police a pas trouvé. Aaron a dit pour vous s'il arrive quelque chose. Et il arrive quelque chose, n'est-ce pas ?

Tom saisit doucement la disquette qu'elle lui tendait.

— Faire attention. Aaron a dit : attention, très, très important. Pour vous. Les autres voulaient aussi, pour le mal. Lui le cacher, pour le bien. Voilà. Moi, je sais pas quoi c'est. Il a pas voulu dire. Mais vous, vous devez faire à sa place maintenant. Il aimerait. Chez nous, Juifs, pas de pardon, mais les morts ont besoin du souvenir des vivants. Si vous aimez Aaron, vous faites la mémoire de lui. L'Éternel, béni soit Son nom, vous aidera.

Il y eut un bref silence. Elle lui effleura la main et murmura doucement :

— Partir maintenant. Et faire attention.

Sans un mot de plus, elle poussa Tom hors de l'appartement. Il balbutia un au revoir juste avant que la porte se referme, mais il ne fut pas certain qu'elle l'entendit. Il glissa la disquette dans sa poche et descendit l'escalier en se demandant si Bernstein n'avait pas eu raison ce matin : la mort d'Aaron, contrairement à ce que voulait croire la police, n'était peut-être pas directement liée aux articles... Il devait lire la disquette au plus vite.

Dehors, il faisait tout à fait nuit, et il recommençait à pleuvoir. Les néons multicolores se reflétaient sur le goudron sale de Brighton Beach Avenue. Tom rejoignit le Windstar presque en courant.

À l'instant où le monospace se glissait dans le flot des voitures, Tom, surveillant machinalement son rétroviseur, vit une voiture, tous feux éteints, débouler d'un passage entre deux immeubles. Elle se plaça dans son sillage, laissant s'intercaler un taxi. Tom l'observa dans le rétroviseur et vit s'allumer ses phares. Ce pouvait être un pur hasard. Cependant l'avertissement de la mère d'Aaron résonnait encore à ses oreilles.

Il roula pendant presque un kilomètre sur Brighton Beach Avenue, la voiture toujours derrière lui. Le taxi se décala et changea de file. La voiture se rapprocha. Tom reconnut la calandre en grille de rasoir électrique d'une Buick Le Sabre. À l'avant, il devina deux silhouettes. Il passa l'embranchement de Shore Parkway puis, cinq cents mètres plus loin, tourna à droite en direction de Bensonhurst. Ceux qui le suivaient firent de même.

5

Le réveil fut pénible, mais l'opération s'était bien passée. Les douleurs et les tracas postanesthésiques s'estompant, j'eus le sentiment que ma vie, durant quelques heures, s'était engouffrée dans l'un de ces tunnels opaques où l'Éternel joue de Ses volontés et de notre destin. Mais, finalement, tous les tunnels conduisent à la lumière. Engourdi, douloureux, hébété par les drogues, je retrouvai le jour et la vie. Mon heure n'était pas venue, il n'était pas encore temps que je rejoigne la poussière.

Dès que je fus en état de soutenir une conversation, médecins et amis, souvent les uns et les autres à la fois, s'empressèrent de me convaincre que tout, vraiment, allait pour le mieux.

— Le chirurgien a fait un superbe travail ! s'exclama Patrick avant d'ajouter, dans un grand rire : Ton cœur est désormais comme neuf. En aussi bon état que ta barbe ! Grâce à toi, il a réalisé une sorte de première...

Il eût été excessif de croire mon cœur si neuf que cela. Pourtant, au fil des heures et des jours, reprenant de l'assurance, je commençai à penser que désormais une vie nouvelle s'offrait à moi. Une manière de surplus. Un après-midi où mon ami le French doctor vint me rendre visite, après un échange de plaisanteries, je lui demandai :

— Bernard, dis-moi la vérité : j'y ai échappé de peu, n'est-ce pas ?

Il esquissa une moue réticente.

— Disons qu'il y avait un vrai risque.

Pugnace, comme à son habitude, il ajouta aussitôt :

— Marek, tu sais mieux que personne qu'un pêcheur ne se sert pas d'un hameçon d'or. Nous en avons parlé souvent tous les deux : la saveur de la vie n'est-elle pas dans le goût du danger ? Ce qui importe, maintenant, c'est que tu sois de nouveau comme un enfant : ton avenir est devant toi ! Voilà toute la noblesse de la médecine, mon cher, permettre de la vie en plus... Tu me diras, toi, que Dieu n'y est peut-être pas pour rien et que c'est Lui qui t'offre ce beau cadeau...

Il n'était pas loin de la vérité. Dans la somnolence des premiers jours de convalescence, l'idée poursuivit son chemin. J'avais eu droit à ma part de chance : un supplément de temps. À moi d'en faire le meilleur usage...

C'est ainsi, alors que je me laissais porter par la gratitude et la douceur d'une vie nouvelle, que la pensée de Jérusalem revint m'aiguillonner.

Comme endormie elle-même par l'anesthésique, la vision qui m'était venue sur la table d'opération, alors qu'on me plongeait dans l'inconscience, m'était sortie de la mémoire. Elle me revint d'un coup, une nuit, dans le bruissement continu de l'hôpital. Dans la pénombre de ma chambre, à nouveau se dressèrent devant moi la houle bleutée des montagnes et les murs dorés de Jérusalem, telle que je l'avais admirée dans ma demi-conscience, transformée en un majestueux et féerique navire. Lestée par l'histoire belle et furieuse des hommes, elle voguait une fois encore à ma rencontre...

Je me rappelle aussi m'être demandé, à l'instant où le cœur me manquait, si c'était par pur hasard que la mort m'avait approché alors que je cherchais des textes anciens sur Jérusalem. Maintenant que ma vie se raccordait au temps, ce songe étrange semblait renverser la question. L'Éternel ne m'accordait-Il un surplus de vie que pour me contraindre à m'acquitter de toutes mes dettes envers Jérusalem ? Était-ce à cause de l'antique injonction murmurée au jour de Pessah par les Juifs en « exil », *l'année prochaine à Jérusalem*, enfouie au plus profond de ma mémoire, que ces images avaient alors traversé mon esprit défaillant ?

À peine posée, la question contenait sa réponse. Mais elle en ouvrait aussitôt une foule d'autres !

Depuis très longtemps, je projetais d'écrire un livre sur Jérusalem. Mon éditeur m'y encourageait. Pourtant, ne cessant d'en mesurer la difficulté, à chacun de mes essais et après avoir accumulé des pages et des chapitres, j'avais abandonné. Comment écrire sur l'immensité historique et spirituelle de cette ville plusieurs fois sainte ? Comment raconter son bouillonnement présent et son obsession du passé ? Comment répondre à la question centrale : pourquoi ? Pourquoi, d'un village nommé Salem, le Seigneur avait-Il fait « Jérusalem » ? Pourquoi ?... alors que dans le même temps régnaient et se développaient des villes de splendeurs, riches et savantes : Babylone, Athènes, Damas ou Alexandrie... Pourquoi l'Éternel l'avait-Il si obstinément désignée à l'âme, à l'amour et à la peine des hommes ? Pourquoi avait-Il choisi d'en faire le foyer unique de la foi, de la souffrance et de la splendeur du sacré ? Le Talmud raconte : *Après avoir créé la terre et le ciel, Dieu a divisé toute la beauté et toute la splendeur de Sa création en dix parts égales. Il accorda neuf parts de beauté et de splendeur à Jérusalem, et seulement une part au reste du monde. Dieu divisa, de même, en dix parts toute la souffrance et toute l'affliction du monde. Il accorda neuf parts de souffrance et d'affliction à Jérusalem et seulement une part au reste du monde.*

Taraudé par ces questions, combien de fois avais-je visité cette ville hors du commun ? Combien de fois avais-je emprunté la route dite de Samson, qui se faufile en lacets rapides entre les monts de Judée jusqu'à ses vastes faubourgs ? Chaque fois, j'avais ressenti la même émotion. La même inquiétude. Celle d'un amoureux dans ses rendez-vous avec l'éternité. Lors de ma dernière visite, ce sentiment s'était pourtant teinté de malaise. Pourquoi ? Pourquoi ce malaise à l'approche de la cité ? Était-ce la lumière, éblouissante et dure, qui accentuait la blancheur des roches et du sol ? Il n'y avait de noir que l'ombre de ma voiture. Ou peut-être l'ombre d'un reproche : et ton roman sur Jérusalem !

Maintenant, dérivant dans l'insomnie et la pénombre de ma chambre d'hôpital, passant d'un souvenir à l'autre, cahotant sur le chemin de la mémoire et de l'imagination, il me semblait, dans le sillage des armées arabes conduites par le calife Omar, un Kurde converti à l'islam, suivre l'arrivée à Jérusalem de tous les mondes de l'esprit et de la croyance dont elle s'est rassasiée. Les Omeyyades puis les Abbassides, les Persans et leurs soufis, des savants égyptiens et même l'illustre théologien de l'islam, Ghazali, qui y séjourna, venant de Bagdad. Plus tard ce furent les Mamelouks et les Ottomans... Ils sont encore là aujourd'hui. Vêtus de leurs costumes traditionnels. Ils emplissent de leurs nombreuses prières l'enceinte des trente-quatre sanctuaires musulmans de la ville et animent de leurs couleurs, de leur foule et de leur volubilité les abords épicés de la porte de Damas...

Je venais de comprendre que la mémoire des lumières et des parfums demeure toujours la plus violente et la plus tenace, que ces couleurs et ces parfums, ces entrelacs de l'Histoire avec Jérusalem me ramenaient, aussi, à ma propre enfance, comme un fil secret, un lien tissé au creux du monde et qui, remontant à la surface, m'enlace depuis toujours. Respirer l'air puissant et multiple de Jérusalem me fait me souvenir des miens et de Kokand, là-bas, dans le lointain Ouzbékistan où la guerre nous avait rejetés, mes parents, ma petite sœur Bouchia et moi. Le matin, on y était réveillé par l'appel du muezzin à la prière. D'un côté de la vallée de Fergana, les monts Tian Shan et le Pamir. De l'autre, les déserts de Karakoum et de Kyzylkoum. En 1943, pendant la guerre, des dizaines de milliers de réfugiés s'entassaient dans des baraquements installés tout autour de la ville. Nous avions faim. Des squelettes vivants trébuchaient dans les rues et, soudain, s'effondraient. On les entassait sur des *arbas*, de hautes charrettes à deux roues, pour les déposer à l'orée du désert. Comme à Jérusalem, les habitants de Kokand ne toléraient pas le voisinage de la mort.

Un jour vint le tour de ma petite sœur. Dans l'école communale transformée en hôpital, mes parents étaient tous deux couchés sur un mince grabat, frappés par la typhoïde. J'avais confié Bérénice, nous l'appelions Bouchia, à une maison d'enfants. Elle y mourut. De faim, m'a-t-on dit. Elle avait deux ans.

Sa mort, pendant cette fuite si loin de tout, loin de la guerre et du ghetto, a dû, j'imagine, atteindre profondément ma mère. Elle ne m'en a pourtant jamais parlé. Si, une fois. Je la raccompagnais en voiture et, à la radio, des comédiens lisaient un texte. Elle a alors prononcé à plusieurs reprises le nom de Bérénice, et ce n'était pas celui de la fille d'Hérode Agrippa.

Me souvenir de ma mère, dans sa beauté et sa piété, est encore une autre manière pour moi d'évoquer Jérusalem. Elle s'appelait Perl. Elle était belle et poète. Poète et belle ; ainsi elle demeure à jamais dans mon esprit.

Je la vois encore, aux heures les plus incongrues, en train d'écrire en yiddish, je l'entends réciter des poèmes, écrits par d'autres, en polonais, en français ou en russe... Elle fut toujours d'une intense beauté. D'une beauté si évidente, si attirante, que l'admiration que je lui portais était, hélas, partagée par beaucoup trop d'autres hommes. J'étais jaloux. J'étais plus jaloux que mon père lui-même, pour qui le succès de sa femme constituait une manière d'hommage à son propre goût, à la valeur de son choix, une justification permanente de son amour. Je ne connais pas à ma mère beaucoup d'aventures. Elle préférait le succès littéraire aux hommes. Et elle resta, je crois, jusqu'au bout attachée à mon père.

L'envie me prenait parfois de pousser mon père à ergoter, à demander des explications. Je n'aurais pas reculé devant un petit scandale familial. Je ne l'ai jamais fait. J'aimais trop ma mère et j'avais trop de tendresse pour mon père. Une seule fois mon père a voulu, semble-t-il, me prendre à témoin : ma mère n'était pas rentrée à l'heure pour dîner. Mais, à l'époque, il était déjà très malade et doutait de lui-même plutôt que d'elle.

Elle était brune. Elle avait des yeux noirs et étirés, souvent moqueurs, parfois nostalgiques, avec des traits réguliers et un nez retroussé. Ses pommettes saillantes évoquaient le vent sur des plaines sans histoire et faisaient naître en ceux qui l'approchaient l'inquiétude douce et le désir des grands voyages. Elle était menue. En la voyant, on ne devinait pas la force qui l'habitait. On la croyait fragile, timide, certains s'imaginaient même pouvoir facilement la dominer. Ils se retrouvaient vite dominés par elle. Elle renversait les rôles en douceur, sans esclandre, avec un sourire, en donnant à croire que c'était mieux ainsi pour tout le monde.

Fleur pâle qui vit le jour entre les pierres grises d'une immense cour populaire de la rue Swientojorska, à Varsovie, aisément transplantable et souvent transplantée, refleurie et épanouie à Paris, ma mère, sous la beauté et la fraîcheur de ses pétales, cachait une grande force de caractère. Toutes les décisions importantes, c'est elle qui les a prises. Surtout celles qui nous ont, par trois fois, sauvé la vie : la fuite du ghetto vers la Russie et l'Ouzbékistan, le départ de la Russie pour la Pologne et la fuite de la Pologne vers la France.

La mort de mon père la déstabilisa. Elle l'aimait, mais ce fut son regard amoureux, ce miroir magique, qui lui manqua au moment où elle en avait le plus besoin : à la veille d'un automne.

Elle avait beaucoup d'amis, et ses amis vinrent nombreux à l'hôpital quand elle fut très malade. Mais, dès qu'elle a senti la présence de la mort, ce contact « désagréable et apaisant », elle m'a demandé de les faire sortir – le temps de se changer, de se maquiller, de mettre de l'ordre autour d'elle. Le cadre du dernier acte enfin prêt, la dernière tirade apprise, elle les fit entrer à nouveau. Femme vieillie, femme affaiblie par la maladie, mais femme toujours et toujours consciente de ses devoirs, admirable, elle voulut ainsi prendre congé d'eux dans sa plénitude.

Il m'arrive aujourd'hui encore, tant d'années après sa mort, d'avoir envie de l'appeler, de lui rendre visite, oubliant, l'espace d'une seconde, sa disparition définitive. « La mère n'est pas l'oiseau qui pond l'œuf, mais l'oiseau qui l'a fait éclore », dit le poète.

C'est ma mère qui m'a transmis l'amour de Jérusalem ainsi que de la tradition. Quand elle allumait les bougies le vendredi soir pour le shabbat, elle saluait les générations qui nous avaient précédés et qui avaient maintenu ce geste comme un appel à la vie. Elle s'inclinait aussi devant la simple beauté du rituel et la singularité de la situation.

« Ne déplace pas la borne antique », disait le roi Salomon.

« Mais où la porterait-on, ô mon Dieu, demandait ma mère, sauf si l'on tient à prendre un tout autre chemin ? » Ce n'était pas son cas. La poésie la passionnait par-dessus tout. Poésie faite de chants d'amour et d'incessants appels à Dieu.

Ta sainteté m'aveugle
Ô Jérusalem !
À l'approche de tes portes

Comme un enfant
À l'approche de sa mère,

Dans l'éblouissante lumière
De tes murailles,

Je redoute l'assemblage de tes pierres...

Jérusalem, ma mère... Jérusalem, l'histoire de nos vies, mon roman inachevé et trop souvent recommencé... Cette nuit-là, épuisé comme si j'avais tenté de mettre de l'ordre dans le trop vaste fouillis de mon existence, je m'endormis enfin alors que l'aube pointait dans la pâleur d'un premier jour de printemps à Paris.

Ce jour-là, je demandai à Clara, ma femme, d'apporter une carte de Jérusalem et de la fixer au mur de cette chambre où il me restait encore quelque temps à passer avant de rejoindre la maison.

— Tu veux reprendre ton roman de Jérusalem ? me demanda-t-elle, perspicace, comme toujours.

— Je ne sais pas, répondis-je prudemment. On verra ce que mon cœur en dit...

Ce que je ne savais pas, surtout, c'était que le Saint, béni soit Son nom, avait déjà lancé les dés. Et d'une manière tout autre que mon imagination, la plus débridée fût-elle, ne m'aurait jamais laissé soupçonner...

6

Lorsque Tom parvint à Prospect Park, la Buick et ses deux passagers étaient toujours derrière lui. Le moins que l'on puisse dire, c'est qu'ils ne se souciaient pas d'être discrets. C'en était si déconcertant que Tom commença à se demander s'il ne se laissait pas aller à la paranoïa. Après tout, la circulation était dense, dans Brooklyn, des milliers de voitures se dirigeaient vers Manhattan ou le Queens. À moins que sa seule imagination ne voulût que la Buick soit différente !

Il y avait un moyen très simple de le vérifier. Après avoir traversé le parc et roulé un petit kilomètre sur Flatbush Avenue, il changea de file et tourna brusquement à gauche en direction des universités. La Buick tourna sèchement derrière lui. Aussi vite qu'il put, il remonta Fulton Street jusqu'à la station de métro de Lawrence. Là, il prit à droite, puis encore à droite dans Myrtle Avenue. Il avait sa réponse. La Buick le suivait comme son ombre. Tom parvint tout juste à ce qu'une voiture s'intercale entre eux avant de replonger dans le fleuve lumineux de Flatbush Avenue qui s'écoulait à vitesse modérée vers le Manhattan Bridge.

Pour la première fois, il ressentit quelque chose qui ressemblait à de la peur. Qu'on le suive n'était pas vraiment une surprise. Qu'on se moque qu'il s'en aperçoive ou, peut-être même, que l'on tienne à ce qu'il le sache était infiniment plus inquiétant. Pourquoi le menacer ainsi ? De toute évidence, les Russes ne connaissaient pas l'existence de la disquette d'Aaron. Dans le cas contraire, ils ne se seraient pas gênés pour mettre à sac l'appartement de Mme Adjashlivi afin de la trouver, en l'assassinant elle-même au besoin. Ce qu'ils veulent, c'est que j'abandonne, comprit brusquement Tom. Que j'aie une trouille bleue, que je me terre dans mon coin et que je laisse tomber. Voilà ce qu'ils veulent ! Que je ne cherche surtout pas à savoir pourquoi Aaron est mort !

Dans le rétroviseur, il jeta un regard venimeux aux silhouettes impassibles de la Buick. Il avait peur, oui, mais pas encore assez pour fuir comme un lapin. *Prenez garde à la levure des pharisiens, c'est de la comédie. Il n'y a rien de voilé qui ne doive être dévoilé, ni de secret qui ne doive être connu...*, disaient saint Luc et son grand-père. « Ça vaut pour vous, salopards ! » gronda Tom à haute voix en engageant nerveusement le Windstar sur la voie express qui menait à Manhattan Bridge.

Il était désormais hors de question qu'il retourne chez lui pour lire la disquette. Il devait filer au journal. Là-bas seulement il serait en sécurité.

Il eut l'impression de mettre un temps fou pour atteindre Times Square. Le conducteur de la Buick ne lui laissa jamais prendre plus de dix mètres d'avance et il n'était pas question de le semer. Tom avait un permis de conduire, pas une licence pour courir le Nascar !

Il abandonna le monospace dans un parking à l'angle de la Septième Avenue et de la 44e Rue Ouest. N'ayant aucune envie de galoper sur les trottoirs avec la disquette dans sa poche, il sauta dans un taxi qui attendait à côté du box des gardiens. Le chauffeur, un

Portoricain aux cheveux rasés sur les tempes, se mit à hurler lorsque Tom lui donna l'adresse du *Times*.

— *Wooo, man !* C'est juste à côté, ça ! Faut te servir de tes jambes, c'est bon pour la santé !

Pour toute réponse, Tom agita un billet de dix dollars. Le Portoricain haussa les épaules et poussa le levier de la boîte automatique.

— On perd son fric comme on veut, pas vrai !

Lorsque le taxi s'arrêta devant le journal, la Buick le doubla au ralenti. Derrière la vitre de la voiture reflétant les néons multicolores, Tom vit un visage rond et très pâle, étrangement plat, se tourner vers lui. On aurait dit une méduse évoluant entre des algues artificielles et fluorescentes. Des yeux transparents se fixèrent sur les siens l'espace d'une seconde. Par réflexe autant que par forfanterie, il leva la main et agita les doigts dans un petit signe qu'il espérait ironique.

La Buick s'éloigna vers Broadway, et Tom courut vers l'entrée du Times Building. Il n'était plus très loin de minuit lorsqu'il s'assit enfin devant son ordinateur.

La disquette d'Aaron contenait un seul dossier intitulé *Pour Tom*. Tom cliqua sur l'icône, deux fichiers apparurent. L'un était nommé *Lis-moi* et l'autre ne comportait que trois astérisques en guise d'identification. Tom cliqua sur le premier.

Cher Tom,

Si tu lis cette lettre c'est que, comme le dit ma chère maman, il m'est arrivé quelque chose. Quelque chose de définitif, je suppose...

Avant tout, je voudrais te dire qu'en aucun cas tu ne dois te sentir responsable de ma mort – puisque c'est bien de cela qu'il s'agit. Si l'un de nous est en dette envers l'autre, c'est moi et pas toi...

Je ne t'ai pas dit toute la vérité sur la mort de mon père et de ma petite sœur. Pas par méfiance. Mais, tant que cela était possible, il valait mieux que tu ne la connaisses pas. Hélas, les choses ont changé depuis quelques jours. Même s'il m'est difficile de l'admettre, je crois bien qu'on va vouloir se débarrasser de moi avant peu. S'ils me tuent – tu ne peux pas savoir comme il est étrange d'écrire des phrases pareilles ! –, je voudrais qu'au moins quelqu'un sache pourquoi. Il n'y a que deux personnes au monde à qui je peux confier une pareille chose : ma mère et toi, Tom Hopkins... Je suis sûr que tu comprendras pourquoi je te choisis plutôt qu'elle.

Avant tout, il faut que je te raconte une histoire : celle du trésor du Temple de Jérusalem.

En 1952, des Bédouins appartenant à la tribu des Ta'amrés ont par hasard découvert un rouleau de cuivre vieux de près de deux mille ans dans une grotte située au-dessus de la mer Morte, en Jordanie. Cela te dit peut-être quelque chose, car, entre Jéricho et Massada, toute une bibliothèque de textes bibliques, mais aussi de commentaires et d'annonces des derniers temps, des dizaines de rouleaux écrits en hébreu ou en araméen furent alors découverts. Ils ont bouleversé la connaissance que l'on pouvait avoir de l'époque du judaïsme avant et après la prise de Jérusalem par les Romains en 70, et donc de Jésus et des débuts du christianisme. Depuis, les savants y font référence en parlant des « manuscrits de la mer Morte » ou des « rouleaux de Qumran »...

Mais le rouleau découvert par les Bédouins Ta'amrés est différent des autres. Les savants qui l'examinèrent, en particulier un spécialiste allemand, un certain K.G. Kuhn, découvrirent qu'il ne contenait pas un texte biblique comme les autres mais une liste bizarre qui semblait décrire la cachette d'un trésor.

Le cuivre en est aussi d'une pureté inhabituelle, environ un pour cent d'étain seulement. C'est ce qui semble l'avoir protégé d'une oxydation qui l'aurait détruit. Il y a quelques années, une équipe de spécialistes français fut chargée de le restaurer et d'en faire une copie aussi parfaite que possible pour que l'on puisse le lire.

Aujourd'hui, le rouleau original est de nouveau en Jordanie, conservé dans la citadelle d'Amman et, paraît-il, exposé dans une vitrine avec quelques dizaines de fragments de divers parchemins anciens. Il est gardé jour et nuit par des dizaines de soldats et de policiers en civil. Mais le texte du rouleau est maintenant traduit et on peut se le procurer assez facilement.

Comme le pensait Kuhn, il énumère méthodiquement soixante-quatre caches. Soixante-quatre lieux secrets mais très proches de la Vieille Ville de Jérusalem où sont entreposées des richesses inouïes. Le contenu de chaque cache est précisé en détail : des manuscrits, des objets de culte, des vases rituels, des pierres précieuses... Et surtout de l'or et de l'argent ! Chaque fois, la quantité d'or ou d'argent est donnée dans la mesure de l'époque, en *talent*. Si l'on fait le compte, l'ensemble des caches représente environ quatre mille six cent trente talents. Le poids exact d'un talent est difficile à établir, mais, selon ce que j'ai pu comprendre, le trésor ferait environ une soixantaine de tonnes de métal précieux... À environ neuf mille dollars le kilo d'or, cela donne plus d'un demi-milliard de dollars !

Seul petit problème : les indications données par le rouleau pour situer l'emplacement des caches sont volontairement énigmatiques ; il s'agit d'une sorte de code ne permettant qu'à quelques initiés de s'y retrouver. Aujourd'hui, ces énigmes sont devenues incompréhensibles ! En tout cas, depuis trente ans, personne n'y parvient. Les références sont très compliquées, elles font une sorte de jeu de piste, du genre : « Dans le monument funéraire de Ben Rabbah le Salisien » ou « Dans la piscine à l'est de Kohlit » (tu trouveras l'ensemble du texte dans l'autre fichier). Bien sûr, désormais, plus personne ne sait qui est ce Ben Rabbah, où se trouve la piscine, ni même Kohlit !

En deux mille ans, depuis l'écriture du rouleau, les noms de lieux ont changé plusieurs fois, devenant chrétiens, puis arabes, puis à nouveau juifs. Il existe, paraît-il, des cartes « bibliques » anciennes, en particulier à la Bibliothèque nationale à Paris, qui peuvent donner des indications. Mais elles doivent être très imprécises, il faut les interpréter, tout comme les références...

Dernier petit détail rageant : comme tu le verras, la soixante-quatrième cache est un vrai pied de nez adressé aux chasseurs de trésor. Il est indiqué qu'elle contient les clefs du code, en quelque sorte, le secret des emplacements des autres caches « avec les explications, les mesures et la description détaillée ». Reste bien sûr à comprendre où se trouve elle-même cette soixante-quatrième cache : « Dans la Galerie du Rocher Lisse au nord de Kohlit, qui s'ouvre vers le nord et qui a des tombeaux à son entrée » !

Tu commences à voir le genre ?

En fait, l'histoire et la vie même de Jérusalem se sont accumulées sur le trésor en effaçant ses traces. Peut-être certaines caches ont-elles déjà été découvertes il y a des siècles, par hasard, et pillées ? Bref, le trésor du Temple de Jérusalem, avant de te rendre riche, est surtout le genre d'énigme à te donner la migraine jusqu'à la fin de tes jours !

Pourtant, c'est à cause de lui que mon père est mort.

Il y a quinze ans, alors que j'étais encore un gosse et que Monya venait tout juste de naître, nous avons quitté la Géorgie pour vivre à Moscou. C'était la dernière chance de rester en URSS que mon père se donnait avant de partir pour l'Amérique. Assez vite, il a trouvé du travail, comme électricien, à la bibliothèque Lénine de la rue Vozdvigenka. Il était très content : c'était un poste sûr et tranquille. Comme le reste du pays, les bâtiments de la bibliothèque tombaient en ruine : manque de soins, manque de crédits. L'installation électrique datait des années cinquante et aurait été entièrement à refaire. Le directeur vivait avec la hantise permanente d'un court-circuit qui transformerait ses précieuses collections en fumée... Mon père fut engagé pour rafistoler ce qui pouvait l'être. Il a ainsi couru derrière les pannes du matin au soir et sans problème pendant presque trois ans. Jusqu'au mois de février 1985.

Il ne m'a pas raconté tous les détails, mais c'est à cause d'une panne dans les sous-sols qu'il découvrit que le conservateur des manuscrits anciens faisait un juteux trafic avec les documents qu'il était censé conserver. Ce type était aussi professeur au Musée historique de la place Rouge. Il s'appelait et s'appelle toujours : Mosès Efimovitch Sokolov.

Comme tu ne le sais peut-être pas, il y a à Moscou, probablement encore enfouis dans des caves ou de sombres bureaux, des dizaines de milliers de documents anciens, parfois très anciens ! Ils viennent de tous les pays d'Europe et du Moyen-Orient. Entre autres, on y trouve des papyrus, des manuscrits araméens, des textes hébreux d'avant l'ère chrétienne... Les plus précieux ont toujours été inaccessibles – sauf pour un Sokolov, bien sûr ! Et Sokolov vendait discrètement quelques-unes de ces raretés à des collectionneurs ou parfois même à d'autres musées de l'Ouest.

Pour mon père qui découvre ce trafic, cela semble si facile. Il se dit que lui aussi pourrait améliorer notre sort en volant un ou deux manuscrits, et réaliser enfin son grand rêve : aller vivre en Amérique ! Il n'est pas savant comme Sokolov, et il ne connaît pas les circuits des acheteurs. Mais il est plein de courage et croit encore que tout est possible aux États-Unis. Là-bas, il trouvera certainement un acheteur. Les Américains sont riches, ils achètent tout...

Il réfléchit toute une journée. Il se dit : c'est bon, je peux le faire. À condition de voler les documents tant qu'il travaillait dans le sous-sol et dans l'antre de Sokolov, d'ordinaire bien protégé par une porte blindée. À condition aussi que toute la famille quitte Moscou dès que les manuscrits seraient sortis de la bibliothèque Lénine.

Le lendemain, il y eut un miracle : Sokolov tomba malade. Une histoire assez grave de poumon ; il fut conduit à l'hôpital de Sklijasovskovo. À moins qu'il n'ait eu un problème avec le Parti – on ne savait jamais ce que signifiait « maladie », en ce temps-là... Quoi qu'il en soit, c'était inespéré : le conservateur serait alité pour au moins deux semaines. On ordonna à mon père d'achever en vitesse les réparations. Un milicien surveillait les collections, un vieux, complètement usé par la vodka. L'après-midi, il ne tenait qu'à peine debout... Mon père n'était pas encore un grand croyant, mais, à cet instant-là, il s'est dit que Dieu lui faisait un signe. De plus, Sokolov absent, il ne risquait plus qu'on se rende compte du vol et qu'on songe à lui, le petit électricien, Evgei Adjashlivi, avant qu'il ne soit très loin de Moscou...

Il avait noté où Sokolov rangeait les plus précieux manuscrits. Il en prit trois, deux de petite taille, à peine plus grands qu'une enveloppe, et un papyrus long de presque cinquante centimètres. Il les cacha dans le rouleau d'acier qui contenait ses baguettes d'étain pour les soudures. Trois jours plus tard, nous nous sommes mis en route pour la Crimée. Notre *tchotchia* vivait encore à Dal'nik, tout près d'Odessa. Là, mon père connaissait des types qui faisaient passer les familles de l'autre côté de la mer Noire dans des conteneurs. Depuis la mort de Brejnev, en 1982, il devenait de plus en plus facile de sortir de l'URSS si on en avait les moyens. Au printemps de cette année-là, ce fut plus facile que jamais : ce vieux débris de Tchernenko mourut pendant que nous étions à Dal'nik. Tout partait à vau-l'eau. Pas autant qu'aujourd'hui, peut-être, mais presque.

Moins de deux mois plus tard, on cherchait à se loger dans Coney Island !

C'était ce genre d'homme, mon père. Quand il avait pris une décision, rien ne l'arrêtait.

Néanmoins, pendant le voyage vers l'Ouest, il commença à réfléchir et à s'inquiéter. Plus il réfléchissait, plus ce qui lui avait paru si facile dans les sous-sols de la rue Vozdvigenka lui semblait devenir compliqué. Comment allait-il s'y prendre pour vendre les papyrus alors qu'il ne parlait pas assez l'anglais pour s'acheter un pantalon ? Et à qui s'adresserait-il ? Il était hors de question de s'adresser aux Russes de la communauté : il ne s'attirerait que des ennuis. On lui volerait ses manuscrits ou on le dénoncerait. En admettant qu'il trouve un antiquaire sérieux, le type voudrait certainement savoir d'où il tenait ces papyrus alors qu'il ignorait ce qu'ils représentaient vraiment. Un antiquaire peu sérieux, et même tous les antiquaires profiteraient de lui et le forceraient à brader les papyrus... Il avait compris, en écoutant Sokolov, que ces très vieux documents devaient être juifs. Mais il n'oserait certainement pas aller dans une synagogue pour les montrer. Il aurait trop honte. Ou alors il devrait les livrer aux rabbins...

Dès que nous fûmes à Coney Island, toutes ses craintes se confirmèrent. Little Odessa était notre nouvelle jungle, et, sans argent, il était encore plus difficile d'y vivre qu'à Moscou ! Jusque-là, mon père n'avait, bien sûr, pas parlé des papyrus à ma mère, mais il lui avait fait croire qu'il avait assez d'argent pour aller s'installer chez les Américains... Une semaine après notre arrivée, il lui expliqua qu'il nous restait juste de quoi vivre pendant un mois.

Pendant deux ans, les papyrus dormirent dans l'album de plastique contenant les photos de mes grands-parents. Mon père et ma mère se débrouillèrent comme tous les Russes de Brooklyn. Nous survécûmes. Mais mon père commençait à avoir des remords. Il se passait aussi autre chose. Maintenant qu'il n'avait plus à se cacher, il se sentait de plus en plus juif. Il commença à fréquenter la synagogue avec assiduité et à considérer que toute cette histoire de papyrus n'était qu'une voie détournée par laquelle l'Éternel lui avait donné la volonté et la force de faire ce qu'il désirait depuis toujours : venir en Amérique ! Il n'osait pas encore s'y résoudre, pourtant il se disait qu'un jour il sortirait les manuscrits de l'album de plastique et qu'il irait les offrir à un rabbin...

Mais voilà... En plein mois d'août 1988, je me suis battu avec des Ukrainiens de la bande de Balagula, sur Manhattan Beach. J'essayais, comme tout le monde, de vendre de l'essence de contrebande. J'ai pris deux coups de couteau. Ça faisait très mal mais ça ne semblait pas trop grave. Ma mère m'a soigné comme elle le faisait toujours. Nous évitions les médecins, les médicaments et les hôpitaux : pas de quoi payer, pas la moindre assurance. La vraie vie américaine ! Et nous ne voulions pas non plus d'ennuis avec la police : mes parents n'avaient toujours pas la fameuse carte verte.

Mes blessures s'infectèrent, et quelque chose qui ressemblait à la gangrène commença à puer dans ma chambre. Un matin, ma fièvre grimpa si fort que je me mis à délirer. Sans rien dire, mon père prit le plus petit des papyrus de l'album et se rendit chez un médecin juif de Gravesend. J'ai passé quinze jours dans une superbe clinique et mes plaies se sont cicatrisées. Le jour de ma sortie, le médecin demanda à mon père s'il avait d'autres papyrus. Il lui assura que non, mais, le jour même, après avoir passé des heures à la synagogue, il disparut jusqu'au lendemain. Il revint les mains vides. Je n'ai su pourquoi que des années plus tard, la veille de sa mort. Il était allé se débarrasser des deux papyrus qui restaient. Où ? Mystère.

« En sécurité, là d'où ils n'auraient jamais dû être retirés ! »

Il n'a pas voulu m'en dire plus : « Tu n'as pas besoin de savoir. C'est déjà bien assez que tu saches que ton père a été un voleur de mémoire pendant des années ! » Je suis certain qu'il n'a rien dit à Sokolov...

Désolé d'être si long, Tom, mais je suppose que tu commences à deviner le reste.

En mars 1985, dès son retour dans les sous-sols de la rue Vozdvigenka, Sokolov avait découvert le vol des papyrus. Dans son innocence, mon père s'était emparé, avec le grand papyrus, du plus précieux des documents : un manuscrit indiquant avec une relative précision la *cache 64 du rouleau de Qumran* ! Depuis des années, Sokolov savait qu'il tenait probablement là le meilleur moyen d'atteindre le reste du trésor ! Quand les travaux des Français permirent la lecture correcte du rouleau, il en fut certain. Il n'avait jamais rendu publique cette trouvaille, bien sûr. Il attendait patiemment d'avoir la liberté et les moyens d'entreprendre, pour son propre compte, des recherches discrètes à Jérusalem...

Tu imagines sa fureur en découvrant le vol ! Il ne lui fallut pas longtemps pour deviner l'identité du coupable : le petit électricien qui réparait l'installation pourrie de la bibliothèque. Mais que faire ? Alerter le directeur de la bibliothèque ? La police, le KGB ? Mon père et les manuscrits seraient peut-être retrouvés, mais Sokolov n'en tirerait aucun bénéfice. La clef du trésor deviendrait publique... Ou quelqu'un d'autre, de moins vulnérable que mon père, au sein du Parti, en profiterait. Adieu les tonnes d'or !

Sokolov s'est donc tu, il a fait confiance au temps, devinant que l'électricien Adjashlivi ne trouverait pas si facilement l'occasion de vendre les papyrus. Pendant sept ans il a attendu...

Tu te rends compte, mon ami ? Sept années de silence. Il devait guetter chaque jour, chaque semaine, si l'on n'annonçait pas l'extraordinaire découverte d'un trésor dans les environs de Jérusalem ! Tu imagines quel genre d'homme ce peut être. Si jamais tu dois l'affronter, ce que j'espère, souviens-toi bien de cela.

Le trésor du Temple resta enfoui, et Sokolov recueillit les fruits de sa patience.

1992, fin de l'Union soviétique et début de la splendeur impériale des mafieux. Sokolov, en sept ans, était devenu très riche. Dès que les anciennes règles s'effondrèrent, il offrit ouvertement ses services à la mafia : sous-section culture et vente des richesses artistiques ex-soviétiques ! En retour, il se servit des mafieux pour nous retrouver. La chasse commença. Elle ne fut guère difficile. Lorsqu'il fut certain que nous n'étions plus en Russie ou en Géorgie, il lui fut simple de deviner que nous étions partis pour Israël ou Little Odessa... Et la publicité pour la « Blanchisserie self-service Adjashlivi » était encadrée dans l'annuaire – russe – de Brooklyn !

Sokolov vint en personne à New York. Il rencontra mon père et le menaça. Mon père lui raconta un bobard : il avait vendu les trois manuscrits pour une bouchée de pain à un antiquaire de Kicks Street. L'antiquaire avait fermé boutique depuis trois ans. Ça lui semblait suffisant, à mon pauvre papa... Bien sûr, Sokolov comprit très vite que mon père lui racontait n'importe quoi. Il fit enlever ma petite sœur. La liberté et la santé de Monya en échange des papyrus...

C'est le soir de l'enlèvement que mon père m'a enfin raconté toute cette histoire. Il pleurait, de honte, de culpabilité... Ce fut pour moi un moment encore plus terrible que d'apprendre comment on les avait tués. Je lui ai demandé s'il allait sauver Monya. Il m'a répondu : « Je ne peux pas, Aaron ! J'ai commis un trop grand péché avec ce vol : j'ai libéré le Mal. Je l'ai sorti des sous-sols de la rue Vozdvigenka et lui ai permis de courir le monde. Si ce Sokolov possède à nouveau les papyrus, il ira à Jérusalem profaner le trésor, profaner la Sainte Ville. Il tuera autant de Juifs qu'il faudra pour cela... »

Nous nous sommes disputés. Je lui ai dit : « Si tu ne lui donnes pas ces manuscrits, il te tuera et tuera Monya avant toi... Tu sais qui sont ces types, tu les connais depuis des années ! »

Il hochait la tête : « Oui, oui, je sais, mon fils. Je le sais bien. Ils nous tueront. Mais, après, il n'y aura plus personne à tuer ! »

Je crois que j'avais envie de lui taper dessus. Je criais : « Tu ne penses pas à nous ! Comment peux-tu faire une chose pareille ? Tu vas tuer Monya aussi sûrement que si tu lui tirais dessus ! » Lui me répondait sans élever la voix qu'il le savait bien mais que l'Éternel le savait aussi. Béni soit Son nom...

Quoi que je dise, il me répétait que, depuis le début, il s'était trompé. « Quand j'ai pris ces papyrus, j'aurais dû aller en Israël au lieu de venir ici. J'ai vu le veau d'or. Voilà la vérité. Mais comment pouvais-je savoir ? Il aurait fallu que je sois plus près du Saint, béni soit Son nom ! Hélas, je ne mettais jamais les pieds à la synagogue... J'ai accumulé erreur sur erreur, mon fils... Il n'y a pas d'autre vérité. »

Je l'ai de nouveau supplié d'épargner Monya, de tout expliquer à Sokolov. C'était encore possible. Il s'est levé et m'a regardé comme si je n'avais encore rien compris. Il a posé la main sur ma tête : « Tu me crois aussi naïf, mon fils ? Crois-tu qu'ils nous laisseront en vie ? Qu'ils laisseront courir Monya dans Brighton Beach même si je dis où sont les manuscrits ? Nous sommes déjà morts, Aaron. Le seul mal que je puisse leur faire, la seule force qu'il me reste contre eux, c'est de me taire. Ainsi tu vivras peut-être, et ta mère aussi. »

Il ne faisait pas encore jour quand il est parti de chez nous après avoir prié avec ma mère. Quand il a été sur le seuil, elle lui a dit : « Je ne sais pas ce que tu vas faire, Evgei. Je n'ai jamais su pourquoi tu faisais une chose plutôt qu'une autre, pourquoi on devait aller là plutôt qu'ailleurs. Jusqu'à aujourd'hui, ça ne m'a jamais gênée. Mais, cette fois, ne reviens pas sans Monya, ou c'est moi qui te tuerai. »

Tu connais la suite.

Enfin, presque...

Qui sait si mon père n'avait pas raison ? Si à mon tour je n'avais pas voulu retrouver les papyrus et venger Monya...

Tom Hopkins, toi qui fus mon seul ami pendant ces derniers mois, je vais te dire pourquoi Sokolov veut me tuer. Tu pourras en rester là ou réfléchir à ce que je vais te proposer...

7

Il était presque quatre heures du matin. Ed Bernstein, en robe de chambre mauve à rayures vertes, les paupières aussi lourdes que le regard, ouvrit sa porte. Dans la lumière tombée du plafonnier du couloir, la barbe naissante qui envahissait ses joues ressemblait à de la poussière métallique. Il examina Tom comme s'il faisait face à un dément.

— Là, Hopkins, fit-il d'une voix exténuée, vous passez les bornes !

— Il faut absolument que je vous parle.

Bernstein le regarda une fois encore des pieds à la tête. Dans cette seconde d'hésitation, Tom comprit qu'il cherchait une phrase bien sentie à lui lancer juste avant de claquer sa porte.

— Ed, laissez-moi entrer. Depuis hier, les Russes ne me lâchent pas d'une semelle. J'ai appris des choses incroyables... Vous aviez raison, pour Aaron, il y avait autre chose, mais je vous jure que vous n'allez pas en croire vos oreilles !

— Je ne le crois déjà pas, soupira Bernstein.

Sa main abandonna la poignée de la porte. Il tourna le dos et s'enfonça dans le couloir de l'appartement.

En deux pas, Tom franchit le seuil et referma soigneusement les verrous. Bernstein annonça :

— Je vais faire du café.

Tom alla dans le salon qui servait aussi de bureau ou de local d'archives, comme on voulait. À l'origine, l'appartement de Bernstein, superbement situé à deux blocs de Washington Square, avait été vaste et cossu. Désormais, il était à peu près dans l'état d'une voiture qui aurait parcouru cent mille kilomètres sans vidange ni révision.

Tom déplaça une pile de journaux mexicains et se laissa tomber dans un fauteuil. Le temps que Bernstein revienne avec le café et des tasses, il était sur le point de s'endormir.

— Bon sang, vous ne m'avez quand même pas tiré du lit au milieu de la nuit pour roupiller dans mes fauteuils ! râla Bernstein.

— Je ne me souviens même plus quand j'ai dormi pour la dernière fois.

— Moi si, très bien. Alors ?

— C'est une histoire incroyable...

Tom raconta par le menu sa rencontre avec la mère d'Aaron, son retour précipité au journal et sa lecture de la disquette. Quand il reprit son souffle, Bernstein était parfaitement réveillé et secouait la tête, incrédule et peiné.

— Alors cette môme est morte pour une connerie de bout de papier ? Une véritable histoire juive ! Le passé d'abord, la vie ensuite ! Juif et russe, par-dessus le marché... À part les Juifs, je n'ai jamais vu plus obstinés que les Russes. Sans ça, le communisme n'aurait jamais marché... Et Israël n'existerait pas. C'est écœurant, cette pauvre gosse n'avait aucune chance.

Ça devait être l'effet du réveil brutal au cœur de la nuit : Tom n'avait jamais vu Bernstein si sentimental.

— Vous pouvez refaire du café, Ed ? Je commence à avoir la tête qui tourne.

Bernstein soupira et se souleva de son fauteuil.

— Ouais. Vous voulez peut-être manger quelque chose, aussi ? Je sens que ce genre d'histoire vous donne de l'appétit. Vous avez l'impression d'être en plein roman, hein ? Ça vous excite !

Tom parvint à sourire.

— C'est mieux que du roman. J'ai toujours voulu être journaliste pour tomber sur une histoire pareille ! En ce moment, j'ai l'impression d'être né pour qu'elle m'arrive...

Bernstein glissa sur ses mules en direction de la cuisine en hochant la tête.

— Voilà le genre de chose que je disais à votre âge. Mais faites attention, vous devenez un brin cynique, mon petit.

Pendant que Bernstein s'agitait dans la cuisine, Tom alla se passer de l'eau fraîche sur le visage. Non, ce n'était pas du cynisme. Du soulagement, certainement, de n'avoir pas été la cause, même indirecte, de la mort d'Aaron. Et une fantastique excitation à la perspective de pouvoir faire son boulot de journaliste tout en réalisant ce qu'Aaron lui demandait.

Bernstein revint avec le café, des beignets sous Cellophane, du fromage hollandais, un verre de lait et deux verres vides. Il posa le plateau en équilibre sur une pile de livres et alla prendre une bouteille de bourbon dans un petit meuble peint iranien, vestige de ses grands reportages. Il remplit à demi les verres. Il en tendit un à Tom lorsqu'il revint de la salle de bains.

— Buvez une gorgée de bourbon, puis le lait, puis le café. Dans cet ordre. Avant de tomber raide, vous serez lucide... Qu'y a-t-il dans l'autre fichier de la disquette ?

— La traduction en anglais des soixante-quatre énigmes du rouleau de cuivre des Ta'amrés... Des recherches historiques sur les noms des villages à l'époque de Jésus, ou avant, sur les noms des personnages cités par le rouleau, et des pistes pour d'autres recherches : où chercher, où trouver les cartes, etc. Et aussi une liste de caches que son père aurait pu utiliser pour dissimuler les papyrus : bibliothèques, archives de synagogue. Aaron les a visitées avec soin, il a noté les questions qu'il avait posées et les réponses. Ça ne l'a mené nulle part...

— Attendez, il était assez dingue pour vouloir reprendre la chasse au trésor à son compte ?

— Non ! Il voulait que la mort de Monya ne soit pas inutile. Son idée était de retrouver les papyrus et de faire alors ce que son père n'a jamais voulu faire : rendre publique toute l'histoire, depuis le vol à la bibliothèque de Moscou jusqu'aux assassinats...

— Avec votre aide, bien sûr !

— Pourquoi pas ? Imaginez un peu, Ed... Le don de ce papyrus aux chercheurs de l'université de Jérusalem, par exemple, s'il contenait les clefs du rouleau des Ta'amrés, aurait permis de découvrir le trésor. Sokolov n'aurait eu que ses yeux pour pleurer, il se serait peut-être même retrouvé en prison parce que, alors, Aaron aurait pu le dénoncer avec quelque chose de solide...

— Beau rêve ! ricana Bernstein en buvant une gorgée de bourbon.

— Il n'avait pas le choix. Soit il se taisait pour toujours, laissant la poussière recouvrir la poussière, comme vous dites, soit il cherchait la preuve que Sokolov avait bien tué son père et Monya à cause du trésor. La preuve, c'étaient les papyrus cachés par son père. Sans cela, personne ne l'aurait cru, surtout pas les flics ! Pas même nous... Vous ne m'auriez jamais laissé publier la moindre ligne sur une pareille histoire sans preuve...

— Exact.

— Et vous n'y croyez aujourd'hui qu'à cause de la mort d'Aaron !

— Je n'ai pas dit que j'y croyais. Je vous écoute, seulement, Hopkins ! Ce n'est déjà pas si mal. Alors Sokolov a su qu'il cherchait les papyrus et il l'a tué ? Pourquoi, puisqu'il n'a rien trouvé ?...

Tom resta un moment silencieux, les yeux clos. Le mélange concocté par Bernstein commençait à provoquer une douce euphorie, comme s'il se dédoublait : son esprit restait relativement lucide tandis que son corps pesait de plus en plus lourd. Sans rouvrir les paupières, il reprit, comme s'il se parlait à lui-même :

— Aaron se doutait que Sokolov le tiendrait à l'œil, dans l'espoir qu'il le mènerait aux papyrus. Donc, pendant presque un an, il s'est contenté de jouer au sage étudiant juif, passant de plus en plus de temps dans les bibliothèques et dans les synagogues pour apprendre l'histoire d'Israël, de Jérusalem et du trésor. Sans doute qu'à son tour il est devenu de plus en plus sincèrement croyant et pratiquant. C'est une chose étrange, ça... Il faudra que j'y réfléchisse. Comme rien ne se passait, comme il ne se sentait pas menacé, il a commencé à se découvrir et à se mettre en chasse des manuscrits, en interrogeant des gens... Mais il n'a rien trouvé. Au point de se demander si son père, finalement, ne les avait pas tout simplement détruits ou jetés d'un pont. C'était non seulement possible, mais facile...

— C'est probablement ce qu'il a fait, cet idiot ! grinça Bernstein avec une animosité que le bourbon rendait excessive.

— Je ne crois pas, et Aaron non plus : pour les balancer dans l'Hudson, le père Adjashlivi n'avait pas besoin de disparaître pendant vingt-quatre heures. L'idée d'Aaron, c'est qu'il est sorti de New York. Pour aller où ? Il ne connaissait personne, mais il a pu rencontrer quelqu'un à la synagogue qui lui a indiqué une autre synagogue, par exemple... Cette personne ne s'en souvient plus aujourd'hui – tout ça est vieux de cinq ans. Ou elle garde volontairement le silence... Il y a une histoire de secte, mais c'est juste une hypothèse...

— De secte ? Chez les Juifs ?

— Les caraïtes. Le père d'Aaron était caraïte, en fait. C'est une secte apparue au VIIIe siècle, à peu près, en Babylonie. Les caraïtes ne reconnaissent pas le Talmud (la Loi orale), seulement la Tora (la Loi écrite). Vous le savez peut-être, mais moi, c'est Aaron qui me l'a expliqué, caraïtes veut dire « ceux qui lisent l'Écriture »... Les caraïtes ont une grande révérence pour les textes anciens. Ils ont dû quitter Israël et le Moyen-Orient il y a des siècles et ont essaimé en Europe centrale, jusqu'en Géorgie... Quoi qu'il en soit, c'est une impasse. Le père Adjashlivi a réussi son coup : les papyrus sont aussi introuvables aujourd'hui que s'ils étaient enfouis dans le désert de Judée !

— Ça n'explique toujours pas pourquoi les Russes ont tué Aaron.

— J'y viens...

Tom acheva son verre de lait et se versa une nouvelle tasse de café. La fatigue lui contractait les muscles des épaules. Mais son cerveau restait clair. En parlant, il comprenait mieux l'histoire d'Aaron que lorsqu'il l'avait lue sur son ordinateur... Il se demanda ce que faisaient les hommes de la Buick en ce moment. Malgré ce qu'il avait dit à Ed en arrivant, il ne les avait pas repérés en sortant du journal et il semblait que personne n'ait cherché à le suivre jusqu'ici. Il ne savait pas s'il devait s'en inquiéter ou s'en réjouir. Peut-être était-ce là l'effet voulu de ce genre de filature ? Vous mettre sans arrêt sur vos gardes, jusqu'à épuisement de votre attention ? Ce qui était arrivé, finalement, à Aaron...

— Hopkins, ce n'est pas moi qui ai demandé à venir ! Si vous voulez roupiller, dites-le tout de suite...

— Non, j'ai presque fini... Aaron n'a pas trouvé les papyrus, mais Sokolov ne pouvait pas le savoir. Cependant, plus il cherchait, moins il trouvait, et moins il prenait de précautions... Un soir, les hommes de Sokolov sont entrés dans la blanchisserie de sa mère alors qu'il faisait les comptes. Ils l'ont tabassé et l'ont cuisiné pendant tout le reste de la nuit. Il a admis qu'il cherchait les papyrus mais qu'il n'avait rien trouvé. Il ne pouvait pas faire autrement. Il a tenté de leur faire croire qu'il voulait seulement décrypter l'énigme de l'une des caches du trésor, aller à Jérusalem et mettre la main sur un peu d'or. C'était plausible, mais Sokolov est tout sauf un idiot. Il ne l'a pas cru, évidemment. Il a fait semblant, avec l'idée de se servir de lui et de ce qu'il avait déjà appris. Cette fois-là, il s'est donc contenté de récupérer ses notes et son ordinateur portable. Ils sont revenus le lui rendre le lendemain en lui disant : « Continue de chercher. Si tu trouves quelque chose, tu nous le dis. Si tu nous caches quoi que ce soit, ta mère mourra sous tes yeux. Souviens-toi de ton père et de ta sœur ! » Il était coincé ! Le chantage à la mort recommençait... Aaron a compris qu'ils ne le lâcheraient plus. Quoi qu'il fasse, ils seraient sur son dos. C'est alors qu'il m'a contacté pour me raconter comment fonctionnait la mafia dans Little Odessa. Il ne lui restait plus que ce moyen pour gagner du temps en gênant Sokolov, si jamais les flics se servaient des articles pour donner un coup de pied dans la fourmilière. Au pis, il se vengeait quand même un peu en attirant la lumière sur l'*Organizatsiya*...

— Pourquoi s'adresser à vous ?

— Je ne sais pas.

Bernstein esquissa un geste vers la bouteille de bourbon mais se retint.

— Et alors, maintenant ?

— Je vais faire ce qu'il me demande...

— C'est-à-dire ?

— Prendre sa suite...

— Vous êtes tombé sur la tête ?

— Aaron est... était persuadé que Sokolov allait désormais mettre tout en œuvre pour trouver le trésor. Au moins une partie. Avec les informations qu'il a réunies, il serait peut-être possible de résoudre deux des énigmes du rouleau. Sokolov le sait. J'ai cependant une longueur d'avance sur lui : il manque encore de précisions. Aaron me donne des indications, des pistes de recherche qui n'étaient pas dans l'ordinateur que le tueur a pris avant-hier... Il faut vérifier certains noms sur des cartes qui se trouvent à la Bibliothèque nationale de Paris et, ensuite, à Jérusalem... Soit je trouve l'une des caches avant Sokolov et je fais un reportage qui rend toute l'histoire publique. Soit je ne trouve pas, mais j'aurai de bonnes chances de tomber sur la mafia en train de fouiller le désert. Dans les deux cas, il y a de quoi faire un papier sensationnel, non ?

Bernstein regarda Tom avec de grands yeux, puis se frappa le front en secouant la tête.

— Un type qui s'est si bien débrouillé qu'il en est mort vous suggère une idée stupide et vous foncez tête baissée !

— C'est vous qui me dites ça, Ed ? Je ne ferai que mon métier de journaliste : être présent pendant les faits et témoigner...

— Ne dites pas de conneries ! Dans le meilleur des cas, vous ne serez qu'un gêneur, et ils n'hésiteront pas à vous descendre à la première occasion...

— C'est bien possible, oui. Ils me connaissent, ils m'ont vu avec Aaron. Ils me suivent déjà et ils savent qui je suis. Pourtant, je ne crois pas qu'ils prendront le risque de tuer un journaliste comme ils ont abattu un petit Juif russe anonyme. Surtout maintenant que vous connaissez l'histoire !

— Foutaises ! Ils s'y prendront plus subtilement peut-être, mais c'est tout !

Tom se redressa et martela son genou du poing.

— Ed, ça ne sert à rien de vouloir me décourager. Vous savez aussi bien que moi que je dois faire ce reportage. Pour plein de raisons, et vous les connaissez toutes ! Il y a des risques, d'accord. Mais si jamais Sokolov tente effectivement de voler le trésor et que je sois là, que le *New York Times* soit là, vous imaginez un peu ?

— J'imagine encore mieux le bide qui vous attend, mon petit... Des types en train de creuser le sable, de remuer des cailloux et de faire chou blanc comme tous les cinglés qui partent à la chasse au trésor depuis la nuit des temps ! Le tout entre les Palestiniens et les Israéliens qui en profiteront pour tirer dans le tas une fois de plus... Ce reportage, on le connaît, on l'a lu des millions de fois ! Il faut être débile pour croire une seule seconde que vous, ou même votre Sokolov, serez capable de dénicher un trésor vieux de deux mille ans ou plus encore. Et à Jérusalem ! Personne ne comprend rien à cette ville, personne ne comprend rien à vos énigmes ! Allez donc vous coucher...

— Ed, Aaron est mort pour ça !

— C'est pas mon affaire.

Il y eut un lourd silence. Finalement, Bernstein le rompit, les yeux plissés, scintillants d'ironie.

— N'imaginez pas que vous pourrez avoir le Pulitzer avec ça, mon petit... Le George-Polk, peut-être. Vous savez ce que c'est ?

— Le prix du risque, oui, bien sûr.

— Le prix du dernier des crétins de journaliste, oui... Souvenez-vous quand même que Polk n'en est pas revenu, lui !

— Ça veut dire que vous me commandez le reportage ?

— Vous rigolez !

— Ed !

— Pas question... Cette histoire tient à peine debout ! Vous ne savez pas dans quoi vous mettez les pieds ! Pas question que le *Times* s'engage à quoi que ce soit... Surtout avec vous !

— J'irai quand même, vous le savez...

— Parfait. Ça me convient. Il n'est pas mauvais que vous disparaissiez de notre vue pendant quelque temps. Prenez deux mois de vacances... Frais de voyage pour vous.

— Tout ce que je vous demande, c'est de pouvoir travailler avec les bureaux de Paris et de Jérusalem si j'en ai besoin.

— Je ne promets rien. Je ne vous promets même pas de connaître encore votre nom dans deux mois...

Ed souriait, et Tom rit doucement, se détendant.

— Ed, à ma place, à mon âge, vous feriez exactement comme moi, n'est-ce pas ?

Bernstein se leva en exagérant sa grimace de lassitude. Ses yeux continuaient de briller.

— Foutez-moi la paix et allez dormir, mon petit.

Tom retrouva le Windstar dans le parking de la Septième Avenue. Il n'y avait pas de Russes en vue. Il n'y en avait nulle part. Ou alors, ils avaient appris à devenir invisibles.

Il allait bientôt faire jour, mais la circulation était encore très faible. Il rentra sans encombre et sans se presser jusque chez lui, à Greenpoint. Ce n'est qu'en glissant sa clef dans la porte de l'appartement qu'il devina ce qui l'attendait : la clef ne tournait plus dans la serrure, mais la porte s'ouvrait quand même !

Il ne restait plus rien qui ne fût brisé, déchiré ou éventré ! *Ils* avaient fait ça en grand, avec application. Même la moquette avait été découpée et soulevée, les rayonnages de la penderie retirés et ses balles de tennis découpées en deux !...

La première réaction de Tom fut de se féliciter d'avoir détruit la disquette d'Aaron après en avoir expédié les fichiers par e-mail au bureau du *New York Times* de Paris.

La seconde fut de se dire que les hommes de Sokolov ne cherchaient pas réellement quelque chose. Le Russe devait être trop intelligent, trop rusé pour croire une seule seconde que Tom puisse laisser quoi que ce soit d'important dans son appartement. Non, ce qu'il cherchait, c'était à l'impressionner. Lui faire une fois de plus passer le message : laisse tomber, je suis le grand méchant loup ! C'était une erreur. Cela produisait l'effet inverse. Si Sokolov se donnait tant de mal pour lui faire peur, c'était donc que lui aussi craignait quelque chose et qu'Aaron avait raison : Tom pouvait être le grain de sable capable d'empêcher la mafia de violer l'histoire de Jérusalem en silence !

La troisième réaction de Tom fut quand même de se dire : « Et merde ! » Il avait sous les yeux le divan de cuir acheté plus de trois mille dollars avec Suzan, lacéré méthodiquement au couteau, ses robes réduites en charpie, ses assiettes chinoises désormais à peine utilisables pour en faire un puzzle. Il se souvint soudain du message qu'elle lui avait laissé un siècle plus tôt dans sa vie, mais seulement la veille si l'on s'en tenait au calendrier : dans une heure, deux au plus, Suzan serait là pour récupérer ses affaires ! Comment allait-il lui expliquer qu'elle n'avait plus rien à emporter ? Qu'il ne lui restait même pas un gant de toilette qui ne soit en charpie et bon, comme tous les souvenirs de leur vie commune, pour la poubelle. Il entendait déjà ses hurlements !

Il hésita une vingtaine de secondes, se demandant s'il devait faire un peu de ménage pour atténuer le choc. Une citation de saint Luc lui vint opportunément à l'esprit : *Si vous ne pouvez pas la moindre des choses, pourquoi vous inquiéter du restant ?*

Il n'y avait qu'une chose qu'il pouvait faire, d'absolument nécessaire et possible : dormir. Il s'effondra tout habillé sur le canapé défoncé et sombra en quelques secondes.

Il fut réveillé par un étrange crissement. Il faisait grand jour, et il découvrit Suzan qui marchait dans la vaisselle. Elle ne criait pas. Mais peut-être cherchait-elle un couteau à lui planter dans le cœur. Quand elle le vit se redresser, elle recula, le visage terrifié, comme si elle s'attendait qu'il lui saute à la gorge telle une bête sauvage.

— Tu es complètement fou, murmura-t-elle d'une voix cassée. Pourquoi as-tu fait ça ?

Tom comprit que la vérité serait impossible à expliquer. Il aurait de la chance si Suzan ne courait pas chez un avocat en sortant de l'appartement. Une bonne raison de plus pour quitter New York ! Tout nu, pour ainsi dire.

Il fouilla dans ses poches et en sortit les clefs du Windstar.

— Il n'y a que la voiture qui soit intacte. Enfin, pour l'instant. Tu peux la prendre si tu veux. Elle est à toi...

8

J'étais rentré chez moi depuis trois semaines. Je songeais toujours à Jérusalem et à mon roman, mais sans grande énergie à nouveau. En fait, plus ma convalescence se poursuivait, plus je replongeais dans la vie qui avait précédé mon accident cardiaque. Le temps une fois de plus s'enfuyait en mille activités et avec lui le courage d'affronter une tâche que je savais d'avance devoir être rude. C'est alors que je reçus un coup de fil d'un journaliste américain. Il parlait à peine le français, et nous passâmes à l'anglais dès les premiers mots :

— Monsieur Halter ? Tom Hopkins, du *New York Times*. Je voudrais vous rencontrer...

— Oui ? À quel sujet ?

— Euh... Eh bien, disons un reportage... Un entretien...

— Une interview...

— Oui... Enfin, pas exactement...

Son hésitation me parut curieuse et peu engageante. Mais quel écrivain ne serait pas flatté qu'un journal comme le *New York Times* veuille l'interviewer ? Entre la prudence et la vanité, ma raison balançait dans une oiseuse indécision. En fin de compte, ma fatigue postopératoire décida pour moi : je refusai poliment. Cependant, le lendemain, alors que je m'apprêtais à sortir pour ma promenade quotidienne dûment prescrite par mon médecin comme une thérapeutique d'excellence, l'Américain m'appela à nouveau.

— Monsieur Halter, je vous en prie, il faut absolument que nous nous rencontrions. C'est très important...

Le ton avait changé. Il n'essayait plus de m'en imposer ; il me sembla même percevoir dans sa voix quelque chose qui ressemblait à un souffle de détresse.

— En fait, reprit-il, c'est très important pour moi... Excusez-moi pour hier, c'est vrai qu'il ne s'agit pas de faire un papier sur vous... Enfin, pas encore. Mais je vous assure que je ne vous ferai pas perdre votre temps. Vous pouvez m'aider... Je... Un jeune Juif russe de Brooklyn a été assassiné. Je suis un peu responsable de sa mort, en tout cas... Enfin, c'est compliqué, précisément, et je ne peux vous en parler au téléphone comme ça... Je dois aller à Jérusalem et j'ai besoin d'aide, il y a des choses que je ne parviens pas à comprendre et on m'a dit que...

Son balbutiement cessa brusquement, suspendu comme au-dessus d'un vide, et comme si je pouvais combler ce vide. Lorsque l'oiseau est près de mourir, son chant devient triste ; quand l'homme est confronté à la mort, il devient plus attentif. Je crois bien que ma main s'est crispée sur le téléphone quand je l'ai entendu prononcer « Jérusalem ». Décidément... Pourtant trop de choses en moi, craintes ou défenses, n'étaient pas prêtes à céder.

— Je ne doute pas de votre sérieux, monsieur Hopkins, ni même que vous soyez dans une situation difficile. Cependant, très franchement, je ne vois pas en quoi je pourrais vous aider... Je ne sais pas ce qu'on vous a dit sur moi, mais je ne suis qu'un écrivain.

Il y eut un silence à l'autre bout du fil, un de ces vides électriques insondables qui parfois vous font douter d'être en communication avec quiconque ! Puis, soudain, il dit :

— *Que devons-nous donc faire ? Que celui qui a deux tuniques partage avec celui qui n'en a point...*

— De qui est-ce ? demandai-je avec un vague embarras.
— Saint Luc.
— Ah ! et, à votre avis, qu'aurais-je donc à partager ?
— Votre savoir, monsieur Halter...
Je m'esclaffai, soulagé de tant de naïveté et même un peu condescendant.
— Mais, mon pauvre ami, je n'ai pas plus de savoir que vous !
— Précisément, non. Sur Jérusalem, sur l'histoire juive, vous en savez infiniment plus que moi. Et c'est de cela que j'ai besoin... Je sais qui vous êtes et ce que vous avez écrit. Tout ce que je vous demande, pour l'instant, c'est de me recevoir une heure et de m'écouter...
Était-ce la citation de saint Luc qui m'avait ébranlé ? Ou la vanité de me croire effectivement dépositaire d'un peu de savoir et heureux qu'on me le dise ? Ou encore la curiosité, finalement plus forte que tout dès que le mot « Jérusalem » était prononcé ?
Quoi qu'il en soit, je cédai !

Comme c'était étrange... Depuis quelques semaines, je ne cessais de me demander comment Jérusalem allait une fois encore me rattraper, et voilà que... À moins que mon imagination ne me joue des tours et que ce garçon ne veuille apprendre quelques banalités sur la Ville sainte... Mais venir de New York pour cette raison eût été franchement excessif... À partir de seize heures, je commençais à tourner en rond et à regarder ma montre toutes les dix minutes. J'avais envie de taxer mon impatience de ridicule, mais je n'y parvenais pas.
L'Américain arriva avec cinq minutes de retard. Un long garçon, mince, vêtu de l'inévitable jean et d'un blouson que l'on aurait dit composé uniquement de poches. Les traits de son visage étaient fins, intelligents, avec une grande bouche très dessinée. Il devait avoir la trentaine, peut-être plus. Mais, à cause de sa chevelure flamboyante, de ses boucles, de ses yeux très clairs et un peu inquisiteurs, ses expressions et

sa démarche restaient d'une adolescence désarmante. Hopkins était le genre d'homme à vous regarder droit dans les yeux, mais un peu trop longtemps, comme s'il cherchait à découvrir ce que vous aviez dans le cœur. Indiscutablement c'était un très beau garçon, possédant dans ses mouvements cette sorte de grâce, tout à la fois virile et enfantine, un peu maladroite et butée, qui souvent agace les autres hommes alors même qu'elle émeut bien des femmes...

Les présentations furent brèves. Nous nous assîmes de part et d'autre de ma table de travail et il me raconta son histoire sans reprendre son souffle. Une véritable avalanche ! Lorsqu'il se tut, j'allai lui chercher un verre de vodka qu'il avait bien mérité.

— Je connais le rouleau des Ta'amrés, dis-je en remplissant son verre. En effet, ce sont des spécialistes de l'EDF, la compagnie française d'électricité, qui l'ont remis en l'état. Je dois même avoir une transcription des soixante-quatre énigmes, comme vous dites, quelque part dans mon bureau. Et sans doute aussi quelques gloses de chercheurs sur le sujet...

Hopkins hocha la tête, ravi.

— Mais cela n'a rien de secret, ajoutai-je aussitôt. Je ne comprends pas ce que vous attendez de moi...

Il vida son verre et se frotta rapidement l'arête du nez, agitant ses boucles angéliques.

— Attendez. Vous allez vite comprendre. Je suis allé à la Bibliothèque nationale ces deux derniers jours, comme me l'a suggéré mon ami Aaron. Pour voir les cartes. D'abord, j'ai eu un mal de chien à obtenir le droit de pénétrer dans ce saint des saints. Ensuite, ce fut toute une histoire pour consulter les documents, même pas les originaux, mais des copies sur microfilm. Finalement, lorsque je les ai eus sous les yeux... je me suis retrouvé en face de quelque chose d'absolument incompréhensible ! Vous savez, pour moi, l'hébreu est vraiment de l'hébreu. Je ne sais même pas déchiffrer les lettres de l'alphabet. Alors des cartes du VIIIe ou XIIe siècle !

Je ne pus m'empêcher de rire.

— Je vois très bien la difficulté... Mais vous n'avez pas besoin de moi pour trouver une personne qui puisse vous aider à les lire. Votre journal doit avoir...

— Non, non ! Je n'ai pas besoin d'un traducteur. J'ai besoin de vous pour m'accompagner à Jérusalem, pour m'aider à déchiffrer les énigmes du rouleau et à découvrir l'emplacement des caches. Enfin, pas toutes, mais deux ou trois, ça serait déjà très bien...

— Qu'est-ce que vous racontez ?

— Il ne s'agit pas seulement de lire les cartes, ou les textes, mais de les comprendre dans leur sens historique, de savoir les interpréter, de faire jouer des références et des connaissances du passé et du présent...

— D'accord, mais vous faites erreur. Il y a des spécialistes pour cela. Je n'en suis pas un, loin de là ! Il y en a d'excellents à Jérusalem même. Sans compter qu'à mon avis...

— Non, non ! Pas question de spécialistes ! Si je raconte mon histoire à un spécialiste, un historien, un universitaire, un type de ce genre, vous savez ce qu'il va se passer ? Soit il me foutra dehors parce que je me mêle de ce qui ne me regarde pas, soit il s'emparera de ce que je lui apporte pour aller crier sur les toits la moindre de ses trouvailles. Et ce sera fini. Je les connais, ces gens-là ! En plus, je vais être franc, monsieur : si ce spécialiste est israélien, croyez-vous qu'il acceptera de faire quoi que ce soit sans en parler à je ne sais combien de rabbins ou même à la police israélienne ? Si on me fiche hors d'Israël, je ne maîtriserai plus rien. Pour appâter Sokolov, il me faut être discret. Il faut de l'ombre... N'importe quel spécialiste fera tant de bruit que je me retrouverai sur la touche avant d'avoir commencé...

— Une seconde, monsieur Hopkins... Je ne suis pas sûr de bien comprendre ! Vous êtes en train de me proposer de jouer les chercheurs de trésor avec vous, à Jérusalem, et, par la même occasion, de risquer ma vie dans un conflit qui vous est tout personnel avec des mafieux russes ?

— Exactement ! Sauf que le conflit n'est pas si personnel qu'il en a l'air...

Je ris, mais un peu jaune.

— Vous n'êtes pas sérieux ?

— Très sérieux.

— Ce n'est pas possible, monsieur Hopkins. On vous a mal renseigné sur moi.

— Au contraire ! À la bibliothèque, j'étais perdu et fou furieux, je dois dire. Une jeune femme m'a proposé de m'aider. Je lui ai demandé si elle connaissait quelqu'un, ici, à Paris, qui en savait assez sur l'histoire juive et Jérusalem pour me donner un coup de main... Votre nom lui est venu tout de suite à l'esprit. Elle connaissait tous vos livres...

— Comment était-elle ?

— Grande, mignonne, des cheveux châtain clair. Elle m'a donné son prénom, Pauline...

— Ne cherchez pas à me flatter ! Elle travaille avec moi, elle fait des recherches pour l'un de mes projets ! Il est bien normal que mon nom lui soit venu à l'esprit. Mais elle ne savait pas de quoi il s'agissait...

Hopkins fut ébranlé... à peine plus d'une seconde.

— Attendez ! Je me suis aussi renseigné sur vous au bureau du *Times*. Tout ce qu'ils m'ont appris m'a convaincu que je ne pouvais pas avoir meilleur partenaire dans cette aventure. Rendez-vous compte, vous connaissez même le russe ! Ça pourrait s'avérer très utile. Vous êtes à Jérusalem comme chez vous, vous y avez des amis. Ça aussi ce sera utile... Vous pourrez voir tous les spécialistes que vous voudrez pour affiner vos analyses sans avoir à dévoiler le but de vos recherches ! Et ils vous parleront, pas à moi ! En outre, je sais que vous aimez découvrir ce qui est caché. Vous êtes passionné par l'histoire juive. C'est toute votre vie, non ?... J'ai réfléchi à tout ça, vous savez... Je ne vous ai pas appelé comme ça, au hasard.

Vous êtes pour moi la personne parfaite. Il m'a suffi de rester planté une demi-journée devant des cartes pour comprendre que je n'y parviendrais jamais seul.

Il s'animait avec une force de conviction qui m'aurait séduit quelques années plus tôt. D'autant qu'il n'était pas sans charme, ce Tom Hopkins. Prêt à foncer comme un jeune Hercule, plein de ce culot qui déplace les montagnes. Mais très inconscient, malgré tout. Et l'expérience consiste surtout à apprendre qu'il est plus facile de bâtir des cheminées que d'en tenir une chaude.

— Vous oubliez deux choses dans votre sympathique catalogue de mes avantages, mon cher ami. D'une part, je viens d'être opéré du cœur...

— On me l'a dit, oui. Mais tout s'est bien passé, n'est-ce pas ? Dans une semaine, vous ne vous en souviendrez plus ! Et je ne vous demande pas de courir ou de faire le coup de poing avec Sokolov, ni même de soulever des ruines dans le désert... Ne vous inquiétez pas, j'assumerai le rôle de Rambo...

Il riait de bon cœur.

— Amusant, mais vous oubliez, comme on dit, qu'il y a loin de la coupe aux lèvres. Vous omettez aussi la question la plus simple. Pourquoi me lancerais-je dans une si folle aventure ? L'Éternel a, semble-t-il, bien voulu m'accorder un petit surplus ; mon intention est de le faire fructifier aussi longtemps que possible !

— Ne me dites pas que le vol du trésor du Temple et des documents qu'il peut contenir par un mafieux russe, un tueur vulgaire sous les apparences d'un savant, vous laisse indifférent ! Je ne vous croirais pas...

— Rien n'est volé et sans doute rien ne le sera.

— Mais si ! D'ailleurs, qu'il trouve ou non, Sokolov essaie. Il tue pour cela ! C'est un fossoyeur du passé comme du présent. Ça ne vous suffit pas ? N'avez-vous pas écrit un livre sur la mémoire du passé qu'il fallait préserver et maintenir en vie ?

— Vous ne l'avez certainement pas lu...

— Là n'est pas la question. La question est : imaginez une seconde le livre que vous pourriez tirer de cette histoire ! Vous dites que vous venez d'obtenir un « surplus »... Avez-vous un projet plus intéressant que celui-ci ?

Il venait d'appuyer, sans même le savoir, au pire endroit... Je fis mine de ricaner avec indifférence.

— Comme vous-même, qui rêvez de faire le grand reportage du *Times*...

— Mais oui !

— Vous n'avez pas une chance sur mille ! Et, franchement, ça ne m'intéresse pas. C'est trop tard. Il y a vingt ans, peut-être...

Cette fois, ma détermination sembla l'atteindre. Il regarda la pièce autour de nous, le bureau encombré, les rayonnages de livres, avec un brusque désarroi. Ses lèvres se serrèrent dans une moue.

— Ne vous décidez pas immédiatement. Je peux attendre jusqu'à demain...

— Quelle mansuétude !

— Je n'ai pas beaucoup de temps, je dois arriver sur la première cache avant Sokolov.

— Vous ne la trouverez pas. Personne ne trouve rien depuis trente ans !

— Ils cherchent mal. Je suis certain que les indications d'Aaron deviendraient limpides pour vous... Il a fait un travail fantastique. Pas un travail de savant bourré de préjugés. Celui d'un garçon plein d'intuition, d'un innocent qui sentait la mort lui mordre les mollets et qui devait atteindre son but avant elle...

Je préférai ne pas répondre. Il était debout, me tendant la main. Il soupira.

— Vous avez raison. J'irai à Jérusalem, même sans vous. Mais, si vous acceptiez de m'aider, j'aurais une vraie chance de venger Aaron et d'empêcher de vulgaires mafieux de piller la mémoire d'un pays et d'un peuple auxquels je sais bien que vous tenez plus qu'à tout...

9

Ce fut une très mauvaise nuit, et, cette fois, je ne pouvais en rien incriminer les suites de l'opération. Ma conversation, si étrange, avec le jeune Américain me hantait. Sa proposition était à la fois totalement folle et terriblement séduisante. J'avais énoncé devant lui toutes les bonnes raisons d'un refus. Elles suffisaient amplement... Mais ne dit-on pas que, grâce au hasard, même un aveugle sait attraper un lièvre ?

Comment fermer les yeux sur autant de coïncidences qui, l'une à la suite de l'autre, me reliaient un peu plus à Jérusalem et me poussaient toujours davantage vers ses mystères ? Des hasards à ce point répétés pouvaient-ils encore être des hasards !

Je savais d'expérience qu'une plongée profonde dans l'histoire de Jérusalem trouble toujours, et avec autant de profondeur, les certitudes établies et rassurantes... Le trésor du Temple en était un parfait exemple. L'Énigme des énigmes, pour ainsi dire... Des centaines de savants y avaient usé leur intelligence et les griffes de leur savoir. Depuis des siècles, on parlait des textes mystérieux qu'il contenait ou aurait contenus. On en parlait en chuchotant, comme si l'on touchait là à l'indicible même... En vérité, contrairement à ce que croyait le jeune Hopkins – ou la mafia –, le trésor du Temple n'était nullement précieux à cause de ses tonnes d'or. Il l'était parce qu'il recelait, peut-être, des vérités inouïes sur la plus incroyable période de l'humanité chrétienne, musulmane et juive... La vérité sur la naissance des trois religions monothéistes, la vérité sur l'histoire de Jérusalem !

Hopkins était plein de fougue parce qu'il ignorait ce qu'il allait réellement affronter. Je l'ignorais aussi, mais, si je puis dire, avec moins d'innocence...

Dans mon insomnie, je n'eus pas besoin de beaucoup solliciter ma mémoire pour me rappeler que, déjà, je m'étais affronté à une histoire de pillage d'or. Une histoire très ancienne, mais à laquelle, à l'époque, je n'avais prêté qu'une attention discrète.

Par un beau jour d'automne, trois ou quatre ans plus tôt et alors que je m'attelais aux premières ébauches de mon roman, à peine arrivé à Jérusalem et sans même ouvrir ma valise, je m'étais précipité dans une boutique obscure de la Vieille Ville. Le *moher sefarim*, le marchand de livres, m'accueillit avec toute la malice d'un vieil homme qui depuis longtemps déjà sait à quoi s'en tenir sur la curiosité de ses semblables. Il s'appelait Rab Haïm.

« Vous cherchez des histoires inédites sur Jérusalem ? me demanda-t-il. La Bible ne vous suffit donc pas ? »

Son antre était encombré jusqu'à l'étouffement d'armoires vernies où s'entassaient des milliers de volumes. Sous le plafond bas, une ampoule nue se balançait au bout d'un fil et dispensait dans le jour une lumière chiche. Dans un sous-verre piqueté de chiures de mouches, un paysage de Jérusalem ornait un pan de mur. Une pile d'albums surchargeait une fragile table basse. Le premier avait pour titre *Mea Shearim : les Cent Portes*. Je regardai les photos en noir et blanc évoquant des signes tracés au burin sur un mur de caverne. À quels temps appartenaient-ils donc, ces visages d'enfants tendus au-dessus d'un texte sacré, ces silhouettes en cafetans usés, accroupies dans des ateliers mal éclairés, ces adolescents longilignes qui détournaient les yeux au passage d'une femme, et ces foules joyeuses dansant autour des rouleaux de la Tora ?

Étonné de découvrir, chez un vieux bouquiniste orthodoxe, ces images d'un monde qui refuse les images, je me surpris à scruter à la loupe ces visages familiers de Juifs. Espérais-je y retrouver un trait de mon grand-père Abraham ? Il me sembla reconnaître une cour enneigée de Pologne – la neige est si rare à Jérusalem ! C'était la place du village de Grodzisk, près de Varsovie, où ma mère m'emmenait parfois pour la fête de Pourim... La Pologne d'avant la guerre... Mea Shearim ! Rêve, ou réalité ?

Qu'espérais-je trouver chez ce vieux Juif, né comme moi en Pologne mais depuis si longtemps qu'il semblait plus que centenaire ? Rien de précis, ou peut-être seulement la présence du passé encore vivant à travers le mystère des images. Rab Haïm se posait aussi la question. Il me dévisagea d'un œil aigu et demanda sans détour :

— Pourquoi vous intéressez-vous tant à l'Antiquité ?

— Je voudrais comprendre...

— Comprendre ? Qu'y a-t-il à comprendre ?

— Ceci, peut-être : pourquoi, dans cette ville cinq fois millénaire, bâtie à l'écart des routes marchandes et qui aurait dû, comme tant d'autres, être effacée par l'Histoire, l'Histoire a-t-elle choisi d'établir ses quartiers ?

Rab Haïm secoua la tête.

— Ce n'est pas l'Histoire, mon ami, mais l'Éternel – béni soit Son nom !

— Alors, pourquoi l'Éternel a-t-Il posé Son souffle ici, en cette ville, la choisissant et la désignant parmi toutes les autres ? Pourquoi Jérusalem et non Byzance ou Athènes, Damas ou Alexandrie ?

— Question, fit le vieil homme. Question... Pourquoi, hein ?

Ses lèvres s'étirèrent et ses yeux se plissèrent. Ce devait être un sourire. Il laissa passer un silence comme s'il en goûtait toute la saveur. Puis il fit quelques pas dans la pénombre de l'arrière-boutique en marmonnant :

— J'ai peut-être quelque chose pour vous. Quelque chose d'intéressant. Mais je ne me souviens pas de l'endroit où je l'ai rangé. Ah, la mémoire !

Il quitta la pièce pour revenir au bout d'un moment, la mine contrariée.

— Je ne le retrouve pas... J'avais pourtant tout un paquet, des livres et même des manuscrits, j'en suis certain... Voilà tout ce que j'ai à vous proposer.

Avec une grimace de déception aussitôt démentie par le sourire de ses yeux qui, depuis bien longtemps, contemplaient une vie faite de mille pertes et de quelques retrouvailles, il me tendit une grande enveloppe brune et rigide. Je l'ouvris et découvris une dizaine de feuilles de parchemin, très douces aux doigts. Sous le regard attentif de Rab Haïm, j'en retirai une de l'enveloppe. Elle était couverte d'une grande écriture serrée. La calligraphie, de toute évidence très ancienne, avait depuis longtemps pâli.

— Ça m'a bien l'air d'être du vieux français, reprit Rab Haïm.

Il se caressa la barbe d'un geste gourmand.

— Une curieuse histoire...

— Une curieuse histoire, répétai-je en écho, n'écoutant qu'à demi parce que je cherchais à reconnaître quelques mots dans cette écriture venue de si loin.

— On a retrouvé ce manuscrit dans un sac de cuir en creusant les fondations d'une nouvelle synagogue dans la Vieille Ville... On dit qu'il y en avait une à cet emplacement même au temps des croisades... Voilà Jérusalem : dès que l'on gratte le présent, on trouve le passé !

Rab Haïm rit, dévoilant ses dents cariées, content de cette métaphore. Il reprit, désignant la feuille de parchemin que je tenais précautionneusement entre les doigts :

— Les fidèles de la nouvelle synagogue, tous des disciples du rabbin de Satmar, prétendent que ce texte était accompagné d'un autre texte, en hébreu celui-là, écrit par un scribe juif du Moyen Âge. Un homme du temps des croisades, précisément...

— Peut-on le consulter ?

— Ah, ça, mon ami !... Qui sait où il peut être ? S'il n'a pas disparu ! Ça disparaît si facilement, ces vieux textes !

— Avez-vous une idée de ce qu'il contenait ?

La malice illumina une nouvelle fois le vieux visage du *moher sefarim*.

— On dit que... Mais vous savez ce qu'on dit ! On peut arrêter le pot qui bout... pas la rumeur qui chante dans une synagogue !

— Mais encore ?

— On dit que ce scribe racontait, avec beaucoup de détails, comment un jeune moine l'avait sauvé du massacre pendant la prise de Jérusalem par les chrétiens et comment, ensuite, il l'avait caché et nourri des mois durant... Peut-être pas un moine, d'ailleurs, seulement un clerc. Mais, enfin, il l'avait tiré des griffes des pèlerins qui exterminaient à tour de bras Juifs et Arabes...

Rab Haïm leva son visage vers la pâle lumière que diffusait, dans un incessant balancement, l'unique ampoule électrique suspendue dans son antre.

— À toute époque, même aux plus inhumaines, ajouta-t-il, chuchotant comme s'il s'adressait au Très-Haut, il se trouve toujours quelqu'un, même esseulé, pour préserver le sens de l'humanité.

Je contemplais avec respect les pages de parchemin qu'il venait de déposer devant moi.

— Vous possédez ce manuscrit depuis longtemps ?

— Depuis des années, mon ami... Des années !

Il écarta ses bras maigres, serrés dans sa redingote élimée, et son ombre se cassa sur les rayonnages de livres.

— Si vous saviez combien de fois on a voulu me le racheter !

— Combien vaut-il ?

Rab Haïm eut un rire sec et sévère. Il agita la main.

— Le passé ne s'achète pas. Il se mérite.

Je dus ébaucher une mimique de protestation, car aussitôt le vieux libraire se rembrunit. D'une main aussi légère qu'une patte de moineau, il commença à me pousser vers la sortie.

— Allez, allez... Et revenez demain. J'aurai peut-être retrouvé ma mémoire et quelques vieilles choses pour vous !

Je lui fis remarquer que je devais repartir pour Paris dès le lendemain.

— Eh bien, alors, à une autre fois !

— Oui, peut-être, répondis-je. À une prochaine fois...

J'en avais déjà tant rencontré, des vieux Juifs comme lui, avec leurs histoires de toujours et leur air entendu ! Comme nombre d'autres, je pensais ne jamais le revoir.

Quelques semaines plus tard, à Paris, huit, dix versions du premier chapitre de mon roman s'amassaient en vain sur ma table de travail. Malgré mes efforts, ces « Mystères de Jérusalem » ne parvenaient pas à prendre leur essor. Insatisfait, presque découragé, comme pour me changer les idées, je me décidai à lire enfin ce manuscrit que Rab Haïm m'avait confié et que j'avais posé sur un coin de mon bureau en attendant d'avoir le temps de le déchiffrer. Muni d'un dictionnaire de vieux français, je m'attaquai à une tâche qui m'apparut vite plus ardue que je ne l'imaginais. Plus excitante aussi. Deux jours durant, et, par la grâce de mes fréquentes insomnies, toute la nuit ou presque, je transcrivis approximativement une étonnante confession.

« Demain sera le premier jour d'avril de l'an de grâce mille et cent. Durant l'hiver, il a tant plu sur la Ville sainte et ses environs que la colline de Sion et la vallée du Cédron sont devenues aussi vertes que les champs de Lorraine. Ceux qui reviennent de Bethléem racontent que, là-bas, alors qu'il n'y avait encore que désert et canicule le jour de tous les saints, depuis la Noël les brebis et les moutons paissent dans les prairies et les collines se couvrent de fleurs jusqu'à leurs sommets. Nos pèlerins, les yeux brillants de larmes, affirment que le béni Pierre l'Ermite a palpé la vérité dans ses visions. Le Messie bientôt sera parmi nous et nos péchés seront expiés. La Jérusalem que nous avons délivrée de l'Antéchrist et de la horde païenne, comme il est affirmé dans les Saintes Écritures, abondera de lait et de miel.

« Que le Seigneur Christ me pardonne si la peur me fait craindre que les pèlerins ne se trompent et ne confondent la douceur passagère d'une saison avec le signe sacré de Son retour.

« Car ce que j'ai vu, moi, depuis neuf mois que nous sommes entrés dans la Ville sainte, c'est qu'il n'est pas de jour où le ciel, au crépuscule, ne devienne un océan écarlate, comme s'il reflétait, encore et encore, l'inondation de sang et de mort qui ensevelit Jérusalem lorsque enfin nous la libérâmes des infidèles et des Judas. Ce matin, à l'aube, puisse Dieu me protéger, je suis bien certain d'avoir respiré l'haleine fétide du Malin et non le souffle vital du Messie.

« Le père Nikitas, le chevalier Godefroy de Vich et une douzaine de ses gens, tous ayant survécu aux lames, aux flèches et aux feux des Turcs, Arabes et sarrasins, sont morts à l'aube d'aujourd'hui pour s'être trop approchés de cette pestilence. Je suis le seul survivant de l'atrocité. Et maintenant le seul à connaître le secret. C'est pourquoi je veux l'enfouir avec cette confession. Que Notre-Seigneur tout-puissant m'accorde Son pardon et me sauve en Sa sainte clémence. Qu'Il affirme ma foi, dessille mes yeux et apaise ma main qui tremble en écrivant ces lignes, amen.

« En juillet dernier, le siège de Jérusalem fut une terrible épreuve pour les chrétiens. Les sarrasins ayant empoisonné les citernes et dissimulé très loin leurs troupeaux, ils renversèrent la logique et se rassasièrent à l'intérieur des murs tandis que nous périssions de soif et de faim au-dehors. Pour nous éviter de trop songer au vide de nos entrailles et soutenir notre volonté, le soir, le père Nikitas nous racontait la très vieille histoire de la Sainte Ville et ses mille tourments. C'est ainsi qu'il nous expliqua le sens profond des paroles de Matthieu : *Quand donc vous verrez l'horreur dévastatrice dont parle le prophète Daniel s'établir dans le lieu saint – comprenne celui qui lit ! – alors, que ceux de Judée fuient vers les montagnes...*

« Le père Nikitas avait vu juste. Plus nos ventres étaient vides et nos gosiers brûlants, plus la fureur divine nous emportait.

« Après quatre semaines d'attente, des bateaux arrivèrent à Jaffa avec ce qu'il fallait pour construire des tours, des échelles et des mangonneaux. On alla couper des arbres jusque dans les monts de Jéricho et notre fureur se déchaîna pendant un jour et une nuit sur Jérusalem. La punition des outrages fut terrible. On dit qu'il y avait quarante mille incrédules, sarrasins ou juifs, dans l'enceinte. Tous moururent.

« Ils ne cherchèrent pas à se défendre mais seulement à fuir. Et fuir, ils ne le pouvaient pas. Les chevaliers les fendaient de la tête à la ceinture. Ou les décapitaient d'un unique coup de lame. Ou ne parvenaient à le faire qu'après leur avoir tranché les bras ou les mains. Deux mille Juifs coururent s'enfermer à la synagogue. On y mit le feu. Tout l'après-midi on les entendit hurler dans les flammes. Au soir, il y avait partout des rivières de sang. Parfois si épaisses, comme dans les escaliers autour du parvis du Temple de Salomon, qu'elles ruisselaient jusqu'aux genoux. On glissait et tombait de marche en marche. Les cadavres mutilés y étaient entraînés, des mains et des bras y flottaient, allant s'unir à des corps auxquels ils n'avaient point appartenu. Ils s'entassaient en monceaux plus hauts que les portes des maisons. Dans la nuit, l'odeur du sang devint suffocante. Il était impossible de dormir ou de manger. Le vertige vous prenait comme au bord d'un abîme. Les pèlerins vidaient et pillaient les maisons à la lueur des flambeaux.

« Lorsque, les jours suivants, on sortit les morts de la ville pour en faire des bûchers sur la route de Bethléem, ils furent aussi hauts que des maisons et on en compta quarante-deux. Mais personne ne sait le nombre de ces morts, si ce n'est Dieu, et Dieu seul.

« Depuis ce jour terrible, je me réveille chaque nuit, étouffé par l'odeur du sang ou visité par les cris des Juifs carbonisés. Quelquefois même, je vois dans mon sommeil un infidèle qui veut m'embrasser en riant alors que ses bras sont tranchés aux épaules et que ses poumons pendent, tout pâles, devant lui !

« J'ai confié ma peur de ces nuits au père Nikitas. Il a souri et, de sa voix si douce, il m'a dit : “Mon cher fils, le Tout-Puissant habite nos nuits comme Il gouverne nos jours. Peut-être prolonge-t-Il en toi la bataille parce qu'Il ne te sent pas assez convaincu de la justesse de Sa colère ? Prie, mon fils, prie et tu sauras pourquoi le sang doit couler.”

« Jérusalem libérée des sarrasins, il y eut grande liesse pour les preux et grand contentement pour les chevaliers qui vidèrent les maisons de leur or. Elles en possédaient parfois en quantités inouïes. En décembre arriva l'archevêque de Pise, monseigneur Daimbert, avec mission, de par la volonté du pape, de devenir notre patriarche. C'est alors que l'horreur que je pressentais jusqu'en mes rêves, Dieu et le père Nikitas me pardonnent, commença à ramper vers nous comme un serpent du désert.

« Au vingtième jour de janvier, monseigneur Daimbert, averti de la science du père Nikitas, le fit venir à lui. Il lui dit : “Moi, Daimbert, je veux désinfecter Jérusalem de toutes ses scories hérétiques. Les seigneurs de la Croix l'ont purifiée de ses chairs putrides par la lame et le feu. Fort bien. Mais il reste à en purger l'esprit qui a trop longtemps baigné dans le purin blasphématoire. Comme vous le savez probablement, les Juifs ont la manie des choses écrites. On dit qu'ils les entassent dans des caches qui parfois remontent à des siècles et des siècles. Il y eut, hélas, beaucoup de Juifs dans la Ville sainte. On imagine sans peine l'encombrement de cette pestilence spirituelle. Ces sortes de tombeaux d'hermétisme sont certainement dissimulés un peu partout dans Jérusalem, et d'abord sous les cendres de la synagogue. Découvrez-les, reconnaissez ces papiers impies, et brûlez-les.”

« Le lendemain, à la petite aube, le chevalier du nom de Godefroy de Vich, accompagné de sept de ses pèlerins, vint à nous. Sur l'ordre du patriarche, il venait nous porter aide pour fouiller les décombres de la synagogue. Il nous prit à part et nous dit : “Monseigneur vous recommande le plus grand secret sur la mission qu'il nous a confiée. Il s'est aussi souvenu d'un oubli. Il pense que les Juifs peuvent avoir caché de l'or sous leur synagogue. C'est dans leurs manières, il paraît. Si nous en déterrons, il faudra lui remettre cet or pour le bien de sa charge. Il se peut aussi que le père Nikitas trouve, dans les papiers que nous extirperons de la synagogue, l'indication d'autres caches. C'est aussi dans leurs manières. Nous devrons aller les fouiller pareillement...”

« Cinq jours durant, on déblaya en vain les ruines de la synagogue. La cendre nous arrivait jusqu'à mi-cuisse. Elle était faite surtout des os des Juifs qui y avaient péri. Parfois, on exhumait un crâne avec la bouche ouverte. J'avais grand mal, les voyant, à ne pas entendre les cris qui avaient été poussés entre ces dents qui maintenant tombaient dès qu'on les effleurait.

« Au grand énervement du chevalier Godefroy, les dalles du sol de la synagogue furent relevées une par une, en vain. Il se mit à pleuvoir et la poursuite de la fouille, qui paraissait inutile, fut interrompue. Il plut, et même il neigea, pendant deux jours. Le froid humide moisissait les maisons que l'on ne parvenait jamais à suffisamment chauffer. Le bois, tant utilisé pour le siège ou déjà brûlé, était à nouveau manquant. Trois des pèlerins du chevalier se souvinrent alors qu'il restait deux linteaux de cèdre à demi calcinés dans le mur sud de la synagogue, le seul en partie debout. Ils s'y rendirent à la nuit tombante mais, à cause de l'obscurité ou de leur précipitation, s'y prirent si maladroitement que le mur s'écroula sur eux, écrasant net, de la tête au ventre, les deux plus ardents à la tâche. Le troisième eut la chance de n'avoir que les jambes brisées. Au matin, dans le jour revenu, le père Nikitas, voulant se rendre compte par lui-même de l'accident, devina un sac de cuir dans la poussière des décombres. Les Juifs avaient ménagé une cache dans le mur, et, sans son éboulement, nous ne l'aurions jamais trouvée.

« Le sac contenait six rouleaux. Deux, trop asséchés par l'âge et abîmés dans l'écroulement du mur, s'effritèrent entre les doigts du père Nikitas. Il affirma par la suite, en examinant les fragments, qu'ils portaient, en partie au moins, l'écriture de Babylone. Les quatre autres, couverts de signes hébreux tracés à l'encre noire, étaient longs de trois à cinq pieds.

« À ce point de mon histoire, je dois avouer un premier secret.

« Aussi vite ou lentement que je lisais les rouleaux, étant encore très novice dans ce savoir que le père Nikitas venait de m'enseigner, il me demanda, avec l'insistance de ses sentiments, d'en faire copie. Et je le fis. Jour après jour, nuit après nuit, je fis de mon mieux.

« Mais, je le jure devant le Seigneur, qu'Il me foudroie si je mens : tant occupé à calligraphier les lettres hébraïques aussi bien qu'elles l'étaient dans l'original, je n'ai pas cherché à élucider le sens des phrases. Je peux cependant affirmer qu'il y a là la lettre du prophète Jérémie, sans doute une copie de la parole d'Isaïe. Je crois aussi que l'un des rouleaux est celui de la sagesse de l'Ecclésiaste. Le dogme n'encourage pas ces lectures, mais ne les interdit pas.

« Cependant, en rassemblant, comme pour me délasser l'esprit, les débris de l'un des rouleaux plus anciens et presque détruit en entier, une phrase m'est apparue. Deux lignes seulement, fort énigmatiques bien qu'intelligibles : *Dans la grotte de Bet ha-MRH le Vieux, dans le troisième réduit du fond : soixante-cinq lingots d'or.* Sainte Mère de Dieu !

« Comme je montrais ma découverte au père Nikitas, il m'indiqua que MRH possède trois sens en langue juive : Mérah, le *rebelle,* Mareh, le *résistant,* ou Marah, l'*affligé, celui qui souffre.* C'est selon l'ensemble du texte.

« Comme j'étais alors occupé à la copie de la lettre du prophète Jérémie, l'idée m'est venue. Si j'appliquais les sens multiples de MRH à Jérémie, tout concordait. Il était le rebelle, car il préféra la volonté de Dieu à celle de Sédécias qui entraînait la ville dans le viol et la débauche. Il était le résistant, car il tint bon devant les mensonges de Hananya qui voulait livrer Jérusalem à l'Égypte. Il fut l'affligé, car il pleura la destruction nécessaire de Jérusalem comme on pleure l'enfant qu'il faut punir...

« Ce qui signifiait que la grotte contenant les lingots d'or se trouvait à Mizpa, à seulement trois lieues au nord-est de Jérusalem, là où vécut et mourut Jérémie après que Babylone fut devenue le maître de la Judée – Sainte Mère de Dieu !

« Partis dans la nuit avec le chevalier Godefroy et sept pèlerins qui nous avaient aidés au déblaiement de la synagogue, nous arrivâmes ce matin à Mizpa au lever du jour. Nous avions deux mules avec des bâts, pour porter l'or, et des armes pour nous défendre d'une embuscade des infidèles. Pourtant, la région était apaisée depuis des mois et les sarrasins repoussés au-delà du Jourdain. Nous laissâmes à notre droite le mont Scopus, dont le sommet fut le premier à prendre le signe du jour, et nous contournâmes Haçor, car le chevalier voulait que notre expédition se fît la plus secrète possible.

« À Mizpa, en haut de la colline, nous nous trouvâmes face une forteresse à demi ruinée. Le père Nikitas nous expliqua que ses fondations dataient du temps de Jérémie. Un peu plus loin on apercevait le village, peuplé de paysans, de brebis et de dromadaires. Dans la face sud de la colline on devinait l'entrée de plusieurs grottes.

« Le soleil n'était pas encore haut quand un pèlerin trouva la dalle recouvrant la citerne, très vieille et usée, mais encore munie de ses gonds de bronze et qui nécessitait la force de douze hommes pour être levée. Il nous suffit ensuite de descendre la pente pour trouver l'entrée d'une cavité à peine assez haute pour le passage d'un homme.

« Le chevalier Godefroy s'y précipita avec une torche, aussitôt suivi par deux pèlerins. Le père Nikitas me fit signe de ne pas le suivre. “Pas encore !” murmura-t-il.

« Le chevalier ressortit bientôt, très excité. “Il y a là-dedans des salles en enfilade. On n'y voit goutte, mais c'est la cache idéale pour y enfouir un trésor. Venez avec nous, mon père. C'est vous qui possédez les indications...”

« Le père Nikitas se tourna vers moi avec son sourire si tendre et me poussa un peu plus loin pendant que les autres s'équipaient. “Reste ici, me dit-il de sa voix ineffable. Demeure en dehors de cette grotte, mon fils, et écoute-moi attentivement. Tu sais où sont nos copies. S'il devait advenir quelque chose de néfaste dans cette aventure, je voudrais que tu fasses quelque chose...”

« Je voulus protester, et il me clôt la bouche. “Paix, mon fils, écoute-moi, nous n'avons pas trop de temps, reprit-il en posant sa main sur les miennes. S'il m'arrivait malheur, il serait bon que tu glisses les copies dans le sac de cuir où nous avons trouvé les rouleaux. Il est sous ma table. Je l'ai ciré et huilé soigneusement. Il peut affronter encore quelques siècles. Achar, glisse les copies dans le sac et va l'enfouir sous les dalles de la synagogue. Il en est une, plus sombre que les autres, qui possède au-dessous d'elle l'espace juste suffisant...”

« Mon étonnement était à son comble. Le père Nikitas riva ses yeux dans les miens et souffla : “Fais-le !” Tremblant, je demandai : “Pourquoi ?” Il me répondit : “Parce que la mémoire des hommes est l'or véritable de Dieu.” Je me signai. “Mon père, dans la synagogue ! Comment oserai-je ?”

« Le père Nikitas fit un pas en arrière, me considéra avec tendresse. “Les Juifs, malgré leurs défauts, savent mieux que nous ce qu'est la durée. Fais ce que je te demande et, ensuite, cultive ta science et ton silence. Sache que je t'aime.”

« Il me baisa le front ; je fus subjugué.

« Un instant plus tard, ils entraient tous dans la grotte. Le silence dura. Puis il y eut un cri, dix cris, et l'ouverture de la grotte me sembla trembler comme si le sol se mouvait. Mais ce n'était que l'effet d'une lumière intense qui venait de l'intérieur. Je vis un pèlerin apparaître, tout en feu, des chausses aux cheveux. Hurlant de douleur, il tenait dans ses mains un lingot d'or. Il y eut dans la terre un hurlement pareil à celui du vent et le bruit d'un éboulement. L'intense lumière s'éteignit. De l'entrée de la grotte s'expulsa, comme d'une bouche en hiver, un souffle énorme de poussière.

« Je n'ai pas osé retirer le lingot d'or des cendres du pèlerin. Il n'est pas pour moi.

« Je ne suis rentré à Jérusalem qu'à la nuit tombante et en évitant que l'on ne me voie. J'ai décidé de faire ce que le père Nikitas m'a demandé.

« Dieu ne me conduit pas parce que je ne sais plus où est le Bien, où est le Mal. Mais je crois que Jérusalem n'est pas encore de lait et de miel et que, peut-être, elle ne le sera jamais.

« Je joins cette confession aux copies que je laisserai entre les mains d'un scribe juif que, par pitié, j'ai soustrait aux violences des chevaliers. Je lui demanderai de cacher le sac de cuir dans la synagogue, selon les instructions du père Nikitas. Demain, j'embarquerai à Jaffa, où une nave doit rejoindre Antioche.

« Puisse le père Nikitas avoir eu raison et que la mémoire des hommes survive à nos ténèbres présentes. Puisse Dieu me pardonner.

« *Fait par Achar de Esch, à l'aube du premier jour d'avril mille et cent.* »

« Extravagante histoire ! » avait dit Rab Haïm en me confiant cette confession sur parchemin. La confession de ce Juste, disparu depuis presque un millénaire, éveillait en moi plus que de l'émotion. Une fois de plus, Jérusalem me faisait un signe. Mais le sens profond de cet appel m'échappait, comme m'échappait le roman que je venais d'entreprendre. Et je l'avais, comme à chacun de mes précédents essais, abandonné.

Cette émotion, je m'en rendais compte maintenant, avait oblitéré ma première lecture. Je n'y avais lu qu'un témoignage de Juifs sauvés et massacrés et une anecdote des croisades... Cette nuit-là, après la visite de Hopkins, ce texte ancien me devenait soudain lumineusement intelligible.

Comment n'avais-je pas fait plus tôt le rapprochement ? Pourquoi, en lisant ces parchemins, n'avais-je pas pensé aux phrases codées du rouleau des Ta'amrés ?

Pourtant, cela crevait les yeux !

Je me précipitai dans le fatras de mon bureau. J'y retrouvai et la transcription du rouleau et ma traduction de la confession d'Achar de Esch. La septième cache du rouleau du trésor était exactement décrite dans le parchemin, mot pour mot : *Dans la grotte de Bet ha-MRH le Vieux, dans le troisième réduit du fond : soixante-cinq lingots d'or.*

Tout tremblant au milieu de ma nuit blanche, je comprenais que ce qu'avait relaté ce moine n'était autre qu'une tentative, déjà, de découvrir le trésor du Temple ! Ce drame dans la grotte, la mort du père Nikitas, qui, peut-être, si on lisait entre les lignes, était juif, cet or mystérieux et inaccessible, ces textes anciens à sauvegarder... Oui, il ne s'agissait que du trésor ! Le chevalier et Daimbert, à leurs manières, brutales et pleines de bonne conscience, ne représentaient qu'une sorte de mafia moyenâgeuse ! Nikitas l'avait compris. Par une manœuvre mystérieuse, au prix de sa vie, il avait sauvé et le trésor et les textes !

Cela signifiait aussi que m'attendaient peut-être, dans la boutique de Rab Haïm, à Jérusalem, comme il me l'avait d'ailleurs promis, d'autres manuscrits. Je m'imaginais qu'ils contenaient des éléments de réponse à la question qui me taraudait : pourquoi Jérusalem ? Oui, en cet instant, en vérité, je ne pensais, très égoïstement, qu'à mon roman... C'était déjà bien assez ; il ne me semblait pas pouvoir exister d'autre chasse au trésor !

Comme chaque fois que je me trouve sur le point de prendre une décision importante, les mots, soudain, s'activèrent dans ma cervelle comme des oiseaux cernés par la peur et voletant d'un bord à l'autre de leur cage. Je repris fébrilement mon manuscrit comme s'il possédait enfin non seulement le pouvoir de formuler les questions qui me tourmentaient, mais aussi le fil conducteur qui, peut-être, me rapprocherait des réponses.

Les Ouzbeks disent : « Lorsque le jour est arrivé, la citadelle croule. » Le jour pointait à peine lorsque je saisis le téléphone et réveillai Hopkins à son hôtel.

— J'ai réfléchi, monsieur Hopkins. Ce n'est sans doute pas très raisonnable, mais j'accepte votre proposition.

— Vous quoi ?

— Réveillez-vous, monsieur Hopkins. Je suis d'accord. Je pars avec vous à Jérusalem...

— *Jeeesus !* s'exclama-t-il. Appelez-moi Tom ! C'est génial !

Deuxième partie

10
Jérusalem

Le vol d'El Al en provenance de Rome arriva à Tel-Aviv en fin de matinée avec un petit quart d'heure de retard. L'encombrement des pistes de l'aéroport Ben-Gourion était déjà tel que le pilote de l'A320 dut tourner en rond au-dessus de la mer pendant plus de dix minutes avant de pouvoir se poser. À l'instant où l'hôtesse, dans un anglais à peine compréhensible mais adorable à entendre, annonçait la prolongation de leur retard *for only fiou minouts*, Tom sentit l'appareil basculer sur l'aile droite.

Souriant, il scruta le sol depuis le hublot. Au-delà du bleu laiteux de la mer s'étendait Israël. Des milliers de maisons basses, pareilles à des morceaux de sucre lancés au hasard, parsemaient les plaines vertes et lisses du littoral. Au-delà, entre le gris et le blanc pur, s'élevaient les collines souples et entremêlées de la Cisjordanie.

L'hiver s'achevait et basculait lentement dans un printemps tiède. Depuis quelques jours, une brume tenace pesait sur les plages, voilant à demi l'enfilade luxueuse des immeubles ultramodernes du front de mer de Tel-Aviv. Sous le voile de vapeur maritime, ils apparaissaient comme autant de cartes maîtresses dressées en protection de la ville fourmillante. Dans le lointain, Tom chercha à distinguer la blancheur éternelle de Jérusalem. Mais, soit qu'il se repérât mal, soit qu'elle ne fût pas visible, il n'entrevit que le ruban de l'autoroute qui se perdait entre les monts de Judée et qu'il emprunterait bientôt.

Là où est votre trésor, là aussi sera votre cœur, songea-t-il, récitant presque machinalement saint Luc avant de se moquer de lui-même. S'il se sentait très excité par ce qui l'attendait à Jérusalem, cela n'avait rien à voir avec les émois de son cœur. Le souvenir de ses derniers moments avec Suzan demeurait encore bien trop cuisant pour que l'envie même d'être amoureux l'effleure. Mais, au moins, depuis trois semaines, il avait eu largement de quoi oublier son humiliation.

La voix du pilote résonna enfin dans la cabine. Atterrissage imminent. Tom jeta un coup d'œil aux visages qui l'entouraient. Une fois de plus il se demanda si, parmi ces passagers, l'un d'eux appartenait à l'*Organizatsiya*. Impossible à savoir, bien sûr. Mais il en doutait. Il était plus probable que les Russes soient déjà à pied d'œuvre à Jérusalem.

Après sa première visite, Tom n'était jamais retourné chez l'écrivain. Marek avait lui-même organisé les recherches à la bibliothèque par l'intermédiaire de sa jeune assistante, Pauline. Durant les dix jours suivants, ils ne s'étaient retrouvés que deux fois, pour examiner cartes et documents. Tom avait fixé les deux rendez-vous dans un bar anglais près de la place des Ternes où les tables étaient peu nombreuses et où il était facile de repérer, à l'intérieur comme à l'extérieur, une filature. Si c'était le cas, ils étaient aussi convenus d'un signe pour ne pas s'aborder.

— Vous savez, avait fini par dire Marek, entre l'agacement et l'ironie, j'ai l'impression de retomber en enfance avec vos simagrées de sécurité. Et ces jeux de piste me rappellent également des choses moins agréables. J'espère que vous ne m'obligez pas à faire le clown pour rien !

Tom avait répondu :

— Ils ont tué Aaron sans hésiter. Pour ce que je sais d'eux, ils sont capables de trouver des tueurs aussi bien à Paris qu'à Brooklyn. Et plus facilement encore à Jérusalem, je suppose.

— Charmant !

— Pour l'instant, s'était repris Tom, préférant ne pas trop effrayer son nouveau partenaire, vous ne risquez pas de vous faire tirer dessus ! Je crains plutôt une agression, un vol ou un « accident » banal qui leur permette de récupérer les cartes et nos notes... Vous voyez, ce genre de chose... Soyez prudent jusqu'à notre départ. Il vaut mieux prévenir que guérir, n'est-ce pas ?

Marek avait ri en secouant la tête, incrédule.

— C'est exactement ce que me répète mon médecin. Mais, dans la mesure du possible, restons-en au partage des rôles prévus : à vous Rambo, à moi la tête sage et historique !

Ce qui était d'ailleurs le cas. En suivant les indications laissées par Aaron, Marek avait pu obtenir en un temps record des photocopies de cartes de Jérusalem et des alentours, vieilles de sept, huit à dix siècles. Il en avait expliqué la lecture à Tom, ahuri qu'un mot, un nom de village ou de la tombe d'un personnage mort depuis des siècles et des siècles puissent receler tant de subtiles variations et, hélas, tant d'incertitudes !

Fidèle à sa ligne de conduite, Tom avait proposé qu'ils se séparent pour rejoindre Jérusalem. Les documents eux aussi étaient acheminés séparément. Tandis que Marek devait arriver à Tel-Aviv par un vol direct et muni des cartes et des livres anciens, impossibles à transmettre par Internet, Tom avait expédié toutes ses notes par un courrier électronique codé au bureau du *New York Times* de Jérusalem et pris un vol pour Rome. Il avait passé une nuit au Guarnieri, un petit hôtel cossu au-dessus de la piazza del Popolo. Avant de reprendre un vol pour Tel-Aviv, il s'était promené toute la soirée le long du corso Emanuele puis dans l'entrelacs animé des ruelles de la piazza Navona à la fontaine de Trevi, autant pour le plaisir que pour repérer d'éventuels suiveurs. Si tout allait bien, il retrouverait Marek en cette fin d'après-midi au King David de Jérusalem. Prêt pour la bataille...

Tom avait conscience que cette accumulation de précautions pouvait paraître à Marek un brin obsessionnelle et folklorique. « Un jeu de gamin ! » protestait-il, sans que l'on soit sûr que cela lui déplaise absolument. Néanmoins, dans la secousse légère de l'A320 touchant enfin le tarmac de l'aéroport Ben-Gourion, Tom songea une fois de plus que, comme tous ceux qui n'avaient jamais eu affaire aux mafieux russes, et malgré son imagination de romancier, Marek ne pressentait pas à quel point ces hommes pouvaient être dénués de scrupules, vicieux et acharnés dès que l'or et le profit brillaient à portée de leurs mains.

En fait, de deux choses l'une. Soit il s'était trompé du tout au tout depuis New York – et Marek alors lui en voudrait de ce temps perdu –, soit ils auraient bientôt des nouvelles des Russes. Et dans ce cas-là...

Il récupéra son unique valise puis passa le contrôle douanier et policier. Ce qui ne lui prit pas loin de trois quarts d'heure. Le policier qui tamponna son passeport lui demanda s'il venait en Israël pour son travail de journaliste, Tom lui assura que oui. L'autre hocha la tête d'un air las et d'un geste l'invita à sortir de la zone de transit. Avant de faire à nouveau la queue pour obtenir un taxi, il alla changer un millier de dollars en shekels. Il ne tenait pas à être pris au dépourvu.

Le chauffeur du taxi, une Subaru bleu nuit sous la poussière, lui décocha un grand sourire lorsqu'il prononça le mot de Jérusalem...

— Ah, Jérusalem ! Tout le monde veut voir Jérusalem... Vous allez faire du tourisme ?

Tom opina ; va pour le tourisme. Tout en s'assurant qu'aucune voiture ne les suivait, il écoutait vaguement le déluge verbal du chauffeur. Celui-ci lui raconta, durant l'heure qu'ils mirent à atteindre les faubourgs de Jérusalem, comment son fils de vingt-deux ans avait traversé les États-Unis en Greyhound.

Tom était venu en Israël deux ans plus tôt, pour quelques jours seulement, à l'occasion de la signature des accords d'Oslo entre Yitzhak Rabin et Yasser Arafat. Depuis, Rabin avait été assassiné et les accords d'Oslo se mouraient. Mais la lumière cristalline, presque brutale, où baignait Jérusalem n'avait pas changé. Elle engendrait toujours la même émotion : cette sensation d'atteindre un point du monde étrange et souverain où se concentrait la puissance solaire. Le blanc des maisons éparpillées sur le flanc des collines constellait le blanc de craie des roches nues, le gris des oliviers et les îlots de pins vert sombre. Au revers de cette luminosité éblouissante, les ombres si sombres, si découpées, paraissaient alors faites d'une substance particulière.

En bordure de la Vieille Ville, mais au cœur de cette Jérusalem claire et légère comme une agnelle, le King David, immense, avait des allures de caserne coloniale. Cependant, dès que l'on en passait la porte tournante, le luxe du hall rappelait qu'il s'agissait de l'un des plus beaux hôtels de la ville. Sur le conseil de Marek, Tom y avait réservé deux chambres mitoyennes au premier étage : un balcon longeait toute la façade de l'hôtel et permettrait une communication discrète entre leurs chambres.

Le concierge lui confirma que l'on attendait bien M. Halter dans l'après-midi. Un jeune garçon, presque un adolescent, serré dans une livrée noire épinglée d'un badge à son nom, en hébreu et en anglais, le conduisit jusqu'à une grande chambre, à l'ameublement moderne aussi confortable que banal. La porte-fenêtre donnait sur un balcon-terrasse. Les murettes qui séparaient les chambres, comme l'avait précisé Marek, étaient effectivement assez basses pour qu'on pût les enjamber.

Marek lui avait raconté, Tom s'en souvenait, que le King David, construit dans le plus vieux quartier de la ville « hors les murs », avait été détruit partiellement en 1946, pendant la guerre d'indépendance, lors d'un attentat antibritannique perpétré par le groupe Stern. Cependant, Tom n'imaginait pas qu'il possédât une si belle et si vaste vue. Il jeta un coup d'œil rapide aux murailles de la Vieille Ville et aux pentes vertes qui montaient jusqu'aux abords de l'hôtel, jusqu'à la grande piscine précisément. Il faudrait qu'il demande à Marek pourquoi cette sorte de vallée entre la Vieille Ville et l'hôtel restait vide de constructions alors que l'on en voyait partout ailleurs. Un cri attira son regard vers la piscine. Beaucoup de monde se pressait autour du bassin. Des jeunes femmes en maillot papotaient et s'enduisaient de crème solaire ; des hommes, torse nu, fumaient le cigare en lisant des journaux les pieds dans l'eau et des enfants criaient de ravissement. Jérusalem l'insouciante...

Sa valise rapidement vidée, Tom feuilleta son carnet d'adresses et décrocha le téléphone. La standardiste du bureau du *New York Times* répondit en anglais à sa question.

— Non, monsieur. M. Zylberstein n'est pas à Jérusalem en ce moment.

Tom donna son nom et demanda s'il pouvait joindre la personne collectant les courriers électroniques.

— Ne quittez pas...

Une demi-minute s'écoula, puis une nouvelle voix de femme, enjouée et au timbre un peu voilé, lui déclara tout de go :

— Bonjour, monsieur Hopkins ! Quel honneur pour nous d'avoir la visite d'un confrère de New York ! Vous voulez récupérer le courrier que vous vous êtes envoyé vous-même, je suppose ?

— Oui, mais je...

— Ne craignez rien, j'ai tout de suite compris le jeu de code que vous avez employé ! Ne faites pas la tête, c'est mon truc, l'ordinateur. C'est pour ça qu'on me paie, ici. Enfin, presque...

— Je ne fais pas la tête, je...

— Tant mieux ! Vous pouvez venir quand vous voulez...

— Bon, je... Maintenant ?

— Parfait, je vous attends. Au fait, je m'appelle Orit... Orit Carmel !

Et elle raccrocha. Agacé, Tom reposa le combiné. Qu'est-ce que c'était que cette femme qui ne lui laissait même pas placer un mot ? Une voix pas désagréable, mais, apparemment, avec une âme de cheftaine derrière !

Une demi-heure plus tard, une jeune femme dans les vingt-cinq, vingt-huit ans, vêtue d'une tunique kaki et d'un pantalon de l'armée, lui tendait la main. Ses cheveux, très noirs et brillants, noués dans un chignon approximatif que retenait une grosse barrette de plastique vert et rouge, encadraient un front haut où s'esquissaient déjà, très finement, trois ombres de rides. Elle n'était pas très grande et devait lever son visage pour regarder Tom dans les yeux, son regard, très clair, un peu humide, brillant de curiosité. À moins que ce ne fût d'ironie. Tom remarqua encore sa bouche, un peu grande, au dessin parfait, la taille fine et tenue serrée par la ceinture qui tendait sa tunique sur des seins généreux que l'on devinait chauds et vivants comme la main qu'il serrait.

En un tout autre moment, il l'aurait contemplée avec un plaisir plus gourmand. Il se serait peut-être même aperçu qu'elle était tout simplement belle. Mais à l'accueil abrupt du téléphone et au regard inquisiteur qui le jaugea des pieds à la tête succéda une attaque narquoise à laquelle Tom ne s'attendait nullement.

— Ah, fit-elle en baissant à demi les paupières comme une chatte devant sa proie, vous savez, je vous imaginais tout à fait comme vous êtes ! Physiquement, je veux dire. Le look grand pro new-yorkais... Vous savez, j'ai suivi votre histoire avec les Russes de Brooklyn, la mafia et tout ça. Je veux dire, la mort de ce pauvre garçon, votre informateur ! Super-boulot, mais le genre d'histoire qui doit vous laisser un drôle de goût dans la bouche, non ?

Tom en avait le souffle coupé. De quel droit cette fille osait-elle l'agresser ainsi ? S'il n'avait pas eu besoin d'elle pour récupérer les notes d'Aaron et de Marek, il l'aurait volontiers plantée là. Il pria le ciel de n'avoir pas besoin d'elle dans les jours à venir. Bon sang ! les femmes n'étaient pas de son côté, depuis quelque temps. Avec la grimace la plus fielleuse dont il était capable, il demanda :

— Vous êtes toujours ainsi, miss Carmel ?

Les iris bleu-vert scintillèrent et elle eut une moue d'enfant adorable. Hélas, les pires serpents peuvent avoir une exquise apparence, songea Tom. Dans un pays de déserts, c'était une vérité à ne jamais perdre de vue si l'on voulait rester en vie.

— Orit, minauda-t-elle, Orit... Quand on me donne du « miss Carmel », j'ai l'impression d'être ma propre grand-mère. Qu'est-ce que vous entendez par « toujours comme ça » ?

— Eh bien, je dirais, aussi directe...

— Brusque et rapide, vous voulez dire ! ajouta-t-elle en riant. Toujours, monsieur Hopkins – puis-je vous appeler Tom ? Vous savez, les gens croient toujours que Jérusalem, c'est l'histoire, la Vieille Ville et tout ça... Peut-être bien. Pourtant, c'est aussi une ville qui vit à cent à l'heure. Rien de plus moderne, vous verrez. Si vous restez assez longtemps pour vous en rendre compte, bien sûr. Il faut aller vite, ici, sinon, vous appartenez déjà à l'Histoire avant même de comprendre le présent...

— Super ! Alors allons vite et récupérons ce courrier, d'accord ?

— O.K. ! O.K. ! On dirait que je vous ai froissé, monsieur Hopkins.

Elle dit cela comme si c'était le cadet de ses soucis, mais Tom apprécia qu'elle tourne les talons et le conduise dans la pièce qui servait de salle de rédaction, encombrée d'ordinateurs et de classeurs. Elle attrapa une disquette dans une boîte et la lui tendit, toujours avec ce sourire malin qui semblait ne pas vouloir la quitter.

— Je suppose que vous avez un ordinateur portable ? Tout est là.

— Vous avez décodé et sorti les fichiers ? gronda Tom, sur le point d'exploser.

— Euh... décodé, non ! Ce n'était pas la peine, pour transférer le fichier.

— Les fichiers étaient verrouillés pour que précisément personne ne puisse les sortir de la boîte e-mail !

— Oh ! ce n'était qu'un petit verrouillage de rien du tout. Il y a une astuce... Je vous montrerai, si ça vous intéresse. Je pourrais aussi vous montrer une sécurité plus sérieuse.

Sous le regard furieux de Tom, son sourire se figea. Le visage de la jeune Israélienne devint l'expression même de l'innocence.

— Sincèrement, je croyais vous faire gagner du temps !

Tom glissa la disquette dans la poche intérieure de son blouson et décida qu'il ferait mieux de partir et de se taire avant de devenir carrément méchant. Mais il était à peine sur le seuil de la pièce qu'il entendit à nouveau sa voix basse, plus rauque, en réalité, qu'au téléphone.

— Nous avons faxé à Times Square pour connaître le sujet de votre reportage et voir si l'on pouvait vous aider. Ils ont répondu que vous n'étiez pas en reportage et, euh... ils ont laissé entendre que vous ne faisiez plus partie de la rédaction. C'est vrai ?

Tom se retourna et la vit qui souriait en agitant le fax.

— C'est exact, je suis en vacances très prolongées, miss Carmel. Je vous remercie cependant de m'avoir laissé profiter de la boîte électronique du bureau... Je ne fais que passer. Et, franchement, je ne voudrais pas vous déranger davantage. Je serais très content que vous m'oubliiez.

— Ah... Et chaque fois que vous partez en « vacances », vous vous envoyez des fichiers verrouillés au bureau local ?

Tom resta sans voix, mais pas Orit, qui ajouta, tout sourire :

— Je suis une femme, même si ça ne se voit pas. Je sais sentir l'odeur poivrée du mystère. C'est la mafia, n'est-ce pas ? Les Russes... C'est pour eux que vous êtes ici ?

— Vous êtes une femme, et ça se voit, miss Carmel. Pas de doute là-dessus. Mais je vais vous dire quelque chose d'homme à homme. Et même de journaliste à journaliste : ce que je fais ici ne vous regarde pas !

— Tom ! Mais pourquoi le prenez-vous ainsi ? Je voulais seulement vous proposer de l'aide si...

— Très bien, mais non merci. Je n'ai besoin d'aucune aide...

En trois pas elle fut à sa hauteur. Tom respira son parfum légèrement musqué à l'instant où elle posait ses doigts, longs et vierges de vernis, sur son bras. Il aurait suffi d'un mouvement du poignet pour qu'il effleure la pochette de sa tunique militaire tendue par l'orbe lourd de ses seins. Il s'écarta d'un pas, mais Orit maintenant était sérieuse, peut-être même quelque peu en colère.

— Écoutez, vous vous trompez totalement ! Je ne cherche pas à me mêler de ce qui ne me regarde pas. Je fais mon travail, c'est tout ! Et je vous mets en garde : vous ne connaissez pas Jérusalem, je le sais. C'est très particulier, ici. Vous ne pourrez rien faire sans contacts...

— Très bien, soupira Tom comme s'il était devant une enfant têtue. Vous allez m'aider. Savez-vous où je pourrais louer un 4 × 4 ?

Tom s'attendait qu'elle s'assombrisse un peu plus et peut-être même se fâche. Elle éclata de rire.

— Vous comptez traverser le Néguev ?

— Non. Seulement le djebel al-Mintar.

— Où est-ce ? Dans le Sinaï ?

Il sourit, assez content de lui.

— Vous voyez, vous croyez tout savoir sur Jérusalem... C'est à moins de vingt kilomètres d'ici.

Cette fois, elle se montra enfin atteinte. Sa jolie bouche s'ourla d'une moue. Elle lui tourna le dos.

— Jamais entendu parler... Mais si vous le dites ! Je vais vous donner des adresses pour le 4 × 4.

J'arrivai à mon tour à l'aéroport de Ben-Gourion, par le vol d'Air France, au milieu de l'après-midi. Comme chaque fois, j'étais désorienté dès que je posais le pied sur le sol d'Israël. Pourtant, je connaissais bien ce pays ! N'était-ce pas, en quelque sorte, ma « maison familiale », mienne depuis toujours ? Cependant je ne me retrouvais guère dans ses habitants. Appartenions-nous vraiment à la même famille ? Comme à chacun de mes séjours, aussitôt franchis les contrôles de douane et de police, je recommençais à me demander par quelle alchimie on parvenait ici à transformer le Juif en Israélien.

Le taxi m'emporta jusqu'à Jérusalem sans, bien sûr, que je puisse trouver la moindre réponse à cette lancinante question. Il était un peu plus de seize heures lorsque la voiture s'immobilisa devant l'hôtel. Le King David n'avait pas changé. Je lui suis attaché comme on peut l'être à un mythe ou à une habitude.

Mais le nouveau personnel constitué, désormais, d'une jeunesse constamment renouvelée, il ne restait plus guère que le caissier à être capable de se souvenir de mon visage et à me saluer par mon nom. Le groom, en veste bleue brodée de petits galons d'or, vint prendre mes valises. À son froncement de sourcils lorsqu'il les souleva, je vis qu'il apprenait le poids des livres par les muscles des bras bien avant ceux des yeux.

Je vérifiai que Hopkins était arrivé.

— Il a pris sa chambre ce matin... Je vois qu'il est déjà ressorti, monsieur, précisa le concierge. Il vous a demandé mais n'a pas laissé de message...

Tom Hopkins, sa rapidité et son obsession de sécurité ! Depuis que j'avais accepté d'entrer dans son projet, ou dans son aventure, comme on voudra, j'avais, à vrai dire, un peu la sensation de participer à un jeu. Sans déplaisir, sinon celui d'une certaine précipitation, et tout en n'étant guère assuré de mon rôle ni du bénéfice qu'une victoire ou un échec pourraient m'apporter.

Au moins cette histoire m'avait-elle poussé à revenir à Jérusalem ! L'émotion et l'excitation me saisirent à la gorge lorsque j'ouvris la porte-fenêtre de ma chambre. Avant même de défaire mes lourdes valises, je m'installai pour quelques instants sur la terrasse et profitai du spectacle unique et précieux qu'elle offrait. J'avais convaincu Tom de choisir le King David comme « base stratégique » – pour employer son vocabulaire –, et en particulier le premier étage de l'hôtel, car je savais les arguments pragmatiques aptes à séduire ce garçon assoiffé d'action. En vérité, la raison en tenait surtout au plaisir de ce qui s'offrait maintenant à mes yeux.

Parmi les toits plats, les pointes, les minarets et les dômes, au-delà de la Citadelle, le Saint-Sépulcre était visible pour un œil avisé. Ainsi que les sept bulbes dorés de l'église russe, ou la flèche trapue de l'église Sainte-Anne, celle des Francs... Plus loin encore, tel un plan sans perspective dessiné par un peintre du Moyen Âge, le mont Sion se découpait sous le bleu intact du ciel, avec l'église haute, dressée sur l'emplacement même du Cénacle, où Jésus avait célébré la Pâque. Plus près, juste au pied de l'hôtel, entre la luxueuse piscine et les murailles de la Vieille Ville, s'étendait en pente douce ce qui avait été la géhenne antique. La « vallée de la tuerie », comme la nommait le prophète Jérémie après que le roi de Babylone, Nabuchodonosor, y eut massacré des milliers de Judéens. Ce fut là, aussi, que les Cananéens adorateurs de Moloch sacrifiaient autrefois les enfants. Ponctuée çà et là de cyprès, la terre claire et argileuse était couverte d'une herbe rase et déjà verte en ce début de printemps. Un terrain nu comme le souvenir de la mort et de la souffrance millénaire. Étrangement beau, aussi, où les enfants d'aujourd'hui, juifs ou arabes, pouvaient jouer au football, insouciants des terreurs enfouies dans le sol qui les portait, mais certainement prêts à en découdre avec celles à venir...

Mais, surtout, le spectacle était, comme toujours, dans la lumière. Jérusalem est faite de lumière. D'*une* lumière, devrais-je dire. L'altitude ainsi qu'une brise presque constante et capable de tourner à la tempête en décembre ou en janvier chassent la pollution de la Sainte Cité. Ici, rien ne filtre la puissance solaire. Elle est si violente, si pure, qu'en été l'on quête l'ombre des ruelles plus pour le repos des yeux que pour un espoir de fraîcheur. Les textes anciens racontent que, lorsque le Temple était encore dressé, à chaque aube, les portes en devenaient pour quelques instants invisibles aux yeux des habitants de la ville. L'or qui les recouvrait se muait en une incandescence aveuglante dans le soleil levant ; nul regard ne pouvait soutenir la splendeur conjuguée de la lumière céleste et de la matière...

J'étais ainsi plongé dans cette beauté qui s'offrait à moi comme dans mes habituelles pensées – et non moins fréquentes réflexions sur les appels bibliques à la réminiscence, les cent soixante-neuf « Souviens-toi », les cent soixante-neuf *Zakhor*, comme si les Sages, tout en n'ignorant pas la fragilité de cette mémoire, la tenaient cependant pour le seul antidote contre le mal... – lorsqu'un bruit me fit sursauter sur ma droite. En une fraction de seconde je songeai à toutes les mises en garde de Hopkins, m'attendant à voir surgir je ne sais quelle cohorte de tueurs. La porte-fenêtre ne s'ouvrit que sur l'Américain. Il m'adressa un bruyant *hello !* de bienvenue. Ses longues jambes franchirent avec aisance la murette séparant nos terrasses ; à son front soucieux, je devinai que quelque chose n'allait pas. Nous échangeâmes quelques mots sur nos voyages respectifs avant que je lui demande :

— À votre mine, je devine que vous allez m'annoncer une mauvaise nouvelle.

— Non, non... Pas vraiment...

À quoi succéda un silence suffisant pour démentir cette protestation.

— Mon cher Tom, je ne veux pas être curieux à mauvais escient, mais je vous rappelle que nous sommes désormais, comme on dit en France, dans la même galère. Si quelque chose ne va pas, il vaut mieux m'en avertir... Et surtout ne craignez pas de me faire peur. Grâce à vous, je sais tout ce que je risque, assis sur cette terrasse, et que désormais ma vie ne tient qu'à un fil !

Il esquissa un sourire et leva la main comme s'il repoussait une méchante pensée.

— Non, il ne s'agit de rien d'important. Juste une rencontre désagréable. Je me suis rendu au bureau du *Times* pour récupérer nos notes. Par malchance, la fille qui a réceptionné mon e-mail est une vraie sangsue. Le genre frustrée, incapable de faire une enquête par elle-même et qui croit que le métier de journaliste consiste à faucher les informations des autres... Elle doit être rivée à son ordinateur et passer ses journées à espérer que la bonne affaire lui tombe toute rôtie d'un site Internet !

— Ah... je vois. Une version contemporaine de la providence, en quelque sorte, fis-je, amusé par sa colère.

— Ces gens-là deviennent la plaie de notre métier. Elle voulait absolument savoir pourquoi je suis ici, pourquoi mes documents étaient codés et ainsi de suite. Vous l'auriez vue ! La discrétion personnifiée. Elle a même envoyé un fax à New York !

— Donc, elle sait ?

Cette fois, Tom se détendit et rit franchement.

— Non ! Ils lui ont répondu que je ne faisais plus partie de la rédaction... C'était convenu avec Bernstein. Elle a deviné qu'il y avait quelque chose. Et comme elle s'imagine que je suis sur la touche, elle espère en profiter. Bon, c'est sans importance !... Au fait, j'ai loué une voiture.

— Déjà ?

— Un 4 × 4 Toyota. Pas tout neuf mais en bon état. C'est ce qu'il nous faut. Aucune raison de lambiner ! D'ailleurs, puisque vous êtes là et que j'ai la disquette, j'aimerais bien que nous fassions à nouveau le point. Je voudrais aller un peu en reconnaissance, savoir au moins à quoi ressemble ce djebel al-Mintar...

— Il est tard, vous ne pensez pas ? protestai-je faiblement. Nous commencerons demain. Je n'ai pas encore défait mes valises...

Tom me regarda avec ce sourire charmeur qu'il savait trop bien utiliser et passa une main dans sa tignasse dorée.

— Tout ce que je veux, c'est que nous mettions en place nos cartes et repérer la route d'Houreqanya... Ensuite, vous aurez tout le temps de vous installer. J'irai seul. Pas besoin de vous faire manger de la poussière !

Trois minutes plus tard, il m'aidait à punaiser au mur de ma chambre une grande carte restituant l'histoire de Jérusalem. Trois enceintes y étaient figurées. Leurs tracés résultaient des travaux des archéologues, eux-mêmes guidés dans leurs recherches par la lecture des vieux auteurs. La première enceinte n'enfermait que la ville primitive et le Temple. La deuxième s'étendait vers le nord-ouest, contournant les Lieux saints chrétiens. Postérieure à l'époque de Jésus, la troisième, celle qui subsiste de nos jours, englobait le tout. Les dernières fouilles avaient apporté d'éclatantes confirmations à ces hypothèses. Il fallait bien admettre comme authentique le mur des Lamentations, c'est-à-dire l'ancien mur occidental du Temple, d'où montent vers le ciel, depuis des siècles, d'innombrables et incessantes prières.

Surprenante rencontre de l'histoire avec l'Histoire : il y a un siècle, Chateaubriand s'émerveillait de la permanence de « ce petit peuple dont l'origine précéda celle de ces grands peuples » dont plusieurs ont depuis longtemps disparu. Mais, pour le poète, le miracle tenait moins à la dureté de la pierre qu'à la fidélité d'un peuple à son destin.

À côté de cette carte qui allait nous servir de référence, nous installâmes un jeu de photocopies de cartes anciennes agrandies. Il y en avait quatre : deux couvrant le Nord et le Sud, des monts du Jourdain à la vallée de la mer Morte ; une autre décrivait une zone circulaire autour du mont Scopus, au nord de Jérusalem ; la dernière englobait les collines de Judée et la montagne d'Hébron. Chacune était ponctuée de noms inconnus à des emplacements que nous supposions, eux, aussi précis que possible. Ainsi décorée, ma chambre changea immédiatement d'aspect.

— J'espère qu'on ne me priera pas de quitter l'hôtel quand les femmes de chambre découvriront ce mur, marmonnai-je, pas très content de moi.

— Ne vous en faites pas, Marek. Nous leur donnerons vingt dollars et elles oublieront les cartes et les punaises, répliqua Tom, toujours aussi pragmatique.

À Paris, je lui avais expliqué les difficultés que nous allions affronter. Les relevés de l'époque biblique ne pouvaient correspondre qu'approximativement aux cartes contemporaines. À l'exception de Jérusalem, Jéricho et Qumran, tous les noms avaient changé. Les traces et les ruines nous permettant de nous repérer pouvaient avoir disparu ou changé d'aspect. Certaines devaient être enfouies, invisibles désormais, dans le sable du désert, sous la poussière et la terre. Des guerres et des guerres étaient passées par là. Les hommes, siècle après siècle, avaient utilisé les pierres des ruines pour bâtir des maisons neuves. Même les cimetières n'étaient plus, parfois, que des mirages ! Aucun des sites mentionnés par le rouleau de cuivre ne relevait de la topographie de l'Israël moderne. Où se trouvaient aujourd'hui Sekaka, Bet Horon et Rabba ? Nul ne le savait vraiment...

« Cependant, rassurez-vous. Ce n'est pas toujours l'improbable élucidation du nom d'un lieu ancien au regard du nom contemporain qui rend le rouleau du trésor si énigmatique, avais-je précisé à mon nouveau compagnon. Avec de la patience, beaucoup d'intuition et de savoir on peut toujours parvenir au chemin historique qui nous conduira au bon emplacement. Prenez par exemple la description de la cache 32.

« Il y est dit : *Dans la grotte proche de la fontaine appartenant à la maison de Haqqoç, creuse six coudées : six barres d'or*. Un trésor dans la maison de Haqqoç : voilà qui nous ouvre une intéressante perspective si l'on se souvient que *Haqqoç* est le nom d'une famille de prêtres dont la lignée remonte au temps du roi David. On retrouve ce nom de Haqqoç à l'époque du retour des Juifs exilés à Babylone. Ce même nom resurgit avec insistance durant la période asmonéenne. Judas Maccabée n'a-t-il pas nommé ambassadeur à Rome Eupolème, fils de Jean, fils de Haqqoç ?... Très bien. Par ailleurs, les versets d'Esdras montrent que pendant la reconstruction des murailles de Jérusalem l'un des architectes fut un certain Meremot, fils d'Urya, fils de Haqqoç. Et que, lors du transfert du trésor du Temple de Babylone à Jérusalem, ce trésor fut confié au prêtre Meremot, fils d'Urya ! Comme vous voyez, Tom, nous en savons, des choses. Mais toujours pas l'essentiel : l'*emplacement* de la maison de Haqqoç. Est-elle seulement dans ou autour de Jérusalem ? Il faudrait un miracle pour le savoir !

— Quel genre de miracle ?

— Un texte, un manuscrit... À Jérusalem, comme dans l'énigme du trésor, tout est affaire d'écriture. Il faudrait un miracle pour tomber sur le manuscrit qui nous signale, avec quelques repères de l'époque, la maison des Haqqoç. Ou au moins qui recense, par exemple, les constructions de l'architecte Meremot...

— Si je comprends bien, avait grogné Tom comme si je cherchais à gâcher son enthousiasme, votre démonstration est totalement décourageante. Vous êtes en train de m'expliquer que nous allons nous casser les dents comme tout le monde sur les énigmes du rouleau ?

— C'est probable. Mais pas tout à fait certain. De toute façon, si je me souviens bien, votre but n'est pas de trouver le trésor mais de piéger les mafieux russes en train de le chercher, n'est-ce pas ?

— Exact, mais je ne vois pas...

— Attendez une seconde, Tom. Il se peut qu'ils possèdent des informations que nous n'avons pas. Par exemple, un autre manuscrit que nous ignorons, du genre de celui qui fut volé par le père d'Aaron...

— J'en doute. Sokolov n'aurait pas tué Aaron, son père et sa sœur, s'il disposait d'un autre document aussi explicite. Sa violence n'est qu'un signe de faiblesse. S'il a cherché à me faire peur à New York, c'est bien parce qu'il ne possède rien de plus que nous ! C'est un pari, mais je suis prêt à le tenir...

— C'est aussi mon opinion. Dans ce cas, nous ne devons pas chercher le trésor – en tout cas ses caches – dans le désordre ou au hasard. Il serait plus judicieux de se mettre à leur place et de se poser la question : où peuvent-ils chercher ?

— D'accord.

— Cela réduit notre champ d'investigation. Nous devons nous concentrer sur les lieux que nous pouvons – comme votre Sokolov – raisonnablement repérer sur les cartes anciennes. C'est une manière de leur donner rendez-vous...

— Pas mal », avait approuvé Tom, glissant les doigts dans ses boucles blondes avec un sourire malin.

C'est ainsi que nous en étions venus à considérer que la première cache du rouleau était peut-être la plus simple à découvrir : *À Horebbeh, sise dans la vallée d'Akhor, sous les marches qui conduisent vers l'est, (creuse) quarante coudées à l'ouest : un coffre d'argent et divers objets. Poids : dix-sept talents.*

Après m'être immergé deux ou trois journées dans un fatras de documents, j'avais dit à Tom, avec une assurance peut-être excessive :

« Certains savants, comme Milik, pensent que la vallée d'Akhor s'appelle aujourd'hui le Wadi Nuweimeh. Cependant, toutes les recherches dans cette direction n'ont apparemment rien donné. À mon avis, on pourrait imaginer qu'il s'agit plutôt du prolongement du Wadi Qumran, aux limites du djebel al-Mintar. En outre, cette *Horebbeh* n'est pas, de mon point de vue, une ruine – *hourba* en hébreu –, comme on le laisse entendre le plus souvent. Il pourrait s'agir du nom d'un village qui, de nos jours, se nomme Houreqanya. Il est connu pour posséder les vestiges d'un cimetière de l'époque asmonéenne... Les marches en question doivent se trouver par là. Seul problème, si quelques tombes subsistent encore, il est fort probable que les *marches* aient disparu. Et avec elles les repères de l'énigme !

— Bon sang, si tout a toujours disparu, on ne pourra jamais rien retrouver ! s'énerva Tom.

— À moins que vous ne fassiez marcher votre cervelle en fonction des vestiges que vous trouverez sur place, mon ami. À chacun sa part de contrat : je vous indique ce qui me semble être le lieu probable – avec une marge d'erreur de quatre-vingt-dix pour cent – et vous faites l'archéologue...

— Super ! »

Repris par son indéfectible optimisme, Tom relisait mes notes et, muni d'une loupe, pointait son chemin d'un trait rouge sur la carte, le comparant aux cartes anciennes.

— Il faut donc prendre, depuis Jérusalem, la route en direction de Jéricho. Elle passe au pied du mont des Oliviers. Elle contourne le cimetière juif...

— Vous ne le manquerez pas : vous verrez les tombes qui s'étagent sur le versant...

— En fait, il y a deux routes possibles. Je peux passer par al-'Ubaydiyah. Ensuite, dans un cas comme dans l'autre, il s'agit d'une piste en plein désert ! Ce djebel al-Mintar, ce n'est pas un bien grand désert, je suppose ? marmonna-t-il sans lever le nez.

— Assez grand pour s'y perdre, si c'est la question.

— Avec la carte, je devrais pouvoir m'en sortir... Au pis, j'irai vers l'est et je trouverai la mer Morte...

— Vous oubliez une chose, dis-je, tout en sachant bien que c'était inutile. Vous n'êtes pas dans un pays comme un autre. Vous allez traverser des villages arabes isolés. En ce moment, la tension est assez grande entre Palestiniens et Israéliens. En vous voyant arriver avec votre beau 4 × 4, ils pourraient se méprendre...

Il haussa les épaules et m'octroya un clin d'œil qui se voulait rassurant.

— Vous oubliez que je suis journaliste, Marek ! J'ai l'habitude de me trouver en terrain peu sûr. Quand on cherche les ennuis, il n'y a pas pire que Brooklyn !

— Si vous le dites !

— Ne vous en faites pas ! Je serai revenu avant la nuit. Je veux juste faire un tour pour me rendre compte de ce qui nous attend.

— Parfait, acquiesçai-je sans trop de conviction, sinon celle que chacun doit expérimenter la réalité à sa manière pour connaître ses limites.

— Une chose encore, ajouta-t-il en repliant la carte routière. Hier, à Rome, je repensais à ce vieux libraire et aux textes anciens dont vous m'avez parlé...

— Rab Haïm et la confession d'Achar de Esch, le moine de la croisade ?

— C'est ça... Vous m'avez dit que la confession du moine faisait allusion à d'autres textes qui pouvaient concerner le trésor. Allez-vous lui rendre visite ?

— Tout à l'heure, après avoir pris une douche. Cependant, ne vous faites pas trop d'illusions. Il n'est pas impossible que ces textes existent, mais ce serait un miracle. Et il est certainement aussi difficile de trouver une chose précise dans le fatras de la boutique de Rab Haïm que de découvrir des marches de l'époque biblique à Houreqanya !...

— Il faut essayer quand même. Vous imaginez l'avance que cela nous donnerait sur les Russes ?

— Nous en avons déjà parlé et j'imagine fort bien. J'irai tout à l'heure, je vous l'ai dit.

— Excusez-moi !

Il fit un geste de la main.

— Je vous bouscule, mais nous n'avons pas de temps à perdre !

Ce fut à mon tour de rire.

— Vous verrez qu'ici aucun temps ne se perd, mon cher Tom. Tous s'accumulent, ce qui est bien plus complexe encore.

Il se dirigea vers la terrasse pour rejoindre sa chambre et s'arrêta sur le seuil de la porte-fenêtre en secouant la tête.

— Vous voulez absolument me convaincre qu'à Jérusalem rien n'est comme ailleurs, n'est-ce pas ?

— Je ne veux vous convaincre de rien, mon ami. Vous découvrirez vous-même ce qui est à apprendre ici.

11

Les trésors enfouis de Rab Haïm

Je retrouvai le vieux Rab Haïm tel que je l'avais quitté : vif, souriant, immuable, avec son *shtreimel*, ses papillotes et son cafetan noir au tissu élimé. Comme s'il officiait ici depuis l'aube des temps, il paraissait incarner le rôle du gardien des textes sans âge, des mots et des phrases qui enseignent que tout est divin, que le Tout contient les parties de l'infini, que chacune détient une parcelle du Messie et peut ainsi prendre part à sa révélation.

À ma grande surprise – et pour mon plaisir –, il me reconnut aussitôt.

— Bienvenue, bienvenue ! me dit-il. Asseyez-vous. Il était temps que vous reveniez.

Il devina ma pensée quant à son grand âge. Un gloussement de joie lui échappa.

— Moi, je vais très bien, affirma-t-il. C'est le quartier qui va mal !

Les Israéliens avaient en effet entrepris d'immenses travaux de rénovation. J'avais eu du mal à reconnaître la rue dans ce vieux quartier de la ville, à une centaine de mètres du mur des Lamentations.

— Vous voulez toujours en savoir plus sur l'origine de Jérusalem, je suppose. Le « pourquoi ? », comme vous m'avez dit ! J'ai quelque chose pour vous par ici depuis des mois...

Il prit sans hésiter, parmi les livres de prières, une chemise cartonnée. Rougeâtre, brunie par l'humidité, elle était là, à portée de main, comme si le vieil homme m'avait attendu chaque jour depuis mon précédent passage. Je songeais à la précipitation de Tom et aux derniers mots que nous avions échangés sur le temps, un peu plus tôt, à l'hôtel. Quelle surprise eût été la sienne en voyant Rab Haïm manipuler passé et présent avec une si évidente dextérité. Comme s'il venait, une fois de plus, de lire dans mes pensées, le vieux libraire me tendit la chemise cartonnée en souriant doucement.

— Faites attention, le temps l'a rendu fragile. Il s'agit d'un manuscrit ancien, très ancien... Vous y trouverez peut-être ce que vous cherchez.

Nous déposâmes le précieux objet sur le seul espace libre de la table. Je dénouai avec précaution le ruban qui l'enserrait. La chemise contenait une vingtaine de feuilles d'un parchemin épais et raide, maculées de taches sombres, aux bords déchiquetés par endroits. Au moment où j'allais ouvrir la chemise cartonnée, ses doigts secs se refermèrent sur mon poignet.

— Attendez ! fit-il en me reprenant la chemise des mains pour l'ouvrir comme on ouvre un tabernacle. C'est l'instant délicat. Avec l'humidité, le vieux papier se colle et se déchire comme un rien.

Il déposa sous mes yeux une feuille recouverte d'une belle écriture penchée dont l'encre, pâlie par les ans, était çà et là effacée.

— Vous arriverez à lire ? me demanda-t-il, sans lâcher la chemise de carton rouge.

— Oui, je crois.

Le texte était en hébreu, avec des lettres mélangées et certains mots écrits en capitales.

Les paroles qui suivent méritent d'être transcrites pour comprendre et pour connaître le lieu des sépulcres de nos pères par les mérites desquels le monde existe. Cela est clair comme je vais le remarquer d'après un homme qui fut en pays d'Israël avec le maître rabbi Jonathan Cohen, de Lunel, et dont le nom est rabbi Samuel bar Simson. Il l'accompagna dans la terre de Gochen, traversa avec lui le désert et vint avec lui à Jérusalem. De cet endroit, je parlerai comme l'auteur a parlé lui-même dans sa lettre. Tout cela a eu lieu en l'an 1210...

Je relus par deux fois ces quelques phrases énigmatiques, comme si ce texte s'était enrichi, à travers les siècles, d'autres significations qui m'échappaient pour l'instant.

— C'est l'introduction à une chronique de voyage, reprit Rab Haïm. Vous trouverez également des témoignages de voyageurs qui ont visité Jérusalem depuis plus de mille ans. Étonnant, n'est-ce pas ?

Étonnant, oui. Pourtant, en vérité, j'étais déçu. Sans oser me l'avouer, mais bien plus que je ne l'avais laissé entendre à Tom Hopkins, j'avais réellement espéré que Rab Haïm détiendrait dans son monceau de documents les manuscrits auxquels le moine Achar avait fait allusion. Sans trop y croire, je demandai :

— Vous souvenez-vous de la confession du moine que vous m'aviez confiée la dernière fois ?

— Hélas, je me souviens de tant de choses que parfois j'en oublie quelques-unes... Mais pas celle-ci. Je me souviens.

— Ce moine dit avoir caché des papyrus hébreux et peut-être contemporains de la vie de Jésus avec sa confession. J'avais pensé que peut-être vous aviez ces manuscrits ?

— Oui... Des textes vraiment très anciens. Peut-être un peu trop anciens pour ma modeste boutique.

Il laissa passer un silence. Son regard ne me quittait pas et je me sentis soudain mal à l'aise. Découvrant ses mauvaises dents, il me sourit.

— Il n'est pas impossible qu'ils soient quelque part ici, mais, *oye, oye, oye !* Comment voulez-vous que je les retrouve ?...

La clochette de la porte l'interrompit. Deux hommes, la trentaine, les cheveux courts et les yeux très clairs, entrèrent. Instantanément je songeai qu'ils pouvaient bien être russes ou ukrainiens. Avec leurs jeans et leurs chemises aux imprimés criards, ils ne ressemblaient nullement à la clientèle habituelle de Rab Haïm. Dans le même temps, je le sentis se raidir, comme si ces inconnus ne l'étaient pas pour lui et que leur visite agitât dans son cœur une colère dont je ne l'aurais pas cru capable. Ils s'avancèrent entre les piles de livres et les meubles surchargés avant de s'apercevoir de ma présence. Ils me dévisagèrent, échangèrent un regard contrarié et esquissèrent un salut de pure forme avant de ressortir sans même avoir prononcé un mot.

— Drôles de gens, fis-je, sans vouloir paraître trop curieux, lorsque la porte de la boutique se referma.

— Drôles ! *Oye !* Non, pas du tout drôles ! Voilà deux semaines qu'ils me tarabustent. Et vous ne devinerez jamais pourquoi ! Pour m'acheter tout ça ! D'un grand geste de son bras maigre, il balaya l'antre poussiéreux qui contenait toute sa vie. Des gens comme eux ! Acheter la boutique de Rab Haïm !

— Curieux, en effet.

— Ils me proposent plus d'argent que je n'en ai jamais vu de ma vie, mais ils sont fous ! reprit le vieil homme, laissant éclater sa fureur. Il est un peu tard pour que Rab Haïm transforme ses paperasses en argent. Je sais depuis longtemps que ces vieux papiers sont une mine d'or. Mais, s'il faut des yeux pour les lire et une cervelle pour les comprendre, il faut aussi une âme pour palper cet or-là. Et ces... Bah, ils n'ont pas de nom ! Je sais ce qu'ils veulent en faire, de ces manuscrits : les brûler. *Oye !* Tout simplement les brûler ! Ils se moquent de l'histoire, ils se moquent de la mémoire ! Ils se moquent de la vérité et se croient éternels parce qu'ils font des affaires ! C'est la boutique qu'ils veulent. C'est que je quitte cet endroit pour en faire un magasin de souvenirs ou je ne sais quoi... *Oye, oye, oye !* Je mourrai sous une pile de manuscrits peut-être, ou d'être trop vieux sûrement, mais pas ailleurs qu'ici !

Je ne savais que dire. Je comprenais sa rage et ne trouvais pas un mot pour l'apaiser tant elle me paraissait juste. En fait, Rab Haïm n'avait nul besoin de mon soutien. Changeant aussi soudainement d'humeur qu'une feuille tournant au vent, il revint à notre précédent échange comme si rien ne l'avait interrompu.

— Oui, oui, fit-il en gloussant doucement, qui sait si je n'ai pas là les manuscrits qui accompagnaient la confession du moine ? Il me semble me souvenir que... Patientez un instant, s'il vous plaît...

Il disparut dans les oubliettes de son arrière-boutique. J'entendais les bruits menus de papiers déplacés et me repris à espérer. Si jamais... Rab Haïm réapparut en secouant la tête, mais sans cesser de sourire.

— Non !... Il me faudrait des jours pour trouver quoi que ce soit ! *Oye, oye !* Quelle tristesse que le manque d'ordre, ajouta-t-il en claquant ses mains l'une contre l'autre et en découvrant ses dents cariées. Mais vous n'êtes pas pressé, n'est-ce pas ? Qui serait assez fou pour être pressé en courant derrière l'Histoire !

Je songeai une fois de plus à Tom, et d'un signe de tête je convins que je pourrais attendre quelques jours.

— Maintenant que nous en parlons, je me souviens d'avoir eu entre les mains les manuscrits de deux érudits de l'époque des croisades qui ont raconté l'histoire de notre ville par le menu... C'est bien le genre de choses que vous cherchez, n'est-ce pas ?

— Précisément !

— Des manuscrits bien intéressants. Ils avaient déchiffré une tablette trouvée sous les décombres de l'ancienne forteresse cananéenne de Lakish. Un scribe – qui assistait, voici deux mille cinq cent quatre-vingt-cinq ans, à sa prise par Nabuchodonosor, le roi de Babylone – y décrivait la ville avant sa destruction...

Ils avaient aussi trouvé un texte exposant le débat provoqué par l'assassinat de Guedalia.

Guedalia, gouverneur de Judée au temps de Nabuchodonosor, fut tué par des fanatiques juifs. Les prophètes, horrifiés par ce meurtre d'un Juif par d'autres Juifs, décrétèrent un jeûne public – le jeûne de Guedalia – qui, depuis, est observé le lendemain de Roch ha-Shana, la nouvelle année juive... Voilà ce qu'il nous fallait : un témoignage datant de l'époque même de l'enfouissement du trésor du Temple !

— Je sais à quoi vous pensez, dit Rab Haïm, se méprenant sur mon silence. À l'époque, les prophètes étaient plus respectueux de nos valeurs qu'aujourd'hui...

— C'est qu'aujourd'hui il n'y a plus de prophètes ! répondis-je un peu machinalement.

Et, maîtrisant mon excitation du mieux que je le pouvais, je demandai :

— Pensez-vous les avoir, ces textes ?

— Les avoir, oui, mettre la main dessus, c'est une autre histoire, comme pour le reste... Cependant, vous tombez bien : ce doit être plus facile que pour les papyrus du moine. (Il dévoila à nouveau ses mauvaises dents.) Un savant italien est venu me voir il y a deux jours pour me demander des documents de ce genre. J'ai commencé à chercher. Revenez demain soir. Je dors mal la nuit, ça me laisse le temps de fouiller et...

La clochette de la porte nous fit alors sursauter. Mais, cette fois, Rab Haïm hocha la tête de satisfaction.

— *Oye*, l'Éternel a lu dans mes pensées !

Un homme d'une cinquantaine d'années, vêtu d'un costume de lin beige qui enveloppait son embonpoint avec élégance, entra dans la boutique. Il souleva son panama avec un grand sourire. Son abondante chevelure noire et gominée lui donnait un air de vieux danseur de tango. Le regard était intelligent, la bouche et le nez sensuels avaient dû séduire plus d'une femme.

— Voilà le professeur Calimani, fit Rab Haïm, ce savant italien dont je viens de vous parler...

Le professeur agrandit son sourire et me tendit la main.

— Giuseppe Calimani...

— Je connais un Calimani...

— Certainement mon cousin, l'écrivain. Nous appartenons lui et moi à la seule famille juive qui n'a jamais quitté Venise depuis la création du ghetto en 1516... Je ne suis qu'un obscur fouineur de bibliothèque. J'enseigne les religions comparées – du moins celles qui se réclament de Jérusalem.

Calimani parlait l'hébreu avec un soupçon d'accent mais sur un ton jovial et accueillant. Je me présentai à mon tour. Rab Haïm intervint pour préciser que je cherchais moi aussi des textes remontant à la source de Jérusalem...

— Pour un roman ? demanda Calimani.

— Oui, peut-être... répondis-je évasivement.

— Si je parviens à trouver ce que vous cherchez tous les deux, fit Rab Haïm avec une grimace rusée, vous devrez vous en partager la lecture...

— Ce sera très volontiers de ma part ! s'exclama Calimani avec sincérité. Je suis de ceux qui pensent que l'histoire est l'affaire de tous. Plus on sera nombreux dans la connaissance du passé, moins les mensonges du présent seront malfaisants ! Mais dois-je comprendre, ajouta-t-il en s'adressant au vieux libraire, que vous n'avez toujours pas retrouvé ces textes sur la mort de Guedalia ?

— *Oye, oye,* vous aussi, vous êtes trop impatient ! s'écria Rab Haïm. Demain, demain peut-être ! Revenez me voir demain...

Calimani rit en m'adressant un clin d'œil.

— Si je ne connaissais pas l'hébreu, le premier mot que j'aurais appris avec Rab Haïm eût été celui-ci : demain !... Bon, puisque nous devons attendre et peut-être bientôt partager nos lectures, avez-vous le temps de prendre un café avec moi, que nous fassions connaissance ?

Curieux comme toujours de rencontrer un homme dont l'érudition pouvait m'ouvrir quelques horizons, j'acceptai avec plaisir. Nous nous retrouvâmes dans les étroites ruelles, engloutis soudain dans la foule des touristes débouchant du quartier arménien de la Vieille Ville pour se rendre au Mur occidental. Dans la bousculade, je dis à Calimani, et, sans en avoir conscience, en français :

— Il y a un café sympathique en face de la porte de Jaffa...

— Très bien, si nous y parvenons entiers ! grogna Calimani, retenant le bord de son chapeau que la bousculade menaçait à chaque pas.

— Je vois que vous parlez très bien le français.

— J'ai eu une épouse française pendant quelque temps, fit-il en donnant des coudes pour s'ouvrir un passage. Merveilleuse amante, mais caractère difficile...

Nous prîmes place à une table qui venait de se libérer. Le garçon, peu pressé, discutait avec un vieil Arabe, le patron. Depuis le promontoire que constituait l'étroite terrasse où nous étions assis, nous pouvions jouir du paysage : à notre droite, une ruelle montait vers le Saint-Sépulcre et la via Dolorosa. Une rue, Bab al-Silsilah, toujours sur notre droite, descendait le long des échoppes arabes jusqu'au modeste escalier qui s'élève en direction du Haram al-Charif et du Dôme du Rocher. À notre gauche s'étendaient le vieux quartier arménien que nous venions de traverser et, au-delà, le vieux quartier juif. Au bout de ce quartier, sur une esplanade adossée au mont Moriah où s'élève la mosquée al-Aqsa, le Mur occidental continuait d'attirer des foules.

Le garçon vint enfin prendre notre commande. À l'instant où il s'éloignait de la table, Calimani, comme s'il achevait une réflexion qui l'avait occupé jusque-là, me dit à brûle-pourpoint :

— Avez-vous remarqué que le Coran ignore Jérusalem ? Il ne l'évoque jamais, ni sous ce nom ni sous un autre. Pourtant, l'islam, dernier-né de la famille monothéiste, ne pouvait renoncer à la source commune sans prendre le risque de se dessécher de soif dans le désert, n'est-ce pas ?... Et comment aurait-il pu se réclamer de la même filiation que ses deux aînés, la Tora et les Évangiles, s'il n'était lui-même né dans la maison du Père, s'il ne l'avait lui-même fréquentée ?

De toute évidence, le professeur était du genre volubile. Lorsqu'il tenait une idée, il en oubliait de reprendre son souffle.

— *Ma*... Il se trouve que cette lacune a été brillamment comblée ! La sourate XVII – vous voyez, celle qui évoque le voyage nocturne du Prophète « de la Mosquée sainte à la Mosquée éloignée » – contient quelques lignes énigmatiques... Eh bien, ces lignes fournissent la substance des légendes qui accompagnent le texte coranique. Selon ces légendes, la Mosquée sainte représente La Mecque et la Mosquée éloignée figure Jérusalem... Ce n'est que cinquante ans après la conquête de la ville par l'islam, en 638, et la construction, sur l'exact emplacement du Temple, de la mosquée du Dôme par l'Omeyyade Abd al-Malik, que le fils de celui-ci a fait bâtir, à l'extrémité sud de l'esplanade, la mosquée al-Aqsa...

— ... La « Mosquée éloignée » ; il accomplissait ainsi, après coup, le texte du désir, enchaînai-je pour ne pas être en reste. À Jérusalem, le rêve précède souvent la réalité... C'est une forme de sagesse.

Calimani opina avec un soupir.

— Eh oui ! Tant de sagesses réunies en un lieu aussi exigu !

— Et tant de haines...

— Normal. L'enjeu est énorme.

— L'enjeu ?

— L'éternité, mon cher. L'Éternité. Le rêve de tous les hommes...

— Qu'est-ce qui vous amène, cette fois, à Jérusalem ? demandai-je, en espérant que nous n'allions pas nous enliser dans les généralités philosophiques.

— L'histoire, comme vous ! Plus précisément, je suis invité à participer à un colloque organisé par l'Université hébraïque. Thème des débats : la Renaissance italienne. Les séances commencent dans quelques jours...

Le garçon revint enfin avec les cafés. Après avoir essuyé notre table avec un torchon humide qui laissait de franches traînées de graisse sur le Formica rayé, en des gestes parcimonieux il déposa devant nous deux tasses de café noir sucré accompagnées de deux verres d'eau.

Deux jeunes femmes blondes en minijupe déambulaient devant nous en bavardant à voix haute. Des Scandinaves, peut-être. Le garçon se retourna sur leur passage, les suivit des yeux comme s'il regardait un coucher de soleil et ne s'éclipsa qu'après qu'elles eurent disparu dans la foule.

— Il prend son temps. D'une certaine manière, prendre son temps, c'est se l'approprier, n'est-ce pas ? dit Calimani en souriant. Tout à fait comme notre cher Rab Haïm. Voilà quelqu'un qui sait vivre avec le temps... Je passe à sa boutique chaque fois que je viens à Jérusalem. Mais je ne repars jamais avec les textes dont il m'a parlé. Il m'arrive parfois de me demander si ces manuscrits existent ailleurs que dans sa cervelle.

— Savez-vous que des gens cherchent à lui racheter en bloc tout son fatras et à le pousser hors de sa boutique ?

— Ah ?

— Un peu avant que vous n'arriviez, deux hommes sont passés. Ils sont ressortis aussitôt qu'ils m'ont vu. Je peux vous assurer qu'ils n'avaient rien d'érudits. Plutôt le genre hommes de main.

— Vous en êtes sûr ?

Calimani, à présent, fronçait les sourcils et semblait très sérieux.

— Rab Haïm lui-même m'a dit qu'on le tarabustait depuis quelque temps. Apparemment, on lui a proposé beaucoup d'argent pour qu'il s'en aille. Il refuse, bien sûr. Rien que l'idée le met en colère. Il est persuadé qu'on veut récupérer sa boutique pour en faire un commerce quelconque et que ses livres et ses manuscrits seront détruits...

— Ça m'étonnerait ! s'exclama Calimani d'une voix aiguë.

Puis, changeant de ton, il ajouta :

— Le passé n'a pas de prix. Le contenu de la boutique de Rab Haïm vaut plus qu'une fortune, et il le sait !

Ce professeur Giuseppe Calimani commençait à m'intriguer et je le regardais d'un autre œil. Sans me prêter plus d'attention, toujours avec autant de sérieux, le bord de son chapeau laissant ses yeux dans l'ombre, il dégusta une gorgée de café avant de me questionner :

— Serait-il indiscret de vous demander ce que vous cherchez précisément chez Rab Haïm – à part le texte sur la mort de Guedalia ?

Bien sûr que c'était indiscret. Mais le sourcilleux Tom Hopkins ne m'en tiendrait pas rigueur si je demeurais vague. Et je désirais savoir où Calimani voulait en venir.

— Je cherche en particulier des témoignages sur les premiers siècles de Jérusalem, sur la vie quotidienne dans la cité. Des textes de voyageurs qui visitèrent la ville à la fin de la période romaine, par exemple.

Giuseppe Calimani acheva son café. Il hocha deux ou trois fois la tête.

— Les premiers siècles, dites-vous ?

Il me regarda franchement, haussant les sourcils.

— Si vous espérez trouver de pareils trésors chez Rab Haïm, vous n'êtes pas le seul : d'autres que vous, que moi, l'espèrent aussi ! La seule difficulté, c'est Rab

Haïm lui-même : « Demain, demain... » Il faut être un ange de patience avec notre vieux bouquiniste. En outre, nul ne sait ce que contient réellement sa boutique. Pas même lui, sans doute. Il faudrait des années pour en dresser l'inventaire. Je ne crois pas une seconde qu'on veuille lui acheter le contenu de sa caverne d'Ali Baba pour le détruire.

— Pour quoi faire, alors ? demandai-je, de plus en plus intrigué par la tournure de la conversation.

— Avez-vous entendu parler des manuscrits de la mer Morte ?

Un frémissement me parcourut les avant-bras. Je commençais à douter que ma rencontre avec cet étrange professeur Calimani fût fortuite. Le plus calmement que je pus, je répondis :

— Oui, comme tout le monde.

Calimani ôta son chapeau, passa ses doigts bagués sur son front et remit son chapeau.

— Savez-vous que certains de ces textes n'ont toujours pas été étudiés et que d'autres sont encore détenus par des chercheurs qui, pour d'obscures raisons, dont certaines politiques, ne veulent pas les rendre publics ?

— Non, je ne savais pas. Pourquoi ?

— Parce que, en les situant dans le temps, un siècle plus tôt ou un siècle plus tard, ces écrits-là, à l'aube de l'an 2000, peuvent apporter de nouvelles données sur l'époque exacte de la vie de Jésus. Des précisions suffisamment fortes pour mettre radicalement en question les origines du christianisme...

— J'ai du mal à vous croire ! Vous voulez dire que Jésus n'aurait pas vécu au début de l'ère chrétienne ? C'est de la fiction !

— Beaucoup moins que vous ne le croyez ! Avez-vous entendu parler du père Roland de Vaux, de l'École biblique et archéologique de Jérusalem, mort en 1971 ? Ou du professeur Norman Golb, de l'université de Chicago ? Ou encore de l'Anglais John Allegro ?

— Non, avouai-je avec un demi-sourire. Je pourrais même vous soupçonner de m'inventer là des personnages de roman !

Giuseppe Calimani se détendit et rit de satisfaction.

— Ce qui prouve que le roman est partout ! Si le cœur vous en dit, vous pouvez vérifier tout cela dans les ouvrages de ces chercheurs ! C'est plus que passionnant... Cependant, les preuves déterminantes de ce qu'ils avancent sont encore enfouies dans le sol de Jérusalem...

Satisfait de sa supériorité d'érudit et du brin de mystère qu'il y ajoutait, magnanime toutefois, il nous commanda un autre café. Je commençais à me demander quelle comédie il jouait. Soudain, Calimani se mit de lui-même à parler du rouleau de cuivre et du trésor. Je me gardai bien de l'interrompre. Je sais depuis longtemps que les coïncidences sont plus infinies qu'on ne veut l'admettre. Mais Calimani ne me semblait décidément pas avoir la tête d'une « coïncidence ». Trop intelligent, trop rusé...

— Nombre de gens sont morts pour avoir voulu retrouver ce trésor ! finit-il par soupirer.

— Et où se trouve aujourd'hui ce rouleau ? demandai-je, comme si je l'ignorais.

— À Amman, à soixante-quinze kilomètres d'ici...

— Passionnant ! Mais quel rapport tout cela peut-il avoir avec Rab Haïm et les personnes qui veulent acheter sa boutique et son fonds ?

Giuseppe Calimani se pencha vers moi par-dessus la table et martela ses mots de l'index sur le Formica.

— Le rouleau date de l'époque de la destruction du Temple, en 70. Au Iᵉʳ siècle de notre ère, donc. Certains soutiennent qu'il évoque le trésor du Temple, que les gardiens du sanctuaire auront voulu protéger des pillages romains. Mais, sur le rouleau, la description des caches n'est pas claire. Pour avoir étudié de près le document, des savants pensent qu'il est codé. De toute évidence, Rab Haïm possède des manuscrits qui datent de cette période historique, alors qui sait si quelqu'un ne veut pas acheter d'un coup la boutique et son contenu pour s'en assurer ?

— Vous pensez qu'à la lumière de ces manuscrits il serait encore possible de découvrir certaines des caches ? demandai-je, me reculant d'instinct.

— Certaines, sans doute... Sans doute, à condition que l'on parvienne à obtenir les manuscrits...

Nous nous regardâmes cette fois droit dans les yeux. Les siens étaient d'un brun chaleureux et profond. Je songeai qu'en Italie même les yeux des mafieux pouvaient être d'un brun chaleureux et profond. Comme pour confirmer ma pensée, il murmura :

— Rien que parmi les savants, on tuerait père et mère pour mettre la main sur de tels manuscrits ! Et, comme je viens de vous le dire, pas seulement pour l'or du trésor. Pour le savoir. Pour ce savoir qui peut toujours devenir un incomparable pouvoir !

Je ne dis mot. Si c'était une menace, il n'y avait rien à ajouter.

— Rab Haïm en sait certainement plus qu'il n'en laisse paraître. Il n'ignore pas qu'il risque beaucoup plus que de se faire acheter sa boutique.

— Il faudrait avoir bien peu de conscience pour s'attaquer à un vieil homme de son âge, protestai-je, choqué.

— Pour certains, la fin autorise tous les moyens, je ne vais pas vous l'apprendre.

Cette fois, mon malaise devait être perceptible. Calimani papillonna des doigts et s'appuya au dossier de sa chaise, à nouveau souriant et badin.

— Je suis désolé. Il semble que cette histoire vous alarme vraiment... À nous deux, peut-être pourrons-nous convaincre Rab Haïm d'éviter un mauvais coup.

Était-ce une proposition ? Et que voulait-il dire par « convaincre » le vieux bouquiniste ? Je n'eus pas à répondre. M'observant de son regard rusé, Calimani poursuivit :

— Est-ce vraiment pour l'écriture d'un roman que vous recherchez ces manuscrits des premiers siècles chrétiens ? Ou vous aussi...

— Non, non, le coupai-je aussi naturellement que je le pus. Je ne suis qu'un raconteur d'histoires, je ne les vis pas... Ou je les ai déjà vécues. Mais ce fut intéressant de vous écouter, professeur...

Je me levai et lui tendis la main.

— Il me faut rentrer à mon hôtel. On m'y attend. Cependant je ne doute pas que nous nous rencontrerons à nouveau...

— Ce sera un grand plaisir, fit-il en soulevant son chapeau.

— Au sujet de Rab Haïm, j'espère que vous vous trompez.

— Je l'espère, moi aussi, approuva-t-il avec une sincérité désarmante. Mais je me trompe si rarement.

12
Une femme inattendue

Tom sortit de Jérusalem sans autre difficulté que la circulation de kamikaze des routes israéliennes. Les bus de touristes cohabitaient avec les charrettes tirées par des mules et les voitures hors d'âge, sans compter les fous du volant cherchant à grappiller vingt secondes par dizaine de kilomètres parcourus. Il préféra quitter la route de Jéricho juste avant un tronçon d'autoroute. Faisant confiance à sa carte, il bifurqua à droite, en direction d'un village annoncé comme al-Ayzariyah.

Après cinq kilomètres de chaussée à moitié défoncée, le minaret de la mosquée apparut au-dessus des petites maisons grises aux toits en terrasse, ponctuées çà et là d'une jolie coupole fendillée. Il traversa le bourg au ralenti, tandis que les yeux des gosses les scrutaient, lui et sa belle voiture aux plaques israéliennes. Histoire de contredire la mise en garde de Marek, il salua les mômes de la main et ils lui rendirent son salut, tout sourire. La mosquée, très simple, était juste à la sortie du village. Il s'éloignait d'al-Ayzariyah lorsque résonna l'appel du muezzin pour la prière du soir.

Tout alla pour le mieux pendant une dizaine de kilomètres. La route était encore une route, goudron et nids-de-poule dans la terre gris-jaune. Soudain, elle se mua en une piste de poussière plus blanche que la terre à vif qui l'entourait. Une piste qui serpentait au flanc des basses collines, d'un vallon à l'autre, comme si elle ne devait s'arrêter nulle part.

Tom immobilisa le Toyota pour consulter à nouveau la carte. Normalement, la route, même mauvaise, continuait jusqu'au village d'al-'Ubaydiyah. Là, seulement, commençait la piste d'Houreqanya. Aucun village n'était en vue. Rien que de la terre nue et, sur la gauche, dans un petit vallon, un étroit rectangle gris-vert d'oliviers. Il avait dû se tromper à al-Ayzariyah. Il se rappela avoir aperçu une rue goudronnée sur la droite au moment où il avait salué les enfants. Après tout, peut-être n'était-ce pas une rue, mais la bonne route ?

En regardant plus attentivement la carte, il songea qu'il avait le choix entre revenir jusqu'au village ou suivre cette piste qui semblait se diriger dans la même direction que la route indiquée par la carte. Un peu par bravade et aussi pour le plaisir de foncer dans le désert, le 4 × 4 Toyota bien en main, il opta pour la seconde solution.

Après une demi-heure de poussière, un nombre invraisemblable de virages – alors que rien, ni la pente ni aucun obstacle, n'en imposait l'utilité – et quatre minuscules collines franchies, aucun village n'était en vue. Pas un champ, pas un âne, pas un homme. Parfois un arbre, un vieux ficus ou un pin à demi déplumés, dont on se demandait comment ils parvenaient à survivre dans cette terre morne et sèche. De temps à autre, la piste longeait des murettes qui pouvaient avoir, des siècles plus tôt, entouré des champs.

Pris d'une intuition subite, persuadé qu'il s'était trop engagé vers le nord-est, c'est-à-dire à sa gauche, au détour de l'un de ces murs de pierre, Tom quitta la piste. Secoué comme un shaker, il fonça vers un creux de vallon. Marek lui avait précisé qu'Houreqanya était au niveau de la mer Morte alors qu'il ne cessait de gravir des pentes ! Il devait absolument descendre et se diriger droit vers l'est. Pour autant que l'est fût droit devant lui. Car, en descendant, il perdait de vue le soleil, qui s'enfonçait entre les collines dans son dos...

Le 4 × 4, grinçant de toutes ses portières, amortisseurs et essieux, se défendit brillamment contre les pierres et les ornières. Finalement, le sol s'assouplit, devint moins cahoteux et moins pierreux. Tom appuya sur l'accélérateur, le moteur répondit avec un râle de satisfaction, et le 4 × 4 prit de la vitesse, libéré, sur l'étendue plane du vallon comme s'il était seul au monde. Le sourire aux lèvres, ivre d'un inattendu sentiment de liberté, les doigts effleurant le volant, Tom poussa à fond le 4 × 4. La poussière devint si dense qu'il dut faire marcher l'essuie-glace pour dégager le pare-brise. Et, ô miracle, ce fut pour voir droit devant lui un vieux Bédouin sur une Mobylette qui tirait une petite remorque chargée de pastèques !

D'où venait-il, où allait-il ? Lui au moins devait le savoir...

Tom immobilisa brutalement le 4 × 4, qui tangua et souleva un nuage de poussière. L'homme coupa les gaz et arrêta mollement sa Mobylette avant de lever une main pour se protéger le nez et la bouche. Sous le keffieh, sa bouche prononça trois mots inaudibles. Tom descendit du Toyota avant même que la poussière retombe. Il s'approcha de l'homme avec un sourire, tendant la main. L'homme hésita, puis il se toucha la poitrine et offrit sa paume rugueuse avec méfiance.

— Je cherche Houreqanya, fit Tom.

L'homme hocha la tête.

— Houreqanya ? tenta encore Tom en variant sa prononciation.

L'homme le regardait, sans un mot, immobile sur sa Mobylette, le moteur au ralenti.

— Al-'Ubaydiyah ? fit Tom. Al...-'Ubaydiyah ? Vers ici ou vers là ?

Son doigt pointa successivement vers la gauche puis vers la droite.

L'homme esquissa peut-être un sourire. Sa main dessina un signe curieux, comme si elle écartait la poussière, puis pesa sur la poignée des gaz. Crachant une fumée bleue, vaguement zigzagants, l'homme, la Mobylette et les pastèques s'éloignèrent à contresens du 4 × 4. Tom les regarda jusqu'à ce qu'il se rende compte qu'il était à nouveau sur une piste, moins visible que la première.

— Et merde !

Debout à côté du 4 × 4, il contempla la succession de collines basses vers lesquelles s'éloignait le Bédouin. Des pentes vides, désespérément recouvertes, à perte de vue, de terre poussiéreuse et de cailloux. Sur le capot du Toyota, il déploya encore une fois la carte, cherchant à se repérer selon les hachures qui indiquaient les collines. Impossible. À l'est, ou du moins dans la direction de ce qu'il supposait être l'est, une brume argentée tremblait dans l'air et devait signaler la mer Morte. C'était le seul repère, excepté, à l'opposé, le petit tourbillon de poussière que soulevait encore l'homme à la Mobylette. Il s'était bel et bien perdu.

De plus, il n'avait pas pensé à faire le plein d'essence après avoir loué la voiture et il ne lui restait pas de quoi s'aventurer au hasard. Si au moins le type à la Mobylette avait bien voulu...

— Et merde !

Il replia précipitamment la carte, bondit derrière le volant et relança le moteur du Toyota. Avec rage, il enclencha la première et fit demi-tour, le pied enfoncé sur l'accélérateur. Le 4 × 4 dérapa dans la poussière, avouant une tendance nettement sous-vireuse... Quel idiot il était ! Il n'avait même pas compris qu'il suffisait de suivre l'homme aux pastèques, qu'il l'y avait sans doute invité. Il allait quelque part, lui... Et il savait comment y parvenir !

Par bonheur, la Mobylette, ralentie par la charrette, devait à peine atteindre le dix à l'heure. Le tourbillon de poussière qu'elle soulevait était encore visible. Tom se dirigea droit dessus et fonça. Il ne ralentit qu'en vue du keffieh et l'approcha doucement. Pourvu que l'homme ne le prenne pas mal !

Non ; sans se retourner, sans ralentir, celui-ci leva la main gauche à hauteur d'épaule comme pour lui dire : il était temps que tu me rattrapes, mon bonhomme !

Furieux contre lui-même, Tom eut une citation de saint Luc sur le bout de la langue. Il y était précisément question des collines de Judée. Mais c'était comme pour Houreqanya : il avait même perdu le chemin des citations du grand-père !

Elle commençait bien, la chasse au trésor ! Marek allait le regarder en souriant gentiment dans sa barbe, les paupières à demi plissées, comme lorsqu'il lui avait dit : « Vous découvrirez vous-même ce qui est à apprendre ici, mon ami ! »

Et merde !

Ils roulèrent ainsi pendant une heure, à peine plus vite qu'un homme au pas. Le soleil avait disparu sous l'horizon et l'est était désormais bien visible car le ciel y devenait noir de minute en minute. Les premières maisons d'un village surgirent au flanc d'une colline. Le Bédouin immobilisa sa Mobylette, désigna les maisons. Il souriait. Tom faillit faire bondir le 4 × 4 mais se reprit à temps. Il s'arrêta à son tour, descendit du Toyota et s'approcha de l'homme. Ils se serrèrent la main sans un mot.

Ce n'est qu'en laissant le village derrière lui et en rejoignant une route goudronnée que Tom put enfin lire, sur un panneau indicateur, à demi mangé par des trous de la taille d'un doigt, peut-être des impacts de balles : Siyar al-Ghanam. Bien trop au sud-ouest, complètement à l'opposé d'Houreqanya, et à moins d'un kilomètre de la route d'Hébron !

Il faisait nuit lorsque Tom immobilisa le Toyota dans le parking du King David. De très mauvaise humeur, il alla prendre sa clef dans le grand hall de l'hôtel.

— Des personnes vous attendent depuis un petit moment, monsieur, fit le concierge en désignant les fauteuils qui formaient salon dans une excroissance du hall.

S'approchant avec circonspection, Tom reconnut très vite Marek, bien qu'il fût de dos. Une femme était penchée vers lui. Il entendit son rire avant de voir son visage. Elle avait passé du rouge sur ses lèvres et un nouveau peigne, en corne cette fois, retenait se cheveux. Elle portait toujours ses frusques militaires. Dans l'échange avec Marek, elle resplendissait. Orit Carmel, bien sûr. La sangsue !

Une femme en plein ouvrage de séduction, songea-t-il, avant de sentir la colère s'ajouter à son humeur chagrine. Une double colère. D'abord parce qu'il devait reconnaître que cette sangsue était très attirante. Ensuite parce que, nom d'un chien, c'était vraiment une foutue journée où rien n'allait comme il voulait !

Ils étaient attablés devant des verres de jus de fruits. La baie entrouverte laissait entrer une brise légère et les cris des enfants qui jouaient encore autour de la piscine illuminée. Ils levèrent les yeux vers lui avec un ensemble dans lequel Tom, d'instinct, devina une complicité déjà acquise et de mauvais augure.

— Ah, Tom ! s'exclama Marek avec un plaisir sincère. Je commençais à me faire du souci !

— Pas de quoi ! marmonna Tom.

— Je ne vous présente pas Orit, n'est-ce pas ?

— Peut-être que si ? sourit Orit. À mon avis, on devrait recommencer les présentations : Orit Carmel, voleuse de scoop...

Tom ignora la main qu'elle lui tendait.

— Qu'est-ce qu'elle fiche ici ?

— Asseyez-vous, fit Marek. Vous m'avez l'air fatigué.

— C'était bien, le djebel al-Mintar ? demanda Orit avec son plus beau sourire.

— Qu'est-ce que vous lui avez raconté ? gronda Tom en pointant Orit de l'index.

Marek leva la main et se renversa dans son fauteuil.

— Asseyez-vous confortablement, buvez quelque chose et nous allons vous expliquer...

Orit hocha la tête.

— J'ai une confession à vous faire et une information à vous donner. Il vaut mieux vous asseoir.

Tom hésita. Les yeux d'Orit le mettaient mal à l'aise. Trop attentifs, trop brillants. La bouche aussi, que le coup de crayon rouge rendait trop charnelle. Il soupira et se laissa tomber dans le fauteuil que lui indiquait Marek.

— D'accord, je vous écoute.

— Vous avez trouvé Houreqanya ? interrogea Marek.

Tom le foudroya du regard.

— Non ! J'ai dit que je vous écoutais : que fait miss Carmel ici ?

— Elle vous demandait alors que je prenais ma clef tout à l'heure... Enfin, cela fait presque une heure, maintenant, dit Marek paisiblement.

Il accentua son sourire.

— J'ai cru reconnaître la personne du bureau du *New York Times* dont vous m'aviez parlé si chaleureusement...

— La « sangsue », ajouta Orit en riant.

— Super ! laissa tomber Tom en ignorant Orit. Bon sang, Marek ! Je ne vous imaginais pas comme ça !

— C'est-à-dire, mon ami ?

— Comme un faux frère !

— Hé ! fit Orit en attrapant le poignet de Tom, qui se dégagea comme si elle le mordait. Calmez-vous ! Marek n'y est pour rien... D'accord, je vous dis tout. Je suis venue pour ça !

— Super !

— Arrêtez un peu de grogner et écoutez-moi, vous voulez bien ?

Sa colère était-elle feinte ? Tom se le demanda, mais l'autorité qui émanait de cette jeune femme n'était pas sans charme.

— D'abord, excusez-moi, reprit-elle. Ce malentendu est ma faute, je m'y suis mal prise. Mais j'étais drôlement excitée à l'idée de vous rencontrer et...

— Excitée de me rencontrer ? Et pourquoi ?

— Laissez-la parler, Tom, intervint doucement Marek.

— Ce que vous pouvez être nerveux, c'est incroyable ! grimaça Orit dont le débit s'accéléra. Je me répète : je m'y suis mal prise, O.K.! J'ai lu les notes des fichiers, O.K.! Je sais pourquoi vous êtes ici : j'ai lu vos articles sur la mafia russe – ça, je vous l'ai déjà dit –, j'ai fait le lien avec la mort de votre informateur, et ce que je ne savais pas mais devinais, Marek vient gentiment de me le raconter ! Le trésor, et tout... De toute façon, ce n'est pas un scoop, ça : ici tout le monde sait qu'il existe, ce foutu trésor. Mais votre piège pour la mafia, ça, c'est du journalisme !

— *Jeeesus !* gémit Tom en fermant les yeux.

— Bon sang, cessez deux secondes de faire du cinéma ! s'indigna Orit.

— Je ne pense pas qu'Orit soit une espionne, Tom, intervint Marek, qui semblait beaucoup s'amuser. Seulement la curiosité faite femme...

Orit lui glissa un sourire enjôleur puis joignit les mains comme en signe de prière et s'inclina devant Tom.

— Tom Hopkins, excusez-moi, je n'aurais pas dû... Seulement voilà, je l'ai fait. Bon, et maintenant je sais que vous avez besoin de quelqu'un d'ici parce que vous vous êtes perdu dans le désert dès votre première sortie...

— Je n'ai pas dit ça ! sursauta Tom.

— Ah oui ? C'est pourtant ce que je viens de comprendre... Il vous faut aussi quelqu'un parce que... euh... Marek, enfin...

— Mon cœur, lui souffla Marek. Mon cœur ne me laisse pas courir aussi vite qu'autrefois !

— Voilà ! Donc vous avez besoin de moi.

— De vous ?

— Je parle l'hébreu et l'arabe. Et vous ? Ce pays est le mien, je m'y balade du nord au sud depuis que je suis gosse. Et vous ? Je sais tirer avec un revolver et même un AK-47. Et vous ? J'ai des amis qui connaissent des tonnes de choses sur le passé de Jérusalem et qui peuvent vous aider. Sans moi, rien. J'ai même d'autres contacts qui peuvent se révéler extrêmement utiles. On en reparlera plus tard. Évidemment, s'il y a un plus tard...

Il y eut un court silence. Marek autant que Tom étaient éberlués par autant d'aplomb. Ils ne doutaient pas une seconde qu'Orit ne dît la vérité.

— O.K., fit Tom, se redressant comme un boxeur s'écarte des cordes. Vous êtes géniale et ça se voit. Pourquoi devrais-je vous faire confiance ?

— Parce que vous n'avez pas le choix. Et que je vous suis sympathique, non ?

Tom encaissa sans ciller.

— Cette histoire est mon histoire ! Vous n'avez pas le droit d'écrire une seule ligne dessus !

Le rire d'Orit fusa à travers le hall. En un clin d'œil, la *James Bond girl* se transforma en petite fille espiègle.

— Ce que vous pouvez être bête ! Je ne suis pas journaliste, Tom. Je ne suis employée au bureau du *New York Times* de Jérusalem que pour mettre en place un réseau de contacts et d'informations par Internet ! Je n'ai jamais écrit un seul article de ma vie ! Pas une ligne ! Mon boulot, c'est de collecter de l'info et de la faire circuler... Quand on me le dit, et seulement quand on me le dit, monsieur Hopkins ! Vous pouvez vous renseigner auprès de qui vous voulez.

Tom resta silencieux. Son regard quitta le visage lumineux d'Orit pour croiser le regard de Marek. Celui-ci hocha doucement la tête.

— Bon, O.K., c'est différent, admit Tom. Pourtant, ça n'explique pas pourquoi vous voulez absolument participer à cette histoire.

— Trois raisons, répondit Orit sèchement. Un : j'aimerais bien qu'on arrive à coincer la mafia russe. Vous n'imaginez pas les désastres qu'elle peut engendrer ici : le racket, la drogue, la corruption ! Israël n'a pas besoin de ça. Je n'en ai peut-être pas l'air, mais j'adore mon pays. Deux, c'est l'histoire la plus excitante que j'aie jamais eu la possibilité de vivre et, même si les ordinateurs m'amusent, j'aime vivre les choses.

Le sourire narquois d'Orit revint ourler sa bouche.

— Trois : depuis que je vous ai vu, vous me plaisez assez...

Sous sa tignasse, le visage de Tom vira à l'écarlate.

— La concision dans l'expression et la motivation, c'est le moins qu'on puisse dire, dit Marek en souriant à demi, pensif.

— Mais vous aussi, vous me plaisez ! s'exclama Orit sans qu'il soit possible de savoir si sa candeur était feinte. Différemment, mais...

— Eh bien, voilà qui est parfait, reprit Marek en riant. Trois personnes positivement enchantées de se connaître ! Il ne nous reste plus qu'à nous mettre au travail. N'est-ce pas, Tom...

— Je n'ai pas l'impression qu'on me laisse le choix...

Orit lui tendit la main.

— Ne faites pas cette tête, Tom. Vous verrez que vous ne le regretterez pas... Et ce sera vous le chef, c'est promis !

Elle rit. Son rire soulevait sa poitrine, peut-être pas innocemment, et plissait ses yeux clairs, ses iris brillants d'excitation. Tom, cette fois, lui serra brièvement la main mais préféra détourner son regard.

— Votre vieux libraire vous a déniché des textes ? demanda-t-il à Marek comme s'il voulait déjà oublier le pacte qu'il venait de sceller.

— J'en aurai peut-être demain. Rab Haïm n'est pas un homme pressé. Hier et demain sont ses repères temporels préférés ! En revanche...

Marek hésita une seconde. Orit profita de ce silence pour attirer à nouveau l'attention de Tom.

— Il y a encore une chose que je ne vous ai pas dite...

— Ah oui ? fit-il, aussitôt sur la défensive.

— En fait, c'est ce qui m'a décidée à venir, reprit-elle en lançant un regard à Marek. Nous avons reçu un appel bizarre au bureau, en fin d'après-midi. Un type a appelé pour demander si vous étiez arrivé à Jérusalem.

— Moi ?

— Il a dit textuellement : « Est-ce que le journaliste américain, Hopkins, est arrivé ? » Je lui ai demandé qui il était. Il m'a répondu : « Un ami à lui. Nous avons rendez-vous pour un travail en commun. » Il parlait anglais mais avec un accent...

— ... russe, d'après ce que j'ai cru comprendre, compléta Marek.

Il répéta les phrases citées par Orit en forçant un peu son accent, ce qui fit rire Orit mais assombrit Tom.

— Quand Marek m'a abordée tout à l'heure, reprit Orit, j'ai cru que c'était lui, le mystérieux correspondant... Puis nous avons parlé et, évidemment, j'ai vite compris que...

— Sokolov !... Bien sûr... Il sait déjà. J'ignore comment il s'est débrouillé, mais il sait que je suis là. Il veut simplement me faire savoir qu'il surveille chacun de mes mouvements. Sinon, il pouvait m'appeler à l'hôtel... Tout à fait son genre.

— C'est très ennuyeux ?

— J'aurais préféré passer un peu plus de temps dans la peau du chasseur que dans celle du gibier.

— Vous voulez dire que quelqu'un est peut-être en train de nous surveiller en ce moment même ?

— Si ce n'est pas vous qui me surveillez, oui...

— Oh, je vous en prie, ne recommencez pas avec ces idioties ! fit Orit en fouettant l'air de la main. En tout cas, autant agir le plus vite possible. Je peux vous conduire à Houreqanya dès demain matin.

Tom jeta un regard à Marek et se tut en haussant les épaules.

— La meilleure défense est l'attaque, à ce qu'on prétend, murmura Marek. De toute façon, Houreqanya, comme vous avez pu vous en rendre compte cet après-midi, est en plein désert. Vous pourrez vite voir si vous êtes suivi.

— Dans ce cas, on transformera notre balade en promenade touristique, renchérit Orit. Il vaut mieux savoir que supposer, non ?

Tom laissa passer un temps. Ses yeux accusaient nettement la fatigue.

— D'accord.

Il se leva lourdement de son fauteuil.

— Départ à l'aube. Vous me retrouvez ici...

— Nous aurions pu dîner tous les trois, proposa Orit en se levant. Je connais un...

— Pas ce soir, la coupa Tom. Je suis vanné. La journée a été longue et j'aimerais qu'elle soit moins mauvaise demain... On garde les agapes pour plus tard...

Il s'éloigna après un bref salut, finalement d'aussi mauvaise humeur que lorsqu'il était apparu. Orit et Marek le suivirent des yeux. Quand Orit détourna son regard, Marek dit :

— Je ne le connais pas encore très bien, mais je crois que c'est quand même un brave garçon. Peut-être force-t-il un peu son rôle de journaliste sans avoir jusqu'ici montré tout son talent...

— Oh non, ses articles sur la mafia de Brooklyn étaient très bons, je vous assure, protesta Orit, les yeux trop brillants.

— Mmm, grogna Marek, sceptique.

Sans qu'il sache précisément pourquoi, Tom commençait à l'agacer. Ou était-ce Orit, qui lui paraissait trop vite conquise par les boucles de l'Américain ?

— Depuis une génération, reprit-il avec un sourire perfide, les jeunes journalistes américains font tout ce qu'ils peuvent pour imiter Redford ou Dustin Hoffman dans *Les Hommes du président* !

Orit eut un petit rire.

— Juste ! Mais Hopkins a une excuse : il est presque aussi beau que Redford. Vous ne trouvez pas ?

Marek haussa un sourcil dubitatif. Cependant, avant qu'il ne place une réplique bien sentie, Orit se tourna vers lui, lumineuse et les bras ouverts.

— Et vous, Marek, vous dîneriez avec moi, ce soir ?

13

Violence dans la Vieille Ville

Le lendemain, comme chaque jour, je m'éveillai tôt. Je commandai un petit déjeuner et m'installai sur la terrasse. Il faisait un peu frais, mais jamais je ne me lasserais d'admirer le mont du Temple déployer ses beautés dans la lumière croissante du petit jour. La vie même semblait surgir là et vibrer d'une onde inextinguible sous la faible caresse du soleil.

Dans la nuit, le bruit d'une explosion m'avait tiré du sommeil en sursaut. Ou du moins de ce qui m'avait paru être une explosion. Les yeux ouverts dans la pénombre, j'avais entendu une brève fusillade, puis plus rien... L'hôtel était calme. Pourtant il m'avait fallu lire quelques pages avant de pouvoir me rendormir. Et, ce matin, nulle trace de violence. Seulement la splendeur de la ville, la rumeur de la circulation, déjà des coups de klaxon et un homme en tenue bleue qui nettoyait la piscine de l'hôtel. Ainsi vivait Jérusalem...

Je savourais un gâteau au miel lorsque Tom apparut sur son balcon. Il semblait de meilleure humeur et m'annonça qu'Orit venait de l'appeler. Ils partaient tous deux pour Houreqanya dans un quart d'heure.

Je me souvins de mes propos de la veille et me sentis désagréablement honteux et jaloux...

— Bonne chance, dis-je. Et cette fois soyez prudent.

— Pas de problème. Je vais avoir un vrai garde du corps, n'est-ce pas ? déclara-t-il en m'adressant un petit salut de la main avant de repasser dans sa chambre.

Orit ! Plus que je ne l'avais montré la veille, j'avais été surpris par l'assurance et le charme agressif de notre nouvelle recrue. Outre son évidente beauté et son intelligence maligne, la jeune informaticienne possédait cette culture nouvelle des femmes israéliennes lorsque ni la religion ni la tradition ne limitent leur instinct ou leur goût d'une vie nouvelle. Elle était un bon exemple de cette génération de femmes, à l'œuvre dans les sociétés occidentales. Héritières des anciens combats de leurs mères, elles considéraient désormais comme une évidence que la vie devait se mordre à pleines dents, n'offrant cependant un goût véritable qu'à la condition d'y mordre soi-même et non au travers des maris et amants. Les difficultés de la vie quotidienne dans un pays aussi instable qu'Israël, avec ses dangers et ses luttes quotidiennes, leur conféraient en outre l'obligation d'être des femmes fortes, tenaces, courageuses, toujours capables d'initiative et de résistance... Pourquoi, alors, ne pas apparaître pour ce qu'elles étaient vraiment ? Pourquoi se restreindre aux apparences d'une soumission aux allures ultra-maternelles et aux relents misogynes que la culture moyen-orientale prisait tant ?

Dès lors, les jeux de séduction basculaient, désorientant les hommes, quels qu'ils fussent. Peut-être cette brutale inversion des rôles me désorientait-elle moi aussi. Peut-être était-ce la véritable raison pour laquelle j'avais refusé de dîner la veille en tête à tête avec la belle Orit. Et non la fatigue que j'avais invoquée, tout aussi maladroitement que Tom...

Jusqu'au milieu de la matinée, je travaillai à l'élucidation de la deuxième cache du trésor que nous avions décidé de rechercher avec Tom. C'était le numéro 7 dans le rouleau de cuivre, celle-là même qu'évoquait la confession du moine normand, Achar de Esch : *Dans la grotte de Bet ha-MRH le Vieux, dans le troisième réduit du fond : soixante-cinq lingots d'or.*

Grâce à la confession, nous pouvions raisonnablement supposer qu'il s'agissait de Mizpa. En tout cas, cela valait le coup de tenter notre chance dans cette Mizpa de Jérémie, au nord de Jérusalem. Mais où se trouvaient aujourd'hui ce village et ces grottes ?

En examinant et en comparant les textes et les cartes que nous possédions, je m'étais rendu compte que l'on confondait parfois Mizpa avec Guibéa, celle que l'on désignait à l'époque du roi Saül comme la « Guibéa de Dieu ». Or deux autres lieux, plus à l'est et plus au nord, pouvaient être identifiés pareillement comme étant Guibéa... Si proches du but que pouvait nous le laisser croire le manuscrit du moine, nous n'étions pas au bout de nos peines. Tout au plus avions-nous peut-être une mince avance sur ce Sokolov qui impressionnait tant Tom. À condition qu'il ne dispose pas lui-même d'un autre manuscrit...

Agacé de buter toujours sur le même obstacle, un peu trop réduit à l'impuissance pour mon goût et impatient de savoir comment tournerait l'expédition d'Houreqanya, je décidai d'aller me dégourdir les jambes. J'allai m'installer juste en face de l'hôtel, à la terrasse ensoleillée du bâtiment du YMCA, curieuse bâtisse surplombant la ville de sa haute tour.

Après avoir commandé un café, je déployai le *Jerusalem Post*. Un titre de une annonçait : ATTENTAT À LA BOMBE : DIX JUIFS BLESSÉS PRÈS DE LA PORTE DE DAMAS. Voilà qui expliquait sans doute l'explosion de la nuit. Le second titre annonçait le prochain voyage du Premier ministre israélien à Washington, où devait être relancé le processus de paix.

Un quart d'heure plus tard, je feuilletais toujours mon journal lorsque le crissement des pieds d'une table me fit lever les yeux. Mon regard balaya machinalement la terrasse et je les vis. Ils ne portaient plus les chemises trop bariolées de la veille, mais c'étaient bien les deux hommes qui étaient entrés dans la boutique de Rab Haïm et en étaient ressortis en me voyant. Les deux « acheteurs » !

Cette fois ils étaient discrètement vêtus de noir, veston et polo. Assis devant, à ma droite, ils buvaient leur café. L'un d'eux pressait un téléphone portable à son oreille et hochait la tête tout en parlant. Un peu maladroitement, et non sans un léger sentiment de ridicule, je me dissimulai derrière mon journal. M'avaient-ils repéré ? Mon visage avait-il même une signification pour eux ? Impossible de le savoir. Était-ce un hasard ou me suivaient-ils ?

Après les avoir observés quelques minutes, j'en doutais. De toute évidence ils m'ignoraient, leurs regards ne se tournaient jamais dans ma direction. Je ne sais trop pourquoi, curiosité ou intuition, je décidai alors de profiter de l'aubaine pour renverser les rôles et les suivre dès qu'ils quitteraient la terrasse du YMCA.

La veille, je n'avais pas parlé à Tom du professeur Calimani. Hopkins avait déjà eu suffisamment à faire avec la belle Orit ! Pourtant, plus je repensais à l'Italien, plus il m'intriguait. Et plus je doutais que notre rencontre de la veille ait été tout à fait fortuite. Que signifiaient ces menaces que l'Italien avait fait planer sur la tête de Rab Haïm – ou sur la mienne ? Un simple constat, un souci amical ou la mise en garde à peine voilée d'un homme qui manipulait les deux « acheteurs » – ceux-ci avaient bien trop la tête d'hommes de main pour décider quoi que ce soit par eux-mêmes ? Calimani était-il un bon ou un méchant ? Je ne savais trop ! Mais avant d'aiguiser l'inquiétude de Tom, toujours prêt à voir des sbires de Sokolov dans les ombres de Jérusalem, je voulais en découvrir plus sur ce bizarre personnage. L'idée m'était venue d'aller questionner Rab Haïm à son sujet. Cependant, mon respect du temps des autres, et tout particulièrement de celui du vieux libraire, m'avait retenu. Nous avions rendez-vous dans l'après-midi, et mes questions, me semblait-il, pourraient attendre jusque-là. Une erreur...

L'homme qui téléphonait resta encore quelques minutes en communication. Il parlait peu mais écoutait, toujours en hochant la tête. Son compagnon semblait perdu dans la contemplation du court de tennis qui bordait la terrasse sur la droite. Finalement, le premier rengaina son portable, ils échangèrent trois phrases et se levèrent.

Je lançai quelques pièces à côté de ma tasse vide et arrivai à l'extrémité de la terrasse pour les voir se diriger vers une BMW blanche, immatriculée à Tel-Aviv. Je me précipitai le plus discrètement possible vers les taxis en attente à l'entrée du parking du YMCA. Une vieille Volvo y débarquait deux jeunes filles en tenue de tennis. Je leur tins la porte et m'engouffrai dans la voiture. La BMW dépassa le taxi à l'instant où je refermais la portière.

— Vous pouvez suivre cette voiture ? demandai-je au chauffeur.

C'était un homme de mon âge, et il ne sembla guère enchanté par la proposition.

— Comme dans les films ? ricana-t-il. Ce n'est pas trop mon genre et je n'ai que cette voiture pour gagner ma vie, mon bon monsieur.

— Je vous demande seulement de les suivre... Disons, de ne pas les perdre de vue. Pour cinquante shekels de plus que le prix de la course. Il n'y aura pas de casse !

— Hum... Quatre-vingts shekels...

— Eh !...

La voiture n'avait toujours pas avancé d'un pouce. Il lâcha le volant en offrant ses paumes au ciel, tout sourire.

— D'accord... Mais vous allez tout perdre si vous ne bougez pas d'ici !

Il démarra enfin en grommelant. Une chance que la BMW se trouvât bloquée une centaine de mètres plus loin, à l'angle de l'Institut biblique, sinon, elle aurait eu vingt fois le temps de disparaître dans la circulation !

— Une affaire de femme ? demanda le chauffeur lorsque la BMW changea de file pour éviter des camionnettes de livraison.

— Non... Seulement une très vieille histoire !

Le bonhomme gloussa.

— Ici, on est comme dans un ascenseur, pas vrai ? On va tout le temps du plus vieux au plus neuf. Même pour les histoires d'amour !

Finalement, les deux voitures parvinrent l'une derrière l'autre à la Mamilla. Comme je l'avais pressenti, la BMW tourna à droite, empruntant l'avenue en courbe qui remontait vers la porte de Jaffa et la Citadelle. Nous allions bien vers la Vieille Ville. Une pensée commença à me venir, qui ne me plaisait guère.

La BMW se gara dans un parking au pied des remparts où déboulaient déjà des flots de touristes. J'eus tout juste le temps de payer la course – et les quatre-vingts shekels si vite gagnés ! – avant de voir les deux types s'engouffrer dans l'entrelacs de ruelles traversant le quartier arménien. L'un d'eux portait un grand sac de sport d'un bleu criard qui lui pendait au bout de la main comme s'il était vide. Vêtus de noir, ils étaient difficiles à suivre dans la foule, mais j'étais prêt à parier, maintenant, qu'ils se dirigeaient tout droit vers la boutique du libraire ! Le coup de téléphone reçu sur la terrasse du YMCA devait être des instructions. Ça aussi, j'étais prêt à le parier ! Je m'en voulais de n'avoir pas pris les devants et de n'être pas venu parler de Calimani avec le libraire plus tôt ce matin.

Les deux individus marchaient vite, et mon cœur, déjà, commençait à frapper un peu trop fort dans ma poitrine lorsque je pénétrai à leur suite dans la rue de la boutique. Je me demandai ce que j'allais faire mais je n'eus guère le temps de réfléchir. Comme s'ils ne risquaient rien, avec une désinvolture encore plus inquiétante que leur violence, celui qui portait le sac sortit quelque chose de sa poche – je crus sur le moment que c'était une grenade ; je sus plus tard qu'il ne s'agissait que d'un gros boulon d'acier ! D'une brusque secousse du poignet, il le lança dans la vitre opaque de poussière. Elle éclata dans un frissonnement de verre... J'entendis une touriste crier, et je dus crier moi aussi.

Les deux hommes entrèrent en courant dans la boutique. Instinctivement, je les suivis, repoussant les passants qui, déjà, reculaient. J'arrivai juste à temps pour surprendre l'un des hommes en train d'arracher les portes des armoires, basculant les piles de livres et les piétinant. La voix aiguë de Rab Haïm retentit dans l'arrière-boutique, mais je ne le vis pas.

— Vous êtes fou ! Mais vous êtes complètement cinglé ! hurlai-je un peu sottement en direction du type, qui, déjà, empoignait une autre armoire pour la faire basculer.

Il se retourna, stupéfait de me voir. Sa surprise ne dura que quelques secondes. De la poche arrière de son pantalon, il sortit un engin qui ressemblait, si j'ose dire, à une courte longue-vue. Avant qu'il ne puisse faire un geste, empêtré qu'il était dans l'amas des livres qu'il venait de renverser, je saisis une chaise à demi éventrée et la jetai sur lui. Dans le geste du buste qu'il fit pour l'éviter, les pieds entravés, il bascula contre l'armoire en déséquilibre qui s'écroula sur lui. Je l'entendis distinctement jurer en russe, et presque aussitôt un appel, également en russe, parvint depuis l'arrière-boutique :

— Putain, Slava, qu'est-ce que tu fous ? Viens endormir le vieux, y me les casse !

À quoi succéda un nouveau cri de Rab Haïm qui me donna la chair de poule. En essayant de ne pas basculer moi-même dans le fleuve de papiers, mais avant que le Russe ne sorte de sous son armoire, je bondis dans le passage qui menait à l'arrière-boutique. J'avais mal dans la poitrine, mais il était trop tard pour être sage !

Plus qu'une lutte, pourtant bien réelle, je crus découvrir une pantomime de guignols ! Rab Haïm, le cafetan déchiré, les papillotes et les cheveux blancs ébouriffés comme une touffe de laine avant le tissage, injuriait son tortionnaire en yiddish. L'autre marmonnait des insultes en russe et lui tordait le bras droit dans le dos tout en essayant de sa main libre d'entasser des chemises dans son grand sac de sport. Rab Haïm, qui ne paraissait pas plus grand ni plus fort qu'un vieil enfant, sautillait sur place en couinant de douleur à chaque secousse donnée par le Russe et piétinait son *shtreimel*. Il lança ses doigts engourdis de rhumatismes vers les yeux du Russe, qui finit par lui mordre la main. Rab Haïm glapit tandis que je hurlai à mon tour, en russe et avec autant de conviction que je le pus, en espérant que c'était presque vrai :

— Arrêtez ! Lâchez Rab Haïm ! Vous êtes coincé, la police est dans la rue !

La surprise de m'entendre parler dans sa langue immobilisa le Russe une demi-seconde, le temps que je l'approche. Je vis la tête de Rab Haïm se tourner vers moi et ses lèvres bouger sans que je comprenne quoi que ce soit. Alors, d'un seul mouvement, le Russe le projeta comme un vieux paquet contre un rayonnage. Cette fois, j'entendis distinctement le bruit de sa tête contre le montant de bois.

— Salopard !

Faute de mieux, je lançai les mains vers la gorge du Russe en tentant de peser de tout mon poids. Il me bloqua les poignets, mais je continuai à serrer. Je vis alors son regard glisser sur mes yeux et se fixer derrière moi. Je crus qu'il allait céder ; j'eus à peine le temps de penser à son acolyte avant qu'une onde pareille à une lame sèche me transperce l'épaule. Mes muscles se raidirent d'un coup et je ne trouvai plus mon souffle. Suffoquant, je vis mes bras s'écarter du cou du Russe comme s'ils ne m'obéissaient plus. Une nouvelle secousse, plus violente, m'atteignit tout près de la colonne vertébrale. Un arbre de lumière, mille fois ramifié, me parcourut le corps. Je crus sentir et presque voir mon cœur se déchirer. Et l'obscurité m'engloutit.

Lorsque je revins à moi, j'étais toujours dans l'arrière-boutique de la librairie, allongé sur une épaisseur chaotique de manuscrits, de dossiers et de livres dont je percevais maintenant l'odeur rance et moisie.

Me tenant la main, agenouillé et le regard inquiet, je découvris le professeur Calimani, un élégant panama vissé sur le crâne.

— Ah, dit-il en français. Ah ! enfin ! Vous en avez mis du temps !

14
Houreqanya

La descente vers Jéricho lui parut différente de la veille, plus abrupte. Après l'aube, la lumière prenait vite une intensité presque aveuglante où le gris de la pierre de Jérusalem et le brun ocre du désert s'accordaient comme deux mélodies ténues et lancinantes parvenant à l'unisson.

La circulation, aussi, était plus dense. Des colonnes de camions – souvent de l'armée – croisaient, dans un vacarme de moteurs et de ferraille, des cohortes de voitures particulières aux plaques minéralogiques israéliennes aussi bien que cisjordaniennes. Un autocar de touristes les dépassa, à fond, empiétant sur le bas-côté opposé, et leva un tourbillonnant nuage de poussière. Surpris, Tom freina, s'arrêtant presque en attendant que la visibilité revienne. Orit n'ouvrit pas la bouche et ne détourna pas les yeux. Comme s'il était une émanation de leurs pensées, un oiseau de couleurs fauves, aux ailes géantes et à la queue échancrée, peut-être un milan, passa au-dessus du 4 × 4 en lançant une harangue stridente.

Tom accéléra de nouveau, sans dire un mot.

Il s'était pourtant levé de bonne humeur et même pas vraiment mécontent d'avoir à mener sa petite expédition avec Orit. Mais, à peine arrivée à l'hôtel, toujours fagotée comme un petit soldat et munie d'un sac de cuir porté à l'épaule, elle s'était mise à jouer la cheftaine.

Elle avait fait le tour du 4 × 4, vérifiant les pneus puis ouvrant le hayon pour recenser le matériel. Elle avait soupesé les deux pelles, la pioche et les gants qu'il avait achetés, la veille, dans une boutique près de la porte de Jaffa. Elle avait même ouvert la sacoche qui contenait un petit ordinateur portable et son appareil photo. Tom n'en croyait pas ses yeux !

— Vous n'avez ni boussole, ni corde, ni torche, ni même un jerricane d'essence, avait-elle conclu en faisant la moue comme s'il avait commis douze fautes dans sa rédaction.

— Pour quoi faire ? avait-il ricané. Vous comptez aller jusqu'au Kilimandjaro ? Traverser le Sinaï de nuit ?

— Ne faites pas l'idiot. Il faudra peut-être descendre dans un puits, une fosse ou je ne sais quoi...

— La fosse, c'est nous qui la creuserons... Vous ne savez même pas ce que nous devons chercher !

— On ne peut pas partir sans corde ni torche... Vous vous êtes déjà perdu hier. Ça ne vous suffit pas, comme avertissement ?

— Vous n'en savez rien, si je me suis perdu ! De toute façon, maintenant que vous êtes là, pas de problème ! Même le désert n'oserait pas nous faire un si mauvais coup !

Elle avait seulement marmonné un mot en hébreu, incompréhensible, mais dont il pouvait aisément concevoir le sens.

Après l'avoir jaugé en silence pendant trois secondes, elle avait haussé les épaules en désignant l'angle est des remparts de la Vieille Ville.

— Ça ne nous rallongera pas beaucoup. La route de Jéricho commence de l'autre côté, vers la porte de Damas. Mais on va prendre d'abord la route d'Hébron. Il y a un grand supermarché de bricolage juste après la gare, dans le quartier de Baq'a. On trouvera ce qu'il faut là-bas. Ensuite, on retrouvera la route de Jéricho en passant par Talpiot... Juste au sud de la forêt de la Paix, si vous voulez.

Il ne voulait rien du tout, et elle aurait tout aussi bien pu lui décrire un itinéraire sur la Lune... Mais, finalement, il avait cédé. Ils avaient perdu plus d'une heure à acheter pour presque sept cents dollars de matériel supplémentaire, dont une valise en aluminium, à l'intérieur doublé de mousse et que l'on pouvait verrouiller par un code !

— Si nous trouvons quelque chose, il faudra savoir qu'en faire, n'est-ce pas ? Il y a toutes les chances que ce soit fragile !

— Pourquoi vendent-ils des trucs pareils ? À quoi servent-il, d'habitude ? avait demandé Tom, étonné par la sophistication de la valise.

Orit l'avait regardé, narquoise, les paupières à demi baissées sur ses yeux liquides.

— D'habitude ? À transporter des explosifs, des bombes... Nitroglycérine... Ce genre. Nous sommes en Israël, n'est-ce pas ?

Pendant quelques minutes, Tom s'était demandé si toutes les femmes au monde étaient devenues comme Suzan et Orit... Terrible perspective !

Ils roulèrent un moment en silence. Au pied du mont des Oliviers, au niveau même du cimetière juif, ils rejoignirent la nationale menant à Jéricho. Peu après la sortie de Béthanie s'amorçait la descente sur le désert de Judée. Orit avait annoncé :

— Après Maalé Adoumim, il faudra tourner à droite, vers Nabi Moussa...

— Je sais. J'ai vu la carte, avait répliqué Tom sèchement.

— Repérer l'entrée d'une piste sur une carte et dans la réalité, ce n'est pas toujours la même chose, insista-t-elle sur le même ton.

— Si vous le dites...

Il y avait eu trois camions à dépasser et vingt secondes de silence. Soudain, elle avait explosé.

— Qu'est-ce que vous avez ? Je croyais qu'on s'était entendus hier soir ? Ce n'est pas vrai, on ne s'est pas mis d'accord ? Qu'est-ce qu'il y a ? Je ne vous plais pas ? C'est quoi ? Ma tête, mes vêtements, ma voix ? Vous vous comportez comme un gosse à qui on va chaparder son jouet... Tout ce que je fais, c'est essayer de vous aider parce que je *sais* que vous ne pouvez pas vous en sortir tout seul. Et que c'est dangereux ! Alors, quoi ? Je ne vais pas vous manger tout cru. On dirait que vous n'avez jamais travaillé avec une femme. C'est ça ? Elles vous font peur ? Oui, c'est ça ! Je vous fiche la trouille, ma parole ! Attendez un peu, vous allez avoir peur pour de bon...

À côté de Tom, médusé, qui ralentissait sans même s'en rendre compte, elle se tortilla sur son siège pour sortir de son sac de cuir un revolver !

— Voilà... Je suis même armée ! Pan, pan, ça vous va ?

— *Jeeesus !* D'où sortez-vous ce truc ?

— Collection personnelle. Pour abattre les hommes que j'emmène dans le désert...

Ses pommettes étaient écarlates, et sa poitrine, à chacune de ses inspirations désordonnées, tirait sur l'échancrure de sa chemise. Sa bouche ricanait. Cependant, au seul coup d'œil qu'il lui lança, Tom vit que ses yeux n'étaient pas loin des larmes... Il en fut ébranlé mais lança quand même, froidement :

— Cessez de dire n'importe quoi !

— C'est vous-même qui ne cessez de raconter que vos mafieux sont prêts à tout, non ? Alors, êtes-vous prêt à tout ? Ou jouez-vous au reporter façon Tintin ?

Tom arrêta le 4 × 4 en catastrophe sur le bas-côté. Les camions qu'il venait de dépasser le frôlèrent dans un hurlement de klaxons. Le Toyota tangua dans leur souffle.

— Rangez cette arme et calmez-vous.

— Je suis très calme. Je vous signale aussi que, par les temps qui courent, c'est plutôt dangereux de s'aventurer dans des villages arabes aussi éloignés des grandes routes. La tension monte à nouveau entre Palestiniens et Israéliens et...

— J'ai déjà entendu ça. Je n'ai pas l'intention de tirer sur des Arabes ! Je ne suis pas une excitée de...

— Ne le dites pas ou je vous gifle ! hurla Orit, hors d'elle et pointant son .38 sous le menton de Tom, qui s'appuya contre la portière.

Il y eut un silence très lourd, déchiré par les grondements des moteurs et le sifflement des pneus sur l'asphalte.

— Moi non plus, je ne tue pas les Arabes ! cria Orit d'une voix rauque. Ni eux ni personne. Je ne suis en guerre avec personne. Même si certains se croient en guerre contre moi...

Elle hésita puis gronda encore :

— Et zut ! Vous saviez très bien ce que je voulais dire !

Elle lança le revolver sur le siège arrière et sortit du Toyota.

Tom ferma les yeux et s'obligea à reprendre son souffle. Il s'était rarement senti aussi mal à l'aise de sa vie. Même dans ses disputes avec Suzan. À dire vrai, il ne comprenait plus pourquoi il avait été aussi agressif envers cette fille.

Orit s'était éloignée du 4 × 4 pour se figer à cinq mètres de la voiture, raide, tournée vers l'immensité de poussière et de pierres. Il s'était demandé si elle pleurait avant de songer au revolver. Il le récupéra et vérifia si la sécurité était enclenchée. Il semblait. Il était vrai qu'il n'avait guère l'habitude des armes. Il glissa le .38 dans le sac de cuir d'Orit. Quand il releva le visage, elle s'approchait du 4 × 4. Elle rouvrit la portière, se rassit sur son siège, les joues creusées et son beau regard devenu absent. Elle ne paraissait pas avoir pleuré.

— C'est bon, dit-elle. C'est ma faute, je n'aurais pas dû tant insister. Ramenez-moi à Jérusalem. Vous n'aurez perdu qu'une matinée...

Tom avait posé les mains sur le volant, les avait regardées sans rien trouver à répondre. Il avait remis le moteur en marche, enclenché la première et profité d'un temps mort dans la circulation pour lancer le Toyota droit vers l'est, vers Jéricho. Orit lui avait adressé un très bref regard, s'abstenant du moindre commentaire.

Maintenant, ils roulaient depuis plus de dix kilomètres sans desserrer les dents ni l'un ni l'autre.

Devant eux, et jusqu'à perte de vue sur leur droite, s'étalait l'immense dépression de la mer Morte.

Tom jeta un coup d'œil dans le rétroviseur, hésita, puis, du ton le plus neutre possible, dit :

— Personne ne nous suit, on dirait...

Silence. Il reprit :

— Avec le gymkhana que nous avons fait, nous les avons peut-être déboussolés. Si ça se trouve, ils sont devant nous.

Silence toujours. Mais Tom vit qu'Orit respirait plus normalement. Pour éviter de manger la poussière, il maintenait closes les vitres du 4 × 4 et, dans la chaleur croissante, son parfum, inhabituel, un peu poivré et musqué, dominait l'air confiné de la voiture. Rien de désagréable.

Finalement, Orit remarqua :

— On dirait que ça vous ennuie qu'ils ne nous suivent pas.

— Je voudrais savoir où j'en suis avec eux. Jusqu'à présent, Sokolov m'a toujours précédé. J'aurais aimé prendre le devant et le surprendre à mon tour. En fait, je ne suis pas là pour autre chose : surprendre les Russes alors qu'ils fouillent et pillent une ruine... Ce n'est pas moi le chasseur de trésors, c'est Sokolov.

Il doubla une camionnette surchargée de matelas enveloppés dans du plastique. Sa voix s'allégea, plus amicale, et il ajouta :

— Je dois reconnaître que cette fine stratégie devient de plus en plus abstraite. Avant de quitter New York, c'était tout à fait clair dans ma tête. Maintenant, je ne sais plus trop qui va surprendre qui !

Imperceptiblement, Orit hocha la tête, mais son regard resta fixé sur le reflet bleuté de la mer Morte. La chair de sa nuque, mate et légèrement irisée par le reflet du soleil sur la route, paraissait étonnamment fragile. Ses cheveux aux mèches lourdes étaient maintenus dans un chignon plus serré que la veille par deux grosses épingles de bois et de cuir.

— Je commence à penser, poursuivit Tom, que ça me plairait beaucoup de trouver une partie du trésor moi-même ! Après tout, ça ferait aussi un reportage...

Orit resta silencieuse. Ils atteignirent et passèrent la côte de Maalé Adoumim, où des cars de touristes stationnaient, bien alignés les uns à côté des autres, comme un troupeau à l'abreuvoir. Des pistes, à droite comme à gauche, s'écartaient de la route. Des panneaux en indiquaient rarement la direction, et, lorsqu'ils le faisaient, les inscriptions en hébreu ou en arabe restaient illisibles pour Tom. Si Orit continuait à bouder, ils allaient se retrouver au bord de la mer Morte, à nouveau prêts à se disputer.

— J'aime bien votre parfum, dit Tom d'une voix un peu hésitante. Qu'est-ce que c'est ?

Il crut qu'une nouvelle fois elle n'allait pas répondre. Mais, après un silence, elle gloussa en se mordillant la lèvre inférieure.

— De l'ambre.

— Ah ?

Elle avait retrouvé son ton narquois.

— De la résine d'ambre. Des morceaux gros comme ça – elle montra avec ses doigts – et que l'on passe doucement sur la peau... Technique très orientale. Les hommes aiment beaucoup faire ça, ici. Vous voyez ?

Tom préféra s'abstenir de tout commentaire.

Ils roulèrent à nouveau en silence pendant un kilomètre. Soudain, elle leva la main en désignant une piste à droite, plus visible que les autres et indiquée par un panneau qui avait été blanc avant d'être recouvert de poussière.

— Nabi Moussa.

Tom ralentit et s'engagea sur le chemin de terre. Le 4 × 4 vrombit comme s'il retrouvait enfin un contact amical et privilégié avec la nature. La poussière se souleva derrière eux, mais, très vite, la piste devint rocailleuse. Le gros du village de Nabi Moussa était un peu à l'écart de la piste, sur la gauche. Son minaret pointait vers le ciel par-dessus les toits plats. Des hommes étaient assis devant des boutiques aux portes de bois bleu ou de ferraille rongée de rouille. Attentifs, ils les regardèrent passer sans un geste. Plus loin, ils croisèrent quelques adolescents poussant devant eux un troupeau de moutons et, encore plus loin, une Bédouine tirant par la bride un âne sur lequel trônaient, les uns derrière les autres, trois bambins.

Tom songea à sa rencontre de la veille avec l'homme aux pastèques mais préféra n'en rien dire. Il fouilla dans sa poche pour prendre ses lunettes de soleil. La lumière, maintenant, lui brûlait les yeux. L'étendue de terre presque plate, sillonnée çà et là de ravins sculptés par des millénaires d'érosion, si nue sous le ciel béant, en devenait oppressante tant elle paraissait être l'expression même de l'infini. Dans la brume de l'horizon, de l'autre côté de la mer Morte, qui ressemblait, d'ici, à un lac, les falaises de Jordanie tremblaient déjà dans la chaleur, ravinées et plissées comme une peau d'éléphant. Partout régnait une étrange harmonie de l'usure, de la brûlure et de l'indigence de la nature où cependant la vie, encore et toujours, sans âge, surgissait.

Sur sa gauche, Tom pointa une inattendue coulée verte.

— Qu'est-ce que c'est ?

— Le Wadi Qumran. Là-bas, on descend vers le Wadi an-Naar. Mais nous allons bientôt croiser une nouvelle piste. Il faudra prendre à droite, en tournant le dos à la mer Morte et en remontant vers cette sorte de tumulus qu'on voit là-bas, juste après ce ravin. C'est ça, Houreqanya, juste cette bosse...

— D'accord, admit Tom avec un petit signe. Vous connaissez vraiment le coin par cœur.

— J'ai passé une semaine de mon service militaire en patrouille ici, à pied, nuit et jour, laissa tomber Orit.

— D'accord, répéta Tom. Vous aviez raison. Je veux dire : j'aurais encore tourné en rond avant de trouver...

Il approcha au ralenti. Des ruines, des blocs de pierres grossièrement bâties surgissaient de la poussière, comme rognées par un animal insatiable. Au-dessus, à une dizaine de mètres, un amas de roches grises et rondes, lissées comme une peau mille fois caressée, dominait des réseaux de failles et de crevasses tranchées dans la terre friable et poudreuse.

— On a de la peine à le croire, dit Orit en suivant son regard, mais, à la saison des pluies, parfois des cascades se forment là-haut et ravinent tout !

Par endroits on devinait les traces d'un chemin, peut-être d'anciennes ruelles. Sur la droite apparaissaient quelques monuments funéraires : le cimetière.

— Quelqu'un est passé par ici il n'y a pas longtemps ! s'écria Orit.

— Comment ça ?

— Regardez, au-delà de cette murette, il y a des traces de pneus toutes fraîches ! Ce soir, le vent et la poussière du désert les auront effacées.

Tom vit, mais sans comprendre ce qu'Orit voulait dire. Très excité, il cherchait l'est en marmonnant :

— *Sous les marches qui vont vers l'est, creuse quarante coudées...*

— Elles sont là-bas, probablement...

Orit désigna l'angle d'un pan de mur qui surplombait une pente légère menant vers une profonde crevasse.

Maintenant, Tom comprenait l'usage des cordes : en apparence plat et dur, le sol était partout déchiré comme un trop vieux tissu.

Ils traversèrent le cimetière aux pierres bancales et brisées et atteignirent le point qu'avait désigné Orit. Des marches, il n'en restait plus que quatre. Mais à leur aplomb partait une profonde tranchée creusée de frais ! La terre retournée était légèrement plus sombre que le sable environnant. Des traces de semelles à gros reliefs y étaient encore incrustées comme si des pieds venaient à peine de s'en détacher. À l'extrémité de la tranchée, une fosse un peu plus grande, d'un mètre peut-être, et vaguement maçonnée d'un côté, avait été mise au jour...

— Eh bien, dit Tom, on sait maintenant pourquoi personne ne nous suivait !

Il regarda Orit avec l'envie d'ajouter : « *Ils* étaient là à l'aube, *eux* ! » Mais il se retint juste à temps.

15

Giuseppe Calimani

Le jeune médecin consultait la bande de l'électrocardiogramme qui sortait en crachotant de sa petite machine. Il hochait la tête et me souriait.

— Tout va très bien, me dit-il. C'est à peine si l'on discerne encore l'écho de votre opération ! Quant à votre petite gymnastique de tout à l'heure, c'est fini. Plus de peur que de mal... Le rythme cardiaque revient à la normale. Il vaudrait mieux éviter, cependant...

Nous étions dans ma chambre, au King David. Depuis la terrasse, derrière la porte-fenêtre tirée, j'entendais la voix de Calimani, qui lançait des onomatopées au téléphone.

Le médecin retira les ventouses de ma poitrine et examina mes cicatrices avec une grimace admirative, comme s'il appréciait là une œuvre d'art particulièrement subtile.

— Superbe travail ! siffla-t-il avec enthousiasme.

— On dirait, fis-je, vaguement gêné.

Il ramassa son matériel tandis que je rajustais ma chemise et me remettais debout, les jambes encore lourdes. Je jetai encore un coup d'œil vers Calimani, toujours au téléphone.

En aurais-je eu la force, j'aurais cherché à boxer le professeur en me réveillant dans l'arrière-boutique de Rab Haïm, tant j'étais persuadé qu'il était à l'origine de son agression. Mais, à ma grande surprise, il avait fait preuve d'une réelle gentillesse et d'une parfaite efficacité. Repoussant les curieux hors de la librairie, dégainant son téléphone portable, il avait prévenu police et ambulance avant de parvenir à trouver de quoi recouvrir chaudement Rab Haïm. Le vieux libraire semblait très mal en point. Inconscient, il saignait du nez et était sans doute dans le coma.

La police ne m'avait retenu que le temps nécessaire pour que je décrive l'agression du bouquiniste et fasse un rapide portrait des deux Russes... J'avais passé sous silence ma filature et préféré dire que je me trouvais là par hasard. Je m'étais contenté de décrire le vol, le sac rempli de dossiers, chemises, manuscrits et vieux textes. À la question : « Avez-vous une idée de ce que contiennent ces textes ? » j'avais répondu : « Aucune idée. » Calimani, qui m'écoutait, avait souri en me faisant l'un de ses clins d'œil dont il ne se départait pas, même dans une situation comme celle-ci.

Ensuite, j'avais eu le plus grand mal à ne pas être conduit à l'hôpital, moi aussi, mais simplement à l'hôtel. Le professeur avait alors insisté pour m'accompagner et s'était chargé d'avertir un médecin dès que j'avais évoqué ma récente opération.

Lequel médecin quittait enfin ma chambre.

Calimani repoussa la porte-fenêtre et passa sa tête ronde, sans chapeau, son panama trônant sur les livres entassés sur ma petite table.

— Alors, quel est le verdict ?

— Tout va bien... Seulement l'effet du choc.

— Parfait !

— Et Rab Haïm ?

— Mal, hélas. Je viens d'avoir le service des urgences de Bikur Holim. Ce que je craignais : fracture de la boîte crânienne avec une hémorragie cérébrale. À son âge...

— Je me demande si je n'aurais pas mieux fait de ne pas intervenir. Le Russe ne l'aurait pas lancé contre le rayonnage et...

— Tss ! tss ! Vous n'allez quand même pas vous sentir coupable ! Ces fous furieux n'avaient aucune intention de lui faire du bien... Avec ou sans vous, Rab Haïm se serait défendu comme un beau diable. Vous le connaissez comme moi. Les Russes auraient fini par l'assommer !

J'espérais qu'il avait raison, mais la question me tourmentait. Je revoyais le geste du Russe et j'entendais encore le sinistre craquement d'os lorsque le pauvre vieux bouquiniste s'était effondré contre le montant de bois.

— Ces gens sont prêts à tout, ajouta Calimani avec gentillesse, en me donnant une tape sur l'épaule. Sans votre intervention, peut-être serait-il mort. C'était plutôt courageux de votre part, franchement !

— Inconscient plus que courageux, de toute façon... Avec quoi m'ont-ils assommé, au fait ? demandai-je pour changer de sujet.

— Une matraque électrique munie d'une sorte d'aiguillon. La police et l'armée utilisent ce genre d'engin. À son seul contact vous recevez une décharge que l'on peut moduler entre la simple immobilisation et le choc mortel. En deux fois, si rapprochées, ils vous ont administré une bonne dose... Rab Haïm ne l'aurait probablement pas supportée.

Il portait un nouveau costume de lin, toujours aussi élégant, la pochette à peine bousculée par les événements, comme ses mèches de cheveux plaquées par la gomina.

— Allez vous asseoir sur la terrasse, reprit-il. Je vais commander un repas. Ce genre d'aventure me donne faim. Pas à vous ? Et un verre de vin blanc sera le bienvenu ! En tout cas pour moi !

Un peu interloqué d'être ainsi pris en main, j'allai m'asseoir sur le balcon. Je jetai machinalement un coup d'œil vers la chambre de Tom. De toute évidence il n'était pas encore rentré d'Houreqanya. Maintenant que j'avais vu d'un peu plus près à qui nous avions affaire, je me sentais plus respectueux de ses mises en garde et espérais que ni lui ni Orit ne risquaient rien.

Décidément, j'avais été léger dans mes jugements. J'avais encouragé Orit à s'associer à notre aventure, parce qu'une présence féminine dans cette histoire trop masculine me séduisait assez, certes, mais aussi avec un brin de perfidie. La curiosité du romancier qui aime assister, autour de lui, aux manœuvres des cœurs et des âmes qui se cherchent ! Pas une seconde je n'avais songé que cela pût être réellement dangereux. Pourtant, voilà que Rab Haïm était au seuil de l'éternité... De plus, tout aussi inconsciemment, nous n'étions convenus d'aucun moyen de communication. Le désert de Judée ne regorgeait pas de cabines téléphoniques, à ma connaissance, et j'ignorais si Tom ou Orit disposaient d'un téléphone mobile pour le cas où ils se trouveraient en danger ! En fait, malgré les mises en garde de Tom, il me semblait m'être lancé comme un gosse dans une aventure qui me dépassait totalement. La mafia était la mafia, et j'en savais assez sur les bandes russes pour les avoir vues à l'œuvre à Moscou et à Saint-Pétersbourg ! Comment avais-je pu me montrer aussi inconscient et naïf !

Calimani vint s'asseoir à côté de moi en soupirant d'aise.

— Ils en ont pour cinq minutes... Ah, je vois à votre mine que vous remuez de sombres pensées ! Détendez-vous, mon cher ami, tout va bien... (Il rit en claquant ses mains sur ses cuisses.) Goûtez ce calme et cette vue ! Ainsi est Jérusalem : les soubresauts de la violence et de la fureur se succèdent et anticipent la sérénité, la concentration et la lumière ! Que j'aime cette ville !

— Avez-vous une idée de ce qu'ils ont pu voler dans la boutique ? le coupai-je, peu enclin pour l'instant au lyrisme.

— Pas vraiment. Il devait s'agir de l'essentiel des manuscrits et copies que Rab Haïm avait mis de côté pour vous, je le crains. Il m'en avait parlé très tôt dans la matinée... C'est vraiment bête ! Trois minutes plus tôt et... Lorsque je suis arrivé devant la librairie, j'ai vu l'attroupement, la vitrine brisée. J'ai immédiatement compris ! Mais, au moment où je franchissais le seuil, les deux brutes en sortaient avec le sac et m'ont envoyé les quatre fers en l'air sur des piles de livres. J'ai bien failli y perdre mon panama ! J'aurais pu les suivre, mais je craignais de trouver Rab Haïm égorgé, alors...

Il s'interrompit avec un nouveau soupir qu'il accompagna d'un geste vif de la main. Je laissai passer un silence et demandai :

— Vous avez vu Rab Haïm tôt ce matin, dites-vous... Si vous me parliez un peu de vous, professeur ? Je crois qu'il me manque beaucoup de pièces pour rassembler le puzzle que vous formez dans mon esprit !

Il rit, et sa paupière droite tressauta.

— Vous voulez dire, en résumé : qu'est-ce que vous faites là, à mes côtés, et pourquoi ?

— Oui, admis-je.

Son rire se transforma en un gloussement ; avant de se tourner vers moi, son regard s'attarda en direction de la piscine, où un groupe de jolies femmes s'installait au soleil.

— Eh bien, ça va vous paraître curieux, mais je vous ai pris pour un de ces mafieux russes !

Toujours en gloussant, il leva les mains comme s'il sculptait une statue dans l'air.

— Et même pour leur chef, tant qu'à faire...

— Moi ?

— Votre accent, votre allure, votre barbe peut-être... Je sais, c'est absurde, mais... Attendez, reprenons les choses depuis le début et vous allez comprendre.

« Je suis à Jérusalem depuis une dizaine de jours et j'ai ici de bons amis parmi les chercheurs. Comme toujours dans ces cas-là, je me suis précipité chez Rab Haïm dès mon arrivée. Hasard, il venait de remettre la main sur des textes de voyageurs du Moyen Âge. Il m'en parle, et je lui demande de me les céder. Impossible, me dit-il : une vieille promesse faite à un client. J'insiste, et il me parle de vous... Je lui dis : "Très bien, peut-être pourrons-nous les examiner ensemble !" Là-dessus arrivent nos deux sbires russes. Je devine Rab Haïm fâché de leur présence et m'éclipse par discrétion. Deux jours plus tard, je lui fais une petite visite et il me parle de l'offre invraisemblable des deux loustics. Nous émettons des hypothèses : Rab Haïm ne veut y voir qu'une histoire immobilière. Le quartier est déjà en pleine révolution, on bâtit à tour de bras, et cela lui retourne les sangs. L'argument me semble un peu faible et je voudrais en savoir davantage. Spéculation de chercheur qui se demande si quelqu'un n'est pas en train de monter un gros coup. Nul ne sait ce qu'on peut trouver dans l'antre de Rab Haïm, n'est-ce pas ?

Un discret frappement se répéta à la porte ; un jeune homme entra dans ma chambre, poussant un chariot. Le professeur s'interrompit avec une exclamation de joie. On dressa rapidement la table sur la terrasse. Les yeux clos de plaisir, Calimani goûta le vin provenant des vignes de Jéricho puis, avant même que le serveur ne tourne les talons, enduisit de tarama une grande galette de pain azyme.

— Ça vous tente ? demanda-t-il. Ah, c'est que je me ferais damner pour du tarama et du vin blanc de Yarden !... Où en étais-je ? Oui... Donc, l'hypothèse immobilière ! Je n'y crois pas et je pose des questions discrètes autour de moi. Rien de spécial, d'abord. Puis un vieil ami anglais, spécialiste des textes esséniens, hébreux ou araméens, me dit qu'il a reçu un fax surprenant d'un collègue russe lui demandant une confirmation sur l'emplacement d'une fontaine et s'il pourrait consulter certains des manuscrits « off », comme l'on dit dans notre jargon, des pièces trop précieuses et trop délicates pour être normalement accessibles. Lequel collègue russe est connu pour avoir revendu sous le manteau certains papyrus de l'époque des Soviétiques et s'être maintenant plus ou moins emmanché avec la mafia... Voilà qui fait tilt dans ma petite cervelle, évidemment. Je cours chez Rab Haïm et lui demande si ses « acheteurs » sont russes. Il me répond : « Plus russes que juifs, hélas ! » Je lui dis : « Faites attention avec ces gens-là ! » Vous ne mangez pas ?

Calimani regarda mon assiette intacte avec commisération et m'encouragea de la main.

— Allez, allez ! Voulez-vous de ces brochettes ? Poulet, paprika et cumin... Un délice. Et un peu de caviar d'aubergine... C'est moi qui raconte et vous ne mangez pas !

— Continuez, fis-je en riant. Je vais manger, je vous le promets.

— Je sais, je sais, j'ai un côté nounou ! glousse-t-il avec un clin d'œil. Mes femmes ont toujours aimé ça. Enfin, elles aiment au début. Puis, après deux ou trois ans, la libération féminine frappe à la porte... Bah, il faut vivre avec son temps. Les femmes se libèrent, et nous, nous changeons de femme...

— Vous êtes marié ? En ce moment, je veux dire...

Il but une belle gorgée de vin.

— Non, pas en ce moment. Peut-être deviens-je un peu vieux pour le mariage : je l'ai été six fois ! Je commence à songer que... Ce n'est pas très orthodoxe, n'est-ce pas ? Il serait peut-être temps que je fasse amende honorable avant que l'Éternel ne me pose la question !

Il soupira et nous avalâmes chacun un morceau de poulet, effectivement délicieux, en songeant pendant quelques silencieuses secondes à toutes les questions que pourrait nous poser l'Éternel.

— Bon. Revenons à notre histoire. Je repense donc aux Russes et j'en conclus que quelqu'un est en train de relancer l'énigme du rouleau de cuivre des Ta'amrés. Le trésor refait surface ! Je passe sur quelques menues intuitions et voilà que vous arrivez, avec votre accent russe, vos questions sur l'origine de Jérusalem...

« Lors de notre petite conversation d'hier soir, je lance quelques banderilles pour voir comment vous réagissez et je vous sens aussitôt sur la défensive. Discret comme une jeune fille effarouchée dès que j'évoque le rouleau ! Trop discret... Vous vous dites écrivain ? Hum ! Je flaire la "couverture", comme on dit chez les espions – désolé, je ne connais hélas pas encore vos ouvrages !... Donc, ce matin, à la première heure, je me rends chez Rab Haïm et lui dis : « Attention ! Attention à ce monsieur Halter, c'est probablement l'homme qui veut vous acheter la boutique, et sûrement un mafieux... » Il me rit au nez. Je tente de le convaincre, il se moque de moi et me montre les manuscrits qu'il est justement en train de réunir pour vous... Pas question qu'il ne vous les donne pas, puisqu'il vous les a promis... Je pars fâché en me disant que ce vieux fou ne sait plus voir à qui il a affaire ! Là-dessus, en arrivant à l'université, je trouve des fax d'amis que j'ai contactés à Venise et à Paris. *Mea maxima culpa !* J'ai sous les yeux la liste de vos livres et tout le bien qu'on en dit. Je me sens dans la peau d'un imbécile. Et voilà...

Calimani se mit à rire et, par-dessus son verre, m'adressa encore un clin d'œil.

— J'ai commandé ce repas depuis votre chambre, mais c'est moi qui invite. Je vous dois bien ça !

— Vous ne me devez rien du tout ! Moi aussi, après notre conversation d'hier soir, j'étais à peu près convaincu que vous étiez le « cerveau » manipulant les deux Russes qui harcelaient Rab Haïm !

Nous rîmes de bon cœur. Calimani en profita pour remplir nos verres. Puis il y eut un petit silence seulement troublé par les bruits familiers de la piscine. Je savais que Calimani n'en avait pas fini et devinai, cette fois, la question qui allait se former sur ses lèvres. Il prit le temps d'achever son verre avant de le reposer.

— Néanmoins, mon cher ami, je ne me suis pas trompé sur tout, n'est-ce pas ? Vous n'êtes pas seulement ici pour votre roman. Ou, du moins, votre roman a quelque chose à voir avec le trésor du Temple...

Sa paupière droite battit et se plissa comme l'aile fébrile d'un moineau. Son regard pétillait de curiosité. Depuis quelques minutes, je savais qu'il me faudrait lui avouer la vérité ou m'enfoncer dans un mensonge difficile à construire.

Rien, encore, ne m'assurait que le professeur ne jouait pas double jeu. Je n'avais pas assisté à son arrivée dans la boutique. Rab Haïm n'était plus en état de confirmer ses mises en garde. Et quand bien même ! Les mafieux sont violents et sauvages, mais leurs parrains sont encore plus souvent rusés et retors. Calimani, s'il était de cette engeance, pouvait fort bien faire donner ses brutes d'un côté et jouer les gentils de l'autre pour m'amadouer et me tirer doucement, après la bagarre du matin, les vers du nez...

En fin de compte, trois raisons me poussèrent à lui faire confiance. La première était purement logique : nier ne servait à rien. Surtout s'il savait déjà ! De plus, je doutais qu'un individu comme Sokolov, tel que l'avait décrit Tom, fût du genre à partager quoi que ce soit avec un véritable scientifique. Surtout pas ses éventuelles trouvailles !

La deuxième raison était stratégique : si le professeur était véritablement un ami, il nous serait d'une grande aide. Malgré les encouragements de Tom, je commençais trop bien à percevoir les limites de mes capacités à élucider les énigmes du rouleau de cuivre. Le professeur était un véritable savant. Il possédait, en outre, des relations parmi les chercheurs qui pourraient se révéler utiles. Je commençais à penser que, face à une bande mafieuse, plus nombreux nous serions, mieux nous nous porterions... Troisième raison, enfin – et, hélas pour lui, ce fut celle qui emporta ma décision –, Calimani, son énergie, ses cheveux gominés, son goût presque enfantin pour les bonnes choses de la vie et même ses clignements d'yeux m'étaient de plus en plus sympathiques. J'avais mesuré la tendresse des secours qu'il avait apportés à Rab Haïm et sa gentillesse envers moi. Non, cet homme ne pouvait pas être mauvais, me dis-je. Pour une fois, fie-toi à ton intuition !

C'est en pensant à la colère de Tom qu'il me faudrait à nouveau affronter que je lui déclarai :

— Oui, vous avez raison. Je ne suis pas ici uniquement pour mon roman. Encore que, chaque jour qui passe, il me semble y être, comme à mon corps défendant, un peu plus enfoncé et d'une manière bien inattendue...

— Ah, s'exclama-t-il la bouche gourmande et en reposant sa fourchette. Racontez-moi !

Il m'écouta avec le plus grand sérieux. Quand j'eus fini, je crus qu'il allait applaudir. Mais il se leva en disant :

— Je vais commander les cafés. Nous allons en avoir besoin. Deux pour moi... Et pour vous ?

À son retour sur le balcon-terrasse, il s'assit en hochant la tête et se frotta les mains.

— Quelle histoire, quelle histoire ! J'ai hâte de rencontrer votre ami américain.

— Je doute qu'il partage votre hâte... Il va vous soupçonner du pire et m'en voudra terriblement de vous avoir révélé tout cela.

Calimani agita les mains comme des colibris et me fit un clin d'œil.

— Ne vous en faites pas ! Je saurai me présenter sous mon meilleur jour...

Puis il redevint soudainement sérieux. Son regard balaya la ville qui s'assoupissait dans le plus chaud de la journée. C'était l'heure où Jérusalem changeait d'ombre, où le mont Sion paraissait s'aplatir et presque reculer derrière les remparts. La blancheur des minarets des mosquées de la Vieille Ville semblait plus blanche et les maisons éparses dans l'interminable banlieue se fondaient dans le tissu du paysage, indissociables bientôt de la terre grise.

— En toute franchise, je dois vous dire quelque chose. Je possède comme vous la soif de connaître le passé de cette ville. Tous les passés, d'ailleurs, quoique à un degré moindre. Pourtant, ici comme nulle part ailleurs, je sais que le passé peut devenir un enjeu redoutable. Vous le savez, mon cher ami, le passé dévoilé, revisité, peut à chaque instant provoquer des guerres et des haines inextinguibles ! À Jérusalem, le passé est autant le sang de la vie qu'une arme mortelle. Ce que peut contenir le trésor risque de...

Il s'interrompit comme s'il cherchait à peser chacun de ses mots.

— Le monde présent, même si notre époque fébrile se démène pour l'oublier, repose entièrement sur les fondations, les piliers, les arches et les voûtes du passé. Rien, de notre présent, n'est pensable : un ordinateur, une frontière, une ville, une route, une famille..., rien ne vit, ne se produit et n'existe sans la vitalité des racines lointaines qui en permettent l'émergence. Ébranlez seulement un pilier de cet édifice par un nouvel éclairage et c'est toute la bâtisse qui tremble sur ses bases. Plonger à la source de Jérusalem, c'est s'immerger dans la matrice du monde occidental... Bref, le trésor du Temple, c'est le risque de...

Il hésita encore et se mordilla la lèvre supérieure.

— Disons que la mafia, à mon sens, n'est pas, de loin, le pire danger d'une pareille aventure !

— Une vieille sagesse affirme que le passé tue celui qui part à sa recherche, murmurai-je. Seul en réchappe celui qui tue son passé... Mais vous venez de le dire : que sommes-nous sans passé ?

— Des âmes errantes, sans chair ni pesanteur... Ces âmes qui échappent à tous les cercles de Dante... Oui, mieux vaut la faute que le néant. Les fautes se rachètent ou, à tout le moins, désignent le Bien, comme l'ombre désigne l'aile du papillon. En voulant empêcher que ce Sokolov ne s'approprie le trésor, votre ami Hopkins accomplit le Bien. Mais sait-il à quel point il encourt le Mal en ouvrant la terre pour en extirper ce qui y est enfoui ?

Je savais à quoi il songeait. Nous restâmes pensifs tous les deux. Peut-être aussi un peu épuisés par tant de mots. Pourtant, juste avant qu'une femme de chambre frappe pour apporter les cafés, il ajouta :

— Évidemment, vous savez vous-même tout cela et vous avez malgré tout décidé de l'aider, n'est-ce pas ? Je vous comprends... On ne résiste pas au désir d'atteindre l'origine des origines.

La femme de chambre, une mince jeune fille arabe aux cheveux noués par un ruban et aux yeux soulignés de khôl, débarrassa les reliefs du repas avec une dextérité souriante et nous laissa devant nos cafés.

— Professeur...

— Giuseppe ! Appelez-moi Giuseppe, je vous en prie !

— Giuseppe, allez-vous nous aider ? Vous connaissez l'histoire de Jérusalem mieux que moi...

Il but sa première tasse de café d'un trait, sans masquer le plaisir que lui causait ma remarque sincère.

— Disons que j'ai consacré à cette ville plusieurs ouvrages. Surtout sous l'angle des grandes religions et des représentations de Jérusalem qu'elles entretiennent...

Il gloussa. Nouveau clin d'œil.

— Là n'est pas la question, mon cher Marek – vous permettez que... ? Je vais vous aider, oui, reprit-il en tendant les doigts de sa main droite pour les replier de son index gauche. Un : parce que je déteste ce qui est arrivé à Rab Haïm. Deux : parce que je suis terriblement, épouvantablement curieux. Trois : parce que je n'ai encore jamais joué sérieusement à la chasse au trésor et qu'à mon âge il serait temps ! Quatre : et surtout parce que je suis convaincu qu'ici, à Jérusalem, rien n'advient par hasard et certainement pas une rencontre comme la nôtre ! Nous sommes là dans le chaudron de la volonté divine, mon ami !

— Vous voulez dire qu'ici tout est pensé, organisé, prévu par l'Éternel ? questionnai-je en souriant, incrédule. Qu'ici personne n'est libre de son destin ?

— Exactement, exactement !... Relisez la Bible...

Il relâcha ses doigts pour désigner, devant nous, le Dôme du Rocher incandescent sous le soleil de printemps.

— Regardez, s'exalta-t-il. Regardez : c'est là, à cet endroit précis, que se trouvait le Temple, le Temple du roi Salomon, le Temple d'Israël, restauré par Josias, imaginé par Ézéchiel, rebâti par Zorobabel, purifié par Judas Maccabée, agrandi et aménagé par Hérode...

— Oui, dis-je patiemment, attendant la suite.

— Savez-vous pourquoi il a été bâti sur cette colline-ci et pas sur une autre ?

— Parce que le roi Salomon en a décidé ainsi, n'est-ce pas ?

— Non pas Salomon, mon cher, mais Dieu ! C'est l'Éternel qui en a décidé ainsi !

Il s'épongea le front avant de remettre en place, d'un geste délicat, une mèche de ses cheveux noirs qui avait glissé. Il saisit sa seconde tasse de café et s'immobilisa dans une pose un peu théâtrale.

— Connaissez-vous l'histoire du grillon et de l'olivier ? Elle vient du midrash...

— Non, avouai-je sincèrement.

Calimani baissa à demi les paupières et son accent italien devint plus chantant.

— Salomon hésite, pis, il doute... Il ignore où devra être érigé le Temple... Il a déjà fait creuser des fondations, bien sûr. Chaque fois elles ont été balayées par des calamités : inondation, tremblement de terre, feu... Chaque fois, hélas, que Salomon décide d'un site, voici qu'une nouvelle catastrophe contrarie son choix ! Salomon doute et craint !

J'ai toujours aimé les histoires – les raconter ou les écouter. N'est-il pas écrit que Dieu a créé l'homme pour que celui-ci Lui raconte des histoires ? Calimani, comme je pouvais m'en douter, y mettait le ton et les mimiques.

— Imaginez, mon ami, la tristesse de Salomon ! Comment bâtir le Temple – et où ? *Oye, oye*, comme on dit ici ! Or voici qu'une nuit d'insomnie le roi, troublé et pensif comme de coutume, traverse Jérusalem. Il arrive, presque par inadvertance, au pied du mont Moriah. Las de sa rêverie, il s'adosse au tronc d'un olivier. Et voici qu'à quelques coudées de lui s'engage un étrange ballet. Un homme surgit de l'obscurité, les bras chargés de gerbes de blé. Il les dépose dans un champ contigu à celui où il va aussitôt chercher d'autres gerbes. Après quoi il disparaît. Alors, le roi, stupéfait, voit arriver un autre individu faisant exactement la même chose que le premier, mais en sens inverse...

« Très attaché à la justice, Salomon pense à faire arrêter ces hommes qu'il prend pour des voleurs. Cependant le petit grillon qui l'accompagne toujours dans ses promenades lui conseille de patienter jusqu'à la nuit suivante. Le lendemain, au même endroit, Salomon assiste à une scène encore plus extravagante. Cette fois, les deux hommes chargés de gerbes de blé se rencontrent. Au lieu de s'insulter ou d'en venir aux mains, les voilà qui tombent dans les bras l'un de l'autre. Sommés par le roi de s'expliquer, ils racontent. Ils sont frères. À la mort de leur père, ils ont partagé le champ en deux parts égales. Or l'un s'est marié depuis et a trois enfants, tandis que l'autre est resté célibataire. Celui-ci, considérant qu'avec plusieurs bouches à nourrir son frère a besoin de plus de blé que lui-même, il lui en apporte la nuit, en secret, pour ne pas blesser sa susceptibilité... En revanche, le frère marié s'estime privilégié : sa femme et ses enfants l'aident au travail. Il a donc décidé de partager son blé avec son frère, qui peine seul du matin au soir et doit faire appel à des ouvriers pour la moisson...

Le professeur marqua une pause, satisfait de constater que mon intérêt ne faiblissait pas. Il avala son café à petites gorgées, puis, l'œil luisant de plaisir et de malice, livra la fin de son histoire.

— Très ému, le roi serre les deux frères dans ses bras et les supplie de lui vendre leur champ : l'endroit le plus digne pour y élever le sanctuaire de Dieu ! Les fondations ont été creusées là même où se sont échangées les gerbes de blé nocturnes. Cette fois, nulle catastrophe n'est plus venue troubler la construction du Temple !

J'achevai mon café à mon tour.

— Et voilà Jérusalem, née autour du Temple, lui-même né dans l'espace de la fraternité ! conclut Calimani en surveillant mes réactions.

— Belle histoire, mon cher Giuseppe. Sauf, pardonnez-moi, qu'elle ne me semble guère prouver quoi que ce soit quant au hasard...

— Hum... fit Calimani en refermant les mains sur son ventre avec un petit sourire malin. Je reconnais là l'influence française sur votre esprit ! Vous verrez dans les jours qui viennent à quoi va ressembler votre hasard !

Il m'adressa un clin d'œil si marqué que je ne pus m'empêcher de rire.

— Riez, riez ! Bon, si vous n'y voyez pas d'inconvénient, je vais changer d'hôtel et voir s'il reste une chambre ici. Si possible pas trop loin de la vôtre. Nous allons devoir nous serrer les coudes, mon cher Marek !

16

Le monument funéraire du Salisien

Sur la table de Formica, les deux tasses de café, devant eux, étaient vides. Le groupe de touristes japonais, si bruyant tout à l'heure, commençait à sortir de la cafétéria pour rejoindre les cars. Les filles de salle débarrassaient lentement les tables en bavardant. Ils étaient désormais presque les seuls clients dans la grande salle octogonale qui surplombait le parking et l'immensité plate des terres qui se glissait, à la manière d'un plan virtuel, jusque dans la mer Morte.

Tom gardait les yeux, perdus et pensifs, sur la rangée de quatre palmiers – dont le dernier, décalé, chétif et incliné, paraissait malade – et les murs géométriques du « monastère » de Qumran où un jeune guide officiait devant un groupe de New-Yorkaises cinquantenaires se protégeant du soleil avec un identique bob blanc estampillé de la virgule Nike. À son côté, volubile à nouveau, Orit lui racontait l'histoire des esséniens, le mode de vie de la secte, sa fondation en 160 avant l'ère chrétienne, en réaction à l'hellénisation.

— Ils étaient juifs, mais ils croyaient à l'avènement de deux Messies. L'un aurait été un roi de la lignée de David et l'autre un descendant de la lignée d'Aaron... Selon les rouleaux découverts en 1947, le fondateur s'appelait le « Maître de justice » ou le « Messie de l'esprit ». On prétend maintenant que Jésus était non seulement essénien mais peut-être grand prêtre ! J'ai lu ça quelque part. Je crois que c'est à cause de...

Tom l'écoutait en hochant imperceptiblement la tête. Il aimait bien sa voix. De plus en plus, même. Comme son parfum d'ambre. Il était agréable d'être près d'elle maintenant qu'ils n'avaient plus de raison de dispute. Il était surpris par ses connaissances et songeait qu'il était idiot de l'être. De toute évidence, elle avait suivi de solides études, même si elle trimbalait toujours un .38 dans son sac de cuir. En fait, il n'écoutait qu'à peine la noble et pure trajectoire des esséniens parce qu'il avait la tête ailleurs. Découvrir la tranchée au cimetière d'Houreqanya et le passage précoce de Sokolov lui avait assurément sapé le moral.

Ils avaient fouillé et refouillé la tranchée, au moins pour savoir si leurs prédécesseurs avaient laissé les traces d'une trouvaille quelconque. Mais ne glissaient entre leurs doigts que du sable et des cailloux. Optimiste, Orit affirmait que les mafieux avaient fait chou blanc. Tout ce qu'on trouvait d'ancien dans les ruines était dans des jarres ou des poteries, affirmait-elle, et n'était jamais enfoui sans protection. Et comme il n'y avait pas la moindre trace de poterie cassée... Sauf qu'ils pouvaient très bien avoir emporté l'éventuelle jarre. « Ça ne s'emporte pas comme une cruche, avait protesté Orit. Vous verrez quand vous en trouverez une ! » Perspective dont Tom commençait sérieusement à douter.

Après avoir abandonné la tranchée, ils avaient fait dix fois le tour du cimetière, davantage pour épuiser leur énergie frustrée que dans l'espoir réel de découvrir le moindre indice. Indice de quoi, d'ailleurs ? Tom se le demandait.

Finalement, Orit avait eu cette idée. Autant ne pas perdre sa journée, et, puisqu'ils n'étaient pas loin de Qumran, ils pouvaient y faire un saut et déjeuner là-bas. Au moins verrait-il à quoi ressemblait ce site célèbre !

Tom ne lui avait pas avoué tout ce que la perspective de se transformer en touriste pouvait avoir d'humiliant. Mais rentrer la queue basse au King David pour annoncer leur échec à Marek n'avait rien de reluisant non plus. Alors... Et depuis un moment il pensait que peut-être...

Il s'aperçut brusquement du silence. La voix d'Orit ne le pénétrait plus et il fut sur le point de sursauter. Il se tourna vers elle et vit qu'elle l'observait, ses iris encore plus clairs dans la pénombre de la cafétéria qu'à l'extérieur. Elle avait les sourcils levés et sa bouche creusait un pli accentué mais assez charmeur dans sa joue gauche.

— Vous ne m'écoutiez absolument pas, c'est ça ?

— Je...

— Vous pouvez le dire !

— Non, non, c'est seulement que...

— Mais si !

— Orit !

— Vous me laissez étaler mon savoir comme une idiote...

— Je crois que j'ai une idée !

— Tiens donc.

Tom se leva brusquement et tira des shekels de son portefeuille.

— Vous pouvez aller payer à la caisse ?

— C'est ça, votre idée ?

— Rejoignez-moi à la voiture...

— Vous avez peur que je parte avec les Japonais ?

Il sortit de la cafétéria en courant et descendit en quelques bonds l'escalier menant au parking. Arrivé au 4 × 4, il fouilla dans son sac et récupéra son ordinateur de poche, pas plus grand qu'une boîte de cigares. La portière ouverte, il s'assit de biais sur le siège et ouvrit le fichier contenant la liste des soixante-quatre caches, puis les notes prises avec Marek au cours de leurs discussions.

Il tapotait fiévreusement sur les touches minuscules pour faire défiler le texte lorsque Orit le rejoignit. Tom lui sourit et souleva fièrement l'ordinateur entre son pouce et son index.

— J'ai toutes nos notes là-dedans.

— Un Psion, je connais... Mais si votre idée est aussi bonne que celle de laisser tout votre matériel dans la voiture en votre absence, vous pouvez l'abandonner, grogna-t-elle.

Sans relever l'aigreur, Tom leva la main droite en signe de paix et, comme par inadvertance, la laissa retomber sur le poignet d'Orit.

— Écoutez ça ! Cache numéro 2 : *Dans le monument funéraire de Ben* Rabbah *le* Salisien *: cent lingots d'or*. Marek dit : « Identification délicate. Le nom de Ben Rabbah fait évidemment penser à Rabbah, localité biblique située à quelques kilomètres d'Ein Kerem et d'Abou Gosh, dans les collines de Jérusalem. Ce n'est qu'une pure association de mots, cependant, car rien ne conforte cette hypothèse. Curiosité de l'énigme : elle ne possède aucun indice de lieu. Sinon qu'un monument funéraire se trouve évidemment dans un cimetière. Mais lequel ? Impasse. Faisons marcher notre cervelle et la logique. La cache numéro 3 dit : *Dans la grande citerne située dans le Parvis du petit péristyle, celle qui est bouchée par une pierre percée, dans un recoin de son fond face à l'ouverture supérieure : neuf cents talents*. Un luxe de détails, au contraire... »

Tom leva la tête et se tourna vers Orit.

— Sauf que ce Parvis et cette citerne n'existent plus !

Il fit défiler le fichier d'un doigt.

— Reprenons. Toujours les réflexions de Marek : « La cache numéro 4 signale *la colline de Kohlit*, la numéro 5, *Manos*, et ainsi de suite. En conclusion, la cache numéro 2 est donc isolée dans son absence d'indication géographique. Qu'en concluons-nous ? »

Tom s'interrompit à nouveau, hilare, et pointa son doigt vers la poitrine d'Orit.

— Qu'en concluez-vous ?

— Euh...

— Un effort !

— Qu'il s'agit du même lieu géographique que la cache qui la précède ?

— Jackpot ! Et où situe-t-on la cache numéro 1 ?

— Les marches... Je veux dire le cimetière d'Houreqanya !

— Marek dit : « Rabbah est à l'opposé de la vallée d'Akhor alors que l'énigme numéro 1 signale expressément *la vallée d'Akhor*. En ce cas, pourquoi la cache numéro 2 serait-elle mentionnée à sa suite et sans autre indice si elle devait se trouver à Rabbah ? Les énigmes, dans tout le rouleau, ne vont pas sans une certaine logique spatiale : presque la moitié du trésor se trouve dans la Ville sainte, autour ou à l'intérieur de l'enceinte du Temple, dans les monuments, le long de ses remparts ou dans les nécropoles de banlieue. Elles forment un parcours. Pour la vingtaine de caches à l'extérieur de Jérusalem, même chose. Il y a une logique géographique : on va d'un point à un autre dans une progression nord-sud, et pas en zigzag ! En conséquence, pour la cache numéro 2, on peut se demander s'il ne s'agirait pas d'un piège : la tombe d'un fils ou d'un natif de Rabbah, oui, mais enterré *ailleurs* que dans son village natal. Le piège serait logique parce que c'est à la fois l'énigme la plus consistante et l'une des plus riches. Cette tombe ne pourrait-elle pas, alors, se situer au même endroit que la première partie du trésor ? »

— Dans le cimetière d'Houreqanya !

— Montez ! ordonna Tom en refermant son ordinateur.

— Cent lingots d'or ! murmura Orit en claquant sa portière.

— Il doit bien en rester au moins un ! fit Tom en tournant la clef de contact.

Le train arrière du 4 × 4 chassa dans la poussière et ils rattrapèrent le car des Japonais avant d'atteindre la route côtière allant de Jéricho à Ein Guédi. La piste était trop étroite pour qu'il le double. Tom donna un coup de volant, mordit sur le bas-côté recouvert de kikouyou desséché et fonça. Le nuage de poussière devint tel, lorsque Tom reprit la piste en corrigeant le survirage, que le chauffeur du car protesta à grands coups de klaxon.

— Quelque chose qui ne va pas ? demanda Tom innocemment en passant la quatrième.

Orit chaussa ses lunettes de soleil avec un petit sourire. Elle n'avait plus de rouge sur les lèvres.

Ils firent le tour du cimetière et leur excitation commença à chuter comme un thermomètre dans un congélateur. Ils déambulaient de gauche et de droite, la pelle à la main. Tom soulevait des restes d'anciennes pierres tombales pour n'y trouver que des nids de fourmis.

— Eh ! fit soudain Orit. On se calme et on réfléchit !

— Tout est détruit, on ne lit même plus une inscription sur les stèles restantes. Si au moins nous avions une indication d'axe, nord ou sud, ou...

— Justement, qu'est-ce qu'on a ? Deux mots : *monument funéraire*.

— Il n'y en a pas un seul ici. Fausse bonne piste.

— Ce que vous pouvez être inconstant, gronda Orit. C'est pénible ! Bien sûr qu'il n'y en a pas. Pas après deux mille ans ! Il n'y en a *plus*.

— Subtile nuance !

— Vous n'imaginez pas qu'ils s'étaient conservés intacts. Si c'était le cas, le trésor se serait envolé depuis longtemps. Mais subtile nuance : un monument n'est pas seulement une construction *au-dessus* du sol, mais aussi *dans* le sol. Vous n'aviez jamais remarqué ?

Orit s'était approchée tout près de lui. Avec l'effort et la chaleur, son parfum était plus entêtant que jamais.

Tom, en silence, glissa les doigts sous ses lunettes de soleil et se massa les yeux.

— O.K. Et alors ?

— Alors, dit Orit avec un grand sourire doux que démentaient ses paroles, il faut sonder partout, mon bonhomme ! Frapper avec le manche des pelles pour entendre où ça sonne creux et creuser où ça sonne plein !

— Super !

Méthodiquement, rangée après rangée, pendant près de deux heures sous le soleil à l'aplomb, ils frappèrent, fouillèrent, retournèrent le sol tous les cinquante centimètres avec autant de soin que s'ils cherchaient la clef de leur avenir. En vain.

La soif devenait insupportable – Orit n'avait pas pensé à tout ! La poussière leur emplissait la bouche et les narines d'une farine amère. En un sillon presque boueux, elle s'agglutinait à la sueur qui serpentait sur le torse de Tom, qui avait ôté son T-shirt. La chemise d'Orit était assombrie par l'humidité. Elle l'avait sortie de son pantalon pour alléger ses mouvements et s'aérer le buste. Elle finit par se redresser en gémissant doucement, abandonnant ses gants et plaquant les mains sur ses reins. Tom entrevit le pli de chair luisante dans l'échancrure de la chemise déboutonnée. Orit, au même instant, dans un geste de libération et avec un petit cri de jouissance, retira les barrettes qui retenaient ses cheveux. Ils s'affalèrent sur ses épaules et jusqu'à ses reins en un flot soyeux et vivant. Elle bascula le buste en avant, brusquement pliée en deux, et les cheveux lourds s'envolèrent comme une aile avant de retomber avec la souplesse d'une toge.

Alors elle secoua la tête vivement, de droite et de gauche, se redressa et saisit la masse noire entre ses mains pour la rouler, d'un seul geste, en une torsade souple qui reforma un nouveau chignon, lisse, ferme, parfait.

Tom l'observait, fasciné, comme s'il assistait à un rite magique, aussi sensuel que sacré. Orit tourna le visage vers lui. Malgré leurs lunettes sombres, elle lut dans son regard. Une seconde, elle resta immobile, le visage maculé de sueur poussiéreuse, la gorge un peu haletante. Puis elle ramassa ses gants et dit :

— On continue.

Il ne restait plus qu'un tiers du cimetière à fouiller. Ils seraient bientôt à l'opposé exact des marches de l'est.

Ils s'attaquèrent à un carré de terre où seules deux stèles éclatées tenaient encore debout. Chacun d'un côté, ils creusaient dans la terre meuble avec l'espoir de trouver une dalle enfouie. Mais là comme ailleurs il n'y avait que de la terre, et encore de la terre.

Tom, autant par fatigue que par colère et frustration, saisit à pleines mains la stèle derrière laquelle Orit creusait et, avec un ahan de bûcheron, de toutes ses forces, il la tira à lui. En même temps qu'elle cédait, Orit poussa un cri, s'enfonça d'un coup jusqu'aux cuisses dans la poussière soudain ruisselante.

— *Jeeesus !*

Le poids de la stèle le repoussa en arrière. Il retomba sur les fesses en même temps qu'il voyait la terre devant lui craqueler, s'effriter, se transformer en un siphon où s'engloutissait, en son centre parfait, Orit. Les bras écartés, elle griffait le sol de ses doigts gantés. Mais la terre fuyait ses mains comme de l'eau. Ses hanches disparaissaient maintenant dans l'ocre dévorante.

— Tom ! cria-t-elle. Tom !

— *Jeeesus !...*

Il dégagea sa jambe coincée par la stèle et roula sur le côté à l'instant où un grondement bref se fit entendre. Le siphon s'agrandit d'un mètre. Orit s'enfonça d'un coup jusqu'à la poitrine et hurla.

— Là ! cria-t-il en tendant sa pelle. Attrapez le fer. Attrapez-le, bon sang. Si je m'approche, je vais être happé moi aussi !

Son buste était déjà au-dessus du siphon de terre et il n'avait pas de prise. Orit, avec une grimace de douleur, lança les bras en avant et referma les mains sur le fer de la pelle. Un nouveau grondement, plus doux, se fit entendre. Quelque chose bascula sous eux. Le sol s'ouvrit pour de bon, relâchant un rot froid et puant qui passa comme une bulle à travers le sable. La terre, aussitôt, fila vers l'orifice qui s'ouvrait de plus en plus. Orit cria alors que Tom, de toutes ses forces, se rejetait en arrière en tirant le manche de la pelle par-dessus sa poitrine.

Le coup fut si violent qu'Orit, soudain libérée par la terre qui disparaissait dans le puits, fut projetée contre lui et lâcha la pelle. Le choc les surprit. Ils s'agrippèrent l'un à l'autre, sans rien d'autre à quoi s'accrocher. Les cheveux dénoués d'Orit enveloppant leurs visages comme un filet protecteur, ils basculèrent en hurlant dans le gouffre.

La fin de la chute vint avec une rapidité déconcertante. Tom heurta du genou un mur maçonné. Orit, les bras serrés autour de son cou, s'enfonça dans la terre avec un gémissement de peur.

Puis ce fut le silence.

À demi comblée de terre meuble, la citerne, ou le tombeau, où ils venaient de tomber n'avait qu'à peine trois mètres de profondeur !

À cheval sur Tom, Orit se redressa et rassembla ses cheveux. Elle avait de la terre jusque dans les oreilles. Ils regardèrent autour d'eux et furent pris d'un fou rire.

— J'ai cru que je tombais en enfer, hoqueta Orit entre deux rires nerveux. J'ai cru que c'était fini !

Toujours secouée par le rire, elle s'appuyait sur la poitrine de Tom, dont le regard se troublait. Elle tendit la main et lui nettoya le front et les cheveux dans un geste qui tenait autant de la caresse que de l'efficacité.

— Je crois qu'on peut se tutoyer, maintenant, non ?

— Euh...

— Tu crois qu'on est dans un tombeau ?

— Aucune idée.

— J'ai perdu mes peignes, murmura-t-elle en ramassant ses cheveux sur son cou et sur sa poitrine.

Tom la contempla, et son sourire s'élargit. Ce fut plus fort que lui, les mots sortirent tout seuls de sa bouche.

— *Le diable le conduisit alors à Jérusalem. Il le plaça sur le faîte du Temple et lui dit : Si tu es le fils de Dieu, jette-toi d'ici en bas ; car il est écrit : Il donnera pour toi ordre à Ses anges de te garder, et encore : ils te porteront sur leurs mains pour t'éviter de heurter du pied quelque pierre. Jésus lui répondit : Il est dit : tu ne mettras pas à l'épreuve le Seigneur ton Dieu.*

— Qu'est-ce que tu racontes ?

Orit eut un mouvement de recul et se détacha du ventre de Tom.

— Saint Luc ! Un passage qu'aimait beaucoup mon grand-père, marmonna Tom. Je crois que ça lui plairait assez de me voir dans cette situation.

Orit s'était assombrie, déçue ou vexée.

— C'est moi, le diable ?

— Mais non, quelle idée !

— Quelle idée aussi de penser à saint Je-sais-pas-quoi quand on vient de tomber dans un trou !

Elle s'appuya sur un genou et glissa sur le côté. Tom s'assit et se massa le genou droit.

— L'« ange » s'est fait mal ? demanda-t-elle, ironique mais attentive.

— Ce n'est rien.

Il secoua la tête et se remit à rire.

— Quand j'étais gosse, je rêvais de vivre un moment pareil !

Du rebord de la fosse ruissela encore une coulée de terre sableuse.

— Il va quand même falloir sortir d'ici, déclara Orit en se protégeant.

— Oui, les cordes vont finir par être utiles, dit Tom en se redressant.

— Dommage qu'elles soient dans le 4 × 4 !

— En montant sur mes épaules vous... tu pourras atteindre le rebord et aller les chercher. Ensuite, c'est promis, je ne m'en séparerai plus !

Il examina plus attentivement les murs autour d'eux. En écartant les bras, il n'était pas loin d'atteindre le diamètre de la fosse. L'un des murs formait un demi-cercle, mais l'autre était parfaitement droit. Les pierres en étaient ajustées avec soin, à l'aide d'un minimum de mortier. Elles étaient étrangement fraîches au contact, presque humides. Tom grimaça.

— Si les lingots d'or sont ici, cela veut dire qu'ils sont maintenant sous la terre...

Il s'interrompit et fit un brusque saut en arrière, se cognant à Orit.

— Merde, ça recommence !

À ses pieds, effectivement, la terre recommençait à se creuser et à fuir, doucement cette fois. Contre le mur plat, elle formait peu à peu un entonnoir d'une cinquantaine de centimètres. À chaque seconde, l'entonnoir s'agrandissait.

— Vite ! s'écria Tom en repoussant Orit à l'opposé. Sortez d'ici avant qu'on ne soit plus capables d'atteindre le haut du mur !

— On se dépêche, mais tu me tutoies ! marmonna Orit en lui prenant les épaules.

Tom sourit à peine. Il lui attrapa la taille puis les cuisses pour la faire passer sur ses épaules. En d'autres circonstances, il aurait beaucoup apprécié le contact de son corps chaud et ferme. Lorsqu'elle posa enfin les pieds sur ses épaules, il commença à vaciller et à s'enfoncer dans la terre trop meuble.

— Vite, grogna-t-il, en se stabilisant des mains et des épaules contre le mur.

— Je fais ce que je peux, lança Orit, mais...

Une coulée de poussière leur tomba dessus alors qu'elle cherchait une prise sur le rebord de la fosse.

Tom ferma les yeux, grommelant, puis cracha la terre qu'il venait d'avaler.

— Ça glisse partout, râla Orit. Je n'arrive pas à m'accrocher à quoi que ce soit !

Tom saisit les chaussures d'Orit, paumes sous les semelles, et poussa aussi fort qu'il le put.

— Hé !

Il s'enfonça dans la terre jusqu'au mollet, sentit quelque chose de résistant sous lui et poussa encore.

— Ça y est ! cria Orit. Ça y est...

Basculant le torse en avant, en rampant, elle atteignit l'autre stèle au pied de laquelle ils creusaient tout à l'heure. D'une main elle s'y agrippa et se tracta suffisamment pour remonter une jambe sous elle et prendre appui.

— Ça y est ! cria-t-elle encore.

— Ne te rapproche pas du bord, lança Tom. Va vite chercher la corde ! Ça descend de plus en plus vite, ici !

Cependant la terre ne fuyait que d'un côté, ce qui était assez étrange. Tom fouilla sous ses pieds pour savoir ce qui avait résisté sous lui pendant qu'il poussait Orit, mais il ne découvrit que la pelle, tombée avec eux.

Sous ses yeux, la terre filait, comme aspirée. L'entonnoir prenait maintenant toute la surface de la fosse, et Tom était obligé de marcher à reculons pour se tenir à la même place. L'appareillage du mur qui se dévoilait devenait de plus en plus sombre et régulier. En jetant un regard vers le haut, Tom se rendit compte qu'il allait bientôt atteindre les quatre mètres sous le sol. Il ne se souvenait plus de la longueur de la corde achetée le matin. Jusqu'où allait-il s'enfoncer ainsi ?

Quelque chose d'étrange apparut dans le mur. Comme si la disposition des pierres elle-même formait un dessin. La lumière du soleil était très intense, dehors, mais le bas de la fosse ne cessait de s'assombrir, tant les murs en étaient noirs et recouverts d'une matière terne, d'apparence visqueuse.

D'un coup, la fuite de la terre ralentit...

Tom, tombant sur les genoux, se laissa dériver vers le goulot de l'entonnoir. Il bloqua la pelle, le fer contre une pierre et le manche contre sa poitrine, afin de rester à distance du mur tout en l'examinant de plus près.

— Tom ! Tom !... Ça va ?

— Comme un type dans un ascenseur en route pour le centre de la Terre ! Combien mesure la corde ?

— Dix mètres !

Il y avait de la marge.

— Orit ?

— Oui ?

— Ce n'est pas un tombeau. C'est un puits ! Ce n'est pas le monument funéraire de Ben Rabbah !

À hauteur de ses genoux, une pierre voûtée apparut et, dessous, l'espace où s'enfuyait la terre. Un léger bruissement d'eau en même temps qu'un souffle frais s'en échappèrent. Un puits relié à une conduite d'eau souterraine ou simplement le parcours d'une source !

Tom se souvint aussitôt d'une remarque de Marek : « N'oubliez pas que les prophètes juifs, bien avant Jésus, dénonçaient les richesses matérielles : l'or, l'argent, les pierres précieuses n'étaient pas propres à leurs yeux. C'est pourquoi les trésoriers du Temple avaient pour habitude de dissimuler aux regards et à la convoitise des envahisseurs successifs les biens, l'argent, ainsi que les attributs sacerdotaux leur appartenant, dans des caches situées près des sources, des aqueducs et des bains rituels. Partout, en somme, où se trouvait de l'eau, seul élément susceptible de purifier ces richesses... »

Il se rendit alors compte que la pierre si lisse qu'il avait remarquée une seconde plus tôt, à cause du léger retrait qu'elle formait dans le parfait alignement, sur la gauche de la demi-voûte, presque dans l'angle, n'était pas une pierre. Trop lisse et trop luisante.

— Tom ! J'ai attaché la corde à deux stèles, je lance les bouts...

Il se redressa en piétinant et lança le fer de la pelle contre la fausse pierre. Il rebondit avec un son creux très reconnaissable. Métal contre métal...

— Tom ? Tu m'entends ? Je lance la corde !

Il se déplaça pour faire face à la plaque et songea à demander une torche à Orit, mais il était trop impatient. La corde lui fouetta le dos en s'affalant dans le fond de la fosse. Il la tira à lui et la noua autour de sa taille.

— Tom, bon sang, tu réponds ?

— Oui ! cria-t-il seulement.

Tandis qu'Orit continuait de protester à la surface, il chercha le meilleur moyen d'insérer le fer de la pelle entre la plaque et la pierre. Mais la jointure était trop parfaite. Il dut frapper pour la faire éclater. Les coups résonnèrent dans le puits.

— Qu'est-ce qu'il se passe, Tom ? grondait Orit.

La plaque sauta et tomba lourdement dans la terre qui ne fuyait plus. Le bruit de l'eau, doucement courante, était constant. Tom ramassa la plaque et comprit aussitôt à son poids : du bronze ! Du bronze, qui ne rouille jamais ! Avec le manche de la pelle, il fouilla la cavité totalement obscure. Elle n'était pas profonde. Vingt centimètres peut-être.

Non ! Elle était plus profonde, mais quelque chose empêchait le manche d'en atteindre le fond. Ce qu'il touchait était mou.

Il frissonna. La chair de poule lui hérissa les poils des avant-bras. Il approcha la main et la referma sur une matière qui plia, se brisa à demi. Il s'aida de l'autre main. Orit cria, et la corde se tendit.

Tom tira doucement la chose à lui ; c'était souple, friable, dur et lourd tout à la fois. Il n'avait plus de souffle mais le marteau d'une cloche dans la poitrine. Ça avait la forme d'un sac. D'une bourse de peau. Et, dedans, une forme longue...

— Je l'ai ! hurla-t-il. Je l'ai trouvé ! Je l'ai trouvé !

17

L'or du Temple

Calimani n'avait pas perdu de temps. Le concierge de l'hôtel lui avait trouvé une chambre au premier étage, donnant sur le balcon mais quatre numéros plus loin que celle de Tom. Il était parti en taxi effectuer son déménagement et j'en avais profité pour prendre un peu de repos ; le repas, le vin, l'émotion et la chaleur aidant, je m'étais assoupi.

Je fus réveillé en sursaut par le téléphone et crus qu'il s'agissait de Tom. Mais la voix de Calimani claironna :

— Voilà, c'est fait. Je voudrais vous montrer quelque chose... Vous avez deux minutes ?

Ce n'était qu'à peine une question ! Bien sûr, j'avais plus que deux minutes, et tant mieux, d'ailleurs, parce que je doutais que le professeur fût capable d'exposer quoi que ce soit, objets, faits ou idées, en un délai si bref !

Il était dix-huit heures passées. L'absence de nouvelles de Hopkins et d'Orit commençait à me préoccuper sérieusement. En attendant Calimani, je téléphonai à la réception de l'hôtel pour m'assurer qu'il n'y avait pas de message ; il n'y en avait pas. Je téléphonai ensuite au bureau du *New York Times*, où l'on me répondit que miss Carmel était absente pour la journée... Je n'avais pas son numéro personnel. J'aurais pu le trouver, mais une pudeur que je ne cherchai pas à élucider me retint. Puis Calimani apparut sur mon balcon. Sans son chapeau, vêtu d'un nouveau costume, d'un brun soutenu celui-ci, et d'une chemise Lacoste beige. C'était, je suppose, sa tenue « décontractée ».

— Pratiques, ces murettes, fit-il en montrant les balcons derrière lui... Encore que ! Je suis un peu trop loin pour passer ainsi devant des chambres qui me séparent de vous. On risque de me prendre pour un voleur. Ce qui signifie aussi que la sécurité de ce balcon n'est guère assurée. Y avez-vous pensé ?

Il embaumait l'eau de Cologne.

— J'avoue que non.

— Hum... On verra bien ! Regardez !

Il me tendit un petit in-folio à la couverture de vieux cuir craquelé, brun sombre et constellée de taches noires comme si elle avait été brûlée. Je savais cependant que ce n'étaient que les marques laissées par des nuits et des nuits de lecture à la lumière des lampes à huile. Parfois celles-ci grésillaient et lançaient des éclats, tatouant ainsi la peau des reliures. Les pages pourtant restaient lisibles, même si elles avaient dû supporter l'humidité. Je lus le titre : *Journal de voyage de Jean de Mandéville*.

— Un visiteur de Jérusalem vers 1350, commenta Calimani en me reprenant l'ouvrage des mains. Je l'ai déniché la semaine dernière en fouinant dans la boutique d'un marchand syriaque de la Vieille Ville. Il y a deux ou trois passages qui pourraient vous intéresser.

Sans façon, il s'assit à la place qu'il avait choisie au déjeuner et commença à feuilleter le livre pour retrouver les pages qu'il voulait me lire. Il ne me resta plus qu'à m'asseoir moi aussi.

— Voilà ! Écoutez ça : *De Bethléem à Jérusalem, il n'y a que deux lieues. Sur ce chemin de Jérusalem, à une demi-lieue de Bethléem, il y a une église à l'endroit même où les anges annoncèrent la naissance de Notre-Seigneur aux bergers... Puis c'est Jérusalem, la Sainte Cité, sise entre deux montagnes. Elle n'a ni rivière ni source, mais l'eau y est amenée par conduits depuis Hébron.*

Il s'arrêta pour agiter la main gauche, très professoral :

— Dès la plus haute Antiquité, Jérusalem dut affronter le problème de l'eau. Les citernes de la ville étaient insuffisantes. Insuffisante, aussi, la source de Guihon. Les fouilles ont permis de retrouver trois aqueducs, dont l'un longeait la route de Jérusalem à Bethléem... Mais vous le savez, je suppose.

Je hochai la tête. Je le savais, pourtant peu m'importait. J'aime toujours entendre ces récits anciens de voyageurs. En laissant flotter mon regard, il me semble chaque fois qu'un paysage vient à moi, ni tout à fait exact ni mensonger. Un peu comme ces peintures descriptives très anciennes dont la maladresse, alliée au souci du détail, nous impose finalement la représentation que nous avons des temps révolus et où se projette, sans vrais repères et au risque constant d'être voilée par l'imagination, notre volonté de comprendre et de sentir.

— Continuez, je vous en prie.

— Mmm... *Anciennement, Jérusalem fut appelée Jébus jusqu'au temps du roi David, qui l'appela Jébusalem. Puis vint le roi Salomon, qui l'appela Jhérosolomie. Après, on la nomma Jérusalem...*

Giuseppe Calimani éclata de rire.

— L'Histoire est parfois déformée par l'idéologie, n'est-ce pas ! Mais plus souvent encore par l'ignorance.

C'était vrai, en l'occurrence. Selon la tradition juive, le mont Moriah, sur lequel Abraham érigea un autel en vue du sacrifice d'Isaac, se trouvait en dehors de l'enceinte de la ville de Salem. Ce mont, le patriarche l'a appelé Yerou. Quant au roi David, il a vraiment rattaché la montagne Jéru à la ville et a réuni les deux noms : *Jéru-Salem*. Les lecteurs de la Bible, où ce nom est mentionné plus de six cent cinquante fois, le prononcent *Yerouschalaïm*, ce qu'on peut traduire, non sans nostalgie, par « Ville de la paix ».

Le professeur feuilleta le livre en marmonnant :

— Attendez, ça n'est pas le plus intéressant. Il y a un passage où...

Il s'interrompit soudain, les sourcils froncés et l'œil vif, alors que je venais d'entendre moi-même un claquement de porte dans la chambre de Tom.

— Ah, j'entends du bruit chez votre ami !

Nous nous levâmes au moment même où la porte-fenêtre s'ouvrait. Tom apparut sur le balcon. Il était dans un état épouvantable, comme s'il avait été trempé de pied en cap dans un bain de poussière. Ses yeux étaient rouges, ses poignets écorchés et sanglants, son jean déchiré. Son front et ses joues, incarnats, flamboyaient d'un coup de soleil tout autour de la découpe laissée par les lunettes noires. Découvrant Calimani, il eut un instant d'hésitation. Il se tourna vers sa chambre et je crus qu'il allait y disparaître. Il se contenta de refermer soigneusement la porte-fenêtre.

— Que vous est-il arrivé ?

Il découvrit ses dents dans une grimace hilare qui s'estompa dès qu'il regarda à nouveau Calimani.

— Tombé dans un trou... Rien de cassé, ne vous en faites pas.

— Mais vos poignets ?

— Orit a acheté une corde ce matin : elle avait hâte de s'en servir ! gloussa-t-il. Heureusement, d'ailleurs. Mais ce n'est rien... Le plus difficile a été de convaincre les gens de l'hôtel que j'étais bien moi-même et qu'ils me donnent la clef de ma chambre...

Il s'adressait à moi, cependant son regard s'échappait sans cesse vers Calimani, qui se dandinait à mon côté.

— Où est-elle ? Orit ? demandai-je.

— Je l'ai laissée chez elle. Elle avait besoin d'un bon bain, elle aussi ! Monsieur est... ?

— Professeur Giuseppe Calimani, répondit Calimani en lui tendant la main avec une légère inclinaison du buste. Vous êtes vous-même monsieur Tom Hopkins, n'est-ce pas ?

Tom regarda la main tendue et releva les yeux vers moi.

— C'est toute une histoire, commençai-je. Il s'est passé pas mal de choses, ici aussi, depuis ce matin. Peut-être préférez-vous prendre une douche avant que je vous raconte ?

Il ne préférait pas. Il s'assit sur la murette entre nos chambres.

— Allez-y, soupira-t-il comme s'il faisait face à l'inconstance de l'existence. Aujourd'hui, je suis prêt à tout entendre !

Calimani me seconda très bien dans la relation de notre rencontre et l'agression de Rab Haïm. Il était très convaincant. À ma surprise, il évita les digressions baroques et érudites, se contenta de la logique et des faits ; finalement, j'en conclus moi-même, une nouvelle fois, et avec plus de certitude que le matin, qu'il était l'homme de la situation. En fait, celui dont Tom avait besoin depuis le début.

Sans doute l'Américain parvint-il à la même conclusion. Je le devinai à son visage. Je le connaissais assez, maintenant, pour savoir qu'il ne rechignerait pas à exprimer ses réticences. Ce qu'il ne fit pas. Néanmoins, par principe, il conserva une certaine distance et au moins l'apparence du doute. Quand nous eûmes terminé le récit de notre histoire, il demeura silencieux une dizaine de longues secondes pendant lesquelles Calimani replaça avec un soin faussement désinvolte le pli de son pantalon. D'une certaine manière, songeai-je, j'ai devant moi deux acteurs.

— O.K., fit Tom en cherchant mon regard. Pourquoi pas ?... De toute façon, Sokolov nous précède. Il est passé à Houreqanya avant nous...

— Et vous n'avez rien trouvé ! conclut Calimani avec un clin d'œil.

— Je ne suis pas sûr qu'ils aient trouvé quoi que ce soit, eux ! répondit Tom avec un mince sourire.

— Il est probable que non, approuva le professeur sans se laisser démonter, puis, se tournant vers moi : Pour être franc, mon cher Marek, et sans vouloir vous offenser, j'y ai réfléchi encore dans le taxi tout à l'heure et je ne suis pas très convaincu par votre équation : Horebbeh = Houreqanya. Quelque chose cloche ! Je situerais ces marches dans une ruine, plus haut, dans la vallée du Jourdain, au nord, car...

— Ce n'est plus le problème, pour l'instant, le coupa Tom. Si eux n'ont rien trouvé, moi, si...

Nos regards s'aimantèrent au sien. Un petit sourire de gloire flottait jusque dans la poussière qui recouvrait ses sourcils.

— Vous avez trouvé ? s'exclama Calimani, déjà debout, la voix plus aiguë. Trouvé quoi ?

— Professeur... Marek vous fait confiance. Et j'ai confiance en lui. Bien qu'il accorde cette confiance avec beaucoup trop de promptitude et de générosité à mon goût. Si ça continue, nous allons devenir une vraie petite bande... Enfin ! Peut-être cela vaut-il mieux ? Quoi qu'il en soit... Et je prends Marek à témoin. Si jamais vous n'êtes pas celui que vous prétendez, si jamais vous nous doublez, professeur, vous le regretterez ! Je vous considérerai comme l'un des responsables de la mort d'Aaron au même titre que Sokolov. Et vous le savez : un journaliste peut écrire des mots aussi mortels que des balles.

Calimani eut un petit rire innocent.

— Ce gentil discours vous honore, mon cher. Doutez et mettez-moi à l'épreuve ! Je le comprends.

— Mmm... grogna Tom. Ne vous fichez pas de moi. Je ne me prends pas pour un cow-boy, si c'est ce que vous sous-entendez. Tous les Américains ne sont pas des cow-boys...

— Comme tous les Italiens ne sont pas des mafieux, mon cher ami. Surtout des mafieux russes ! gloussa

Calimani avec un nouveau clin d'œil, satisfait d'avoir le dernier mot.

Tom se leva en secouant la tête et se dirigea vers sa chambre.

— Venez, j'ai quelque chose à vous montrer.

Sur la table basse, à côté d'une valise en aluminium ouverte, se dessinait une forme noire que je reconnus en m'approchant. La respiration de Calimani s'accéléra. Il poussa deux petits cris inconscients en s'agenouillant, avec Tom, devant la bourse de peau à demi déchirée. J'avais moi-même la gorge sèche et songeais que j'assistais là à quelque chose d'à peine croyable. La mémoire du passé, enfin, remontait vers nous, dans sa chair racornie mais palpable.

— Il faut faire attention, murmura Tom, comme si soudain il se trouvait dans un espace sacré. Vous voyez, le cuir n'a plus de souplesse. Je l'ai déjà déchiré en le sortant du puits.

— Du puits ? s'étonna Calimani.

— Je vous raconterai... Regardez.

Tom ouvrit les pans craquelés de la bourse. Une sorte de tissu gazeux apparut qui avait dû être indigo mais s'était imbibé du tanin brun du cuir. Tom en souleva un coin, qui s'effrita presque aussitôt entre ses doigts. Dessous, le rouleau très serré d'un papyrus côtoyait une forme longue, entre le gris et le verdâtre, sauf sur quelques centimètres où elle luisait d'un éclat sourd, ocre rouge. Celui du vieil, du très vieil or !

Calimani prononça quelques mots en hébreu, mais si bas que je ne les compris pas.

— Marek, tenez-moi les bords du sac, s'il vous plaît, demanda Tom.

Le contact du vieux cuir me fit frissonner, comme si la pulpe de mes doigts recevait la vie lointaine d'une momie. Tom retira le lingot. De la paume et des doigts, il ôta les moisissures du bloc précieux. Il était plus plat, étroit et long qu'un lingot d'aujourd'hui. Ses arêtes étaient plus rondes et moins régulières. L'une des extrémités en était étrangement aplatie. Lorsque Tom le retourna, nous remarquâmes des inscriptions soulignées par l'ombre des poussières. Cela ne ressemblait pas à une écriture, tout au moins hébraïque ou araméenne, plutôt à une succession de formes géométriques.

Calimani glapit, rayonnant comme un enfant :

— C'est de l'or. C'est bien de l'or.

— Sans doute plus de deux livres, acquiesça Tom en lui tendant le lingot.

— De l'or si vieux ! Si vieux ! Tenez, Marek...

Le contact en était étonnamment doux.

— Je pense que cela n'a rien à voir avec le rouleau des Ta'amrés et le trésor du Temple. Il s'agit d'un pur coup de chance !

Pendant que nous palpions et admirions le lingot, le sac et son contenu, Tom nous raconta les circonstances, pour le moins hasardeuses, dans lesquelles il avait découvert la bourse.

— Selon le rouleau de cuivre, une centaine de lingots seraient dissimulés dans le monument funéraire de Ben Rabbah le Salisien, conclut-il. Mais, à part cette cache, je n'ai rien trouvé. Je veux dire, pas même une cache vide. J'ai finalement ôté la terre du fond du puits. Rien... Je suis certain que nous n'étions pas dans un monument funéraire.

— N'oublions pas, dis-je, que rien ne nous assure jamais que, depuis le temps, les caches n'ont pas été déjà découvertes, volontairement ou non, à l'occasion de travaux, par exemple... Même si le professeur ne croit pas au hasard à Jérusalem !

Calimani eut un petit rire malin.

— Ne revenons pas au hasard pour l'instant. Vous cherchiez cent lingots, mon cher Tom, et vous n'en avez trouvé qu'un seul. C'est l'histoire de Mea Shearim qui recommence, mais à l'envers.

— Je ne vous suis pas, dis-je.

— Moi non plus, murmura Tom Hopkins.

Calimani se redressa et prit, comme par réflexe, sa pose professorale.

— Il est écrit, au chapitre XXVI de la Genèse, dit-il en soulignant les mots de ses mains, qu'en raison de la sécheresse Isaac quitta le pays de Canaan pour se rendre auprès d'Abimélech, roi des Philistins. Celui-ci l'autorisa à cultiver ses terres. Isaac sema une mesure de blé et, parce qu'il était aimé de l'Éternel, il en récolta cent mesures...

— Oui ? grogna Tom, impatient. Quel rapport ?

— Vous avez eu droit, en récompense de vos efforts, à une mesure de blé, fit Calimani en pointant l'index en direction du plafond. Mais si vous la semez et si vous êtes aimé de l'Éternel, vous pourrez, comme Isaac, en récolter cent fois plus par la suite.

— Et pourquoi Mea Shearim ? demandai-je.

— En hébreu, « cent mesures » se dit *mea shearim*. Semer et centupler la sagesse et la prière. C'est ainsi qu'un groupe de Juifs pieux éleva à la fin du XIXe siècle les premières cent maisons au-delà des murailles de la Vieille Ville. Mea Shearim, les Cent Mesures, signifie aussi, par homonymie, les Cent Portes...

Je m'étais maintes fois interrogé sur les origines du nom de ce fameux quartier orthodoxe : Mea Shearim... J'avais la réponse. Tom, en revanche, secoua la tête, déçu, comme si le professeur divaguait. Cependant, je comprenais pourquoi Calimani citait cette histoire. Il était toujours soucieux de souligner les petits signes de l'Éternel nous conduisant sur notre voie d'ombre et de lumière...

Calimani s'activait à nouveau, tirant un stylo de sa poche pour écarter les plis de gaze dans la bourse de cuir.

— Marek, reprit-il, aidez-moi à sortir le manuscrit... Tom, vous pouvez m'apporter une serviette propre ?

Calimani me désignait le papyrus encore entre les gazes et le cuir de la bourse. Tandis que Tom se précipitait dans la salle de bains, avec maintes précautions nous sortîmes le fragile rouleau. Il formait à peine une volve.

— Un feuillet tout au plus ! murmura Calimani. Il doit probablement expliquer l'origine du lingot, sa fonction et pourquoi il est caché...

— Pourrait-il indiquer d'autres caches ? demanda Tom en glissant une serviette bleu pâle sous le papyrus...

— Il pourrait...

— Il vaut mieux ne pas le dérouler ici, dis-je. Nous allons le faire éclater.

— Je ne compte pas le dérouler, marmonna Calimani en sortant une minuscule loupe repliable de son veston et en déplaçant le rouleau avec son stylo. Si je pouvais au moins déchiffrer ce qui apparaît du texte...

Nos trois têtes s'inclinèrent vers le mince trésor, bien plus précieux que l'or. Mais, même sans loupe, je voyais bien que l'écriture en était à peine perceptible, l'encre en étant comme avalée par le temps...

— Vous arrivez à discerner quelque chose, Giuseppe ? demandai-je, aussi impatient qu'incrédule.

Le professeur ne répondit pas tout de suite. Son eau de Cologne, mêlée au parfum de la gomina et au relent de moisi du sac et du papyrus, provoquait un étrange fumet. Avec Tom, nous eûmes le même mouvement de retrait. Nos regards, malgré la tension, se rencontrèrent avec une lueur complice et amusée. Calimani, replié comme un fauve sur son butin, marmonna encore, sa loupe frôlant le manuscrit :

— Écartez-vous un peu plus, vous me masquez la lumière !

Finalement, il secoua la tête.

— Non... Je n'y arrive pas, reconnut-il avec une profonde déception. Je ne décrypte qu'un seul mot : Jérusalem, répété trois fois. Le reste du texte a bien trop souffert du passage du temps. À moins que le verso ne contienne lui aussi du texte. Ça arrive, parfois, et il se conserve mieux. De toute façon, il faudrait le soumettre à un laboratoire spécialisé.

Il scruta encore une fois le document avant de reposer sa loupe en soupirant :

— Non... Je n'y arrive pas...

— La question se pose maintenant de savoir ce que nous allons faire de cela. Du lingot et du manuscrit, dis-je en me redressant aussi, le dos encore endolori de mon aventure chez Rab Haïm.

— C'est à notre ami Tom d'en décider, répliqua Calimani en le regardant. C'est lui le « découvreur ».

Tom hocha la tête avec une grimace fatiguée.

— Je pense à ce problème depuis un moment et, pour le coup, je veux bien vous y associer !...

Il s'interrompit avec un petit rire.

— Mon grand-père disait toujours que la richesse est le poison du plaisir et la racine des soucis... Nous y sommes, n'est-ce pas ?

— Seulement si vous vous considérez comme le propriétaire de ces... choses, répliqua Calimani avec un soupçon de défiance.

— Non... Je ne crois pas. Mais ça ne résout pas le problème. Supposons que je remette le lingot à la police en prétendant l'avoir trouvé par hasard. On me croira peut-être, mais il me faudra quand même raconter ce « hasard ». Dire où cette pêche miraculeuse a eu lieu, bien sûr. Et donc il me faudra expliquer pourquoi je fouillais à la pelle le cimetière d'Houreqanya avec Orit... Nous ne serons pas sortis de l'auberge ! Je doute que les Israéliens apprécient soit la vérité, soit le mensonge. Orit, qui a un sens très particulier de l'humour, m'a même laissé entrevoir la prison... Au mieux, je me ferais expulser d'Israël comme pilleur de tombes !

— Exact, approuva Calimani en s'asseyant sur le lit. Il vaut mieux ne pas conserver...

— Attendez, professeur, le coupa Tom en lui faisant face. Je suppose que vous aimeriez me voir offrir ce papyrus à un laboratoire d'histoire... Mais réfléchissez. Je ne peux pas non plus frapper à la porte de l'Institut d'archéologie de l'Université hébraïque ou de n'importe quel autre institut de recherche, même privé, en annonçant tout de go : bonjour, messieurs, voilà cette petite chose pour vous ! J'aurais le même problème qu'avec la police... ou, si je n'en ai pas, c'est que Sokolov passera derrière moi pour l'acheter...

— Les chercheurs ne sont pas des truands...

— Allons, professeur ! Vous savez bien comment cela se passe ! Ce ne serait pas une première !

Calimani plissa les paupières et hocha doucement la tête.

— Pour l'or, oui, dit-il. Pour le papyrus... Écoutez, je peux le faire parvenir discrètement à deux chercheurs de mes amis. Pas besoin de leur donner des justifications. Ils se satisferont de mes explications. Ils auront bien assez de quoi exercer leur curiosité sur ce rouleau...

Son regard rencontra celui de Tom. Il s'interrompit une brève seconde, le temps d'un inévitable clin d'œil.

— Si vous me faites confiance, évidemment !

Tom haussa les épaules, passa les doigts dans la masse flamboyante de ses cheveux où la boue séchée agglutinait des mèches sombres et me regarda.

— Pourquoi pas ? répondis-je à sa question silencieuse. Ce ne serait pas le pire des risques.

— Et le lingot ?

— Tout simplement dans le coffre de l'hôtel, ajoutai-je. Il y en a dans le sous-sol. Aussi sûrs qu'ailleurs et beaucoup plus simples et plus faciles d'accès. On pourra y entreposer ce lingot en toute discrétion...

Tom se massa les yeux, indécis.

— Marek a raison, fit Calimani.

— Et vous, comment allez-vous transporter le rouleau ? lui demanda Tom.

Il désigna la valise de métal flambant neuve.

— Je pourrais vous la prêter, mais c'est un peu voyant pour traverser Jérusalem. Si Sokolov nous fait surveiller, elle attirera un peu trop l'attention.

Calimani contempla le balcon pendant deux secondes puis s'épanouit.

— J'ai un très joli carton à chapeaux… C'est un peu désuet, et je ne m'en sépare jamais. Il conviendra parfaitement !

Il y eut un court silence. Comme si la tension retombait d'un coup, comme si nous avions, tous les trois, la conscience bien précise que nous venions de franchir une imperceptible et irréversible limite. Notre destin, quel qu'il soit, venait de prendre forme.

— Je reviens tout de suite avec mon carton, dit Calimani, impatient. Demain, je suis pris à l'université toute la journée. Je veux emporter ce papyrus dès ce soir…

— Si ça ne vous ennuie pas, Marek, me demanda Tom dès que Calimani eut disparu sur le balcon, pourriez-vous surveiller le lingot pendant que je prends une douche ? Je ne supporte plus cette poussière.

Il jeta un coup d'œil à sa montre.

— On le transportera au coffre ensuite.

— Nous n'avons pas demandé son avis à Orit, lui fis-je remarquer un peu perfidement.

— Ce n'est pas grave. Euh… je veux dire, je dois… Nous sommes convenus de nous retrouver dans la Vieille Ville…

— Ah !

— Pour dîner… Enfin, ce n'est pas… Elle veut me faire rencontrer un journaliste d'ici qui pourrait nous être utile… Je lui expliquerai que nous…

— Je comprends, l'interrompis-je en approuvant de la tête.

Oui, je comprenais. En une seule journée, il avait découvert beaucoup d'or, mon ami Hopkins.

18

L'Aleph et le soixante-quatre

La nuit venait vite. Sur un trottoir, deux violonistes interprétaient une mélodie triste.

— Ce sont des Juifs russes, dit Orit. Depuis leur arrivée, nous avons en Israël autant de violons que de mitraillettes...

Elle portait une robe inattendue, sans manches, d'une mousseline d'un gris rosé, pincée à la taille. Elle avait troqué ses lourdes chaussures contre des ballerines assorties. Ses cheveux noirs allaient librement sur ses épaules. Ses lèvres, à nouveau, arboraient un rouge un peu sombre. Dans la lumière du crépuscule, ses yeux possédaient une vie propre, tout entière faite de jour.

Ils marchaient côte à côte et parfois leurs mains ou leurs épaules se frôlaient. Une heure plus tôt, Tom se croyait épuisé. Maintenant, il était stupéfait de se sentir tout simplement satisfait et serein de marcher ainsi aux côtés d'Orit. Comme s'il se trouvait à la bonne place au bon moment de sa vie. Comme s'il avait accompli quelque chose d'impalpable et pourtant d'essentiel.

À sa grande surprise, après qu'il lui eut expliqué et la présence du professeur et la décision prise pour le lingot et le texte qui l'accompagnait, elle avait simplement dit, balançant souplement sa chevelure avec un petit hochement de tête :

— C'est parfait.

Autour d'eux, les vitrines, les boutiques et les réverbères s'illuminèrent. Les rues se firent plus étroites, plus intimes. Un groupe de Juifs orthodoxes engoncés dans leurs cafetans noirs, têtes recouvertes de larges chapeaux, se dirigea vers eux. Tom et Orit s'écartèrent pour le laisser passer.

— Où va-t-on ? demanda Tom en se frayant un chemin parmi les badauds et les chaises des terrasses de cafés qui débordaient sur la chaussée.

Orit fit onduler ses cheveux et tourna son visage vers lui.

— Manger ! J'ai une faim de louve, pas toi ?

— De louve, non... De taupe sortie de son trou, oui !

— Mais non, tu n'avais rien d'une taupe ! Tu avais l'air très... très chercheur d'or ! Ce n'était pas mal, ajouta-t-elle avec un regard rusé. Très viril, dans son genre...

— Et où mange-t-on ? reprit Tom en espérant que son coup de soleil masquait une autre rougeur.

— Nous avons rendez-vous chez Shemesh... C'est un endroit agréable, à deux pas d'ici, à l'angle des rues Ben Yehouda et Histadrouth.

— Shemesh ?

— Cela signifie « soleil ». À cause du jus d'orange... Ils en servent autant que l'on veut ! Dayan et Rabin y venaient souvent, après la guerre des Six-Jours...

Lorsqu'ils arrivèrent, une seule table était occupée, par un groupe de touristes français. Orit en indiqua une autre à l'écart, près d'une fenêtre.

Un garçon s'avança aussitôt avec la fameuse carafe de jus d'orange frais tandis qu'un autre disposait sur leur table une douzaine de petites assiettes de salades orientales.

Orit prévint le garçon que quelqu'un allait les rejoindre, et, pendant qu'ils piochaient au hasard dans les salades, Tom lui raconta l'agression de Rab Haïm. Elle l'écouta sans mot dire, comme si elle pensait à tout autre chose. Peu à peu, la salle se remplissait.

— Il est en retard ? demanda soudain Tom.

— Qui ça ?... Oh, Charles ? Oui, il est toujours en retard ! Tu verras, il ressemble à un petit ours agité, fit-elle avec tendresse.

Des Israéliens, des touristes, quelques soldats en uniforme occupèrent l'ensemble des tables entre lesquelles les serveurs, arabes pour la plupart, jonglaient avec des piles d'assiettes et de galettes chaudes, les *pitot*... Soudain, un petit homme s'immobilisa à leur côté. Orit poussa un cri de joie. Un peu trop fort, songea Tom, d'un coup redevenu trop sensible à chacune de ses expressions.

— Charles Rosen, déclara le nouveau venu d'une voix profonde.

Il s'assit un peu lourdement. Ignorant Tom, il se mit aussitôt à parler hébreu avec Orit. Incapable de suivre leur échange, Tom n'en était que plus attentif à chacun de leurs gestes, à chacune de leurs mimiques. De toute évidence, ils se connaissaient très bien et l'on pouvait même déceler entre eux une sorte de proximité charnelle que Tom ne put s'empêcher de trouver déplaisante.

Rosen avait un visage juvénile malgré ses cheveux gris tirés sur le côté et un début de calvitie. La passion qu'il déploya pour commenter en quelques minutes les dernières nouvelles politiques et quelques rumeurs « off » mais quasi sûres – le caviar de tout journaliste – l'animait tout entier d'un charme certain. Orit l'écoutait avec beaucoup d'attention, posant des questions et approuvant, ses cheveux repliés dans sa main gauche et le visage incliné dans sa paume droite. Il y avait une familiarité très intime entre eux. Une manière de se regarder, de se toucher : une main sur un bras, un glissement de doigts sur une épaule... Tom se demanda s'ils étaient ou avaient été amants. Physiquement, la beauté de l'une contre la lourdeur volubile de l'autre lui apparaissait comme une incongruité, un contresens de la nature... À moins que le seul véritable contresens ne fût de se poser pareille question !

— Tom...

Orit lui saisit le poignet et il sursauta, bêtement heureux qu'elle le touche lui aussi.

— Excusez-moi, fit-il, j'étais un peu ailleurs. Nous avons eu une longue journée...

— Il paraît, dit Rosen en riant. Non, ne froncez pas les sourcils, Orit ne m'a pas livré de secrets. (Il rit encore, moqueur.) Elle m'a seulement confié qu'elle ne pouvait rien me dire mais que ce qu'elle me taisait était extraordinaire ! Juste de quoi aiguiser ma curiosité, bien sûr ! Mais je finirai bien par savoir... Tout se sait ici, toujours.

Il trempa un morceau de *pitot* dans la sauce d'une salade et le dégusta, les yeux rieurs.

— J'oubliais : notre chère Orit a aussi ajouté – mais devrais-je le dire ? – que vous aviez un caractère de chien, très méfiant ! Pourtant, dans l'ensemble, vous êtes, paraît-il, un type plutôt pas mal – ce sont ses mots !

Orit sourit innocemment à Tom en enroulant ses cheveux autour de ses doigts.

— Donc... conclut Rosen.

Jouant toujours avec ses cheveux, Orit piocha dans un reste de salade.

— Je voudrais que tu lui parles de la science des chiffres, dit-elle sur un ton anodin. Tout particulièrement pour ce qui concerne le rouleau des Ta'amrés...

— Le rouleau de cuivre ?

Rosen ouvrit des yeux ronds avant de siffler doucement entre ses dents et de sourire, légèrement condescendant.

— Ah, voilà !... Vous êtes donc là-dessus ! Eh bien, mon vieux, vous n'êtes pas le premier... Et tous les autres s'y sont cassé les dents ! On raconte même que...

Orit posa à nouveau la main sur le bras de Rosen, mais plus impérativement cette fois.

— Il sait tout ça. Parle-nous des chiffres, Charles, seulement des chiffres !

Mais Rosen se pencha vers Tom.

— Si vous avez mauvais caractère, je peux aussi vous prévenir de vous méfier d'elle ! Vous avez peut-être remarqué qu'elle n'est pas la souplesse même.

— Charles !

— O.K., O.K. !

Il ferma les yeux, attrapa un morceau de galette et se mit à parler comme s'il récitait un texte.

— Les soixante-quatre cases du rouleau, de par le chiffre même de 64 et la disposition des cases, font penser à d'autres systèmes numériques équivalents. Par exemple, l'échiquier... L'échiquier comporte 64 cases, donc 8 fois 8, sur lesquelles sont mises en mouvement 2 armées de 16 pions, dont 8 majeurs. Ces 8 « personnages » correspondent aux 8 figures, aux 8 trigrammes de base du Yi-king, le grand Livre des mutations chinois – le plus ancien livre de l'humanité. Leur dynamique de 64 figures nommées hexagrammes – 8 fois 8 – est censée contenir la clef de la lecture de l'Univers et de l'ensemble de ses transformations. Cette théorie de la Chine antique rappelle la métaphore de l'Aleph développée par Borges dans sa nouvelle portant ce titre, *L'Aleph*, et qui, représentant l'unité comme signe numérique, contient l'Univers entier... Borges, dans cette nouvelle, affirme que la lettre Aleph a la forme d'un homme qui montre le ciel et la terre, et qu'elle signifie le Ein Soph, la divinité illimitée et pure. Il évoque aussi, à propos de l'Aleph, « un point où convergent tous les points »...

Rosen s'interrompit. Tandis qu'il saisissait sa fourchette, Orit et Tom se lancèrent un coup d'œil. Rosen se mit à jouer avec la fourchette, jonglant entre pouce, index et médius, en reprenant la parole.

— Le philosophe Wrońński a donné ce nom d'Aleph aux fonctions homogènes dont tous les coefficients sont égaux à l'unité. Sa notation comprenait le caractère

Aleph de l'alphabet hébreu. Il l'a fait suivre d'une parenthèse où il a inscrit les quantités dont se compose la fonction homogène avec un exposant indiquant le degré de la fonction... Vous suivez ?

— Pas du tout ! fit Tom en secouant la tête. Quel rapport avec le rouleau ?

Orit approuva avec un petit sourire à Tom.

— Tu ne peux pas être plus clair, Charles ?

Rosen lança un regard de reproche à Tom et abandonna sa fourchette en soupirant.

— D'accord ! Revenons-en à l'échiquier... Selon la tradition chinoise, le premier tournoi d'échecs aurait eu lieu entre le roi Wou, mythique civilisateur de la Chine, et le Ciel. Les soixante-quatre cases, dans leur alternance noir/blanc comme nuit/jour, féminin/masculin, yin/yang, constituent une sorte de mandala qui symbolise l'affrontement des puissances cosmiques dans le monde manifesté. Le mandala, je le précise, est lui-même une figure géométrique qui évoque l'essence d'un dieu ou d'un archétype des structures de l'Univers, et il sert de base à la construction des temples...

Malgré lui fasciné par l'équilibrisme verbal de Rosen, Tom regarda encore Orit en secouant la tête d'incompréhension.

— Un peu de patience, dit Rosen en prenant son verre de jus d'orange, vous allez comprendre le lien...

« Les anciens Chinois répertoriaient 8 phénomènes terrestres et célestes : ciel, terre, éclair, montagne, vent, feu, lac, océan. À leurs yeux, il existait 8 régions concrètes de l'espace : nord, sud, est, ouest, nord-est, nord-ouest, sud-est, sud-ouest. L'organisation de la société, de même, admettait 8 pôles : le père, la mère, les 3 fils, les 3 filles. À ces données s'en ajoutent d'autres, marchant toujours par 8, comme les 8 vents... Vous remarquerez que si l'on combine ces éléments entre eux par appariements de 2 on retrouve encore 64 figures. Du point de vue du Yi-king, cela illustre rigoureusement ce qui fait la valeur de son jeu, avant même la considération de l'oracle qui en résulte : entrer dans ce jeu, en maîtriser les interprétations et donc sa signification ultime, permet d'abord au joueur de s'insérer dans les rouages de l'ordre cosmique, d'en déchiffrer les arcanes et, face aux mouvements du sort, de donner un sens universel à ses propres tribulations.

— Autrement dit, intervint Orit, nous vivons au milieu d'un réseau de correspondances symboliques aimantées par des chiffres qui, tous, pour quelque magique, obscure et pertinente raison, remueraient du sens, créeraient du sens. Et ce sens, même s'il ne conduisait qu'à rêver, rêver encore d'autres associations, d'autres dévoilements secrets, constitue en soi un trésor ?

— Exact, approuva Rosen en souriant.

— Un trésor que personne ne possédera jamais, dit Tom, qui commençait effectivement à comprendre. Ce n'est qu'une vision fuyante, un mirage logique et spirituel...

— Spirituel, oui ! reprit Rosen. Personne, jamais, ne peut donc priver quiconque, même au fond d'une geôle ou d'un gouffre, de vivre ce mirage. Tant qu'il interprète les nombres, l'homme qui accomplit ce jeu mystique est au ciel.

Rosen, enthousiaste, appuyant sa fourchette contre le bois de la table, se pencha vers Tom.

— En bon chrétien, vous pourriez aussi prendre en considération le fait que certains textes mentionnent que Jésus est né à la soixante-quatrième génération depuis Adam. Si l'on considère qu'une génération équivaut à 33 ans, 64 fois 33 égale 2 112. Or, 2 112 est également l'image d'un palindrome parfait. Enfin, j'ajoute que Jésus a été crucifié à l'âge de 33 ans, c'est-à-dire, notre âge réel partant de 0, à 32 ans – soit la moitié de 64, la moitié de l'Univers. Or, 32 + 1 : ce 1, symbole de l'unité, vient compléter et couronner le parcours terrestre du « fils de l'homme » afin d'exalter son statut de « fils de Dieu »...

Tom agita les mains comme si la poussière du puits d'Houreqanya s'effondrait encore sur lui.

— Seriez-vous en train de me dire que le rouleau des Ta'amrés pourrait n'être qu'un mirage ?

— À mon sens, il fut sans doute une réalité. Cette réalité n'était pas sans fondement historique, logique et spirituel, surtout à une époque où l'un n'était jamais dissociable de l'autre. Le temps a passé, la réalité originelle s'est dissoute dans un millier d'évolutions et de transformations. Il ne reste plus d'elle que le socle spirituel sur lequel elle s'appuyait. Vous êtes, sans en avoir conscience, dans la situation d'un chasseur de mirages plus que d'un chasseur de trésors...

— La réalité du passé peut parfois réapparaître de manière très... réaliste, fit Tom avec un petit sourire en direction d'Orit.

— Un fragment de cette réalité, oui. Pas la totalité, insista Rosen. Vous pourrez creuser tout autour de Jérusalem jusqu'à la fin de votre existence sans pour autant réunir ce passé. Ne vous faites pas d'illusions, vous n'y parviendrez jamais !

— Ce n'est pas mon but.

— Non, bien sûr, opina Rosen. Cependant, quel que soit votre but, prenez en compte le fait que vous entrez, avec cette recherche, dans un château de cartes invisibles dont aucune ne peut être effleurée sans imprimer un effet aux autres.

— Autrement dit, je subis une logique éternelle dans la quête comme dans la découverte... C'est ça ? Et cette logique tend vers une unité qui finalement forme mon destin.

— En tout ce que vous pouvez faire, penser et percevoir ici, oui, approuva Rosen avec un sourire tranquille. Cela incluant vos rencontres, bien sûr...

— C'est ce que tu voulais que je comprenne, demanda Tom à Orit, qui s'était prudemment tenue silencieuse.

Les yeux d'Orit restèrent rivés sur lui sans qu'elle réponde, mais Tom fut stupéfait de la voir rougir. À moins que ce ne fût l'ombre joueuse des éclairages.

— Quelle étrange idée ! murmura-t-il.

Ce fut la même phrase qu'il répéta deux heures plus tard, alors qu'il se retrouvait seul avec Orit, marchant vers la porte de Jaffa dans la nuit qui avait fraîchi. Le repas et la rencontre avec Rosen s'étaient achevés sur une conversation heureusement moins dense et plus débridée. Les habituelles histoires de journalistes, les mérites comparés des uns et des autres. Rosen et Orit étaient également très curieux de ce que pouvait être l'ambiance du *New York Times* à New York, et Tom s'était beaucoup amusé à dresser le portrait d'Ed Bernstein. Mais, maintenant qu'il était à nouveau seul avec Orit, la remarque lui revint très naturellement sur les lèvres.

— Quelle étrange idée de m'avoir fait rencontrer ce garçon... Ou plutôt ses théories ! Très franchement, je ne suis pas certain d'avoir tout compris.

L'obscurité aidant, le visage d'Orit, incliné sous sa chevelure, devenait invisible. Il crut l'entendre rire.

— Mais si...

— Je commence à me demander qui tu es... Qui tu es *vraiment*.

Le rire d'Orit cette fois fut clair.

— Ton bon ange, mais tu l'ignores encore.

Tom ralentit et s'immobilisa presque.

— Tu sais des choses que j'ignore et tu veux m'en avertir ainsi ? Un peu compliqué, non ?

Orit s'immobilisa à son tour et leva son visage vers lui.

— Tu as très bien compris ce que Charles raconte. Je suis certaine que Marek t'a déjà expliqué que Jérusalem n'est pas une ville comme une autre. Ici, si l'on touche aux pierres d'une seule maison, toute la ville, qu'elle soit musulmane, chrétienne ou juive, tremble.

— Et si je tombe dans un puits avec une femme et trouve un lingot d'or datant de deux mille ans, poursuivit Tom avec un léger sourire, c'est toute l'Histoire qui tremble. Oui, je sais. Nous sommes très loin d'une histoire de mafieux, il me semble !

Orit le regardait en souriant. Sans doute à cause de sa robe colorée, des lumières croisées qui les atteignaient et les reliaient par un jeu d'ombres aux reflets sourds des vieux remparts en pierre, sa beauté était différente. Elle n'avait plus rien de la femme d'action, sûre d'elle et vive jusqu'à l'agressivité, qu'il avait connue tout au long du jour.

— Est-ce que cela a aussi un sens pour nous ? s'entendit interroger Tom en faisant un pas vers elle.

Orit leva la main et la posa sur sa bouche. Il frémit tout entier au contact des doigts tièdes sur ses lèvres.

— Ce n'est qu'une énigme de plus à découvrir, dit-elle d'une voix basse et rieuse.

Elle retira sa main avant que Tom ne puisse la saisir.

— Beaucoup trop d'énigmes pour un pauvre journaliste américain pragmatique dans mon genre, je trouve.

— Tu ne te débrouilles pas si mal, murmura-t-elle en reculant d'un pas.

Tom eut envie de la saisir aux épaules. Il était soudain brûlant de désir mais il n'osa pas même lever une main. Puis, d'un geste, ramenant ses cheveux en arrière, Orit brisa la bulle magique et sensuelle qui les enveloppait. D'une voix qui avait été la sienne des heures plus tôt, elle demanda :

— Quel est le programme pour demain ?

Tom mit quelques secondes à se décider. Il reprit sa marche vers la porte de Jaffa en murmurant :

— Mizpa, la cache numéro 7 : *Dans la grotte de Bet ha-MRH le Vieux, dans le troisième réduit du fond : soixante-cinq lingots d'or.*

— Alors il faut aller dormir sagement, ce sera encore une longue journée. Je vais prendre un taxi pour rentrer chez moi.

19

Bet ha-MRH *le Vieux*

— Comme je vous l'ai dit hier soir, je n'ai pas beaucoup de temps, répéta Calimani en vidant sa tasse de café.

Pendant la nuit le ciel s'était voilé d'une épaisse nuée grise. Depuis l'aube, une pluie fine, douce comme un crachin, rendait l'atmosphère moite. Il était tôt, sept heures du matin à peine. Un silence inattendu flottait sur Jérusalem. La rumeur habituelle de la ville se transformait en une caresse sonore, étrange et ouatée.

Ils étaient, pour la première fois, tous réunis en un extravagant conseil de guerre dans la chambre de Marek, laquelle,0 avec les cartes aux murs, les livres, les carnets de notes et les photocopies de manuscrits empilés jusque sur le lit, ne ressemblait plus guère à une chambre.

En présentant Orit à Calimani, Marek avait surpris, amusé, dans l'œil de l'Italien, l'étincelle gourmande du séducteur. Mais le regard de Tom sur Orit était plus intéressant encore. Bien différent de celui de la veille, à la fois tendre et inquiet. Le regard soucieux de l'amour en son éclosion, diagnostiqua Marek. Face à lui Orit feignait l'indifférence. Un peu trop, précisément, pour qu'elle fût réelle... Marek se demandait ce qui avait bien pu se passer entre ces deux-là le soir précédent.

Ce matin, à peine levé, Tom était apparu le premier dans la chambre de Marek, pensif et silencieux. Il avait éludé ses questions et Marek s'était abstenu d'insister. Seule certitude : l'Américain changeait de jour en jour. Il perdait de son assurance, ou du moins de la brutalité de cette assurance. Le scintillement un peu artificiel de son énergie s'effaçait au profit d'une force plus profonde, moins impulsive. Et cela semblait tenir autant à la tournure prise par les événements qu'à la présence d'Orit. Finalement, songea Marek, Jérusalem commence à pénétrer en lui, voilà ce qui lui arrive !

Un petit déjeuner copieux avait été servi sur la table du balcon, protégé de la pluie fine grâce aux stores. Calimani en revenait avec une nouvelle tasse de café et déclama :

> *— Jérusalem, tu es bâtie*
> *Comme une ville*
> *Dont les parties sont liées ensemble...*

— De qui est-ce ? demanda Orit.

— C'est un psaume de David.

Tom chercha une nouvelle fois le regard de Marek qui sourit en devinant sa pensée.

Le professeur s'assit dans l'unique fauteuil comme s'il était bien évident qu'il dût lui revenir. Ce matin-là, il portait un costume beige, en soie et coton, une chemise d'une blancheur immaculée et une cravate pourpre à pois bleus. La conférence prévue à l'université devait avoir son importance. Sur ses cheveux gominés, bien que l'on fût à l'intérieur, il avait déjà déposé un Borsalino brun et léger. Calimani évoquait irrésistiblement un « parrain » mafieux vu par Scorcese. Mafieux italien – pas russe – et caricature du cinéma américain, Tom le savait bien. Mais, tout de même, cela faisait drôle. À moins que tous les Italiens n'eussent de ces coquetteries vestimentaires...

— Écoutez la suite, écoutez comme c'est beau ! insista Calimani.

Demandez la paix pour Jérusalem
Que ceux qui t'aiment jouissent du repos !
Que la paix soit dans tes murs
Et la tranquillité dans ton palais !
À cause de mes frères et de mes amis
Je désire la paix dans ton sein.
À cause de la maison de l'Éternel, notre Dieu,
Je forme des vœux pour ton bonheur.

— Amen ! dit Orit en riant.

Tom eut un regard réprobateur pour Orit. D'un geste un peu trop sec, il agita le vieux manuscrit de la confession d'Achar de Esch en direction de Calimani.

— Nous avons bien étudié ce texte avec Marek. Le moine croisé dit : *Nous laissâmes à notre droite le mont Scopus, dont le sommet fut le premier à prendre le signe du jour, et nous contournâmes Haçor, car le chevalier voulait que notre expédition se fît la plus secrète possible.*

« *À Mizpa, en haut de la colline, nous nous trouvâmes face une forteresse à demi ruinée. Le père Nikitas nous expliqua que ses fondations dataient du temps de Jérémie. Un peu plus loin on apercevait le un village, peuplé de paysans, de brebis et de dromadaires. Dans la face sud de la colline on devinait l'entrée de plusieurs grottes. Je me demandai si nous allions devoir les visiter toutes, mais le père Nikitas dit : "Il faut trouver la citerne de la forteresse. La grotte sera celle qui correspond à la base de la citerne..."* Cela nous donne deux informations essentielles : Mizpa est au nord-ouest de Jérusalem – à gauche du mont Scopus et plus au nord ; la grotte correspond avec une citerne.

— Et comme il y a plusieurs Mizpa possibles ayant vu vivre Jérémie, je penche pour les environs de Tell Nazba, ajouta Marek en pointant sur le mur la photocopie d'une carte biblique. Au nord-ouest de Hazor, ou Haçor...

— Autrement dit, juste avant Ramallah, conclut Tom en regardant Calimani. D'après les cartes contemporaines, les ruines ne sont plus qu'à deux kilomètres à peine de l'autoroute !

— Hum, murmura Calimani, plissant les paupières et fronçant le nez au-dessus de sa tasse. Il faudra que j'apprenne aux gens de cet hôtel à faire quelque chose qui s'appelle du café ! Bon, oui... À condition de prendre pour argent comptant le manuscrit d'un moine vieux de neuf cents ans !

— Il a trouvé... enfin, ceux qui étaient avec lui ont trouvé de l'or, le coupa Tom. Et puis ce moine n'avait aucune raison de mentir dans cet écrit, bien au contraire...

— Ni de dire la vérité, répliqua Calimani avec un clin d'œil. Mon cher Tom, un texte, fût-il du XIe siècle, n'est pas en soi l'expression de la vérité, tout au plus est-il une interprétation de cette vérité. Ni plus ni moins qu'un article de presse d'aujourd'hui. C'est précisément ce que je vais expliquer tout à l'heure. Ce moine croisé, avant de prendre la plume, a vécu une succession d'aventures particulièrement « déstabilisantes », dirions-nous aujourd'hui : la prise de Jérusalem, la violence, la mise en cause de sa foi, de ses connaissances, la confrontation avec ce père Nikitas qui était peut-être lui-même juif, etc. Il a vécu des événements impressionnants et il les retranscrit ainsi, comme il le peut, entremêlant les faits aux émotions dans un tissage si serré que les uns et les autres en deviennent indissociables. Cependant, chacun sait que l'émotion concourt rarement à retransmettre les faits dans leur précision... Cette fameuse et lucide précision qui seule accouche de la vérité !

— Mais l'or ? insista Tom.

— Vous aussi, hier, vous avez trouvé un lingot d'or. Et alors ? A-t-il pour autant le moindre rapport avec les caches du rouleau de cuivre ? – soit dit en passant, le papyrus est entre les mains de mes amis. Non. Son histoire est sans doute bien différente... Le moine et le chevalier ont-ils réellement découvert une partie du trésor ?... Repassons au crible l'analyse du père Nikitas. Je suis d'accord avec lui sur le premier point : la racine trilitère MRH du rouleau peut être lue en hébreu, où les voyelles n'apparaissent pas, comme Mérah, « être rebelle », ou Mareh, « résistant », ou encore Marah, « douleur, tourment, affliction »... Bien. Quels lieux cela m'évoque-t-il ? Il existe un village arabe, Beth Ummar, qui pourrait correspondre à ce « Bet ha-MRH ». De plus, s'y trouve la tombe d'Amitaï, le père de Jonas, que les habitants présentent comme étant celle de Nabi Motta, ou saint Mathias...

Calimani reposa doucement sa tasse, bien conscient des regards qui le fixaient.

— Ou un village que l'on identifie comme étant Maroth dans Michée, au sud de Jérusalem, ajouta-t-il avec un geste papillonnant des doigts. Mais... mais l'astuce du père Nikitas, c'est la correspondance avec *le Vieux*, c'est-à-dire Jérémie. Ce village serait donc celui où le prophète Jérémie est allé pleurer sur la destruction de Jérusalem par les Babyloniens et où Ismaël, fils de Nathania, a tué Guedalia, gouverneur de la Judée...

Le professeur effleura le bord de son chapeau et s'adressa plus particulièrement à Marek.

— Hum, vous savez que certains prétendent que le Mizpa biblique se trouverait plutôt vers le nord-ouest, du côté de Nabi Schemouel... Mais prenons les choses dans l'ordre. Avant de savoir où est Mizpa, la question qui se pose est de savoir pourquoi un trésor serait caché à Mizpa. Mizpa – où que nous le situions – est à l'époque du rouleau relativement loin de Jérusalem. Il faut donc que ce lieu présente des particularités attirantes pour en faire une cache...

Presque d'un même geste, il tira de son veston ses lunettes et une bible de la taille d'une boîte d'allumettes.

— Josué, XVIII, 26, annonça-t-il. Là sont cités les noms des villes qui appartiennent à la tribu de Benjamin : Mizpa, Kefira, Motsa... Il est un passage du livre des Juges... Excusez-moi, les caractères sont minuscules...

— J'ai une autre bible, intervint Marek.

— Non, non, celle-ci me convient... Donc... XX, 1, voilà : *Tous les enfants d'Israël sortirent depuis Dan jusqu'à Beer Sheva et au pays de Galaad, comme un seul homme devant l'Éternel, à Mizpa*. À quoi on peut ajouter cette précision... Mmm... II Chroniques, XVI, 6... Voyons, voyons : *Le roi Asa occupa tout Juda et emporta les pierres et le bois que Baesha employait à la construction de Rama et il s'en servit pour bâtir Guéba et Mizpa*... Tiens !

— Oui ? demanda Orit comme une enfant soumise à un magicien.

— Nous savons que Guedalia fut tué à Mizpa, mais... je viens de me souvenir que le roi Asa aurait creusé à Mizpa une citerne dans laquelle, selon Jérémie... Attendez une seconde !

Calimani parcourut fébrilement le texte sacré et son Borsalino cacha son visage.

— Voilà : *Ismaël, fils de Nathania, y a jeté le cadavre du gouverneur Guedalia, fils d'Achikam, après l'avoir tué*. Jérémie et Mizpa, Mizpa et la citerne... Le lien est plausible, en effet. De même peut-on penser que Mizpa représente un lieu suffisamment sûr, sacré et fréquenté ou habité par de grandes familles juives, pour que les « stratèges » du rouleau de cuivre le choisissent comme une cache fiable pour un dépôt aussi substantiel – soixante-cinq lingots ! Quant à la citerne en question – signalée dans la confession du moine –, l'idée est astucieuse, n'est-ce pas ? Cette citerne devait forcément avoir un statut particulier après que l'on y eut jeté le corps du gouverneur ! Autrement dit, cela en faisait un excellent repère...

Tom l'interrompit.

— Donc ?

Giuseppe Calimani le regarda en souriant.

— Donc, oui pour Mizpa... Mais où est Mizpa ? Il n'y a pas si longtemps, des archéologues ont retrouvé un rempart de l'époque de l'âge de fer à Tell Nazba. Ce rempart, épais de cinq à sept mètres, a été construit neuf cents ans avant l'ère chrétienne. Ce qui valide pour tous les chercheurs l'hypothèse d'un bourg correctement défendu, assez important et ancien pour que Jérémie pût s'en faire une retraite, et qu'on assimile à Mizpa. Comme vous pouvez le lire dans les guides touristiques, où parfois la vérité historique est curieusement traitée... En conséquence, j'incline à penser que votre choix est le bon !

— *Jeeesus !* gémit Tom tandis qu'Orit riait en applaudissant. Heureusement que vous n'aviez pas beaucoup de temps devant vous !

— Je sens comme de l'ironie dans cette remarque, mon ami, s'exclama Calimani en quittant son fauteuil prestement mais toujours aussi souriant. Vous avez tort ! La réflexion, même ressassée, doit toujours précéder l'action. Rien n'est jamais certain avant que l'acte et ses effets ne soient advenus. Mais, alors, il est aussi trop tard...

Calimani fit face à Tom et lui posa une main sur l'épaule.

— Puisque vous allez partir à la rencontre de Jérémie, d'une certaine manière tout du moins, je vais vous raconter une histoire.

— Professeur...

— Si, si, écoutez-moi ! Vous croyez que les secondes passent comme des balles sous votre nez ! Erreur ! Vous reculez la tête, et les secondes sont comme des balles qui manquent leurs cibles : éternellement figées dans le néant... Donc, on raconte qu'un jour l'oracle de

Delphes déclara à Socrate qu'il n'était que le second sous les cieux dans l'ordre de la sagesse. « Le second ? s'étonna Socrate. – Oui, l'homme le plus sage s'appelle Jérémie et vit à Jérusalem. » Piqué au vif, Socrate prend le premier bateau pour Joppé – aujourd'hui Jaffa – et s'en va à la rencontre de Jérémie. Il découvre Jérusalem dévastée. Il interroge les habitants : « Où est Jérémie ? – Gravissez le mont Moriah, cette colline, là. Parmi les ruines que vous voyez, celles de notre Temple, c'est là qu'il réside. » Socrate y trouve un homme en haillons qui incarne à lui seul toute la douleur du monde. La douleur, oui, se dit-il, mais la sagesse ? « Comment est-il possible que toi, que l'on dit le plus sage des hommes, tu sois ainsi accablé par la perte d'un édifice de pierre et de bois ? s'exclame-t-il devant Jérémie. – Ah ! ami étranger, répond Jérémie, s'il ne s'agissait que de pierre et de bois, comme ton reproche serait pertinent ! Mais mon abattement vient d'ailleurs. Autrefois, il m'arrivait aussi de connaître de sombres jours, mais il suffisait que je pénètre dans cet édifice et toute tristesse s'évanouissait. Depuis sa ruine, je suis empli d'un sentiment nouveau qui me brise l'âme. – Lequel ? – Le doute ! »

Tom se frotta l'arête du nez, croisa le regard de Marek, qui souriait, puis celui d'Orit. Il ferma à demi les paupières comme s'il cherchait à comprendre.

— Vous doutez que nous trouvions quoi que ce soit à Mizpa ?

— Je doute de tout et j'espère tout, mon cher ami ! Il faut tenter pour savoir !

Calimani, après un petit rire et un clin d'œil en direction d'Orit, consulta sa montre et roula des yeux.

— Ouh là ! Vous avez raison, je vais être en retard...

20
Le rabbin Steinsaltz

Le professeur étant parti en trottinant vers sa précieuse conférence, Tom et Orit quittèrent l'hôtel avec l'impatience de limiers pressentant l'hallali. Je m'installai sur la terrasse, une tasse de thé entre les doigts, assez heureux d'être seul dans la paix ouatée de cette journée de bruine sur Jérusalem.

J'étais fatigué. Toute la nuit, mots, cris, images de Jérusalem s'étaient télescopés avec fracas sur les routes sinueuses de mes rêves. L'agression contre Rab Haïm m'avait profondément troublé. Si, depuis mon opération, la mort ne m'angoissait plus, les brutalités subies par le vieux bouquiniste, en revanche, m'affligeaient au plus haut point. Rab Haïm, peut-être à cause de sa manière désuète mais pénétrante de manipuler le temps et la mémoire, les textes et la chair du passé, m'était devenu très proche. Comme si nous appartenions, par une connexion subtile et impalpable, à la même famille.

Ayant donc du mal à trouver le sommeil, j'avais commis l'erreur de regarder tardivement la télévision. À l'origine, je voulais seulement jeter un coup d'œil aux informations du soir pour voir s'il était question de cette agression. Mais l'actualité était tout entière occupée par l'attentat de l'aube précédente, près de la porte de Damas. Parmi les blessés, quatre personnes dont deux très jeunes filles avaient finalement succombé à leurs blessures. Toutes les chaînes TV rappelaient la litanie infernale de ces meurtres en masse, insistant avec force détails sur les amas de corps ensanglantés. Les images de la télévision jordanienne, celles de la BBC comme celles de la deuxième chaîne israélienne, montraient le Premier ministre parlant devant une forêt de micros. Continuant de zapper, je tombai sur NBC. Les Américains, en direct, relayaient les mêmes scènes, les mêmes évocations, les mêmes mots. De toute évidence, me dis-je, il est des dieux dont la soif n'est jamais étanchée !

Une tuerie en pleine ville, Jérusalem en était, hélas, coutumière. Chaque jour, on pouvait s'attendre à ce déchaînement haineux de la violence. Et dire qu'Adam se serait réfugié dans cette ville pour fuir la violence de ses propres fils ! Toujours le refus de l'autre ! Toujours le même geste fratricide ! À quand le prochain ? me demandais-je avec une rage qui me tétanisait.

Je m'aperçus bientôt que je scrutais un écran muet : j'avais inconsciemment coupé le son. Mais le son était en moi, avec ce que je savais et ne savais pas de cette ville, de ses habitants, et qui murmurait à travers ses remparts, ses coupoles, ses tours, ses toits, ses ruelles et ses secrets. J'écoutais sa rumeur et son silence. Dans la nuit, je voyais son immensité, blanche à force de lumière, qui se noyait au-delà des monts de Judée dans cette mer Morte où furent englouties Sodome et Gomorrhe ; la palpitation de ses vagues de haut sel emplissait peu à peu ma poitrine, comme se confondant avec le rythme de mon cœur.

Je n'entendais d'ailleurs plus que lui, que son battement, comme si lui seul pouvait s'accorder à ce monde privé de son, redonner vie à Jérusalem, trouver un sens à la perpétuelle brisure du sacré. Je me souvins d'avoir contemplé, au musée du Caire, des débris de vases et de statuettes découverts à Thèbes et à Sakkarah. Les archéologues les avaient reconstitués et avaient ainsi mis en évidence des inscriptions foisonnantes d'injures et de malédictions. Elles concernaient avant tout des hommes, des familles ou des souverains ennemis, et notamment des rois de Canaan et de Syrie. Dans ces imprécations, j'avais retrouvé des noms familiers : Salem (Jérusalem), Ascalon, Tyr, Haçor, Bethsamé, Sichem... Mon guide égyptien avait précisé que ces textes dataient du XIXe siècle avant notre ère. À l'époque même où Abraham rendait visite au mystérieux Melchisédech... Les archéologues avaient-ils songé qu'en recollant ces fragments de vases et de statuettes, en remettant les mots en place, ils prenaient le risque de redonner vie à la malédiction et à la haine, de les réactiver ?

Et nous, que faisions-nous, au juste, en poursuivant notre quête du trésor ? Même si nous ne le trouvions pas, ce qui demeurait le plus probable, quelles forces maléfiques allions-nous déclencher ? Jusqu'où irait notre inconscience ?

Je fus sur le point de me lever pour aller frapper à la porte de Tom et lui dire que j'abandonnais la partie. Puis, une fois encore, je revis Rab Haïm malmené par l'homme de main russe. Nous étions bel et bien piégés. Abandonner reviendrait à laisser la voie libre à des truands sans sens moral. Cependant, depuis la trouvaille miraculeuse de la veille, je commençais à craindre que nous n'ayons trop tendance à nous prendre pour des chercheurs de trésor. Et il fallait être bien présomptueux pour nous croire capables d'en être sérieusement les protecteurs !

Je m'étais finalement endormi en décidant d'aborder cette question lors de la petite réunion prévue avant le départ de Tom et d'Orit pour Mizpa.

Mais voilà. J'étais maintenant assis devant Jérusalem nappée de pluie. Le professeur Calimani s'était livré à son brillant numéro d'érudition. Tom, piaffant, n'en avait été que plus impatient de partir en chasse et Orit semblait si sûre, si solide... comme si son intelligence attentive, incarnée dans sa beauté, représentait en soi une sorte de protection pour nous tous. Je n'avais donc pas eu le courage – ou la volonté – de les accabler avec mes problèmes de conscience !

Le destin n'est-il pas fait aussi de ces minuscules événements, de ces décisions prises ou remises pour un rien, une humeur, une vibration ou un regard, qui, sans même que nous le percevions, nous engagent infiniment plus que les grandes et pompeuses décisions affichées ?

Il ne me restait plus qu'à agir à mon tour et à ma manière. Avec l'intention d'aller plus tard rendre visite à Rab Haïm, je téléphonai au rabbin Adin Steinsaltz.

— Venez, venez ! me dit-il aussitôt, comme si le temps ne comptait pas pour lui. Venez donc bavarder un moment !

Nous avions fait connaissance à l'époque où j'écrivais *La Mémoire d'Abraham.* Traducteur du Talmud, le rabbin Steinsaltz était, depuis toujours, le seul à avoir l'habileté de me suggérer des réponses aux questions que je me posais, y compris aux plus angoissantes.

Teint blafard, barbiche à la chinoise, œil malicieux, le rabbin m'accueillit avec son sourire d'enfant. Il possédait une mémoire phénoménale mais, par méthode, ne livrait jamais ses connaissances directement. Quand je lui soumettais un problème, il préférait me renvoyer à un commentaire, à un midrash, à un événement biblique ou contemporain qui me mettait sur la piste et me donnait le sentiment de découvrir moi-même la réponse.

Dans la nouvelle ville juive, il occupait une maison de style arabe – fines colonnades, plafonds en coupole, minuscules fenêtres à ogives prolongées de moucharabiehs ouvragés. Le rabbin y vivait dans la pénombre. Était-ce la raison de sa pâleur ?

— Vous, vous avez des soucis, me dit-il d'emblée en yiddish tout en me désignant un fauteuil.

Cependant, avec sa discrétion habituelle, il changea de sujet tandis que je prenais place.

— À quoi donc travaillez-vous en ce moment ?

J'hésitai. Je crois que j'avais un peu honte de lui livrer l'entière vérité.

— Disons que je réunis les matériaux pour un livre.

Sourit-il ? En tout cas, les sourcils qu'il leva formaient une silencieuse interrogation.

— Un roman que j'aimerais appeler *Les Mystères de Jérusalem*, ajoutai-je, sans autre précision.

Ses doigts cessèrent de caresser sa barbe pour aller rajuster la kippa qui glissait sur son crâne.

— On a beaucoup écrit sur Jérusalem.

— Rab Haïm m'a dit la même chose.

— Le bouquiniste ?

— Oui. J'étais dans son magasin hier lorsqu'il a été attaqué...

— Ah ! c'était donc vous... On m'a raconté.

— Je compte aller le voir tout à l'heure à l'hôpital.

Le rabbin Steinsaltz, toujours debout, approuva d'un petit hochement de tête.

— D'après ce que je sais, les nouvelles de son état ne sont pas très bonnes... Voulez-vous du thé ? Du café ?

— Du thé, merci.

Il disparut derrière une porte de métal peinte en vert. Je devinai quelques conciliabules. Puis il revint et s'assit en face de moi, sur une chaise de bois.

— On a dérobé des manuscrits à Rab Haïm, n'est-ce pas ?

— Oui.

— Ces manuscrits vous étaient destinés, je suppose ?

Il cala sa papillote droite derrière son oreille. Un silence s'installa, interrompu par l'arrivée de sa femme portant un plateau. Fragile, pâle, les cheveux cachés par un foulard blanc, elle était originaire de Belgique. C'est donc en français qu'elle s'adressa à moi. Nous échangeâmes quelques propos, puis elle s'éclipsa.

— Je comprends, fit le rabbin Steinsaltz en reposant sa tasse sur la table. Je comprends la tentation... La tentation de reconstruire l'histoire que la Bible a dédaignée. Je donne moi-même l'exemple du roi Achab. Dans le cadre d'une coalition antiassyrienne, en 853 avant cette ère, ce souverain a participé à l'une des plus grandes batailles de chars jamais engagées dans l'Antiquité. Pensez donc : le roi d'Assyrie opposa deux mille chars et cinq mille cinq cent quarante-deux cavaliers à la coalition dirigée par Israël, qui rassembla de son côté trois mille neuf cents chars, mille neuf cents cavaliers, mille chameliers... Et c'est à peine si le nom de cette bataille figure dans la Bible ! En revanche, le fait que le même roi Achab ait voulu déposséder un pauvre vigneron, Naboth, de sa vigne occupe tout un chapitre.

Le rabbin Steinsaltz racontait en fermant aux trois quarts ses paupières, tout en oscillant d'avant en arrière, comme s'il priait. Il se tut, ouvrit les yeux et m'observa avec intensité comme pour s'assurer que je l'écoutais bien.

— La Bible, poursuivit-il, est centrée sur l'éthique. Sur la morale que l'on peut tirer de l'histoire, et non sur l'histoire elle-même.

Son visage se creusa pour un sourire.

— Mais vous vous intéressez d'abord à l'histoire, n'est-ce pas ?

— Pour en tirer une morale.

— Il n'y a pas plusieurs morales, trancha le rabbin.

— Mais il y a une profusion d'histoires dont on peut tirer une morale, rétorquai-je.

Le rabbin Steinsaltz sourit à nouveau.

— Par où allez-vous commencer ?

— Peut-être par la source de Guihon : Jérusalem est née d'une source...

— Une source ? Pourquoi une source ? Je n'y avais pas pensé...

Je profitai de sa surprise pour lui poser une question à laquelle j'avais déjà reçu de nombreuses réponses, pour la plupart contradictoires.

— Qui étaient les premiers habitants de Jérusalem ?

Le rabbin me regarda droit dans les yeux. Se remettant à caresser sa barbe rare, il m'interrogea à son tour.

— Que dit le Livre ?

— Que ce furent les Jébuséens...

Il saisit alors une bible ouverte sur la table et me la tendit. Puis, sur un ton qui n'admettait pas de réplique :

— Voyons le texte !

Comme pour me guider dans le labyrinthe où il nous conviait, il précisa :

— Juges, I, 21...

Je trouvai le paragraphe sans difficulté. Je le lus à voix haute :

— *Pour les Jébuséens, habitants de Jérusalem, les enfants de Benjamin ne les dépossédèrent point...*

Et je demandai :

— Mais qui étaient les Jébuséens ?

— Voyez Ézéchiel, XVI, 3, et XVI, 45.

Je lus encore :

— *Ton père était amorrhéen et ta mère hittite...*

— Allez maintenant au chapitre des Nombres, XIII, 29, suggéra une fois de plus le rabbin.

— *Le Hittite, le Jébuséen et l'Amorrhéen habitent la montagne...*

Croisant le regard attentif de mon hôte, j'eus soudain envie de l'éblouir.

— Ephron, qui vendit à Abraham la grotte de Makhpela à Hébron, était aussi un Hittite, fis-je observer.

— En effet, admit le rabbin, la main accrochée à sa barbe.

— Alors, poursuivis-je d'une voix plus sûre, tel un enfant venant de comprendre sa leçon : tous les habitants de Jébus-Jérusalem s'appelaient Jébuséens.

Exactement comme tous les habitants de Paris, quelle que soit leur origine, sont des Parisiens !

Le rabbin Steinsaltz sourit.

— Jérusalem est née d'une source, dit-il, l'œil pétillant, avant d'ajouter : C'est le roi Ézéchias, en 727 avant cette ère, qui fit percer un canal depuis la source de Guihon, au-dessus de laquelle s'était érigé le bourg, jusqu'au bassin de Siloé, à l'intérieur de la cité. Cinq cent trente-trois mètres de long : pour l'époque, un exploit ! Deux équipes d'ouvriers, chacune à une extrémité, ont travaillé sous terre pour se rencontrer à mi-chemin. Le saviez-vous ? Une inscription en hébreu gravée dans le roc raconte...

Il se leva à nouveau, fit quelques pas dans la pièce, ferma les yeux pour mieux se concentrer et me cita de mémoire le texte de cette inscription :

> — *Voici l'histoire du percement. Les ouvriers ont commencé leur travail par les deux bouts. Quand quelques coudées les séparaient encore, ils s'entendaient travailler des deux côtés. Le jour où le creusement fut achevé, les ouvriers abattirent la paroi qui les séparait. Alors les eaux coulèrent de la source à la piscine, sur mille deux cents coudées.*

J'allais répondre lorsque l'épouse du rabbin apparut pour m'annoncer que quelqu'un me demandait au téléphone. En me levant, je m'excusai auprès du rabbin.

— Pardonnez-moi, car je me suis permis de laisser votre numéro à l'hôtel pour le cas où l'on aurait eu besoin de me joindre de manière un peu...

— Précipitée ?

Le regard du rabbin Steinsaltz pétilla. Son sourire s'agrandit et il ajouta :

— Eh bien, vous avez une vie très active en ce moment... Allez, allez, je vous en prie !

Je m'attendais à entendre la voix de Tom ou d'Orit, à la rigueur celle de Calimani. Ce fut une voix masculine inconnue qui répondit à mon salut lorsque je saisis le combiné.

— Monsieur Halter ? Marek Halter ?

— Oui... Qui êtes-vous ?

— Arié Doron. Mon nom ne vous dira rien, mais j'aimerais vous rencontrer très vite. À l'hôpital Bikur Holim.

— Rab Haïm ! fis-je, sentant mon cœur se serrer.

— Je suis désolé de vous l'apprendre si brutalement : il est mort il y a deux heures... J'aimerais vous parler, c'est très important...

— Mais qui êtes-vous ? insistai-je.

— Disons... De la police. Je vous expliquerai. Nous vous attendons. Je pourrais vous envoyer une voiture, mais ce sera plus discret si vous venez en taxi.

21

Ni vu ni connu

Il était un peu plus de onze heures et la pluie fine cessait à peine sur Jérusalem lorsqu'une BMW blanche, immatriculée à Tel-Aviv, pénétra sur le parking privé du King David. Le conducteur, vingt-cinq ans au plus, blond, un anneau à l'oreille droite, portait une chemise hawaïenne sur un pantalon à carreaux. À côté de lui, un homme âgé, en costume gris, la chemise blanche ouverte sur un cou très maigre, tenait un porte-documents en cuir sur les genoux.

Le gardien du parking, dont la casquette à galon était enveloppée d'une poche de protection en plastique transparent, leur indiqua une place. Mais le parking était à moitié vide et le conducteur de la BMW alla se garer juste en face de la sortie. Le gardien haussa les épaules et revint vers la guérite de deux mètres carrés qui lui servait de bureau à l'arrière de l'hôtel.

Les deux hommes descendirent de la BMW. L'homme au costume, dont le visage fin et osseux était en partie dissimulé par une chevelure juvénile, à peine grisonnante, boitait et s'aidait d'une canne de jonc. Comme le plus jeune semblait vouloir le suivre vers l'hôtel, sans un mot, d'un mouvement sec de sa canne, il lui indiqua l'entrée du parking. Le garçon fit une moue d'indifférence et, d'un pas nonchalant, se dirigea vers la barrière du parking, ouverte la plupart du temps. Il s'immobilisa quelques pas plus loin et tira un paquet de Winston de la poche de sa chemise. Machinalement, il plaqua une cigarette entre ses lèvres. Le regard plein d'ennui, expirant de lentes volutes de fumée, il se mit à contempler l'avenue HaMelekh David.

L'homme au costume gris pénétra dans l'hôtel en passant par l'entrée du sous-sol. Son boitillement, ou peut-être le balancement délicat de sa canne, lui conférait une élégance aristocratique. Lorsqu'il parvint à la hauteur de la salle des coffres, il manqua heurter une très belle jeune femme à la chevelure blonde et courte, au visage large et aux lèvres soulignées d'un rouge presque noir. Avec un sourire charmeur qui plissa son visage émacié, il s'excusa dans un anglais parfait. La jeune femme l'observa une seconde de trop avant de lui répondre d'un simple signe de tête.

Parvenu dans le hall, l'homme alla s'installer au bar et commanda un cocktail de jus de fruits dont il ne but qu'une gorgée. Sa canne appuyée contre la cuisse de sa jambe malade, il attira à lui un exemplaire de *Haaretz* vieux d'un jour qui traînait sur un fauteuil proche, consulta sa montre puis feuilleta les pages du journal.

Pendant plus d'un quart d'heure il ne se passa rien. Enfin le gardien du parking sortit de son bureau avec un ticket du service de blanchisserie de l'hôtel sur lequel deux chiffres étaient écrits à la main au feutre noir. Il circula entre les voitures comme s'il cherchait quelque chose. Après l'avoir dépassée, il sembla se raviser et revint à la hauteur de la BMW. D'un geste négligent, il glissa le ticket sous l'essuie-glace de gauche, les chiffres visibles vers l'intérieur.

De l'entrée du parking, le garçon en chemise hawaïenne ne quitta pas des yeux le gardien jusqu'à son retour vers l'hôtel. Une voiture arriva au même instant, le gardien revint sur ses pas, la guida vers une place. Les nouveaux arrivants ayant de nombreux bagages, le parking fut animé pendant une dizaine de minutes.

Le garçon à la chemise hawaïenne allumait sa troisième Winston lorsque l'homme à la canne ressortit de l'hôtel et se dirigea vers la BMW. Avec un soupir, l'autre lança sa cigarette à peine entamée devant lui et allongea la pointe de sa chaussure pour l'écraser avant de rejoindre la BMW.

Ils quittèrent le parking mais ne firent que quelques mètres sur l'avenue avant de la traverser et de pénétrer sur le parking du YMCA. Là, l'homme au costume gris sortit un téléphone portable de sa serviette, forma un numéro et parla brièvement en russe. Ensuite seulement le conducteur descendit de la voiture pour ôter du pare-brise le ticket de la blanchisserie du King David. Les nuages au-dessus de Jérusalem étaient désormais si fins que le soleil apparaissait, gros disque blanc de plus en plus chaud. L'homme sortit des lunettes de soleil de sa chemise en même temps que son paquet de cigarettes. Le passager de la BMW toqua contre la vitre avec sa canne et lui fit signe de rentrer dans la voiture.

À midi moins vingt, une Kawasaki 500 rouge, chevauchée par deux hommes en cuir et casques intégraux, entra au ralenti sur le parking du King David. Plusieurs clients de l'hôtel s'apprêtaient à partir. La moto fit une boucle brève entre les places libres et ressortit. L'une des femmes qui partaient l'observa avec étonnement. Elle se retourna vers le gardien, mais il était occupé ; elle haussa les épaules, demandant à son mari, déjà derrière le volant :

— Tu as vu ? C'est bizarre, non ?

— Vu quoi ? Bizarre quoi ?

— Rien, répondit-elle avec lassitude.

La moto, sans prendre de la vitesse, remonta l'avenue jusqu'au King Salomon Hotel, prit à droite dans Keren HaYessod, roula jusqu'au Centre culturel américain, tourna encore à droite pour suivre la ruelle sinueuse qui rejoignait l'avenue presque à la hauteur du King

David. À nouveau, elle entra dans le parking de l'hôtel. Tout, ensuite, se passa très vite.

D'un bond, le passager sauta de la moto et s'engouffra dans l'entrée du sous-sol. Il ne lui fallut que quatre ou cinq secondes pour atteindre la salle des coffres. Sa main droite était refermée sur un Ruger Redhawk .44 que les reflets sur l'acier brossé rendaient encore plus impressionnant tandis que, de la main gauche, avec une relative souplesse, il tenait un petit boîtier noir à peine plus gros qu'un interrupteur électrique. Il poussa du pied la porte vitrée de la salle des coffres, un simple couloir tapissé de portes blindées. Derrière un bureau, un jeune caissier de l'hôtel parcourait une revue d'astrophysique. Il leva des yeux éberlués vers l'apparition de cuir et de métal qui surgissait devant lui.

Hurlant derrière son casque, le motard posa le canon du Redhawk sous le menton du caissier et le poussa vers le coffre numéro 16. Le caissier glapit ; mais la pression du canon transforma son cri en un gargouillis terrifié. La porte du coffre était à la hauteur de leurs ventres. Deux marques de rouge à lèvres sombre, très visibles sur le métal gris, soulignaient l'emplacement caché des charnières de la porte à l'opposé de la molette d'ouverture. Le motard plaqua le boîtier noir entre les marques. Il y adhéra avec un cliquetis d'aimant. Une diode verte se mit aussitôt à clignoter. Le motard attrapa le caissier par le bras et le propulsa devant lui. Celui-ci s'effondra contre la porte vitrée tandis que, de l'autre côté, un couple âgé observait la scène en se tenant par la main, les yeux agrandis de terreur. Un aboiement du Redhawk pulvérisa la porte vitrée, le motard bondit à l'extérieur en sautant par-dessus le corps du caissier. Le couple âgé s'écarta en criant à l'instant où l'explosion résonna, assourdissante, mais produisant très peu de fumée. Dans le hall de l'hôtel, les clients comme le personnel s'immobilisèrent. Certains commencèrent à hurler. L'homme de la sécurité, en uniforme sombre, était plongé dans une conversation passionnante avec la très belle cliente blonde. En criant de terreur, elle lui agrippa le bras alors qu'il cherchait déjà à dégainer son Mass .38.

L'onde de l'explosion s'était à peine évanouie lorsque le motard revint dans la salle des coffres. La porte du numéro 16 était pliée en deux comme si un puissant bélier l'avait enfoncée. Le motard passa le bras et retira du coffre une serviette de bain bleu pâle qui enveloppait un objet long. Il eut l'air vaguement surpris ; son casque heurta la porte voilée quand il tenta de voir s'il restait quelque chose à l'intérieur du coffre. Dans le hall, des gens hurlaient encore et s'enfuyaient en se bousculant. L'homme de la sécurité s'était enfin éloigné de la cliente aux cheveux blonds. Il avançait, son Mass à la main, et les clients fuyaient devant lui en le bousculant, pris de terreur à la vue de son revolver. Il cria en leur ordonnant de se coucher, mais il devait hurler alternativement en anglais et en hébreu, et, dans la panique, personne ne l'entendait.

La serviette bleue à l'abri sous le bras gauche, le motard fonça vers le hall. Le Redhawk aboya à nouveau deux fois. L'une des balles pulvérisa le sous-verre protégeant une vue aérienne de l'hôtel, l'autre ricocha et s'enfonça dans la moquette. Il y eut de nouveaux hurlements. Un gros homme presque chauve buta contre une femme à terre et entraîna l'homme de la sécurité dans sa chute. Quand ce dernier fut de nouveau en position de tirer, la silhouette casquée atteignait le parking, où la Kawasaki rugissait comme pour un départ de grand prix. La roue arrière patina sur la droite. La moto et les deux hommes bondirent littéralement hors du parking, un pan de la serviette de bain flottant derrière eux. Ils traversèrent l'avenue à pleine vitesse pour entrer dans le parking du YMCA. La BMW démarra, la vitre arrière gauche baissée. La Kawasaki ralentit en arrivant à sa hauteur, le passager lança la serviette et son contenu sur le siège.

À la sortie du YMCA, la voiture et la moto s'engagèrent ensemble à gauche dans l'avenue. Cent mètres plus loin, au carrefour de Kikkar Zarfat, la moto prit à gauche en direction de Gaza tandis que la BMW passait devant la Grande Synagogue de l'avenue King George pour atteindre Yafo et la route de Tel-Aviv. À l'intérieur, l'homme au costume gris avait déroulé la serviette bleue et contemplait avec ravissement le lingot d'or découvert par Tom à Houreqanya. Il le caressa avec un petit rire qui ressemblait presque à un sanglot. Le conducteur se tourna, lâcha le volant de la main droite pour faire claquer ses doigts.

— Et voilà ! *Nie slychno, nie widno !* Ni vu ni connu !

22
Mizpa

Sur les indications précises d'Orit assise à son côté, Tom contourna les remparts en empruntant les longues avenues qui traversaient la ville, passant de quartier en quartier, Morasha, Mea Shearim, Nahalat Shimon, pour finir par serpenter entre les immeubles tout neufs des récentes extensions avant de rejoindre l'autoroute. La chaussée était mouillée, mais il ne pleuvait presque plus. La circulation reprenait son souffle chaotique du matin.

Brusquement, Tom accéléra, doubla deux voitures chargées d'enfants et profita d'un espace libre pour continuer à accélérer. Les six cylindres du Toyota répondirent avec un peu de brutalité. Orit se tourna vers Tom.

— Qu'est-ce que tu fais ?

— On nous suit.

Orit se retourna sur son siège.

— Quelle voiture ?

— Le break Chevrolet bleu nuit... Il était devant l'hôtel tout à l'heure et, depuis que nous sommes passés devant l'hôpital Saint-Joseph, il s'est rapproché.

— La troisième voiture ?

— Oui... Tu vois, il double lui aussi !

— Tu es sûr ? demanda Orit en se rasseyant calmement. C'est difficile de se rendre compte, avec cette circulation.

— On va bientôt être fixés. L'entrée de l'autoroute de Ramallah est loin ?

— Non, cinq ou six cents mètres... Dès que nous aurons dépassé ce lotissement, à droite.

Tom se contenta de maintenir une vitesse régulière. Parvenu à la hauteur des dernières maisons du lotissement, alors qu'il n'y avait plus aucune rue transversale en vue, il freina et se gara sur le bas-côté entre deux voitures de résidents. Dans le rétroviseur, il vit le break ralentir brusquement, comme si son conducteur hésitait, puis accélérer à nouveau. La Chevrolet les dépassa. Il y avait deux passagers à bord, et ni l'un ni l'autre, bien sûr, ne leur accordèrent le moindre regard.

— Raté ! fit Orit avec une moue moqueuse. Tu sais, nous sommes sur la route de l'aéroport. Ce n'est pas celui de Tel-Aviv, mais il y a quand même des gens qui vont y prendre l'avion !

Ce matin, ses cheveux étaient à nouveau ramassés en un chignon serré aux épingles invisibles. Elle portait une tenue presque identique à celle de la veille, à Houreqanya, et, surtout, le même parfum d'ambre. Pourtant, sans doute à cause de l'absence de soleil, il se diffusait avec moins d'abondance. Tom s'abstint de tout commentaire et redémarra.

À peine une dizaine de mètres avant la boucle d'entrée sur l'autoroute, le break apparut, immobile sur le côté. Le hayon en était levé, et le passager, en chemise verte, était apparemment occupé à ranger quelque chose dans le coffre. Mais le coffre était vide. Dès que le 4 × 4 l'eut dépassé, l'homme à la chemise verte rabattit précipitamment le hayon, remonta à côté du chauffeur, et le break redémarra.

— Convaincue ? demanda Tom, un œil sur le rétroviseur.

— Toutes mes excuses, dit Orit, apparemment peu impressionnée. Tu penses que ce sont les Russes ?

— Qui d'autre ?

— Qu'est-ce qu'on fait ?

— Pour l'instant, rien. On continue normalement.

— Nous allons les conduire à Mizpa...

— On verra là-bas. Ils ne sont que deux... Et pour une fois qu'ils ne me précèdent pas !

— Tu veux vraiment les conduire à la citerne ?

— Nous ne l'avons pas encore trouvée ! Mon idée a toujours été de leur tendre un piège. Leur désigner l'emplacement possible d'une cache et les surprendre.

— Et après ? Faire des photos ?

Le sourire d'Orit était plus que moqueur, presque agressif. Tom haussa les épaules sans répondre.

Orit se retourna pour voir la Chevrolet s'élancer sur l'autoroute à leur suite. Elle resta un moment silencieuse, le regard assombri. Tom lui jeta un coup d'œil surpris.

— Qu'est-ce qui ne va pas ? Tu as peur ?

— Non. Mais je ne crois pas que ce soit une bonne idée.

— Ah ? interrogea Tom, sarcastique. Pourquoi ? Je vais ébranler une mauvaise carte et faire trembler tout le château. Faire sortir les démons, comme dirait ton ami Rosen ?

Orit haussa les épaules.

— Il n'a jamais été question de démons ! Mais...

— Mais ?

— Tu n'es pas de taille... Je veux dire, tout seul. Seul contre une bande organisée, excuse-moi, c'est stupide. Tu ne pourras rien faire. Ou ils te descendront avant que tu puisses lever le petit doigt !

Elle commençait à parler plus fort et à s'énerver.

— Je ne comprends même pas comment tu as pu avoir une idée pareille ! Je n'ai rien voulu dire tout à l'heure devant Marek et le professeur, mais ça ne tient pas debout. Vous courez à la catastrophe !

— Vous ? Tu ne fais plus partie de l'équipe ?

— Ne fais pas l'idiot. Tu sais ce que je veux dire !

Tom haussa les sourcils et se frotta l'arête du nez avant de secouer la tête.

— Non, je ne sais pas ! Je suis même très surpris. Apparemment, hier, tout cela ne te posait aucun problème, au contraire !

— Hier, c'était hier !

Elle avait retrouvé son ton impérieux et cassant, mais, cette fois, Tom savait qu'une autre femme se dissimulait sous cette apparence. Une autre femme sous la tenue néo-militaire et la propension à s'opposer et à imposer. La femme au parfum d'ambre et aux cheveux qui pouvaient tisser un filet de protection lorsqu'on tombait dans un puits. « Je suis ton bon ange », avait-elle dit, hier soir, dans la nuit, comme si elle aussi avait une longueur d'avance sur lui.

Cette phrase, comme le souvenir du désir qui l'avait emporté la veille lorsqu'elle avait posé les doigts sur ses lèvres, l'avait poursuivi tard dans la nuit. La vérité était que, même dans ses rêves les plus désordonnés, jamais il n'avait espéré rencontrer une femme comme Orit. Cependant, la rencontrait-il vraiment ?

D'autres phrases, d'autres expressions, d'autres impressions l'avaient aussi tenu en éveil, qui aboutissaient à une conclusion beaucoup moins heureuse. Le soupçon désagréable d'être, depuis le début, manipulé. Une très vieille et très banale histoire de charme féminin... Pourtant, pas une seule seconde il n'imaginait Orit manœuvrant pour le compte de Sokolov. Alors ? Il ne lui restait que le doute, comme l'avait si bien exprimé Calimani.

Tom se demanda ce qu'il se passerait, maintenant, s'il tentait ne serait-ce que d'effleurer la main d'Orit. Ce qu'il avait eu envie de faire vingt fois depuis leurs retrouvailles dans la chambre de Marek. Néanmoins il parvint à sourire, narquois et provocant à son tour, lâchant le volant pour pointer du doigt le sac de cuir qui avait repris sa place aux pieds d'Orit.

— Mais non, je ne risque rien ! Tu es là, avec ton revolver ! Tu ne l'as pas oublié, au moins ?

Pour toute réponse, Orit se contenta d'un plissement de paupières agacé. Pendant les cinq, six kilomètres qui précédaient l'embranchement de l'aéroport, elle se retourna toutes les dix secondes, anxieuse. Le break Chevrolet les suivait toujours, sans que la distance augmente ou diminue. Soudain elle poussa un cri de satisfaction.

— Qu'est-ce que je disais ? Ils vont à l'aéroport !

Tom regarda dans le rétroviseur juste à temps pour voir le break glisser sur la droite et disparaître dans la bretelle d'accès.

Orit se détendit, victorieuse et rieuse.

— Déçu, mister Hopkins ?

— Mmm !

Il y eut un nouveau silence.

— Tu t'es déjà retrouvé dans une fusillade ? demanda-t-elle, brusquement sérieuse.

— Oui.

— Où ça ?

— En Colombie. Pendant les dernières élections.

— Tu as eu peur ?

— Oui.

Orit approuva.

— Il vaut mieux avoir peur.

— Tu as connu ça ?

— Au Liban. Et, finalement, n'importe quand à Jérusalem, si j'y pense.

Tom laissa passer un silence puis demanda, les sourcils froncés :

— Pourquoi cette question ?

— Les gens qui n'ont pas peur sont des imbéciles dangereux, dit Orit le plus sérieusement du monde.

— Tu parles comme une professionnelle du coup de main... Je croyais que ta spécialité était l'informatique.

— C'est l'informatique. Mais tu oublies tout le temps où nous sommes. Il va falloir que tu t'y fasses.

Tom regarda la route, pensif. La main d'Orit se posa enfin sur son bras.

— Attention, je crois qu'il faudra prendre la prochaine piste à gauche.

Tom ralentit. Deux voitures immatriculées dans les territoires occupés les dépassèrent, puis un autocar. Un énorme cumulus anthracite avait envahi le ciel. De grosses gouttes s'écrasèrent sur le pare-brise. Comme si elle avait lu dans ses pensées, faisant glisser la pointe de ses doigts jusque sur le poignet de Tom, Orit dit :

— Ce n'est pas grave. En cette saison, la pluie ne dure jamais bien longtemps.

Il lui sourit et se demanda si elle lui avait réellement caressé le poignet.

Ils roulèrent pendant vingt minutes au ralenti sur une piste cahoteuse qui semblait devoir se perdre dans les sables. Tout était étrangement désolé, plus encore qu'au bord de la mer Morte. Sans que les animaux soient visibles, des aboiements de chiens répliquèrent aux jappements aigres d'une hyène ou d'un chacal. La piste serpentait de bosses en creux ; soudain, au-delà d'un virage en épingle à cheveux, elle les ramena brutalement à l'orée d'un groupe de maisons entourées de cactus. Du hameau, inattendue, une colline s'élevait vers le nord, couverte d'oliviers. Deux Bédouines s'immobilisèrent pour leur adresser un salut de la main. Elles portaient des robes à longues manches en pointe, flottant comme des ailes autour de leurs silhouettes.

— Nous y sommes ? demanda Tom.

— Je ne crois pas, répondit Orit, les yeux sur la carte. Tell Nazba doit se trouver encore plus loin... Arrête-toi quand même.

Elle descendit du 4 × 4 et alla à la rencontre des femmes. Elles parlèrent en arabe avec des gestes et des hochements de tête, se frôlèrent les doigts en guise d'adieu.

— D'après elles, expliqua Orit en refermant sa portière, il y a des ruines à cinq cents mètres sur notre droite. Elles disent qu'il y a une citerne des anciens mais qu'« elle est morte ». C'est-à-dire que plus personne ne s'en sert.

Des gouttes éparses continuaient de tomber, comme à regret. Tom roula très doucement pendant quelques minutes, à flanc de colline, avant de s'arrêter brusquement et de couper le moteur. Orit l'observa sans un mot. Il descendit du Toyota, saisissant au passage les jumelles sur le tableau de bord.

Orit ne le quittait pas des yeux. Attentivement, il parcourut le paysage chaotique. Après une rotation qui englobait tout l'horizon, il ôta les jumelles de ses yeux en secouant la tête et machinalement se massa la nuque.

— Rien, dit-il en revenant au 4 × 4. Rien du tout.

— La pluie cesse, se contenta d'indiquer Orit avec un coup d'œil vers le ciel.

— Je ne comprends pas, dit Tom en secouant à nouveau la tête.

— Quoi donc ?

— Je ne comprends rien. Pourquoi ne sont-ils pas à nos trousses ? Ça n'a pas de sens !

— On continue ? grinça Orit. À moins que tu ne veuilles leur faire passer une petite annonce : « Journaliste cherche reportage *prime time*, prière à la mafia de se manifester ! »

— Très drôle.

Quelques minutes plus tard, toujours au ralenti, le 4 × 4 pénétra dans une sorte de cuvette austère, comme laissée à l'abandon. Au centre se dressaient de pesantes ruines. Très loin vers l'est, le bleu du ciel réapparaissait par bandes étroites. Le soleil dessina un rayon oblique dans leur direction. La tiédeur de l'air revenait avec une odeur moite de terre et de poussière. Des blocs de pierre, massifs et frustes, rougeâtres comme le sol alentour, semblaient surgir de terre dans l'ombre d'une épaisse muraille. Ciselée de brèches et de lézardes, usée par le temps comme un visage centenaire, cette muraille flanquée d'une tour carrée paraissait, dans ce paysage désolé, d'autant plus immense.

— Ça ne ressemble pas du tout à la description du moine, murmura Tom.

Soudain, après avoir emprunté une volée de marches récemment taillées dans la roche, ils firent face à une imposante citerne. Le vent et les ruissellements l'avaient en partie découverte, rongeant le sol à sa circonférence. Des vestiges, des débris de pierres sculptées et maçonnées aux dimensions cyclopéennes, typiques des constructions de l'Antiquité, jonchaient la terre battue et les buissons alentour.

— C'est elle, dit Orit, la citerne.

Tom ne se départit pas de sa moue dubitative, mais il sauta sur le rebord de pierre taillée et tendit la main à Orit pour qu'elle pût l'y suivre.

La citerne était recouverte d'un rocher plat dans lequel on pouvait encore reconnaître les orifices destinés aux énormes gonds de bronze dont parlait Achar de Esch, ainsi que l'entaille centrale prévue pour les anciennes barres de fermeture.

— C'est elle, répéta Orit.

— Ça pourrait être elle, grogna Tom.

Il se tourna vers le sud, vers l'enfilade de pentes et de bosses, et alla s'asseoir sur le rebord de la citerne. Orit l'observa une seconde, porta machinalement la main à ses cheveux, puis le rejoignit. Dans ce mouvement, pour la première fois de la journée, Tom perçut le parfum soyeux et musqué de l'ambre avec la même force que la veille. Il sourit sans détourner les yeux des bosquets rachitiques, au-delà des ruines, où l'ombre commençait à naître.

— Tu m'expliques ? demanda doucement Orit.

— C'est peut-être la citerne, dit-il en croisant les bras. On peut l'imaginer. Mais ça ne nous avance guère. Nous cherchons une grotte, reliée à la base de la citerne, selon le moine. Tu vois le terrain devant nous ? La *face sud de la colline* dont il parle n'existe plus. Ou alors nous ne sommes pas au bon endroit.

— En mille ans, la topographie du terrain a forcément évolué, surtout dans cette région. L'érosion a découvert le haut de la citerne et la terre a comblé le talus dont parle le moine ; là où se trouvait l'entrée des grottes...

— Possible, admit Tom. Probable, même. Donc, cela signifie que l'entrée de la caverne est désormais on ne sait où sous la terre... Conclusion, adieu le trésor !

— Mais il reste la citerne ! protesta Orit.

— Et alors ? répliqua Tom avec agacement. Elle a été visitée des centaines de fois, des milliers peut-être. Calimani nous a dit que des archéologues étaient venus. Cela signifie qu'ils ont examiné chaque pierre à la loupe, à l'intérieur de la citerne comme à l'extérieur. S'il y avait eu quelque chose à découvrir, une cache ou un passage, ils l'auraient découvert depuis longtemps !

Orit resta silencieuse.

— De deux choses l'une, reprit Tom. Soit la citerne ne contient pas le trésor parce qu'elle ne l'a jamais contenu – parce qu'il est dans la grotte, par exemple. Soit elle l'a contenu – par une galerie la reliant à la grotte, peut-être – et, en ce cas, il a depuis longtemps disparu...

Orit resta silencieuse mais approuva de la tête.

— En fait, depuis Paris, l'idée me trotte dans la tête. Il est plus que probable que l'histoire qu'a vécue le moine – la grotte en feu, les pèlerins brûlés vifs – ne soit pas demeurée inaperçue. On peut même penser qu'elle a déchaîné la curiosité des croisés comme des gens de la région autant qu'elle les a effrayés. Quelqu'un a certainement trouvé ce lingot d'or que le moine a laissé sur place. Il n'a pas disparu par magie !

— Les gens de cette époque avaient peur de ce qu'ils ne comprenaient pas... L'endroit devait être considéré comme maléfique, objecta Orit.

— Oui, sans doute. Mais le temps a fini par passer et un jour le désir de l'or a été plus fort que la crainte ou la superstition...

Il y eut un nouveau silence. Tom agita les mains car les mouches les avaient rejoints et commençaient à l'agacer en vibrionnant autour d'eux.

— Tu as peut-être raison, admit Orit.

— De toute façon, nous n'avons pas le matériel nécessaire pour soulever cette dalle, soupira Tom en désignant la lourde pierre derrière eux. Mais je suis certain que ça ne servirait à rien...

— Quand même... On pourrait aller voir si rien ne ressemble à l'entrée d'une grotte, proposa Orit. Puisque nous sommes là...

Pendant plus d'une heure ils arpentèrent les pentes de glaise rousses et caillouteuses comme à la promenade, allant de buisson en buisson, parfois creusant avec leur pelle au pied des roches plus volumineuses dans le vague espoir de découvrir on ne sait quelle mystérieuse trace. Tom s'y obligeait, mécaniquement et sans grande conviction.

Il s'efforça aussi de retrouver la perspective de la citerne telle qu'elle était décrite par Achar de Esch. Mais, comme il l'avait deviné au premier coup d'œil, il n'existait plus de colline menant jusqu'aux ruines, seulement une succession de monticules à peine plus hauts qu'un homme. Charriée à dos d'hommes ou par la seule lubie de la nature, la terre s'était accumulée en une pente assez lente pour que des oliviers et des vignes puissent y être cultivés. Des oliviers, il ne restait que les moignons gris et lisses. Mais des pieds épars de vigne, bien que tordus par l'âge et l'abandon, jetaient encore quelques sarments rabougris et stériles vers le ciel comme dans un furieux cri de survie.

Les nuages s'étaient déchirés en amas de ouate bulbeuse. La chaleur venait et avec elle les stridulations d'insectes. Deux ou trois fois, Tom avait cru entendre le moteur d'une voiture. Mais ce n'était qu'un bruit vague et lointain.

Peu à peu, ils reculaient. Ils étaient presque à cinq cents mètres de la citerne lorsque Orit, à travers une végétation d'épineux pointant leurs branches aiguës, aperçut les vestiges d'une muraille. Des pierres brunes, tachées de moisissures mais assemblées avec soin.

— Tom ! Tom ! viens voir !

À coups de pelle, ils se frayèrent un passage. À travers l'entrelacs des arbustes, les pierres maçonnées sur plus d'un mètre de largeur formaient un alignement régulier. Collés à la végétation, d'étranges insectes brillaient au soleil comme autant de lucioles diurnes. Tom avança la main pour la retirer aussitôt. Le rire clair d'Orit tinta. Aussi grosses que des cafards, d'énormes fourmis noires tentèrent, toutes antennes dehors, de filer on ne sait où.

— Regarde, dit Orit, elles disparaissent là.

Elle désignait une grosse pierre, visiblement taillée et comme plantée droit au pied du mur. Les fourmis, dans un flux incessant, disparaissaient et surgissaient d'une crevasse du sol au pied de la pierre.

— On dirait qu'il y a un vide dessous, ajouta Orit avec une vibration d'espoir dans la voix.

Tom releva les yeux vers les ruines comme s'il avait entendu quelque chose, fit la moue et considéra la pierre.

— On peut essayer de la basculer avec nos pelles, dit-il. Mais il faut se faire un peu de place, d'abord.

À grands coups, il tailla dans les buissons. Puis ils insérèrent les fers des pelles entre le mur et la pierre.

— Prête ?

Il suffit d'une poussée, et pas bien forte, pour que la pierre bascule vers eux. Elle entraîna avec elle une bonne largeur du mur. Pour éviter que les pierres ne lui écrasent les pieds, Orit fit un bond et s'affala dans les branchages en poussant un cri de douleur.

Tom lâcha sa pelle et se précipita.

— Ce n'est rien, dit Orit, entre le rire et la grimace, seulement ces cochonneries piquantes !

Tom l'aida à se relever. Avec un craquement bref, un large lambeau de sa chemise resta accroché dans les branchages. Orit grogna de douleur une nouvelle fois.

Sous la pierre, il n'y avait qu'un vide étroit, occupé par une armada de scolopendres affolées qui s'échappaient en désordre.

— Tout ça pour ça, grinça Orit.

— Tu as le dos en sang, remarqua Tom.

— Des égratignures...

— Attends !

Il décrocha la bande de tissu restée dans les épines pour éponger le dos sanglant d'Orit. Plusieurs égratignures peu profondes striaient sa peau fine et bronzée. Plus longue que les autres, une épine avait déchiré en partie la bretelle du soutien-gorge. Elle était encore à moitié incrustée dans la soie de la peau et le sang y perlait en abondance.

— Attention, dit-il.

— Hé !

D'une main il souleva le tissu tendu de l'élastique tandis que de l'autre il retirait l'épine d'un mouvement sec. À son extrémité, elle était munie d'une griffe minuscule et recourbée qui ouvrit la chair comme une lame. Orit cria en s'agrippant à son épaule, s'affaissant contre lui en pliant les genoux. Il l'enlaça pour la retenir et sentit le rire doux qui ronronnait en elle.

— Désolé...

— Drôle de manière de..., murmura-t-elle en tournant le visage vers lui.

Elle s'interrompit, soudain raidie. Le bruit, distinct, cette fois, d'un moteur de voiture grandissait sur le chemin des ruines.

Tom s'écarta du buisson et entrevit le break Chevrolet qui atteignait les ruines.

— Les voilà ! Ça faisait un moment qu'il me semblait les entendre.

Totalement oublieuse de ses griffures, Orit scrutait le haut de la pente. Quand Tom l'observa, il fut étonné de lire de la colère dans ses yeux clairs plutôt que de la crainte ou de la surprise.

— Que comptes-tu faire ? demanda-t-elle d'une voix glacée.

— Aller leur dire bonjour, répondit Tom calmement. Tu as une meilleure idée ?

Elle le regarda dans les yeux. Elle contempla sa main qui tenait encore le morceau de tissu ensanglanté. Finalement, elle esquissa un bizarre sourire, fataliste et tendre. D'une tendresse qu'il ne lui avait encore jamais vue.

— J'ai une meilleure idée, oui. Mais je doute que ce soit tout à fait le bon moment...

— Tu peux rester ici, dit Tom.

— Non. Il ne vaut mieux pas.

Il y eut le claquement d'une portière lourde puis un homme en chemise verte apparut près de la citerne. Il scruta les monticules alentour et les vit. Il s'immobilisa, sortit un paquet de cigarettes de sa poche, en plaça une entre ses lèvres sans l'allumer et attendit sans un geste, les fesses calées contre la citerne.

— Allons-y, dit Tom.

Ils rejoignaient l'homme alors qu'il allumait enfin sa cigarette. La ressemblance l'avait frappé de loin, mais, plus il approchait, plus Tom était sidéré. La moustache, le front dur et le nez aquilin, le visage carré et les pommettes hautes : tout y était ! L'homme ressemblait comme un frère jumeau à Staline ! Tom pensait déjà à la plaisanterie qu'il allait en faire pour aborder le Russe lorsque Orit prit les devants. Sa chemise était noircie de zébrures de sang à demi coagulé et lui collait au dos. Tom songea qu'elle devait avoir mal, mais elle ne semblait pas s'en soucier. Il y avait dans sa démarche quelque chose d'impérieux qui le mit instinctivement sur ses gardes.

— Arié m'avait promis que vous n'apparaîtriez pas ! lança-t-elle en hébreu, se plantant, raide de fureur, à trois pas de l'homme.

— Les ordres ont changé, dit « Staline » en soufflant paisiblement sa fumée.

Tom s'était immobilisé.

— Pourquoi ? demanda Orit.

— Votre oncle vous le dira, répliqua l'homme sans changer de ton.

— Hé, dit Tom. Je peux avoir une traduction ?

Orit se tourna vers lui, ses yeux humides adoucis par une ombre qui n'existait qu'en elle. Elle haussa imperceptiblement les épaules, ce qui lui tira une petite grimace de douleur. Elle referma les bras sur sa poitrine et revint vers Tom comme si elle voulait offrir la vue de son dos à l'homme à la chemise verte. Il la regardait, le visage vide d'expression. Le chauffeur de la Chevrolet n'était même pas descendu du break.

— Tu vas m'en vouloir, Tom. Mais, quoi qu'il arrive, je te jure que je ne l'ai pas fait contre toi.

— Vous n'êtes pas russe ? demanda Tom à l'homme en vert.

— Services spéciaux israéliens, monsieur Hopkins, dit l'homme à la chemise verte en ôtant la cigarette de ses lèvres.

— Mossad ?

— Si vous voulez.

Tom tourna un visage blême de rage vers Orit.

— Toi aussi ?

Orit esquissa une douce moue. Tom eut l'impression que ses lèvres cherchaient à avoir une vie propre et pouvaient venir se poser sur sa bouche.

— Pas vraiment, dit-elle.

— Pas vraiment ?

Il secoua la tête, incrédule.

— C'est pas vrai ! Je rêve !

Un bruit de radio se fit entendre par la vitre ouverte de la Chevrolet. Le chauffeur cria deux mots. Orit se retourna, et « Staline » se redressa.

— Tom... implora Orit en tendant une main.

— En fait, non ! ricana Tom. Je ne rêve pas du tout ! Si j'avais accepté de regarder les choses en face, j'aurais compris depuis hier soir ! Bravo !

— Ce n'est pas vrai, Tom...

— Bon ! la coupa l'homme à la chemise verte en lançant son mégot dans la poussière. Vous aurez tout le temps de vous expliquer en rentrant à Jérusalem. Le patron nous attend au King David. Vous passez devant. Et ne vous perdez pas en route, s'il vous plaît.

23
Arié Doron

Mort, les joues comme creusées par le poids de sa barbe clairsemée, les paupières bombées et lustrées, pareilles à des coquillages depuis trop longtemps polis, Rab Haïm semblait encore plus chétif que de son vivant. Son corps d'oiseau soulevait à peine le drap qui le recouvrait, et ses mains possédaient déjà la transparence des squelettes. L'absence de son regard, plus que tout, me fut le signe de son éloignement, de cet envol vers l'autre temps de la vie, qui n'a de poids et de vérité dans le monde visible que par l'effort de mémoire des vivants que nous sommes.

À mon arrivée à l'hôpital, trois jeunes gens m'avaient accueilli et, après avoir vérifié mon identité, accompagné jusqu'à la morgue. Un homme m'y attendait. Les jambes courtes, il semblait exister d'abord par son ventre : une panse énorme, projetée en avant et mal contenue par une chemise au col largement échancré sur une poitrine glabre. Ensuite seulement on accordait quelque attention à son cou de buffle, à ses lèvres minces et à ses iris d'un marron si clair qu'ils semblaient faits de verre. Une cicatrice zigzaguait de sa tempe au gras de sa joue. Le corps, le visage et les stigmates, tout en lui évoquait l'obstination : celle de ces hommes qui, jusqu'au combat ultime, voudront croire toujours que rien n'est de taille à les arrêter.

Sa voix avait la rugosité des gros fumeurs ou des gens habitués à parler beaucoup et fort. Il s'était présenté d'un nom – Arié Doron –, sans autre précision, et m'avait tendu la main comme si, devant le corps de Rab Haïm, le reste pouvait attendre. Et j'étais bien d'accord.

C'est avec un geste presque tendre, comme décalé du reste de sa personnalité, qu'il avait dévoilé le visage du bouquiniste. Du même geste, il le recouvrait maintenant.

Mon émotion devait être visible. Doron me saisit le coude, non pas pour me conduire ou me contraindre, seulement pour transmettre quelque chose d'un homme à un homme devant le cadavre d'un troisième.

— Venez, me dit-il, nous parlerons dans la voiture.

Je ne demandai pas où nous allions, c'était inutile. Un instant plus tard nous nous assîmes à l'arrière d'une Mercedes vieille de dix ans, précédée et suivie d'une autre, filant à toute allure à travers Jérusalem ; un luxe de précautions. Doron lut l'étonnement dans mes yeux et m'annonça en souriant à demi :

— Nous allons à Qiryat Hamemshala, au QG de la police nationale. Je suis le patron de la brigade chargée de la protection du patrimoine archéologique.

J'enregistrai l'information, avec tout ce qu'elle supposait, mais ne pus m'empêcher de demander :

— Et vous vous êtes déplacé pour la mort d'un vieux bouquiniste ?

La panse de Doron tressauta avant même que j'entende son mince, amer et bref rire.

— Oui... Et pour d'autres choses, bien sûr. Peut-être aussi parce que je déteste par-dessus tout qu'on agresse un vieux bonhomme, quel qu'il soit. Rab Haïm a traversé tout ce que ce siècle nous a proposé de pire. Pourtant, il n'y avait plus que l'usure du temps qui pouvait le vaincre. Il a fallu que des voyous imbéciles gâchent la fin de ses jours, c'est impardonnable.

— Vous savez que j'étais présent lors de son agression, n'est-ce pas ?

— Oui... Vous avez été vous-même agressé, oui, je sais.

Me regardant droit dans les yeux, il leva les sourcils, plissant ainsi étrangement sa cicatrice.

— J'ai lu les rapports de la police de Jérusalem. Mais, si vous voulez bien, nous parlerons de tout cela dans mon bureau, tout à l'heure... Vous êtes romancier, il paraît...

Ce n'était que le premier pas de deux d'un interrogatoire bien curieux qui s'offrait toutes les apparences d'une simple conversation entre gens de bonne compagnie, voire soucieux de faire montre de leur culture. En fait, je m'en rendis compte plus tard, la « méthode Doron » était déjà à l'œuvre.

— Vous n'allez pas me dire que vous avez lu mes livres ? fis-je, quelque peu sur la défensive.

Cette fois, le rire de Doron fut plus clair.

— Non ! Mais je sens que cela ne va pas tarder. Vous écrivez sur Jérusalem, en ce moment ?

— Non. Pour l'instant, je n'écris pas. Je me demande seulement si je vais pouvoir le faire et comment. C'est la période critique, pas la plus agréable.

Doron opina comme si cela l'intéressait vraiment. Notre petit cortège filait en direction des quartiers nord, glissant à toute vitesse d'une avenue, d'une rue à l'autre, parfois se frayant un chemin en double file. De ma vie, jamais je n'avais roulé si vite dans les rues encombrées de la Sainte Ville.

— Pourquoi Jérusalem ? interrogea Doron en m'observant de tout le brun clair de ses yeux comme si son regard abritait un détecteur de mensonges.

Je choisis de répondre comme on joue au billard, en me servant des bandes.

— Parce que j'aime écrire des histoires. Il est dit, dans le livre de la Création : *Vingt-deux lettres, Il les a gravées et les a sculptées, Il les pesa et les mit en mouvement selon différentes combinaisons. Par elles, Il créa l'âme de toute créature et l'âme de toute parole. Vingt-deux lettres fondamentales, fixées sur une roue comportant deux cent trente et un portails. Et la roue tourne vers l'avant et vers l'arrière... Comment les pesa-t-Il et les mit-Il en mouvement ?* Le jeu, les combinaisons, les désirs et les émotions... Ma femme ne croit guère, pour sa part, aux signes porteurs de sens. Elle pense que les mots mentent. Elle les aligne en des combinaisons qui semblent soigneusement se tenir hors d'un sens précis. Cela devient de l'art... Le jeu du sens et du non-sens ! Mais le Talmud soutient que les mots ont été donnés à l'homme pour qu'il raconte des histoires à l'intention de Dieu. Or j'aime raconter des histoires.

On traversa le carrefour devant l'hôtel du Mont-Scopus avant que Doron ne réagisse, comme s'il réfléchissait sérieusement à ce que je venais de dire. Finalement, mon jeu de bandes se révéla inutile.

— Mais Jérusalem ? répéta-t-il.

Après tout, à quoi devais-je exactement répondre, puisqu'on s'enquérait si aimablement de mes soucis d'auteur ?

— Il y a mille raisons d'écrire sur Jérusalem. Excusez-moi, mais comment dois-je vous appeler ? Inspecteur, commissaire...?

Nouveau sourire.

— Je ne suis ni l'un ni l'autre. Appelez-moi seulement Doron. Ça ira.

— Si vous voulez. Donc, prenez Freud, par exemple. Il affirme que, si Jérusalem n'avait pas été détruite, nous autres Juifs aurions disparu, comme tant de peuples à travers l'Histoire... Ce n'est qu'après la destruction du Temple, selon lui, que l'édifice invisible du judaïsme a pu être construit. Dès lors, ce sont les livres et l'étude des livres qui ont empêché ce peuple dispersé de se désagréger.

— Intéressante hypothèse, déclara Doron avec patience.

— Quant à moi, disons que j'aimerais découvrir comment était Jérusalem avant sa destruction et pourquoi elle a été détruite.

Arié Doron sourit. Ce sourire-là était différent. Une nouvelle mais pas surprenante facette du gros homme. Un sourire tout empreint d'une supériorité presque paternelle, un soupçon d'amusement condescendant, vaguement arrogant, et qui aussitôt m'irrita, même si je savais qu'en prenant mon histoire d'une manière si contournée j'avais tendu les verges pour me faire battre. Doron leva sa main puissante, désigna l'accumulation de constructions récentes qui s'éparpillaient dans les quartiers nord.

— Mais l'histoire de Jérusalem est déjà écrite ! Regardez autour de vous...

— On me l'a déjà dit.

— On vous a dit vrai.

— Je ne crois pas qu'elle soit écrite, plutôt figée, insistai-je. Ce qui est écrit, étrangement, exprime toujours le besoin de s'écrire à nouveau, de se réécrire sans fin. Ici, à Jérusalem, ce besoin est plus fort que partout ailleurs. Sinon, l'histoire se fige comme de l'huile bouillante dans la glace. Et devient une menace... Nous connaissons la succession des faits, mais nous ignorons pourquoi ils ont eu lieu à Jérusalem. Les agissements de ses rois, la conduite de sa population nous sont narrés comme une répétition d'une seule et même leçon que l'Éternel aurait voulu nous administrer et, à travers nous, à toute l'humanité. Si c'est le cas, cette leçon ne cesse de s'écrire, tout simplement parce qu'elle ne cesse de reprendre forme pour nous, au fur et à mesure que la vie devient du temps... L'écriture est indissociable du temps. Raconter une histoire, c'est dire et dévoiler la matière du temps.

Je m'enflammai sur ce sujet un peu plus que je n'aurais dû. Arié Doron souriait toujours, et son sourire, loin de me décourager, m'incitait à poursuivre.

Peut-être seulement pour apparaître plus confiant en ce que j'avançais que je ne l'étais réellement.

— Doron, vous avez déjà regardé, comme tout le monde, les vagues d'un océan qui balaient la terre ferme. Elles nous fascinent parce qu'elles possèdent un rythme aussi constant qu'immémorial. Mais sont-elles pour autant identiques ? Ce n'est qu'une impression, une suggestion superficielle du visible. En fait, chacune est différente des autres par son ampleur, par son poids, par son intensité, par sa trajectoire, par sa frappe, par sa force d'érosion des côtes... La contradiction la plus flagrante de l'Histoire est sans doute que son objet est singulier, unique. Que chaque événement ne s'y produit qu'une fois – alors que son but, comme celui de la Bible, est d'accéder à l'universel ! Mais nous nous saisissons de détails pour figer le visible. Ainsi, les drames et les désastres qui se sont abattus sur le peuple juif à travers les siècles ont eu lieu, selon la tradition, le même jour : le neuvième jour du mois d'Av du calendrier hébraïque ! Qu'il s'agisse de la dévastation de Jérusalem par les Babyloniens comme, plus tard, de celle opérée par les Romains et jusqu'à l'expulsion des Juifs d'Espagne en 1492, le même jour... Comme une marée d'équinoxe !

Je m'interrompis brusquement car nous arrivions à Qiryat Hamemshala, devant les immeubles en H de la police. Les voitures s'engagèrent au ralenti entre les herses métalliques et les chicanes de la protection antiterroriste. Le point de contrôle était gardé par des hommes en armes, le torse raidi par les gilets pare-balles, et deux automitrailleuses pouvaient croiser leurs feux sur les véhicules approchant. Le moins que l'on puisse dire, c'est que la réalité n'avait ici rien de littéraire. Toute la brutalité à laquelle Jérusalem la « paisible » était soumise surgissait d'un coup, en quelques images.

Mille ans plus tôt, ces hommes, vêtus de treillis verts et armés d'Uzi, auraient porté des armures, des hallebardes ou des épées. Deux mille ans plus tôt encore, d'autres armures et d'autres épées. Répétition apparente mais perpétuelle nouveauté de la vie entassant ses présents successifs les uns sur les autres.

Cependant, si, de millénaire en millénaire, de l'origine à aujourd'hui, le sens de sa présence ne variait pas, si la cause ne variait pas, elle évoluait. La « leçon » ne cessait pas, non, mais semblait toujours aussi inaudible, peut-être parce qu'elle portait en elle encore trop de futur ! Tout comme apparaissent, disparaissent et se régénèrent les points de lumière d'une comète qui se déplace dans l'obscurité stellaire. Pour autant, ce n'est pas une pure répétition : il y a un avant et un après, un changement radical d'étape en étape, une trajectoire... Même les comètes courent vers une transformation qui, peut-être, peut devenir un but et une fonction... C'est l'histoire de cette contradiction, l'aventure de cette trajectoire si difficile à percevoir que raconte, au fond, l'écrit.

— Je ne sais si cela est une bonne ou une mauvaise raison pour vous, dis-je à Doron après qu'il eut rendu leur salut aux hommes de faction. Mais je voudrais écrire sur Jérusalem pour cela. Pour que l'histoire ne soit pas figée dans la glace des souvenirs et des regards.

Doron hocha la tête, un peu pensif. De toute évidence, il s'était attendu à autre chose. Si j'étais surpris par notre rencontre, il ne l'était pas moins.

Quelques minutes plus tard, nous enfilâmes des couloirs bruissant d'une activité de fourmilière, presque banale, si ce n'est qu'on percevait l'électricité d'une surexcitation qui devait, en fait, être permanente. Un des hommes de Doron appela un ascenseur. Nous y entrâmes. L'éclairage au néon se refléta sur la peau plus claire et lisse de la cicatrice de Doron. Ses hommes, tout comme moi, se tassèrent à l'opposé de la cabine, comme si nous voulions absolument éviter le moindre contact avec son ventre énorme. Répondant à ma dernière remarque, il déclara soudain :

— Ça se tient. Ce n'est pas comme ça que je voyais les choses, mais ça se tient.

Nous nous installâmes dans un grand bureau muni de fenêtres étroites et hautes, en forme de meurtrière et offrant une vue inattendue sur l'Université hébraïque du mont Scopus. Inattendus aussi, des sous-verre présentant des papyrus ou des parchemins décoraient un mur et, comme si l'on se fût trouvé dans une bibliothèque, des rayonnages couverts d'ouvrages d'histoire et d'inventaires archéologiques occupaient les autres. La pièce était assez vaste pour contenir non seulement une table de travail avec deux ordinateurs mais encore des piles de livres et de dossiers, dont certains paraissaient ruinés par l'âge, entassés sur deux longues tables et même sur la moquette. Je mis quelques secondes à comprendre. Ce fut, étrangement, l'odeur plus que la vue qui m'éclaira. Une odeur reconnaissable entre mille : celle de la boutique de Rab Haïm !

— Exact, confirma Doron. Nous avons vidé sa boutique par précaution. Ce que vous avez sous les yeux n'est que le résultat d'un premier tri. Ce qui nous paraît le plus important au premier coup d'œil... Enfin, selon nos critères. Je vous rassure tout de suite, nous cherchons des membres de sa famille, mais il semble bien qu'il n'y en ait plus. Ou alors que Jérusalem tout entière, passée et présente, fût devenue sa seule famille...

Il s'interrompit pour appeler un de ses hommes.

— Voulez-vous du café ?

Je déclinai l'offre d'un signe de tête.

— J'ai besoin de café à longueur de journée ! grinça-t-il comme s'il s'en faisait un reproche sincère. On croit que je mange beaucoup à cause de mon ventre, c'est un peu vrai, mais c'est le café qui me fait grossir !

Il m'indiqua un fauteuil en face de son bureau et se laissa tomber sur son siège avec cette souplesse particulière des gros hommes nerveux. Cette fois, il me dévisagea comme s'il venait tout juste de me découvrir.

— Comme vous le voyez, nous accordons beaucoup d'importance à la mort de Rab Haïm. Et beaucoup d'importance à votre présence dans sa boutique au moment de son agression...

Il s'interrompit car on lui apportait une Thermos de café et une tasse jaune de la taille d'un bol. Il se versa une demi-tasse et en but une longue gorgée sans que j'ouvre la bouche, bien conscient que je n'avais pas à le faire. Après avoir reposé sa tasse, Doron plaça ses mains l'une sur l'autre, les regarda une seconde, puis ses yeux scrutateurs se levèrent vers moi.

— Je vais être franc. D'une part en vous disant que nous avons besoin de vous et de votre ami, Hopkins...

Je ne pus m'empêcher un mouvement de surprise.

— ... d'autre part, nous connaissons la raison de votre présence à Jérusalem. Excepté les raisons littéraires, bien entendu. Encore que, désormais, je comprenne qu'elles puissent être, dans votre cas, sincèrement imbriquées.

— Mais comment vous... ?

— C'est très simple, dit-il en levant la main gauche. Je vais vous expliquer, mais avant, je voudrais que vous compreniez bien qu'il ne s'agit en aucune manière d'une trahison de sa part.

— Calimani ! m'exclamai-je involontairement.

— Non ! fit Doron avec un rire aigu. Non, pas le professeur Calimani. Orit...

— Orit ?

— Autant que je vous donne la version intégrale de l'histoire, vous comprendrez mieux. De toute façon vous finirez par l'apprendre. Il se trouve qu'Orit est ma nièce, qu'elle a perdu ses parents alors qu'elle avait à peine deux ans, pendant la guerre du Sinaï. Ils vivaient alors dans un kibboutz. Vous imaginez...

reprit Doron, hésitant un peu sur les mots, ce qui m'étonna. J'étais lieutenant tankiste dans le groupe de Dayan.

Il esquissa un geste vers sa cicatrice comme si elle racontait d'elle-même cette partie de l'histoire.

— Dès que j'ai quitté l'armée, j'ai récupéré Orit et je me suis occupé d'elle. Cela fait presque vingt ans. Elle est devenue pour ainsi dire ma propre fille...

Il hésita encore, acheva le fond de sa tasse et se remit à parler en versant doucement le café.

— J'ai longtemps vécu sans femme, aussi lui ai-je sans doute donné une éducation un peu trop... Mais ce n'est pas à vous que je vais expliquer comment les choses se passent ici. Dans le pire des cas, nous pouvons apparaître aux gens de l'extérieur, je veux dire de l'extérieur d'Israël, comme des paranoïaques. La vérité, c'est que la plupart du temps nous avons simplement un devoir de vigilance. Pour ainsi dire la contrainte d'être solidaires et attentifs. Orit est une fille formidable. Une femme sans pareille. Je suis sûr que vous vous en êtes rendu compte. Un peu bagarreuse, c'est vrai. Peut-être aussi un peu trop... Pas très conventionnelle, c'est certain !

Doron eut une grimace prudente, mais le brillant de ses yeux exprimait ce qu'il n'osait dire.

— Enfin, comme bon nombre de jeunes Israéliennes ! On leur fait faire la guerre, on ne peut pas s'attendre à ce qu'elles restent en même temps des oies blanches, n'est-ce pas ? Je ne sais pas si elle vous l'a dit, elle est déjà lieutenant de réserve. Elle a fait un superbe travail d'information au Liban...

— Vous voulez dire, comme espionne ?

Contrairement à ce que semblait imaginer Doron, je n'en croyais pas mes oreilles.

— Occasionnelle, seulement occasionnelle ! Mais elle a appris une partie du métier, oui...

Il but une longue gorgée, les yeux à demi clos.

— Pour revenir à notre histoire, elle a d'abord été simplement intriguée par les documents que s'envoyait votre ami journaliste. Vous connaissez la suite. Elle vous a rencontré et... Et disons que votre duo lui a tapé dans l'œil ! Le goût de l'aventure, la curiosité, surtout. Sans trop y croire, parce que ce trésor du Temple, entre nous, c'est le monstre du loch Ness version juive !

Le rire secoua sa panse, puis s'étouffa dans une nostalgie vaguement amère.

— Peut-être, je dois le reconnaître, que si votre Américain ressemblait moins à l'acteur, là... le... Redford, elle lui aurait simplement transmis sa disquette et voilà, hein ! C'est comme ça que les choses se passent...

Doron chercha mes yeux et mon approbation, mais je ne cillai pas, et il vida encore une moitié de tasse.

— Halter, je peux vous assurer, la main sur le cœur, que, jusque-là, elle ne m'avait parlé de rien. Ce n'est qu'hier soir, après avoir trouvé le lingot avec Hopkins, qu'elle s'est posé des questions. Elle n'était pas au courant, pour Rab Haïm, mais le lingot suffisait à lui faire comprendre que les choses prenaient une tournure incontrôlable. Qu'il ne s'agissait plus d'un jeu d'amateur ! Vous comprenez ? Elle sait que l'or fait toujours courir les loups les crocs au vent... Elle m'a donc appelé. J'ai fait le lien avec l'agression du libraire. On nous avait contactés dès le matin. Bon, j'ai fait mon boulot. J'ai retrouvé votre nom dans les dépositions. Vous imaginez la suite...

Je faisais effectivement de mon mieux pour imaginer tout ce qu'il sous-entendait.

— Si Rab Haïm n'était pas mort, vous ne m'auriez pas... Enfin, disons que nous ne serions pas ici en ce moment. Vous vous seriez contenté de nous surveiller par l'intermédiaire d'Orit, n'est-ce pas ? De voir ce que nous trouvions...

— Pas seulement Orit, dit-il avec un mince sourire. Vous êtes sous surveillance depuis hier soir.

— Je vois.

Il y eut un silence pendant lequel je pensai à Tom. Cette fois, je préférais ne rien imaginer de sa réaction lorsqu'il apprendrait le rôle d'Orit.

— Je crois savoir à quoi vous pensez, ajouta Doron en agitant doucement un fond de café dans sa tasse. C'est pourquoi j'ai préféré m'adresser à vous d'abord. Vous devez bien comprendre, vous, au moins, qu'elle a eu raison. Tout d'abord, il est absolument illégal de poursuivre des recherches archéologiques sans autorisation – et le trésor du Temple en fait évidemment partie. Elle ne pouvait pas couvrir un vol ! Cependant ce n'est pas ce qui la préoccupe le plus, en l'occurrence. Ni moi non plus. Quoique pour une tout autre raison... Ne me regardez pas comme ça, bon sang ! Vous êtes écrivain, nom de nom ! Pas flic. Hopkins a beau être journaliste du *New York Times* ou je ne sais quoi, il n'a aucune idée d'où il met les pieds ! Excusez-moi, il faut une bonne dose de naïveté pour croire que vous puissiez affronter la mafia russe comme vous le faites. Vous n'avez aucune chance, sinon d'entrer dans le grand registre des faits divers ! Ce serait sans doute dommage pour vous, mais aussi pour nous, car cela ne nous servirait à rien !

— C'est bien mon avis... acquiesçai-je doucement avec une pointe de sourire, comme si sa colère soudaine me soulageait. Si je vous avouais que je ne sais plus très bien moi-même ce que nous faisons au juste ? L'effet Jérusalem, je suppose. Quand nous sommes partis de Paris, cela semblait à peu près clair. Osé, un peu fou, sans doute. Mais pas une si mauvaise manière d'entrer dans le cœur vivant de Jérusalem. Maintenant, hélas, il me semble que nous courons après des fils pour les dénouer, et, plus nous avançons, plus il y a de fils, plus il y a de nœuds et d'impasses !

— Excellente image !

Doron retrouva son sourire condescendant, et sa panse tressauta. Pourtant sa voix était froide lorsqu'il me demanda brusquement :

— Si vous me racontiez tout depuis le début ? Je voudrais comprendre exactement où vous en êtes, Hopkins et vous, et pourquoi.

Cela me prit une vingtaine de minutes. Doron en profita pour achever sa Thermos de café. Quand je me tus, le silence se prolongea. Finalement, Doron jeta un coup d'œil à la pendule numérique de son bureau ; il était midi passé.

— Ça vous ennuie si votre déjeuner d'aujourd'hui se réduit à un sandwich ? me demanda-t-il.

— Il m'arrive souvent de ne pas déjeuner.

Il décrocha son téléphone et commanda des salades. Sitôt le combiné reposé, il déclara :

— Nous connaissons bien ce Sokolov. Ici, il se fait passer depuis des années pour un Juif anglais : David Wilberhaim. Astucieux : un nom emprunté à un agent anglais de la Seconde Guerre mondiale capturé par les Russes. Mort en 1954 ! Cela fait dix ans qu'il trafique des documents ou des pièces d'archéologie. Mais nous ne connaissons ses liens avec la mafia que depuis peu... Enfin, nous les supposions !

Doron eut soudain l'air embarrassé, se frotta la joue en palpant sa cicatrice avec une certaine tendresse.

— Pour vous dire toute la vérité, le Mossad s'est servi de lui à diverses reprises depuis 1991, pendant et après la guerre du Golfe. Il possède de solides relations avec l'Irak et la nomenklatura russe de l'ancienne époque. Il va faire son marché en Irak comme bon lui semble, il peut se promener à Bagdad autant qu'il le veut... A priori, une bonne affaire pour nous, comme vous pouvez l'imaginer.

— Avec vous, on ne cesse d'imaginer !

— Personnellement, je ne le sais que depuis cinq ou six mois, quand nous l'avons réellement placé sous surveillance. Quoi qu'il en soit, à la guerre comme à la guerre... Le plus important, je le crains, c'est que Sokolov est un...

Un des hommes qui nous avaient accompagnés le matin entra brutalement dans le bureau. Doron s'interrompit.

— Vous pouvez venir, patron ?

— Pourquoi ?

L'homme me lança un regard.

— O.K., fit Doron en se levant prestement de son fauteuil. Excusez-moi, ajouta-t-il en arrivant à la porte. Sarah va apporter les salades. Commencez sans moi si vous avez faim.

Et il disparut dans le couloir. Après quelques secondes d'hésitation, je me levai à mon tour pour fouiner dans les livres et les dossiers de Rab Haïm. J'eus à peine le temps de prendre un dossier tout écorné que la porte se rouvrit. Je me retournai, comme pris en faute. Une jeune femme souriante apportait le plateau de notre repas. Elle faisait de la place sur le bureau lorsque, cette fois, Doron entra comme un buffle dans un champ clos, le regard plus brillant que jamais.

— Désolé, Sarah ! Tu vas devoir trouver d'autres clients pour tes salades !

— Que se passe-t-il ?

— Les choses vont un peu plus vite que prévu. Votre lingot d'or a déjà fait sortir le loup de son trou, me répondit Doron avec un grand sourire. On file au King !

24
Le pouvoir des mots

Cette fois, nous traversâmes Jérusalem dans l'autre sens, plus rapidement encore que le matin et au son des sirènes. Durant la moitié du trajet, Doron resta agrippé à son téléphone. Entre les appels, il m'expliqua comment la salle des coffres du King David avait été attaquée, le coffre de Tom défoncé et le lingot volé.

— Un petit chef-d'œuvre du genre. Tout a été préparé au millimètre. D'après le personnel de l'hôtel et les clients, le type n'a pas mis quatre minutes entre le moment où il est descendu de moto et celui où il y est remonté.

— Sokolov ? demandai-je.

— C'est plus que probable... Tenez, au fait... Baruch, passe-moi le dossier jaune, s'il te plaît.

L'inspecteur qui occupait la place à côté du chauffeur lui tendit une chemise cartonnée. Doron en tira une photo en noir et blanc.

— Vous n'avez jamais vu cette tête, je suppose ?

Sokolov avait été photographié sortant d'une banque dans la ville nouvelle. Bel homme, avec de la classe, mince jusqu'à la maigreur, remarquable à cause de sa chevelure et de sa canne.

— Non, jamais.

— Hum... Je ne serais pas surpris que Sokolov se soit montré à l'hôtel juste avant le passage des motards. C'est un homme minutieux...

Je sentais physiquement l'impatience gourmande de Doron. Son corps imposant en vibrait sourdement. Les loups étaient peut-être sortis de leurs tanières, mais un autre fauve, déjà, prenait un plaisir immense à la chasse !

— Attendez..., fis-je. Ne m'avez-vous pas dit, tout à l'heure, que Sokolov était sous votre surveillance ?

— Était, oui... Il nous a faussé compagnie depuis plus d'un mois. Il a pris un vol pour New York – maintenant je sais pourquoi.

— Vous êtes certain qu'il est à Jérusalem ?

— Pas à Jérusalem. À Tel-Aviv. Ça, oui, j'en mettrais ma main au feu. Il a dû revenir plus discrètement que d'habitude et nous l'avons manqué. Signe qu'il préparait quelque chose.

— Dites-moi, demandai-je, soudain inquiet. Je pense à Tom et à Orit ! Ils sont partis ce matin pour...

— Ne vous en faites pas pour eux ! Ils avaient notre compagnie... De toute façon, ils ne vont pas tarder. J'ai demandé qu'on les ramène...

La panse de Doron sautillait, mais son rire resta silencieux.

— Si je peux me permettre un conseil, dis-je, malgré tout. Vous devriez y aller doucement avec Tom. C'est un garçon plutôt impulsif. Je ne suis pas certain qu'il partage votre enthousiasme. Orit pourrait en faire les frais.

Son rire se coupa et ses yeux se rivèrent aux miens.

— Ouais. Je sais...

Je réprimai un sourire. Flic féroce, Doron ? Assurément, mais avec un attendrissant complexe de paternité.

Les entrées du King David étaient encore bouclées. Des voitures de police encombraient le parking ainsi que des ambulances. Des médecins soignaient le jeune caissier de la salle des coffres, encore choqué par l'attaque et l'explosion. On me parla d'un client dont le cœur avait faibli. Je pensai fugacement au mien, mais avec un plaisir vivace. De toute évidence il avait parfaitement retrouvé sa vieille solidité !

— Rendez-vous dans le hall, me dit Doron. Je dois voir des collègues.

Le couloir du sous-sol de l'hôtel portait tous les stigmates habituels de la violence. Dans le hall, les clients avaient été réunis par petits groupes ; des inspecteurs les interrogeaient tandis que le personnel remettait de l'ordre. Un jeune sous-directeur m'aperçut et vint droit vers moi.

— Vous êtes l'ami de M. Hopkins, n'est-ce pas ? commença-t-il.

Son souci était de savoir si Tom allait porter plainte contre l'hôtel. Je le rassurai de mon mieux. Il insista et me fit comprendre que le dommage causé à l'hôtel par ces violences était en soi bien assez grave. En fait, entre ces mots courtois, il était clair que personne ne s'offusquerait si nous déménagions !... Je l'assurai aussitôt que nous étions particulièrement satisfaits des services de l'hôtel – ce n'était que l'absolue vérité – et que nous serions désormais des clients modèles. Du coin de l'œil, je vis Doron faire irruption dans le hall et m'adresser un signe péremptoire. J'en profitai pour fuir sans gloire le regard sombre et perplexe du sous-directeur.

— Hopkins sera là dans quelques minutes, me dit-il. On va s'installer dans votre chambre. Ce sera plus discret.

Cela n'avait rien d'une suggestion mais tout d'un ordre qui ne se discutait pas. Je le suivis en silence. Pendant que nous prenions l'ascenseur, je sentis la fébrilité de Doron céder la place à une rage soucieuse. De toute évidence, il venait d'apprendre quelque chose qui ne lui plaisait guère. Aussitôt arrivé dans ma chambre, il décrocha le téléphone pour commander du café.

— Tant que vous y êtes, commandez donc quelque chose à manger, dis-je un peu froidement. Et pas de café pour moi, merci.

Il me regarda d'abord comme si je venais de proférer la pire des incongruités puis finit par sourire, étirant sa bouche de biais, ce qui devait, chez lui, être une grimace aimable.

— Salades ? me demanda-t-il comme si c'était le seul nom de nourriture qu'il connût.

Après avoir passé la commande, sans un mot, il se planta une longue minute devant les cartes fixées aux murs puis feuilleta les livres et les documents empilés sur ma table. Avec une indiscrétion absolue et sans un mot, il se mit à parcourir quelques-unes de mes notes en fronçant les sourcils. J'hésitai à protester, mais les feuillets qu'il avait entre les mains ne contenaient rien de bien intime. De plus, la curiosité l'emportait chez moi sur l'irritation. Au-delà de ses mauvaises manières, le personnage de Doron m'intriguait. Curiosité ou voyeurisme de romancier, je suppose. Pour la première fois, je lui découvrais un véritable comportement de policier, quelque peu théâtral, comme s'il cherchait à occuper, avec toute la masse de son ventre, les différents registres de son personnage. Néanmoins, comme cela durait, pour marquer mon agacement, je passai sur la terrasse et le laissai à son rôle.

La brume grise du matin s'était dissoute. Sous un ciel à peine moucheté de cumulus, la lumière semblait plus cristalline que jamais. Les verts de la vallée de la Géhenne s'étaient lavés des poussières accumulées. Une bande d'enfants y jouait avec un ballon rouge. Leurs cris et même les frappes dans le ballon me parvenaient par-dessus la rumeur permanente de la ville en sons très distincts. Une femme avec un petit enfant se mit à rire au bord de la piscine, juste sous le balcon. Son rire, presque incongru, déchira d'un coup toute la tension de ces dernières heures, comme si je retrouvais enfin mes yeux pour voir au-delà de l'instant. Soudain, chaque parcelle de Jérusalem, qu'elle fût antique ou moderne, me sembla plus proche, plus pure, soudée dans une unité aux contours nets, aux ombres volontairement marquées pour en souligner la puissance et la solidité.

Je m'assis dans l'un des deux fauteuils de toile de la terrasse, conscient brusquement d'une fatigue tout autant morale que physique. J'entendis la porte de la chambre s'ouvrir dans mon dos, la voix de Doron, puis il apparut sur la terrasse, portant le plateau de notre déjeuner et son sacro-saint café. Avec sa surprenante souplesse, il le posa délicatement sur la petite table avant d'incruster sa propre masse dans l'autre fauteuil, qui craqua.

Il empoigna aussitôt la cafetière.

— C'est bien ce que je pensais, commença-t-il à mi-voix. Sokolov était dans l'hôtel quelques minutes avant l'arrivée des types à moto.

Je me servis à manger sans dire un mot.

— La porte du coffre a été défoncée à l'aide d'un boîtier « NFTE ».

Je le regardai en soulevant les sourcils.

— *Nytroglycerin Focus Timing Explosive*... Un engin pas plus gros qu'une boîte d'allumettes, contenant une minuscule ampoule de nitroglycérine et une horloge électronique qui s'enclenche par simple contact sur une surface métallique. Très précis, très efficace, sans dégâts inutiles...

Il resta pensif encore quelques secondes.

— Et très rare parce que... c'est un engin militaire ! On l'utilise pour ouvrir des portes en cas d'attaque en lieu clos ou, dans les commandos, pour miner les bombes adverses, ce genre de chose. A priori, ça ne fait pas encore partie de l'arsenal de la mafia. Et ça confirme ce que je pensais, hélas. Comme tout le reste de ce coup... Trop précis, trop minuté...

J'attendis qu'il aille au fond de sa réflexion. Comme rien ne vint, je posai la question qui me taraudait depuis que nous avions quitté son bureau.

— Comment ont-ils su ? Je veux dire : que nous avions le lingot et qu'il était dans le coffre de l'hôtel... Et dans ce coffre-là, en particulier, puisqu'ils y sont allés directement ?

Doron approuva d'un signe de tête. Il reposa sa tasse de café sur sa panse.

— Qui savait où se trouvait le lingot ?

— Tom et moi. Orit et le professeur Calimani aussi...

— Les gens de l'hôtel ?

— Oui, il a bien fallu réserver le coffre. Mais justement, par précaution, nous en avons loué deux...

— Deux coffres ? Tiens ! fit Doron en me gratifiant d'un regard surpris. Ils sont donc allés tout droit au bon coffre ?

— Il semble.

— Que contient l'autre ?

— Rien, il est vide !

— Intéressant ! Qui vous a vu déposer le lingot ?

— Personne. Pas même le caissier, parce que je l'ai occupé avec des questions idiotes pendant que Tom plaçait l'or dans le numéro 16.

— Calimani ne savait pas ?

— Non, dis-je, embarrassé. En fait, c'était aussi par méfiance envers lui que nous avons pensé à ce stratagème !

La panse de Doron sautilla.

— Calimani travaille pour nous depuis des années ! Occasionnellement et à titre amical. Il nous aide à décrypter et à comprendre des textes, leurs provenances... Il connaît bien les réseaux de reventes illégales... Il se donne des airs de mafieux pires que le pire des mafieux ; cependant, je peux vous assurer qu'il est aussi pur qu'une eau de source !

Il décrocha son portable de sa ceinture et appela l'un de ses inspecteurs, précisant ce que je venais de lui apprendre au sujet des coffres.

— À mon avis, on ne devrait pas tarder à comprendre, dit-il en reposant son téléphone sur la table.

La porte de ma chambre s'ouvrit alors sans que l'on eût frappé. Tom, en quelques grandes enjambées furieuses, vint se planter devant nous.

— Bon appétit, messieurs !

Tout en lui respirait la rage, au point que l'extrémité de ses doigts en vibrait. Lèvres closes, il me lança un regard glacial avant que ses yeux se tournent vers Doron, qui se levait avec une lenteur excessive. La bouche de Tom s'arqua dans un sourire teinté d'un mépris de très mauvais augure.

— C'est vous, le tonton ? laissa-t-il tomber.

Doron se contenta de croiser son regard. Il lança en hébreu :

— Yossi, tu peux venir ici avec M. Halter ?

S'adressant à Tom dans un anglais rocailleux, il ajouta :

— Nous serons plus tranquilles à l'intérieur...

Un homme nous rejoignit que je n'avais pas vu entrer, malgré sa grande taille et une chemise d'un vert acide à faire crisser des dents. Son visage me stupéfia. Tout y était : le clone de Staline !

Doron passa brutalement devant Tom, qui dut s'écarter pour lui laisser le passage avant de le suivre, non sans me lancer à nouveau un regard de reproche. La porte de ma chambre se referma sur la première explosion vocale de Tom. Yossi-Staline m'adressa quelque chose qui pouvait être un sourire et tira un paquet de cigarettes de sa poche. Il en planta une entre ses lèvres sans l'allumer.

— Finissez de manger, me dit-il. Ils vont en avoir pour un moment, je suppose.

La porte s'ouvrit brusquement. Sans un mot, Doron attrapa lestement le plateau supportant sa cafetière et sa tasse avant de disparaître à nouveau dans la chambre. Yossi referma la porte sur lui ; de l'autre côté, les éclats de voix grimpèrent d'un degré. Il était beaucoup question d'expulsion.

Je mangeai du bout de ma fourchette, vaguement gêné. Pour rompre le silence qui nous livrait chaque mot de la dispute, je remarquai soudain :

— On a dû vous le dire plus d'une fois : vous ressemblez beaucoup à Staline !

Il opina en mordillant sa cigarette.

— Il paraît, oui.

— J'ai rencontré Staline une fois. Vous lui ressemblez vraiment. C'est impressionnant !

En silence, Yossi me regarda d'un œil intéressé. J'entendais dans mon dos, malgré les vitres, les éclats de voix de Doron. Il ne me restait plus qu'à me lancer dans mon histoire.

— J'étais un gosse, un hooligan, à Kokand, en Ouzbékistan... Du moins, c'est ainsi qu'on nous appelait ! Moi, tout ce que je voulais, c'était trouver de la nourriture pour mes parents. À la fin de la guerre, les Pionniers, le mouvement de la jeunesse communiste, tentèrent de récupérer certains de ces petits voyous – dont moi – pour nous remettre dans le droit chemin. C'est ainsi que je me suis retrouvé incorporé dans une délégation des Pionniers d'Ouzbékistan qui devait participer à la fête de la Victoire, à Moscou. Au tout dernier moment, pour je ne sais plus quelle raison, je fus désigné pour aller offrir des fleurs à Staline... Me voilà donc installé à la tribune parmi une vingtaine de représentants d'autres délégations. À tour de rôle, chacun de nous devait lui offrir son petit bouquet. À chaque bouquet il nous gratifiait d'un mot aimable et la foule applaudissait. Mon tour venu, mon émotion était telle que je ne pouvais plus faire un pas ! On m'a littéralement poussé jusqu'au petit père des peuples. Staline a pris mes fleurs, a passé la main dans mes cheveux en disant : « *Khorochy maltchik...* » Après quoi, je suis revenu à Kokand, où j'ai été accueilli comme un héros !

— *Khorochy maltchik...* Gentil garçon..., traduisit Yossi dans un murmure comme s'il éprouvait un profond plaisir à faire glisser les syllabes russes dans sa bouche.

— Vous comprenez le russe ?

— Je suis né en Russie... Je suis arrivé en Israël à l'époque des refuzniks. Vous êtes resté longtemps à Kokand ?

— Après la guerre ? Non. Je n'ai pas pu profiter de ma gloire bien longtemps ! Juste à cette époque, un accord entre le gouvernement soviétique et le gouvernement polonais de Lublin a autorisé les réfugiés polonais à retourner dans leur pays.

— Belle histoire, fit Yossi en allumant enfin la cigarette qu'il mordillait depuis un moment. Chacun de nous a une belle histoire à raconter sur l'URSS. Ça fait oublier les autres...

La porte-fenêtre se rouvrit brutalement. Doron darda ses iris bruns sur moi et dit :

— Venez !

Tom était debout, adossé à la porte, les bras croisés, les mâchoires crispées, la bouche dédaigneuse. Je m'assis sur mon lit en soupirant, me demandant à quoi tout cela allait aboutir. Tom eut un ricanement caustique.

— Super, Marek ! Nous nous sommes fait avoir dans les grandes largeurs, à ce qu'il semble ! Soit dit en passant, bravo pour votre recrutement. Très efficace, dans son genre, miss Carmel... Quant à Calimani ! Tant qu'à faire, nous aurions mieux fait d'envoyer des cartons d'invitation à tout le Mossad dès notre arrivée ici, vous ne croyez pas ?

Je me retins de répondre sur le même ton et me contentai de demander à Doron :

— Où est Orit ? Pourquoi n'est-elle pas ici ?

Tom répondit à sa place :

— Elle profite d'une ambulance en bas. Elle s'est égratigné le dos en jouant à la chercheuse de trésor. Ce n'est pas moi qui l'ai corrigée, hélas, elle est tombée dans des buissons ! Ne vous inquiétez pas pour elle. (Il jeta un regard acide vers Doron.) Si j'ai bien compris, son oncle lui a appris à avoir le cuir résistant.

— C'est fini, vos conneries ? gronda Doron.

— Le tonton nous le fait à l'intimidation, continua Tom en ignorant Doron. Avec un chantage, par-dessus le marché. Je suppose que vous êtes au courant : soit l'expulsion, soit la collaboration. Devenir les intérimaires de je ne sais quel obscur service du Mossad ! On croit rêver... Vous faites ce que vous voulez, Marek, mais, pour moi, c'est non...

— Ce que vous avez fait est parfaitement illégal, bon sang ! hurla Doron, hors de lui. Où vous croyez-vous ? Au Kansas ?... Je vais vous dire une chose, tout journaliste que vous êtes, si je le veux, vous sortirez de cette pièce menottes aux poignets !...

Dans son visage rougeoyant, la balafre semblait crémeuse. Il respira lourdement, ce qui eut pour effet de remonter son ventre. Il pointa son index sur Tom, imperturbable.

— Vous avez dragué ma nièce, mais ça n'a pas marché, voilà votre problème, mon vieux !

— Erreur. Vous devez finalement mal la connaître. Renseignez-vous, et on vous dira que ce n'est pas le genre qu'on drague. Elle s'en occupe elle-même...

— Je ne vois vraiment pas le rapport, commençai-je, ahuri par la tournure de la dispute.

— J'oubliais de vous dire, Marek, ricana Tom. C'est que le tonton est aussi...

— Si vous me traitez encore une seule fois de « tonton », je vous casse la figure ! beugla Doron.

Il ne plaisantait pas, mais le sourire de Tom s'épanouit. Il tenait sa petite revanche. Doron soupira en secouant la tête tel un fauve déboussolé, regarda Yossi, totalement impassible, plus Staline que jamais. Son regard se posa sur moi. Je lui demandai calmement :

— Qu'attendez-vous de nous ?

Tom poussa un sonore « *Jeeesus !* » Je précisai à son intention :

— Calmez-vous, Tom ! Je n'ai pas dit que j'étais d'accord. Mais, avant de l'être ou pas, je veux comprendre, c'est tout.

— Non ! grinça Tom. C'est une question de principe ! Je suis journaliste. Comment voulez-vous que... ?

— Journaliste pilleur de tombes ! coupa Doron.

— Journaliste en vacances, avais-je déjà lancé.

— Un journaliste est *toujours* journaliste ! Vingt-quatre heures sur vingt-quatre et quoi qu'il fasse ! s'exclama Tom avec une grandiloquence qui ne lui était guère naturelle.

Je ne pus m'empêcher de sourire.

— Très inconfortable, en effet, en certaines occasions...

— Foutaises, intervint malencontreusement Doron. Que je sache, vous n'étiez pas journaliste en déposant l'or d'Israël dans votre coffre !

— Doron, s'il vous plaît, n'en rajoutez pas ! dis-je en levant une main dans sa direction. Tom, soyons clairs entre nous, d'accord ? Vous avez le droit d'avoir tous les principes que vous voulez et de les appliquer comme vous l'entendez. C'est tout à fait respectable. Mais moi non plus, je ne suis pas sans principes. Ce sont mes « principes » qui m'ont fait vous suivre jusqu'ici et ce sont eux qui me font demander à Doron en quoi nous pouvons – je peux – lui être utiles. Et mon principal principe, si j'ose dire, est de toujours tenter de comprendre !

Tom eut un geste désabusé, comme s'il repoussait en vrac toute contradiction. Doron laissa planer un silence... du poids de son corps.

Finalement, il se retourna vers ma table, s'apprêtant à fouiller parmi les feuilles et les documents, mais se retint au dernier moment, cette fois, et s'adressa à moi.

— Vous permettez ?

J'eus à mon tour un geste fataliste.

Il tira de la pile un texte que j'avais recopié juste avant mon départ de Paris. Le feuillet dans une main, il se saisit d'une chaise et s'assit. La chaise parut soudain avoir été conçue pour un jardin d'enfants. Doron lut :

— *En ce temps, les serviteurs de Nabuchodonosor marchèrent sur Jérusalem, mettant le siège sur la ville... Nabuchodonosor, roi de Babylone, arriva en personne pour l'attaquer pendant que ses serviteurs l'assiégeaient. Alors Joiakin, roi de Juda, sortit pour se rendre au roi de Babylone avec sa mère, ses serviteurs, ses dignitaires et ses officiers. Le roi de Babylone le faisait ainsi prisonnier dans la huitième année de son règne. Nabuchodonosor emporta de Jérusalem les trésors de la maison de Dieu, ainsi que ceux du palais royal...*

Il s'arrêta et regarda Tom. Celui-ci ne broncha pas.

— Un passage du second livre des Rois, dans la Bible, qui concerne la reddition de Jérusalem, reprit Doron en me regardant.

— Exact... C'était vers l'an 600 avant l'ère chrétienne et quelques années avant la destruction du Temple, ajoutai-je.

— Pourquoi l'avoir recopié ?

— À cause de la mention du trésor, bien sûr, mais... Disons que dans mon esprit cela évoquait aussi les conditions mêmes qui entourèrent sa dispersion et la raison pour laquelle il fut caché. J'espérais trouver chez Rab Haïm des textes évoquant cette période, celle de l'influence de Babylone en Judée.

— Vous pensiez qu'il possédait des documents aussi anciens, aussi rares ?

— Peut-être. Il m'avait parlé de certains textes récupérés par des moines lors de la première croisade, sauvés par eux et retrouvés dans une synagogue. Il se pourrait que ces manuscrits soient de tout premier ordre. Calimani vous en parlerait mieux que moi.

— Vous pensez que ce sont ceux qui ont été volés ?

— Vous devez le savoir mieux que moi, non ?

— Avez-vous poussé plus avant la logique de cette recherche ? me demanda Doron au lieu de répondre.

— Doron, si vous répondiez à une seule de mes questions ? dis-je, à mon tour agacé.

— Mmm...

Il se tourna vers Tom.

— Vous ne me faites pas confiance, monsieur le journaliste, mais je vais, moi, vous faire confiance. Je pourrais vous demander de sortir de cette chambre. Je ne le ferai pas. Je pourrais vous faire promettre de ne rien écrire ni révéler de ce que vous allez entendre. Mais je sais que vous n'en ferez qu'à votre tête. Songez seulement à l'enjeu et réglez ça avec votre conscience.

D'un signe, il demanda à Yossi de récupérer sa tasse de café, froid depuis longtemps.

— Nous ne pensons pas... « Je » ne pense pas, et depuis quelque temps déjà, que Sokolov et ses amis russes s'activent en Israël pour leur propre compte. Jusqu'à votre arrivée, nous ne comprenions pas, à dire vrai, ce qu'ils cherchaient. Maintenant, grâce à vous, je dois le reconnaître, nous le savons. Vous l'avez constaté avec le lingot d'Houreqanya : l'or des caches est la plupart du temps accompagné de manuscrits. Ces manuscrits datent de la période de dispersion du trésor, qui a précédé la destruction de Jérusalem par Rome. Peut-être même la première destruction, à l'époque de Babylone. Autrement dit, ces papyrus contiennent éventuellement des témoignages tout à fait fondamentaux pour l'histoire de la région... Nous pensons que la mafia russe, par l'intermédiaire de Sokolov, a conclu un marché avec une autre partie. À eux l'or, s'ils en trouvent, aux autres, les manuscrits...

— L'Irak..., murmurai-je involontairement.

C'était évident. Pourquoi n'y avais-je pas pensé ? Doron opina avec son sourire en biais.

— Vous commencez à comprendre ? L'Irak, oui... Pour plusieurs raisons, reprit-il, très à l'aise maintenant. D'abord parce qu'il existe des liens étroits et anciens entre certains membres de l'ex-nomenklatura russe, qui, pour une bonne part, dirige aujourd'hui des bandes mafieuses, et l'Irak. Il s'agit d'une influence à la fois politique – antijuive – et commerciale : armes, technologie... Depuis la chute du système soviétique et la guerre du Golfe, l'embargo a renforcé ces liens souterrains. Ensuite, il se trouve que personne n'est mieux placé que les mafieux russes pour agir en Israël au compte des Irakiens. Il leur suffit de se fondre parmi les Juifs russes et ils sont comme des poissons dans l'eau. Très simple... La manière dont a été défoncé votre coffre ce matin, l'utilisation du micro-explosif et le côté commando de l'opération tendent à confirmer cette hypothèse. Les types qui ont fait le coup n'ont pas appris cette précision en se battant dans la rue, mais dans un centre d'entraînement militaire...

Doron s'interrompit et tendit sa tasse, que Yossi remplit. Tom et moi étions rivés à ses lèvres. Il me semblait qu'on était en train d'ouvrir une fosse à serpents sous mes pieds !

— En retour, reprit Doron après avoir avalé son café, je pense que les Irakiens laissent les Russes monter des laboratoires de raffinement d'héroïne dans le nord de l'Irak. Bien sûr, le trafic d'armes de petit ou moyen calibre se poursuit, de même que l'Irak peut fournir des bases de repli si besoin est... Voire, même, lorsque l'embargo sera levé, un système bancaire de blanchiment d'argent qui sera une aubaine !

— Drôle d'idée d'aller se cacher dans le pays le plus surveillé au monde, remarqua Tom, dont la curiosité était maintenant piquée au vif. Les Awacs et les satellites du Pentagone scrutent chaque centimètre de l'Irak vingt-quatre heures sur vingt-quatre...

— Oui, répondit Doron. Nous avons leurs rapports. Cependant, on ne se cache jamais mieux qu'en se montrant... C'est la plus vieille loi de la clandestinité ! Si les bases de la mafia russe sont dans le Nord, ce n'est pas pour rien : elles ressemblent comme deux gouttes d'eau à des camps kurdes ! Coup double pour Saddam, d'ailleurs, il peut ainsi surveiller les Kurdes, au besoin les infiltrer et semer la zizanie entre les factions rivales... Il suffisait d'y penser !

Cette fois, Tom opina, presque admiratif. Il y eut un court silence qu'il finit par rompre.

— Ce que je ne comprends toujours pas, c'est pourquoi ces manuscrits intéressent tant les Irakiens.

— À Bagdad, on doit naturellement considérer ces manuscrits comme faisant partie du patrimoine irakien, intervins-je à mon tour. Ils décrivent aussi leur histoire. En fait, plus encore, ces textes peuvent constituer *la* preuve que l'Irak a toujours été plus fort qu'Israël. Babylone n'a-t-elle pas, jadis, détruit Jérusalem ?

— Et ils aimeraient bien montrer qu'ils sont capables de le faire à nouveau ! conclut Doron.

Je demandai, le regard fixé sur Doron :

— Le vol chez Rab Haïm... Ce n'étaient pas les Russes ?

— Si... Sokolov espérait trouver une cache avant vous, mais il pouvait également espérer tomber sur quelque chose de plus intéressant, plus ancien, directement exploitable par les Irakiens...

Doron tendit la main et désigna l'ouest.

— Ils tenteront de sortir les documents d'Israël et de les acheminer vers Bagdad. Ce qui ne sera pas bien compliqué. Ensuite, ils n'auront qu'à expliquer à la presse internationale que ces documents ont été découverts en Irak, et le tour sera joué. Qui pourra les contredire ?

— Je ne comprends toujours pas, intervint à nouveau Tom. En quoi des textes vieux de plus de deux mille ou je ne sais combien d'années pourraient être si utiles ou si terribles ? Des papyrus ! Franchement, à part vous ou des gens comme Calimani, tout le monde s'en fiche, non ?

La panse de Doron sautilla, et je retrouvai sur ses lèvres le sourire condescendant qui m'avait irrité le matin. Cette fois, pourtant, j'en comprenais la raison. Yossi ficha une cigarette dans sa bouche sans l'allumer et nous tourna le dos avec un grognement excédé. Je pris mon élan et plongeai, espérant éviter une réponse plus acide de Doron.

— Il y a quelques dizaines d'années, un père de l'École biblique de Jérusalem, le père Jérôme Murphy-O'Connor, a lancé une hypothèse qui a fait un temps l'effet d'une bombe. L'origine de la secte des esséniens remonterait à l'exil des Juifs à Babylone. Cette hypothèse s'appuie en particulier sur certaines allusions historiques de l'Écrit de Damas, texte trouvé parmi les manuscrits de la mer Morte. Damas y serait en réalité un nom symbolique désignant Babylone. Ce symbolisme ressortirait clairement d'un passage du prophète Amos, cité dans ce fameux Écrit de Damas, où Dieu parle des exilés qu'Il a déportés de Sa tente vers Damas – nom qui désigne manifestement Babylone. Ce même fragment d'Amos est encore cité dans les Actes des Apôtres mais c'est alors le nom de Babylone qui est utilisé, pas celui de Damas... Un grand archéologue américain, William Albright, spécialiste de la Bible, a fait remarquer que certains mots assyro-babyloniens du fameux rouleau d'Isaïe, découvert dans une grotte de la mer Morte, supposaient l'existence d'un premier texte babylonien qui pourrait être cet Écrit de Damas... Vous voyez ce que cela signifie ?

— Damas... Enfin, votre « Babylone » serait à l'origine de... disons, de tout ça ?

— Ouais, grogna Doron qui prit la suite. À quoi l'on peut ajouter que les caraïtes, qui rejettent le Talmud, le considérant comme une adjonction inauthentique au texte biblique, se réfèrent eux, soi-disant pour une plus grande pureté, à cet Écrit de Damas !

— Super, enfoncez-moi la tête encore un peu plus et peut-être que je me noierai vraiment ! ironisa Tom.

— Souvenez-vous, Tom, repris-je. Vous m'avez dit vous-même que le père d'Aaron, votre ami indicateur, était peut-être un caraïte...

— C'est vrai. La secte juive qui n'est pas tout à fait juive... Mais quel rapport avec le trésor ?

— Attendez... Il existe des ressemblances entre esséniens et caraïtes. Aujourd'hui, il est peu question des caraïtes, ils sont assez oubliés...

Doron se resservit une tasse de café froid et me coupa la parole.

— Hitler voulait les exterminer, comme nous autres. Pour les sauver, les autorités rabbiniques décrétèrent qu'ils n'étaient pas juifs. Il y a encore quelques milliers de caraïtes aujourd'hui en Israël, et... ils possèdent une copie de l'Écrit de Damas qui provient de la Guenizah du Caire !

— D'accord, les caraïtes, si vous voulez. Et alors ?

— Un, fis-je à la manière de Calimani en soulignant les mots des doigts, il y a de nombreuses similitudes entre les caraïtes et les esséniens, cela pour la branche juive, si j'ose dire. Deux, il existe depuis longtemps une thèse affirmant que Jésus était un essénien, peut-être même le Maître de justice. Il est admis aujourd'hui, même par l'Église, que christianisme et essénisme entretiennent des liens très étroits. Les analogies sont nombreuses dans les règles de vie comme dans les valeurs symboliques : refus de l'argent et rejet des plaisirs, pauvreté volontaire, pratique du baptême ou encore les repas rituels des esséniens qui évoquent inévitablement la Cène. Sans compter le culte du Maître, désigné par Dieu et choisi par Lui pour révéler le message de la Nouvelle Alliance, et bien d'autres correspondances encore !... Pour nombre de chercheurs, Jésus serait né dans un milieu ou une famille esséniens. Trois : si l'on met tout cela bout à bout, et si l'on apporte la preuve que l'origine des esséniens était babylonienne, ou que l'Écrit de Damas est un grand texte fondateur, en quelque sorte prébiblique, la Jérusalem spirituelle explose. Ce n'est plus elle, la Ville sainte, la source et matrice des grandes religions monothéistes. Ce n'est plus la Judée qui est la terre choisie et bénie par l'Éternel. C'est Babylone. C'est-à-dire l'Irak !

Il y eut un drôle de silence, presque gêné.

Doron ajouta :

— C'est une guerre de l'origine, du commencement des commencements. Et donc une guerre de l'histoire et de l'écrit. La guerre du pouvoir des mots. La guerre de l'origine à travers les mots manuscrits des textes ! Et elle peut faire autant de dégâts qu'une guerre thermonucléaire, croyez-moi.

Je commençais à comprendre vraiment. Et j'étais effrayé.

— Comment pouvons-nous vous aider ? demandai-je à nouveau à Doron.

— En continuant à chercher le trésor. Comme si de rien n'était. Je veux que les « autres » se dévoilent... Pas seulement les Russes, pas la mafia. Je veux savoir exactement qui est derrière.

Tom glapit :

— Et donc qui nous tombera dessus ? Super ! Comment vous appelez ça, en français ?

— La chèvre, suggérai-je.

— Ah ?

— Une chèvre attachée au piquet pour appâter les loups...

— Exact ! Super... Mais vous faites fausse route, Doron. Les énigmes du trésor sont bel et bien des impasses. Il n'y a rien à chercher et rien à trouver. Demandez à votre chère nièce. Il n'y a rien à chercher et rien à trouver à Mizpa... Rien du tout. Les grottes de l'époque du rouleau de cuivre n'existent plus, c'est tout !

Doron regarda le fond de sa tasse de café avec autant de concentration que s'il se livrait à un exercice de voyance.

— Nous avons arrêté les agresseurs de Rab Haïm dès hier soir, dit-il doucement. Nous avons les manuscrits, les papyrus, tous les documents volés dans la boutique... Depuis cette nuit, deux chercheurs travaillent dessus pour savoir s'ils ont un lien avec le trésor ou s'ils peuvent nous indiquer une cache... Sokolov a certainement précipité le vol du lingot en apprenant que nous avions coincé ses hommes de main. Ses commanditaires ne doivent pas être contents. Il veut mettre la pression pour vous faire peur, ou simplement s'assurer un gain au cas où il lui faudrait foutre le camp... Nous avons un peu de mal à le coincer parce que les deux abrutis qui ont tué le libraire ne savent pas grand-chose. Néanmoins, je suis convaincu que nous devons continuer à secouer le cocotier. Nous avons presque une longueur d'avance sur eux, désormais. Nous devons les provoquer, les faire venir sur notre terrain... Au moins leur faire croire que vous êtes sur le point de découvrir des documents majeurs ! Sinon, tout ce joli monde va disparaître dans la nature pour revenir quand nous ne nous y attendrons plus. Et alors c'est eux qui auront une longueur d'avance...

Doron me regardait en parlant. Quand il se tut, je ne dis rien. Deux secondes passèrent. Yossi-Staline ôta la cigarette non allumée de sa bouche puis, après une grimace, l'y remit.

— J'ai dit non, et c'est non, tonna soudain Tom. *Jeeesus !* On dirait que vous n'avez jamais entendu parler de déontologie ! Si je dois jouer la chèvre ou prendre des noix de coco sur la tête, je le fais pour mon compte, pour celui du journal... Ce n'est quand même pas difficile à comprendre !

Le silence fut si lourd qu'il parut long. Mais, en fait, les mots de Tom eurent à peine le temps de s'effacer qu'on frappa à la porte. Le chapeau de Calimani, puis son visage, puis toute sa personne apparurent. Il entra comme s'il était évident que nous l'y invitions, nous regarda tour à tour, ôta son chapeau et passa une main sur ses cheveux gominés.

— Eh... On dirait que j'ai raté l'acte essentiel de la pièce, fit-il en papillonnant de la main gauche. Et notre belle Orit, où est-elle ?

Tom attrapa la poignée de la porte.

— Vous bilez pas, professeur... Ils seront ravis de recommencer pour vous. Vous aviez raison, pour Mizpa... Le « doute » !

Calimani inclina la tête en remerciement, comme sous une salve d'applaudissements. Tom entrouvrit la porte et regarda Doron en secouant la tête.

— Ne comptez pas sur moi, mon vieux... Je vais réfléchir si je vais me taire sur ce que je viens d'entendre... Si vous m'expulsez, ma réflexion sera très courte, bien sûr. Mais demandez donc à votre chère nièce d'aller cueillir les noix de coco ! Elle a des dispositions, j'en suis sûr.

Il sortit comme au théâtre.

— Putains d'Américains, grommela Yossi-Staline en allumant enfin sa cigarette. Faut toujours qu'ils se prennent pour des chefs !

25
Mahané Yehouda

Alors qu'il percevait encore le bruissement des voix dans la chambre contiguë, Tom brancha machinalement la télévision et poussa le son. Il passa dans la salle de bains et prit une longue douche très chaude. Il était épuisé et préférait ne penser à rien. Un ressac de mauvaise conscience palpitait dans son esprit, comme maintenu dans l'ombre et le silence par une membrane trop fine menaçant en permanence de céder. Ses véhémentes protestations d'intégrité journalistique lui étaient apparues totalement grotesques à mesure que les mots sortaient de sa bouche. Il s'était trop bien arrangé avec cette fameuse déontologie lors de son reportage sur Little Odessa pour ne pas en percevoir le ridicule. En vérité, s'il s'était mis en rogne contre Doron, la raison n'avait pas grand-chose à voir avec le journalisme. Ni même la chasse au trésor, la mafia ou les Irakiens !

Il se sécha énergiquement en tentant de faire le vide dans son esprit. En vain. Une serviette nouée autour des reins, il sortit une mignonnette de bourbon du minibar et la décapsula. Il s'allongea sur le lit, miné par la fatigue et par quelque chose d'autre, sans nom, qui lui nouait la poitrine. Il but l'alcool à petites gorgées. Afin d'éviter la pensée qui s'obstinait à se frayer un chemin vers les mots silencieux de son esprit, il maintint son regard sur la télévision – des pubs pour des chaussures puis pour des brosses à dents électriques.

Il se demanda s'il était triste d'avoir perdu le lingot. Oui, il l'était. Pas pour la très relative fortune qu'il représentait, car il n'aurait pas osé en profiter. Mais pour l'étrange contact que cet objet offrait avec le passé. Comme si, en le touchant, en ressentant sous ses doigts sa fermeté un peu tiède, très lisse, il percevait contre sa propre chair la pression amicale d'hommes nés et morts des milliers d'années plus tôt. Comme si leur imperceptible murmure remontait jusqu'à lui depuis l'abîme de la chaîne humaine.

En vérité, il était en train de se faire happer par Jérusalem. Rien n'allait comme il voulait. La journée avait été exécrable, mais il devinait, bizarrement, et même si cette pensée-là lui paraissait stupide, que la ville le souhaitait ainsi. Elle voulait qu'il devînt humble. Et même qu'il souffrît.

Il était aberrant d'avoir des pensées aussi irrationnelles. Pourtant, il devait bien admettre qu'elles lui venaient spontanément à l'esprit !

Il acheva la fiasque de bourbon, sans pouvoir éviter plus longtemps de penser à Orit.

En vérité, quoi qu'il fît ou pensât, il revenait à Orit.

Le trésor n'importait plus. Toutes les raisons qui l'avaient poussé jusqu'ici n'importaient plus. Il avait passé sa colère sur Doron, cependant Orit seule était la cause de sa rage. Pis encore : elle était la source, continue et abondante, de la peine qui investissait chacune de ses cellules.

Il n'osait pas nommer ce qu'il ressentait, mais il savait le nom que cela portait.

Face à « cela », face au vertige, face à l'insupportable et imbécile espoir, face à la trahison, face à..., il n'y avait qu'une réponse possible : prendre le premier avion pour New York !

Fuir pour ne pas être ridicule !

Qu'avait-il à faire des esséniens ou des caraïtes, et de tout le Moyen-Orient ? Bon Dieu, ces gens étaient cinglés ! Se battre pour savoir si le christianisme ou le Talmud venaient de Babylone ! On croyait cauchemarder les yeux grands ouverts...

De toute façon, il avait déjà bien assez de matériel pour faire un papier très honorable, et même surprenant. Tant pis pour Doron ! Il ne lui devait vraiment rien ! Au moins, il s'était bien gardé de lui promettre le silence sur l'« hypothèse irakienne » !

Marek serait assez grand pour se débrouiller tout seul. Et peut-être, d'ailleurs, recueillait-il lui aussi de quoi écrire son hypothétique bouquin !

C'était incroyable, se répétait Tom. Hier seulement, il avait mis la main sur un lingot d'or d'âge biblique et aujourd'hui il ne lui restait plus qu'à fuir !

À la télé, une émission de variétés succédait aux pubs. Il se redressa pour attraper la télécommande et couper le son. Il n'y avait plus de bruit de voix dans la chambre à côté. Il craignait un peu que Marek ne vînt le trouver pour chercher à le convaincre d'on ne sait quoi.

Il se mit debout pour se planter à nouveau devant la baie vitrée. Le soleil ricochait à pleine force sur le Dôme du Rocher, ce dôme qui abritait la roche sur laquelle Abraham devait sacrifier son fils Isaac, selon la tradition juive. Cette même roche, selon la tradition musulmane, d'où Muhammad avait pris son élan pour monter au paradis, chevauchant son fidèle el-Burak afin de rencontrer Allah...

Il y avait maintenant, comme chaque après-midi, passablement de monde autour de la piscine. Il songea qu'il pourrait aller y faire quelques longueurs. Il pensa aux femmes au bord de la piscine, puis de nouveau à Orit. Alors il se retourna et décrocha le téléphone.

Il tapa un numéro qu'il connaissait par cœur. Cela sonna longtemps et, enfin, il y eut une réponse.

— Nom d'un chien, qui que vous soyez, qu'est-ce qui vous prend ?

Tom sourit. La voix d'Ed Bernstein, même aussi revêche qu'un aboiement de bouledogue, était pareille à un baume !

— C'est Hopkins, Ed !

— Bordel ! Hopkins ! Vous êtes encore vivant ? Malheur ! Où êtes-vous ?

— À Jérusalem...

— À Jérusalem ? Vous savez l'heure qu'il est ici ?

— Ed, j'ai de quoi faire un papier super et...

— Vous n'avez rien du tout et surtout pas deux doigts de cervelle entre les oreilles ! Fou à lier, oui ! Rappelez-moi à une heure décente, au bureau, et en passant par la...

Bernstein raccrocha avant de terminer sa phrase.

Tom raccrocha à son tour et regarda sa montre. Il ne devait être, en fait, que quatre ou cinq heures du matin à New York.

Tom émit pour lui-même un petit rire sarcastique. Il valait mieux laisser filer cette journée. Il n'en tirerait décidément rien.

Une demi-heure plus tard, il sortait de l'hôtel, décidait de laisser le 4 × 4 Toyota au parking pour aller à pied, au hasard des rues. Ce dont il avait besoin, c'était de mieux sentir la ville, de se saouler de visages, de marcher.

Choisissant d'éviter la Vieille Ville, il emprunta les rues sinueuses qui s'éloignaient de l'hôtel et fut bientôt à l'entrée de l'avenue King George. La circulation était dense et les trottoirs encombrés. Mais les passants avaient le sourire au bord des lèvres. Une sensation de légèreté, presque d'indolence, passait de regard en regard. Un marchand de pastèques le héla et lui montra en riant ses fruits ouverts et rouges.

Il remonta King George jusqu'à la rue Agrippa et s'y engagea presque mécaniquement ; la foule se fit encore plus dense. Des enfants filèrent devant lui. Du rap bruyant sortait d'une boutique de vêtements, et, dix mètres plus loin, un gros homme assis sur un pliant tirait une mélodie langoureuse d'un accordéon aux touches ébréchées...

Un vacarme plein de vie enveloppait Tom comme une bulle de joie. Il avançait en souriant et atteignit le centre commercial, à l'orée du marché Mahané Yehouda, lorsque la bombe explosa.

Le souffle de la déflagration annihila tous les autres bruits. Il vibra contre la poitrine de Tom et le pétrifia sur place à la même seconde que des centaines d'hommes et de femmes autour de lui. Une minuscule fraction de cette seconde, Tom crut qu'il allait rester ainsi, tétanisé, pour l'éternité. Puis, comme au ralenti, il vit des bras se lever, des bouches s'ouvrir, des doigts se crisper sur des yeux, des gens plier les genoux, une femme se précipiter dans une boutique alors que des dizaines d'autres en sortaient. Alors, seulement, il entendit les cris.

Bizarrement, en anglais, une femme et un homme, presque ensemble, hurlèrent : « Une bombe ! Une bombe ! » Tom leva les yeux et vit la fumée noire qui montait dans le ciel, au milieu des immeubles bas, deux ou trois rues plus loin.

Des gens commençaient à y courir ; la peau encore frissonnante, il les suivit.

Avant qu'il puisse atteindre la place du marché, une clameur de sirènes d'ambulance s'éleva avec une rapidité stupéfiante dans les rues avoisinantes. Aux carrefours, policiers et soldats déviaient déjà la circulation. La rue Jaffa, jusqu'à la place Davidka, se retrouva bloquées par une file d'autobus qui descendaient, comme un troupeau à cette heure de la journée, vers Tel-Aviv.

Un essaim de voitures de police aux gyrophares tourbillonnants s'engouffra sur la place Davidka où se dressait, orné précisément d'une davidka – un petit obusier de fabrication artisanale utilisé par les brigades israéliennes pendant la guerre de 1948 –, le mémorial de la Guerre d'indépendance. Du fond d'un passage à arcades, entre deux maisons basses aux balcons de fer forgé, Tom vit sortir en courant des infirmiers qui portaient, sur des civières, des corps ensanglantés. Les brancardiers se dirigeaient vers lui, et il remarqua, comme si cela avait de l'importance, qu'ils étaient devancés par leurs ombres. Tom aventura son regard sur l'une des civières où le pourpre du sang brillait comme un velours de soie sous le soleil. Il s'immobilisa en comprenant que ce qu'il regardait formait les restes d'un visage écrasé. À côté de lui, une femme poussa un hurlement de surprise autant que d'horreur. Tom lui saisit le bras et le serra, mais la femme s'échappa en sanglotant.

Il voulut avancer vers la place. Un policier lui barra le chemin. Tom montra sa carte de presse ; le policier le repoussa sans même y jeter un coup d'œil. Il revint en arrière et contourna le marché par les petites rues. Il y avait là d'autres cordons ; on le laissa passer. En atteignant la place, la première chose qu'il vit était deux jeunes Arabes que des soldats tenaient par les poignets. Les garçons se débattaient en criant, mais on les força à s'accroupir sur place. Les soldats les entourèrent et ce qui pouvait être un interrogatoire commença.

La bombe avait explosé à l'opposé du centre commercial, pourtant, sur une vingtaine de mètres autour, les étals étaient renversés, les marchandises piétinées. Hommes et femmes blessés étaient soignés en urgence et, comme les morts, allongés sur des monceaux d'oranges, d'avocats, de choux, d'épices, de flacons de parfum brisés ou même sur de la viande aussi rouge et sanglante que les plaies des gisants.

Quatre ambulances pénétrèrent sur la place au ralenti. Des soldats leur frayèrent grossièrement un chemin parmi les débris. En se retournant pour les voir arriver, Tom lui fit face.

Il ne comprit pas d'abord qu'il s'agissait d'elle, bien qu'elle ne fût qu'à dix pas de lui. Ses cheveux dénoués lui cachaient la moitié du visage et du buste. Elle portait une simple robe de coton kaki, déchirée à hauteur de la hanche. Incongru, un gros bouquet de lilas pendait à sa main droite. Même d'aussi loin, Tom vit que ses yeux étaient noyés de larmes.

Il marcha vers elle, qui le regarda s'approcher avec stupéfaction, la bouche entrouverte, respirant fort. Le bouquet de lilas trembla.

Quand il fut tout près, il sentit son parfum d'ambre, plus fort que jamais, même ici. Son ventre se noua. D'une voix qu'il alla chercher au fond de la gorge, il demanda :

— Tu es blessée ?

Elle ne le regardait plus, ses yeux ne quittaient pas les ambulances dont on ouvrait les portes avec précipitation. Une vieille femme hurla lorsque les infirmiers la soulevèrent. Tout au fond de la place, au milieu d'un attroupement, il y eut le bruit épouvantable d'une disqueuse de désincarcération. Des étincelles de métal jaillirent de l'ombre et s'éteignirent dans le soleil.

— J'étais très mal, dit Orit d'une voix lointaine. Je m'en voulais tellement. Alors j'ai décidé de venir acheter des fleurs pour avoir quelque chose de beau devant moi...

Les larmes maintenant atteignaient ses lèvres. Tom retint son geste et détourna les yeux. Quinze mètres sur leur gauche, des policiers circulaient précautionneusement autour d'une flaque de sang noir et de trois corps allongés parmi des petits choux et des ananas broyés. Une barrique d'huile d'olive avait éclaté. Son odeur, à la fois suave et amère, se mêlait dans la brise à celle du sang. Soudain, dans leur dos, la place fut envahie par une clameur.

Des hommes et des femmes, surgis d'on ne savait où, s'approchaient en rangs serrés, comme s'ils partaient à l'assaut de la mort. Des hommes à chapeau noir et papillotes, portant des pancartes rédigées à la hâte, les devancèrent, faisant battre, dans cette course, les pans de leurs longues redingotes. S'approchant des cadavres, ils enfilèrent des gants chirurgicaux et retirèrent des sacs en plastique de leurs poches. Marmonnant des prières, le regard figé par la souffrance et la haine, ils s'accroupirent près des corps déchirés et commencèrent à recueillir des fragments de doigts, d'infimes parcelles de peau sanguinolente, des éclats d'os rougis, parfois un membre. Ils les glissaient soigneusement dans leurs sacs de plastique. Avant même la fin du jour, conformément à la Loi, ongles, dents ou cheveux, membres ou viscères, toutes ces chairs suppliciées seraient ensevelies.

Tom était à nouveau pétrifié d'horreur. Comme si l'explosion éventrait ces corps seulement maintenant, et au ralenti. Sa main fut emprisonnée dans une autre main.

— Viens, souffla Orit. Viens, je t'en prie !

Elle le tira derrière elle, brandissant le bouquet de lilas comme une arme pour se frayer un chemin dans la foule des visages en fureur. Elle ralentit à peine pour laisser passer les ambulances.

— Viens, répéta-t-elle, se tournant vers lui. S'il te plaît, viens ! J'habite tout à côté.

C'était un appartement en longueur, au troisième étage d'un immeuble moderne, face au parc Sacher, à l'extrémité de la rue Bezafel. Ils y parvinrent presque en courant, le souffle aussi violent que s'ils fuyaient le bouillonnement de l'enfer. Orit ne lui lâcha la main qu'une fois entrée dans l'immeuble.

Quand elle monta les marches devant lui, l'aile noire de ses cheveux ramassée sur le côté, Tom entrevit la griffure rouge qui naissait entre ses omoplates. La seule pensée d'y poser ses lèvres était aussi vertigineuse que le massacre auquel il venait d'assister. Comme si, dans cette blessure-là, il avait pu boire la paix.

Il ne fit qu'à peine attention aux meubles, au long canapé couvert d'un tissu blanc et parsemé de coussins pourpre et or, aux livres, aux étranges et sombres peintures sur verre ou aux miroirs cerclés de bois accrochés aux murs. Orit chuchota :

— Attends-moi...

Elle disparut dans un étroit couloir, son bouquet à la main.

Tom avança jusqu'à la porte-fenêtre, qui donnait sur une terrasse et, au-delà, sur la pelouse rêche du parc. Le vertige à nouveau le saisit. Comme s'il était au sommet d'un gratte-ciel d'une hauteur insensée et aux armatures toutes vibrantes d'un vent stellaire. Sa nuque se tendait en spasmes douloureux. Le désir armait chacun de ses muscles. Il devait plisser les paupières pour voir devant lui et résister à cette violence.

Orit revint, pieds nus, un vase transparent dans les bras contenant les branches de lilas. Elle le posa sur une table basse taillée dans un pan de moucharabieh. Il crut l'entendre gémir lorsqu'elle se redressa et lui fit face.

Les larmes avaient emporté le khôl de ses yeux. Ses lèvres s'écartèrent pour laisser passer un mot ; seul un souffle les franchit. Elle ploya légèrement, la poitrine en avant, comme si l'air lui manquait.

Tom s'approcha. Il parvenait à peine à distinguer son visage, mais il lui sembla boire son odeur et sa chair à chaque respiration. Ses mains se levèrent. Il fit glisser les bretelles de la robe et du soutien-gorge du même geste, presque las.

Il effleura ses bras, qui furent pris d'un tremblement. Hésitantes, comme si elles n'étaient plus que l'unique part vivante de lui-même, ses paumes glissèrent sous les seins découverts, aux pointes sombres comme du bois d'ébène. Ils pesèrent aussi lourd que des pierres de soie en fusion. Les doigts d'Orit atteignirent son visage, sa bouche.

— Oui, souffla-t-elle, oui.

26

Jérusalem est un rêve

D'un minaret voisin, portée par un haut-parleur grésillant, la voix d'un muezzin appelait à la prière.

La nuit n'allait pas tarder à tomber. Après avoir lavé le ciel des derniers nuages, un vent d'est apportait maintenant une chaleur fébrile. À moins que cette fébrilité ne vînt de l'atmosphère de la ville elle-même après l'attentat du marché de Mahané Yehouda. Les sirènes s'étaient tues, la rumeur habituelle avait repris, bien qu'elle me semblât plus faible que d'habitude, comme retenue ou tendue. Ou l'imaginais-je ?

Avec toute la ville, j'avais tremblé au souffle de l'explosion – ce qui, en soi, donnait la mesure de sa puissance meurtrière. Puis l'air n'avait plus été qu'un déchirement de sirènes et de klaxons, comme si un fauve blessé hululait de douleur et de colère. Comme si ce vacarme, à lui seul, tatouait les lettres de la souffrance et de la haine dans chaque pierre, chaque parpaing, chaque porte et chaque épaisseur de mortier de Jérusalem, la Ville trois fois sainte...

Chacun de ces attentats faisait naître en moi des doutes. Pourtant aucun ne parvenait à briser mon fol espoir de paix. Il fallait que les hommes de cette région cessent de s'entre-tuer. Des années durant je m'étais battu pour un dialogue au Proche-Orient. Pendant des années j'avais organisé des rencontres entre Arabes et Juifs, mis face à face Israéliens et

Palestiniens, leur parlant raison et conscience. Enfin je m'étais réjoui, comme tant d'autres, des premiers accords de paix. Or je venais de me rendre compte qu'il ne suffisait pas d'une brise pour dissiper les haines et bannir les massacres. La paix, telle une fleur sur une tombe fraîchement recouverte, a besoin de temps pour prendre racine. Mais est-il une violence capable d'empêcher longtemps encore des hommes vivant sur la même terre de se parler ? De s'entraider ? David, futur roi d'Israël, combattit les Philistins et tua leur héros, Goliath. Pourtant, alors qu'il était pourchassé par Saül, le roi jaloux, c'est chez les Philistins qu'il se réfugia, et ce furent eux qui l'accueillirent, lui offrant de surcroît le commandement de l'une de leurs places fortes. Devenu roi, David n'hésita pas à constituer sa garde rapprochée avec ses fidèles compagnons philistins...

Non, nul ne peut arrêter la vie. Ni le jour, ni la nuit. Ni ce crépuscule qui nous venait avec sa caresse, sa tendresse, son vœu de miséricorde, comme une mère prend son enfant, le serre dans le parfum ineffable de sa poitrine avant que l'obscurité, à nouveau, ne charrie ses terreurs.

Je songeais au mot « miséricorde » parce que j'avais entre les mains le texte original de Rabbi Pétahia de Ratisbonne, qui visita la Ville sainte en 1177 :

> *À Jérusalem, il y a une porte nommée porte de la Miséricorde. Elle est obstruée par des pierres et de la chaux. Aucun Juif ne peut s'en approcher et à plus forte raison les non-Juifs.*
>
> *Une fois, des non-Juifs voulurent ôter les pierres et ouvrir la porte. La terre d'Israël trembla. Dans la ville, il y eut une panique jusqu'à ce qu'ils cessent leurs entreprises...*

Calimani m'avait prêté cet ouvrage précieux et fragile peu après le départ de Doron – il m'avait aussi appelé au téléphone juste après l'attentat, me donnant d'une voix sourde et accablée des détails que je ne souhaitais pas connaître, n'ayant pas même le courage d'allumer le poste de télévision de ma chambre pour voir, une fois de plus, le spectacle si peu inventif de l'innommable.

De ce vieil in-folio épais, au parchemin lourd et craquant, je n'avais guère lu que ces quelques lignes, peut-être parce que leur proximité avec ce que nous venions de vivre était trop évidente. Par lassitude, aussi. Jamais journée ne m'avait paru si longue. Affalé dans un fauteuil de ma terrasse, je n'avais plus la force de rien, sinon de laisser mon regard errer sur cette ville invivable et aimée, comme s'il me fallait sans cesse revenir au balcon de ma loge pour voir et revoir l'acte incomplet d'une tragédie qui ne trouvait pas sa conclusion.

À ma droite, la chambre de Tom était plongée dans l'obscurité. Je pensais qu'en bon journaliste – statut auquel il me semblait tenir avec un excès un peu suspect ! – il devait être allé aux nouvelles du côté du carnage... Peut-être aurait-il souhaité que nous parlions après sa dispute avec Doron et sa sortie fracassante ? Mais pour le convaincre de quoi ? Il est des convictions qui ne se débattent pas, et, surtout, Tom m'avait semblé si enfantin dans ses dénégations, si enclin à la mauvaise foi, que j'en avais conclu que seule comptait pour lui la « trahison » d'Orit.

À tout le moins, sa véhémence ne reflétait que l'orgueil, si évidemment ébréché, d'un homme tombé amoureux d'une attirante femme qui, hélas, comme la sorcière ricanant sur sa citrouille, s'était soudain muée en nièce et agent de manipulation ! Pauvre Tom ! Simple et grande leçon de vie amoureuse... En vérité, Orit était une femme vraie, comme souvent en cachant une autre sous le masque de sa beauté, une Orit plus complexe et plus attachante encore, mais devenue incoercible parce que trop multiple...

Je comprenais son désarroi. Je dois convenir qu'il m'amusait aussi. Non sans une pointe de jalousie, d'ailleurs, l'âge paraissant m'offrir le handicap de ne pouvoir être à sa place, mais peut-être aussi, l'expérience nécessaire pour mieux percevoir dans la beauté irradiante et vitale d'Orit la richesse profonde qui s'y nichait.

À moins que ce ne fût pure suffisance de ma part de m'imaginer pareil avantage.

Et donc, sachant, par expérience, que les secousses répétées d'émotions contradictoires et violentes étaient, en général, bien trop propices au sentimentalisme de la vanité masculine, je préférai fermer à demi les yeux sur l'or couchant du Dôme et me laisser porter par mes songeries habituelles.

La blancheur crayeuse des pierres de la ville paraissait s'élever avec l'approche de l'obscurité, tandis qu'en arrière-plan, par touches estompées et proches de l'effacement, les gris des oliviers du mont Sion happaient un à un l'ultime lumière. À l'instant où le dernier s'effondra dans le soir implacable, la nostalgie m'envahit. Je songeais à tous ceux qui avaient espéré en Jérusalem, à tous ceux qu'elle avait désespérés, anéantis, trahis, passé et présent réunis. Comme reliée par mille et mille autres voix, je crus entendre leur plainte sourde qui tapissait le fond de la vallée de la Géhenne, juste au pied de l'hôtel. Et, par un saut malin et caustique de l'esprit, je repensai soudain à Moïse William Shapira.

Personne ne se souvient aujourd'hui de ce nom. Je suis tombé sur son histoire comme d'habitude : par hasard. Shapira tenait un magasin d'antiquités dans la Ville sainte à la fin du XIXe siècle. Un jour de 1878, il eut connaissance d'un Bédouin ayant découvert près de la mer Morte, dans une grotte de Wadi Mujib précisément, des paquets de chiffons enveloppant des rouleaux de cuir brun. Intrigué, il retrouva le Bédouin et lui acheta son étrange trouvaille : quinze bandes d'écritures de neuf centimètres sur dix-huit.

Après un examen minutieux, Shapira ne tarda pas à se rendre compte qu'il tenait entre les mains une version non seulement très ancienne du Deutéronome, mais différente de celle de la Bible. Honnête et confiant, il montra ces rouleaux à quelques spécialistes qui l'encouragèrent à les présenter à Londres sans tarder. Shapira quitta sa boutique et fit le voyage. Les savants anglais, doctement, déclarèrent le manuscrit authentique. Presque aussitôt, une traduction en fut publiée dans le *Times*.

L'affaire fit assez de bruit pour que le Premier ministre, Gladstone, alors au pouvoir, vînt en personne examiner la trouvaille du Bédouin dans le but de la racheter à Shapira. Il fut question d'un million de livres, selon la rumeur.

C'est alors qu'un historien français, spécialiste de la période mais, pour d'obscures raisons, ennemi de longue date de l'antiquaire de Jérusalem, et à qui, par malheur, Shapira n'avait pas voulu montrer les rouleaux, les déclara faux. Dès lors, sans se donner la peine de consulter les documents originaux, une volée d'historiens et érudits de tout poil se précipita à la suite du Français et, en meute soudée, hurla au scandale.

Discrédité, ruiné, Shapira finit par se suicider en 1884 dans une chambre d'hôtel de Rotterdam... Une fois de plus, Jérusalem, par la plus contournée des voies, parvenait à masquer sa mémoire, à repousser un peu plus profondément ce qui pourtant la déchire depuis l'origine, parce que cette mémoire est la source même de son origine.

Une vieille discussion me revint à l'esprit : elle datait de quatre mille ans et réunissait Abraham et les Hittites à l'occasion de la mort de Sarah, l'épouse d'Abraham. Les Hittites proposaient leur propre tombeau pour y ensevelir Sarah mais refusaient de vendre la moindre parcelle de terrain à l'Hébreu.

Abraham et Ephron, le propriétaire des lieux, tentèrent de se convaincre l'un l'autre de la pertinence de leurs points de vue. Devant les représentants des corporations, le patriarche juif s'était écrié : « Si celle qui m'a quitté doit partager un tombeau avec moi, écoutez et intercédez auprès d'Ephron fils de Cohar pour qu'il me cède la grotte de Machpela, à l'extrémité du champ qui lui appartient. Qu'il me la cède pour sa pleine valeur au titre de propriétaire funéraire parmi vous ! »

Ephron répondit aussitôt : « Non, mon seigneur, écoutez-moi plutôt : le champ, je le lui donne ! La caverne qui s'y trouve, je la lui donne ! »

Cependant Abraham ne voulait pas d'une telle offre qui le rendait débiteur du Hittite et entravait son souhait de s'installer près du tombeau de Sarah. Il continua d'insister pour payer : « Si seulement tu voulais m'écouter ! Je te donnerais le prix du champ. Reçois-le donc de moi, et c'est là que j'enterrerai la défunte... » Ephron de s'obstiner à répéter que l'argent d'Abraham ne l'intéressait pas.

La longue palabre, acharnée, se conclut sur un accord. Pour quatre cents pièces d'argent, la tribu d'Abraham pourrait acquérir la grotte et le fameux champ – soit, outre la possession d'une terre, le droit de s'établir à environ vingt-cinq kilomètres d'Hébron.

Souvent, je me suis demandé comment, de nos jours, une telle transaction serait accueillie dans la région. Avec, je le pense, cette difficulté supplémentaire : contrairement à ce que pourrait faire croire le récit biblique, Abraham n'était pas descendu avec sa seule famille depuis la plaine de la Mésopotamie jusque sur la côte orientale de la Méditerranée. L'accompagnaient à coup sûr les milliers, sinon même les dizaines de milliers, d'hommes, de femmes et d'enfants qui s'étaient mis en route à sa suite. Sans compter qu'il n'est pas impensable que les Hyksos fussent eux-mêmes aux prises avec ce mouvement migratoire.

L'origine des Hyksos, mystérieuse peuplade qui pénétra dans la vallée du Nil au cours du XVIIIe siècle avant notre ère, échappe encore aux historiens. Il est cependant établi que ce peuple régna sur l'Égypte durant un siècle et demi. Des fouilles, effectuées de nos jours dans une nécropole à une trentaine de kilomètres du Caire, ont mis au jour un temple stupéfiant, ressemblant trait pour trait à celui de Jérusalem. La colline de ce temple est encore nommée aujourd'hui *Tell el-Jehoudia* : la Colline des Juifs...

Un lien de parenté existerait-il entre la tribu d'Abraham et le peuple Hyksos ? On comprendrait alors mieux pourquoi les pharaons de l'époque reçurent si amicalement l'arrière-petit-fils d'Abraham, Joseph, lorsque celui-ci fut vendu par ses frères.

Un bruit de porte se fit entendre sur ma droite. Tiré des méandres de mes pensées, je sursautai. Dans la pénombre, le costume clair de Calimani se mit en mouvement. Il s'avança, franchissant les murettes de séparation entre les chambres avec une aisance un peu forcée. Ce soir, il arborait une chemise jaune citron, une absence de cravate et de chapeau et, cependant, une splendide pochette de soie.

Parvenu sur la terrasse de la chambre de Tom, il s'approcha sans vergogne de la baie vitrée pour regarder à l'intérieur. Puis il s'en écarta pour me rejoindre, secouant la tête avec précaution pour ne pas désordonner ses mèches plaquées. Il enjamba, cette fois avec effort, l'ultime séparation et se laissa tomber dans un fauteuil proche du mien.

Calimani possédait au plus haut point ce mélange extraordinaire de sans-gêne et d'affectueuse convivialité qui fait que certaines personnes peuvent ainsi s'inviter à leur guise dans toutes les maisons d'un village, sans souci de l'intimité des habitants et sans subir aucun reproche, tant leur inconscience de la sphère privée d'autrui semble naturelle. Je n'étais pas certain que notre malin Calimani fût aussi inconscient de ses intrusions qu'il voulait le paraître ; cependant ses façons, même cavalières, n'allaient jamais sans un certain charme. Finalement, mon premier mouvement, manière de grimace de retrait et de protection, n'était que de pure forme. Comme chaque fois, j'appréciais sa présence.

— J'ai pensé que je vous trouverais sur votre terrasse, pensif comme un écrivain se doit de l'être ! dit-il avec un petit soupir, entre tristesse et amusement. J'ai songé aussi que si je ne venais pas vous inviter à dîner vous ne mangeriez pas ce soir...

Il soupira à nouveau, étendant les jambes.

— Rude journée, n'est-ce pas ?

— Aussi éprouvante qu'étrange, confirmai-je. De ces journées où l'on a l'impression d'être dans une poêle à frire, se carbonisant d'émotion d'un côté et grillant de l'autre comme un vulgaire bifteck... Et l'on aimerait bien connaître celui qui tient le manche de la poêle !

Il eut un petit rire amusé et approuva de la tête avant de désigner la chambre de Tom.

— Jolie image... Notre ami journaliste, lui, semble avoir décidé de fuir cette incertitude ! À moins qu'il ne soit parti au marché mesurer les dégâts de l'attentat... Voyeurisme de journaliste ?

— Je le pensais.

La main droite de Calimani, perplexe, s'agita comme un oiseau incertain de la solidité de la branche sur laquelle il va se poser.

— À moins qu'il ne soit allé rejoindre votre belle Orit... Il m'a semblé que... Non ?

— Si. C'est possible aussi.

— Ah... nous n'y échapperons jamais ! Vous voyez ce que je veux dire ?

— Je crois.

— Son agressivité envers ce pauvre Doron...

— Le terme « pauvre Doron » ne me semble pas le plus approprié.

Calimani eut un rire bref, mais son visage redevint vite sérieux.

— Vous croyez qu'il va vraiment laisser tout tomber ? Hopkins, je veux dire...

— Franchement, je ne sais pas.

— Mmm... Mais vous, vous n'avez pas changé d'avis, au moins ? Vous m'accompagnez demain matin chez Doron ?

— Oui... Je voudrais savoir ce que ces deux savants ont tiré des manuscrits de Rab Haïm. Nous aviserons ensuite. C'est ce que nous sommes convenus, non ? Il nous expose son plan et nous nous décidons, avec ou sans Tom...

— En toute franchise, et sans vouloir vous offusquer, mon bon ami, je ne me vois pas courant le désert avec vous à la recherche d'une cache du trésor sous le feu croisé des hommes de Doron et des Irakiens... Si Irakiens il y a ! Ce dont je ne doute pas, hélas ! Nous avons, mon cher Marek, besoin des muscles de notre journaliste, à défaut de sa conviction.

— Je ne vous conseille pas de lui présenter les choses sous cet angle ! répliquai-je en souriant.

Encore une fois, Calimani gloussa, et, encore une fois, son rire s'étrangla. Il y eut un silence et je sus à quoi il pensait. Finalement, il murmura, comme un aveu trop longtemps contenu :

— Plus de vingt morts et au moins une centaine de blessés. Quelle boucherie ! Le Hamas vient de publier un communiqué mi-chèvre, mi-chou, comme quoi il n'était pour rien dans cet attentat mais qu'il ne saurait toutefois le condamner, etc. Une fois n'est pas coutume, cependant c'est étrange. J'ai appelé Doron il y a un quart d'heure. Il semble lui aussi très perplexe. D'après les premiers éléments de l'enquête, le *modus operandi* n'est pas habituel. Il n'a pas voulu m'en révéler plus.

Il y eut un silence. Un long silence. Je n'avais pas envie de parler, je désirais seulement voir la ville s'envelopper de ses lumières, comme si chacune d'elles était le signe vaillant d'une chaleur fraternelle.

Calimani, qui, de son côté, suivait le cours de ses pensées, ne supporta pas ce silence.

— Pourtant, quelle ville merveilleuse, n'est-ce pas ? s'exclama-t-il d'une voix sourde. Merveilleuse et monstrueuse, oui, bâtie au-dessus du Tehom, de l'abîme où, selon les musulmans, échoueraient les âmes mortes...

Sa main gauche s'agita à nouveau, cette fois papillon de nuit effaré par les lumières.

— Regardez là-bas... Là-bas, au-delà du mont Moriah, même dans la nuit on ressent le poids de la vallée de Josaphat – ou vallée du Cédron, ou encore vallée des Rois, puisqu'elle possède autant de noms que de mémoires, truffée qu'elle est de catacombes, de monuments funéraires, de pierres tombales... C'est là, au jour du Jugement dernier, que doit se produire la Résurrection. C'est là que doivent arriver, de tous les coins de la terre, des millions et des millions de morts acheminés par des galeries souterraines... Les morts d'aujourd'hui, de tout à l'heure, notre cher Rab Haïm, tout comme les boutiquiers et les savants des millénaires révolus... Ah ! n'est-ce pas l'ironie et le signe suprême de l'ambivalence que cette ville, bâtie sur le plus fabuleux des cimetières, ne tolère pas la mort, au point qu'il y est interdit de conserver une dépouille mortuaire entre ses murs durant la nuit ! Et, bien sûr, dès qu'un archéologue, un chercheur ou même un simple maçon touchent à une tombe, ils déclenchent aussitôt des cris de douleur et de rage de la part des gardiens de l'Éternité...

— Ou des voleurs de l'Éternité, rectifiai-je doucement.

Giuseppe Calimani tressaillit et me regarda en fronçant les sourcils.

— Vous savez, dis-je avec une vivacité qui me surprit moi-même, pour moi, la vraie Jérusalem est de l'autre côté, du côté de l'avenue King George avec ses magasins, de la rue Ben Yehouda avec ses cafés, ou encore du côté de Rehavia avec ses maisons de calcaire rose, et même du côté de Talpiot avec ses villas nichées au milieu des pins...

enfin, on mentionne l'amour, on constate la nécessité, l'universalité du partage. Tout se partage : le pain, une maison, un champ et même un pays. Il n'est qu'une chose que l'on ne peut partager : le *rêve*.

— On rêve ce qui nous manque, du moins selon Freud, remarqua Calimani. Le rêve nous offre ce dont nous restons éloignés et vers quoi nous tendons.

— Oui, je veux bien le croire. Le rêve de Jérusalem construit la foi en Jérusalem. Né en Mésopotamie, structuré dans le désert du Sinaï, le judaïsme rêvait du pays de Canaan, de la ville de Jérusalem. L'exil, le si long exil, a renforcé le rêve et l'a nourri... L'islam, né, lui, dans le désert d'Arabie, rêvait aussi de Jérusalem et de verts pâturages. Or le christianisme tel qu'il nous apparaît dans les Évangiles est né à Jérusalem même. Son chemin de croix et ses quatorze stations de la Via Dolorosa en sont le témoignage. Mais voilà... Si l'hypothèse de Doron était confirmée et que nous apprenions que le christianisme est lui aussi né en exil, que lui aussi rêvait d'atteindre par son propre Messie l'espace sacré de Jérusalem...

— Nous risquons d'en apprendre plus sur ce point dès demain, approuva Calimani d'une voix nette. Les textes analysés par les savants engagés par Doron risquent fort de nous surprendre. Oui... Je commence à comprendre ce que vous voulez dire.

Peut-être le comprenait-il mieux que moi-même, en vérité, qui ne sentais prendre forme cette pensée qu'en la formulant. C'était un instant magique, bizarre. La pensée semblait se penser elle-même. Moment éprouvant aussi, comme si la violence exacerbée de la journée était enfin parvenue à rassasier je ne sais quel Moloch qui, désormais et pour quelques heures enfin, nous accordait le rêve de la paix.

Comme pour l'affirmer par une féerie visible, une étoile filante traversa le ciel purifié.

— Le rêve est un aveu, repris-je doucement. Nous rêvons de la paix que nous ne savons pratiquer, du respect et de la fraternité que nous ignorons, nous rêvons de la beauté du futur en macérant dans les ombres du passé... Mais nous ne rêvons pas de partager nos rêves. Pourtant ! Nous répétons à satiété que les peuples se sont entre-tués pour la terre, pour l'espace, pour imposer leurs dieux – mais ces sortes de guerres finissent toujours par trouver une solution, un compromis... En revanche, la guerre qui déchire aujourd'hui Jérusalem, Israël, tout le Moyen-Orient, c'est la réalité quotidienne de deux rêves qui se disputent sans fin la même source, le même manque. Oui, le rêve est bel et bien la seule chose qu'on ne puisse partager ici-bas... La réalité de Jérusalem en vient ainsi à cette absurdité : le rêve de Jérusalem en permanence déchiré par ses rêveurs !

Calimani se tenait immobile, les mains croisées sur le ventre, la bouche entrouverte. Si longtemps que je crus un instant l'avoir froissé en lui livrant, avec si peu de retenue, les labyrinthes incertains de mes réflexions. À moins qu'il ne fût tout simplement fâché de n'avoir pu faire preuve de sa propre érudition depuis de trop longues minutes.

Mais non. Sa main gauche s'écarta soudain et vint se poser sur mon bras en un geste fraternel. J'en fus si surpris que je tressaillis avec un peu de gêne. J'aurai souvent l'occasion, hélas, de me remémorer ce geste d'affection. Calimani, tout autant que moi, était sensible à la magie de cet instant.

Me pressant le bras avec de brèves impulsions, il me dit de son accent chantant :

— Je n'avais jamais songé à Jérusalem sous cet angle... Peut-être aurais-je dû. Les scientifiques ont des connaissances qu'ils ont tendance à empiler autour d'eux comme autant d'écrans. Tel un homme livré au froid qui endosserait des dizaines de couches de vêtements pour se protéger plutôt que de songer à se faire un feu ! Le feu est une création et, finalement, une synthèse d'éléments opposés qui se consument soudain dans une complémentarité. Au fond, c'est cela, le travail des romanciers. Votre brandon est l'imagination...

— Le mensonge et la vérité font assurément l'alliage d'une bonne histoire, approuvai-je avec un petit rire. Encore que l'imagination ne soit pas tout à fait un mensonge mais seulement l'effort d'une incarnation différente de la réalité.

— On appelle aussi cela brouiller les pistes ! déclara-t-il en riant, ôtant sa main de mon bras. Je vous imagine très bien me désincarnant pour me reconstituer en un personnage à votre guise ! Un Calimani de roman, avec mes petits travers et mon chapeau !

— Surtout votre élégance ! Oui, tout à fait.

Et nous fûmes pris d'un fou rire, un vrai fou rire, comme deux collégiens libérés du poids de l'angoisse et parfaitement unis dans l'amitié, riant, heureux de rire parce qu'un instant plus tôt le rire nous semblait à ce point hors d'atteinte que nous en tremblions d'effroi.

— Puisque vous êtes en verve, reprit Calimani, hoquetant et lissant soigneusement ses mèches gominées que le rire avait fait frémir, faites-moi une confidence ! Comment ou pourquoi êtes-vous devenu romancier ?

— À cause d'un âne et de la mort.

— *Oye, oye !*

— C'était à Kokand, en Ouzbékistan... Je m'en souviens comme si c'était ce matin. Un âne trottinait devant moi et faisait tanguer son cavalier. Je courais derrière eux, pieds nus dans la poussière. Le sol brûlait, chauffé depuis l'aube par un soleil que semblaient multiplier, tels des miroirs, les glaciers du Pamir. Sur les flancs du bourricot ballottaient deux sacs de riz. Le riz, c'était le salut. À l'époque, on ne disposait pas d'antibiotiques. « Trouve du riz, m'avait dit la veille le médecin. Trouve du riz si tu veux sauver tes parents ! » Mon père et ma mère agonisaient à l'hôpital communal, frappés par la typhoïde et la dysenterie.

J'ai rattrapé l'âne... Il m'a suffi d'un coup de lame dans l'un des sacs. Qu'est-ce qu'ils étaient beaux, ces petits grains blancs qui se mirent à couler à flots ! J'en ai rempli ma casquette comme à une fontaine. L'ânier n'a même pas crié. Il a eu peur. Il n'a pensé qu'à fuir... La chose s'est sue. Du moins, on m'a assimilé aux hooligans qui allaient par bandes. Un jour où je portais un panier de nourriture à mes parents, trois voyous de mon âge et appartenant à une bande m'attaquèrent à leur tour, autant pour me voler que pour me prouver qu'ils étaient les plus forts. Ce fut vite réglé, à trois contre un, malgré ma rage, je ne faisais pas le poids ! Mais, comme je m'étais bien défendu, ils me conduisirent à Kalvak, un terrain vague de la ville basse. Là, les bandes se réunissaient pour régler leurs comptes, raconter des blagues, chanter en chœur, fêter leurs bons coups et juger les « traîtres ». En vérité, derrière leurs couteaux, ces garçons étaient des tendres qui rêvaient d'une autre vie, d'une autre société. Dans les histoires qu'ils aimaient, la camaraderie prévalait sur l'intérêt, la justice triomphait de la fourberie, les héros risquaient leur vie pour l'honneur. Ce soir-là, à Kalvak, pour éviter de me faire rosser, je me suis mis à raconter *Les Trois Mousquetaires*. Au petit matin, ma renommée était établie. J'étais devenu *Marek, tcho khorocho balakaïet* : Marek-qui-raconte-des-histoires... J'avais neuf ans.

— Très jolie histoire ! Elle me fait penser à un proverbe persan : « Le chacal qui habite les plaines de Mazarderan ne peut être forcé que par les chiens de Mazarderan. »

— Ce qui veut dire ?

— Que l'on ne peut vaincre que ce que l'on connaît bien... Savez-vous ? J'ai le gosier aussi sec que les rives de la mer Morte et une faim de loup !

27

Le meilleur de la vie

Ils s'étaient endormis, réveillés, endormis encore...

Le temps n'avait plus de poids et la nuit pas même d'obscurité. Leurs peaux et leurs mains, leurs lèvres et leurs langues semblaient vouloir vivre toutes les vies, toutes les sensations, en un amas d'heures explosées.

Ils avaient mangé et bu avant de refaire l'amour, après, avant de dormir, après encore, sans parvenir à apaiser le désir.

Tantôt les caresses donnaient à Orit une expression de défense avant qu'elle s'abandonne soudain avec fougue. Tantôt elles la transformaient en un animal éblouissant de joie et de don. Tom scrutait son visage, la transformation de ses traits à l'instant où il la pénétrait. Parfois elle le repoussait, s'écartait pour s'exposer dans une nudité un peu terrifiante et, brusquement, elle fermait les paupières comme si le seul regard de Tom parvenait à embraser son corps. Elle se mettait alors à onduler et vibrer avant même qu'il la rejoigne.

Au cœur de la nuit, peu après un de leurs fragments de repas, elle prit son verre de vin blanc, se dressa et, nue sous sa chevelure plus sombre que la nuit qui régnait au-dehors, elle se mit à marcher de long en large dans la chambre. Finalement elle se planta devant le lit et lui dit :

— Après le 3, le 7 est le chiffre sacré le plus important des civilisations orientales. Dans les textes sumériens et akkadiens, on trouve sept démons, représentés par sept points, qui apparaissent dans la constellation des Pléiades. Chez nous, les Juifs, le septénaire oriental se manifeste à travers les sept branches de la menora, qui renvoient à la division de la révolution lunaire en 28 jours – 4 fois 7 ainsi jusqu'aux 7 planètes...

Tom acheva son verre de vin et se mit à rire en secouant la tête.

— Et alors ?

— Et alors, dit-elle le plus sérieusement du monde, tu ne le savais pas.

— C'est vrai... Mais vous n'avez pas le monopole du symbolisme du chiffre 7. Mon grand-père, évangéliste, m'a enseigné qu'il y avait dans l'Apocalypse de Jean 7 églises, 7 cornes de la Bête et encore 7 coupes de colère et un livre fermé par 7 sceaux ! Et alors ?...

— Et alors, ça veut dire que tu ne sais rien de ce que nous sommes, ni de ce que je suis...

Il crut comprendre ce qu'elle voulait dire, mais elle posa son verre avec un rire narquois et vint brutalement offrir son ventre à sa bouche. Plus tard, elle s'endormit en fronçant les sourcils. Longtemps, il la regarda dormir. Le désordre de ses cheveux faisait un tapis d'ombre sur les draps. Sa peau paraissait plus blanche que d'habitude, plus laiteuse. Il ne cessait d'avoir envie d'être dans son corps.

Elle finit par se réveiller à force d'être regardée et s'exclama en gloussant :

— J'oubliais ! Il y a aussi une autre tradition : tu dois me faire sept fois l'amour pour que je sois certaine que tu me désires moi et que tu n'es pas uniquement en admiration devant ton propre désir !

Plus tard encore, tandis qu'elle haletait, appuyée contre sa poitrine, elle demanda :

— Tu te souviens quand nous sommes tombés dans le puits ?

— Oui. J'ai failli te prendre à ce moment-là...

— Tu n'aurais pas dû faillir.

— Je craignais que tu ne sois qu'une tricheuse.

— Tu le crains toujours ?

— Je ne sais pas. Mais tu as choisi la corde qui m'a permis de sortir d'un puits avec un lingot d'or. Ça donne à réfléchir... Peut-être que cette corde, c'est le meilleur achat de ma vie.

— La corde, ce n'est rien. La meilleure chose de ta vie, c'est de m'avoir rencontrée !

Ils rirent en même temps qu'ils jouirent.

Il s'éveilla une nouvelle fois avant l'aube. Les draps sentaient violemment l'amour. La journée s'annonçait chaude. Le *hamsin* – un voile de duvet blanc, presque transparent – flottait sur Jérusalem. Tom se leva et ouvrit la porte-fenêtre avec précaution pour ne pas déranger son sommeil. En face, au bord de la rue qui longeait le parc, un réverbère se noyait dans son halo jaunâtre, déjà rattrapé par les premières lueurs du jour. De l'autre côté de la ville s'éleva l'appel d'un muezzin, aussitôt relayé par des dizaines d'autres, venus de plus loin, formant tous ensemble un chœur aux sons désaccordés.

Il se souvint pour la première fois de l'attentat et des cadavres de la place du marché ainsi que des garçons arabes que les policiers israéliens clouaient au sol. Il frissonna.

— Viens !

Il se retourna. Orit, les yeux mi-clos, lui tendait les bras. Il la rejoignit. Ils restèrent un long moment enlacés sans dire un mot.

Il dormit jusqu'au milieu de la matinée. Quand il se réveilla, il était seul dans le lit, mais il entendait une voix qui parlait bas. La voix d'Orit. Il resta quelques secondes dans les limbes, et ses mains eurent envie de la caresser avant qu'il ne soit vraiment réveillé, qu'il ne la voie au grand jour.

Il se réveilla pour de bon ; la voix d'Orit avait quelque chose d'indistinct qu'il trouva menaçant. Puis il sourit. Elle parlait en hébreu, tout simplement.

Il se leva et alla la rejoindre au salon. Elle portait une longue tunique de coton pourpre brodée de motifs aux fils d'or. Cela lui fit drôle d'être nu devant elle qui ne l'était plus.

Il se rendit compte, bien qu'elle parlât à voix basse, qu'elle était en colère et se disputait avec son interlocuteur. Il lui suffit de la regarder quelques secondes pour comprendre que la nuit d'amour avait pris fin.

Elle raccrocha brutalement ; son visage disparut sous la masse de ses cheveux. Tom, toujours aussi nu, s'assit sur le canapé et attendit.

Elle saisit ses cheveux, les torsada sur le côté et le regarda.

Il finit par demander :

— Qui était-ce ?

— Mon oncle.

— Je m'en doutais.

— Il sait que tu as passé la nuit ici.

— Et alors ?

— Il veut savoir si tu n'as pas changé d'avis. Ils sont tous là-bas, dans son bureau, Marek et Calimani...

— Tu sais très bien, sans même me le demander, que je n'ai pas changé d'avis.

— Il me reproche d'avoir passé la nuit avec toi.

— Ah ?

— Il dit que, finalement, j'ai fait du mauvais travail. Il pense que j'ai surtout compliqué les choses.

— Je ne suis pas sûr de comprendre... Doron est jaloux ou vous êtes sérieux, tous les deux ? Tu n'as couché avec moi que pour que je change d'avis ?

Orit le regarda sans frémir, droit dans les yeux. Finalement elle dit, avec dans la voix une dureté provocante :

— Ça, c'est à toi de le savoir.

— Merde ! lança Tom, sentant soudain la fraîcheur du matin sur sa peau. Merde ! Vous êtes tous complètement cinglés !

Moins de cinq minutes plus tard, habillé à la hâte, il descendait en courant l'escalier, la poitrine pleine d'amertume.

Dans l'appartement, Orit n'avait pas bougé. Seules ses mains tremblaient.

28

Il y a des jours comme ça...

— Oui... donc, professeur, considérez que la Bible compte 391 300 signes. Ce chiffre est un multiple de 26. Or « 26 », dans la gématrie hébraïque, représente la somme des quatre lettres qui composent le tétragramme divin, le nom imprononçable de Dieu...

— Oui, oui ! Et il y a 26 générations entre Adam et Moïse ! s'exclama Calimani avec un large sourire. Bien sûr, mon cher ami, je connais cette petite acrobatie des chiffres. De même qu'au verset 26 du premier chapitre de la Genèse l'Éternel déclare : « Faisons l'homme à notre image », de même que le quatrième chapitre de la Genèse, commençant par le mot « Adam » et s'achevant sur le tétragramme, se compose de 26 versets...

Calimani se frotta les mains, ravi de clore le bec de son interlocuteur. Son eau de Cologne embaumait tant que je me tenais à distance. Le jeune homme avec qui il ferraillait depuis quelques minutes, lui, rosit d'embarras. Doron nous l'avait présenté à notre arrivée – très matinale – dans son bureau. Angus Wilson, brillant chercheur d'origine anglaise, le cheveu clairsemé malgré une trentaine à peine entamée, plutôt replet, semblait être le prototype du célibataire indifférent à sa personne et ne vivant que pour passer ses jours et ses nuits en compagnie de documents abscons. Ses yeux très clairs de myope, grossis comme par des loupes derrière les verres de ses lunettes rondes, lui donnaient un regard égaré assez déroutant. Face à lui, superbe dans un costume d'un gris soyeux, arborant une chemise rose et une cravate à petits carreaux anthracite sur fond blanc, les mèches parfaitement gominées, Calimani possédait la distinction d'un prince de l'esprit.

Doron nous avait présenté Angus Wilson comme une nouvelle recrue, spécialiste des textes esséniens et assistant temporaire, à l'Université hébraïque, du professeur David Rosenkrantz. L'un et l'autre venaient d'étudier les manuscrits volés chez Rab Haïm et heureusement récupérés. Cependant, Rosenkrantz n'arrivait toujours pas. Tom non plus, d'ailleurs, ni Orit. Notre petite troupe me paraissait fondre comme neige au soleil.

Après avoir bu une tasse de café et échangé quelques propos anodins qui cachaient mal son irritation – ou son inquiétude –, Doron était brusquement sorti de son bureau tout en nous demandant de l'y attendre. Profitant de l'aubaine de ce temps mort, Calimani n'avait pu résister au plaisir de tester la science du jeune Anglais ; depuis un long quart d'heure, ils faisaient tous deux assaut de connaissances.

Le pauvre Wilson, tripotant un vieux porte-documents avec la nervosité d'un étudiant lors de son premier oral, me jeta un regard implorant. Je n'eus pas le temps d'ouvrir la bouche. Calimani, l'œil rieur, me prit à son tour pour témoin de son faramineux savoir.

— Savez-vous, mon cher Marek, que la généalogie de Sem comporte 26 descendants ? Que le nombre de mots de cette généalogie est un multiple de 26 ? Que le nombre de caractères qui forment ces mots est également un multiple de 26 ? Que la somme des valeurs numériques des lettres des 13 premiers descendants de Sem, comme celle des 13 autres, est aussi multiple de 26 ? Que la généalogie d'Ésaü est articulée autour du nombre 26 ? Enfin, que même la valeur numérique des verbes se rapportant à l'Éternel, pris par groupes spéciaux pour tous les jours de la Genèse, est également de 26 ?

Assurément, toutes ces coïncidences eussent été passionnantes à analyser de près en un autre moment, mais je n'avais pas le cœur à ce jeu-là. J'étais impatient de connaître enfin la teneur des documents expertisés par les deux savants.

De plus, l'absence de Tom à la réunion, si elle n'était pas surprenante, me semblait de mauvais augure. J'allais faire part de mon inquiétude à Calimani et le ramener à nos soucis lorsque la porte s'ouvrit sur un Doron furieux, une Thermos de café à la main. Sans un regard pour nous, il se dirigea vers son bureau. Sans un mot, il y posa la Thermos et chercha sa tasse sous des papiers. Le silence accompagnait chacun de ses gestes. Je décidai de briser ce mutisme.

— Un problème avec le professeur Rosenkrantz ?

Doron émit un grognement. Sur sa joue, sa longue cicatrice était plus lisse et plus pâle. Calimani et Wilson l'observaient comme s'ils prenaient enfin conscience de quelque chose d'anormal. Doron trouva sa tasse, la remplit et but une longue gorgée de café avant de grommeler :

— Non, pas avec Rosenkrantz.

— Oui... donc, le professeur aurait des ennuis ? s'inquiéta Wilson comme s'il n'avait pas entendu.

Doron le fusilla du regard avant de soupirer, les yeux au plafond.

— Non ! Enfin rien, ou presque... Le professeur s'est tordu la cheville en descendant de taxi. C'est idiot, mais ça arrive ! Ne vous inquiétez pas, on s'occupe de lui, il sera ici dans cinq minutes... Yossi lui cherche une paire de béquilles !

Avec une mimique accablée qui démentait l'alacrité de ses paroles, Doron s'affala dans son fauteuil.

— Ah, il y a des jours comme ça qui commencent mal... grogna-t-il en cherchant mon regard. Je vais vous dire, mon cher Marek, ce qui me fiche en rogne :

c'est votre satané journaliste américain ! Monsieur nous fait sa comédie ! J'ai besoin de lui et il le sait, mais votre Hopkins s'entête et se prend pour un héros de cinéma : le reporter aux mains pures ! Comment s'appelle cet acteur à qui il ressemblerait, soi-disant ?

Calimani me devança.

— Robert Redford ! souffla-t-il comme un diable sur la braise.

— Ouais, Redford, s'énerva Doron.

— Je ne suis pas d'accord, intervint Calimani comme si c'était là le sujet. Tom est plus fin, plus nerveux aussi. Vous ne trouvez pas, Marek ?...

— Grand bien lui fasse ! le coupa Doron. Alors voilà : votre faux Redford nous fait un caprice. Pas question qu'il se salisse les mains. Sa déontologie le lui interdit ! Elle a bon dos, la déontologie ! Elle est bonne fille, comme d'autres que je connais...

Doron se tut, contemplant le fond de sa tasse, l'œil sombre. Nous échangeâmes un regard avec Calimani et je devinais qu'il pensait lui aussi à Orit.

Le lourd visage de Doron se redressa. Abattant sa main sur le bureau, il nous dévisagea avec une grimace qui, en toute autre circonstance, eût été une insulte.

— Pff ! Et comment voulez-vous que je mette en place un plan sérieux avec...

Il s'interrompit comme s'il craignait d'en dire trop. À mon côté, Calimani gloussa et, de sa main baguée, lissa avec désinvolture sa cravate.

— ... Avec de vieux bonshommes dans notre genre, n'est-ce pas ?

— Ce n'est pas ce que je voulais dire, se défendit Doron.

— Mais si, mais si... Je vous connais, Arié ! Vous croyez toujours qu'il faut séparer la tête et les jambes... Peut-être, cette fois, faute de grive, vous faudra-t-il manger du merle ?

— Giuseppe ! soupira Doron avec un ample frémissement de la panse. Vous n'êtes plus ni merle ni grive, sans vouloir vous vexer ! Soyons sérieux. Vous imaginez-vous en train de creuser dans le désert, alors que des types prêts à tout attendent le bon moment pour vous tomber dessus ?

— Oh, vous aussi serez là, Arié... Enfin, sinon votre imposante personne, du moins toutes les « jambes » dont vous pouvez disposer...

Doron se contenta de se remplir une nouvelle tasse de café. Calimani se tourna fièrement vers Wilson, puis vers moi, lissa délicatement ses mèches impeccables et, avec une légère et cérémonieuse inclinaison du buste, déclara :

— Eh bien, messieurs, quitte à vous surprendre, sachez qu'un peu d'action me tente. Doron, considérez que je fais acte de candidature pour votre mauvais coup..., dont nous ne savons toujours rien, pas même où il se passera...

— Giuseppe, insista Doron, nous n'arriverons à rien sans Hopkins, vous le savez bien. C'est lui qui est au cœur de la machine parce que c'est lui qui l'a mise en branle ! Sans lui, *ils* éventeront le piège avant même que nous le mettions en place.

— Oui... donc qui ça, « ils » ? demanda Wilson comme s'il se réveillait.

— Attendons que Rosenkrantz soit là, et quand vous nous aurez fait votre petit compte rendu je vous proposerai mon hypothèse, lui répondit Doron, réticent.

— Et Orit ? interrogeai-je du ton le plus neutre possible. Elle ne nous rejoint pas ?

— Je viens de l'avoir au téléphone, bougonna Doron en évitant mon regard. C'est elle qui m'a confirmé que votre Américain nous faussait compagnie.

— Ah, fit Calimani perfidement. Elle a donc eu l'occasion de lui reposer la question ?

Avant de répondre, Doron jeta un coup d'œil à Wilson comme pour s'assurer que l'Anglais était bel et bien perdu par tous ces sous-entendus.

— Oui, elle a pu, comme vous dites ! Elle s'y est employée avec cœur, apparemment. Ils se sont retrouvés par hasard à Mahané Yehouda, hier soir, juste après l'attentat, et...

Il acheva sa phrase d'un geste bref.

— Ah, fit encore Calimani en m'adressant une œillade que j'ignorai de mon mieux.

Livide d'une colère qu'il ne pouvait plus cacher, Doron vida d'un trait sa tasse de café. Ses yeux perçants se levèrent dans ma direction comme si j'étais la source même de sa fureur.

— Un drôle de coco, votre ami ! Ce n'est pas la conscience qui l'étouffe, hein... Beau gosse, dragueur, fouineur, baratineur et... et pour le reste, on repassera !

À dire vrai, je n'étais pas loin de penser comme lui. Comme lui, quoique d'un tout autre point de vue, je savais que notre jugement sur la décision de Tom était pour le moins pollué par, disons, un ressentiment teinté de jalousie... Ma mauvaise conscience m'obligea à plus de justice.

— Je comprends votre colère, Doron, commençai-je sans grande conviction. Mais nous ne pouvons pas accuser Tom de tous les maux. On peut comprendre sa...

Un rire grêle qui ressemblait à un interminable hoquet m'interrompit. Tandis que nous nous retournions tous vers la porte, une voix haut perchée s'exclama :

— Messieurs, messieurs ! Comme je suis désolé ! *Oye !* Vraiment, quelle stupidité ! J'ai posé le pied par terre et... l'Éternel a voulu juger de ma souplesse, peut-être.

Le rire reprit, crécelle caquetante et stupéfiante qui semblait entrechoquer les os mêmes de Rosenkrantz tant il était maigre. Le bras droit fermement agrippé à une béquille, Yossi-Staline le soutenant par le coude gauche tout en portant sa serviette, le professeur Rosenkrantz fit son entrée dans le bureau. Doron se leva, Wilson se précipita vers Rosenkrantz pour le soutenir. Nous le conduisîmes vers le fauteuil de Doron. Yossi l'y déposa comme une plume, Wilson tournant autour d'eux telle une mouche affolée. Doron, lui, se tenait un peu en retrait. Durant une fraction de seconde, je me demandai si ce n'était pas pour éviter la comparaison avec le vieux professeur, tant l'un et l'autre paraissaient se situer aux extrêmes opposés des possibilités de transformation du corps humain.

Après les présentations, que fit Calimani, Rosenkrantz plongea ses longues mains osseuses dans sa serviette, en sortit une liasse de notes dont il tendit un paquet à Wilson avant de nous contempler avec le plus grand sérieux.

— Messieurs, dit-il d'une voix où vibraient la gravité et l'émotion, notre très cher Rab Haïm – bénie soit sa mémoire – possédait plus qu'un trésor. Il le savait, je n'en doute pas. Il savait aussi que, pour les mots les plus essentiels, l'heure n'est toujours pas venue de rencontrer les yeux qui les liront. Il y a, parmi les manuscrits que vous nous avez confiés, commandant Doron, trois documents rarissimes. Très, très importants... Et même exceptionnels !

29

La corde pour s'en tirer

— Pas question, cria Bernstein, vous y êtes, vous y restez ! C'est vous qui l'avez voulu, mon vieux, pas moi.

— Ed, protesta Tom en prenant sur lui pour rester calme. Je ne vous raconte pas d'histoires. Avec ce que j'ai, je peux faire un bon, un super-papier...

— Le seul papier que j'aie envie de lire de vous, c'est trente lignes sur l'attentat d'hier soir en plein marché de Jérusalem, puisque vous me dites que vous y étiez. Et ce ne sera pas signé. On le passera comme un billet de Zylberstein, puisqu'il n'est pas de retour... Bon sang ! C'est toujours aussi mauvais, les communications, là-bas ?

— Je vous entends très bien.

— Pas moi ! Vous téléphonez d'où ?

— De ma chambre.

— Pourquoi pas du bureau ?

— Écoutez, Ed, on s'en fout d'où je téléphone ! Vous vous rendez compte de ce qu'il me demande, ce type ? Ce n'est quand même pas vous qui allez me conseiller de devenir un auxiliaire du Mossad !

— Je ne vous conseille rien du tout, mon petit. D'ailleurs, cette conversation n'existe pas. Que les choses soient claires. Un : ça chauffe pour vous, ici, et je peux vous dire que j'ai eu bien du mal à éteindre l'incendie. Les flics ont tenté de convaincre la mère d'Aaron de porter plainte contre vous pour avoir mis son fils en danger. Apparemment, elle vous a à la bonne et vous avez une chance de passer au travers des gouttes. Pas question de faire votre retour dans les colonnes du journal sans quelque chose qui tienne vraiment la route. Deux : vous êtes au milieu de la rivière, mon vieux, buvez l'eau jusqu'à l'autre bord. Après tout, c'est vous qui avez choisi de traverser sans gilet de sauvetage, non ? Trois : ne faites pas la mijaurée avec le Mossad si vous pensez vraiment pouvoir en tirer quelque chose de concret...

— *Jeeesus !* J'en crois pas mes oreilles ! C'est vous qui me dites ça, Ed ?

— Cette ligne est vraiment mauvaise, c'est normal que vous m'entendiez mal !

— Ed, si je fais ce que me propose Doron, vous me promettez de passer mon reportage dès qu'il sera écrit ?

— À condition que vous rameniez le lingot.

— Ils l'ont volé !

— Pas mon problème. Retrouvez-le. Vos copains du Mossad vous aideront. Ils sont très forts quand ils le veulent. Si vous revenez avec le lingot comme preuve tangible de cette histoire rocambolesque, alors, d'accord, vous rentrerez par la grande porte.

— Il y a déjà un mort, Ed, ça ne vous suffit pas, comme preuve ?

— Non ! Plein de gens meurent tous les jours pour quantité de raisons, surtout en Israël...

— Vous ne me croyez pas ? Vous ne croyez pas au trésor ?

— Si, mon petit, je vous crois. Mais quelle importance ? Pour l'instant, vous n'avez rien. Des mots, des conversations dans des chambres, des hypothèses, des histoires datant de deux mille ans et des soupçons. La seule preuve, c'est votre beau lingot. Vous me racontez qu'il a joué la fille de l'air... Alors quoi ?... Faites-moi une interview de ce Sokolov, s'il existe ! Ou foncez dans le tas avec les Israéliens et agrippez-vous à votre carnet de notes !

— O.K. Je vois...

— Faites pas la gueule, Hopkins. Je ne vous dis pas que votre histoire n'est pas intéressante. Seulement qu'elle est incomplète. Je ne peux rien faire de plus pour vous pour l'instant. Vous vous êtes mis dans le trou tout seul. À vous de trouver la corde pour vous en tirer...

— La corde pour m'en tirer ! fit Tom avec un ricanement. Oui ! J'en ai acheté une toute neuve il y a deux jours, et elle a déjà servi...

— Super ! rigola Bernstein en raccrochant.

30

Le Christ de Babylone ?

La voix étrangement osseuse de David Rosenkrantz nous fascinait.

— Vous savez comment cela se passe avec des documents aussi fragiles... La seule chose que nous pourrions reprocher à Rab Haïm, c'est de les avoir conservés sans grandes précautions. Il devait penser que l'Éternel y pourvoirait...

De son antique serviette de cuir noir, il sortit un rouleau de papier pour l'étaler sur le bureau.

— Bien entendu, les originaux sont en lieu sûr. Il s'agit à la fois de bandelettes de cuir et de papyrus. Nous en avons pris des photos, fragment par fragment, en lumière infrarouge et selon une méthode d'éclairage au spectre progressif, dans le cas du cuir, afin de mieux différencier les dépôts et les encres. Ensuite, par un traitement dont je vous fais grâce, nous avons obtenu un positif que nous pouvons photocopier. Après quoi nous en faisons une reconstitution spatiale, c'est-à-dire que nous reformons le document dans son aspect originel... Du moins celui que nous lui supposons. Et voici...

De ses doigts squelettiques, Rosenkrantz lissa le rouleau de photocopies avec autant de précautions que s'il eût effleuré les originaux. Des fragments de papier blanc étaient noircis d'une écriture carrée, par endroits collés les uns aux autres tandis que, çà et là, des espaces béaient aux emplacements des phrases ou des mots manquants. Les marges étaient recouvertes d'une fine écriture à l'encre bleue ou rouge, en apparence aussi énigmatique que les signes originaux : les notes et commentaires de Rosenkrantz. En voyant ce banal document de travail, si contemporain, je ne pus m'empêcher de penser avec une émotion qui me noua la gorge aux lambeaux des antiques originaux. Je songeais presque en tremblant à ces textes, à ces mots qui furent un jour, entre les mains d'un homme, l'ouvrage de sa vie, faite de lumière et de drames. Ces textes, pareils à des êtres infiniment patients et silencieux, qui, de siècle en siècle, de vie en vie, s'étaient glissés jusqu'au fatras précieux et anodin de la boutique de Rab Haïm. Combien de mystères, d'efforts et de sacrifices avait-il fallu pour en arriver là ? Et jusqu'à la mort du vieux *moher sefarim*, qui, assurément, ne doutait pas de leur importance.

Debout autour du bureau de Doron, nous observions chacun des gestes de Rosenkrantz comme s'il se fût agi d'un prestidigitateur.

— Le premier texte que nous avons étudié est araméen et date à peu près de l'an 100 avant l'ère vulgaire. C'est-à-dire de l'époque des rois prêtres asmonéens, descendants des Maccabées, qui avaient eux-mêmes, à Jérusalem, réuni les deux pouvoirs, sacerdotal et royal, entre leurs mains. Comme l'Écrit de Damas, découvert dans une grotte au-dessus de la mer Morte, ce texte évoque un Maître de justice qui serait à la tête d'une communauté essénienne. Les mots utilisés, les chiffres, les références sont les mêmes que dans les manuscrits déjà largement décryptés par d'autres chercheurs. Or...

Wilson l'interrompit avec une aisance toute nouvelle maintenant que nous entrions dans son domaine de spécialiste.

— Oui... Donc, précisons tout de suite, professeur, que ce Maître de justice serait Jonathan, qui fut grand prêtre à partir de 152 avant l'ère vulgaire...

Rosenkrantz opina d'une secousse de son haut front, comme s'il se débarrassait d'une mouche importune.

— C'est exact, Angus, il s'appelait Jonathan.

Il pointa vers l'avant sa tête aiguë de musaraigne.

— Or, reprit-il, plus nerveusement, dans le premier fragment que nous avons analysé, il est dit que le premier Maître de justice, celui qui créa le mouvement essénien et rédigea les règles de la communauté, vécut non pas à Jérusalem, ni même à Qumran, mais... en Babylonie, au temps de l'Exil. Cela nous renvoie au VIe siècle avant notre ère. Un mot qui ne trompe pas : *Pishrâ*. Cette expression araméenne, fréquente dans le livre de Daniel, signale le déchiffrement symbolique des songes de Nabuchodonosor et de l'inscription énigmatique tracée sur le mur par la main de l'Ange. Je vous dis tout de suite qu'il y a là...

Il s'interrompit pour dérouler jusqu'au bout la longue photocopie et nous désigner des fragments serrés presque encore vierges de notes.

— Vous voyez, ces fragments-là sont en très mauvais état et plus difficiles à transcrire. Nous n'avons pas eu le temps de les analyser en détail, mais je ne serais pas surpris...

Il s'interrompit à nouveau avant de reprendre son souffle comme s'il lui fallait plus de force pour nous asséner sa conclusion. Ses yeux sombres, enfoncés dans les orbites, nous observèrent.

— Oui..., pas surpris s'il s'agissait d'un fragment du texte fondateur de la secte en Babylonie !

À mon côté, diffusant des bouffées d'eau de Cologne, sans un mot, Calimani lissait sa cravate avec nervosité. Je n'étais pas certain de mesurer tout ce que signifiait la suggestion de Rosenkrantz. Ou, si je le pouvais, alors, comme les autres, j'étais réduit au silence. Silence que rompit Doron en reposant la tasse vide qu'il avait jusque-là fait tourner entre ses mains.

— Si je vous comprends bien, professeur, déclara-t-il en pesant ses mots, vous nous dites que le Christ se serait en quelque sorte incarné une première fois six siècles avant Jésus, dans un Maître de justice juif exilé en Babylonie ?

— Si cette hypothèse est vraie, m'exclamai-je avant même que Rosenkrantz réponde, alors le christianisme, lui aussi, aurait été conçu hors de Jérusalem !

— Votre théorie du rêve impartageable, murmura Calimani. Celle dont vous me parliez hier soir...

Tous les regards se tournèrent vers moi. En quelques mots, aussi succinctement que possible, je repris mon idée d'une Jérusalem souffrant jusqu'au martyre de ne pouvoir accomplir tout à la fois les rêves des juifs, des musulmans et des chrétiens. Ces rêves d'idéaux et de pureté que nous sommes incapables de partager comme nous partageons le pain, l'amour ou même la compassion, et qui deviennent la matrice de nos éternels conflits.

— Oui, je crois que ce sont nos rêves qui nous déchirent et nous dressent si souvent les uns contre les autres. Et que serait une religion sans la puissance mobilisatrice des rêves qu'elle engendre ?... Toutefois, pour que ma théorie tienne, repris-je, il faut que les trois grandes religions monothéistes naissent en dehors de Jérusalem. Or, si la chrétienté plonge ses racines en Babylonie, si elle aussi fut conçue en exil et tendait vers Jérusalem sans y être née comme vers un lointain espoir d'assomption, alors, oui, nous aurions la clef de bien des terreurs, massacres et haines ! Il y a, si j'ose dire, une logique interne qui incline à penser que le christianisme est « exogène » à la Judée, qu'il est né en quelque sorte hors de son berceau sous forme d'une secte juive. La pensée même d'un « Oint » du Seigneur est de celles qui naissent dans la souffrance de l'exil. La volonté de délivrance et d'union naît chez des hommes déracinés qui rêvent du retour. Cette délivrance est toujours une sorte de voyage symbolique, de périple de l'espoir et de la douleur. Le concept d'un Messie, d'un fils de Dieu venu pour prendre sur soi les péchés de l'humanité devait donc émerger loin de cette ville, loin de Jérusalem, de la demeure de l'Éternel, béni soit-Il, créateur du monde... Reste à en apporter la preuve. Alors, oui, bien des choses trouveraient leur sens...

À nouveau il y eut un pesant silence. À mesure que je parlais, je sentais Wilson sur des charbons ardents tandis que Rosenkrantz, qui hochait doucement la tête, finit par s'exclamer :

— Allez, Angus, allez-y. Vous avez des choses à dire à ce sujet !

Derrière les verres épais, les grands yeux de Wilson battirent, phalènes éblouies de plaisir. Il agita ses notes, les feuilleta fébrilement et commença, dans un épouvantable balbutiement :

— Oui... donc, merci, professeur... C'est que, euh... Depuis quatre ans je travaille précisément sur cette..., enfin, hypothèse... On peut donc dire hypothèse, bien qu'aujourd'hui, avec ces documents, j'aie..., enfin, oui, j'aie avancé, et je crois que je peux dire...

— Oui... donc, dites-le, Wilson ! s'énerva Calimani. Dites-le d'un trait, je vous en prie, et ne nous faites pas languir plus longtemps !

Wilson le fixa, stupéfait, la bouche crispée de crainte autant que de reproche. Doron se remplit une nouvelle tasse de café. Les paupières de Rosenkrantz étaient closes comme s'il s'immergeait dans la patience. Pour compenser la brutalité de Calimani, je souris au pauvre Wilson en l'encourageant d'un regard.

— Oui... donc, bien sûr, balbutia-t-il en prenant souffle comme un plongeur. Oui... donc. Je suis presque en mesure de prouver que la secte des esséniens est née en terre babylonienne. Ce qui signifie, comme monsieur, euh...

— Halter, dit Doron.

— Oui... donc, que le Christ, celui qui parlait d'amour, celui qui tendait la joue à ses ennemis, avait existé plusieurs siècles avant celui qu'exaltent les Évangiles, et que ce Christ-là a lui aussi été crucifié. Quant au Jésus du Ier siècle dont saint Paul a fait son Dieu, il serait un chef zélote entouré d'hommes en armes.

— Oh là ! l'interrompit Calimani, le sourcil effaré. Êtes-vous certain de ce que vous avancez, mon ami ?

— Oui... donc, professeur, je vous... Enfin, pas à cent pour cent... Il manque encore des documents pour recouper avec assurance certaines dates... À quatre-vingts pour cent, oui. La démonstration détaillée serait fort longue, et notre temps est ici limité, mais...

Il avait repris de l'assurance, et ses yeux exorbités glissaient sur nos visages avec exaltation. Malgré cette affligeante disgrâce, la passion le transformait, et il avait réellement l'air de ce qu'il était : un chercheur tenace jusqu'à l'obsession.

— Oui... donc, il y a aussi la logique, comprenez-vous ? reprit-il. Donc, il y a toujours la logique des faits qui certifie la véracité des documents en plus de toutes les analyses, chimiques et autres, n'est-ce pas ?... Donc, s'ils n'avaient pas employé la force, comment Jésus et les siens auraient-ils pu pénétrer dans le Temple et en chasser les marchands, dont le chiffre d'affaires, à cette époque, équivalait à celui d'une banque nationale d'aujourd'hui ? Comment ont-ils pu demeurer plusieurs jours dans le Temple et en ressortir sans que le moindre mal leur soit fait quand on connaît le nombre de personnes qui y travaillaient : plus de vingt mille – sans parler de la police du Temple, bien armée, ni de la garnison romaine stationnée à Jérusalem, cinq à six cents hommes environ ? Avez-vous réfléchi à la raison pour laquelle Jésus avait ordonné à ses disciples, dont on ne connaît pas exactement le nombre, de vendre leurs biens pour acheter des armes ? N'avait-il pas lui-même déclaré qu'il « apportait l'épée, non la paix » ? Pourquoi Pierre – et peut-être même tous ceux qui étaient avec lui dans le jardin des Oliviers – était-il armé ? Enfin, pouvez-vous m'expliquer pourquoi Jésus a été condamné à mort pour s'être révolté contre Rome et non, tout simplement, pour avoir proféré un blasphème contre sa propre religion, la religion juive ?

Silence. Depuis quelques minutes, sa carcasse étique enfouie dans le fauteuil de Doron, Rosenkrantz nous observait avec un sourire douloureux, balançant doucement son buste fragile.

— Cela donne à réfléchir, n'est-ce pas, messieurs ? remarqua-t-il, reprenant son rouleau de photocopies, le lissant à nouveau. Angus a sa façon de formuler les choses. Sur le fond, je partage son analyse. D'autant que le premier de nos textes, ici, commence étrangement par la même apostrophe que l'Écrit de Damas : *Maintenant donc, écoutez, vous tous qui connaissez la justice et comprenez les œuvres de Dieu !* Cela confirmerait la thèse selon laquelle les auteurs appartiendraient à la même secte que ceux de l'Écrit découvert voilà plus de cinquante ans près de la mer Morte. Certes, nous savions déjà que plusieurs manuscrits de la mer Morte mentionnaient Babylone. Toutefois, nous étions convenus, avec nos confrères, que ces textes avaient été écrits au IIe siècle de notre ère. Nous en avons tous hâtivement conclu qu'ils constituaient des rappels symboliques de l'un des premiers lieux de l'exil juif. Erreur ! Ce faisant, nous avons négligé le fait qu'une importante partie des manuscrits n'a pas été rédigée à Qumran, et que ceux que nous avions entre les mains n'étaient que des copies effectuées par les esséniens retirés près de la mer Morte ; parmi eux, il y avait un grand nombre de scribes...

— Oui, oui !... Donc, à Ein Feschkah et à Qumran, il y avait de véritables équipes de copistes, l'interrompit Wilson. Des sortes d'« imprimeries », qui fournissaient des livres aux... aux... Donc, comment dire ? Aux « bibliothèques municipales » de l'époque ?

Le sourire victorieux de Wilson se mua en un rire étouffé, comme si sa comparaison était une véritable facétie.

— Cette transcription du manuscrit, conclut Rosenkrantz en insistant sur chaque mot, prouve que les textes dont on parle depuis plus de cinquante ans, à l'exception de quelques écrits deutérocanoniques comme le Siracide, les livres des Maccabées, ou encore Baruch, ont été bel et bien composés en Babylonie !

Calimani lança un juron en italien. Doron pointa les copies du professeur de son index boudiné.

— Des textes comme celui-ci valent leur pesant d'or et sont pour le moins explosifs... Des hommes richissimes, laïcs et religieux, américains, italiens ou arabes, paient de véritables armées pour se les approprier. Plusieurs personnes y ont perdu la vie. Souvent des innocents...

— Et votre idée est que l'une des caches du trésor recèlerait *la* preuve éclatante de toute cette théorie, ajoutai-je en me tournant vers lui.

— Exact... À mon avis, ceux qui ont le plus grand intérêt à découvrir des textes aussi « révolutionnaires », en ce moment, ce sont les Irakiens, comme je vous l'ai déjà dit.

— Hypothèse, pure hypothèse ! grinça Calimani. Accumulation d'hypothèses !

— Oui... donc, pas seulement ! protesta Wilson. Je crois que...

— C'est une hypothèse, c'est vrai, trancha Doron. D'accord. C'est aussi pourquoi il me faut la vérifier. Avant qu'il ne soit trop tard. Avant de nous retrouver avec je ne sais quel excité brandissant des papyrus pour légitimer une fois de plus la destruction d'Israël.

— Doron, je me demande si vous n'êtes pas en train de nous faire un bel accès de paranoïa israélienne !

— Je n'aime pas les remords, Calimani, gronda Doron, agacé, en frottant doucement sa cicatrice. C'est inutile, les remords. Sans compter que mon boulot est précisément d'être « paranoïaque », comme vous dites. On pourrait aussi appeler ça : « être prévoyant »...

— D'accord, d'accord..., gloussa Calimani, agitant les mains en signe d'apaisement. Quoi qu'il en soit, pour vérifier votre hypothèse, vous avez besoin d'une chèvre qui fasse sortir le loup du bois, n'est-ce pas ?

— Ma chèvre, c'est l'Américain. Et ce connard fout tout en l'air ! soupira Doron en me regardant de biais. C'est lui que le loup, comme vous dites, suit pas à pas. Depuis avant-hier soir, nous avons repéré deux équipes de filature se relayant derrière lui. Peut-être des Russes, peut-être pas. On n'en sait rien... Notre seule certitude, c'est qu'ils ne l'ont pas quitté d'une semelle – nous non plus, d'ailleurs. Et sans que cet idiot s'en aperçoive !

— Une seconde ! intervins-je, effaré par ce que j'entendais. Suis-je moi aussi un idiot sous surveillance ?

— Non... Enfin, je veux dire, de notre côté nous avons simplement pris quelques précautions. Je ne crois pas que de l'« autre côté »...

— Vous ne croyez pas, ou vous en êtes certain ?

— Non, non ! Ne soyez pas inquiet, Marek : ce n'est pas à vous qu'ils en veulent, poursuivit Doron avec trop de désinvolture à mon goût. Ils ont parfaitement compris que vous n'aidiez Hopkins qu'à...

— Pardonnez-moi, commandant Doron, l'interrompit Rosenkrantz, qui, avec l'aide de Wilson, achevait de ranger ses documents dans son antique serviette. Ce n'est pas que cet aspect de votre travail ne soit pas intéressant, mais Angus et moi-même aimerions retourner à notre tâche. Il nous reste encore beaucoup à faire... Si vous permettez ?

Avec son rire de crécelle, il brandit sa béquille. Wilson le soutint pour l'extirper du fauteuil.

— Ça va, ça va, Angus, protesta-t-il devant tant d'empressement. Je ne sens presque plus rien. Occupez-vous donc de porter ma serviette.

Il se tourna vers nous avec un sourire plein d'ironie.

— C'est l'avantage de ne pas peser lourd, messieurs. Les douleurs elles-mêmes en deviennent légères ! Eh bien, à vous revoir bientôt. Dès que nous en saurons plus sur ces documents.

Wilson vint cérémonieusement nous serrer la main, nous accordant un ultime « oui... donc », que Calimani, sans pitié, lui retourna avec le plus grand sérieux.

Tandis que Doron raccompagnait les deux savants jusqu'à l'ascenseur, Giuseppe me tira par la manche pour m'entraîner près de la fenêtre. Nous pouvions voir le mont Scopus environné de gros nuages. Cette fois, je ne pus que respirer à pleins poumons son parfum de lavande acidulée. Il murmura, comme si de méchantes oreilles nous écoutaient :

— Marek, parlons sérieusement. Doron n'a pas l'air de comprendre ! Hopkins ou pas, la vraie question reste de déterminer une cache du trésor qui puisse avoir un intérêt pour nous, si l'on prend en compte vos hypothèses. Il ne suffit pas de creuser dans le désert pour y faire des trous ! Excusez-moi d'être un peu brutal : vos deux essais à Houreqanya et à Mizpa n'ont guère été concluants...

— Ça n'avait pas l'air d'être votre opinion lorsque Tom est revenu d'Houreqanya avec le lingot, répliquai-je, piqué au vif.

— Ne vous vexez pas, mon ami ! Nous savons bien, vous et moi, qu'Houreqanya n'est qu'un coup de chance... Je parle du vrai trésor, celui des textes ! De votre hypothèse, que je trouve plus excitante que celle de Doron.

— Elles vont de pair.

— Marek, mon ami, reprit-il en me serrant le bras, m'offrant un clin d'œil et un nouvel effluve de parfum mêlé de gomina, nous n'allons pas nous chamailler pour des broutilles ! « Oui... donc ! », comme dirait le phénomène Wilson, après notre dîner d'hier soir et votre très intéressante piste du rêve, j'ai beaucoup réfléchi... Premier résultat : l'énigme 35 !

Je le regardai froidement, pas encore prêt à applaudir.

— Désolé, Giuseppe, je ne me souviens plus. L'énigme 35 ?

Nous fûmes interrompus par la sonnerie du téléphone : sur le bureau de Doron, une lumière verte se mit à clignoter sur le clavier de l'appareil. Puis la sonnerie s'interrompit, et la lumière verte s'éteignit pour devenir orange et fixe.

— Oui... donc, 35 ! reprit lourdement Calimani avec un nouveau clin d'œil. Je vous rafraîchis la mémoire : *Dans l'aqueduc qui longe la route à l'est de Beth Haçor, situé à l'est de Haçor : vase d'aromates et livres ; ne te les approprie pas !* Séduisant, non ?

La porte du bureau s'ouvrit brutalement. Nous nous retournâmes pour découvrir la tête de Yossi-Staline.

— Le patron n'est pas là ?

— Dans le couloir avec le professeur Rosenkrantz, parvins-je à dire.

— Et M. Angus Wilson, ajouta Calimani en pointant un doigt vers sa tempe.

Yossi-Staline referma la porte. Calimani gloussa avant de continuer :

— Énigme 35... Magnifique, cette injonction : « livres », « ne te les approprie pas ! » Extraordinaire. Qu'en concluez-vous ?

— Ma foi... Des vases contenant des textes précieux...

— Exact.

— Et surtout religieux.

— Évidemment... À quoi vous pouvez ajouter qu'ils ne sont enfouis dans la cache qu'avec des aromates et non de l'or afin qu'ils ne soient pas souillés. Ce qui confirme encore l'importance et la valeur sacrée que les auteurs du rouleau leur attribuent.

— D'accord.

— Le problème, c'est qu'il y a trois Haçor possibles. D'abord un Baal Haçor au nord de Mizpa. La Bible précise que ce village se situait sur les terres de la tribu de Benjamin. Ensuite, plus près de Jérusalem, entre Beth Hakérem et Mizpa, il y a également un village appelé Haçor. Pas très convaincant, celui-ci... Le troisième est plus excitant. Il se trouve au-dessus du lac de Houlé, en Galilée, et est cité dès le XIVe siècle avant notre ère sur les tablettes égyptiennes de Tell el-Amarna... Tenez, regardez...

Il sortit de sa poche un feuillet noirci de sa large écriture.

— C'est un extrait d'un apocryphe de la Genèse appelé « L'Histoire d'Abraham ». Il se trouvait parmi les manuscrits de la mer Morte. Il parle de Haçor. Haçor est l'un des sites les plus élevés d'Israël. C'est de là-haut, de Haçor, qu'Abraham a pu contempler le pays choisi par l'Éternel pour sa descendance, etc.

J'étais impressionné par son énergie et son érudition. Mais pas convaincu pour autant.

— C'est assez loin au nord de Jérusalem, dis-je, et, de plus, sur la route de Damas.

— Hélas, oui, admit Calimani avec un soupir. Trop loin, je le crains.

— Certes, c'est loin, insistai-je. Et surtout absurde. Pourquoi enfouir une partie du trésor sur la route de Damas dès lors que ceux qui le disséminaient tenaient à se protéger des Babyloniens arrivant justement par cette route ? Plus j'y réfléchis, plus je suis convaincu que nous devons prospecter plus au sud.

— Bravo, mon ami ! s'exclama Calimani, cessant de chuchoter pour m'empoigner les mains. Bravo ! C'est exactement la réflexion que je me suis faite.

— Et alors ? demandai-je en me dégageant.

— Alors laissons tomber la 35 et penchons-nous sur l'énigme 45 ! Attendez, attendez, je vous rafraîchis la mémoire... *Dans la fosse qui se trouve au nord de l'entrée à la gorge de Bet Tamar, dans le terrain pierreux près du Cairn de la Broussaille : tout ce qui s'y trouve est anathème...*

— Oui... donc ? ajoutai-je à mon tour avec un petit sourire.

— Je l'avais mise de côté, celle-ci. Comme vous, sans doute, parce qu'elle semble à première vue trop imprécise. L'« anathème » m'a fait changer d'avis. L'anathème et votre hypothèse. Là non plus, il n'est pas question d'or, de richesses. Pas même d'aromates ou de livres... Uniquement d'anathème. Une information et, en quelque sorte, une provocation. Qu'en conclure, sinon que la cache contient des secrets à bien garder ? Des textes, sans doute, mais des textes déjà soumis aux tabous ? D'accord ?

— D'accord.

— Alors j'ai cherché un Tamar. Et, cette fois, je n'en ai trouvé qu'un : En Tamar, recensé pour quelques ruines. Comme par hasard au sud de Sodome. Anathème, anathème !... Qu'en pensez-vous ?

— Eh bien, je...

Je n'eus pas le temps de poursuivre. Doron entra dans le bureau, le sourire aux lèvres et le ventre en avant, comme s'il poussait devant lui le char de la victoire. Il fila prestement jusqu'à son fauteuil pour s'y laisser tomber en frappant des mains sur ses cuisses.

— Les affaires reprennent, messieurs ! Devinez qui je viens d'avoir au téléphone ?

— Tom, répondis-je sans hésiter.

— Bien vu, dit Doron en me pointant de l'index tandis que sa panse tressautait d'aise. Il est d'accord pour continuer.

— Tiens ! s'étonna Calimani. Cette chère Orit l'a donc convaincu ?

Doron ne releva pas la perfidie et se contenta d'attirer à lui la Thermos de café.

— Ça m'étonnerait. Il a appelé New York avant de se décider.

— Son téléphone est sur écoute ? m'exclamai-je.

— Pas besoin. Il nous suffit de demander la liste de ses appels à la standardiste du King David.

— C'est légal ?

— Envers quelqu'un qui est en instance d'être expulsé d'Israël, oui... Marek, ricana Doron en levant sa tasse, ce n'est pas un ange, votre Tom. Il accepte de marcher avec nous, mais sous conditions.

— Comment ça ?

— Il veut récupérer le lingot d'Houreqanya en échange.

— Vous ne l'avez pas ! Vous devez arrêter Sokolov et...

Le sourire de Doron s'épanouit.

— En effet... Je ne l'ai pas pour l'instant.

— Parfait, parfait ! s'exclama Calimani en claquant des mains. Arié, c'est parfait ! D'autant que Marek et moi-même venons de décider de notre prochaine fouille. Il ne vous reste plus qu'à mettre au point votre petit stratagème.

31

De la paix à la guerre

De sa voix précise et chaleureuse, le rabbin Steinsaltz lisait :

— *Jérusalem compte environ deux mille habitants dont trois cents chrétiens qui ont échappé aux persécutions du sultan. Les Juifs sont peu nombreux ; certains ont fui les Tatars, d'autres ont été assassinés. Deux frères détiennent du gouverneur le monopole de la teinturerie. C'est dans leur maison que se tiennent les offices religieux, ceux du shabbat aussi. Nous les avons poussés à chercher un autre lieu de prières, et nous avons fini par trouver une maison abandonnée, avec des colonnes de marbre et un beau toit en voûte, que nous avons convertie en synagogue. L'institution de la propriété privée est inconnue dans cette ville – libre à qui veut s'approprier une bâtisse vide de le faire sans connaître d'ennuis. Nous avons meublé la maison. Puis nous avons envoyé chercher les rouleaux de la Tora qu'il avait fallu mettre en sécurité à Sichem lors de l'invasion de Jérusalem par les Tatars. La synagogue sera bientôt prête et des offices s'y tiendront régulièrement. Car des gens viennent continuellement de partout, de Damas, d'Alger et des quatre coins du pays pour visiter le site du Temple, prier et se lamenter. Puisse Celui qui a voulu que nous voyions Jérusalem détruite nous accorder la joie de la voir reconstruite et d'assister à la restauration de Sa présence dans toute Sa gloire...*

Le rabbin Steinsaltz suspendit sa lecture, et ses doigts glissèrent sur le parchemin.

— C'est tout à fait émouvant, n'est-ce pas ? me dit-il en m'adressant un bref regard. Voilà bientôt huit siècles que cette lettre fut écrite et les mots m'en semblent encore si actuels.

Au bas du parchemin, la signature identifiait l'auteur et la date : 1267, Nahmanide, le fameux cabaliste de Gérone, en Catalogne.

Le rabbin caressa sa barbe rare, plissant les yeux dans un sourire.

— Je suis heureux que l'on ait pu récupérer les documents volés chez Rab Haïm. Et heureux que la police ait eu la bonté de vous en confier quelques-uns.

— Je ne sais si je vais les conserver. Ils ne contiennent rien de vraiment extraordinaire et je ne suis pas certain que Rab Haïm eût approuvé qu'on les éloigne de Jérusalem.

— Ne les avait-il pas mis de côté pour vous ?

Sans répondre, je baissai les yeux sur les parchemins et trois volumes anciens disposés sur la table entre nous. Je les devais moins, me semblait-il, à Rab Haïm qu'à la soudaine bonté de Doron. Alors qu'il achevait, autour d'une carte d'état-major, de mettre au point son « petit stratagème » avec Calimani, j'avais décidé de partir. N'ayant pour ma part aucune vocation à jouer les « chèvres », je considérais que j'en avais déjà bien assez entendu pour la matinée.

À dire vrai, trop de pensées contradictoires me passaient par la tête. J'avais besoin de prendre l'air, de retrouver mon calme... Doron, très enjoué depuis l'appel de Tom, m'avait retenu : « Attendez, Marek ! J'ai une surprise pour vous !... » Une minute plus tard, Yossi-Staline entrait dans le bureau, portant une mallette d'un cuir rouge criard qu'il me remit. J'y trouvai livres et manuscrits.

« C'est pour vous, m'avait dit Doron. Hopkins réclame son lingot, vous, vous méritez au moins ça. Je suis certain que Rab Haïm l'aurait voulu. D'ailleurs, tout ce qui est dans cette valise était réuni par une grosse ficelle marquée à votre nom. »

Le geste m'avait ému, autant de la part de Rab Haïm que de Doron. Sur une impulsion, j'avais eu le désir de partager ce présent posthume avec la personne la plus sage et la plus susceptible d'en apprécier la valeur. Je m'étais précipité chez le rabbin Steinsaltz, surpris par ma visite, mais toujours accueillant. Nous avions fait l'inventaire de ce don inattendu.

L'un des in-folio contenait des récits de voyageurs arabes, dont un, particulièrement détaillé et daté de l'an 1287, signé Bourha ad-Din ibn al-Fikah al-Farazi, et écrit à Damas. Il commençait par : *Il est dit au nom d'Abou Oumama : l'envoyé d'Allah dit : Le Coran m'a été remis en trois lieux : à La Mecque, à Médine et en Syrie, c'est-à-dire à Jérusalem...* Encore un signe de Rab Haïm ; aurait-il lui aussi songé à l'Écrit de Damas ?

C'était un peu excessif de voir, à la manière de Calimani, les hasards se muer en une constante providence. Quoi qu'il en soit, je préférai ne pas m'aventurer sur le terrain de nos « hypothèses » avec le rabbin Steinsaltz. Quand je levai les yeux vers lui, il continuait de se passer les doigts dans la barbe. Je me rendis compte que j'en faisais autant.

— Vous me paraissez bien songeur, aujourd'hui, dit-il avec un petit hochement de tête amical. Je dirais même soucieux... Ces livres sont-ils toute la raison de votre visite ou y aurait-il autre chose ?

J'esquissai un geste d'excuse.

— Pardonnez-moi ! C'est vrai, mes journées sont assez... inattendues. L'impression me vient parfois de voguer sur un fleuve des plus incertains à bord d'une trop frêle pirogue. Et, vous le savez, l'intensité des heures saoule mieux que le vin ! Mais, non, je ne veux pas vous ennuyer avec cela. Ou peut-être n'ai-je pas le courage d'affronter sous votre regard les contradictions qui m'occupent en ce moment.

Je ris pour me détendre et ajoutai :

— Il est un précepte que j'aime beaucoup, je l'ai souvent en tête ces temps-ci sans parvenir à en retrouver l'origine : « Ne demande jamais ton chemin à quelqu'un qui le connaît car tu ne pourras plus t'égarer ! »

Le rabbin rit à son tour, se grattant la tête sous la kippa.

— Cette excellente sentence est du rabbin Nahman de Bratslav.

— En fait, repris-je après un instant, je suis un peu tourmenté par la question du rêve. Ce que l'on fait de ses rêves, leur influence sur nous, ou plus largement encore... D'ailleurs, à la fin de la nuit dernière, il m'est venu un rêve dont je ne suis pas encore parvenu à effacer les images.

— Racontez-moi.

— Je marchais le long d'un tunnel au fond duquel des faisceaux lumineux balayaient les contours nocturnes des coupoles et de la muraille de Jérusalem. Derrière moi, des pas se rapprochaient. La ville ployait peu à peu sous la lumière montante et, je le sentais, la volonté des hommes ainsi que la vallée de la Géhenne, que je pouvais deviner au pied des remparts, reprenaient leur place au service de la mort. Devant cette vision de déchéance, je me sentais furieusement vivant. Mais, derrière moi, les pas se rapprochaient, indifférents à la clarté qui envahissait peu à peu le couloir. « Il y a quelqu'un, il y a quelqu'un ! » me suis-je mis à hurler en direction de cette lumière qui s'intensifiait sans cesse. « Il y a quelqu'un ! » Mes propres cris m'ont réveillé.

— Mmm, grommela le rabbin, fourrageant à nouveau dans sa barbe et par là m'interdisant d'en faire autant, bien que l'envie m'en démangeât. Ce que l'on questionne dans les rêves, c'est moins leur intelligibilité que leurs effets. Nous craignons de les comprendre, parce que nous craignons leur influence. Pour la même raison, nous craignons de ne pas les comprendre. Le

Talmud est d'une grande sagesse, il dit que l'effet d'un rêve dépend de son interprétation...

Les yeux du rabbin étincelèrent de cette petite flamme de malice qui brûlait toujours en lui. Je souris, appréciant, comme souvent après ses répliques, ce mélange de paix et d'humour grâce auquel il parvenait à tenir à distance les angoisses superflues.

— Pour ma part, reprit-il, j'ai repensé à notre conversation d'avant-hier et à vos questions sur l'origine de Jérusalem et même sur le nom de Jérusalem... Souvenez-vous de la parole de Dieu s'adressant à Abraham, notre premier Patriarche : *Il le fit sortir au-dehors et dit : « Contemple vers les cieux et compte les étoiles si tu peux les compter. » Et Il lui dit : « Ainsi sera ta semence. »*

Le rabbin Steinsaltz citait de mémoire. Il savait que cela lui valait mon admiration et il en jouait avec humour. Il poursuivit :

— Le fameux commentateur champenois du Pentateuque, Rachi de Troyes, voilà mille ans, interpréta ainsi ces paroles : *Selon le sens littéral, Dieu fit sortir Abraham de sa tente pour qu'il contemple les étoiles, mais, selon la lecture midrachique, Dieu lui dit : Bien que tu aies vu, par les astres, que tu n'auras pas de fils, sors donc de ton destin ! Avram n'a pas de fils mais* Abraham *aura un fils. Saraï ne peut enfanter, mais* Sarah *pourra enfanter. Je vous donnerai un autre nom et votre destin sera changé...* Peut-être cela vous sera-t-il utile de quelque manière ? ajouta-t-il avec un sourire énigmatique.

Il eut un bref silence avant de désigner les livres, les parchemins et la rutilante mallette rouge ouverte devant lui.

— Mon opinion est que vous devriez garder ces écrits pour vous. Je crois, comme Rab Haïm, qu'ils vous attendaient.

— J'avais, en fait, pensé à vous les offrir avant mon départ.

— J'apprécie, dit-il en se levant, je crois cependant qu'il est encore trop tôt pour cette décision... Vous m'excuserez de devoir vous quitter ? Je vais être en retard pour la synagogue. Mais je serais heureux de vous revoir dans les jours qui viennent. N'oubliez pas que je quitte Jérusalem pour les États-Unis la semaine prochaine.

Désirant conserver un peu de la sérénité reconquise auprès du rabbin et bien que je fusse assez loin de l'hôtel, je décidai de marcher un moment avant de prendre un taxi. Après tous ces mots, toutes ces questions et cette immersion sans retenue dans le passé, après ces jeux d'incertitude et de menaces auxquels je m'étais soumis depuis quelque temps, j'avais besoin de respirer l'air du printemps, vif ce matin-là. J'avais besoin de voir et d'entendre la Jérusalem quotidienne.

La mallette de cuir rouge se balançant au bout de mon bras, je me dirigeai vers l'avenue King David, me laissant aller au hasard du labyrinthe des cours et des boutiques aux parfums d'épices de Moshavat Haguermanim, le « quartier allemand », l'un des plus paisibles de la ville.

Dans les années trente, de nombreux Juifs d'Europe centrale venus s'installer ici construisirent, aux côtés des maisons arabes aux fines enjolivures, de basses villas de pierre comme on en faisait en Hongrie, en Tchécoslovaquie ou en Allemagne, entourées de petits jardins frais et recouvertes des célèbres tuiles rouges qui, des siècles plus tôt, avaient fait la renommée et la prospérité des Juifs de Champagne. Ces dernières décennies, Moshavat Haguermanim était devenu par excellence le quartier des laïques, des intellectuels et des artistes. Désormais, cependant, des écoles rabbiniques s'y ouvraient, et, dans les rues, s'y mêlaient tradition et modernité.

Ce matin, néanmoins, Moshavat Haguermanim me parut presque trop calme. Au bout d'une dizaine de minutes de marche, j'étais sur le point de changer d'avis et de héler un taxi pour rejoindre Ben Yehouda, sa vitalité, son mouvement, ses éternelles rengaines de clarinettes russes, sans compter le fumet ineffable des *falafels*, lorsque cela se produisit.

J'empruntai la rue Zvi Graetz, en direction de la gare, comptant y trouver un taxi. Depuis un moment, une jeune femme en jean marchait devant moi, poussant un landau, et je la suivais en réglant involontairement mon pas sur le sien. Deux voitures nous croisèrent, puis une autre, une vieille Golf marron, nous dépassa et s'arrêta une centaine de mètres plus loin. Il y eut une manière de silence ouaté auquel je ne prêtai pas attention. C'est pourtant lui qui me permit d'entendre des pas de course dans mon dos.

Instinctivement, je me retournai. Dans ce mouvement brusque, le poids de la mallette écarta mon bras. Celui-ci décrivit une courbe qui occupa presque toute la largeur de l'étroit trottoir. Je vis alors le visage du jeune Arabe : yeux très noirs, nez fin, pommettes hautes, et la bouche ouverte comme s'il criait. Je crus qu'il allait me bondir dessus. Il se contenta d'attraper la mallette au vol. Sous l'effet de l'élan, sa traction fut très violente. Une fraction de seconde je voulus m'agripper à la poignée ; le jeune Arabe se retourna à demi, bloqué à son tour par ma résistance, et eut un grognement de colère. Que ce fût sa force ou la surprise, je lâchai prise, tournoyant sur moi-même et me retenant tant bien que mal aux voitures garées le long du trottoir.

Ce fut alors un ballet précis et dramatique. Le jeune Arabe parcourut cinq ou six mètres avant de bondir au milieu de la chaussée. Je repris mon souffle pour crier tandis qu'un homme traversait la rue et déjà m'attrapait aux épaules en m'immobilisant.

— Surtout, ne bougez plus ! Baissez-vous, baissez-vous !

Il pesait sur mes épaules pour me faire mettre à genoux. En me débattant pour lui échapper, je reconnus le visage de Yossi-Staline, dont la moustache était devenue blonde.

— Vous êtes cinglé ! soufflai-je.

— Abritez-vous derrière la voiture et ne bougez pas.

Je me retournai pour voir le garçon qui courait toujours, la mallette serrée contre sa poitrine. En bas de la rue, la portière de la VW s'ouvrit. Au même moment la jeune femme au landau se saisit d'un objet là où aurait dû se trouver un enfant. À son tour elle bondit au milieu de la rue et se mit à courir, bras tendus en avant. Deux hommes nous dépassèrent en courant. Yossi leur hurla de faire attention à l'homme de la Golf qui, devant la portière ouverte, tendait les mains vers le jeune Arabe. Celui-ci tenait la mallette comme un ballon qu'il allait lancer. Avant même que les deux collègues de Yossi ne la rejoignent, la jeune femme s'immobilisa, pliant à demi les genoux, et tira. Un seul coup. Le garçon boula comme un vulgaire lapin. La mallette tomba et rebondit au milieu de la rue. Le jeune Arabe, par terre, se serrait la cuisse droite en gémissant. L'homme de la Golf hésita une fraction de seconde, fixant la mallette à dix pas de lui, mais la voiture démarrait déjà. Il dut courir pour plonger à l'intérieur avant que la portière ne se referme sous l'effet de l'accélération brutale... La jeune femme et les deux hommes qui l'avaient rejointe visèrent la Golf. À cet instant, une camionnette de livraison arrivait en sens inverse. Le chauffeur pila face aux canons des revolvers, à quelques mètres du garçon, toujours à terre. La Golf s'évanouit au carrefour suivant, et les bras des trois agents retombèrent.

Yossi me lâcha les épaules et me considéra avec reproche.

— Je vous avais demandé de vous baisser... Ça aurait pu mal tourner.

Quelques minutes plus tard, j'étais assis à l'arrière de la Mercedes de Doron. Tapotant la mallette de cuir rouge, placée comme un *casus belli* entre nous, tel un poussah, il m'offrait un sourire de contentement aussi énorme que sa personne. Sa cicatrice, d'un rose poupon pour l'heure, se fondait dans les plis de ses joues.

— Il faut me comprendre, Marek, si je vous avais prévenu, et même en admettant que vous soyez d'accord avec notre petit jeu, ce qui n'était pas gagné, vous n'auriez pas eu ce naturel ! plaidait-il. Quelle extraordinaire idée que de passer par cette petite rue ! En fait, je craignais que vous ne sautiez dans le premier taxi venu pour rentrer à l'hôtel, ce qui aurait compliqué les choses.

— Vous me voyez vraiment ravi d'avoir si bien servi vos desseins !

— Marek ! Marek ! Ne le prenez pas comme ça.

— Vous me mentez, vous me manipulez comme une marionnette, vous mettez ma vie en danger et vous voudriez que je vous saute au cou ?

— Mon cher, personne ne vous a jamais contraint à venir fouiner chez nous ! Vous êtes libre d'abandonner la partie quand vous le voulez. Calimani...

— Oh, je vous en prie, cessez ce petit jeu ridicule avec moi ! Si cela amuse Calimani de jouer les espions supplétifs, tant mieux pour lui. Je vous rappelle que, personnellement, je n'ai jamais été appointé par le Mossad et n'ai aucun désir de l'être. Sur ce point, je suis d'accord avec Tom. Pour le reste, il est vrai que nous avons été imprudents ou, disons, peu conscients de ce que nous risquions de déclencher en nous lançant dans cette entreprise. Inutile de nous le rappeler à tout bout de champ. La vérité, c'est que, désormais, vous nous prenez en otages. Vous vous servez de nous à votre guise, en l'occurrence, sans même avoir l'élégance de me prévenir. C'est plus que déplaisant !

— Calmez-vous, Marek ! S'il vous plaît... En toute franchise, vous ne risquiez pratiquement rien !

— Ça n'était pas l'opinion de Yossi tout à l'heure !

— Yossi a un penchant pour le tragique, comme vous. Vos influences russes...

— Que se serait-il passé si le garçon avait disparu avec la mallette ?

— Il n'avait aucune chance de le faire. Depuis la première minute, nous étions derrière lui.

— Ses complices se sont bien échappés, eux !

— Parce que je l'ai bien voulu ! Cette arrestation n'est qu'un message, rien de plus. De toute façon, cette mallette ne contient aucun document qui concerne le trésor, nous y avons veillé...

— Merci pour le cadeau.

— Je n'ai pas dit qu'ils étaient sans valeur ! De plus, il y a un petit émetteur dans la poignée. Au besoin, nous aurions pu la suivre à la trace.

— Vous prenez les gens pour des imbéciles, Doron. Vous croyez qu'*ils* ne s'en doutent pas ? Vous auriez retrouvé la mallette vide, voilà tout !

La panse de Doron se mit à tressauter, et le siège de la voiture vibra en écho. Nous arrivions devant le King David.

— Bien vu...

— Pourquoi cette comédie ? demandai-je avec lassitude. Vous n'allez pas me faire croire qu'il est si important pour vous d'attraper un gamin de vingt ans. Il est tout en bas de la chaîne, vous le savez bien !

Le lourd visage de Doron resta clos un instant, puis il acquiesça.

— D'accord... Le but est de permettre à Hopkins et à Calimani de quitter Jérusalem en entraînant nos « amis » derrière eux. Nous savons qu'ils vous surveillent tous les trois. Et nous tenons à leur faire savoir que nous aussi nous vous surveillons et que, par conséquent, nous les surveillons eux-mêmes... Autrement dit, nous nous bloquons mutuellement. Mais, s'ils le savent, comment les attirer dans le piège ?

C'est comme aux échecs, il nous faut reprendre la main. Vous suivez ?

— C'est aussi limpide qu'un cercle vicieux !

— Oui... Donc, nous devons avoir un coup d'avance sur eux. Pour cela, il faut que l'un de vous – en l'occurrence, Hopkins, c'est le plus plausible – s'ingénie à nous fausser compagnie afin d'accaparer le trésor pour son compte. Du moins, c'est ce que nos « amis » doivent croire... C'est pour ça que j'ai voulu déplacer l'attention sur vous et leur faire croire que nous démarrions au quart de tour si l'un de vous voulait la jouer en solo. Dans moins d'une heure, Hopkins et Calimani vont quitter l'hôtel. Nous ne bougerons pas, pour faire croire qu'ils ont échappé à notre vigilance. Ainsi, nos « amis » d'en face, grâce au petit incident qui vient d'avoir lieu, ne douteront pas une seconde que nous sommes les derniers des nuls. Parfait...

— Je vois.

— Cela dit, reprit Doron avec plus de gravité, contrairement à ce que vous pensez, le gamin qui a tenté de vous voler la mallette m'intéresse beaucoup. Je voudrais savoir qui l'a recruté, et comment. Il se passe quelque chose d'inhabituel depuis le début de cette histoire.

— Il est gravement blessé ?

— Non, une balle dans la hanche. Juste de quoi avoir assez peur pour parler.

— De quoi le faire suffisamment souffrir, vous voulez dire.

— Allons ! Nous ne sommes pas des tortionnaires.

— Non ! Seulement des pragmatiques, n'est-ce pas ?

La balafre de Doron vira au rouge sang comme si elle se rouvrait d'un coup. Je la voyais palpiter au rythme violent de son cœur.

— Vous autres, les Juifs d'Europe, vous êtes toujours gorgés de bons sentiments, s'enflamma-t-il. Il y a des choses qui vous échappent mais que nous, ici, nous connaissons avec nos tripes. Tant qu'elles ne vont pas s'étaler sur un trottoir ou se carboniser dans un bus ! Ici, même à l'école maternelle, on apprend aux gosses à plonger sous leurs tables au hurlement des sirènes. Nos ennemis ne veulent pas nous conquérir, ils veulent nous détruire. Vous comprenez ce que ça signifie ? Ce que nous avons autour de nous, c'est une fois encore la menace du néant. Ça ne laisse aucune marge à l'erreur. Et ça ne rend pas magnanime.

La Mercedes s'immobilisa devant l'entrée de l'hôtel. Tout en écoutant la protestation de Doron, je cherchais des yeux les hommes censés nous surveiller. Il devina ma curiosité et, comme pour détendre l'atmosphère, émit un petit rire.

— Vous ne les verrez pas. Ce sont des pros...

— Et moi toujours un pauvre naïf, n'est-ce pas ? Vous me l'avez déjà dit.

— À chacun son boulot.

Il repoussa la mallette vers moi en me tendant la main.

— Ceci est vraiment à vous... Et je vous présente mes excuses. C'est vrai que j'aurais dû vous prévenir. Mais je craignais que, vous aussi, vous ne refusiez.

— J'aurais refusé, dis-je en souriant.

Il rit. Comme j'ouvrais la portière, il me retint.

— J'ai encore quelque chose à vous demander. De personnel... Il s'est passé quelque chose entre..., euh..., Orit et l'Américain. Enfin, quoi : ils ont passé la nuit ensemble... Ça s'est mal terminé et...

— Et ?

— Je crois que ça ne va pas trop bien pour elle. Je ne suis pas très adroit dans ce genre de situation. J'ai senti qu'elle vous faisait confiance.

— Mmm ?

— Pouvez-vous lui passer un coup de fil ? Ou faire un saut chez elle ? On dit que les écrivains savent parler aux femmes...

— À chacun son boulot, n'est-ce pas ?

32

La montagne de sel

Tom n'en croyait pas ses yeux. Calimani portait des baskets noires, un jogging gris à bandes bleues, un foulard de soie jaune, un chapeau de tissu vert et à la main un superbe blouson Lacoste en cuir et lainage bleu sombre.

Retenant son sourire, Tom s'écarta en ouvrant grande la porte de sa chambre. Calimani entra et désigna son blouson.

— Prenez quelque chose de très chaud pour la nuit. Il peut faire froid dans le...

Il remarqua alors le regard de Tom.

— Qu'est-ce qu'il y a ? Mon accoutrement ? Ma foi, Doron m'a demandé d'être « visible ». Comme j'aurai aussi besoin d'être à l'aise...

— Très réussi, pouffa Tom. Même les lézards vous repéreront de loin !

— Moquez-vous, ignorant ! soupira Calimani, bon prince. Là où nous allons, les serpents sont plus fréquents que les lézards... Au propre comme au figuré. Mais ça suffit, ce n'est pas le moment de perdre notre temps. Je voudrais qu'on récapitule.

— C'est vous le chef, à ce qu'il paraît...

Calimani secoua la tête avec une moue affligée.

— Mon cher, pour les heures à venir, épargnez-nous ces remarques convenues, voulez-vous ? Je suis insensible à ce genre d'humour et, si différentes que soient nos raisons, nous sommes dans la même galère.

— Mmm...

— Bien, commençons. Le nouveau 4 × 4 que vous êtes allé chercher à l'agence de location est désormais équipé d'une balise satellite. Ainsi, l'équipe de Doron pourra toujours nous localiser. Ils ont également installé un émetteur à ondes courtes, ce qui nous permettra de recevoir des messages ou d'en émettre. Le moins possible parce qu'ils risqueraient d'être interceptés.

— Et pourquoi pas des téléphones portables ? Ce serait plus simple, non ?

— Mon pauvre ami ! gémit Calimani, abattu. Où croyez-vous que nous allons ? Dans le Bronx ? Vous imaginez qu'il y a des relais hertziens de téléphone en plein Néguev ?

— O.K., O.K. Il y a quand même une chose que je n'ai pas appréciée : à cause de tout ce super-équipement dans ce super 4 × 4, il m'a fallu verser une caution de trois mille dollars à l'agence de location... Et encore, ils n'étaient pas contents que je ne laisse qu'un numéro de carte bancaire !

Calimani haussa ingénument les sourcils.

— Je suppose que Doron veut que vous vous sentiez maître de votre affaire. Du point de vue déontologique... Non, ne vous inquiétez pas, c'est uniquement pour le cas où « ils » auraient un doute et iraient vérifier que vous changez de voiture selon votre bon plaisir... C'est qu'il faut penser à tout, mon ami ! À ce propos, nous devrions avoir aussi tout le matériel pour creuser, de l'eau, un Camping-Gaz et des sacs de couchage...

— Tout y est.

— En Tamar est un drôle d'endroit. Aussi nu et plat que le dos de ma main... Doron a besoin de la nuit pour installer sa souricière, d'autant que nous serons tout près de la frontière jordanienne... Une nuit de sa vie dans le sel et la puanteur de Sodome, c'est inoubliable. Après, on sait vraiment à quoi peut ressembler l'enfer.

— Super !

— Pensez à votre lingot, à votre gloire...

— J'en tremble d'impatience.

Calimani fut sur le point d'ajouter quelque chose puis se retint. Le beau visage de Tom était réellement soucieux, même si les cernes qui soulignaient ses yeux ne résultaient guère de l'inquiétude. Calimani ressentit une bouffée d'affection pour cet Américain maladroit, mais plus volontaire et courageux qu'il n'y paraissait.

En homme d'expérience, Calimani savait d'où venait sa tension. Tom était en train de vivre un moment extraordinaire de son existence, il s'introduisait pour la première fois dans la face cachée des choses, dans les coulisses de l'histoire et du destin. L'amour, la vie, la violence, le secret tissaient soudain sa réalité. Cependant, il s'en rendait à peine compte. Il manquait de repères, il manquait d'intuition et devait se cogner aux faits et aux éléments pour les comprendre, comme un aveugle commence par se cogner aux meubles, qui bientôt formeront ses indispensables appuis pour traverser l'obscurité.

— Ne vous en faites pas, reprit Calimani avec plus de chaleur. Tout se passera bien. Bon, je reprends : je vais partir avec le 4 × 4. Je sors, je passe devant l'hôtel, je fais comme si j'avais oublié quelque chose, je reviens devant la grande entrée... Bref, je me montre ostensiblement, puis je finis par filer. L'équipe de Doron ne bouge pas. Les autres non plus... Qui suis-je, moi, Giuseppe Calimani ? Quantité négligeable, je ne compte pas ! Pendant ce temps, vous irez, discrètement, prendre la navette de touristes qui part dans... vingt-cinq minutes, pour la visite du mont des Oliviers. Le gardien du parking est aussi le type qui contrôle les billets, un petit rondouillard presque chauve. Apparemment, c'est lui qui est chargé de surveiller vos entrées et vos sorties en voiture. Une bonne idée, d'ailleurs, puisqu'il passe son temps dans le parking de l'hôtel. Doron le soupçonne d'être à l'origine du vol du lingot... Bref, il donnera l'alerte et ses petits copains vous suivront comme un seul homme. L'équipe de Doron ne bougera pas, puisqu'elle ne vous aura pas vu – ce qui s'appelle vu – partir avec la navette... O.K., mister Hopkins ?

— Ouais ! Je vous signale que vous m'avez déjà expliqué tout ça, professeur.

— Ta, ta, ta ! Vous vous souvenez de la suite, au moins ?

— Je vais avec la navette jusqu'au mont des Oliviers. Un taxi m'attend au croisement d'Al-Mansurya et du chemin qui conduit au tombeau de la Vierge Marie... Je suppose que je dois voir là l'humour particulier de Doron...

— Possible, gloussa Calimani. Mais ça vous permettra de vérifier si vous êtes bien suivi. Ensuite ?

— Le taxi sera une Subaru bleue avec une étoile de David collée sur le rétroviseur de la portière droite.

— Parfait. Il vous conduira jusqu'au Sport Club d'Émeq Rephaïm, où je vous attendrai avec le 4 × 4... Après un pareil zigzag, nos chers amis inconnus auront compris que vous avez réussi à fausser compagnie aux Israéliens et ils sentiront la bonne affaire. Si tout se passe bien, ils ne nous lâcheront plus.

— Je peux vous poser une question, professeur ?

— Je vous en prie !

— J'ai l'impression que ce n'est pas la première fois que vous trempez dans un coup tordu comme celui-ci...

Calimani sourit, son regard glissa sur Tom pour se perdre au-delà de la porte-fenêtre, au-delà des murailles de la Vieille Ville.

— Disons qu'il y a très longtemps l'action me paraissait beaucoup plus utile que le savoir... Si nous nous ennuyons, je vous raconterai ça. J'ai sans doute un peu perdu la main, ajouta-t-il en renouant coquettement son foulard. Nous serons à égalité, ne vous en faites pas !

Tom secoua la tête.

— Je m'en fais !... Voilà les clefs du 4 × 4, vous saurez vous en servir ?

— Ça devrait aller, fit Calimani en clignant de l'œil.

Salem Chahin el-Husseini dut changer deux fois d'autobus avant d'atteindre Ein Kerem et l'hôpital Hadassa. Devant l'imposant complexe hospitalier, il se sentit aussi perdu qu'au cœur du désert. Les panneaux indicateurs, rédigés en trois langues, hébreu, arabe et anglais, paraissaient indiquer toutes les directions à la fois et aucune en particulier. Totalement désorienté, le vieil homme ne savait pas s'il devait aller à gauche ou à droite. Après un long moment d'hésitation, il décida de prendre la direction indiquée par une flèche marquée INFORMATIONS et désignant un chemin goudronné que beaucoup de personnes empruntaient.

Avant d'arriver à l'intérieur du bâtiment, il se trouva pris dans une foule compacte de visiteurs : vieux, jeunes, femmes ou hommes, familles avec enfants, Arabes ou Juifs... Loin sur la droite, devant une autre entrée, il vit arriver des ambulances, toutes sirènes hurlantes, qui disparaissaient dans l'immeuble. En écoutant les conversations autour de lui, il comprit qu'il s'agissait là des urgences, le lieu où l'on soignait les malades et les blessés récemment admis, et pensa qu'Ahmed se trouvait probablement dans cet immeuble-là. Au moment où il se dégageait de la foule, un jeune garçon de l'âge d'Ahmed vint à sa hauteur et lui prit doucement le bras.

Le vieil homme s'immobilisa ; le garçon murmura :

— *Il châtie qui Il décide, Il pardonne à qui Il décide, Allah, fort au-dessus de tout.*

En d'autres circonstances, Salem Chahin el-Husseini se serait contenté de reconnaître la sourate V. Mais, en l'occurrence, il reconnut surtout la phrase prononcée au téléphone par ceux qui l'avaient prévenu que son petit-fils venait d'être blessé et qu'il lui fallait se rendre à l'hôpital. Néanmoins, presque machinalement, il répondit :

— Soit béni. *Allah akbar*. (Puis il ajouta :) Je suis venu comme on me l'a demandé, et je voudrais voir Ahmed.

— Pas maintenant, chuchota le garçon. Tu ne dois pas entrer dans l'hôpital.

— Pourquoi ?

— Les policiers israéliens sont avec ton petit-fils. Si tu y vas, ils t'arrêteront. Viens, tu dois me suivre.

— Où ça ?

— Pas loin. Ne fais pas d'histoires, tu vas nous faire remarquer. Suis-moi.

Le garçon fila devant Salem Chahin sans se retourner. L'un derrière l'autre, ils parvinrent dans l'immense parking de l'hôpital. Aussi vite que le vieux pouvait avancer, le garçon se glissait entre les voitures immobiles. Parvenu à hauteur d'un minibus Mazda, il se retourna vers Salem Chahin et, du bout des doigts, frappa doucement contre la carrosserie. La porte coulissante s'ouvrit sur le côté du minibus. Salem Chahin se trouva face à deux hommes.

— Monte, dit le plus âgé en l'invitant de la main.

Salem Chahin el-Husseini regarda son guide disparaître entre les innombrables voitures. En fait, depuis qu'il avait reçu le coup de téléphone lui donnant la phrase de reconnaissance, il se doutait bien que cela finirait ainsi. Il n'avait pas besoin d'observer longtemps ces deux hommes pour reconnaître des militants du Hamas.

Le plus âgé était courtaud et rond. Sa moustache, pareille à un petit cube noir accroché sous son nez busqué, lui donnait l'air inoffensif, mais ses iris, si noirs qu'ils engloutissaient les pupilles, disaient toute la détermination et l'attention de leur possesseur. L'autre, plus grand et plus jeune, présentait un beau visage qu'abîmait cependant une cicatrice lui remontant du cou jusqu'à l'oreille, curieusement tranchée en deux. Celui-là, on ne l'oubliait pas après l'avoir vu. Salem Chahin était certain de l'avoir entendu, un jour, haranguer les clients d'un café de Bethléem.

— Monte vite, répéta l'homme en tendant la main pour l'aider.

Salem Chahin se rendit compte que le moteur tournait. Il s'engouffra dans le minibus et, tel un vieil oiseau repliant ses ailes, arrangea délicatement les pans de sa djellaba en prenant place sur la banquette qu'on lui désignait. Aussitôt, la porte coulissante se referma, et le minibus quitta sa place. Un rideau à carreaux bruns empêchait de voir le conducteur depuis les sièges arrière.

L'homme à l'oreille coupée dit :

— Nous savons que ton petit-fils Ahmed a été blessé par la police. Ce n'est pas très grave, une blessure à la cuisse ou à la hanche. Si la police Isra'il ne le tue pas, il survivra.

— Pourquoi ? Pourquoi l'ont-ils blessé ?

— Il a essayé de voler une valise à un Juif étranger. C'était un piège.

Dans son mouvement de surprise, le keffieh de Salem Chahin el-Husseini avait glissé sur son front. Il le releva de ses doigts tordus par les rhumatismes. Ses grands yeux étaient noyés de douleur et d'incompréhension.

— Pourquoi Ahmed irait-il voler un Juif ?

L'homme à la moustache répondit d'une voix douce :

— Il y avait quelque chose de très important dans cette mallette. Quelqu'un a demandé à ton petit-fils de la voler. Il ne l'a pas fait pour lui-même.

Il y eut un long silence pendant lequel Salem Chahin réfléchit à ce qu'il venait d'apprendre, tandis que les deux hommes du Hamas le regardaient. Il se rendit compte que le minibus était sur la route d'Hébron, en plein quartier Baq'a.

— Où allons-nous ?

— Nous pouvons te ramener chez toi, à Bethléem, ou nous arrêter à Beth Sefafa : c'est sur ton chemin. De là, tu pourras rejoindre la route de Bethléem et y prendre un bus pour rentrer chez toi. Comme tu voudras.

— Et pourquoi Beth Sefafa ?

— C'est là que j'habite, parfois, fit l'homme à la moustache, et nous aurons un endroit tranquille pour parler. Mon nom est Youssef Saleh. Lui, ajouta-t-il en désignant l'homme à l'oreille coupée, c'est Ghassan Tawill. Nous sommes des combattants de la foi, des moudjahidin. Le cheikh Ahmed Yassin est notre chef.

Salem Chahin el-Husseini salua, exhibant en un bref sourire ses quelques dents jaunies par l'usage intense du narghilé.

— Parler de quoi ? dit-il.

— Nous voudrions savoir qui a demandé à ton petit-fils de voler le Juif, répondit Ghassan Tawill.

— Je n'en sais rien. Ahmed ne m'a rien dit.

Saleh secoua la tête avec un regard réconfortant.

— Tu pourras malgré tout nous aider à le découvrir. C'est très important et nous avons peu de temps pour l'apprendre.

— Sinon, on ne pourra pas sauver Ahmed, ajouta Tawill. Réfléchis pendant que nous roulons. Nous te montrerons quelque chose en arrivant.

Le minibus s'engagea dans des rues de plus en plus encombrées et défoncées. Depuis longtemps déjà, la localité de Beth Sefafa était encerclée par les immeubles modernes surgis des collines environnantes. Dominé au nord par les hauteurs boisées de Katamon et par le dôme du monastère de Saint-Siméon, ce vieux village palestinien, qui jouxtait l'arrondissement juif de Mékor Haïm à l'ouest et, à l'est, la zone industrielle de Talpiot, avait été réduit au fil des ans à un simple quartier de Jérusalem. Un des plus archaïques.

De tout cœur, Salem Chahin aurait aimé comprendre comment Ahmed pouvait en être arrivé à voler et à se faire tirer dessus par les Isra'il. Mais il y avait tant de raisons aux actions violentes de la jeunesse d'aujourd'hui que l'on s'y perdait aussi bien qu'à chercher une goutte d'eau pure dans la poussière !

Finalement, alors que le minibus commençait à le secouer en grinçant, de nid-de-poule en nid-de-poule, Salem Chahin se souvint d'une page des Écritures :

... Gabriel conduit Mahomet dans l'enceinte du Temple de Jérusalem la Sainte. Sur un plateau, il lui propose trois coupes : la première contient du vin, la deuxième de l'eau et la troisième du lait. Le Prophète choisit le lait et porte la coupe à ses lèvres. Il boit quelques gorgées puis repose la coupe.

« Loué soit ton choix ! s'exclame Gabriel. Si tu avais bu le fruit de la vigne, ton peuple se serait perdu dans les brumes de l'ivresse. Si tu avais bu l'eau, il aurait sombré dans les abîmes du péché. Mais le lait garantit le salut de tes frères. Et si tu avais vidé cette coupe, tous auraient été sauvés.

— Rends-la-moi, implore Mahomet, que j'achève ce que j'ai commencé.

— Cela n'est pas en mon pouvoir, répond doucement l'ange. L'encre du Livre du Destin est indélébile et ce qui est écrit est écrit... »

Le nouveau 4 × 4 était un Range Rover 4,6 HSE, propulsé par un V8 de deux cent vingt chevaux. La Rolls des 4 × 4 pour ce qui était du confort, de l'avantage d'un régulateur automatique de vitesse et de la puissance. Mais il était lourd – plus de deux tonnes ! Moins nerveux et moins sensible aux effets de la chaussée que le Toyota, que Tom n'était pas loin de regretter. Les sensations de conduite ne passaient guère dans le volant et l'assistance de direction était si efficace qu'on avait davantage l'impression de manier un véhicule sur coussin d'air qu'un tout-terrain.

Pour le reste, tout s'était passé comme prévu. Même Calimani était parvenu au point de rencontre sans encombre. Tom devait convenir que Doron avait bien joué sa partie. Lorsqu'il était descendu de la navette touristique près du tombeau de la Vierge, une vieille Fiat blanche l'avait suivi sans grande discrétion tandis qu'il rejoignait le taxi. La même Fiat avait ensuite filé le taxi sur plus de la moitié du chemin de retour en direction du Sport Club avant de disparaître soudain. Tom s'était alors inquiété, craignant d'avoir mal repéré la voiture suiveuse ou même d'avoir maladroitement semé les « amis », comme disait Doron. Mais, au moment où ils quittaient Émeq Rephaïm pour rejoindre Talpiot et la route de Jéricho, Calimani lui désigna un vieux Patrol Nissan, la carrosserie constellée de retouches de peinture, qui restait une cinquantaine de mètres derrière eux, se laissant parfois distancer pour toujours revenir en vue.

En ce début d'après-midi, la route de Jéricho était très encombrée. Une interminable file de camions-citernes montait poussivement la côte en direction de Jérusalem tandis que, dans l'autre sens, un inévitable convoi militaire ralentissait la circulation.

Cinq kilomètres après la sortie de Jérusalem, dans la petite portion d'autoroute qui serpentait entre les collines, Tom, au volant, décida de faire un test. Il déboîta pour doubler la colonne militaire puis poussa progressivement le V8 du Range Rover. Le sifflement des soupapes fit entendre un chant doucereux, mais le 4 × 4 tenait impeccablement le cap.

Calimani, sanglé dans son siège de velours, pareil à un gros bébé dans sa tenue de jogging, son chapeau de toile toujours sur la tête, s'agita.

— Hé ! nous ne sommes pas si pressés !

— Je voudrais être certain qu'ils nous suivent.

— J'ai horreur des vitesses excessives.

— Ça, il faudra vous y faire.

Derrière, le Patrol déboîta à son tour et commença à dépasser les camions militaires. Tom s'ouvrit la voie avec des appels de phare, enclencha la cinquième et enfonça un peu plus l'accélérateur. Le compte-tours grimpa. Le Range Rover se mit à grogner comme un doux fauve, ses deux tonnes bientôt lancées à cent quatre-vingt-dix kilomètres heure sur l'asphalte irrégulier. Sur la voie de droite, les voitures disparaissaient telles des ombres.

— Ne faites pas l'idiot, chuchota Calimani, la main droite crispée sur la barre de maintien du tableau de bord. Ce n'est pas le moment de nous ficher en l'air !

— Ne vous en faites pas.

— Ou de nous faire arrêter pour excès de vitesse !

— Vous passerez un S.O.S. à Doron, rigola Tom en désignant la radio. Regardez plutôt ce qui se passe derrière... C'est tout à fait intéressant !

Difficilement, avec précaution, comme s'il devait lutter contre la pression de l'air qui frappait le pare-brise, Calimani se contorsionna pour apercevoir le vieux Patrol qui, comme eux, cent ou cent cinquante mètres en arrière, les suivait sans se laisser distancer.

— Eh bien, quoi ? Ils nous suivent, puisqu'ils sont là pour ça... Je vous avais prévenu que c'étaient eux.

— Et rien ne vous choque ?

— À part votre façon de conduire, non ! souffla Calimani.

— Précisément, sourit Tom. Nous naviguons à presque deux cents kilomètres heure et ils nous suivent sans problème avec leur tas de ferraille. Même neuf, il devrait à peine atteindre le cent quarante !

— Et alors ?

— Alors c'est une voiture maquillée, au moins munie d'un moteur gonflé.

— Mmm...

— Je suppose qu'on peut en déduire d'autres conséquences...

— De toute manière, l'objectif n'est pas de les semer, n'est-ce pas ?

— Ce n'est pas non plus d'aller se jeter dans la gueule du loup sans savoir combien il a de dents, fit Tom en ralentissant, et, levant un doigt : *Quand le vigoureux, armé, monte la garde dans sa cour, ses biens sont en paix. Mais qu'un plus vigoureux que lui survienne et le vainque...*

— ... *il lui enlève l'armement auquel il se confiait et distribue ses dépouilles,* saint Luc, XI, 21-22. Oui, je sais ! Vous doutiez que nous ayons affaire à des gens puissants ? Eh bien, vous êtes rassuré maintenant, grogna Calimani. Vous pouvez rouler normalement.

Tom se demanda si le professeur avait réellement peur ou s'il jouait la comédie. Décidément, Calimani soignait ses bizarreries comme un jardinier ses roses.

Il ralentit et se remit sur la file de droite. Presque aussitôt, il aperçut l'étrange scintillement pâle au creux de la vallée, étale comme celui d'une gigantesque patinoire : la mer Morte. Quelques kilomètres encore et il reconnut les bandes rousses, terre de Sienne, jaunes ou ocre, qui se succédaient sur la côte immensément plate, s'entremêlaient, striées soudain de veines de lin ou de chanvre que leur floraison naissante recouvrait par endroits de fines coulées d'or. C'était le spectacle qu'il avait découvert avec Orit.

Il ne devait surtout pas penser à Orit. Ne pas laisser monter les images de leur nuit, ne pas les laisser l'envahir, le submerger au point d'avoir besoin de refermer les doigts contre ses paumes pour les empêcher de se souvenir de la peau d'Orit. Deux ou trois fois depuis le matin, cela lui était arrivé et, chaque fois, cela avait été terrible. Comme si sa propre chair se battait contre lui-même. Il avait beau penser qu'Orit l'avait manipulé, n'éprouvait aucune affection pour lui et était obsédée par les combines de Doron, son corps lui faisait mal, réclamait les caresses dont elle l'avait comblé.

Mais le pire était ailleurs. Il avait beau censurer son esprit et son cœur, se traiter de crétin et avoir honte d'être si facilement tombé dans cette comédie sentimentale, il ne pouvait pas se mentir. Même si Orit ne l'avait attiré chez elle que par intérêt – comment pouvait-elle jouer sans vergogne cette comédie ? –, il devait admettre qu'il venait de vivre la plus belle nuit d'amour de sa vie.

— ... c'est pourquoi je suis à peu près certain de cette... Oh ! Hopkins ! Vous m'écoutez ?

— Excusez-moi...

— Il n'est pas indispensable que je parle dans le vide. Je peux m'abstenir.

— Non, non, je vous en prie ! Je pensais à cette voiture derrière nous, à ces gens que nous ne connaissons pas.

— Mmm...

— Et vous disiez ?

— Ça vous intéresse ?

— Je vous en prie !

Calimani refit le nœud de son foulard de soie, lorgnant Tom avec un petit sourire.

— Je pense savoir ce qui a provoqué l'explosion de la grotte de Mizpa dont parle le moine, Achar de Esch...

— Ah oui ?

— La cache du trésor devait être en même temps une réserve d'huile d'éclairage. Si l'on voulait tendre un piège aux voleurs, on recouvrait les jarres de tissu imbibé d'une essence de térébenthine extrêmement volatile. Confinée dans la grotte, elle se transformait en une sorte d'explosif latent et gazeux. Apparemment, le père Nikitas, en bon Oriental, connaissait cette astuce ; le chevalier Godefroy, non ! Il ne fallait surtout pas entrer dans la grotte avec des torches, mais avec des lampes à mèche courte que l'on maintenait au ras du sol, dans les courants d'air.

— Intéressant...

— Mmm... n'est-ce pas !

Ils approchaient de la mer Morte et du carrefour d'Almog d'où partait la route côtière d'Ein Guédi. Derrière, le Patrol suivait toujours à bonne distance. Après un instant de silence, Calimani soupira, plissa les yeux et, de ses doigts papillonnants, sembla effleurer une image devant lui.

— La mer Morte... Strabon l'appelait le lac Asphaltique. Le Talmud la nomme mer de Sodome, tandis que les Arabes l'appellent mer de Coar, du nom d'une oasis située à son extrémité sud, et parfois aussi mer de Loth... Ah... si je vous disais qu'à la vue de cette étendue crayeuse et froide qui, à l'opposé du jeu classique des miroirs, ne reflète aucune parcelle du paysage environnant, comme si elle lui était foncièrement étrangère, voire hostile, une profonde émotion me gagne chaque fois ! Il me semble être confronté ici à la première preuve de l'existence de Dieu. Qui d'autre que Lui aurait pu modeler ciel et terre de cette façon ? Marquer ainsi, par Sa colère, ces massifs tondus et dépouillés de toute vie ? Creuser dans les profondeurs du sol cette déconcertante cavité au creux de laquelle Il engloutit, puis submergea de flots et enfin recouvrit de sel cinq villes entières parce qu'elles n'avaient pas obéi à Sa Loi ? Mon ami, à contempler ces brumes qui flottent éternellement au-dessus de cette mer de sel, il me semble que malédictions et bénédictions divines sont, là, visibles, sensibles, presque palpables...

Tom se tut, étrangement ému par ce qui n'était pas loin d'être, sous le lyrisme, une confession.

— Ces belles choses étant dites, reprit Calimani d'une voix plus claire et avec un petit rire, je crois deviner ce qui vous rend aussi distrait que muet.

— Ah ?

— Oui... En vérité, vous regrettez déjà de vous être disputé avec Orit et qu'elle ne soit pas à ma place dans ce luxueux mais dangereux véhicule. Vous regrettez son parfum d'ambre, son beau corps, ses yeux humides... Comme je vous comprends ! Vous regrettez même son acrimonie et son caractère abusif. L'incertitude sur ses sentiments à votre égard vous ronge et vous préféreriez, au fond, être soumis à son regard plutôt que de porter tout seul ce vide que vous avez un peu trop gaillardement jeté entre vous... Toutes choses contre lesquelles, j'en conviens, je ne suis pas de taille à lutter... Surtout dans cette tenue guerrière !

Tom ne put retenir un sourire. Après un silence, il demanda un peu sèchement :

— Qu'en savez-vous ?

— Ah, mon cher Tom ! fit Calimani en lui posant la main sur l'avant-bras. Si la vie, à mon âge, ne m'avait pas appris ces choses-là, que m'aurait-elle donc enseigné ?

Youssef Saleh poussa une porte de métal peinte en vert.

— Sois le bienvenu, dit-il en s'effaçant pour laisser entrer le vieux Salem Chahin el-Husseini.

Ghassan Tawill passa le dernier et referma la porte en jetant un coup d'œil au-dehors. La maison était spacieuse, un hall octogonal et carrelé distribuait les pièces. Saleh invita Salem Chahin à pénétrer dans un salon encombré de poufs dorés où trônait, sur une table basse recouverte d'un napperon de dentelle, inattendu, un ordinateur.

Sur le mur, derrière les divans de cuir rouge martelés de dessins dorés, une énorme affiche représentait le Dôme du Rocher. En bas de l'affiche était écrit, en grands caractères d'or, AL QODS, « LA SAINTE ».

Les trois hommes s'assirent sans un mot. Tawill mit en marche l'ordinateur, et Saleh attendit qu'une jeune femme voilée apporte des tasses de café turc avant de parler.

— Ce que tu vas entendre ici ne doit pas sortir de cette maison.

Le vieil homme acquiesça et trempa ses lèvres dans le café brûlant. Il savait que cette mise en garde n'était pas une clause de style.

— Depuis plusieurs semaines, reprit Saleh en jetant un regard à l'écran de l'ordinateur, quelqu'un recrute des jeunes Palestiniens pour les lancer dans des actions qui n'entrent pas dans les vues du Hamas. Nous ignorons qui et comment. Ahmed, ton petit-fils, est l'un de ceux qui ont répondu à cet appel. Lui, c'était pour un vol, d'autres le font pour des attentats. Nous ne sommes pas contre les attentats, tu le sais. Nous en organisons nous-mêmes. Mais ils doivent faire partie d'une stratégie. Les attentats sont une chose grave, n'importe qui ne peut pas les décider. Et personne n'a le droit de conduire la guerre contre Isra'il en notre nom. Pourtant, c'est ce qui se passe... Nous devons savoir qui recrute ces jeunes, qui leur donne des ordres et pourquoi.

Salem Chahin secoua la tête avec regret.

— Comment pourrais-je vous aider ? Un petit-fils ne raconte pas ses secrets à son grand-père.

— Tu vas pouvoir, ne t'inquiète pas. Nous savons déjà certaines choses. Sais-tu ce qu'est un ordinateur ?

— Cette machine ? Oui.

— Sais-tu ce qu'est Internet ?

Salem Chahin reposa son verre et eut un geste bref de la main qui signifiait tout à la fois oui et non.

— Avec l'ordinateur et en le branchant sur le réseau de téléphone, tu pourrais écrire et parler à quelqu'un à l'autre bout du monde, un musulman d'Inde ou d'Afrique. Il semble que ton petit-fils ainsi que tous les autres garçons qui agissent comme lui ont été recrutés en se connectant au réseau Internet... Tu comprends ?

— Par Allah, qu'est-ce que c'est que cette histoire ?

Youssef Saleh se caressa la moustache en scrutant le regard du vieux. Tawill ajouta :

— C'est comme ça qu'on leur donne des ordres, qu'on leur indique leur cible. C'est avec l'ordinateur qu'Ahmed a appris qu'il devait voler le Juif étranger, peut-être même quand et comment il devait le faire.

— Donc, ton petit-fils sait se servir d'un ordinateur ? demanda Saleh.

Le visage fripé du vieil Arabe exprimait tristesse et désarroi. Il approuva.

— L'an dernier, il a passé trois mois à Ramallah, chez un cousin à nous. Il devait devenir comptable. Il a appris à se servir de cet appareil, mais pas à devenir comptable.

Salem Chahin hésita, puis ajouta :

— Il n'y a pas d'ordinateur chez nous... Pour quoi faire il y en aurait ?

— Alors tu n'as jamais vu Ahmed utiliser un ordinateur ? demanda Tawill en titillant son oreille coupée.

Salem Chahin regarda les doigts qui glissaient sur la cicatrice, fasciné. Il finit par dire :

— Si. Une fois...

Il y eut un silence. Tawill jeta un regard à Saleh. Ce dernier ne détourna pas les yeux du vieil homme.

— Que va devenir Ahmed ? demanda Salem Chahin.

— Nous essaierons de le faire sortir de l'hôpital et de le conduire en sécurité à Gaza, lui répondit Saleh.

Salem Chahin porta un regard plein d'espoir sur les deux hommes avant de se décider.

— Il y a deux mois, chez ce cousin de Ramallah dont j'ai parlé, il y avait un mariage. J'avais mal aux dents et le bruit de la fête me faisait mal à la tête. J'ai cherché un endroit calme et j'ai trouvé cette pièce de la maison où mon petit-fils était assis devant un ordinateur. Je me suis approché pour regarder et il m'a dit : « C'est un jeu. » Il n'y avait que des lignes d'écriture dans la machine et je ne comprenais pas en quoi cela pouvait représenter un jeu. Je l'ai regardé faire par curiosité...

Youssef Saleh but son café puis fit un signe à Tawill qui se tourna vers le clavier de l'ordinateur. Le cliquetis des touches monta sous ses doigts. Saleh demanda :

— Salem Chahin, tu sais lire ?

— Oui.

— Tu te souviens des mots et des noms avec lesquels Ahmed jouait ?

Salem Chahin tira sur les pans de sa djellaba sans répondre, regardant l'écran avec attention.

— Je vais être connecté avec des gens, dit Tawill. Ce n'est peut-être pas la connexion sur laquelle se trouvait Ahmed, mais le principe est le même.

Son doigt avança jusqu'à une fenêtre, figurée sur l'écran en haut à droite.

— Regarde, il y a une liste de noms. Ce sont les noms des gens avec qui il est possible de parler, je veux dire de s'écrire, par l'intermédiaire de l'écran. Ce ne sont pas vraiment des noms...

Saleh saisit le bras de Salem Chahin et murmura tout près de son visage :

— Ces noms que te montre Ghassan sont comme des codes. Est-ce que tu te souviens du nom des personnes avec qui ton petit-fils échangeait des phrases ?

Salem Chahin sentait l'impatience dans la voix de l'homme du Hamas. Il sentait l'inquiétude, aussi précisément qu'une odeur, même si Youssef Saleh restait calme, se caressant seulement un peu trop souvent la moustache. Chez l'autre, chez le balafré, Ghassan Tawill, si agile avec l'engin électronique et dont les doigts couraient sur le clavier comme des sauterelles, il ne sentait aucune inquiétude, seulement de la cruauté. Et il se demandait ce qu'il adviendrait de son petit-fils s'il disait ce qu'il savait. Le nom, il ne l'avait pas oublié. C'était un nom qu'on ne pouvait pas oublier.

— Tu te souviens ou pas ? insista Tawill sans le regarder et après avoir cliqué sèchement avec la souris.

Salem Chahin el-Husseini tressaillit et rajusta son keffieh. Il regarda l'écran tordre ses lignes et ses lumières, faire apparaître une sorte de salle ni tout à fait comme on pouvait en voir à la télévision, ni comme dans un dessin, pas plus que comme dans la réalité. Des silhouettes s'y déplaçaient. Une longue phrase de bienvenue remplaça l'image. Le vieil homme se rendit compte qu'il avait peur. Peur de cette machine pleine de réalités immatérielles, peur des deux hommes qui le questionnaient et peur de ne pas aider son petit-fils comme il le devait. Mais il avait confiance dans le Très-Haut et il ne connaissait pas d'autre voie que celle de la vérité.

— Oui, je me souviens, dit-il.

Le regard de Saleh se planta dans le sien et il hocha une seule fois la tête.

— C'est un nom qu'on n'oublie pas, reprit Salem Chahin. En le voyant, j'ai cru que mon petit-fils jouait vraiment. Qui pourrait porter un nom pareil ?

Tawill eut un mouvement d'impatience, mais Saleh dit doucement :

— Nous aiderons ton petit-fils.

Salem Chahin se frappa la poitrine de la main droite et dit :

— Il ne serait pas juste qu'il meure avant moi... Le nom, c'est : Nabuchodonosor.

— Nabuchodonosor ? répéta aussitôt Tawill, incrédule. Tu en es certain ?

— Autant que mes yeux et ma mémoire le peuvent.

Il y eut un silence. Salem Chahin se rendit compte que Saleh souriait. Puis l'homme du Hamas se retourna vers son compagnon à l'oreille coupée et dit :

— Reste à savoir sur quel réseau il navigue ! Avec un bon moteur de recherche, ça ne devrait pas poser trop de problèmes.

— À condition qu'il se soit inscrit dans un annuaire, fit Tawill, pensif, en regardant à nouveau l'écran. Et nous n'avons pas de logiciel capable de fouiller tous les sites à partir d'un seul nom.

— Ça, dit Saleh en se levant, je peux m'en occuper. Il faut aller vite, maintenant.

Salem Chahin, les écoutant, se rendit compte qu'ils l'avaient déjà oublié. Comme ils allaient oublier Ahmed ?

Saleh lui dit :

— Viens, on va te reconduire sur la route de Bethléem.

— Et Ahmed ?

— J'ai promis. Nous ferons ce qu'il est possible.

— Qui est ce Nabuchodonosor ? Pourquoi il se sert de garçons comme Ahmed ?

— Oublie ce nom, répondit Tawill en éteignant l'ordinateur. Oublie-le pour toujours !

Il y eut une brusque pénombre dans la pièce, et le bourdonnement auquel Salem Chahin s'était habitué cessa d'un coup. Tawill pointa son regard dur dans celui de Salem Chahin et répéta :

— Oublie-le !

— Ils ne nous suivent plus, annonça Tom en regardant encore une fois dans son rétroviseur. Cela fait deux kilomètres qu'ils ont disparu.

— Vous en êtes certain ?

— Ils se sont évanouis dans la poussière juste après le carrefour de Newe Zohar. Il y avait ces fichus camions... J'ai vu le Patrol en doubler un, mais ensuite, plus rien !

Il ralentit et laissa le Range Rover rouler sur le bas-côté avant de l'immobiliser et de couper le moteur.

— Vous voulez les attendre ?

— Pourquoi pas ?

— Pourquoi pas ? Parce que vous n'êtes pas censé savoir qu'on vous suit, tiens donc !

Tom haussa les épaules.

— Tout le monde joue au chat et à la souris. À force de se croire le plus malin, on va se mordre la queue !

Il ouvrit la portière après le passage d'un car et, contrastant avec l'air frais maintenu dans le 4 × 4 par la climatisation, ce fut comme si un gant brûlant et moite lui était soudain plaqué sur le visage.

Il examina la route vers le nord. Aucun Patrol à la carrosserie pourrie n'était en vue. Calimani descendit à son tour.

— Tom, on ne peut pas rester là ! Ce n'est pas parce que vous ne les voyez pas qu'ils ne nous surveillent pas, eux... Il faut continuer. Nous ne sommes plus qu'à une dizaine de kilomètres ! C'est stupide, vous allez tout fiche en l'air.

— Vous entendez ? fit Tom en tournant sur lui-même.

C'était une rumeur sourde et régulière, comme celle provenant d'un rongeur géant, entrecoupée çà et là par un bruit pareil au craquement du bois ou à l'éclatement de bulles géantes dans de l'huile et qui finissait par se résorber dans un grincement lancinant. Ce vacarme à la fois violent et mou pouvait surgir du fond du désert aussi bien que des fonds de la mer Morte.

— C'est le complexe chimique de Sodome, répondit Calimani, agacé, en pointant l'index dans sa direction. On y extrait de la potasse, du magnésium, des chlorates... En Tamar vient juste après.

— Charmant... C'est là-dessous que l'on va jouer les archéologues ?

— Cessez de gémir et montez !

Tom regagna la fraîcheur du 4 × 4, sans parvenir à se décider.

— Qu'est-ce qu'il y a, encore ? demanda Calimani.

— On pourrait prévenir Doron qu'ils nous ont lâchés... La radio est faite pour ça, non ?

Calimani soupira en secouant la tête.

— Ils ne nous ont pas lâchés, Tom. On fait un pari ? Si je me trompe, je vous paie votre billet de retour à New York ; si je gagne, vous vous achèterez un costume chez mon tailleur.

Tom le regarda, ébahi, avant d'éclater de rire.

— Vous êtes vraiment dingue !

— Pas du tout, fit Calimani en dénouant son foulard pour essuyer la sueur de son cou. Pour la première fois de votre vie vous ressemblerez à un gentleman. Vous verrez, c'est une très curieuse sensation. Et avec vos boucles, votre visage d'ange capricieux, ça ne devrait pas vous valoir que des ennuis auprès des femmes ! Allez, roulez, jeune homme...

L'autobus n'en finissait pas de bringuebaler au ralenti. Salem Chahin el-Husseini était obsédé par sa rencontre avec les deux hommes du Hamas. Il pensait aussi à Ahmed et à tous ces garçons auxquels, depuis un ordinateur, une sorte de monstre sans visage mais avec un nom inoubliable jetait des ordres comme on jette un os aux chiens errants de la place Manger à Bethléem.

Salem Chahin était très inquiet pour Ahmed. Il avait mal de ne savoir que faire d'utile. Son fils, Ali, le père d'Ahmed, se trouvait à Amman pour affaires. Sa mère, elle, n'était plus de ce monde depuis longtemps. Il avait un mauvais pressentiment. Il aurait voulu aller voir les Isra'il et leur dire : ne laissez pas mourir mon petit-fils. Hélas, il savait que ce n'était pas possible. Ahmed était seul à se défendre contre les Isra'il. Et peut-être aussi contre le monstre de l'ordinateur.

Le vieux Salem Chahin se souvint d'une strophe du soufi Ghazali : *Je suis un oiseau, ce corps était ma cage. Mais je me suis envolé, le laissant comme un signe*. Fatma avait jadis laissé comme un signe le petit Ahmed, et lui, le grand-père, avait tout fait jusqu'à présent pour la remplacer. Oui, en dépit de la mise en garde des deux moudjahidin, il aurait dû aller le voir sur son lit d'hôpital. Et tant pis pour ce qu'il y aurait à dire à la police Isra'il.

Mais il suffisait d'avoir cette pensée en tête pour en imaginer aussi toutes les conséquences.

« Oublie ! » avait ordonné l'homme du Hamas à l'oreille coupée. Comment oublier ?

Après que l'autobus l'eut déposé à la gare routière de Bethléem, Salem Chahin songea qu'au lieu de rentrer chez lui il pourrait aller voir son beau-frère, Daoud, qui tenait un commerce de tissus près de la route de Beth Jala.

Oui, il pourrait parler à Daoud. Lui raconter ce qui était arrivé et prendre la décision avec lui. Daoud était un homme doux. Il aimait citer le Coran : *Il lui est suggéré de tuer son frère et il le tue : il comparaît alors parmi les perdants*. Il n'était pas comme tant d'autres, d'autant plus violents en verbe qu'ils étaient peureux.

Oui, Daoud serait de bon conseil.

Salem Chahin se mit en marche à travers la foule en pensant involontairement à l'avertissement du Prophète : *Si vous châtiez, châtiez comme vous l'avez été. Mais si vous êtes patients, voilà qui est mieux...*

Alors qu'il parvenait devant l'église syrienne orthodoxe, son regard surprit deux silhouettes d'hommes tout en noir qui disparaissaient dans la rue Paul-VI. Désormais, il était courant de voir ces hommes sombres fuyant comme des ombres.

Un peu plus loin, près de l'église luthérienne, le vieil homme s'immobilisa net parce qu'il avait cru reconnaître Ghassan Tawill sortant d'un café. Il se demanda si Tawill le suivait, mais déjà il ne le voyait plus. En vérité, peut-être n'était-ce pas Tawill, seulement une silhouette lui ressemblant. Ses yeux fatigués lui jouaient parfois des tours. Ils voyaient ce qui n'existait pas.

C'est la peur, songea Salem Chahin. Cet homme t'a fait peur et la peur cherche à te donner un mauvais conseil. Va chez Daoud, tu décideras ensuite.

Il se remit en marche, soulagé de plonger dans la foule multicolore et bruyante dès l'entrée de la rue Wad Ma'ali. Une musique orientale échappée d'une échoppe surplombée d'un auvent se mêlait à la rumeur de la rue. Sur un rythme languissant, les cordes de l'oud pleuraient un lancinant chagrin qui était aussi une caresse.

Il y avait tant de monde que Salem Chahin n'avançait qu'à petits pas. Soudain des mains de fer empoignèrent ses bras au-dessus du coude. Le vieil homme tourna la tête à gauche et à droite et découvrit deux visages très jeunes dont les yeux étaient masqués par des lunettes noires. Des visages aussi beaux que pouvaient en avoir les anges des ténèbres et qui grimaçaient de mépris.

— T'en fais pas, grand-père, ricana le garçon à sa gauche. Tu verras le Prophète avant ton petit-fils !

Salem Chahin sentit la lame du couteau qui entrait maladroitement dans son vieux corps, butant contre les os des côtes avant de trouver les poumons.

— *Le Seigneur fit pleuvoir sur Sodome et Gomorrhe du soufre et du feu*, murmura Calimani.

Ils étaient au milieu de nulle part. L'ombre du 4 × 4 semblait être bue à chaque seconde par la poussière blanche du sol. Tom s'était attendu à un paysage lunaire, plus ou moins fantastique et tel que le montraient les images des guides touristiques. Ce qu'il avait sous les yeux était d'une étrangeté, d'une inhumanité dépassant toute imagination. Au nord-ouest, à moins de deux kilomètres à vol d'oiseau, la montagne de sel apparaissait comme un corps supplicié aux flancs tailladés de crevasses, tandis que les énormes engins d'excavation d'une carrière à ciel ouvert, plongeant dans cette neige brûlante tels des insectes sans âme, la dépeçaient sans fin.

Plus près d'eux, de gigantesques blocs de sel gemme aux formes grotesques et tourmentées dominaient la plaine blanche. L'un d'eux, plus haut et surmonté d'une masse jaune presque ronde et inclinée sur le côté, faisait irrésistiblement songer à une femme éplorée recouverte d'une capeline.

— La femme de Loth, reprit Calimani en suivant le regard de Tom. Il y a dessous tout un réseau de galeries et de grottes. On n'en distingue pas l'entrée d'ici... Savez-vous quel supplice Rome réservait aux rebelles juifs ? Selon Flavius Josèphe, on leur coupait les mains, puis on les attachait sur un radeau. On traînait le radeau au milieu de la mer Morte, là où Flavius prétend avoir vu les vestiges de Sodome, et on les abandonnait sur place... Là-bas, où l'eau se transforme en concrétion de sel pur !

Il désignait l'horizon au nord, vacillant de chaleur, où, bercées par la lancinante rumeur des machines, pareilles à une forge grondante dont la mer Morte eût été l'auge, les usines de Sodome se noyaient dans leur paysage de cheminées. Au-dessus des pelleteuses, des machines-outils et des conduits d'évacuation, des grues géantes tournoyaient dans le ciel bruni par la fumée comme si elles voulaient griffer le ciel.

— Là-bas, ajouta Calimani en désignant l'autre bord de la vallée plate, c'est la Jordanie. À peine deux ou trois kilomètres...

Tom regarda une nouvelle fois le thermomètre du tableau de bord indiquant la température extérieure : 34,8 °C.

Il avait stoppé le Range Rover près de deux colonnes romaines qui pointaient, comme les doigts d'un squelette englouti dans la poussière de sel, leurs chapiteaux corinthiens ébréchés. À quelques mètres, une simple barrière de tôle ondulée désignait le site archéologique plus qu'elle ne le protégeait.

Tom n'avait aucune envie de sortir du 4 × 4. Il coupa la climatisation et fit glisser sa vitre. Aussitôt, une onde calcinée et sulfureuse, âcre et pestilentielle, envahit la voiture. Le professeur se protégea le nez de son foulard et toussa. Tom bascula l'interrupteur électrique et la vitre remonta.

— Non, non, protesta courageusement Calimani, laissez ! Il va bien falloir nous y habituer.

— Vous êtes certain qu'on ne pouvait chercher le trésor ailleurs ? grommela Tom.

— C'est ce que j'ai trouvé de mieux, répondit Calimani en fermant les paupières. Marek était d'accord. Il a caressé sa noble barbe, en sage pensif qu'il est, et m'a dit : « Beau travail, mon cher Giuseppe ! En Tamar, il n'y a pas mieux ! »

Tom secoua la tête.

— Vous ne pouvez donc jamais être sérieux ?

— Vous l'êtes pour deux, mon cher... C'est votre côté baptiste qui veut ça ! (Calimani se racla la gorge et reprit :) La chaleur ne sera pas le pire, mais la pression atmosphérique. Nous nous trouvons à quatre cents mètres au-dessous du niveau de la Méditerranée... Le lieu habité le plus bas du monde. Ce n'est pas rien !

— Super ! On y va ?

Lorsqu'il ouvrit sa portière, Tom entendit un cri strident. Très haut, survolant toute la vallée comme s'il en était le gardien céleste, un gypaète planait lentement.

— Comment va-t-on s'y prendre ? demanda Tom en contournant la voiture.

Calimani souffla et toussa, s'enfonça un peu plus le chapeau sur la tête, puis désigna les tôles du site.

— Comme toujours : prendre l'énigme au pied de la lettre. Je vous la rappelle : *Dans la fosse qui se trouve au nord de l'entrée à la gorge de Bet Tamar, dans le terrain pierreux près du Cairn de la Broussaille...*

— Comme flou, on ne fait pas mieux ! Qu'est-ce que c'est, exactement, un cairn ?

— Plusieurs choses. D'abord un monticule fait de terre et de pierre. Venez.

En trois pas, la poussière de sel avait recouvert leurs chaussures. Tom la sentait se coaguler sur sa langue. Bon sang ! C'était du délire ! Comment allait-il faire pour creuser dans un pareil endroit avec Calimani pour seul assistant ? Et comment pourraient-ils même tenir une nuit entière ici ?

— ... Un cairn, poursuivait Calimani, plaçant la main en visière pour se protéger de la réverbération malgré ses lunettes noires, peut également être une pyramide construite par les hommes pour marquer leur passage. Et En Tamar étant un point frontalier, il y en avait de cette sorte par ici. Ézéchiel dit : *Ainsi parle le Seigneur, l'Éternel : Voici les limites du pays que vous distribuerez en héritage aux douze tribus d'Israël....*

Tandis qu'ils s'approchaient des tôles et commençaient à deviner les ruines dans une sorte de fosse, Calimani laissa le texte se dérouler en marmonnant entre ses dents, comme s'il accélérait une bande de magnétophone, puis reprit soudain de manière intelligible :

— ... *Le côté oriental sera le Jourdain, entre le Hauran et Damas, entre Galaad et le pays d'Israël. Vous mesurerez depuis la limite septentrionale jusqu'à la mer orientale : ce sera le côté oriental. Le côté méridional, au midi, ira depuis Tamar jusqu'aux eaux de Mériba de Qadesh, jusqu'au torrent vers la grande mer : ce sera le côté méridional...* Voilà pour le cairn !

— Évidemment, après deux mille ans, ce serait un miracle que ce tas de pierres soit encore visible, ricana Tom.

— Évidemment, admit Calimani avec un petit rire. Mais je suis de ceux qui croient aux miracles dès lors qu'ils s'avèrent absolument nécessaires.

Ils firent le tour des fouilles archéologiques. On y discernait des pans entiers de bâtiments, des citernes, des niches creusées dans un mur extérieur, qui avaient pu, selon Calimani, servir jadis de vestiaires aux baigneurs.

— Voici l'escalier qui descendait vers la piscine, dit-il en désignant un bassin carré, dont les parois et le fond étaient encore revêtus de marbre.

— Il n'est pas seulement question d'un cairn, mais aussi d'une gorge et donc d'une rivière. On ne voit absolument rien de tel par ici...

— Faites fonctionner votre cervelle, Tom. Vous venez de le dire : deux mille ans... Puisqu'il y a bassin, piscine et thermes, il devait y avoir source ou cours d'eau. Sauf qu'aujourd'hui ce qui formait une gorge n'est plus qu'un vague sillon dans la platitude.

— Et alors ? J'en vois des dizaines, de vagues sillons, et dans tous les sens.

— J'aime votre optimisme ! D'abord vous éliminez tous ceux qui sont non seulement à sec mais privés de toute végétation. Si l'eau ne court plus en surface, elle forme des conduits souterrains qui suffisent à entretenir un minimum de végétation...

Tom allait lui répondre qu'il n'y avait absolument aucune végétation à des kilomètres à la ronde lorsqu'il se rendit compte qu'il se trompait. Depuis les ruines, en direction du nord comme du sud, il y avait bien, par endroits, de vagues alignements de buissons bas et rabougris et d'épineux étiques recouverts de poussière salée, parfois porteurs d'un feuillage minuscule, épais, d'un vert très sombre ou rouge.

— C'est exact, admit-il.

— Merci, fit Calimani entre deux quintes de toux. Je ne me souvenais pas que c'était aussi puant, je dois l'avouer... Bien. Il ne nous reste donc plus qu'à conjuguer nos différents éléments : une gorge ou un sillon, un cairn ou ce qu'il en reste, une fosse ou ce qu'il en reste...

— Et un miracle !

— Si possible, oui.

Pendant une très longue demi-heure, ils tournèrent autour des ruines en tentant de repérer un quelconque alignement qui pût avoir un sens... Rien n'avait de sens ! La chaleur était épuisante, l'air oppressant et irrespirable. Tom était étonné par la résistance de Calimani, qui trottait sans se plaindre dans la poussière alors qu'il devait lui-même s'immobiliser toutes les cinq minutes pour reprendre son souffle.

Sans autre conviction que l'échec qui les attendait, il revint à la voiture pour prendre de l'eau. C'est alors qu'il vit clignoter le voyant d'appel de l'émetteur à ondes courtes. Il décrocha le micro, cafouilla un peu pour finir par entendre un sonore :

— Salut Hopkins !

— Oui, c'est moi.

— Je sais que c'est vous ! Vous en avez mis du temps ! Il y a plus d'un quart d'heure que je vous appelle. Vous n'avez pas branché le bip ?

— Qui êtes-vous ?

— Yossi Atkovitch, celui qui ressemble au petit père des peuples !

— Ah...

— Le patron veut vous parler...

Le son disparut. Tom se retourna pour voir Calimani s'enfoncer dans la fosse des ruines, en ressortir, infatigable, pour faire une quinzaine de pas, fixer un point vers le nord puis revenir encore vers les ruines...

— Hopkins ?

— Oui...

— Doron. Une fois n'est pas coutume : vous avez fait du super-boulot...

— Ah bon ? grinça Tom. En « les » semant en route ?

Le rire de Doron ressemblait à une coulée de gravier.

— Mais non, vous ne les avez pas semés ! C'est pour ça que je vous appelle. Dès que j'aurai coupé, vous prendrez les jumelles et vous regarderez discrètement du côté de la femme de Loth ! Juste au pied de la troisième concrétion en partant sur la gauche... Discrètement, surtout !

— Où êtes-vous ?

— Ne vous inquiétez pas. Yossi n'est pas loin. Contentez-vous de surveiller les grottes et la frontière jordanienne. Ne vous préoccupez pas du reste... Sauf de vos recherches, bien sûr !

— On ne trouvera rien ! s'énerva Tom. Il n'y a que de la poussière, ici, pas un seul repère. Calimani croit au Père Noël et s'il continue comme ça le soleil achèvera de le rendre dingue ! Vous pouvez déjà prévenir l'ambulance.

— Hopkins ! Écoutez-moi, Hopkins ! Nous devons faire court... Continuez vos recherches. On tient le bon bout, je vous assure. Ça bouge, ça bouge fort... Nos « amis » commencent à s'agiter. Continuez et faites attention à vous.

— Super.

— Tout à fait... À bientôt.

L'écho qui accompagnait les paroles de Doron disparut d'un coup avec les mots.

Tom fouilla dans son sac pour prendre des petites jumelles marines. Il revint vers les tôles et, se plaçant dans l'ombre, commença à scruter les carrières et les cheminées du complexe chimique. Puis, insensiblement, il se tourna vers la grotte et remonta. Il ne vit rien mais prit la précaution de ne pas s'attarder sur le même point. Ce n'est qu'au quatrième passage qu'il découvrit quatre hommes en tenue blanche assis comme s'ils prenaient paisiblement le thé sous le soleil. Près d'eux, au ras du sol, on devinait du matériel dont certaines parties étaient noires et d'autres colorées. Tom fut incapable de l'identifier.

— Ça y est, vous êtes rassuré ?

Tom se retourna brutalement. Sa tenue de jogging noircie de sueur et blanchie de poussière, Calimani s'épongeait le visage, rouge et ruisselant. Tom se rendit compte qu'il respirait mal.

— Oui, ils sont juste au-dessus de la grotte. Nous avons reçu un appel de Doron.

— Parfait... Vous avez perdu votre pari, mon cher. Je vous donnerai l'adresse de mon tailleur, promis ! Vous pouvez aller me chercher la carte que je vous ai montrée ce matin ?

— Nous nous sommes trompés d'endroit, c'est ça ?

— Pas du tout... Mais nous sommes quand même des imbéciles.

Salem Chahin distinguait à peine les choses qui l'entouraient, pourtant, il savait qu'il n'était pas mort. Il se demandait si c'était ce qu'avait voulu dire le garçon avant de lui enfoncer son couteau dans la poitrine : qu'il mettrait du temps pour mourir.

Il avait de moins en moins mal. Il ne devait pas trop respirer. D'ailleurs, il sentait quelque chose sur son visage qui l'empêchait presque de respirer.

Soudain, une masse imposante s'approcha de lui, s'approcha tout près. Salem Chahin comprit qu'il s'agissait d'un visage. Un énorme visage avec une flamme lisse et pâle incrustée dans la joue. L'homme demanda en arabe :

— Salem Chahin el-Husseini, tu m'entends ?

À l'accent, le vieil homme sut que c'était un Juif qui posait cette question. Il était donc chez les Juifs ! Il ferma les paupières, inconscient que cela pouvait être compris comme un acquiescement, et se demanda s'il était bien ou mal qu'il mourût entre les mains des Juifs. Puis il songea à Ahmed et décida qu'il devait savoir la vérité avant de mourir.

— Salem Chahin, reprit le Juif en parlant tout près de son visage, sais-tu qui t'a planté un couteau dans la poitrine ?

Salem Chahin secoua la tête, sa main se leva vers sa bouche, lentement, lentement, et toucha du plastique. Une autre main, très douce, rencontra la sienne et l'écarta.

— Tu peux parler dans le masque, dit le Juif.

— Ahmed..., chuchota Salem Chahin, étonné de pouvoir former des sons dans sa bouche. Ahmed.

Le visage du Juif s'écarta et le vieil homme ne vit plus qu'une forme trouble. Il entendit qu'on parlait autour de lui, en hébreu, sans aucun doute. Puis le gros visage se rapprocha.

— Je suis désolé, Salem Chahin, ton petit-fils est mort. Ceux qui t'ont agressé l'ont tué. Crois-moi, Salem Chahin, je suis désolé. C'est vrai... Je n'ai pas fait ce qu'il fallait pour les empêcher de l'approcher.

La douleur se propagea dans tout le corps de Salem Chahin. Elle partit de la poitrine, elle s'enfonça jusqu'à la pointe de ses pieds, serpenta le long de ses os et de ses veines, jusque dans sa bouche ; elle inonda ses mains et même son vieux sexe. Elle lui brûlait l'âme comme l'enfer brûle l'impardonnable.

La crise dura. Salem Chahin comprit enfin que d'autres que l'homme au gros visage étaient autour de lui. Il comprit aussi qu'il avait si mal parce qu'il pleurait et que sa poitrine, tranchée net de l'intérieur, ne supportait pas les sanglots.

On le laissa en paix un long moment qui fut dénué de pensées. Puis, comme s'il sortait du sommeil, le gros visage avec la flamme dans la joue fut à nouveau penché sur lui.

— Salem Chahin, tu m'entends ?

Cette fois, Salem Chahin ne ferma pas les paupières. Une drôle de pensée lui vint, inattendue. Pourquoi donc les Juifs avaient-ils éprouvé le besoin de changer le nom des portes d'Al Qods ? Bab el-Kzalil, la porte du Bien-Aimé ; Bab el-Dahoud, la porte du Prophète-David ; Bab el-Maugrabé, la porte du Maugrabin ; Bab el-Darathie, la porte Dorée ; Bab el-Sidi-Miriam, la porte de la Sainte-Vierge ; Bab el-Zahara, la porte de l'Aurore ou du Cerceau ; Bab el-Hamon, la porte de la Colonne... Pourquoi les Juifs voulaient-ils s'approprier même les mots et les noms des choses ? Pourquoi tiraient-ils sur Ahmed pour le livrer ensuite aux assassins de son propre sang ?

— Salem Chahin, tu m'entends ?

— Grâces soient rendues à Allah ! chuchota Salem Chahin.

Oui... Grâces ! Mais Allah savait-Il pourquoi Ahmed était mort alors qu'il n'avait pas même atteint le quart de l'âge de son grand-père ? Salem Chahin pensa que oui. Le Très-Haut ne pouvait pas ne pas savoir.

— Salem Chahin, tu m'entends ?

Salem Chahin n'entendait que la belle histoire que son père lui avait contée avant qu'il ne la raconte à son fils, puis à son petit-fils, puis à tous ceux qui voulaient l'entendre.

« C'est Hishal ibn Ammar – qui le tient lui-même d'al-Haïtham ibn al-Abbassi, qui lui-même prétend l'avoir entendu de son grand-père Abd Allah ibn Abou abd Allah – qui dit que, lorsque Omar est devenu calife, il s'est rendu en visite en Syrie. Il s'est d'abord arrêté au village d'al-Jabiyya d'où il a dépêché un homme de la tribu Jadila à la Ville sainte. Peu après, Jérusalem capitulait. Le calife est entré dans la ville, accompagné de Ka'ab, un Juif, auquel il a demandé : “Abou Itshak, sais-tu où se trouve le rocher ? – Tu n'auras qu'à parcourir tant et tant de mètres à partir du mur qui se dresse dans le wadi Jahannem, lui répondit Ka'ab, et là tu n'auras qu'à creuser un peu et tu trouveras." Il a précisé : "Aujourd'hui, ce n'est plus qu'un tas de décombres." Ils ont donc creusé à l'endroit indiqué et ont en effet découvert le rocher. Puis Omar a demandé à Ka'ab : "Où devrions-nous, selon toi, construire notre mosquée, la Qibla ? – Place-la derrière le rocher, a répondu Ka'ab, de manière que le site puisse accueillir deux Qibla, celle de Moïse et celle de Mahomet. – Tu persistes donc à soutenir les Juifs, ô Abou Itshak ! lui fit remarquer Omar. Mais la mosquée se dressera au-dessus du rocher." C'est ainsi que la mosquée a été érigée au milieu du Haram... Plus tard, al-Walid a raconté, le tenant de Koulthoum ibn Ziyyad, qu'Omar avait encore demandé à Ka'ab : "Où devrions-nous situer selon toi le Temple des musulmans sur ce lieu saint ? – Au nord, a répondu Ka'ab, près de la porte des Tribus. – Au contraire, a répliqué Omar, c'est le sud du sanctuaire qui nous revient." Omar s'est donc dirigé vers le sud-ouest, et il s'est alors mis à ramasser de ses propres mains les immondices et les ordures qui jonchaient le sol et à les entasser dans son manteau, bientôt suivi et imité par tous ceux qui l'accompagnaient, pour aller en verser le contenu dans le wadi qu'on appelle wadi Jahannem. Tous, Omar autant que les autres, durent effectuer nombre de ces va-et-vient pour achever de déblayer le site sur lequel se dresse aujourd'hui la mosquée. »

— Salem Chahin, insista le Juif, qui a demandé à ton petit-fils de nous faire la guerre ?

— Nabuchodonosor, chuchota Salem Chahin, sentant tout en lui devenir blanc et froid. Nabuchodonosor !

— Ils se rencontraient où ? demanda le Juif.

— En mots, dit encore Salem Chahin. Seulement en mots. Pourquoi vous voulez tous nous voler nos mots ?

— Salem Chahin !

— Ce n'est plus la peine, dit une autre voix. Il s'en va...

Salem Chahin sut que c'était vrai. Il était de plus en plus blanc et froid au-dedans alors qu'il commençait à gravir une montagne de sel blanche et brûlante, blanche comme la mule du Prophète, blanche comme la volonté du Très-Haut où il se dissolvait enfin.

Le cairn était semblable à n'importe quel tas de cailloux autour des fouilles archéologiques. Mais il était le seul à jouxter le wadi, dont le lit desséché se remplissait peut-être à la saison des pluies.

— Le Nahal Hamazyahou ! fit Calimani, ruisselant, épuisé, et frappant la carte militaire contre sa cuisse. Nous avons cherché en direction du nord et du sud et il fallait prendre l'axe de l'est, en direction de la Jordanie. J'ai fait la confusion à cause du *nord de l'entrée*. Maintenant, j'ai le sentiment que nous sommes sur la bonne voie...

Le crépuscule venait. Tout changeait d'aspect. Les éclairages du complexe flottaient dans la fumée, achevant de rendre la vallée plus irréelle que jamais. La fraîcheur tombait et Tom se sentait pris de petits frissons comme si la fièvre courait sous sa peau.

— Vous allez prendre froid, dit-il à Calimani.

Le professeur lui lança un regard, surpris par cette sollicitude inhabituelle.

— Oui, je vais me changer.

Fronçant le nez, il pinça son jogging informe, trempé et poussiéreux.

— Ne vous faites pas d'illusion, j'ai cette chose en double exemplaire. Vous ne gagnerez rien au change...

Tom fut pris d'un fou rire nerveux, bientôt imité par Calimani. Celui-ci ôta son chapeau de toile pour s'éponger le visage entre deux hoquets ; ses cheveux gominés étaient dans un désordre absolu, les mèches se dressant par paquets dans tous les sens comme les tentacules d'un poulpe désespéré...

Tom s'accroupit pour reprendre son souffle tandis que Calimani laissait filtrer un couinement acide à chaque respiration.

Finalement, Tom se redressa. Le professeur lui posa une main amicale sur l'épaule.

— Ça fait grand bien de rire !

— Oui, surtout qu'il y a de quoi ! Il va faire nuit, nous sommes loin d'avoir trouvé la moindre cache, les autres sont toujours là-haut à nous surveiller, et nous allons rester plantés à leur servir de cible !

— Mais il fera bien frais à l'aube pour creuser, l'interrompit Calimani. Venez, on va boire un coup : j'ai du bon vin blanc dans la glacière et nous l'avons mérité. Ne vous en faites pas pour la nuit et nos « amis » là-haut ! Tant que nous n'avons rien trouvé, nous sommes intouchables.

— Parce que vous croyez toujours au miracle ?

— Savez-vous à quel nombre correspond, en hébreu, le mot « trésor » ?

— Encore ? Vous aussi, vous êtes un champion de la permutation des mots en chiffres ? Serait-ce une maladie juive ?

— Tss, tss tss ! Vous avez été charmant, ces dernières heures, vous n'allez pas redevenir désagréable ? Allez, retournons à notre carrosse et je vais vous expliquer quelque chose.

Calimani empoigna le bras de Tom et le conduisit comme un enfant revêche.

— Ce matin, dans le bureau de Doron, j'ai rencontré un énergumène anglais que vous verrez peut-être un de ces jours. Mister « Oui... donc » !

— Pardon ?

— On va l'appeler comme ça pour l'instant ! Bien. Il m'a remis en tête ces petits jeux sur la valeur des mots et des nombres. Or notre énigme, si elle donne des points de repère – le cairn, le nord, l'entrée... –, contrairement à beaucoup d'autres n'offre aucune indication de mesure de l'emplacement de la cache par rapport à ces repères... *Dans la fosse*... C'est vague.

— Oui, j'ai remarqué ça.

— Alors, j'ai repensé à mister « Oui... donc » et je me suis demandé : à quel nombre correspond, en hébreu, le mot « trésor » ?

— Alors, à quel nombre ?

— 297. En hébreu, « trésor » se dit *otsar*. Ce n'est pas tout. Concernant le contenu de la cache, le rouleau de cuivre dit : *Tout ce qui y est, c'est anathème*. Il s'agit donc d'un choix entre le Bien et le Mal. Or il se trouve que l'addition des mots hébreux « bien » et « mal » donne cette valeur : 297... Surpris ?

— Un peu.

— Ce n'est pas fini. 297 est le chiffre correspondant au total des mots contenus dans l'expression le « secret de l'arbre de vie », de même qu'au mot « médecine », *ha-refouah* en hébreu.

— Et alors ?

— Alors cette énigme est en fait un rébus. Il y a les repères énoncés, cairn, fosse, etc. Et ceux qui sont suggérés : le nombre 297, la « médecine », et le « secret de l'arbre de vie »... Il faut trouver le moyen de les combiner afin de les réunir en un point où nous n'aurons plus qu'à creuser !

— Super !

Ils atteignaient le 4 × 4. La nuit, maintenant, engloutissait l'est. Dans la pâleur lunaire qui recouvrait la plaine, les colonnes romaines, surmontant les ruines de la piscine, paraissaient plus sombres et plus menaçantes. Calimani attrapa le bras de Tom et pointa l'ombre lovée au fond de la piscine.

— La « médecine », c'est ça : les Romains se servaient de ces piscines d'eau soufrée pour soigner les maladies de peau et les rhumatismes. Les gens venaient aux thermes d'En Tamar pour cela.

— Et le « secret de l'arbre de vie » ?

— Pas de réponse pour l'instant. Nous avons la nuit pour réfléchir... De toute façon, dès l'aube, je mesurerai 297 coudées depuis la piscine en direction du cairn... On verra ce que cela donnera.

Calimani ouvrit le hayon du Range Rover et fouilla dans son sac. Il en retira une grande serviette jaune.

— Tom, pourriez-vous vous retourner pendant que je me change et tendre cette serviette entre nous et nos amis là-haut ?

— Oui, je... Attendez, professeur, il fait nuit, je me retourne volontiers, mais eux ne peuvent rien voir !

— Faudra-t-il tout vous apprendre, mon pauvre ami ? N'avez-vous jamais entendu parler des jumelles sensibles aux infrarouges ?

— *Jeeesus !*

— Comme vous dites ! Imaginez ma pudeur mise à mal par la vue infralumineuse de ces messieurs ?

Depuis plus de trois heures, je lisais avec soin les documents de Rab Haïm « offerts » par Doron. Et je trouvai le moyen de m'agacer.

> *... au nom d'Abou Oumama, l'envoyé d'Allah dit : le Coran m'a été remis en trois lieux : à La Mecque, à Médine et en Syrie, c'est-à-dire à Jérusalem...*

Pourquoi, dans cette partie du monde, prend-on si souvent un lieu pour un autre ? Et pourquoi, dans ces diverses combinaisons et substitutions de noms, apparaît toujours celui de Jérusalem ? Je rêvassais : ne dit-on pas que nommer, c'est s'approprier ? Nommée différemment par chacun, Jérusalem n'échappe-t-elle pas pour cette raison à tout le monde, à l'exception peut-être de Dieu ?

Il faisait nuit depuis une heure. Je n'avais pas faim, ou pas envie de dîner seul. Je songeais à Tom et à Calimani, perdus quelque part du côté de la mer Morte, et j'avais un mauvais pressentiment. Je songeais à Orit – je songeais même beaucoup à elle –, que je n'avais toujours pas appelée malgré la promesse faite à Doron. Cela m'évitait d'avoir à jouer les consolateurs.

En fait, en cette fin de journée, tout m'agaçait. L'agression subie le matin en sortant de chez le rabbin Steinsaltz m'avait aiguisé les nerfs. Je regrettais de n'être pas parti pour En Tamar avec Tom et Calimani. Le comportement de Doron m'énervait et je n'avais pas envie de l'appeler. Cependant, être coupé de toute information s'avérait pis encore... Le sage Marek s'était éclipsé.

L'envie me vint d'appeler Orit : « Venez, allons dîner ensemble... » Ce n'était pas une phrase complexe à prononcer !

Au lieu de cela, je feuilletai l'in-folio que j'avais entre les mains pour lire à nouveau : *Il est dit au nom de Wahab Ibn Mounabbih : les habitants de Jérusalem sont comme les voisins d'Allah et il incombe à Allah de ne pas sévir contre des voisins*.

À cet instant, on frappa à ma porte. Je songeai à Doron, puis aussitôt à Orit. J'ouvris la porte avec déjà un sourire aux lèvres et je fus surpris de découvrir un serveur de l'hôtel, visiblement de type arabe et nettement plus âgé que ceux qui avaient coutume de faire le service. Il était trapu et un peu rond – son uniforme avait tendance à le boudiner ; sa moustache impeccable et son regard me frappèrent plus que le reste de sa personne. Il portait un plateau avec deux cafés. Sur mes gardes, je dis :

— Je crains que vous ne fassiez erreur. Je n'ai rien commandé.

L'homme jeta un regard soucieux dans le couloir. Je fus sur le point de fermer ma porte.

— Monsieur Halter, dit-il en hébreu.

Sa voix était nette, un rien inquiète. Ce qui retint mon geste.

— Que voulez-vous ?

— Je voudrais vous parler quelques minutes.

— Vous ne faites pas partie du personnel de l'hôtel ?

— S'il vous plaît, monsieur... Dans votre chambre ?

J'hésitais encore. Très vite, il ajouta :

— Vous ne risquez rien, c'est moi qui prends tous les risques.

— D'accord, entrez.

Je refermai la porte sur lui et l'observai, soudain emprunté, ne sachant plus que faire de son plateau.

— Posez ça sur la table, à côté des livres, dis-je.

— Oui, très bien.

Il esquissa un sourire qui tira à peine sur sa moustache.

— Je n'ai pas l'habitude de ce... rôle. Mais je vous offre les cafés !

— Qui êtes-vous ?

— Mon nom est Youssef Saleh...

J'attendis la suite. L'homme déboutonna le haut de sa tunique qui lui cisaillait le cou et jeta un coup d'œil rapide à ma chambre. Je sentis que son embarras allait grandissant et qu'il se demandait lui-même ce qu'il faisait ici.

— Ça n'a pas été une décision simple de venir vous voir, confirma-t-il, comme s'il partageait mes pensées. Ce n'est pas dans nos habitudes de parler avec nos ennemis et...

— Je ne suis l'ennemi de personne !

— Je voulais dire avec un...

— Un Juif ?

— Mes frères ne pensent pas que cette rencontre soit une bonne idée.

— Vos frères ?

— Nous sommes les fils de Dieu.

— Vous voulez dire que vous appartenez au Hamas ?

Il hocha la tête, et nous restâmes silencieux quelques secondes, les yeux dans les yeux.

— Je suppose que vous n'êtes pas là simplement pour le café, finis-je par dire.

— Nous savons que vous écrivez un livre sur Al Qods et que vous êtes à la recherche de documents anciens...

Il écarta les bras comme s'il voulait embrasser le paysage et bien montrer que nous parlions de la même ville.

— Vous et le journaliste américain du *New York Times*, reprit-il. Nous savons que vous avez été agressé par un jeune Palestinien ce matin...

— Vous savez beaucoup de choses !

— ... et que c'était un piège tendu par la police militaire.

Je me tus, impressionné, de plus en plus curieux de ce qui allait venir.

— Il est normal que nous sachions ce qui se passe chez nous, ajouta-t-il avec un brin de provocation.

Je ne réagis pas.

— Le garçon qui vous a agressé est mort, à l'heure qu'il est. On vous l'a dit ?

— Non ! Je croyais qu'il...

— Ce n'est pas la police israélienne, même si elle ne l'a pas assez bien protégé. Et ce n'est pas nous non plus.

— Qui, alors ?

— Les autres...

— Quels « autres » ?

— C'est la question.

Il y eut à nouveau un silence. Nous ne nous quittions pas des yeux.

— Les Israéliens ne sont pas nos amis, déclara Saleh.

— J'avais cru le comprendre.

— Nous sommes en guerre pour notre vie et notre pays et je...

— Épargnez-moi la propagande, je connais. Je ne vois pas ce que vous attendez de moi.

— Le garçon qui vous a agressé et des dizaines d'autres comme lui sont recrutés chaque jour pour nous nuire. À nous autant qu'aux Israéliens. Nous sommes un mouvement de libération qui a une stratégie et une politique. Eux... Eux, ils ne défendent pas les intérêts de la Palestine ! Nos objectifs ne sont pas les mêmes. D'ailleurs, ils cherchent à nous détruire, nous, le Hamas, tout autant que les Israéliens. Vous comprenez ?

— Je n'en suis pas sûr... Si vous ignorez qui sont ces « autres », pourquoi pensez-vous qu'ils veulent vous détruire ?

— C'est simple : parce que leurs actions nous font autant de mal qu'elles en font aux Israéliens. Parce que, s'ils agissaient pour le bien de notre cause, ils ne se cacheraient pas de nous ! Ils recrutent leurs soldats et même détournent les nôtres pour les lancer contre nous...

La colère lui avait fait hausser le ton, il s'en rendit compte. Il jeta un regard vers la terrasse avant d'ouvrir plus grande sa tunique. Il tira une disquette informatique de la poche de sa chemise et me la tendit.

— Je suppose que vous connaissez les réseaux Internet. C'est comme ça qu'ils recrutent leurs combattants. Il nous serait possible de remonter jusqu'à eux par nos propres moyens, mais...

Il hésita ; j'attendis.

— Il se peut qu'il y ait parmi nous quelqu'un qui...

— Qui vous trahisse ?

Il inclina la tête, mal à l'aise, avant de reprendre très vite :

— Cela nous prendrait du temps. Et nous n'avons pas le temps. Il se prépare quelque chose, il faut faire vite. Sur cette disquette, il y a des codes, des noms de sites et des boîtes e-mail où les garçons vont prendre leurs ordres. Vos amis israéliens pourraient s'en servir. Pour une fois, si nous mettions nos informations en commun, nous aurions davantage de chances de réussir.

— Sympathique coopération ! remarquai-je, retenant mal mon ironie.

Youssef Saleh balaya sa moustache du revers de l'index.

— Nous n'avons pas le choix, dit-il en souriant à demi.

— Vous n'avez aucune idée de qui sont ces « ils » ?

Il hésita à nouveau, plus embarrassé que jamais. Cet embarras me sembla la meilleure preuve de sa sincérité. De toute évidence, il prenait des risques très personnels avec cette ambassade incongrue. Il finit par hocher la tête, comme à regret.

— Nous avons une idée. J'espère que c'est une mauvaise idée. Je dois partir, maintenant... Nous nous reverrons peut-être.

Il me tendit la main.

— Je vous remercie. J'espère que ce que je fais est utile et bien pour... Pour nous tous ! *Inch Allah !*

À l'instant de sortir, il désigna les cafés.

— Ils sont payés.

Mais ils étaient froids.

La nuit était jaune. La buée de leur respiration opacifiait les vitres du 4 × 4 et dissolvait les formes dantesques à l'extérieur. Les éclairages puissants du complexe se réverbéraient partout dans la blancheur. La montagne de sel était plus fantasmagorique que jamais. Elle semblait s'être recouverte d'un peuple de gnomes patients et douloureux, attendant la fin de la nuit agrippés aux pentes, veillant sur l'éternité de leur propre prison. Le tintamarre des machines ne cessait pas.

Par moments, malgré le confort des sièges rabattus du Range Rover, Tom pouvait sentir un frémissement venu du sol, comme si un animal monstrueux le fouillait en profondeur.

Calimani dormait, écrasé de fatigue et de vin. Tom aussi avait dormi à cause du vin. Il s'était réveillé la bouche pâteuse, la cervelle confuse, incapable de se rappeler leur conversation pendant le repas-sandwichs, au milieu de cette immensité hors la vie. Puis il avait pensé à Orit et, maintenant, il craignait de ne pouvoir se rendormir.

Il songea qu'à son retour à Jérusalem il ne pourrait pas la fuir, et il commença à penser aux questions qu'il lui poserait.

Il essaya de penser à autre chose. Il n'y avait presque aucune chance, malgré tous les efforts et toute la science de Calimani, qu'ils trouvent la moindre parcelle de trésor. Ils pouvaient, en revanche, tenter de provoquer une réaction des hommes cachés dans la montagne de sel. Leur faire croire qu'ils avaient fait une découverte, tricher pour les obliger à se débusquer ! Plutôt que de repartir bredouilles... Ce ne serait pas une mauvaise idée.. Calimani serait certainement d'accord.

Tom essaya d'imaginer comment les choses pourraient se passer. Finalement, il en vint à imaginer ce qu'auraient été cette même nuit et ce piège si Orit avait été à côté de lui. Bien différents, bien différents.

Il se rendormit d'un coup et se vit escalader la montagne de sel, tout vêtu de blanc lui-même. Plus il montait, plus le jaune de la pierre pulvérulente de la femme de Loth s'animait et...

— Vous dormez, Hopkins ? Hé, Tom ! Vous dormez ?

— Je crois, oui !... Bon sang, oui, je dormais.

— Alors, réveillez-vous !

— Qu'est-ce qu'il se passe ? Ils arrivent ?

— Mais non ! Pourquoi voudriez-vous qu'« ils arrivent » ? Nous ne sommes pas dans un western, mon petit ! Ici, rien n'arrive que nous ne voulions pas...

— Super ! Humour juif ou humour italien ?

— J'ai trouvé, Tom !

— Trouvé quoi ?

— Depuis hier soir, une partie de mon cerveau cherche, et il a fini par trouver.

— Merde ! Vous allez me dire...

— Le « secret de l'arbre de vie ».

— Et alors ?

— L'« arbre de vie » met en relation le monde chtonien et le monde ouranien, autrement dit, des serpents rampent dans ses racines et des oiseaux volent dans ses ramures. L'« arbre de vie » porte les fruits de la Jérusalem céleste, les pommes d'or du jardin des Hespérides... Mais quel est le *secret* de l'arbre de vie ?

— D'après la montre du tableau de bord, il est deux heures dix, et demain...

— Taisez-vous et écoutez-moi ! L'arbre de vie est un arbre central et unificateur. Toutefois, la kabbale s'attarde sur le second arbre, celui de la science du Bien et du Mal – arbre de la science qui fut l'instrument de la chute d'Adam –, et qui oppose une dualité à l'unité de l'arbre de vie. En quelque sorte, un satellite oppositionnel du Bien et du Mal affronte l'unité fécondante de l'arbre de vie ! Il suffisait d'y penser... Cette opposition est représentée dans le principe ternaire des trois colonnes de l'Arbre séphirotique. Deux-un ! Principe ternaire que, soit dit en passant, l'on retrouve, selon certains exégètes, dans la croix du Christ, la transversale représentant deux tiers de la hampe et étant fixée à l'intersection du tiers le plus haut. Ainsi, la croix, en un écho à l'arbre de vie, se mue en outil symbolique de la Rédemption... Deux-un ! Et voilà !

— *Jeesus !* Voilà quoi ?

— 297, soit la valeur chiffrée du mot « trésor », souvenez-vous, répartie en deux tiers un tiers. Soit : 99 et 198. Donc, il faut, à partir de la piscine et en direction du cairn, en suivant le wadi, compter soit 99 coudées, soit 198. Ce que nous ferons dès l'aube. Et 198, à mon avis, pour atteindre la fosse... Voilà le *secret de l'arbre de vie* !

— *Jeeesus !*

— C'est vous qui avez l'eau ? J'ai la bouche effroyablement sèche !

— Je peux vous poser une question ?

— Certainement.

— Vous avez dit : « Depuis hier soir, une partie de mon cerveau cherche... »

— Oui.

— Que faisait l'autre ?

— C'est selon. Elle rêvait ou elle se reposait.

Avec de petits mouvements de la souris, Orit faisait défiler une liste de noms sur l'écran de l'ordinateur. Nous étions chez elle, dans son salon de célibataire. Debout derrière elle, je pouvais sentir son parfum d'ambre dans la tiédeur un peu molle de cette nuit. Elle portait une grande chemise de coton sur un jean blanc serré. Ses cheveux étaient dénoués et ramassés sur son épaule gauche.

Dès que je l'avais appelée, malgré l'heure tardive, elle m'avait dit : « Venez, venez tout de suite ! » Elle m'avait accueilli comme si j'étais la seule personne au monde qu'elle eût envie de voir.

Nous n'avions, pour l'instant, parlé de rien d'autre que de la visite de l'homme du Hamas. Elle avait branché ses ordinateurs, m'expliquant des principes techniques auxquels je ne comprenais rien et dont je me fichais. Sous l'éclairage de deux grands moniteurs, son salon avait pris une désagréable teinte blafarde. Elle répétait avec patience :

— Le principe est simple. Ils ouvrent un peu partout, sur le Web, des boîtes aux lettres électroniques. Chacune est codée et les futurs combattants y trouvent leurs ordres. Ils peuvent aussi se retrouver dans des *chat rooms*, des sortes de salons virtuels, où les chefs doivent discuter avec les recrues, les convaincre, leur gorger le cœur de haine et de violence tout en mesurant leur docilité par la même occasion... Je suppose que l'ensemble est interconnecté de façon que les chefs, au moins, puissent avoir une vue d'ensemble...

Elle s'interrompit pour passer la paume de ses mains sur ses épaules comme si elle avait froid.

— La première difficulté, reprit-elle, ce sont les codes. Il peut y en avoir autant que de personnes et ils peuvent en changer aussi souvent qu'ils le souhaitent...

La seconde est de savoir s'il s'agit d'un système de connexions pyramidales, avec un grand chef quelque part et des sous-chefs en cascade, éparpillés dans le réseau jusqu'aux petits combattants, ou d'une simple organisation linéaire... Il s'agit probablement d'une pyramide, plus complexe et beaucoup plus sûre pour le grand chef. Ça lui laisse la possibilité de se couper de ses subalternes pour rester hors d'atteinte... En revanche, il doit être certain que ses ordres sont correctement répercutés et donc il doit visiter les différents sites, ce qui risque de le rendre vulnérable... Vous voulez boire quelque chose ?

— Vodka, vous avez ?

— J'ai, et j'adore.

Elle se leva en s'appuyant sur mon bras. Sa poitrine, volontairement ou non, me frôla.

— Cliquez là, sur le ruban, avec la souris, dit-elle en ramassant ses cheveux sur la nuque. Regardez si les noms vous disent quelque chose, on ne sait jamais ! Je reviens tout de suite...

Je fis défiler une suite de prénoms arabes réunis par petits groupes. Les groupes eux-mêmes portaient des appellations du genre : NABUCO-PREMIER JOUR, NABUCO-EST, NABUCO-SOLEIL, NABUCO-VENGEANCE, NABUCO-PALESTINE... Les adresses électroniques indiquées portaient pour la plupart des noms en anglais.

Orit revint avec une bouteille prise dans la glace et de petits verres qu'elle déposa sur une table basse.

— Donc, d'après l'homme du Hamas, demandai-je, l'ensemble du groupe s'appelle Nabuchodonosor ?

— C'est ce qu'il écrit dans sa note. En y réfléchissant, je trouve que cela ressemble autant aux structures d'une secte qu'à celles d'un groupe terroriste...

— Ce Nabuchodonosor est une véritable signature. Elle confirme l'hypothèse de votre oncle : l'Irak...

— Oui. Sauf que localiser le ou les donneurs d'ordres ne sera pas simple. Il faudra d'abord pénétrer dans les échanges e-mail ou les *chat rooms* sans les codes, ce qu'un bon informaticien peut faire a priori. Mais, si le réseau est pyramidal, à partir d'un certain niveau, le Nabuchodonosor en chef peut brouiller tous ses échanges, émettre des messages leurres, etc. Ou, s'il ne le fait pas, c'est un imbécile... Ça peut nous prendre six mois avant de le localiser. Même avec les machines du Mossad.

— Et alors ?

— Alors il faudra passer par les satellites espions de télécommunications des Américains. Doron devrait pouvoir obtenir les autorisations... On verra ça demain avec lui. Vous venez ?

Je me retournai vers elle. Elle me sourit, un peu contrainte. Il me semblait que nous étions aussi prudents l'un que l'autre. Elle était dans toute sa beauté ; cependant, il y avait en elle une gravité que je ne lui connaissais pas.

À peine m'approchai-je de la table basse qu'elle fut tout contre moi, ses grands yeux humides levés vers les miens.

— Si je vous demande de me serrer très fort, vous le ferez ? souffla-t-elle.

J'eus un mouvement de recul. Elle murmura :

— Je me trompe, ou vous êtes capable de comprendre ce que je ressens ?

— Vous vous trompez sûrement, fis-je en tentant de sourire.

— Non !

Il est des tentations auxquelles il est difficile de résister, même avec la meilleure volonté. Cela dut se lire dans mes yeux. Orit fit un pas en avant, je reçus son poids et sa chaleur ambrée contre moi. Mes bras se refermèrent sur elle.

— Avec un autre, j'aurais honte, c'est vrai !

— Je ne sais pas si je dois prendre ça comme un compliment.

— Vous devez...

Sa bouche se tendit pour appeler mes lèvres. Les siennes étaient fraîches et avides. Lovée contre ma poitrine, elle éprouva le besoin d'ajouter :

— C'est vrai que je suis malheureuse à cause de lui et que j'aimerais lui faire du mal. Mais vous ne devez pas croire que je ne pense qu'à ça...

Je ne pus m'empêcher de rire doucement.

— Mais vous ne pensez qu'à ça !

— Chuut... souffla-t-elle en posant à nouveau ses lèvres sur les miennes. Il suffit d'avoir envie, non ?

Je ne résistai pas au plaisir de plonger les doigts dans sa lourde chevelure. Ses paupières se refermèrent sous ma caresse et je sentis la vibration de ses hanches contre mes cuisses.

— Ce n'est pas l'envie qui manque. Mais, pour quantité de bonnes raisons, je ne suis vraiment pas certain que ce soit la meilleure des choses à faire.

Orit attrapa mes doigts qui achevaient leur caresse sur ses tempes et attira ma main sur son sein nu sous la chemise.

— Si nous en discutions après ? chuchota-t-elle.

Le soleil montait très vite à l'orient. Le col de la jarre était visible, bien dégagé. Le couvercle de grès rose, d'une cinquantaine de centimètres de diamètre, était par endroits recouvert d'une sorte de glaçage gris largement ébréché. Une brisure triangulaire de la taille d'un poing laissait entrevoir l'ombre à l'intérieur. La terre que Tom et Calimani retournaient depuis l'aube, ocre, parfois brique ou traversée de larges veines blanchâtres de sel, devenait de plus en plus souple. Autour d'eux, au point de rencontre du wadi à sec et de son affluent de sable et de rocaille, le terrain, tel un plancher rongé par des termites, était à présent criblé de trous et de tranchées.

Sans cesser de rejeter ses pelletées, Tom dit :

— Impossible de retirer cette jarre, elle est bien trop grande...

— Il n'est pas question de la sortir, fit Calimani, soucieux.

— On ne va pas non plus continuer à creuser comme des idiots !

— Non.

Ils s'arrêtèrent ensemble, la pelle à la main.

Calimani ne parvenait pas à détacher son regard du couvercle de la jarre. Toutes les émotions passaient une à une sur son visage : l'incrédulité, la joie, la crainte, l'espoir...

— Si je vous disais que je n'y croyais pas ! chuchota-t-il comme s'il craignait de déranger un fantôme. Je jouais le jeu, mais je n'y croyais pas... Ne crions pas victoire. Mais tout de même...

Tom jeta un coup d'œil au Range Rover, fronçant les sourcils.

— On n'aurait pas dû laisser le 4 × 4 si loin...

— Pourquoi ?

— Parce que cela nous laisse trop à découvert.

— Ah, fit Calimani comme s'il reprenait conscience de la réalité. Oui, nos amis de là-haut !

Tom se rendit compte que cette pensée l'effleurait à peine.

— Ils ne devraient pas tarder à se manifester, dit-il.

— Peut-être... Mais pas avant que nous ayons ouvert la jarre.

Calimani souleva son chapeau de toile marqué de sueur. Ce matin ses cheveux n'avaient pas reçu son ordinaire et minutieuse attention. Sa calvitie était visible. Sa main se hasarda sur la peau très blanche de son crâne comme sur un terrain neuf.

— Si ça se trouve, reprit-il pensivement, du ton d'un homme qui veut encore douter de son bonheur, cette grosse poterie n'est rien d'autre qu'une jarre à grain ou à huile.

— Alors, attendez avant d'en retirer le couvercle ! Je vais rapprocher le Range Rover et nous l'ouvrirons avec les cordes...

— Mmm, fit Calimani en s'agenouillant, fasciné. Vous vous rendez compte ? Vous vous rendez compte ? Non ! Vous ne pouvez pas...

Du bout des doigts il effleura la patine du grès. En gestes lents, comme s'il nettoyait la joue d'un enfant, il en ôta doucement la poussière, les minces éclats.

Curieusement, Tom vit la langue avant la tête. Il hurla. Calimani avait vu en même temps que lui. Dans un réflexe, il se projeta en arrière tout en se redressant, mais son talon glissa dans une étroite tranchée de terre meuble et se prit sous le manche d'une pioche. Il y eut un craquement. Calimani retomba de tout son long en gémissant de douleur.

Impérial et furieux, sifflant par ses narines dilatées tandis que sa langue vibrionnait, un naja le fixait.

Surgi de la brèche du couvercle, l'aspic de Cléopâtre, le cobra sentinelle, oscillait doucement à un mètre des baskets noires de l'Italien d'où dépassait, d'une pâleur un peu ridicule, sa cheville bloquée sous le fer arqué et rouge de la pioche. Déjà, elle commençait à enfler.

— Ne bougez pas ! gronda Tom en serrant le manche de sa pelle. Ne bougez pas !

Calimani, hypnotisé par le regard mortel du naja, ne risquait pas de bouger. On eût plutôt dit qu'il allait s'offrir à lui.

— Ne bougez pas ! reprit Tom plus doucement, comme pour calmer sa propre terreur.

Le nez biseauté du naja vibrait. L'œil jaune et noir restait impassible tandis que sa langue bifide jaillissait à petits coups. Dans un silence plus expressif qu'un rugissement, il ouvrit brusquement la gueule en se haussant, bandant ses crocs laiteux. Mais il se rétracta aussitôt. Tom crut qu'il allait attaquer. Non...

Avec une terrifiante lenteur, son cou se dilata, se déployant en une corolle, un large capuchon brun clair parsemé de reflets dorés. Toujours avec cette même lenteur, il commença à glisser hors de la jarre sans que ses pupilles fendues abandonnent Calimani. Puis, dans un ralenti extrême, il se lova sur lui-même.

Ses anneaux ne semblaient plus vouloir finir. Il devait faire plus de deux mètres de long. La bouche de Calimani tremblait. Tom sentit la sueur l'aveugler. Il n'osait pas même s'essuyer les paupières.

— *Don't move, don't move !* répéta-t-il comme une prière.

Doucement, aussi doucement que l'aspic, Tom plia les genoux. Brandissant la pelle devant lui, il se déplaça centimètre par centimètre vers Calimani. Le naja se balança de droite et de gauche, lança sa langue, mais sans quitter son nid de poussière.

— Je vais m'approcher, murmura Tom. Vous m'entendez, Calimani ?

— Je me suis tordu la cheville. Ou peut-être cassé... Je ne vais pas pouvoir me mettre debout...

— Vous ramperez ! Doucement... Doucement...

Le naja, le capuchon déployé en grand, s'inclina furieusement sur le côté, revint sur la gauche et, cette fois, fixa Tom en se dressant sur plus d'un mètre.

— Faites attention, Tom ! Ils sautent, ces salopards !

— *Jeeesus !*

La queue du naja se leva à son tour.

— Rampez, bon sang ! gronda Tom.

La gueule ouverte du naja se propulsa dans un éclair d'écailles. Tom lança la pelle telle une faux pour couper sa trajectoire et l'atteindre derrière la tête, mais l'aspic se retira si vite que la pelle s'abattit avec un bruit mou dans la poussière.

— Tirez-vous de là, tirez-vous de là ! cria Tom en retirant la pelle pour aussitôt chasser à coups de moulinet le serpent, qui glissa de toute sa longueur sur la droite.

Calimani se redressa, gémit et retomba, agrippa la terre de ses doigts et s'écarta enfin à quatre pattes. Le naja crachait de fureur à cinquante centimètres de la pelle. Il revint à une vitesse hallucinante sur le couvercle de la jarre, cracha, puis oscilla jusqu'à la terre meuble où il se replia à nouveau comme un ressort maléfique.

— Ça va, dit Calimani en s'essuyant le visage de sa manche. Ça va, maintenant, reculez-vous, Tom, ne restez pas si près !

Tom s'écarta de la jarre à reculons, toujours sur ses gardes.

— Désolé, fit Calimani, c'est vraiment stupide.

— Vous n'y êtes pour rien ! dit Tom en surveillant le naja. Vous avez mal ?

— Non, tant que je ne marche pas, ça ira.

— O.K. ! Vous allez prendre la pelle pour le tenir en respect et je vais courir chercher le 4 × 4, d'accord ?

— Faites attention aux autres, dit Calimani en jetant un regard vers la femme de Loth. Ils vont certainement en profiter.

— Et Doron ?

— Il va attendre qu'ils apparaissent.

— Super !

— C'est le jeu, grimaça Calimani. Le plus idiot, c'est qu'on ne sait toujours pas ce qu'il y a au fond de cette jarre !

— Sans doute une famille d'aspics ! grinça Tom.

Il tendit le manche de la pelle à Calimani.

— On aurait pu prendre une arme ! grogna-t-il en songeant au revolver d'Orit.

— Il y en a une. Sous votre siège ! Ne faites pas cette tête. Je craignais que vous ne la sortiez trop tôt.

— Mmm... Tenez bon deux minutes. Je vais m'approcher pour que vous puissiez monter dans le 4 × 4.

Tom jeta un dernier regard au naja, dont le capuchon ressemblait maintenant à une fleur vénéneuse dansant entre les tas de terre. Il se mit à courir en direction du 4 × 4 tout en se maudissant de n'avoir pas pensé plus tôt à le rapprocher de leur fouille. À peine parvenait-il près des colonnes romaines qu'il les vit. Ils étaient encore assez loin.

Tom comprit ce qu'étaient ces engins entrevus la veille avec les jumelles. Deux motos tout-terrain ! À pleins gaz, elles fonçaient sur eux.

Tom se retourna vers Calimani. Il tenait toujours le serpent en respect, la pelle pointée devant lui.

Tom ouvrit la bouche pour le prévenir mais eut peur de le distraire au mauvais moment et se tut. Il bondit jusqu'au 4 × 4, tenta de tout faire en même temps et y parvint presque : démarrer le moteur, fouiller sous son siège pour y découvrir un colt Cobra – ironie de l'heure ! –, basculer l'interrupteur du poste à ondes courtes...

Il jeta le colt sur le siège du passager et passa la première en surveillant dans le rétroviseur. Les deux motos étaient à moins de cinq cents mètres. On entendait le hurlement des doubles cylindres poussés à fond.

Les deux cent vingt chevaux du Range Rover produisirent le premier son qui réconforta Tom. Les quatre roues motrices creusèrent la poussière de sel, les deux tonnes du 4 × 4 tremblèrent, le capot se souleva, et Tom fut plaqué contre son siège. Il vit Calimani à genoux qui moulinait avec la pelle en reculant comme il le pouvait. Il enclencha à la volée la seconde et la troisième, puis, aussitôt, tandis que la direction assistée assouplissait la dérive des pneus trop durs dans la terre meuble, il attrapa le micro de l'émetteur, sans même savoir si on pouvait l'entendre.

— Calimani est coincé et ils arrivent ! Calimani est coincé ! Merde, qu'est-ce que vous foutez !

Il jeta le micro pour contre-braquer. Pour éviter les fouilles, il tournait en pleine puissance d'accélération. Le 4 × 4 partait en toupie. Le Range tangua avant de sauter d'une bosse, puis tout se passa en même temps. À sa droite, il entrevit la première moto dont le passager, dressé sur les cale-pieds, tirait une salve de Mass 34 en direction de Calimani tandis qu'une voix, pas celle de Yossi-Staline, aboyait :

— On sait, on sait ! Restez calme et faites gaffe aux motos !

Le 4 × 4, déséquilibré par le creux d'un wadi, se trouvait de biais dans la trajectoire de la moto, soulevant un nuage de poussière. Sur la gauche, Calimani s'était recroquevillé alors que les balles provoquaient des geysers de sel autour de lui. Du coin de l'œil, Tom crut voir le naja bondir et se demanda si, par chance, il avait été touché.

Il prit alors la décision dont il ne saurait jamais, jusqu'à la fin de ses jours, si c'était la pire de sa vie ou la moins mauvaise dans l'instant.

Droit devant lui, à vingt mètres, la moto fonçait en crachant ses balles. Tom ne voyait pas l'autre. Il écrasa son pied sur l'accélérateur en poussant la troisième à fond. Le V8 déchira l'air. Le tireur de la moto le vit approcher et se laissa retomber sur la selle en tapant sur l'épaule du conducteur. Apercevant à son tour le 4 × 4, celui-ci donna un coup de guidon sur sa droite.

Emportée par la vitesse et le poids des deux passagers, la moto dérapa lourdement dans un wadi enkysté de sel. Les pneus s'y enfoncèrent, écrasant les suspensions avant et ralentissant d'un coup la moto tandis que le pilote parvenait à peine à conserver sa trajectoire. Le 4 × 4 arriva comme une bombe par l'arrière, bondissant de bosse en bosse. En plein vol, le pare-buffle heurta le pneu arrière de la moto. Le passager fut catapulté sur le pare-brise du Range Rover tandis que la moto sautait en l'air comme une pièce de monnaie à l'instant où les essieux du 4 × 4 retombaient sur le pilote.

Tom rétablit tant bien que mal l'équilibre, sans comprendre vraiment comment les choses s'étaient passées. Mais, quand il eut tourné en dérapant pour revenir vers Calimani, il vit tout à la fois les deux hélicoptères d'assaut qui arrivaient au ras du sol depuis le complexe chimique et le passager de la seconde moto qui tirait une salve sur Calimani.

Priant tous les saints du ciel, Tom accéléra. Un tir jaillit d'un des hélicoptères. Il comprit qu'il était dans la trajectoire. Il donna un violent coup de volant sur la gauche. Calimani était toujours immobile au sol.

La moto fonça vers la Jordanie, prise en chasse par l'un des hélicoptères.

Le vacarme était devenu épouvantable, mais Calimani ne pouvait plus l'entendre.

33

Ce qui se partage

Il y avait moins de six heures que je savais.

Tom était dans sa chambre avec Orit et j'étais seul sur la terrasse, une fois de plus contemplant Jérusalem. Il était cinq heures de l'après-midi.

Jérusalem venait, à sa manière, tout autant que le trésor, tout autant que Sodome et son sel ou que le mystérieux groupe Nabuchodonosor, de détruire Calimani.

J'avais vu le visage de Calimani à la morgue. Malgré les conditions épouvantables dans lesquelles il était mort, j'avais été surpris par le calme de ses traits. Avant d'être déchiré par les balles des tueurs, le naja était parvenu à le mordre au bras.

Pourtant, son visage était paisible. C'était le visage d'un homme résolu à se soumettre aux décisions du destin et tout entier voué à sa foi.

Je ne possédais ni cette sérénité ni ce calme. Bien au contraire, il me semblait que nous venions de vivre vingt-quatre heures au cœur du chaos. Jérusalem s'était rebellée devant notre intrusion dans ses mystères et, tel Moloch, cherchait à dévorer ses enfants.

Je n'avais pas eu le temps de bien connaître Calimani. Mais, après la mort de Rab Haïm, la sienne m'ébranlait comme une fraternité brisée. Giuseppe n'allait plus apparaître le matin, tiré à quatre épingles dans ses costumes somptueux, pour m'abreuver de ses réflexions qui, je dois le reconnaître, m'avaient passionné plus que je ne l'admettais. Avec lui, j'avais partagé cette subtile complicité des hommes liés par un même amour : Jérusalem.

Le muezzin appela une fois de plus à la prière. La nostalgie me gagna. Cette invitation tombant du haut des minarets, les inflexions de la voix me rappelaient les chants hassidiques de mon enfance.

Gagné par la tristesse, comme si je voulais partager avec celui qui n'était plus des souvenirs en moi remontant d'un lointain passé, je laissai se dérouler l'écheveau des fils tortueux qui m'avait conduit jusqu'ici.

Comment nous étions-nous, mes parents et moi, échappés de Varsovie ? Je ne m'en souvenais plus avec netteté. Des amis catholiques de mon père, imprimeurs et syndicalistes comme lui, étaient venus nous chercher, une nuit, dans le ghetto. Ils voulaient eux aussi, grâce à une filière sûre, rejoindre Londres pour s'engager dans la lutte contre les nazis. À Londres siégeait alors le gouvernement polonais en exil et résidaient les membres de l'armée restée fidèle aux autorités légitimes du pays.

Faute d'avoir pu prendre la bonne route, notre petite expédition n'était jamais parvenue en Angleterre. Au bout d'une longue marche, nous nous étions aventurés du côté opposé, dans la partie de la Pologne occupée par l'Armée rouge. Cela se passait trois ou quatre mois avant que Soviétiques et Allemands n'entrent en guerre les uns contre les autres. On nous envoya d'abord à Moscou, bientôt livrée à un déluge de bombes, d'où nous fûmes évacués en de longs et lents convois à destination de Kokand, dans la vallée de la Fergana.

C'est à Kokand, dans le grenier de la maison, que j'ai découvert le premier atlas qu'il me fut donné de parcourir. J'y ai retrouvé les noms de villes inconnues et pourtant familières : Jérusalem, Safed, Tibériade, Jéricho, Jaffa... Ils m'étaient aussi proches que les noms des villes que je connaissais : Tachkent, Samarkand,

Boukhara. J'avais huit ans. Du fond de l'Ouzbékistan, je découvrais Israël.

En février 1946, quelques mois après la fin de la guerre, alors que nous rentrions en Pologne, notre train fut attaqué par des paysans polonais. Ils nous jetaient des pierres : « Sales Juifs ! On ne les a donc pas tous tués ? criaient-ils. Dehors ! Retournez en Palestine ! »

J'avais dix ans, et l'antisémitisme ne me surprenait pas : ma mémoire en était imprégnée. Je ne me résignais pas pour autant. Tandis que là-bas, en Eretz-Israël, les Juifs se battaient pour un État juif, je me considérais mobilisé là où j'étais. Je suis donc devenu l'un des responsables de la Jeunesse borokhoviste, un mouvement sioniste de gauche, enfant grave parmi d'autres enfants graves.

Le jour de l'inauguration du monument élevé à la mémoire des combattants du ghetto de Varsovie, une marche dans la ville fut organisée. Par trains, par camions, arriva tout ce qui restait de plus de trois millions de Juifs polonais : soixante-quinze mille rescapés des camps et des maquis – un sur quarante.

C'était au mois de mai. Il faisait beau et le soleil jouait à travers les vitres brisées des façades encore debout. On avait déblayé un passage dans les rues dévastées. Nous marchions en silence dans les allées de ce cimetière qu'était devenue Varsovie. Je me rappelle ce silence, que rompaient seulement le bruit de nos pas et le claquement des drapeaux – des drapeaux rouges, des drapeaux bleu et blanc. Des Polonais, venus des quartiers intacts, nous regardaient. Ils semblaient surpris que nous ne fussions pas tous morts. Certains crachaient devant eux dans la poussière. « Comme des rats, entendions-nous ici et là. Ils sont comme des rats ! On a beau les tuer tous, ils sont toujours là. »

Nous serrions les poings en silence. La consigne était de ne pas répondre. Face à ces gens installés dans ce qui demeurait de nos maisons – cages d'escalier, pans de murs, cheminées calcinées –, j'avais pourtant envie de chanter le *Chant des partisans juifs*.

Du pays des palmiers
Et de celui des neiges blanches,
Nous venons avec notre misère,
Notre souffrance.

Ne dis jamais
Que tu vas ton dernier chemin.

Le jour plombé
Cache le bleu du ciel.
Notre heure viendra.
Notre pas résonnera.
Nous sommes là !

Et nos pas résonnaient, et nous étions là.

Devenu français sans que cette nouvelle nationalité diminuât ma passion pour Israël, j'ai vu Jérusalem pour la première fois en 1951. Quand, après cinq jours de mer, le mont Carmel et la ville de Haïfa nous sont apparus, palpitants dans une brume de chaleur, je me suis mis à pleurer d'émotion. Puis j'ai couru le pays, et j'ai travaillé en kibboutz. Si je n'y suis pas resté, c'est que je voulais être peintre et qu'il était alors évident qu'on ne pouvait peindre qu'à Paris.

En 1967, quand des armées innombrables encerclaient Israël, je me suis senti mobilisé comme en 1948, lors de la guerre d'indépendance. Il me semblait que je pouvais aider à ma façon, en recherchant ce qui me paraissait essentiel à la survie du pays : la paix. J'ai alors passé des années à plaider, à essayer de convaincre, à rapprocher Palestiniens, Israéliens et Arabes, à frapper aux portes des puissants – tantôt au Caire, tantôt en Israël, tantôt à Beyrouth. Pendant des années, j'ai rencontré des chefs d'État, mais aussi des terroristes. Je ne sais plus combien de fois j'ai pris au vol des avions qui ne m'ont mené nulle part, organisé des rencontres qui n'ont abouti à rien, manigancé des rendez-vous où je me retrouvais seul. Je ne sais plus combien d'heures j'ai passées à négocier avec des gens qui rejetaient le principe même de la négociation, combien de nuits j'ai veillé sur des textes dont je ne savais qui les lirait, ni même s'ils seraient lus. Et pour quel effet ?

Au fil de l'Histoire, le Temple et le glaive n'auront pu préserver le peuple juif de l'exil, pas plus que le Livre et la mémoire, exaltés pendant des siècles, ne l'auront protégé de la barbarie.

Avec le temps, la moindre parcelle de connaissance du Livre et des commentaires, depuis ceux des antiques docteurs de la Loi jusqu'à ceux des savants exégètes actuels, m'est devenue une joie, de plus en plus vive, en même temps qu'une force intime.

N'est-il pas écrit que l'étude protège même de la mort ? Le Talmud raconte comment l'Ange de la Mort n'a pu approcher Rabbi Hisda : *L'Ange de la Mort alla s'asseoir sur un cèdre qui poussait devant la maison d'étude. Le cèdre craqua. Rabbi Hisda s'arrêta un instant de réciter et la Mort se saisit alors de lui.*

C'étaient cette soif de savoir et ce plaisir qui brillaient dans les yeux de Calimani.

Après avoir chacun parcouru les énigmes de nos destins, nous partagions sans doute la paisible conviction qu'il ne restait, au bout du compte, pas meilleure activité humaine que l'étude. La seule où la vie ne soit pas à l'image de la mort !

Quand, en 1575, Joseph Hacohen, un médecin juif d'Avignon, acheva la rédaction de *La Vallée des pleurs*, une chronique de la souffrance d'Israël depuis la dispersion jusqu'au XVIe siècle, un autre témoin, anonyme celui-là, prit la plume pour poursuivre son œuvre. En guise d'introduction, il écrivit quelques phrases aussi étranges que bouleversantes : *Dans le premier chapitre du traité* Shabbat, *il est dit : Les rabbins enseignaient : Qui a écrit le Livre du jeûne ? Hamania et ses collègues, qui trouvaient du charme à la peinture des malheurs d'Israël... Pour nous aussi, la relation de tant d'épreuves a de l'attrait, mais que faire ? Nous l'entreprendrions que nous n'y suffirions pas... Voilà pourquoi j'ai résolu,* poursuit notre scribe anonyme, *de consigner dans ce livre tout ce qui est arrivé aux Juifs depuis que cet autre Joseph a terminé sa chronique jusqu'à ce jour, afin d'accomplir le précepte : afin que tu racontes aux oreilles de ton fils et de ton petit-fils.*

Pourtant, si notre tâche est de transmettre, sommes-nous assurés que la connaissance du mal préserve de son retour ?

J'aurais aimé poser cette question à Calimani et je m'en voulais de ne pas l'avoir fait.

C'était cela, la mort : ne plus pouvoir partager les questions et se retrouver seul dans le silence des réponses.

En cette soirée, les murs de Jérusalem me paraissaient plus silencieux que jamais.

La porte-fenêtre de la chambre de Tom s'ouvrit. Orit sortit sur la terrasse et se tourna vers moi, le regard incertain. Ses cheveux étaient dénoués.

Je lui fis signe d'approcher.

Elle enjamba la murette et vint se placer derrière moi, si près de mon dos que je pus sentir son souffle dans ma nuque.

— Doron vient d'appeler, dit-elle à voix basse. Il nous attend.

— Comment va Tom ?

— Pas trop mal. Il commence à admettre qu'il ne pouvait pas mieux agir qu'il ne l'a fait, et que Calimani mesurait très bien les risques qu'il prenait.

J'approuvai d'un hochement de tête.

— Je lui ai raconté ce que savait de lui mon oncle Arié, reprit-elle du même ton neutre. Quand Calimani était membre des commandos de Mordéchaï Gur, en 1967...

Il y eut un silence. J'essayais de m'imaginer Calimani, jeune homme, participant à un combat d'une grande violence pour la reprise de Jérusalem « appartenant » alors aux Jordaniens. Il ne m'en avait rien dit et rien dans son comportement ne laissait soupçonner pareil passé. Mais il y avait sans doute bien d'autres secrets dans la vie du professeur Giuseppe Calimani.

Les mains d'Orit se posèrent sur mes épaules. À travers ma chemise, ses doigts caressèrent doucement mes muscles tendus.

— Je ne regrette rien, souffla-t-elle.

34
L'inouï

Cette fois nous n'étions pas dans le bureau de Doron, mais dans une salle de réunion borgne, close par des doubles portes matelassées, aux murs blancs incrustés d'une dizaine d'écrans de télévision éteints et d'une carte électronique de Jérusalem, elle aussi éteinte. Une longue table ovale et une douzaine de fauteuils d'acier et de cuir jaune constituaient le seul mobilier. Le genre de salle où l'on s'enferme pour écouter, dire et décider ce qui deviendra la matière des secrets. Je préférais ne pas imaginer ce que ces murs avaient pu entendre.

Nous étions tous là : Orit, Tom, le professeur Rosenkrantz – débarrassé de ses béquilles –, Wilson et ses grosses lunettes, Doron, bien sûr, et même Yossi-Staline. Nous étions tous là, sauf un qui, de son vivant, occupait beaucoup de place et semblait vouloir en prendre davantage encore par son absence.

Les visages étaient figés. Doron commença très solennellement par un discours d'éloges à Calimani, précisant que son corps allait, dans la nuit même, être rapatrié à Venise, où il avait toujours désiré être enterré.

Tandis que Doron parlait, le regard mobile et sévère, je m'aperçus qu'il ne disposait d'aucune tasse ou Thermos de café à portée de la main. Je me demandai, non sans perfidie, si c'était sa manière à lui de porter le deuil d'un homme qu'il connaissait depuis plus de trente ans.

Il poursuivit en reprenant par le menu ce qui s'était passé à En Tamar, s'employant à dégager Yossi de toute responsabilité. Yossi – qui mordillait nerveusement une cigarette éteinte – avait scrupuleusement respecté le dispositif prévu afin de capturer vivants les tueurs. Ce qui, compte tenu des circonstances, avait échoué. À ma surprise, Doron se montra très chaleureux envers Tom, s'efforçant de le libérer lui aussi de tout sentiment de culpabilité.

— Franchement, et vous savez que de ma part ce n'est pas de la flagornerie, vous m'avez impressionné. Et je vous le dis : j'aurais pris exactement la même décision que vous. Vos chances de récupérer Calimani avant l'arrivée des motards étaient nulles. Même si les hélicos étaient intervenus plus tôt, ils ne pouvaient tirer sur ces salopards sans vous atteindre. Vous vous seriez tout simplement fait descendre tous les deux.

— J'aurais dû rapprocher le 4 × 4 avant que nous commencions les fouilles, laissa tomber Tom d'une voix sourde. Vous le savez bien.

— Possible. Mais la vérité, c'est que nous avons tous eu un problème de timing. Le serpent a foutu le bordel ! On pouvait s'attendre à tout, sauf à ce naja ! Rien ne se passe jamais comme sur le papier. Ça s'appelle le risque ou le prix à payer. Chaque chose a son prix. Giuseppe le savait mieux que personne.

Les yeux d'Angus Wilson battirent derrière ses lunettes tandis que les paupières de Rosenkrantz restaient closes. Le chignon impeccable, Orit gardait les yeux baissés sur ses mains.

Doron reprit la parole, me regardant cette fois, pour évoquer ma rencontre avec l'homme du Hamas.

— Dans l'ensemble, nous avions compris le principe. Le jeune Ahmed nous en avait donné un aperçu avant d'être assassiné, et son grand-père a prononcé le nom de Nabuchodonosor avant de mourir. Pour l'instant, même si j'ai ma petite idée, nous ne sommes guère plus avancés. On travaille dur pour identifier sur Internet les sites visités par ce Nabuchodonosor. Et sa source, bien sûr. La structure du groupe nous échappe. Il semble qu'il y ait un jeu de codes-écrans que nous ne maîtrisons pas encore. J'espère en savoir plus cette nuit, nous en reparlerons aussitôt.

Doron esquissa une moue de mépris.

— J'apprécie à sa juste valeur la « collaboration » du Hamas. À mon avis, ça signifie avant tout qu'ils sont pour une fois pris à la gorge par plus sauvages qu'eux ! Je vous conseille de ne pas relâcher la garde s'ils vous contactent à nouveau, Marek. Pour un Juif, le Hamas, c'est pire qu'un naja !

Je m'abstins de tout commentaire.

— Dommage qu'on ne puisse interroger les quatre tueurs d'En Tamar. Yossi a donné l'ordre d'abattre les deux assassins de Calimani parce qu'ils auraient pu atteindre la frontière jordanienne. Celui qui est passé sous le 4 × 4 est dans le coma et le dernier s'est fait sauter la cervelle avant d'être pris... Bon, c'est comme ça. Je doute qu'ils aient connu grand-chose sur l'organisation Nabuchodonosor. En revanche, on aurait pu apprendre qui les avait entraînés et où... Le plus âgé devait avoir vingt-trois, vingt-quatre ans. Nous avons retrouvé l'identité du gamin dans le coma. Il a dix-neuf ans et a été arrêté trois fois à Naplouse pour avoir balancé des pierres... Des fous furieux et de la chair à canon pour celui ou ceux qui se dissimulent derrière Nabuchodonosor.

Le temps d'une inspiration et d'un soupir, Doron pointa l'index vers moi.

— Comme vous, je ne doute plus qu'il s'agisse d'Irakiens.

D'une voix sombre, Tom dit :

— C'est un peu facile, ce pourrait être un leurre... N'importe qui peut se faire appeler Nabuchodonosor sur le Web et vouloir faire porter le chapeau aux Irakiens !

— C'est vrai, admit Doron. Ça reste une possibilité. Il n'empêche, ce groupe a un but, un « mobile »... Ce qui nous amène à la raison de cette réunion. Le professeur Rosenkrantz – avec Wilson, bien sûr – a beaucoup progressé de son côté et ce qu'ils ont à nous dire devient... assez « sensible », comme on dit chez nous. Alors je dois vous poser la question.

Sa lourde main me désignait ainsi que Tom.

— Si vous désirez arrêter, c'est maintenant. Je le comprendrais très bien. Que ce soit clair : vous ne me devez plus rien.

Je n'avais pas même pensé à cette éventualité. Tom se redressa, glissa les doigts dans ses boucles et se détendit. Il jeta un regard à Doron et fit l'une de ses moues de beau garçon. Depuis un moment, je remarquais un changement en Tom. Je me rendis compte à cet instant, non sans surprise, qu'il se sentait désormais sûr de lui. Il ne s'agissait plus de cette arrogance de chien fou qui pouvait devenir excédante. Il ne s'agissait pas non plus de sérénité, loin de là, mais il me semblait soudain comme lesté d'un autre poids. Comme si quelque chose de Calimani était passé en lui ? Vision romantique de ma part. Plus sûrement était-ce parce que pour la première fois il venait de lutter pour sauver sa peau et qu'il avait vaincu. Et il y avait Orit...

— C'est vous qui me devez quelque chose, dit-il avec un demi-sourire.

Doron le regarda en fronçant les sourcils, puis sa panse tressauta. L'atmosphère de la pièce se réchauffa d'un degré.

— Très juste. Je ne l'ai pas encore récupéré.

— C'est bien ce que je pensais, fit Tom. Alors je continue, d'autant qu'Orit et moi avons encore quelques détails à régler.

Il s'interrompit pour la regarder. Orit, avec un sourire radieux, posa sa main sur son poignet. Tom effleura des lèvres les doigts d'Orit. Ils se regardèrent avec des sourires béats. Le tableau était angélique en diable ! Doron ne cilla pas.

Et moi non plus. Comme il venait de le dire : chaque chose a son prix.

Doron se tourna vers Rosenkrantz dont les paupières trop rouges étaient enfin ouvertes. La plus profonde stupéfaction lui haussait les sourcils, comme si ces gestes d'amoureux étaient une pure découverte.

— Allez-y, professeur, fit Doron.

Wilson sourit et son regard se fixa sur moi avec une innocence qui me mit mal à l'aise. Rosenkrantz prit le temps de lisser de ses doigts maigres les poils épars de sa barbe.

— J'ai une erreur à confesser, commença-t-il. Toutefois, avant d'en venir là, je dois vous dire qu'Angus et moi-même venons de passer une heure sur les poussières retirées de la jarre d'En Tamar. Je dis poussières car, hélas, les rongeurs ont précédé le naja dans la poterie – avant, sans doute, de lui servir de repas. Notre regretté professeur Calimani n'aura pas eu la déception de ce constat. On pourrait d'ailleurs songer à la puissance symbolique de ce destin : les documents anathèmes dévorés par les rats du désert avant d'être eux-mêmes ingérés par le cobra sentinelle de Pharaon, l'aspic de Cléopâtre qui va abattre le chercheur de la connaissance...

Doron pianota bruyamment sur la table.

— Bien, venons-en à l'essentiel. Messieurs, nous sommes désormais en mesure de considérer que l'un au moins des documents qui sommeillaient chez Rab Haïm après avoir, on ne sait comment, évité la fureur destructrice des siècles est d'une valeur inestimable. D'ores et déjà il efface nombre d'insuffisances et d'invraisemblances des interprétations historiques, et il assigne de nouvelles perspectives à la réflexion.

Rosenkrantz se tut, nous regarda un à un, referma les paupières devant notre mutisme. Doron inspira si profondément que son ventre épousa le rebord de la table et dit :

— S'il vous plaît, professeur ! Il y a dehors des gens qui sont prêts à faire sauter des bombes dans Jérusalem à cause de ces...

Rosenkrantz le foudroya du regard avant qu'un bruit de crécelle s'échappe de ses lèvres à peine entrouvertes. Il riait.

— Je songeais précisément, commandant, aux efforts déployés par vous-même et ces messieurs ici présents, sans compter ceux dont vous parlez, pour débusquer le trésor du Temple dans l'espoir de découvrir des documents extraordinaires, alors que le plus humble des Juifs de cette ville, notre cher Rab Haïm, était pour ainsi dire assis dessus. Lorsque l'Éternel, béni soit Son nom, nous donne une leçon, il convient de l'entendre.

Nouveau silence. Penaud, je dois dire, quant au mien. Tom regardait Rosenkrantz comme s'il découvrait une nouvelle espèce humaine, Orit se mordait les lèvres pour retenir un petit rire nerveux qui avait déjà gagné Wilson. Doron se tourna vers Yossi, jusqu'à présent aussi immobile qu'une ombre, ne frémissant si j'ose dire que par sa cigarette non allumée et ardemment mâchouillée. Doron reposa ses mains sur sa panse.

— Yossi, tu peux aller fumer dans le couloir et tu me rapportes du café, s'il te plaît, dit-il sur le ton d'un homme prêt à faire face aux complications d'un accouchement.

Puis, en pointant le plafond, tandis que Yossi se levait, il ajouta :

— Il est truffé d'électronique. À la moindre fumée le système de sécurité nous inonderait.

— Puis-je poursuivre, commandant ? grinça Rosenkrantz.

— Je me demandais si vous en aviez envie, professeur.

Wilson tressauta, mais Rosenkrantz se lança pour de bon :

— Tout ce que j'avais pressenti, tout ce qu'Angus et moi-même avons affirmé dès que nous avons pu consulter les premiers manuscrits s'est vérifié, à ceci près que... je m'étais trompé sur un point essentiel.

Il étala devant lui le rouleau des photocopies des papyrus.

— Ma bévue est d'avoir pris ce manuscrit pour le texte fondateur de l'ordre des esséniens. Or il s'agit en vérité de l'écrit fondateur de la secte de Damas !... Ce point mérite une explication, que j'espère rendre limpide. Après la destruction de Jérusalem et de son Temple par Nabuchodonosor, le roi de Babylone, en 587 avant notre ère, une partie du peuple juif fut déportée sur les rives du Tigre et de l'Euphrate. C'était le début d'un long exil. Pour ces déracinés, le souvenir de la « petite ville fortifiée » qu'était alors Jérusalem embellissait au fil des ans : *Assis au bord des fleuves de Babylone, nous pleurons en pensant à Jérusalem*... Et c'est ainsi que la douleur de la séparation engendra la nostalgie du retour, l'idée de la délivrance, l'espoir d'un Messie, le rêve de Jérusalem, comme nous l'a si bien exposé M. Halter avant-hier... Et je suis en mesure de répondre à votre question restée en suspens : oui, monsieur, l'histoire du Christ commence à Babylone... Oui, c'est bien en Babylonie qu'apparaît pour la première fois l'expression « Fils de l'Homme », et toujours en Babylonie que se crée le mythe d'une mise à mort suivie d'une résurrection.

Les yeux bleus de Rosenkrantz, depuis les profondeurs de leurs orbites, quoique fixés sur moi semblaient regarder ailleurs, bien au-delà de ma présence. Ses pupilles brillaient d'un éclat à peine voilé par la concentration.

— En 538 avant notre ère, reprit-il, le roi de Perse Cyrus, vainqueur de Babylone, autorise les Juifs à retourner dans leur pays. Il se crée alors un grand mouvement populaire, « sioniste » avant la lettre, dirigé par le Theodor Herzl de l'époque : Néhémie. Celui-ci est un séculier, assimilé, proche du pouvoir. Il prend en mains l'organisation du retour massif. Cependant les Juifs orthodoxes, gardiens de la Loi, intégristes de la lettre, s'élèvent contre le projet de la création d'un nouveau royaume juif en terre d'Israël. Selon eux, il n'incombe pas à un homme, fût-il le meilleur, de décider de la date de la délivrance : seul l'Éternel, béni soit Son nom, le peut. Le Messie n'étant pas arrivé, ces orthodoxes choisirent de demeurer en exil à Babylone, estimant que, grâce au respect scrupuleux des règles et à la pratique quotidienne des bonnes actions, ils sauront préparer et hâter sa venue... Ces gens-là, si semblables à nos Juifs orthodoxes d'aujourd'hui, s'organisèrent en une secte : la secte des esséniens.

Wilson ouvrit la bouche et leva la main droite pour interrompre son aîné, mais Rosenkrantz ne lui laissa pas l'occasion de placer son « Oui... donc ». Tom se tourna vers moi avec un léger effarement. La main d'Orit, d'une pression légère, l'obligea à rester attentif.

— Avec le temps, les plus stricts, les plus observants de ces orthodoxes esséniens se séparèrent de leurs frères pour former une nouvelle secte. Afin d'échapper à l'intolérance du pouvoir, croit-on. La plupart de ses membres émigrèrent à Beth Zabdaï, près de Damas... Ainsi vous voyez le lien entre Damas et Babylone... Ce déplacement leur valut leur nom : la secte de Damas. Trois siècles durant, ils attendront à Damas la venue du Messie. Leur espoir ? Être au nombre de ceux qui entreront *sains et saufs au jour de l'épreuve, tandis que le reste sera livré au glaive*... C'est à cette secte que l'on attribue le fameux Écrit de Damas. À présent, suivez-moi bien. En 164 avant notre ère, après que les Hasmonéens eurent libéré et purifié

Jérusalem, occupée par les Grecs, les esséniens de Babylone admirent enfin qu'il était licite de rentrer en Judée. Pourtant, les sectateurs de Damas, de leur côté, s'y refusèrent pendant douze ans encore. En 152 avant l'ère chrétienne, apprenant que pour la première fois dans l'histoire juive les pouvoirs séculier et religieux fusionnaient en la personne du prêtre Jonathan, frère de Judas Maccabée, une partie des membres de la secte de Damas estima toute proche la Fin des Temps. Ils décidèrent à leur tour de retourner sur la terre de leurs ancêtres...

Rosenkrantz s'interrompit car Yossi rentrait dans la salle, une tasse et une Thermos dans les mains. Propulsant son buste en avant, Wilson ne manqua pas l'occasion :

— Oui... Donc contrairement aux esséniens, les membres de la secte de Damas se regroupent dans la ville même de Jérusalem... Je crois... Euh... Oui, mais le roi-prêtre les déçoit. Très vite, n'est-ce pas ? Le « Mauvais Prêtre », ils l'appelleront, n'est-ce pas, professeur ? Oui... Donc ils s'en vont rejoindre les esséniens à Qumran, près de la mer Morte. Voilà. Donc la secte de Damas va introduire chez les esséniens de Judée les règles et les pratiques monacales de Damas-Babylone, et comme Jésus est certainement un essénien, je suis sûr, il hérite de Damas et de Babylone... Vous comprenez ?

Rosenkrantz hocha à peine la tête, et Wilson se rejeta en arrière dans son fauteuil, me regardant depuis la loupe de ses verres avec une satisfaction inquiète de mon approbation.

Rosenkrantz était déjà reparti dans son flot de paroles. Afin de nous démontrer les similitudes entre chrétiens et esséniens, il déploya en grand ses photocopies des manuscrits trouvés chez Rab Haïm, lisant des extraits de l'Écrit de Damas et les comparant aux termes utilisés dans le texte essentiel des esséniens : *La Guerre des enfants de la Lumière et des enfants des Ténèbres*... Puis ce fut un flot de questions et de réponses ! Dans le commentaire de Habaquq, ce dernier ne s'intéressait-il pas d'abord au « Mauvais Prêtre » qui avait persécuté le « Maître Juste » et ses sectateurs, ou, comme il le nomme parfois, le « Maître de justice », terme typique du vocabulaire essénien ? Le rôle dévolu au « Maître de justice » n'était-il pas de proclamer la « Nouvelle Alliance », concept-clef du message du futur Jésus ? La prière du Pater, le Notre Père, également typique du christianisme à venir, venait des esséniens. Or, Jésus, « Fils de l'Homme et Fils de Dieu », c'est-à-dire Fils du Père, sera condamné par la foule, sous le regard de Ponce Pilate, parce que cette foule le choisira, lui, Jésus, pour être mis à mort, plutôt que le chef zélote, le rebelle Barabbas.

— Barabbas signifie, littéralement, « Fils du Père ». Quel qu'ait été le choix de la foule, n'est-ce pas, dans l'un et l'autre cas, le « Fils du Père » qui eût été crucifié ? conclut Rosenkrantz avec un mince et fier sourire

J'étais fasciné et regrettais plus que jamais la disparition de Calimani.

— Et nous savons qu'un siècle avant cet événement, murmurai-je, le Maître de justice des esséniens avait lui aussi – lui d'abord – été crucifié ! Donc, à supposer que le personnage de Jésus soit le fruit d'une légende...

— Oui... donc ! approuva Wilson.

— Supposition totalement hérétique aux yeux d'un chrétien, cela va de soi ! s'exclama Rosenkrantz.

— Oui..., protesta Wilson. Non, je veux dire ! Car Jésus pourrait être la synthèse entre Barabbas et le Maître de justice...

— Même si nous nous plaçons dans une perspective inverse, trancha Rosenkrantz en frappant de ses doigts les photocopies, si nous considérons que Jésus fut un individu bien réel – et j'en suis convaincu –, ce manuscrit prouve qu'il s'agissait d'un Juif essénien, membre de la secte de Damas, donc profondément croyant et strict d'observance. C'est ce Jésus-là qui aura été jugé par Rome. N'affirmait-il pas lui-même : *Je vous le dis en vérité : tant que le Ciel et la Terre ne passeront pas, il ne disparaîtra pas de la Loi un seul iota ou un seul trait de lettre jusqu'à ce que tout soit accompli.* Telle était depuis longtemps l'obsession des orthodoxes qui avaient quitté Babylone pour Damas... Une chose encore. Comme vous le savez, la coutume voulait que la famille du supplicié vienne récupérer sa dépouille pour l'enterrer conformément à la religion. Ce ne fut pas le cas pour Jésus. Un nommé Joseph d'Arimathie fit descendre le corps de la croix, raconte l'Évangile de Luc. Or...

Rosenkrantz referma ses paupières.

— Or... Arimathie, c'est le nom grec d'un village qui se disait, en hébreu, Ramat Ephraïm et où vivait, à l'époque, un nombre important de membres de la secte de Damas... Chacun connaît l'épisode de la Résurrection et du tombeau vide. Or le dernier témoin de la survie de Jésus après sa mort fut Paul qui, en ce temps-là, s'appelait Saül. La rencontre illuminative qu'il fit eut lieu « sur le chemin de Damas », dans une bourgade du nom de Beth Zabdaï... Où vivait une importante colonie juive composée en majorité de membres de la secte de Damas...

— Attendez, attendez ! explosa Tom. Tout ça, ce sont des mots ! Y a-t-il dans vos documents le plus petit commencement d'une preuve de ce que vous avancez ?

Rosenkrantz eut un hoquet d'indignation. Sa voix, pleine de fureur, tomba comme un couperet :

— Il y a ça !

De son index tendu, il désigna Wilson. D'abord ahuri, les paupières battant comme des ailes de chauve-souris, Wilson poussa un gémissement et comprit. Il se plia en deux pour ramener sur la table une mallette métallique anguleuse et plate. Il en dirigea la poignée vers Rosenkrantz qui sortit de sa vieille serviette de cuir une sorte de télécommande de télévision. Il y frappa furieusement une série de chiffres. Les charnières de la mallette claquèrent tandis que le couvercle s'écartait dans un soupir. Wilson le releva complètement et, d'une épaisseur de mousse grise, tira une manière de sous-verre presque opaque. Il le souleva devant nos yeux.

Au centre du sous-verre nous distinguâmes un fragment déchiqueté de papyrus, à peine plus grand qu'une main. Rosenkrantz poussa une photocopie caviardée de rouge sous le nez de Tom.

— Lisez !

— Qu'est-ce que vous voulez que je lise ? grogna Tom, peu impressionné. Je ne connais pas l'hébreu !

— Alors, vous...

Les doigts osseux de Rosenkrantz poussèrent la photocopie dans ma direction.

— Lisez !

— *C'est toi, ô Dieu, qui nous as prescrit de sanctionner... Quand vous serez engagés chez vous dans un combat contre un adversaire qui vous opprime... le prêtre se tiendra parmi vous et dira : Écoute, Israël ! Vous n'aurez pas peur. Vous ne tremblerez pas, car votre Dieu se tiendra au milieu de vous pour combattre vos ennemis... La Justice se réjouira dans les hauteurs et tous les Fils de la Nouvelle Alliance exulteront dans la connaissance éternelle...*

Rosenkrantz nous regarda à tour de rôle.

— Cela ne vous fait pas penser à Massada ? Au discours d'Éléazar ben Yaïr, le prêtre chef des insurgés esséniens, lorsqu'il exhortait les assiégés à se livrer à un suicide collectif afin de ne pas être capturés par les Romains ?...

— Et alors ? insista Tom.

Rosenkrantz saisit le sous-verre des mains de Wilson et le retourna. Sur le recto du papyrus nous vîmes trois lignes écrites.

— Ce texte est de la main de Jean l'Essénien ! tonna Rosenkrantz. D'un homme qui a défendu Jérusalem jusqu'à la mort contre les Romains, mais bien avant le suicide collectif de Massada...

— Ce n'est pas une preuve ! le coupa encore Tom en secouant la tête. Pas une preuve que Jésus ait appartenu à votre secte de Damas ! Pardonnez-moi si je vous parais grossier, professeur, mais je sais faire la différence entre un faisceau de présomptions et une preuve ! Ce que vous dites est sans doute très brillant. Mais vous n'avez pas de preuve...

Doron acheva sa tasse de café et laissa tomber froidement :

— Il a raison.

La bouche du professeur Rosenkrantz se transforma en une mince lame. Wilson, effaré, ne savait plus où regarder.

— Il a raison, reprit Doron en se raclant la gorge. Il manque l'essentiel. Si tant est qu'il existe... On revient au problème d'origine. Nous partons de la supposition que les Irakiens, pour je ne sais quelle raison, seraient parvenus aux mêmes conclusions que le professeur Rosenkrantz – peut-être sont-ils en possession de documents incomplets mais suffisants à cet égard ? Peu importe. S'ils veulent abattre la puissance spirituelle de Jérusalem et faire de la vallée de l'Euphrate et du Tigre le berceau intouchable de la chrétienté, il leur faut un document qui atteste sans contestation possible le lien étroit entre Jésus le Christ et la secte de Damas. C'est ce qu'ils cherchent... Partout, sans répit, chez eux, en Syrie, en Jordanie... Partout où les esséniens puis la secte de Damas pourraient avoir laissé des traces. En particulier les lieux où ils furent pourchassés et contraints d'enfouir leurs témoignages. Or, où la secte subit-elle les plus fortes persécutions ? En Judée, à Jérusalem, sous le joug des Romains ! Si jamais elle existe, cette preuve, il y a de bonnes chances qu'elle soit dissimulée dans l'une des caches du trésor du Temple, précisément disséminé pour échapper aux Romains... Mais il leur est difficile de chercher en Israël, sous notre nez.

Doron nous sourit, haussant un sourcil comme s'il nous invitait à le contredire. Satisfait de notre silence attentif, il se versa une tasse de café, en but pensivement deux petites gorgées avant de reprendre :

— Dans un premier temps, ils utilisent la mafia russe, une équipe de repérage, si l'on veut. Mais bientôt, ça ne suffit plus. Alors « Nabuchodonosor » entre dans la danse. C'est une belle idée, il faut l'admettre : un groupe terroriste virtuel, qui recrute ses soldats par Internet, sans avoir besoin d'une structure réellement basée dans le pays ! Chapeau ! « Nabuchodonosor » se greffe sur les troupes du Hamas en proposant aux jeunes un radicalisme absolu, plus de violence, plus de morts, la destruction définitive et programmée d'Israël... Ça marche sans problème. Il y a toujours des gosses prêts au pire et qui trouvent que le pire n'est encore pas suffisant ! D'autant que « Nabuchodonosor » n'est pas un véritable mouvement politique ou religieux, mais une ombre, des mots, de l'insaisissable, du cauchemar. Il lui suffit d'une cinquantaine de fous furieux pour mettre Jérusalem à feu et à sang. Et pendant que nous serons occupés à soigner nos plaies, d'autres équipes retourneront la terre de Judée en quête du trésor et de la preuve... Ça, c'est le programme d'origine de « Nabuchodonosor ». Mais l'arrivée de Hopkins et de Marek leur complique la tâche... Si ces deux-là découvraient avant eux la bonne cache du trésor ? Si jamais ils possédaient de meilleures pistes ? Et là, « Nabuchodonosor » fait une erreur. Au lieu de vous abattre tout simplement pour résoudre son problème, il veut le beurre et l'argent du beurre. Il poursuit son programme original tout en surveillant les fouilles de Hopkins, pour le cas où... Ce faisant, il finit par se découvrir. Et maintenant, nous lui brûlons les fesses !

Doron ricana, mais Yossi fit la moue. Pour la première fois, il prit la parole :

— Ses fesses, c'est beaucoup dire... Les poils, tout au plus. Nous ne savons pas qui il est, ce Nabuchodonosor, ni où il est ! Des types se font tuer pour lui sans l'avoir jamais vu ni même entendu. Tout ce qu'ils savent de lui, c'est ce qu'on leur raconte sur les écrans d'ordinateur. C'est de la folie pure !

— T'en fais pas ! fit Doron avec un sourire mauvais. Sous les poils il y a les fesses. Même chez Nabuchodonosor !

Il y eut un silence désagréable que je finis par rompre.

— Massada... fis-je doucement. Il y a une cache du trésor à Massada. Je ne me souviens plus précisément...

— Numéro 46, fit Doron. Oui, c'est bien à elle que je pensais : *Dans le regard qui est à ha-Masad, dans l'aqueduc, au sud de la deuxième montée, en descendant d'en haut : neuf talents...*

— Toujours aussi limpide, protesta Tom. Vous voulez remettre ça ? Vous savez bien qu'à nouveau nous ne trouverons rien !

— Massada n'est pas un lieu comme les autres, affirmai-je. Six fragments bibliques y ont déjà été découverts. Et, parmi les plus importants, deux chapitres du Deutéronome, des parties du livre d'Ézéchiel. Sans compter des rouleaux de cuir du livre des Psaumes, du Lévitique... Et bien d'autres ! Oui... Si nous avons une chance de trouver une preuve, compte tenu de ce que vient de nous dire le professeur Rosenkrantz, c'est à Massada...

— Et même si nous ne trouvions rien, Tom ! fit Orit en sortant de son long silence. Tu dois te mettre dans la peau des types qui ont inventé « Nabuchodonosor » ! Après ce qui s'est passé ce matin, quels qu'ils soient, ils savent que le temps compte désormais. Nous les pourchassons et c'est la guerre. Si nous ne les provoquons pas, ils frapperont. Dans Jérusalem. Si nous les entraînons à Massada, qui est un symbole pour tout Israël, ce « Nabuchodonosor » ne résistera pas au plaisir de nous y combattre.

35
Nabuchodonosor

Ils étaient arrivés là, accompagnés d'un garde armé, munis de badges électroniques et de la bienveillance de Doron. Cela s'appelait un centre de surveillance des communications. Mais il semblait que la planète entière, en cet endroit, fût sous surveillance.

Tom se dit qu'à peu de choses près cela ressemblait à une salle de rédaction. Sauf qu'ils étaient dans un sous-sol fermé par des portes blindées et pare-feu. Des alignements d'ordinateurs se succédaient sur les tables et, dans un espace isotherme et stérile, trônaient deux gros caissons aux parois nues et lisses. Malgré la centaine de personnes au travail, il régnait un silence de cathédrale.

Orit, qui connaissait parfaitement les lieux, désigna les gros caissons high-tech derrière les cloisons vitrées :

— Ce sont des machines qui fonctionnent en systèmes multiples, annonça-t-elle sur un ton docte, ce qu'on appelle un SISMD. Très efficaces. Et délicats à programmer, à cause de l'interaction entre l'architecture sous-jacente et la technique de programmation. En général, les machines SIMD sont raccordées à un ordinateur hôte SISD – le « frontal » – , qui effectue les opérations séquentielles. Ensuite elles sont diffusées à tous les processeurs, chacun possédant son propre jeu de registres et sa propre mémoire locale et...

Orit se tourna et vit le regard de Tom.

— Bon, laisse tomber ! fit-elle en riant. Disons qu'elles calculent vite. Viens, on va voir Baruch...

Baruch Sealink avait l'âge de Tom. Né dans le New Jersey, il vivait en Israël depuis plus de dix ans, mais avait gardé intact son goût pour les jeans trop larges et les sweaters porteurs de slogans à la gloire des « Buffalo's ».

— Nous butons sans cesse sur le même obstacle, expliqua-t-il. Nous parvenons à trouver toutes sortes de boîtes e-mail, mais ce sont toujours celles des nouvelles recrues. Ensuite, elles sont connectées par groupes à d'autres boîtes, en plus petit nombre. Et là, le code Nabuchodonosor ne fonctionne plus...

— Un système pyramidal, soupira Orit. C'était inévitable...

— Nous avons cherché toutes les combinaisons possibles à partir du mot, mais ça ne fonctionnait pas. J'ai eu l'idée de prendre ce texte et de demander à la machine d'envoyer des messages bénins à partir de tous les mots...

Il prit un feuillet dans le fatras qui entourait ses claviers et le tendit à Orit et à Tom :

Alors, dans la neuvième année du règne de Sédécias, au dixième mois et au dixième jour du mois, Nabuchodonosor, roi de Babylone, marcha avec toute son armée sur Jérusalem. Il campa sous ses murs, élevant des tours partout. La ville subit le siège jusqu'à la onzième année du règne de Sédécias. Le neuf du mois, alors que la famine sévissait dans la ville et que le peuple manquait de pain, une brèche fut ouverte dans la ville, les gens de guerre s'étant sauvés la nuit par la porte du double rempart attenante au parc du roi, pendant que les Chaldéens cernaient la ville, en direction de la plaine. L'armée chaldéenne se mit à la poursuite du roi et le rejoignit dans la plaine de Jéricho alors que sa propre armée s'était débandée en l'abandonnant. On fit le roi prisonnier et on l'amena auprès du roi de Babylone à Ribla où l'on prononça sa sentence. D'abord on égorgea les fils de Sédécias en sa présence, puis on lui creva les yeux avant de le mettre aux fers pour le conduire à Babylone. Le septième jour du cinquième mois, à la dix-neuvième année du règne de Nabuchodonosor, roi de Babylone, Nebouzaradan, chef des gardes, serviteur du roi de Babylone, entra dans Jérusalem. (II Rois, XXV, 1-8.)

— Et alors ? demanda Tom.

Le visage de Baruch s'éclaira.

— Ça a marché avec « Babylone ». Nous avons grimpé d'un cran dans l'échelle et déniché une trentaine de boîtes e-mail « Babylone » possédant un suffixe chiffré : Babylone 5, 6... Ainsi que des *chat rooms* sécurisées par des chiffres codes décimaux, comme les pratiquaient autrefois les Assyriens... Ce qui nous a permis de comprendre que la plupart des ordres donnés aux nouvelles recrues ou des rapports d'action envoyés en retour provenaient ou étaient acheminés vers cinq autres faisceaux de connexions...

— Cloisonnés, fit Orit. Je suppose qu'ils ignorent l'existence les uns des autres ?

— Oui. Et ce doit être la même chose au-dessus, sur au moins deux niveaux... C'est là que devraient apparaître les vrais chefs et que l'on pourrait obtenir les adresses physiques des sites. Mais on se casse les dents...

Baruch s'interrompit avec une mimique étonnée.

— Les Palestiniens sont aussi en chasse de leur côté ! La disquette qu'ils ont fait passer nous a permis d'aller un peu plus vite au début, pourtant je ne pensais pas qu'ils pourraient continuer...

— Comment savez-vous qu'ils sont toujours à la recherche de « Nabuchodonosor » ?

Baruch eut un rire guilleret.

— De temps en temps, nous nous retrouvons ensemble à l'intérieur des *chat rooms*, dans les salons virtuels ! Avant de se rendre compte de qui est qui, nous jouons au plus fin chacun de notre côté en tentant de faire dire à l'autre qu'il est Nabuchodonosor ! C'est assez cocasse...

— On devrait tout de même parvenir à quelque chose, murmura Orit, soucieuse, comme si elle n'avait pas cessé de chercher ce code qui leur faisait défaut.

Pendant presque une heure, avec l'aide de Baruch, elle s'évertua à imaginer des codes, en chiffres ou en lettres, qui soient reliés à « Babylone » ou à « Nabuchodonosor ». Sans aucun succès. Totalement dépassé, Tom se mit à feuilleter un gros ouvrage illustré sur Babylone que Baruch avait abandonné sur une étagère roulante. Il le feuilleta distraitement jusqu'à ce que son regard soit arrêté par une image violente et baroque. La gravure représentait la magnifique porte d'Ishtar, qui ouvrait, il y a des millénaires, la voie des processions conduisant à la cour de Babylone.

Un long moment Tom la contempla comme s'il n'était pas certain de bien comprendre ce que lui disait l'image. Finalement, il se tourna vers Orit et Baruch concentrés sur les écrans.

— Regardez, dit-il en leur désignant l'image.

— Oui, répondit Baruch en ne lui accordant qu'un regard distrait. Je connais ça. Assez effrayant.

— C'est une porte, fit Tom en s'adressant à Orit.

Elle mit quelques secondes à réagir.

— Tu veux dire ?

— Oui. Un nom de code est aussi une porte, n'est-ce pas ?

— Merde ! s'exclama Baruch. Que je suis con ! La porte de la déesse de la guerre...

— Si mon souvenir est bon, fit Tom, j'avais autrefois une bande dessinée qui représentait cette porte. Il y était expliqué que chaque animal sculpté symbolisait une divinité babylonienne. Les combattants passaient sous la porte avant d'aller à la guerre et...

Il s'interrompit parce que Orit l'embrassait à pleine bouche.

— Vous êtes génial, mister Hopkins !

— Ce n'est qu'une suggestion !

— Tu parles ! C'est la meilleure piste depuis des heures, rigola Baruch en pointant son index sur Orit. Scanne cette image, ma belle... C'est parti !

La porte d'Ishtar apparut sur le plus grand des moniteurs. Baruch en agrandit encore les détails, s'arrêtant sur les animaux emblématiques qui l'ornaient : serpents-dragons, lions et taureaux... Sur un autre ordinateur, il lança une recherche encyclopédique à partir de ces mots en les couplant à « dieux » et à « Babylone ». Moins de deux secondes plus tard, les noms et les représentations des divinités babyloniennes défilaient sur l'écran. Marduk, le dieu-patron, le chef du panthéon ; Ishtar, la déesse de la guerre et de la fécondité ; Adad, dieu de l'orage ; Timak, dieu du chaos...

Un premier message partit sur le Web ; code : « Timak ». L'adresse d'un site australien apparut, puis aussitôt la même image que celle qu'il venait de scanner, tandis qu'un programme en trois dimensions les introduisait dans une reconstitution virtuelle de Babylone. Alors qu'ils parvenaient à une plate-forme entourée de colonnades roses, un personnage vint à leur rencontre, porteur d'une tunique courte et d'une cuirasse ornementée. Son visage n'était encore qu'une forme blanche et sans traits. En arabe, il leur demanda de se présenter et de fournir le mot de passe du jour.

Orit sauta sur un téléphone.

— Il faut que j'appelle Arié !

36

Une leçon talmudique

— Vous avez bien fait de venir, dit le rabbin Steinsaltz d'une voix moins grêle que d'habitude, sans paraître surpris de me voir.

— Il est vraiment tard et je ne veux pas vous déranger longtemps.

Il me fixa.

— Vous êtes fatigué, on dirait. Jérusalem ne vous profite guère.

Il s'assit sur une chaise et me désigna un fauteuil. Éclairée par quelques lampes de faible puissance, la pièce demeurait dans la pénombre. Le rabbin, machinalement, se frottait les bras comme s'il avait froid.

— Racontez, me dit-il, comme s'il savait que c'était en grande partie pour cela que je m'étais invité chez lui à plus de dix heures du soir.

Et je lui racontai. Il m'écouta avec une attention soutenue en jouant avec les poils de sa barbe. De temps à autre, il fermait les yeux, se balançant au rythme de mon récit. Deux ou trois fois il lança des « aïe, aïe, aïe » étonnés.

Puis il laissa passer un silence.

— Toujours la même chose. On ne pénètre pas impunément dans les secrets du passé, finit-il par dire.

Il leva un doigt vers le plafond aux larges voûtes à peine visibles :

— De quelle nature sont ces secrets, nous l'ignorons. Le Talmud rapporte l'aventure de quatre rabbins, Ben Azaï, Ben Zoma, Ben Abouya et Aqiba ben Yossef, qui pénétrèrent ensemble dans le Pardes, le verger mystique. Il s'y trouvait, disait-on, ces secrets qui pourraient dévoiler l'avenir. Or...

Il ouvrit toute grande sa main qui sembla s'envoler, tache claire dans la pénombre.

— Or... seul Rabbi Aqiba ben Yossef ressortit indemne : Ben Azaï mourut, Ben Zoma devint fou et Ben Abouya renia sa foi.

Il s'interrompit avec un léger balancement puis, d'une voix qu'on utilise pour rabrouer un enfant, il ajouta :

— Qui ne sait pas discerner l'illusion de la vérité, le Bien du Mal, ce qui doit être connu de ce qui ne le doit pas, n'est pas digne de découvrir la sagesse. S'il tente malgré tout l'expérience, il risque la mort, la folie ou le reniement.

— Belle histoire, murmurai-je en fronçant le nez. Calimani est mort. Qui deviendra fou, et qui reniera sa foi ?

— Parce que vous allez persévérer ?

— Je le crains, oui.

Un sourire se figea sur ses lèvres. Son regard devint ironique.

Mais qu'avais-je à dire d'autre ? Oui, j'allais « persévérer », et, cette fois, ma décision d'accompagner Orit et Tom à Massada était irrévocable. Je devais bien cela à Calimani. Ce fut d'ailleurs ainsi que le comprit le rabbin Steinsaltz, sans que je le lui précise.

— *Et le serpent était rusé, plus que toutes les bêtes des champs*... Il est dit dans les Écritures, reprit-il, que le serpent était une bête des champs alors que le couple Adam et Ève vivait, lui, dans le jardin. Dans le Pardes. Ils étaient nus. Ils étaient innocents. Ils étaient heureux car protégés du regard des autres. Et libres. Dans la limite de leur domaine d'arbres fruitiers... Or, tout à coup, leur sérénité parfaite vola en éclats. Il avait suffi de l'intrusion de l'un des habitants des champs. Le plus rusé d'entre eux... Rachi dit : *Le serpent les avait vus s'unir aux yeux de tous et il désira Ève.*

— Le serpent désira Ève ? sursautai-je.

— Oui.

— Vous voulez dire que c'est le désir du serpent lui-même qui introduisit la honte et le doute dans leur existence innocente et non pas la concupiscence d'Adam ?

Le rabbin opina, l'œil espiègle, laissant sa kippa glisser dans son cou. Je poursuivis sur ma lancée :

— Autrement dit, le serpent enseigna à Adam et Ève que les choses de l'existence ne sont pas simples, que pour assouvir un désir on est parfois amené à braver l'interdit, l'« anathème ». Ce faisant, ils prenaient le risque de comprendre qu'ils n'étaient justement pas « comme des dieux », en dépit de la fausse promesse du serpent ?

— Aïe, aïe, aïe, fit le rabbin. C'est ça... C'est presque ça... Le midrash dit : *En quoi le serpent était-il rusé ? En ce que le globe de son œil ressemble à celui de l'homme. Ne peut tenter l'homme que qui lui ressemble.* D'ailleurs, comme vous le savez, le serpent, avant sa disgrâce, possédait des jambes. C'est seulement après son forfait que l'Éternel, béni soit-Il, le condamna à ramper jusqu'à la fin des temps.

Après un long moment, la voix lasse, il précisa :

— Nahash, « serpent » en hébreu, signifie aussi « divin ».

Il inclina la tête, récupérant sa calotte qu'il remit en place.

— Le serpent introduit le désordre mais il ne ment pas. Il a promis à Ève et Adam que leurs yeux allaient s'ouvrir... *Car le jour où vous mangerez du fruit défendu, vos yeux s'ouvriront et vous serez comme des dieux, vous connaîtrez le Bien et le Mal.* Et la Genèse dit : *Les yeux des deux s'ouvrirent et ils connurent qu'ils étaient nus.* Ils devinrent « comme ». Et connurent désormais la liberté et la responsabilité du choix.

— Maintenant que nous savons, il incombe à chacun de nous de prendre ses responsabilités ?

— *Vois,* cita-t-il encore, *j'ai placé devant toi aujourd'hui la vie et le bien, la mort et le mal...*

— Je sais, dis-je malgré moi.

— *Oye oye oye !* s'écria-t-il en levant les bras au ciel. Vous savez déjà et vous tentez le mal comme si vous n'étiez pas sûr de son existence ?

37
Demi-alliance

Il n'était pas loin de onze heures du soir lorsqu'un taxi me déposa à la hauteur de Michkenot She'ananim. Je voulais faire quelques pas pour me détendre et penser aux paroles du rabbin avant de rejoindre l'hôtel. La nuit allait être courte, nous avions prévu de nous retrouver à l'aube afin d'être à Massada pour l'ouverture du téléphérique.

J'allais traverser l'avenue King David lorsqu'un jeune garçon arabe d'une dizaine d'années se posta à côté de moi pour attendre que le feu passe au rouge et arrête les voitures encore nombreuses malgré l'heure tardive. Je le regardai, un peu surpris par sa présence en pleine nuit dans ce quartier. Alors que je posais les pieds sur la chaussée, le gosse en fit autant, prenant soin de rester à ma hauteur. Nous étions au milieu de la rue quand il me dit avec une gravité d'huissier :

— L'homme qui vous a offert deux cafés vous attend dans une demi-heure à l'entrée du parc du monastère Haceldama.

— Hé !

— À l'entrée du parc du monastère Haceldama, répéta le garçon avant de filer telle une flèche et de disparaître dans l'obscurité.

Il ne m'était pas difficile d'identifier le lieu de rendez-vous. Le monastère surplombait le bas de la vallée Ben Hinnom, à l'est de la gare ferroviaire et en plein quartier arabe. Je réfléchis quelques minutes, songeant à la mise en garde de Doron. Elle me paraissait excessive en la circonstance. J'avais encore dans l'oreille la leçon du rabbin qui pouvait se résumer par cette injonction : prenez vos responsabilités !

L'homme du Hamas ne m'avait pas demandé autre chose.

J'arrêtai un taxi devant le King David et moins d'un quart d'heure plus tard j'attendais sous les deux lampadaires éclairant chichement l'entrée du parc. En avance, je déambulai un instant à la lisière de leurs halos, les yeux rivés sur la rue. Mais Saleh arriva de l'intérieur du parc. Nous nous rejoignîmes dans l'ombre. Avec une sorte de timidité, il me tendit la main. J'hésitai à mon tour, mais nos paumes finirent par se rejoindre.

— Merci, dit-il aussitôt.

— De quoi ?

— D'avoir transmis notre message et la disquette.

— Comment savez-vous que je l'ai fait ?

Un sourire fier, un peu ironique aussi, tira son étroite moustache.

— Je vous avais dit que nous n'avions pas la puissance de vos amis pour dépister « Nabuchodonosor », mais nous ne sommes pas totalement aveugles.

— Pourquoi cette rencontre, ce soir ?

— Pour savoir ce que les Israéliens comptent faire... Si vous acceptez de me le dire.

Nos regards se croisèrent.

— Et vous, qu'allez-vous faire ? demandai-je sans répondre.

Il me regarda avec surprise, comme si ma question était une incongruité.

— Les détruire ! Avec ou sans votre aide ! Il n'y a pas d'autre solution !

Son visage se ferma. Nous marchâmes en direction du monastère. Soudain, il murmura :

— *Ceux qui rompent le pacte d'Allah après son alliance tranchent ce qu'Allah ordonne de lier, ils détruisent la terre – à ceux-là l'exécration, à eux le malheur de la demeure !*

Je le regardais de biais. Dans la pénombre, ses lèvres, figées comme celles d'un masque, étaient pleines d'amertume et de violence.

— Nous aussi, dis-je. Je crois bien que nous aussi.

— Comment ? demanda-t-il nerveusement. Il faut faire vite. Il va y avoir de nouveaux attentats. Je sais que des manifestations se préparent à Hébron, à Naplouse. Bientôt, il y aura du sang partout, Israël nous réprimera, le Hamas sera responsable de tous les malheurs. Ce sera un mensonge, mais personne ne le saura...

— En fait, c'est cela seulement que vous craignez : de disparaître au profit de plus cruels que vous ?

Il se contenta de hausser les épaules.

— C'est moi qui ai décidé de vous rencontrer, pas notre cheikh. Il y en a de plus en plus, chez nous, qui sont prêts à combattre pour « Nabuchodonosor ». Peut-être certains le font-ils déjà. Quand on considère que l'on n'a rien à perdre, vraiment plus rien, il est toujours facile de choisir le pire. On le fait même avec joie. Moi, je crois encore en un État de Palestine. Je ne crois pas à la paix d'Arafat, mais je crois à la vie de la Palestine... Si Israël ne nous extermine pas jusqu'au dernier.

Je me tus.

— Nous ne pouvons pas rester longtemps ensemble, reprit-il d'une voix plus dure. Vous répondez maintenant, ou nous nous séparons !

— Ce sera à Massada. Demain matin.

Il m'écouta sans un mot. Il se retourna, regarda autour de lui, le visage clos. Ses yeux revinrent sur moi, soucieux.

— Je ne pense pas que nous nous reverrons. Mais je me souviendrai. Que la paix soit avec vous. *La illahah ill'Allah ou rassoul Allah...*

Trois quarts d'heure plus tard, une autre surprise m'attendait dans ma chambre. Ou plutôt sur la terrasse de ma chambre.

Assis dans l'un des fauteuils, deux minuscules tasses de café à portée de main, Doron dormait. Je le réveillai en ouvrant la porte de la terrasse et en allumant l'éclairage extérieur.

— Excusez-moi, fit-il en passant son énorme main sur ses yeux éblouis. En ce moment, je prends le sommeil où je le trouve...

— Comment êtes-vous entré ?

Il indiqua la chambre de Tom.

— J'ai raccompagné Hopkins. Il avait de nouveau quelque chose de précieux à déposer dans le coffre de l'hôtel...

— Le lingot ?

La panse de Doron tressauta et, pour une fois, son rire se transforma en un son. Je m'assis de surprise.

— Vous anticipez votre règlement, remarquai-je, ironique. Ça ne vous ressemble pas !

— Ah, gloussa Doron, vous auriez vu sa tête ! Dommage d'avoir raté ça !

— En effet... Donc vous avez arrêté Sokolov ?

— Oui et non...

— C'est-à-dire ?

— Il y a deux soirs, nous l'avons localisé dans une villa de Jaffa, tout près du port de plaisance. Il s'apprêtait à rejoindre Chypre en bateau...

— Et ?

Doron leva ses sourcils en un signe ambigu avant de sortir de la poche de sa chemise une photo qu'il me tendit :

— Vous avez déjà vu cette femme ?

La photo la montrait en buste, sortant de voiture. Elle paraissait grande, avec un visage large de Slave. Ses cheveux blonds coupés court – et, semblait-il, naturellement blonds – encadraient de grands yeux aux sourcils fortement dessinés, mais le regard clair restait froid. Sa bouche était belle, soulignée par un rouge très sombre, le menton peut-être un peu lourd. La photo était assez précise pour que je puisse distinguer une petite cicatrice en forme de V sur sa pommette gauche.

— Non, jamais vu. Mais je dirais russe ou peut être ukrainienne...

— Mmm... Je vous présente la garde du corps de Sokolov ! Pas mal, hein ? Nous ne connaissons pas encore son nom, mais l'un des hommes de la sécurité de l'hôtel l'a formellement reconnue : elle discutait avec lui au moment de l'explosion dans la salle des coffres. Maintenant, il se rend compte que c'est à cause d'elle qu'il est arrivé trop tard dans le hall pour flinguer le motard. D'autre part, le caissier de la salle des coffres l'a reconnue lui aussi. Un quart d'heure avant qu'il se fasse taper dessus, elle lui demandait un renseignement. Je suppose que c'est elle qui a marqué le coffre pour que le type de la moto sache où placer son explosif...

Je le regardai avec attention.

— Et où est le problème ?

Doron gloussa à nouveau.

— C'est elle qui a rejoint le cabin-cruiser et qui s'est envolée pour Chypre ! Toute seule... Quand les flics de Tel-Aviv sont entrés dans la villa, Sokolov les attendait dans sa baignoire, une balle dans la nuque !

— Ah...

— Pas commode, la dame !

— Elle a abandonné le lingot ?

— Elle a emporté des documents sans doute plus précieux pour elle que du vieil or. Ne me demandez pas lesquels, je n'en sais rien, hélas. En revanche, elle nous a laissé d'intéressants messages entre « Nabuchodonosor » et Sokolov. Eux aussi conversaient par e-mail et nous avons récupéré son ordinateur.

Je laissai passer plusieurs secondes, essayant de mettre bout à bout ce que Doron venait de m'annoncer.

— Cela fait deux jours que vous le savez... Deux jours que vous avez le lingot !

— Oui.

— Mais pourquoi ne pas le dire ?

— Ce n'était pas le moment.

— Bon sang, Doron, vous n'aurez donc jamais confiance en personne ?

— Ne le prenez pas mal... Vous devez avoir assez d'imagination, comme romancier, pour me comprendre. Dans une affaire comme celle-ci, je n'ai en main que les pièces éparses d'un puzzle et...

— Et nous ne représentons à vos yeux que les pièces de ce puzzle, l'interrompis-je avec lassitude.

— À quoi bon assembler les pièces trop tôt s'il est évident qu'elles ne s'emboîtent pas ? laissa-t-il tomber froidement. Je n'ai pas le droit de perdre mon temps.

— Très bien ! Où sont Tom et Orit ?

— À Massada.

— Quoi ?

— Vous m'avez bien entendu.

— Mais...

— Votre rendez-vous au monastère Haceldama, tout à l'heure, s'est bien passé ?

Je restai sans voix.

— Vous voyez bien que vous conservez encore trop de naïveté pour ce genre d'exercice.

— Chacun son boulot, n'est-ce pas ?

— Bien sûr ! D'après Orit, vous faites très bien le vôtre... Je veux dire : la compréhension psychologique des uns et des autres, ce genre de chose. Vous vous posez les bonnes questions... Même si vous les résolvez à votre manière.

Silence.

— Vous lui avez dit, pour demain ?
— De qui parlez-vous ?
— Du salopard du Hamas.
À quoi bon finasser ?
— Oui, je lui ai dit que nous serions à l'aube à Massada.
— Parfait.
— Selon lui, une partie du Hamas est en train de basculer et de se soumettre à l'influence de « Nabuchodonosor ».
— C'est aussi mon avis.
— Si vous me disiez la vérité, maintenant ? Au moins en partie ! Je vous assure que je n'ai plus aucun goût pour le puzzle...
— Pour ce soir, la vérité, c'est que je ne voulais pas vous influencer. Je savais qu'en face de ce type vous prendriez la bonne décision. Soit vous auriez confiance en lui, soit non...
— Quel crédit en ma perspicacité !
— Mais non ! Je viens de vous le dire : vous vous posez les bonnes questions. Vous ne pouvez pas avoir une vue d'ensemble, c'est normal.
— Instruisez-moi sur cette vue d'ensemble, Doron !
— Simple ! Hopkins et Orit – enfin surtout Hopkins, en l'occurrence, qui s'avère plus solide que je ne le pensais – ont fini par trouver le moyen d'atteindre le site Web du donneur d'ordres de « Nabuchodonosor ». Et où ? Je vous le donne en mille !
— Allez-y !
— En Australie ! Théoriquement, à partir de là, on peut récupérer l'adresse physique des personnes qui émettent. Et éventuellement monter une opération pour leur tomber dessus. Mais ça n'a pas tardé : ils n'étaient pas à l'intérieur du site de « Nabuchodonosor » depuis dix minutes qu'un virus s'est répandu sur toutes les connexions ! En trois secondes, pffuit ! Plus rien. Du noir... Effacé de la grande toile d'araignée !

— Vous voulez dire que vous ne pouvez désormais ni le rechercher ni savoir qui est derrière « Nabuchodonosor » ?

— Oui... C'était prévisible. On pourra bien lancer des recherches en Australie, mais ça m'étonnerait qu'ils laissent beaucoup de traces derrière eux.

— Alors, qu'avez-vous gagné ?

— Rien, mais c'était un risque à courir. Quand j'ai compris, j'ai essayé de retourner la situation à notre avantage : d'une part, les combattants de « Nabuchodonosor » sont orphelins et disséminés dans la nature ; d'autre part, je me suis servi de vous et de votre copain du Hamas pour les rassembler afin que nous puissions mettre la main dessus.

— Je ne comprends pas.

— « Nabuchodonosor » a pondu ses œufs à l'intérieur du Hamas. Ce que vous dites aux uns, vous le dites aux autres. Votre type le sait, donc il fait passer le message. Demain, ils seront à Massada, les uns dans l'espoir de piller le trésor et les autres pour couper leur bras pourri. Et nous, nous serons là pour les aider à s'exterminer entre eux...

— C'est... Vous ne pouvez pas... Bon sang, Doron ! Cet homme me fait confiance autant que je lui fais confiance ! Vous le trahissez, vous me trahissez ! À la fin des fins, il vous faudra bien accepter les interlocuteurs qui se présentent !

— Je vous en prie ! Peut-être vous fait-il confiance. Mais croyez-vous qu'il nous fait confiance, à nous, les « Isra'il » ? À moi ? Voyons, à ma place il ferait exactement la même chose. Il le sait, c'est notre meilleure chance pour stopper l'infection avant qu'elle ne se propage. L'ex-« Nabuchodonosor » va certainement vouloir recommencer, mais d'ici là, nous lui préparerons un comité d'accueil... Marek, je me tue à vous le répéter : c'est ça, la vie, ici ! Écoutez-moi avant d'agiter vos grands principes ! Un : Massada est un haut lieu d'Israël, et un haut lieu touristique. Vous n'imaginez pas que je vais risquer la vie de centaines de visiteurs en laissant le Hamas défourailler à tout va sur ces gens !

— Vous pouvez fermer le site...

— Je vais fermer le site, bien sûr ! Mais dès qu'ils s'en rendront compte, c'est-à-dire très vite, même les mouches ne seront plus en sécurité, et donc pas question de faire des fouilles ! Deux : Orit et Tom sont déjà sur place avec une équipe de spécialistes du génie pour sonder les aqueducs de la rampe ouest avant le jour. On ne va pas continuer à jouer les amateurs. S'il y a quelque chose à trouver, ils le trouveront, même la nuit. Ils ont tout le matériel pour cela. Et personne ne saura que nous avons effectué ces fouilles, ce qui risque d'être bien utile.

Je ne trouvais plus rien à dire.

Devant nous, Jérusalem s'enfonçait dans la nuit, ses ombres et son silence figés par les éclairages électriques. Elle me semblait loin, plus loin que jamais.

Je crois que le silence dura longtemps. Puis Doron regarda sa montre et effleura sa balafre laiteuse et lisse.

— Je dois y aller. Un hélicoptère va m'emmener à Massada dans une heure... Je peux vous poser une question ?

— À chacun son boulot.

Il sourit et fit un geste de la main qui pouvait passer pour un signe de paix.

— Vous seriez vraiment allé à Massada ? Au risque de vous faire trouer la peau comme Calimani ?

— Je crois, oui.

Il secoua la tête avec un sourire incrédule.

— Vous êtes vraiment un drôle de type. Et, si je peux me permettre, encore plus dingue que nous !

38
Massada

Ghassan Tawill vérifia une fois de plus le détonateur de la charge placée sur la cabine numéro 1, la jaune, qui stationnait la nuit dans le terminal inférieur. L'explosif était recouvert d'une peinture noire et mate qui le rendait invisible.

Tawill redescendit souplement de la cabine et se dirigea vers la salle technique d'où se commandait l'ensemble du mécanisme. Abu Sufyan, assis dans le fauteuil du contrôleur, lui adressa un petit signe. Il ne semblait pas trop tendu et son maquillage faisait à peu près illusion.

Tawill l'avait choisi parce qu'il ressemblait à l'Israélien qui, d'habitude, occupait cette place. L'Israélien en question était déjà mort dans son lit. Tawill n'était pas certain qu'Abu Sufyan ferait longtemps illusion ni qu'il tiendrait le coup. Il était trop inexpérimenté. Mais ça n'avait pas grande importance.

Il repassa derrière la cabine, s'avança jusqu'aux escaliers extérieurs d'où l'on pouvait observer le parking et l'énorme bâtiment de la cafétéria. Le parking était encore vide, mais le personnel de la cafétéria commençait à arriver normalement.

Il revint à la salle technique et appela Taysir sur l'interphone du téléphérique. Taysir lui confirma que tous les garçons étaient en place, lui dans le terminus supérieur, les autres répartis entre la citerne des bains et le palais ouest.

— Et les ailes ? demanda Tawill.

— Dans la grande piscine, comme tu as dit. Je viens de vérifier, répondit Taysir d'une voix un peu trop forte.

— Bien, fit Tawill. Ne sois pas inquiet. Sinon, prie. Ça te calmera. À partir de maintenant, on ne se parle plus sur cet interphone.

Tawill s'était fait du souci pour les garçons qui se trouvaient sur le plateau, tout en haut de la falaise, dans le palais d'hiver du roi Hérode ou dans celui du nord, réparti sur trois terrasses en à-pic face à la mer Morte. Durant la nuit, il avait cru entendre du mouvement, vers l'ouest. À un moment, il s'était demandé si de la lumière ne se reflétait pas contre l'obscurité du ciel. Les Israéliens savaient être rusés. Hélas ! depuis la plaine, on ne pouvait rien voir de ce qui se passait là-haut, dans les ruines. Cependant, lorsque les garçons étaient parvenus sur le plateau, deux heures plus tôt, ils l'avaient inspecté avec soin sans rien détecter d'anormal.

Tawill leva la tête. Doré et majestueux, l'énorme plateau rocheux de Massada entrait dans la lumière de l'aube. Un à un, les plis des ravines à pic surgissaient, le drapant d'une infatigable cuirasse. À ses pieds, rompant l'ocre de la poussière et les bancs acides des fleurs de sel, le plan immobile de la mer Morte passait du bleu au noir avant de miroiter, tel un lac de mica. Enfin, sous la pleine lumière, le chemin du Serpent, qui pendant des siècles et des siècles avait rendu inexpugnable la forteresse magnifique d'Hérode, traça ses méandres clairs au flanc des précipices.

Tawill sentit sa gorge se nouer. Face à lui ne se dressait pas seulement l'énormité du roc. Plus haute et plus imposante encore était l'immensité du mythe. On pouvait même dire que, pour les Israéliens, c'était *le* mythe. Il fallait les voir venir ici en pèlerinage, chercher la trace de leurs ancêtres dans la poussière, parfois même aller se marier tout là-haut, dans la ruine de la synagogue... Des Juifs venaient de partout, et parfois d'Amérique, pour entendre la même rengaine. Là, le roi de Judée s'était défendu d'Antigone et de Cléopâtre, vivait dans l'opulence de ses jardins suspendus, au-dessus du désert et des haines politiques. C'était lui qui avait fortifié le plateau en forme de losange, l'entourant de murailles, bâtissant d'immenses entrepôts et des citernes si vastes que l'eau, drainée par les aqueducs, ne manquait jamais.

Plus tard, lorsque Jérusalem fut tombée sous la férule romaine, Massada devint l'ultime bastion de la résistance juive. Neuf cent soixante hommes, femmes et enfants firent face au général Flavius Silva. Le siège ne parvint pas à les réduire à la famine et leur foi demeura intacte. Cependant, les Romains étaient en nombre, le temps jouait en leur faveur. Éléazar ben Yaïr, le chef des insurgés, appela ses compagnons à ne subir aucune autre volonté, aucun autre pouvoir que ceux de Dieu. Tous décidèrent alors de se donner mutuellement la mort plutôt que de succomber aux bombardes romaines...

Un rictus entrouvrit les lèvres de Tawill. Aujourd'hui n'était pas hier. Aujourd'hui, des poteaux d'acier supportaient les câbles du téléphérique à l'aplomb du chemin du Serpent et les Juifs allaient sans le moindre effort se lamenter sur leur mémoire. Mais lui, Ghassan Tawill, pour le pouvoir et la gloire de ceux qu'on appellerait bientôt en tremblant « les Nabuchodonosor », allait réduire cette mémoire en poussière. Il allait détruire le mythe.

Il sourit, très fier de son idée.

Dès que les Juifs auraient trouvé leur « trésor », ce serait le feu d'artifice. Les ruines ouest exploseraient, Taysir et ses cinq garçons attaqueraient les touristes, s'il y en avait, et, au même moment, le câble du téléphérique serait sectionné par l'explosion de la cabine numéro 1. Si, comme probable, les forces de sécurité israéliennes attendaient quelque part autour de Massada, elles auraient de quoi faire !

L'autre équipe, quant à elle, se chargerait de tuer les archéologues et l'Américain afin de récupérer les documents et de les confier aux garçons qu'il avait désignés pour faire voler les deux ailes delta. Le temps que les hélicoptères interviennent, les documents se seraient littéralement envolés, avant d'être largués aux motards qui attendraient sur la route de Sodome...

Tawill rit doucement. Il attendait ce moment avec impatience. Il y aurait des morts, beaucoup de morts. Peu de garçons en réchapperaient et pas même lui, peut-être. Quelle importance, pourvu que les documents parviennent de l'autre côté de la frontière, en Jordanie, et que « Nabuchodonosor » puisse s'en servir ?

Le plus difficile avait été de se procurer en une nuit des ailes delta et de les transporter jusqu'à Massada. Pour le reste... Qu'Allah châtie les coupables !

Il était presque huit heures du matin lorsque Tawill sentit son oreille coupée le démanger. C'était le signe que quelque chose n'allait pas.

Il s'approcha avec précaution de l'escalier extérieur et comprit. Le parking de la cafétéria était toujours vide. Pas un car, pas une voiture !

Cherchant la crosse de son arme à la ceinture, il se retourna pour prévenir Abu Sufyan. Il découvrit le visage de Youssef Saleh. Et ses mains serrées sur la crosse de l'AK-47.

— Ghassan, tu n'aurais pas dû tuer Salem Chahin, le grand-père d'Ahmed, dit calmement Youssef. Avant, je me doutais... Là, avec ce pauvre vieux, tu m'as donné la preuve qui me manquait !

Tawill ricana.

— Et alors ? Tu veux faire le travail des Juifs ?

— C'est ce que tu aimerais faire croire, n'est-ce pas ? Tu es devenu fou.

— Je n'ai pas peur de la mort !

— Aucun de nous n'a peur de la mort, répondit Saleh.

Les yeux brûlants de rage, il ajouta :

— Et Nabuchodonosor va mourir.

Tawill se mit à rire comme un dément.

— Jamais ! Jamais ! hurla-t-il. S'il le faut, il mettra le feu à la terre entière ! Nabuchodonosor est l'Élu... Lui seul ! Il n'y a de Dieu que Dieu et Mahomet est son Prophète !

Il s'avança, la bouche ouverte par le rire. Les pupilles de Youssef Saleh se resserrèrent. Son index se crispa, plein de haine. La rafale souleva Tawill et le projeta contre la rambarde de l'escalier, où il dégringola.

À peine le son de l'AK-47 s'éteignit-il que Saleh entendit le coup de feu. La balle lui sectionna la colonne vertébrale. Il retomba sur le dos et sa tête frappa si fort sur le quai de béton qu'il crut s'évanouir. Mais non. Il vit venir vers lui un garçon de vingt ans, aux longs cils et aux yeux effrayés. Il brandissait un revolver deux fois plus gros que sa main. Saleh voulut lui parler ; sa bouche ne s'ouvrit pas. Il voulut presser la gâchette de l'AK-47 qu'il croyait encore tenir ; ses doigts vides n'obéirent pas.

Abu Sufyan brandissait à deux mains, mais en tremblant quand même, le revolver en direction du visage de Saleh, qui ne cessait de le regarder. Abu, lui, cessa de trembler. Il cria « Allah akbar ! » en tirant, les yeux exorbités par la terreur.

Quand il s'approcha de l'escalier, il aperçut les 4 × 4 blindés des Israéliens arrivant de partout. Déjà les hélicoptères faisaient un vacarme d'enfer.

Abu Sufyan plongea le canon brûlant du revolver dans sa bouche.

À la seconde où sa tête explosait, trois cents mètres plus haut, sur le plateau de Massada, une vingtaine de soldats israéliens sortaient de la carrière creusée dans la roche, face aux ruines antiques des entrepôts du palais nord.

Leurs visages maquillés de noir ne laissaient deviner que la pâleur de leurs lèvres et le blanc menaçant de leurs yeux. Le pistolet-mitrailleur plaqué contre la poitrine, deux soldats bondirent dans la terre meuble du talus pour atteindre le muret surplombant les marches du *mikvé*, l'unique bain rituel de la forteresse. Accroupis, ils se mirent en position de tir de protection. Aussitôt, en file indienne, le reste du commando se glissa hors de son trou et grimpa le talus. Pliés en deux, l'arme brandie à bout de bras, les hommes coururent le long des murs de pierre, zigzaguant avec précision dans le labyrinthe des ruines. En moins de quatre minutes, ils furent en position tout autour des thermes où s'était dissimulée, deux heures plus tôt, l'une des équipes de Tawill.

Tout au sud du plateau, dans le vacarme des turbines, deux hélicoptères déposèrent un second groupe d'assaut tout près du columbarium. Les engins parvenus à deux mètres du sol, les hommes sautèrent à pieds joints dans les tourbillons de poussière soulevés par les pales, se déployant en un demi-cercle aussi mortel que le fil d'une faux. Progressant le long de la fortification, ils parvinrent aux ruines de l'enceinte du palais ouest avant même que les hélicoptères n'aient décroché assez loin du plateau pour être hors de portée des AK-47.

Accroupis sur les marches de la grande piscine de la pointe sud-ouest, à une cinquantaine de mètres du point de dépose, les deux servants de Nabuchodonosor recrutés par Tawill pour s'élancer dans le vide avec les deltaplanes assistèrent, pétrifiés, au ballet des hélicoptères et des soldats. Livides, ils se demandaient comment fuir devant les soldats israéliens lorsque, stupéfaits, ils les virent s'éloigner. Il leur fallut une longue minute pour reprendre leur souffle. Alors, d'un même mouvement, ils dévalèrent les marches lisses de la piscine pour rejoindre les ailes déployées en son centre. Avec des gestes maladroits, ils commencèrent à passer les harnais de suspension. L'un et l'autre n'avaient jamais utilisé d'ailes volantes.

Les premières rafales se firent entendre autour des thermes, où trois des cinq garçons chargés de prendre aux Juifs les manuscrits moururent en hurlant la grandeur d'Allah.

Bloqué dans le terminus supérieur du téléphérique, Taysir avait vu, tout en bas, les 4 × 4 blindés de l'armée investir le parking des bus. Il avait compris, lui aussi, avant même d'entendre les hélicoptères. Lorsque les rafales retentirent sur le plateau, les premières larmes coulèrent de ses yeux. Comme Tawill le lui avait recommandé, il se mit à prier.

Les garçons qui venaient de miner les sentiers qu'empruntaient les touristes jour après jour, au point de les rendre aussi blancs et durs que du ciment, étaient tapis entre les murs à demi reconstitués des cellules des zélotes. Les rafales toutes proches les paralysèrent au fond de leur trou comme des souris prises sous le feulement d'un chat. Mais leur attente ne dura pas. Les hommes de Tsahal surgirent tout autour des cellules découvertes en hurlant, les armes pointées sur eux comme autant de portes de la mort. Le plus jeune du groupe, à peine quinze ans et une barbe clairsemée, poussa un cri de fureur. Il bondit sur le boîtier de télécommande que tenait son voisin et écrasa le détonateur de toute la force de ses doigts.

Au sud et au nord, les charges explosèrent sur le chemin de la citerne principale et pulvérisèrent les passerelles suspendues menant aux colonnes du palais d'Hérode. Elles tremblèrent comme si une main cherchait à les arracher.

Yeux agrandis et bouche ouverte, tâchant de se rappeler les conseils de Tawill, les deux garçons atteignaient le bord de la falaise en soulevant leurs deltaplanes lorsque les mines explosèrent. Les déflagrations répétées les surprirent. L'un d'eux, dont le mousqueton de ceinture était monté à l'envers, trébucha et tomba dans le vide plus qu'il ne s'y lança. Par réflexe, il tira à lui le balancier de vol. L'aile plongea comme un avion de papier sur le premier rebord de l'à-pic. Elle y rebondit et se retourna. Le corps du garçon s'enveloppa dans la voile de Nylon bleue.

Le second, miraculeusement, sentit l'air suspendre la voilure au-dessus de lui avec un sifflement sec. Il poussa doucement le balancier et l'aile se redressa vivement. Il le tira vers lui avec une involontaire inclinaison et l'aile vira à gauche. Le garçon se mit à rire, exultant soudain et remerciant Allah. Il volait ! Il volait loin de la mort ! Pendant quelques secondes, il se crut sauvé et en possession d'une liberté que jamais la vie ne lui avait offerte. Pareil à un oiseau, il contempla le chemin de la rampe romaine dressée depuis deux mille ans contre la falaise. Alors seulement il perçut le vrombissement de l'hélicoptère. La machine passa à toute allure au-dessous de lui, le dépassa et pivota comme une toupie pour lui faire face. Le souffle des pales avait déjà déstabilisé l'aile, avant même que les balles traçantes ne la déchirent et pulvérisent les bras et les jambes du garçon.

Dans la plate-forme supérieure du téléphérique, Taysir écouta les derniers tirs, puis l'étrange et profond silence. Ce fut comme s'il voyait de ses yeux le sang de ses camarades courir en lentes rigoles dans la poussière du plateau, si compactes qu'elle ne pouvait les boire.

Une terrible sensation de solitude l'assaillit. Une part de son cœur se demanda si Allah ne l'abandonnait pas. Il voulut se jeter dans le vide, au bout du quai. Mais il imagina son corps disloqué et son âme empêchée de voler.

Il voulut se donner la mort avec son arme. Mais il vit que sa main tremblait trop pour soulever son revolver et presser la détente.

Il resta à genoux pour pleurer. Quand les premiers hommes du commando pénétrèrent sur la plate-forme, Taysir, les yeux clos et les joues ruisselantes de larmes, se voyait en train de courir sur le bleu de la mer Morte sans même que ses pieds s'enfoncent dans l'eau.

Épilogue

La lumière vive d'un matin de printemps dessinait la perfection des irrégulières façades de brique de la place des Vosges, se reflétait contre les hautes fenêtres, dansait dans le vert transparent des jeunes pousses des tilleuls qui encadraient le square. Les gros bourgeons luisants des marronniers centenaires, sous mes yeux, semblaient vouloir éclater. Comme Jérusalem paraissait loin ! Comme Jérusalem était proche ! J'avais encore ses parfums dans les narines.

La veille, je ployais sous le poids de milliers d'années de vicissitudes. Or il avait suffi que je remette ma vie dans les rails du quotidien pour que le passé, compagnon charnel et violent de ces derniers jours, s'éloigne dans l'Histoire.

Comme chaque matin, je prenais mon petit déjeuner à la terrasse d'un café, tentant d'éloigner une nuée de moineaux qui, sans vergogne, venaient picorer mes croissants jusque dans la corbeille posée sur ma table. Rab Haïm, Calimani, Doron, Orit et Tom étaient-ils réels ou appartenaient-ils à la trop envahissante imagination d'un écrivain ? Et le vieux Salem Chahin el-Husseini ? Et le sage rabbin Steinsaltz ? Devais-je l'appeler pour entendre sa voix et m'assurer que je n'avais pas rêvé ?

Non. Ce manuscrit antique, ce texte fondateur, dont je pressentais l'existence depuis des années et dont une partie se trouvait désormais chez moi, à la maison, à deux pas de la place des Vosges, était la preuve palpable de la réalité de ces dernières semaines, aussi étrange et incertaine pût-elle m'apparaître.

Au souvenir de la réunion secrète que le professeur Rosenkrantz et moi-même avions tenue chez le rabbin Steinsaltz, je souris dans ma barbe. Cela avait été l'un des plus intenses, des plus dramatiques et romanesques moments de ma vie...

Mais il me faut revenir en arrière.

Pour une fois, aussi simplement qu'il était indiqué dans le rouleau de cuivre, à l'entrée de l'aqueduc de Massada, *au sud de la deuxième montée*, Tom et Orit, aidés par l'équipe de Doron, déterrèrent, protégé par une peau de chèvre, un texte écrit sur des lamelles de cuir. Tom, plus tard, me confia qu'il avait vécu là des minutes d'une extraordinaire excitation. Ce rare bonheur, hélas, fut vite gâché par la fusillade près des anciens thermes ainsi que par le terrifiant spectacle des deux jeunes Palestiniens agrippés à leurs deltaplanes inutiles et sombrant dans le vide en hurlant. Au-delà de la compassion, le journaliste découvrait à quel point le passé pouvait se montrer meurtrier.

Le lendemain, nous fûmes tous les deux stupéfaits de ne trouver dans le *Jerusalem Post* qu'un court article en quatrième page évoquant « l'attaque d'un commando de terroristes palestiniens contre des installations touristiques à Massada que l'intervention rapide et efficace d'une unité de Tsahal stationnée près de Ein Guédi a préservées intactes ». Rien dans la presse hébraïque. Ce drame était-il trop banal, trop quotidien pour les Israéliens ?

Quoi qu'il en soit, cette discrétion ne gâcha en rien la satisfaction de Doron. Le jour même, il avait confié le manuscrit au professeur Rosenkrantz pour qu'il le décrypte – sans l'aide d'Angus Wilson, qui souffrait depuis le matin d'une formidable intoxication intestinale.

Le lendemain soir, le professeur Rosenkrantz m'appela. Nous devions, me dit-il d'une voix frémissante, nous voir de toute urgence. Je l'invitai à me retrouver au bar de l'hôtel.

— Non, non ! protesta-t-il, toujours aussi mystérieux. Choisissons un endroit plus discret. Venez donc dans mon laboratoire, à l'université du mont Scopus.

Dès ses premiers mots, je compris ce qui faisait trembler sa voix et briller si fort ses yeux, plus enfoncés que jamais dans son maigre visage. Après l'avoir écouté, partagé entre l'incrédulité et la fierté d'avoir eu la bonne intuition, je lui proposai de nous rendre ensemble auprès du seul homme qui, en la circonstance, pût nous donner un avis sage et éclairé : le rabbin Adin Steinsaltz, qui par chance avait repoussé son voyage aux États-Unis.

Une fois assis dans la pénombre de sa jolie maison, devenue familière ces derniers jours, j'eus quelque mal à trouver mes mots.

— Supposons, commençai-je avec prudence et sans entrer dans les détails pour éviter de l'embarrasser, supposons que nous ayons trouvé, un peu par volonté et un peu par hasard, un manuscrit rédigé en Babylonie à l'époque de l'exil juif, après la destruction du Temple par Nabuchodonosor...

— *Oye, oye, oye,* murmura le rabbin, fronçant les sourcils avec intérêt.

— Un texte dont un scribe a sans doute, plus tard, exécuté quelques copies.

— Mmm... opina le rabbin en lançant un regard aigu en direction de Rosenkrantz. Les caraïtes prétendent avoir possédé un texte de ce genre.

— Supposons, continuai-je, supposons que ce texte contiendrait des révélations, disons, inattendues et même tout à fait inouïes...

— Mmm... Des révélations ?

— Supposons qu'il ressorte de ce manuscrit que les textes originels des trois religions monothéistes aient tous été rédigés en Babylonie à la même époque, c'est-à-dire au VIe siècle avant notre ère... Que, donc, ces trois religions possèdent en réalité une origine unique, une seule source, dont, par la suite, elles ne divergèrent qu'au gré des circonstances politiques et des intérêts opposés des rédacteurs...

— *Oye, oye, oye !*

— Pour aller vite, disons qu'il y aurait eu, en vérité, trois sectes juives aux conceptions antagonistes, toutes aussi intransigeantes sur leurs lectures et leurs interprétations opposées des lois, et donc de la volonté divine...

— Cependant, souffla Rosenkrantz de sa voix aigre, comme vous le savez, retirer à chacun des trois monothéismes son fondement matriciel risque de provoquer un terrible mouvement de contestation de l'identité des uns et des autres. Ce qui n'aboutirait, au bout du compte, qu'à renforcer les intégrismes et les extrémismes...

— Et à répandre les ferments d'une guerre de religion, conclus-je sombrement.

— *Oye, oye, oye*, répéta le rabbin, les yeux mi-clos.

— Bien sûr, il serait normal que nous communiquions ces... ces supposés documents. Pourtant, le professeur et moi-même serions d'avis qu'il serait plus sage de les cacher, ajoutai-je, un ton plus bas, involontairement. Tout au moins en partie... Il nous faut prendre cette décision, faire ce choix avant que les autorités israéliennes ne s'emparent des textes. Lourde responsabilité...

Le rabbin resta silencieux. Il me sembla que la pénombre de la pièce devenait aussi épaisse, aussi pesante que mes incertitudes. Soudain, il déclara d'une voix lente et grave :

— Le serpent l'avait prédit : celui qui mangera le fruit de l'arbre de la Connaissance devient « comme » Dieu. Mais voilà : être « comme Dieu » ne signifie pas *être* Dieu. Or, depuis qu'il a été chassé du paradis, l'homme ne cesse d'entretenir cette confusion et de se prendre pour l'Éternel ! Comment n'attirerait-il pas ainsi sur lui d'infinis malheurs ? Peut-être... parce que, contrairement à l'Éternel, il n'a pas assez le sens de l'amour.

Il se tut. Son silence nous parut très long. Voulait-il nous laisser le temps de méditer sur ses paroles ?

Une pensée me traversa l'esprit. Une pensée presque visible et étrangement charnelle. Il me semblait percevoir que Dieu, parfois, fatigué de notre fatuité, de notre orgueil et de notre bêtise, se retire de notre monde. Même d'un lieu aussi sacré, aussi divin que pouvait l'être Jérusalem, oui, parfois l'Éternel se retirait. Alors les hommes sombraient dans le chaos, perdaient leur propre humanité. Ils perdaient la conscience de leur indispensable fraternité. Ils entraient dans les ténèbres pour se mutiler eux-mêmes de leur part d'humanité...

Soudain le rabbin se balança doucement et récita :

— *Celui qui se demande*
Ce qu'il y a en haut
Ce qu'il y a en bas
Ce qu'il y avait avant
Ce qu'il y aura après
Mieux vaudrait pour lui n'avoir pas été créé !

Et le rabbin de préciser :

— Le Talmud, le traité *Hagigah*.

— Est-ce à dire que l'homme ne doit pas chercher à tout savoir, précisément parce qu'il n'est que *comme* Dieu ? demandai-je.

— *Oye, oye, oye...* c'est exactement cela, fit-il de sa voix fluette.

— Et la vérité ? demanda le professeur Rosenkrantz.

— La vérité ? Seul l'Éternel, béni soit-Il, connaît la vérité.

Le rabbin se leva avec une brusquerie qui nous surprit. C'était l'heure de *Maariv*, la prière du soir. Sans un mot de plus, mais avec son habituelle gentillesse, il nous reconduisit jusqu'à sa porte.

La décision n'était pas facile à prendre. Je ne m'imaginais pas annonçant à quiconque que l'Évangile de Babylone avait servi de matrice aux quatre Évangiles du Nouveau Testament, que le prophète Mahomet avait probablement tiré d'un texte babylonien une partie des sourates du Coran et qu'enfin la rédaction de la Tora datait de la même époque, émanait du même lieu et du même milieu culturel que les deux autres textes sacrés ! Voilà qui, assurément, n'aurait pas aidé à la pacification des esprits de par le monde...

Dans le même temps, j'étais frappé par la force de la vie et de sa logique. Tout au long de cette course au trésor et depuis que j'avais relu attentivement la confession du moine, Achar de Esch, une phrase m'avait troublé. Très exactement l'admonestation du père Nikitas à Achar juste avant qu'il n'entre dans la grotte et y périsse dans les flammes : *N'oublie pas, sur tout ce que tu vois aujourd'hui, sur tout ce que tu verras, tais-toi ! Ton silence sera le gage de ta vie.*

Un conseil qui datait de mille ans ! Le conseil d'un sage, d'un marrane avant l'heure. Le père Nikitas avait enjoint Achar de garder le silence en même temps qu'il devait enfouir, sous une synagogue en ruine, les textes découverts à la prise de Jérusalem. Des textes parmi lesquels, je n'en doutais plus, devait se trouver une copie de celui de Massada.

Un conseil qui pouvait tout aussi bien s'adresser à moi et qui ne faisait que renforcer la suggestion du rabbin Steinsaltz : « L'homme ne peut ambitionner de connaître toute la vérité sur le monde. »

Pourtant, mon penchant naturel m'inclinait à rendre publique notre trouvaille. Par respect pour ceux qui nous avaient précédés, pour l'édification de ceux qui nous succéderaient, ne devions-nous pas, d'abord et toujours, *transmettre* – la sagesse, la connaissance, l'expérience ? Ce cher Giuseppe Calimani lui-même, quelques jours avant sa mort, m'avait dit avec ferveur, pressant sa main sur mon épaule :

— Il existe un texte de Rabba. Il rappelle que trois éléments précédèrent la création du monde : eau, souffle et feu. L'eau conçut et engendra les ténèbres. Le feu conçut et engendra la lumière. Le souffle conçut et engendra la sagesse.

Il avait, lâchant mon épaule, refermé sa main gauche sur le pouce de sa main droite et conclu :

— Le monde se maintient par la force de ces six éléments.

Content de son effet, Giuseppe Calimani avait pris le temps d'effleurer ses mèches gominées avant de demander :

— Et comment le savons-nous ? Mmm ?

Face à mon regard incertain, il avait lui-même répondu :

— Parce que cela a été écrit et transmis de génération en génération. Moïse reçut la Loi – la loi *écrite* – sur le Sinaï et l'a transmise à Josué, et Josué aux Anciens, et les Anciens aux Prophètes. Et les Prophètes l'ont transmise à la Grande Assemblée...

Martelant sa paume de son index, il avait ajouté :

— L'écriture, l'écriture, toujours l'écriture, mon cher Marek ! Le voilà, le seul véritable trésor !

Mais que devions-nous faire de ce trésor d'écriture que nous avions entre les mains ?

Rosenkrantz fut le premier à se décider. Après une nuit de conversation au bout de laquelle il nous sembla que toute solution devenait également bonne et mauvaise, il s'écria soudain, en frappant ses mains osseuses :

— Non ! Non ! Nous ne pouvons tout simplement pas faire cela !

Renonçant pour lui-même à la gloire scientifique qu'une pareille découverte pouvait lui valoir, il ajouta :

— Je dirai à Doron que les lamelles de cuir se sont effritées sous mes doigts au premier contact... La plupart du temps, ce n'est que la réalité, hélas. Nous ne rendrons publique que la partie la moins « explosive ».

Je vous remettrai l'autre partie à l'aéroport, si vous le voulez bien, Marek.

— En somme, après tant et tant de mots, de travaux sur les savoirs et les textes, sur la mémoire et l'Histoire, vous voulez que nous soyons des passeurs d'un genre nouveau : des passeurs de silence !

Rosenkrantz opina, attendant ma réponse. Je vis le soleil poindre sur les clochers et les dômes de Jérusalem. Comme après chaque nuit, elle sortait de l'obscurité plus blanche que jamais.

J'en étais là de mes pensées lorsque, relevant la tête pour suivre des yeux un moineau qui venait, une fois de plus, picorer des miettes de croissant sur ma table, je rencontrai le regard intense d'une jeune femme blonde.

— Vous êtes monsieur Halter, n'est-ce pas ?

— Oui. Et à qui ai-je...?

Je remarquai alors sur sa joue gauche une fine cicatrice en V. La mémoire me revint aussitôt. Je me souvins de la photo que m'avait montrée Doron en me parlant de la capture, ou plutôt de la mort, de Sokolov. La belle jeune femme qui se dressait devant moi n'était autre que cette ex-garde du corps... Celle-là même qui l'avait assassiné, et qui s'était enfuie avec des documents dont on ignorait encore tout.

« *Jeeesus !* » comme aurait dit Tom... L'Éternel me mettait-Il à l'épreuve ? Tout allait-il recommencer ? La confusion entre la réalité et la fiction ne cesserait-elle jamais ?

— Je vois que vous me reconnaissez, dit la jeune femme avec un accent doux à entendre.

— Vous reconnaître, c'est beaucoup dire, puisque nous ne nous sommes jamais rencontrés. Je n'ai vu qu'une photo de vous.

— Ah oui ?

Son rire était léger et insouciant.

— Asseyez-vous, dis-je. Voulez-vous un café ?

— Oui, merci.

— Puis-je connaître votre nom ?

— Bien sûr ! Nina Firkowitch.

Je hélai le garçon et pendant que je passai la commande je sentais son regard peser sur moi. Je ne saurais dire si, sous son apparence presque anodine d'étudiante, cette femme – une tueuse ! – m'inquiétait ou me séduisait.

— Ce nom de Firkowitch ne vous évoque rien ? demanda-t-elle.

— Je suis désolé, non. Êtes-vous née en Israël ?

— À Saint-Pétersbourg.

Elle rit à nouveau.

— Et moi qui croyais que tous ceux qui s'intéressaient aux manuscrits anciens connaissaient Abraham Firkowitch !

— Qui était-ce ?

— L'un de mes ancêtres ! Un rabbin caraïte de Crimée. C'est lui qui a découvert la Guénizah du Caire, l'un de ces fameux cimetières de livres. Comme vous le savez, chez les Juifs, on n'a pas plus le droit de détruire les dépouilles des livres que celles des hommes.

Le serveur déposa le café devant elle, mais elle tourna la tasse d'un geste lent et ajouta :

— Deux grandes bibliothèques rassemblées par mon ancêtre font actuellement partie des collections hébraïques de la Bibliothèque nationale Saltykov-Schtchedrin de Saint-Pétersbourg.

— Comment avez-vous connu Sokolov ?

— Oh, de la manière la plus banale qui soit ! Il a épousé ma grand-mère Firkowitch en secondes noces. Il était alors passionné de manuscrits anciens. Puis les temps ont changé...

J'hésitai à poser la question, mais ma curiosité fut plus grande que ma prudence.

— Pourquoi l'avez-vous tué ?

Ce fut à peine si elle cilla.

— Parce que l'argent était devenu pour lui la chose la plus importante. Il s'apprêtait à vendre certains documents auxquels je tenais beaucoup.

Je l'interrogeai du regard.

— Des documents importants pour nous, les caraïtes, poursuivit-elle d'un ton qui signifiait qu'elle n'en dirait pas plus.

Décidément, cette jeune femme me troublait. Son visage large mais gracieux était sublimé par l'éclat de la peau, presque transparente sous un casque de cheveux d'une insolente blondeur. Ses yeux, très écartés, aux iris violets, me fascinaient. Soudain elle déclara, d'une voix où, cette fois, perçait la dureté :

— Je sais que vous avez trouvé quelque chose d'important à Massada.

Mon silence stupéfait fut pire qu'un aveu.

— Peu importe comment je le sais, ajouta-t-elle.

— Rien d'extraordinaire, balbutiai-je.

— Vous mentez.

— Pourquoi mentirais-je ?

Elle rit et à nouveau redevint enjôleuse.

— Parce que vous avez peur.

Elle avait raison. Tout à coup je pensai au manuscrit enfermé chez moi et fus pris de panique. Cette femme n'était-elle pas en train de me divertir avec sa beauté alors que l'on mettait mon appartement à sac pour me voler les bandes de cuir ?

— En quoi cela vous intéresse-t-il tant, ce que l'on a pu trouver à Massada ? demandai-je, cherchant ma monnaie pour régler les consommations.

— Vous partez ?

— Excusez-moi, j'ai un rendez-vous urgent. Vous n'avez pas répondu à ma question.

Elle se leva en même temps que moi.

— Vous détenez un secret. Un secret précieux pour nous, les caraïtes. Il vaut beaucoup plus que tout l'or du monde.

— Je ne vois pas à quoi vous faites allusion.

— Mais si. Sinon, vous ne seriez pas en train de me fuir.

Elle me jeta un coup d'œil amusé.

— Je ne vous veux aucun mal, bien au contraire !

Elle posa sa main sur mon bras. La cicatrice si fine sur sa peau appelait la caresse.

— Nous pourrions nous revoir, dîner ensemble ! Ce soir, si vous voulez. Vous ne me direz que l'essentiel...

Je souris à mon tour en m'écartant, un peu trop brusquement peut-être.

— Ce soir, non, ce n'est pas possible. Mais qui sait ? L'année prochaine, à Jérusalem !

Je me retins de courir jusque chez moi et fis de mon mieux pour m'assurer que Nina Firkowitch ne me suivait pas. C'était bien inutile, elle connaissait sûrement mon adresse.

J'arrivai à mon bureau le cœur battant. Ce cœur par qui tout était advenu ! Dès que j'eus introduit la clef dans la serrure, je sus. La porte s'ouvrit toute seule. On l'avait forcée. Les feuilles de mon manuscrit jonchaient le parquet ! Furieux, je me précipitai jusqu'à la cache où j'avais déposé les précieuses lamelles de cuir. Rien. Ils les avaient volées. Les complices de la trop belle Nina Firkowitch les avaient dérobées...

C'est alors qu'une grosse enveloppe portant un timbre israélien, déposée par mon assistante sur ma table de travail, attira mon attention. Je l'ouvris pour en retirer quelques feuillets et une note que je reconnus de la main de Rosenkrantz.

> Cher ami,
>
> J'ai, à la relecture attentive, trouvé quantité d'erreurs dans ma première transcription du texte que vous savez... Vous pouvez détruire ma première version et considérer celle-ci comme relevant seule d'une publication éventuelle.
>
> J'espère que vous aurez un aussi vif plaisir que moi à la lire...

Mon cœur bondissait en retrouvant ces mots :

Les enfants d'Israël se trouvaient dans le pays de Babylone et ils se lamentaient sur la destruction de Jérusalem. Assis sur les bords des deux grands fleuves, ils rêvaient du Jourdain, rivière qui prend sa source au pied du mont Hermon et qui, après avoir traversé la Terre promise par l'Éternel à la descendance d'Abraham, se jette dans la mer Morte. Ils pleuraient et ils s'interrogeaient sur les raisons de leur exil. Leurs prières allaient vers le Très-Haut, l'Éternel, Maître de l'univers. C'est vers Lui que criaient leurs cœurs blessés et leurs esprits troublés, vers Lui, l'Éternel qui, de Sa puissante main, a fait sortir du pays d'Égypte la postérité d'Abraham, d'Isaac et de Jacob, qui l'a conduite sur le mont Sinaï et qui l'a choisie parmi tous les peuples pour garder Sa Loi. Pourquoi, se lamentaient-ils, pour quelle raison le Seigneur laissait à nouveau les enfants d'Israël en esclavage sur une terre étrangère ?

Inconsolables, pleines de douleur pour Jérusalem, leurs voix s'élevaient vers le Très-Haut, créateur de toutes choses :

« Notre sanctuaire est abandonné,
notre autel renversé,
notre Temple détruit.
Nos harpes gisent à terre,
nos hymnes se sont tus,
nos fêtes ont cessé.
La lumière de notre chandelier est éteinte,
l'Arche de notre Alliance pillée,
les objets sacrés souillés,
et le Nom prononcé sur nous, profané... »

Alors l'Éternel, voyant Son peuple attristé en son âme et souffrant de tout son être pour Sion, décida de lui montrer la splendeur de Sa gloire et l'éclat de Sa beauté. Il choisit parmi les enfants d'Abraham, d'Isaac et de Jacob le plus juste au milieu d'eux, le plus sage entre leurs sages, celui qui s'appelait Isaïe, et Il lui vint en songe et en songe Il lui dit :

« Va annoncer aux captifs leur libération car Moi, l'Éternel, J'aime la justice et Je tiens en exécration la rapine et l'iniquité. Je leur donnerai fidèlement leur récompense et Je

traiterai avec eux une Alliance éternelle. Annonce-leur que Je les ai choisis pour garder Ma parole parmi les nations, afin que partout ils rappellent Mes commandements aux autres peuples de la terre, ces commandements que J'ai donnés à Moïse sur le mont Sinaï, ces commandements sans lesquels le jour se confondrait avec la nuit, le juste avec l'impie, la vie avec la mort, l'homme avec la hyène. Sans eux, qu'ils sachent qu'apparaîtrait la fosse du tourment et que remonterait la fournaise de la Géhenne. »

Isaïe écoutait et le Très-Haut parlait :

« L'Esprit du Seigneur, l'Éternel, est sur toi, car l'Éternel t'a oint pour porter la bonne nouvelle aux malheureux. Jérusalem sera reconstruite et Je placerai des gardes sur ses murailles. Ils ne s'endormiront ni jour ni nuit. Et Moi, l'Éternel, par Ma droite et par Mon bras puissant, Je rétablirai Jérusalem dans sa gloire sur la terre. C'est à ce dessein que J'ai sorti de l'ombre ce village de Judée, que Je l'ai fait connaître aux nations, que Je l'ai fait découvrir à Abraham, que Je l'ai fait transformer par David afin qu'il fût la couronne d'Israël, et que J'y ai, par Salomon, établi Ma demeure parce que tels étaient Mon vœu et Ma bonté.

« Dis-leur aussi que sur la montagne qui est en son milieu Je ferai pousser un arbre d'une grande hauteur. Je le ferai croître encore, qu'il se fasse immense et fort, que sa cime s'élève jusqu'aux cieux et qu'on le voie depuis les extrémités de la terre. Son feuillage sera beau et ses fruits abondants ; il portera de la nourriture pour tous ; les bêtes des champs s'abriteront sous son ombre ; les oiseaux du ciel feront leur demeure parmi ses branches et tout être vivant tirera de lui sa nourriture.

« Mon peuple sera le tronc dont les racines plongeront loin jusqu'aux fondements de cet univers que J'ai créé, jusqu'à cette source de Vie que J'ai insufflée. Il sera sa sève, et les branches s'en nourriront. L'une de ces branches sera celle d'Ésaü, fils d'Isaac et de Rébecca, frère jumeau de Jacob. Dans cinq fois cent ans, dans six fois cent ans, un homme issu de cette branche annoncera un fruit nouveau. Cet homme-là parlera de l'amour qui est agréable à Mon oreille. Cet homme-là parlera de la fidélité au tronc et aux racines de l'arbre dont sa branche est issue, et Moi, le Très-Haut, J'aime sa parole. Pour cette parole, des hommes le pourchasseront et le tueront

sans pouvoir le tuer. Et Moi, dans Ma miséricorde, Je ferai pousser sur sa branche des fruits divers et innombrables.

« Une autre branche sera celle d'Ismaël, frère d'Isaac, fils d'Abraham et d'Agar. Cinq fois cent ans, six fois cent ans après, un autre homme, issu de cette branche, annoncera un fruit nouveau. Cet homme-là parlera de la justice, qui est agréable à Mon oreille. Cet homme-là parlera de la fidélité au tronc et aux racines de l'arbre dont sa branche est issue, et Moi, le Très-Haut, J'approuve sa parole. Pour cette parole, des hommes le pourchasseront, mais il leur échappera. Et Moi, dans Ma miséricorde, Je ferai pousser sur sa branche des fruits divers et innombrables. »

Le Seigneur, Maître de l'univers et de toute sagesse, dit encore à Isaïe :

« Je relèverai Mon peuple dans sa gloire. Mais qu'il n'aille pas se mêler à ceux qui ont méprisé les commandements et qu'il ne compte point au nombre de ceux qui sont dans le tourment, car le trésor de ses œuvres repose dans Ma main, mais ce trésor ne lui sera pas montré avant les derniers temps. L'arbre qui sera à Jérusalem, demeure que J'ai choisie entre toutes pour Mon peuple afin qu'il y soit le gardien de Ma Loi, aura beaucoup de branches. Si l'une de ces branches, par malheur, venait à se détacher du tronc, cette branche se dessécherait et l'arbre entier en serait blessé. Si le tronc était privé d'une seule de ses branches, l'arbre ne saurait plus donner de fruits. À l'image de ces multiples branches, qui ne vivent qu'en se supportant les unes les autres et en se développant sur le même tronc, les hommes, en signe d'allégeance à Ma miséricorde, devront apprendre à vivre avec leurs voisins sur la même terre. Alors la corruption aura passé, l'intempérance ne régnera plus, l'incrédulité sera tombée, la haine n'empoisonnera plus les cœurs et les nations, la justice soutiendra Ma clémence, et la vérité témoignera de Mon amour. »

Tels furent les derniers mots du Très-Haut dans le songe d'Isaïe.

Alors Isaïe se réveilla et pleura...

En haut de Wythe Avenue, Tom engagea le Windstar sur la 278. À hauteur de Manhattan Bridge, il quitta la voie express pour rejoindre Flatbush Avenue. Ce serait plus long, mais ils avaient tout leur temps. Et puis ainsi Orit découvrirait Brooklyn autrement que par les encombrements de l'autoroute.

Il faisait un temps splendide et doux, celui d'une parfaite journée de printemps. Il flottait dans l'air une légèreté qui parvenait jusqu'au cœur de la ville, perceptible dans la démarche des passants sur les trottoirs, dans la manière dont les femmes, en riant, à l'approche de Prospect Park, poussaient les landaus ou inclinaient la tête vers leurs enfants. Une journée pour laquelle on avait envie de dire merci.

Orit était assise à côté de lui, silencieuse, ses doigts jouant avec ses cheveux dénoués sur ses reins. Bien qu'il ne vît pas son visage car elle tournait la tête, avide du spectacle de la rue, il sut qu'elle souriait. Il respirait son parfum d'ambre, et il passait quelque chose de ce sourire dans ce parfum. Tom ne s'expliquait pas cette sensation. Peut-être n'était-ce rien d'autre que cela, être amoureux ? Savoir que l'on porte en soi la chair de l'autre, pouvoir respirer son parfum avant même d'affronter la folie permanente du monde ?

À moins que ce ne fût l'effet des mystères de Jérusalem qui courait encore dans ses veines, à la manière d'une ivresse dont il ne se déferait jamais ?

Quoi qu'il en soit, immense était le chemin parcouru depuis la dernière fois qu'il avait conduit le Windstar – heureusement dédaigné par Suzan ! – jusqu'à Little Odessa.

À dire vrai, il ne cessait de découvrir en lui un autre Tom Hopkins, plus sûr, plus apaisé. Moins soucieux de victoires et moins gonflé de certitudes. D'ailleurs, depuis combien de temps n'avait-il plus éprouvé le besoin de citer Luc et son grand-père ?

Alors qu'ils approchaient de Sheepshead Bay, il se souvint de la pensée, surprenante pour lui-même, qui lui était venue alors qu'avec Orit ils accompagnaient Marek à l'aéroport de Tel-Aviv. Dans l'émotion de l'au revoir, il s'était entendu dire : « J'ai l'impression bizarre d'être né une seconde fois ici, à Jérusalem. »

Marek n'avait pas ri. Un sourire amical était apparu dans sa barbe impeccablement peignée.

« Je vous l'avais dit, nul ne revient de Jérusalem pareil à lui-même. »

Marek avait ajouté, les mains d'Orit dans les siennes et alors que tous deux se contemplaient comme s'ils partageaient un secret encore inconnu de lui :

« Prenez soin d'Orit. Elle est unique. »

Le plus drôle était que, oui, maintenant, il se sentait tout à fait capable de prendre soin d'elle.

— Brighton Beach Avenue ! s'exclama Orit, le tirant de ses pensées. Je viens de voir la plaque. Alors, c'est ça, nous sommes dans Little Odessa ?

— Exact.

Elle scruta les immeubles gris dont même la lumière du printemps ne parvenait pas à masquer la pauvreté et le délabrement, puis hocha la tête, incrédule.

— Dire que c'est là que tout a commencé... Tu ne crois pas que nous aurions quand même dû l'appeler ?

Tom secoua la tête, roula lentement jusqu'au 208 et désigna la boutique du pressing.

— Question de sécurité... Ça a l'air d'être ouvert. Je me gare dès que je le peux. Regarde s'il y a quelqu'un à l'intérieur.

— Je ne vois rien, dit Orit en scrutant au passage la porte ouverte de la boutique.

Moins d'un quart d'heure plus tard, Tom portant la mallette métallique achetée à Jérusalem, ils entrèrent dans le pressing. Une machine tournait, mais il n'y avait pas de clients. Mme Adjashlivi, occupée à étiqueter des vêtements avant de les placer sur des cintres, leur tournait le dos.

Lorsqu'elle leur fit face, Tom la reconnut telle qu'elle était dans sa mémoire, avec ses cheveux courts, bouclés et déjà blancs. Peut-être avait-elle maigri. Elle aussi le remit aussitôt.

— Ah, dit-elle dans un souffle.

Puis ses yeux se portèrent sur Orit qui lui souriait et qui, pour la première fois depuis que Tom la connaissait, semblait intimidée.

— Je suis content de vous revoir, madame Adjashlivi.

Elle opina à peine, par politesse, et demanda aussitôt :

— Alors ? Vous avez fait ? La mémoire de Aaron, vous avez fait ?

— Oui, madame Adjashlivi. Je crois qu'on peut dire oui.

Les larmes brillèrent dans ses yeux. Elle attira un tabouret à elle et s'assit, les bras posés sur le comptoir. Elle secoua la tête et regarda à nouveau Tom, qui ajouta :

— Celui qui a tué Aaron, Monya et votre mari est mort. Je peux vous assurer que maintenant plus personne ne vous embêtera.

Cette fois, les larmes coulèrent sur ses joues.

— Faut pardonner. C'est fort, murmura-t-elle, cherchant à reprendre son souffle. J'étais pas sûre, alors c'est fort pour le cœur...

— Je comprends bien, dit Tom en tendant une main qu'elle saisit aussitôt.

— Béni soit l'Éternel ! Il a voulu ! Béni soit Son nom. J'avais peur pour vous... J'avais peur... Mais je disais, non ! Lui, il fera. Oui, j'ai toujours cru.

Tom rosit sous le compliment. Il désigna Orit :

— Je vous présente Orit Carmel. Elle est israélienne et vit à Jérusalem. Elle aussi a beaucoup fait pour la mémoire d'Aaron.

Mme Adjashlivi opina comme si elle approuvait, entre rires et sanglots. Elle finit par lâcher la main de Tom pour tirer un grand mouchoir de sa blouse et s'essuya les yeux.

Il souleva la mallette et la déposa sur le comptoir.

— Nous vous avons apporté quelque chose, madame Adjashlivi. Quelque chose qui vous revient.

Orit fit claquer les charnières. Dans l'écrin de mousse grise, enveloppé d'un papier fin qu'Orit déplia, apparut le lingot découvert dans le cimetière d'Houreqanya.

Mme Adjashlivi parut saisie de stupeur. Après un instant de silence, elle demanda à Orit :

— C'est or ?

— Oui, madame. De l'or qui appartenait aux Juifs d'Israël, il a deux mille ans.

Mme Adjashlivi ouvrit la bouche puis la referma. Elle hocha la tête avant de la secouer en reculant le buste, son regard craintif rivé sur le lingot.

— C'est pour vous, annonça Tom.

— Je peux pas ! souffla-t-elle.

— Ça ne remplacera ni Monya, ni Aaron, ni votre mari, mais vous aurez de quoi partir d'ici...

— Je peux pas !

— Mais si, madame, dit fermement Orit en sortant une enveloppe de son sac. Vous ne le garderez pas, vous le vendrez. Il vaut plus que son poids d'or parce qu'il est très vieux. Regardez, j'ai apporté tous les papiers officiels. Il y a tous les tampons qu'il faut...

Mme Adjashlivi prit les papiers qu'Orit lui tendait et, les sourcils froncés, regarda alternativement le lingot et les tampons. Elle commençait à comprendre. Un petit rire, presque enfantin, sortit de sa gorge. Elle releva les yeux vers Tom en se mordant la lèvre.

— Je saurais pas vendre ! À qui ?

— Ne vous inquiétez pas. On vous aidera.

— Je ferais quoi... avec ?

— Si vous le voulez, vous irez vivre à Jérusalem. Ou n'importe où en Israël. Vous y serez chez vous et on vous y aimera.

Les joues de Mme Adjashlivi tremblèrent. Si fort qu'elle pressa son visage entre ses mains comme s'il menaçait d'éclater. Orit fit rapidement le tour du comptoir et la prit dans ses bras. Les sanglots, cette fois, étouffaient la mère d'Aaron. Sa force, trop longtemps mise à l'épreuve, l'abandonnait.

Quand elle put enfin respirer, elle demanda à Tom :

— Mais vous ?

Tom, les yeux brillants, eut un petit rire. Sa main se leva vers Orit.

— Moi aussi, dit-il. Moi aussi, je sais comment mieux vivre demain.

11953

Composition
NORD COMPO

Achevé d'imprimer en Espagne
par CPI *(Barcelone)*
le 14 février 2018.

Dépôt légal : mars 2018.
EAN 9782290083192
OTP L21EPLN001539N001

ÉDITIONS J'AI LU
87, quai Panhard-et-Levassor, 75013 Paris

Diffusion France et étranger : Flammarion

The Rules for Online D[illegible]

answers such essential quest[illegible]

- How do I write an ad? Should I post a picture?
- Should I answer a man's ad? How soon should I answer his e-mails?
- How do I respond to instant messages?
- How do I juggle e-mails and phone calls?
- How should I negotiate meeting the man in person?
- How do I choose a good screen name?
- How do I evaluate the quality of an online relationship as it develops?
- How do I avoid online "fantasy relationships"?
- If we initially met in person, how do I conduct myself in e-mails with him?

"My marriage is living proof that *The Rules* work. My wife Gretchen played by *The Rules* and had me at the altar less than 12 hours after we met. Now that people are meeting online, this book is a must-read!"

—Danny Bonaduce, host of TV's *The Other Half*

"While I have never done online dating myself, *The Rules* just slide from one area of your life to another, from offline to online! *The Rules for Online Dating* is like a mini refresher course in how to behave and handle your love life."

—Cheryl Tiegs, model

"I meet the most stunning, gorgeous and successful women at the salon where I work. I tell them that if they apply *The Rules* to their personal lives, they will be back to show me the ring. Now *The Rules for Online Dating* tells women how to post their ads and be successful with men."

—Enid O'Sullivan, Louis Licari salon

"Online dating is really just like blind dates for the new millennium, and *The Rules for Online Dating* is your bedside guide for doing it right!"

—Marilyn Michaels, singer/impersonator

ALSO BY ELLEN FEIN AND SHERRIE SCHNEIDER

The Rules: Time-Tested Secrets for Capturing the Heart of Mr. Right

The Rules II: More Rules to Live and Love By

The Rules for Marriage: Time-Tested Secrets for Making Your Marriage Work

The Rules Dating Journal

The Rules Note Cards